Hot Issues and
Frontier Research

Youth Forum on
Literature and Arts
2015

2015
热————点
与
前————沿
青年文艺论坛

主编
祝东力
李云雷
孙佳山

文化艺术出版社
Culture and Art Publishing House

图书在版编目（CIP）数据

热点与前沿：青年文艺论坛2015 / 祝东力、李云雷、孙佳山主编.
—北京：文化艺术出版社，2016.9
ISBN 978-7-5039-6200-4
Ⅰ.①热… Ⅱ.①祝… ②李… ③孙… Ⅲ.①文艺评论—文集
Ⅳ.①I06-53

中国版本图书馆CIP数据核字（2016）第227595号

热点与前沿
——青年文艺论坛2015

主　　编	祝东力　李云雷　孙佳山
责任编辑	帅　克
封面设计	李　鹏
出版发行	文化艺术出版社
地　　址	北京市东城区东四八条52号（100700）
网　　址	www.whyscbs.com
电子邮箱	whysbooks@263.net
电　　话	（010）84057666（总编室）　84057667（办公室） （010）84057691-84057699（发行部）
传　　真	（010）84057660（总编室）　84057670（办公室） （010）84057690（发行部）
经　　销	新华书店
印　　刷	国英印务有限公司
印　　次	2016年10月第1版 2016年10月第1次印刷
开　　本	710毫米×1000毫米　1/16
印　　张	25.5
字　　数	500千字
书　　号	ISBN 978-7-5039-6200-4
定　　价	55.00元

版权所有，侵权必究。如有印装错误，随时调换。

前 言

自 2011 年 6 月始,"青年文艺论坛"在不经意间已走过了五年的历程。在中国当代文化的时间轴上,五年是一个不短的时段。在这五年里,参与论坛的年轻人,也都历经了各自的成长,有着各自的收获。相信在他们很多人的青春岁月中,论坛的这五年,留下了特别的印记。

截止到 2015 年 12 月,"青年文艺论坛"共举办了 55 期,经过所有参加者的不懈努力,论坛在全国范围产生了良好影响。过去五年,论坛坚持以最具时代症候的文艺作品、现象、事件、趋势和问题为中心,通过具体话题的讨论,提出新的阐释,从历史的视野和理论的维度把握当代文艺的规律和走向。2015 年,论坛既对《智取威虎山》《平凡的世界》《白毛女》等 20 世纪的经典文本进行了梳理,也对中国动画、中国科幻和新中国文艺进行了总结,同时还对美剧的传播与消费、综艺节目的爆发等当下的前沿问题进行了深入解读。本书就是 2015 年 12 期论坛成果的结集。未来,论坛依然会沿着过去五年所开创的立体的、多方向的讨论格局继续前行,以期对当代文化艺术的新经验进行有效的理论归纳和概括。

在这里,我们要对长期以来支持论坛成长的师长、同道和朋友,表示衷心的感谢。特别要感谢文化部和中国艺术研究院的领导在过去五年来的支持和鼓励,感谢中国艺术研究院科研处、文化艺术出版社所提供的热情帮助,感谢新闻界的朋友宣传推广,使得论坛的影响力与日俱增。

"多少事,从来急;天地转,光阴迫。"回首以往,论坛以现场讨论的方式涵盖了当代文艺几十个话题,未来,我们将更加重视论坛与其他平台的合作及互动，延续、深化这些话题，包括依托中国艺术研究院《文艺理论与批评》杂志，推出更具深度、更为理论化的成果。论坛将继续与青年一代共同成长，并同步地见证中国当代文化的历程，以敏锐的观察、系统的思考和建设性的批评介入和参与这一历程。

编　者

2016年7月于中国艺术研究院

马克思主义文艺理论研究所

目 录

青年文艺论坛2015

第四十四期　《智取威虎山》：文本与历史的变迁 / 1

第四十五期　当代中国文学的前沿问题 / 41

第四十六期　《平凡的世界》：历史与现实 / 73

第四十七期　民族风格的实践及其困境

　　　　　　　　——以中国动画为例 / 103

第四十八期　七十年后再回首

　　　　　　　　——重读《白毛女》/ 137

第四十九期　市场化时代的劳动美学

　　　　　　　　——新时期以来关于劳动的想象与书写 / 173

第 五 十 期　综艺节目"爆发"背后的逻辑和困局 / 207

第五十一期　反法西斯文化再反思 / 239

第五十二期　中国科幻文艺的现状和前景 / 273

第五十三期　"原创"的焦虑

　　　　　　　　——当前文艺的困局 / 303

第五十四期　美剧的跨文化传播与消费 / 335

第五十五期　盘点新中国文艺 / 361

附　录

"青年文艺论坛"各期主题 / 399

青年文艺论坛第四十四期

《智取威虎山》：文本与历史的变迁

主 持 人：李云雷（中国艺术研究院马克思主义文艺理论研究所）

特邀嘉宾：陈福民（中国社会科学院文学研究所）

主 讲 人：张丽军（山东师范大学文学院）

　　　　　张慧瑜（中国艺术研究院电影电视艺术研究所）

时　　间：2015年1月8日（星期四）下午2：30—6：00

地　　点：中国艺术研究院334会议室

主　　办：中国艺术研究院马克思主义文艺理论研究所

编者的话

在 2014—2015 的贺岁档，徐克导演的电影《智取威虎山》引起了广泛的关注和好评。"智取威虎山"的故事取材于曲波的长篇小说《林海雪原》，这部小说也是"十七年"时期的经典作品之一，并于 1960 年改编为同名影片；"文革"时期，京剧《智取威虎山》是著名的"八个样板戏"之一，曾长时期风靡全国。为什么"智取威虎山"的故事可以引起不同时代读者与观众的兴趣，不同时期的"智取威虎山"在艺术与表达方式上有何相同或不同之处，与时代的变迁又有着怎样的内在联系？与此同时，作为一个香港导演，徐克既有过《青蛇》《倩女幽魂》等艺术片时期，也有过《通天帝国》《龙门飞甲》等大片时期；此次他执导《智取威虎山》，以"大片"的方式正面处理革命历史题材，可以说是一个具有特殊症候性的文化现象。

本期青年文艺论坛围绕上述问题，展开了充分的讨论。一方面结合主讲者自身经验和对山东地区的实地调研，着重阐释了"智取威虎山"系列作品的当代意义；另一方面则以香港电影"北上"为抓手，翔实地勾勒了我国当前电影生产、制作格局的行业样貌及其文化图景，为深入理解电影《智取威虎山》进一步拓宽了视域。与会青年学者、评论家也对相关问题做出了较深入的分析，并提出了值得关注的问题。

李云雷： 各位老师、同学，第四十四期青年文艺论坛现在开始，这期题目是"《智取威虎山》：文本与历史的变迁"。大家知道，最近在上映徐克的电影《智取威虎山》，这个电影改编自20世纪50年代曲波的小说《林海雪原》。《林海雪原》也是我们当代文学的经典，当代文学史上著名的"三红一创，保林青山"，其中就有《林海雪原》。可能有同学不知道，"三红一创"是《红日》《红岩》《红旗谱》《创业史》，"保林青山"是《保卫延安》《林海雪原》《青春之歌》《山乡巨变》，这是当代文学中经典的革命历史小说。20世纪60年代，《智取威虎山》改编成样板戏也是风靡全国，最近又上演徐克的电影版《智取威虎山》，我们可以把这些文本联系在一起，探讨一下文本本身的变化和背后历史变迁的脉络。

我先介绍一下今天来的嘉宾，这位是中国社科院文学所的陈福民老师，陈福民老师对样板戏很有记忆，也很有感觉，他能唱全本的《沙家浜》，不知道《智取威虎山》能唱多少，所以我们特邀陈老师过来交流，一会儿还要请他唱一段。接下来是我们山东师范大学的张丽军老师，他主要研究70后作家，也写过关于样板戏研究的专著，他有一本书叫《"样板戏"在乡土中国接受美学研究》，主要研究样板戏在乡村民间接受的情况，待会儿请丽军介绍一下样板戏的传播过程与接受的机制。还有著名的青年学者张慧瑜，是我们艺术研究院影视所的，主要请他讲电影这方面的脉络，他对电影很熟悉，对香港导演北上大陆也掌握很多材料，主要请他讲讲这个电影在徐克电影的脉络里面处于什么样的位置，有什么新的发展。下面先请丽军给我们介绍一下样板戏《智取威虎山》的情况。

张丽军： 各位老师、同学，下午好。非常荣幸来参加本期论坛，和大家交流一下样板戏的背景和它后期的发展情况，我做了三四年关于样板戏在中国农村的传播和接受的研究。

第一点，研究的缘起。我先谈谈为什么做这个课题。作为出生于20世纪70年代的研究者，我没有直接的样板戏的历史记忆，但是样板戏却以不同的历史方式，一再向我们这代人昭示着它的存在。首先是来自童年的相关记忆。我出生在农村，我家老屋的堂屋墙上，就挂着杨子荣的《林海雪原》"打虎上山"的图像，以及《海港》和《龙江颂》等连环故事画，这都让幼小的我记忆深刻。

其次是来自我的岳母乔正芬，她是农民，却参演了《红灯记》。她出生于山东省莒县浮来山乡田家店子，仅有小学三年级文化水平，扮演过《红灯记》里李奶奶的角色，参与了田家店子村的庄户剧团样板戏的演出。我的岳父曾经拉得一手好二胡，是本村庄户剧团的二胡演奏者，他们一起参与《红灯记》在周围十几个村庄的表演。

第三是我博士毕业到山东师范大学工作后，在一次中国现当代文学学科的春节聚餐会上，王景科老师在宴会上当场演唱京剧现代戏《海港》中的一段，精神抖擞、声音洪亮。这些都引起了我的思考。

样板戏为什么会这样存在于我们父辈内心的青春记忆里？特别是那些面朝黄土背朝天的农民，他们的生命存在、他们的青春记忆、他们的情感世界都与此有关。所以说，虽然我没有经历过样板戏时代，但是它以很多方式向我呈现出来，让我思考它和我们的生活有什么关系。除了这些之外，还有乡村民间的文艺活动。比如说我记得小时候去赶集，在乡村的大集有很多民间说书艺人，敲着大鼓，说《穆桂英挂帅》《樊梨花招亲》《呼延庆上坟》《好汉武二郎》等评书；但后来我发现，这些民间说书艺人在20世纪90年代，几乎是突然一夜之间就消失了，再难以寻觅到他们的踪迹了。

山东70后作家柏祥伟，有一篇名为《无故发笑的时代》的小说，就讲述了一个乡下说书人无声消逝的故事，读来让人悲酸。但是出生于70年代的我，有意无意之间，受到了民间文化的熏染，是童年中原生态意味的乡村民间文艺，构成了童年记忆中熠熠生辉的部分。所以，原生态的乡村民间文艺，向我们呈现了在乡土中国的大地上，曾有过一场场轰轰烈烈、激动人心、热闹非凡的戏剧文化演出。在不远的父辈的人生记忆中，曾有过难忘的激情岁月，曾演绎过一出出亮丽荣耀的人生剧目，至今仍不时闪光。还有一个细节，有一次我参加中国作协关于山东寿光作家的研讨会，一个参会人员告诉我，她母亲曾经有13年时间大家就叫她阿庆嫂，因为她参演了《沙家浜》，直到20世纪90年代才不叫了，这是很有意味的事情。

此外，2006年我到华东师大参加王晓明老师组织的暑期读书班活动，遇到了甘阳、张旭东、戴锦华、孙歌、孟悦等一些学者，他们的理论观点都引起了我很大的关注。后来，我去查他们的资料，在上海大学文化研究系主办的"当代文化研究网"中读到了一个孙歌的帖子。

这个帖子非常有意味，孙歌是这么说的：几年以前，我在韩国有过一个经验，当时一群韩国学者希望我谈谈"文革"。我做了一些表述，并自以为表述得很公正。当我谈完之后，一个在韩国的中国留学生站起来，向我提了一个非常尖锐的问题：孙老师，我想问问你，你们家什么出身？我老老实实回答说，我父母都是大学老师，在"文革"时候是受过冲击的。她说："这就是了，我父亲是农村的生产队长，他现在还怀念'文革'，那是他一生中最灿烂的时期。只有那个时候，农民是扬眉吐气的。"这件事情，对我来说，具有决定性的意义。我承认当时自己受到非常强烈的冲击，因为我自认为讲了相对来说对今天积极的一面、消极的一面，我已经很价值中立了；但是我被那个年轻人看破了，她认为，只有"文革"里受过冲击的家庭里出来的人才会这么讲话。这个经验其实帮我树立了一个政治思想史的工作伦理，其实一个人无法真正超越他自己政治的、道德的价值判断的边界，也不可能放弃他的立场。

孙歌提出的问题深深打动和震撼了我。我首先惊讶于孙歌的坦诚，说真话，哪怕是自己不愿意听、不喜欢听的话。在这个意义上孙歌是真诚的，特别是能够容纳，甚至反思不同质地与立场的话语，是非常可贵的。

孙歌提到了另一种表述，一个乡村的生产队长对"文革"的态度和方式，是站在与知识分子话语所不同的立场。在知识权力场里，从古代僧侣阶层、近代的贵族阶层到现代的知识分子阶层，大多数农民从知识生产的源头上就被剥离了话语权，成为了"沉默的大多数"，这种状况在今天依然没有改变。这也正是"五四"新文化运动、延安文学到"文革"的知识场域革命的动机和目的所在。当然，可能是途径和方式的错误造成了结果的错误。当今天我们来反思"文革"、否定"文革"的时候，我们应该细细梳理"文革"的精神脉络，辨析其中的各种思想意图和精神现象，甚至像孙歌一样，反思我们本身的立场，批判知识分子的知识生产机制。因此，能不能从"沉默的大多数"的立场和价值来思考问题，在既有的知识话语和思想价值体系中容纳、共融新的被遮蔽的大多数乡村话语和民间文化的理念，是我研究的一个重要出发点。

如果说孙歌的思考，还是建立在旧的知识分子精英群体的精神立场的话，那么，我想孙歌给予我最有价值的启发，就是一种新的农民话语体系的本体性价值问题。

作为"沉默的大多数",中国农民大众的生存体验是不是一种无需任何依凭的独立的价值体验?农民的话语有没有一种独立自足的本体性价值,是不是可以与知识分子话语并存,乃至互相显现、互通共融?至少我个人认为,"沉默的大多数"的中国农民是最有发言权的,也具有分量最重的话语权;但是,在我们现有的知识场域中,在既存的知识生产机制下,中国农民的话语是缺失的,其话语权是被剥夺的。从这一意义上说,建构一种基于中国农民本身的生存经验和生命体验基础上的中国农民话语体系和中国农民价值体系,是对乡土中国最大问题、最本真问题的回归,就是一种以乡土中国为方法的思想研究。正如孙歌所说的"思想史面对的中国问题",否则,我们依然是在知识分子式的画地为牢的知识场域下,面对已有的知识生产机制所生产出来的"知识与问题"不断地缠绕,从而不断地重复知识分子抑或是现代中国的已有宿命。

无独有偶,在贾平凹2007年出版的长篇小说《高兴》中,我们看到这么一个故事,从农村来的五福、黄八等人借着喧嚣足球比赛的国骂,开始宣泄对城市的不满,如同孙歌提到的那个留学生的话语一模一样。

不可否认,仅从一己的生命体验去感知、认识和评价"文革",其观点自然是需要商榷和质疑的;但是,这些观点与想法一再出现,也启示我们,现有的知识话语体系和思想价值评判体系,存在着巨大的单一性、局限性和不完整性。对"文革"时代的样板戏,我们需要进行追根溯源、由表及里的细致分析,而不是一味地简单否定或肯定。当然我觉得该否定的要否定、该去除的要去除、该保留的要保留,要在扬弃中承继历史,更应该去深入时代的生活细节和人们的心灵波澜中,去客观呈现"文革"时代曾发生的那些即将进入历史尘埃,被历史尘埃所遮蔽的鲜活的生命记忆,以及属于"文革"一代人的青春情感。这正是我们父辈的历史,是我们正在行走道路的转折和延伸,也是我们后代人征途中的历史辙痕和精神背影。

面对已有的知识分子话语,农民的话语不仅极为微弱,而且更多时候是沉默和无语。所以我想在这个意义上说,毛泽东《在延安文艺座谈会上的讲话》,依然具有为中国农民建构话语本体的意义和价值,依然是值得我们深思的。如同赵树理那样立志为农民写作,打破新文学的局限,打破知识分子话语一统天下的霸权,建构具有中国农民话语体系的本体性,呈现中国农民的生命体验与审美思维,是我研究样板戏在乡土中国的发生和发展的一个逻辑基点,也是目的和誓愿。

关于样板戏的争论从来就没有停止过,比如说我们看到样板戏今天的重新复出,像2005年在美国纽约百老汇演出的《智取威虎山》，就是典型的样板戏在今天的、重新出现的一个跨国度案例。对样板戏的评判，我认为要从事实出发、从历史出发、从样板戏本身作为艺术现象的艺术性出发。只有这样，我们才能在种种是非中还原出样板戏的本相。

作为最大的事实，样板戏本身是新中国京剧现代戏改造运动的产物，是现代戏较为成功的艺术改造，在今天依然有强大的艺术生命力。我记得有人提到，北大李杨老师在课堂谈样板戏，放样板戏给学生看，学生们非常震惊，觉得非常现代。样板戏依然具有强大的艺术生命力，依然是被观众所认可和喜爱的现代京剧，其艺术性特征和现代性变革的方式是值得今天的艺术家和批评家深思和借鉴的。

我个人认为样板戏是空前绝后的，它以前没有过，以后也不会再来。样板戏的传播方式，它的成功，凝聚了国家力量。甚至我在想，再过五十年，再过一百年，后人谈中国社会主义文艺，样板戏可能是不能不谈的、无法被遗忘的艺术精品，它在社会主义艺术史上划下了深深的痕迹。我们今天的很多大戏，就像流行歌曲一样，留不下什么。样板戏不是横空出世的艺术怪物，相反，样板戏是京剧百年现代性变革的产物，它凝聚着延安平剧艺术改革的历史心血，是新中国几代京剧艺术家集体智慧的结晶。样板戏尽管可能存在一些历史局限和审美断裂，但那也是历史的一部分。事实上，在新世纪的今天，样板戏已经成为当代中国文艺史、当代中国京剧史一个不可回避的存在，这也是我进行乡土中国审美接受研究，力图建立具有新的本体意义的乡土中国的农民话语体系，来重构知识分子话语生产场的一个初衷。

我从2008年开始，利用寒暑假，断断续续在山东寿光和莒县的农村，对当时影响较大的庄户剧团进行调查和采访。一个是我岳父岳母所在的莒县浮来山镇田家店子村，另一个是山东寿光弥河边的屯田西村，调查当时庄户剧团是怎么被指导出来、被组织出来，以及演出效果如何等等。我对这些庄户剧团、民间京剧协会、京剧团、农民演员、庄户剧团导演进行调查采访，以求原汁原味地还原当时中国农村样板戏的传播、接受和演出的真实历史场景，建构一种在知识分子话语体系之外的中国农民话语体系，画出沉默的国民的魂灵。这个成果结集成书为《"样板戏"在乡土中国的接受美学研究》，2014年在人民出版社出版。

第二点，新时期样板戏的多样化存在。

在研究过程中，我还碰到另一个问题，样板戏在今天的重新复出问题，我把它命名为后样板戏时代的多样化存在。1976年9月"文革"结束，样板戏也失去了颜色。

从改革开放以来很长一段时间，样板戏处于长期沉寂状态。然而历史发展出乎人的预料，十年之后，样板戏又重新出现在中国大地的艺术舞台上，而且是那种越来越强大的艺术回潮的热流。1986年，央视举办春晚，耿其昌的一曲杨子荣《智取威虎山》"今日痛饮庆功酒"唱段，李维康的《红灯记》中"穷人孩子早当家""都有一颗洪亮的心"唱段，引起了热烈关注、大量争议和强烈共鸣，可谓一石激起千层浪。样板戏回潮的热流经历了一个从局部段唱、整场复演到电视剧改编的发展过程。

1990年冬天，北京人民艺术剧场座无虚席，走廊都站满了人。之后，上海京剧团闻讯也复排了《智取威虎山》《红色娘子军》，其中《红色娘子军》演出后出现了"曲终人不散"的场景。样板戏回潮，无疑耐人寻味，在精英知识分子、文化官员的意识形态争议中，在艺术和政治的撕裂中，广大观众对此类意识形态争论毫无兴趣。他们关心的不再是昔日样板戏的政治光环、政治理念和阶级斗争，他们感兴趣的非常简单，那是一场关于自我青春记忆、生命情感、理想激情的戏。观众的非凡热情，样板戏的强劲回潮，决不是旧意识形态的重复，决不是已被否定的"文革"政治回声，而是观众从一段段无比熟悉的嘹亮声音中，重新回到了已经遥远的青春时代和美好理想，人们看到的是自己远去的青春。

我当时在山东师大校园做样板戏的研讨会，有几个老师和研究生参加，小范围的。有的老师是看到我们的海报去参加的，还有一些社会人员，有个社会人士谈得非常好，说今天来讨论这个戏，是不是因为江青给修改过，就要否定样板戏的艺术成就？这些思考与纠结还是太近视了，今天我们看刘邦项羽、霸王别姬，谁还在为谁胜谁负而讨论呢？大家看的是《霸王别姬》的一招一式，唱得有没有滋味。在这个意义上，唱腔的一招一式就是沈从文提出的"抒情的片段"，化为一种抒情的形式了。再过一百年，人们可能不再讨论了，人们看的是样板戏这个戏演得好不好，这个词怎么样，那个腔怎么样，可能这就是一种历史风云的时空距离间隔。

20世纪90年代开始，像老作家杨润身根据《白毛女》改编创作的长篇小说《白毛女和她的儿孙》，2004年电视剧《林海雪原》《小兵张嘎》《红旗谱》《烈火金刚》《苦菜花》轮番出演引起我们称为"红色经典"的热潮，绝不是偶然的。从80年代初期到90年代，"红太阳金曲"在大街小巷传唱，领袖头像作为平安符在大小车辆悬挂，到红色油画价格飙升，红色经典回归的潮流开始涌现。

这种回潮，有深刻的历史、社会和美学因素，90年代是中国思想的一个转折时期。随着改革的深入，人们在享受改革红利的同时，其不足也一步步显现：贫富分化、三农问题、国有资产流失、伦理失范、腐败滋生等，人们关注的焦点开始从GDP的发展速度转向社会公平和正义问题。五六十年代新中国的廉洁、公正，以及工农大众所享有的尊严，是今天人们思考、解决当代中国问题最为直接的思想资源。因此，带有革命理想主义和英雄主义色彩的红色经典，就成为人们怀旧情愫的直接审美对应物，也是人们抗拒思想庸俗化、追寻公平公正、获得生命尊严的艺术表达方式。我们看到这些红色经典在回潮过程中，还是出现了一些新的审美的变化和新的改造，之前所无法回避的美学缺陷，如"高大全""三突出"等为人诟病之处都得到了修改。

《江南》杂志发表了薛荣改编的《沙家浜》，针对批评和指责，他坦言，我发现所有样板戏都有问题，而且如果我不写的话，别人也会写，不过是迟早的问题；别人也许会用一种解构的手法重新对样板戏进行反思，但可能角度不同。咱们姑且不论他的《沙家浜》改编是否成功，但是改编者所说的思变之心是大势所趋。因此改编如何进行艺术探索、如何不扭曲历史、可以多大程度上进行人性的艺术探索，以及大众对艺术探索的容忍能力和接受能力到底有多大，都值得进一步追问和反思。

所以，我们会看到，改革开放30年之后，样板戏等红色经典无论是在政治层面，还是社会意识、文化心理层面，都在通过一股变革意识要求，来回应今天的历史语境。这个红色经典改编剧自觉不自觉被赋予了新的政治、经济、文化、社会和审美的心理期待，所以我看到那一种红色经典剧的改编，和我们今天要谈的《智取威虎山》可能还有差异。然而遗憾的是，一些红色经典改编剧并没有达到社会文化心理所期待的多种功能，反而陷入了文化消费主义的误区。像样板戏《智取威虎山》中杨子荣形象在改编为电视剧的《林海雪原》中，是一个油腔滑调、满腹牢骚、与匪妻有不正当感情的"凡人英雄"；像《江南》杂志发表的《沙家浜》中，阿庆嫂与胡传魁眉来眼去。难怪一些研究者感慨，我们的红色变成了桃色，这为红色经典改编敲响了警钟；所以，2004年国家广电总局出台相关规定来管控红色经典改编，就自然可以理解了。

接下来，我谈一下电视剧《红灯记》的成功改编。

2007年，山东一个民间的文化公司组织翻拍了电视剧《红灯记》，得到各方好评，被誉为"翻拍最成功的红色经典"。电视剧《红灯记》在江苏卫视播出，很多地方台都播出了，甚至出现盗播现象。这个《红灯记》改编用了很多新的美学理念，比如它凝聚和扩张了革命灵魂内核，摒弃了二元对立审美观，原生态地呈现历史。这是一个从简短的样板戏到长篇的电视剧本，从舞台美学到电视剧美学的一个成功转化。

后来，我专门去跟制片人李珑交流过。我说在众多的艺术重构和艺术新创作中，您为什么要选择《红灯记》？李珑说，他从小就和父辈人一样喜欢《红灯记》，他父亲是一个参加过革命战争的人，看不惯那些红色经典被粗制滥造改编的问题，所以他要把它重新呈现出来，他有这种责任感。显然，制作方是有鲜明的红色文化记忆的，有鲜明的红色文化传承的使命感，这成为电视剧《红灯记》中一个内在的、不可动摇的精神理念。

前面那么多红色经典的改编，前赴后继，为我们蹚出了一条走向成功的道路，让我们知道该写什么、不该写什么，这个改编并没有遗弃革命内核，反而是凝聚了革命的灵魂内核，建构出了一个英雄的日常生活。红色英雄形象在新的语境中如何重获新生？这是红色经典面临的一个核心问题。尊重原著英雄形象的内涵，凝聚革命灵魂的内核，建构英雄的日常生活就是重铸英雄形象的审美原则。新编电视剧《红灯记》依然具有崇高美学，没有进行简单的解构，而是让英雄有出处，来还原英雄的多个情感倾向，还原李玉和作为扳道工这个平凡的职业，还原出父亲和儿子的家庭身份，即在日常生活叙事中建构李玉和这一英雄形象，表现一个英雄的日常本色。这种日常生活的诗学为英雄的"英雄行为和英雄情感"提供了生活源头，达到了英雄有出处、情感有归宿、革命有信仰的审美效果，重构了新世纪红色文化，这是重要的艺术探索。

这个电视剧有很好的传播效果，它的收视率达到八点几。承继现代革命文化，是红色经典改编剧的历史使命，当然由于时代等原因，还有一些缺憾没有得到弥补。我个人认为，红色革命文化，是《红灯记》中的内核，而红色革命文化凝聚着对工农大众的政治承诺和文化关怀。从传承红色革命文化、关怀工农大众的视角看，新世纪这样一部葆有红色文化精神内核，蕴藏着人性艺术魅力的《红灯记》改编剧是重要的、宝贵的文化实践，具有构建新世纪红色文化的重要价值。《红灯记》的高收视率和被江苏电视台的独家买断，说明了人们的心理认同。《红灯记》里的"红灯"本身就有着深刻的革命寓意和政治寓意，它闪耀着中国共产党对穷苦人关怀的政治信仰和情感指向。

从中国共产党成立到"打土豪、分田地"的工农暴动，从土改工作队"我们共产党是穷人党"到《红灯记》中的"红灯"，20世纪中国积淀出了一份指向工农大众的红色政治文化遗产。如何对待这笔红色文化遗产，不仅关乎红色文化、关乎对待社会底层的问题，还直接拷问当代中国的政治走向和文化走向。所以应该说，《红灯记》等一系列红色电视剧的热播，正是对这种红色历史记忆的重新召唤，同时这种红色历史文化也为当代中国艰难的改革，提供了来自历史和现实的某种政治路标。

就像《红灯记》里所倡导的，"风雨路上，都是这盏信号灯为咱引路。过去，你爷爷举着它，后来你爹举着它，现在，该你举着它了"。剧中李铁梅提着红灯照耀着北山游击队前进在革命道路上，寄寓了编导者的良苦用心。红色经典改编剧《红灯记》就是汇聚红色历史话语、升华红色历史经验、建构新世纪红色文化的一盏新的红灯。对于红色经典改编剧，北京大学吴晓东曾提出一个问题，我觉得非常精彩，他说关键在于昨天的英雄怎样打动了今天的观众。

最后想谈一点电影《智取威虎山》，它不断地呈现决不是偶然的。从我的乡村记忆，到美国纽约百老汇的演出；从农民知识分子到今天资本的介入；从刚才提到的《红灯记》制片人李珑的红色情结，再到徐克的侠义叙事，《智取威虎山》等样板戏改编影视剧走向了一条新的商业化、资本化、娱乐化的道路。样板戏内里的红色理念和对公正理想的追求，在新的资本时代，铸就了一种属于商业帝国的"影像乌托邦"神话，其实是以特定方式续写着人类对公平正义的追求。

我就简单谈一点，给慧瑜下边分析《智取威虎山》电影做点预热，提供一个背景。谢谢大家，请多批评指正。

李云雷：谢谢丽军，我觉得丽军刚才主要谈两个问题，一个是谈他自己研究样板戏的出发点和他面临的一些问题，另一个谈了他对新世纪以后，以样板戏为核心的红色经典改编的梳理与把握。我觉得丽军刚才没有展开，其实他书里边的东西更有意思，我们现在样板戏研究基本还停留在80年代初定性的范围之内。

我也接触过研究样板戏的人，都不是很深入。我觉得丽军的研究应该是样板戏研究的一个很有探索性的方式，通过这种民间的接受方式去接触样板戏。我记得读高默波的《高家村》，书里边就谈到他对样板戏的看法。他特别提到巴金先生一听到样板戏就浑身发抖，对这种知识分子的反应，他特别不满意。他们那个村特别小，高默波提出这样一个视角很有意思：村子里自古以来就没有艺术生活，年轻人也都没有接受过艺术教育，正因为60年代有样板戏传播到村子里，他们才会有人去学习美术、音乐、舞蹈，把艺术教育普及到乡村。我觉得高默波提出了另一个阐释的视角，跟80年代初不一样的视角。丽军也是如此，他通过研究样板戏的传播，将里边的一些东西呈现出来。刚才没有展开的地方，待会儿讨论的时候可以再讲，下面请张慧瑜讲一下徐克的电影。

张慧瑜：我接着丽军讲几句。丽军说得已经很丰富了，他讲《智取威虎山》很合适，因为他和杨子荣是山东老乡，丽军也在东北待过。今天我主要讲三个问题：一是对徐克版《智取威虎山》的印象,二是红色经典改编的问题,三是徐克和其他香港电影人北上内地的问题。

  第一是"杨子荣"爷爷回家了。徐克执导的新版《智取威虎山》,我还是挺喜欢的,拍得很好看。我同意很多人的看法,这部电影是一个好莱坞化的、商业版的《智取威虎山》。问题在于,为什么红色样板戏能很好地转化为这样一个具有商业性和消费性的电影?这部电影给我印象最深的是电影结尾的两个地方。一是战斗结束后,杨子荣和少剑波在山顶上汇合,背后是一轮红太阳,这样一个冉冉升起的红太阳,仿佛预示着新中国的来临,是一种胜利的曙光。80年代以来电影中很少出现红太阳,在"十七年"电影中,红太阳是最重要的政治隐喻,那个时期的电影也经常会用自然景观来隐喻政治,所以我对徐克使用这样一个红太阳的镜头印象很深。

  接下来是故事结尾,从美国回来的孙子杰米回到奶奶家,小分队成员依次复活,从历史深处归来,与孙子一起吃年夜饭。这种让死去的英雄重新复活的表现方式是非常电影化的,用重现的影像来表现英雄不死的精神,是对英雄的缅怀。除夕夜让小分队回家,也吻合中国人过年吃团圆饭的伦理逻辑。杨子荣爷爷重新归来,我觉得这是很有意味的。80年代《红高粱》里的"我爷爷"是土匪,是余占鳌,是座山雕。因为80年代是反思革命叙述的年代,我们认为余占鳌更像一个男人,有本事,充满了血性和人性,"土匪气"也成为男性英雄必须具有的特色;而杨子荣式的英雄被认为是虚假的、虚构的,没有人情味,是又土又穷又落伍的男人,于是,我们把以往革命叙述中有待改造或消灭的土匪指认为英雄。30年后,杨子荣这样一个红色英雄又回家了,成为我们的"亲爷爷"。这反映了文化心态上的变化,也是对80年代主流叙述的重大修订。不过,电影中的"我奶奶"马青莲依然是《红高粱》中的九儿,一个青楼女子和土匪的压寨夫人。来自美国的孙子总算把"我爷爷"找到了,奶奶却还是80年代的"我奶奶"。

  所以,我想说:"爷爷回来了,而爸爸去哪儿了?"2014年还有一部张艺谋的电影《归来》,这部电影讲述了一个父亲回家的故事,可是最终父亲也没能走进家门,不管是右派父亲,还是造反派父亲,都无法回家。相比《智取威虎山》把爷爷们请回家了,我们赦免了红色的爷爷,却依然无法真正原谅父亲。这也反映了我们对红色历史的复杂态度。徐克的《智取威虎山》是一部贺岁片,也就是过年时看的电影,这时候邀请杨子荣爷爷回家吃团圆饭是意味深长的。为何要请杨子荣回来,杨子荣回家的意义何在?我认为是理解这部电影的关键。电影一开始是美国纽约曼哈顿的夜景,一个在美国留学后到硅谷工作的中国年轻人,成功实现了美国梦,他要返回东北,寻找"我爷爷"和"我奶奶"。然后镜头从2015年切换到1946年,一群小分队奉命到林海雪原去剿匪,这样就把《智取威虎山》的故事整个地框定在孙子的回忆之中,这样处理当然是为了让当下看电影的年轻人有带入感。在《智取威虎山》的故事里,还增加了小栓子和他母亲的角色,这是原来小说中没有的人物。这两个角色的功能是给小分队剿匪提供情节动力,杨子荣冒着生命危险化装侦察,最后消灭座山雕,都是为了替小栓子救出被土匪掳去的母亲马青莲,让他们母子能够相见,这是很人性的逻辑。80年代以来我们很难正面讲述革命价值,好像一说红色、一说革命,就是缺乏人性的,就是假大空的,而徐克很好地解决了这个问题,让红色历史与人性的、个人的幸福融合在一起,彼此有因果关系。正因为杨子荣爷爷的付出和牺牲,所以孙子杰米才能够实现美国梦,红色与人性并不冲突,而彼此兼容,这是这部电影的成功之处。

看完《智取威虎山》3D版,我又看了一下1960年的电影《林海雪原》和1970年的样板戏电影《智取威虎山》,更意识到新版和老版的区别在哪里,就是革命文艺中的政治性究竟是什么。革命文艺中的政治就是要发动群众、依靠群众,使个人英雄变成人民的英雄。《林海雪原》的故事在打土匪之前,要和夹皮沟的老百姓搞好关系,让老百姓认识到解放军是人民的子弟兵,是帮助穷苦人打天下,包括实行土改、自力更生,把群众动员起来抵抗土匪等。老版故事中也有一对母子,是李勇奇和他的母亲。李勇奇是铁路工人,后来帮助小分队运木头、组织民兵,体现了工人阶级对解放军的支持;而李勇奇的母亲则是"十七年"电影中标准的"老大娘"形象,是人民群众的代表。老版故事中会特别呈现土匪如何欺压老百姓、子弟兵如何帮助老百姓、取得其信任等,这些都是杨子荣"智取威虎山"的政治基础,也是小分队军事行动的政治目的。个人的、军事的行动都是要服务于人民解放事业,服务于受苦人当家做主的理想。显然,这些政治性在徐克版《智取威虎山》中是没有的,杨子荣一露面就是一个神秘的、带有匪气的英雄,直到最后他击毙座山雕,始终是这样一个孤独的英雄。这也是商业电影的限度所在。

第二是红色经典改编的问题。刚才丽军也提到这个问题,丽军呈现了农村对样板戏、对红色经典的接受和改造,农民对红色文化的理解在大众文化的视野中是完全看不到的,因为大众文化中没有农村、农民的位置。我说的红色经典改编,主要指大众文化工业对红色文化的影视剧改编。从90年代以来,红色经典改编经历了三个阶段。

第一个阶段是红色经典的命名。在"十七年"或80年代，人们不使用红色经典的说法，最常用的还是革命文艺或工农兵文艺。红色经典是20世纪90年代出现的，90年代中期被广泛使用。1996年，在北京舞台上重新上演芭蕾舞剧《白毛女》、音乐作品《长征组歌·红军不怕远征难》和芭蕾舞剧《红色娘子军》等。媒体用"红色经典火遍京城"等标题来描述。对于官方来说，红色经典是进行爱国主义教育的文化资源；对于普通人来说，红色经典是一种成长年代喂养自己长大的文化记忆。20世纪90年代随着大众文化兴起，出现了红色怀旧热。1993年毛泽东诞辰百年出现毛泽东怀旧潮。流行音乐中有红歌翻唱，用摇滚来翻唱革命歌曲；电影领域也出现红色经典翻拍，第一部是1992年第五代导演何群拍摄了刘流的抗战小说《烈火金刚》，1995年还有电影《敌后武工队》。这些带有传奇色彩的红色英雄最先被商业文化捕获。与此同时，20世纪90年代中期还出现红色文化消费，如红色旅游等，把红色文化与消费主义结合起来。这种红色文化、红色经典在新的历史条件下重现，一方面让红色文化重回当下，另一方面也意味着红色年代彻底变成过去的历史，这也许才是真正的、彻底的"告别革命"。

第二个阶段是红色文化成为社会文化的消费热点。2000年电视剧《钢铁是怎样炼成的》和2001年的《激情燃烧的岁月》获得热播，把红色怀旧推上高潮。这也是20世纪80年代以来第一次在荧屏上如此正面地讲述红色历史，红色历史不再是伤痕和创伤，而是充满理想主义的、单纯的、有精神有信仰的时代。这一波红色经典的接受，是人们对90年代激进市场化改革所带来的物质主义、物欲生活的反拨。另外，在这个过程中红色年代的信仰也被抽象化了，人们都认为那个时代充满了信仰，但从来不说信仰到底是什么。2000年《中国青年报》还发起了保尔·柯察金与比尔·盖茨谁是英雄的争论，最后人们发现保尔是有理想的人，比尔也是有精神追求的人，两个人的信仰不仅不冲突，反而可以互相促进。信仰和理想在市场化的时代被抽空化和相对化，红色经典、红色时代并不与我们当下市场化的时代相冲突，反而可以提供精神养料。

第三个阶段是红色经典改编的高潮。由于《激情燃烧的岁月》的示范效应，民营资本发现红色文化有市场、能赚钱，于是大量投资拍摄红色作品，在电视剧市场上出现了红色题材影视剧的热潮。其中有两种基本的类型，一是《激情燃烧的岁月》《历史的天空》《亮剑》等新创作的革命历史剧，第二类就是2003—2004年把原有的红色经典改编和翻拍，几乎"文革"前十七年大部分的小说、电影都被改编成电视剧。两三年之后，这种盲目跟风式的市场投资方式，使红色题材影视剧出现过剩和审美疲劳。红色经典改编，也是不断把红色经典的"红色"稀释的过程。主要有三种"注水"方式。第一是加入爱情戏，把红色经典中隐而不彰的爱情线索放大。第二是增加传奇性、民间性。其实，爱情和传奇在原有的红色经典中都存在，只是革命文艺用一套革命逻辑收编、改造民间传奇故事，而红色经典改编则重新把革命逻辑稀释为爱情、复仇和民间传奇。第三是给坏人、敌人增加人性，使坏人不像坏人，坏人也不容易。这造成的后果经常是好人、解放军、八路军更像土匪，而敌对一方尤其是国军反而是文质彬彬、有文化有教养的贵族。

　　这种"注水"行动也产生负面效应，就是红色经典有被解构和颠覆的危险，甚至变成桃色经典和粉色经典，因此，2004年广电总局下令禁止红色经典戏说——这直接导致红色经典改编的投资降温，转而投资更具有商业性和市场性的谍战剧等。不过，这一轮红色文化的流行热潮也完成了历史任务，使红色故事与改革时代的主流价值相融合。就像《亮剑》所塑造的李云龙式的泥腿子将军，被认为是最具商业头脑的职业经理人，这样红色英雄与市场经济中优胜劣汰的成功者就结合在一起。而谍战剧中的无名英雄，也成为白领职场的楷模，对理想、信仰、灵魂的固守和强调，被视为一种中产阶级职场的道德自律，这也正是这些谍战剧与当下社会主流价值观相融合的方式。

　　把徐克版《智取威虎山》放在红色经典改编的脉络中，可以看出徐克一方面采用了对红色经典最常用的方式，就是放大原有故事中的传奇性、民间性，来完成去政治化；另一方面徐克也避免了滥用爱情和给坏人提供人性逻辑等弊端，基本保持了《林海雪原》原有的故事逻辑，这显示了徐克对这部作品的尊重。另外，徐克非常有意识地用一种当下的视角来理解那个时代。网上有一部徐克在东北拍这部电影的纪录片，主持人采访了剧组中很多人，既有徐克、张涵予、梁家辉等主创，也有群众演员、电工、木工等，问他们觉得现在的生活和杨子荣的年代有什么不同？所有人的回答基本上都是说在冰天雪地里拍电影很辛苦，但和当年小分队在林海雪原中打土匪比起来，这点苦算不了什么。确实通过拍这部电影认识到杨子荣这些战斗英雄很不容易，他们是真正有精神的人。这其实也正是电影所试图传达的主题，就是用现在的眼光理解那个年代的红色英雄。

　　在徐克原有的设想中，给小分队每个人都加上了个人理想，比如高波喜欢开飞机，但突然有一场内战，他必须投入到战斗中，放弃个人理想。这种想法很好莱坞化，好莱坞式的英雄都这样，大家都过日常生活、小日子，突然有一个天灾人祸，让你挺身而出，甚至要牺牲生命。这是好莱坞宣扬的爱国主义和个人奉献精神。以前我们会把革命文艺所宣传的牺牲看作对生命的伤害，现在借助好莱坞的个人主义逻辑，又可以重新肯定个人的牺牲。这确实是徐克的高明之处。

接下来的问题就是徐克为何要正面阐释红色经典，以及香港导演为何要北上内地的问题。生活在高度发达的商业社会环境中，香港导演比很多内地电影人更能感受到中国内地的变化。这30年对于香港电影人来说真是"三十年河东，三十年河西"。20世纪80年代是港台流行文化引领内地风潮。新世纪以来，随着中国经济崛起，内地与香港的关系发生逆转，港台文化开始内地化，内地成为港台文化工业的最大市场，必须考虑内地观众口味。2003年，内地与香港签署了《内地与香港关于建立更紧密经贸关系的安排》，内地与香港合拍片不再受进口配额限制，按内地电影对待，这使很多香港电影人集体北上"淘金"。现在的中国电影就像《智取威虎山》一样，投资是内地，市场也主要是内地，只是请徐克这样的香港团队来具体完成拍摄。目前中国已经是全球第二大电影市场，也是好莱坞最大的海外市场，就连好莱坞大片也不得不利用中国元素、中国演员来讨好中国观众。加上中国资本已经走进好莱坞，据说马云、王健林等中国大亨正伺机购买好莱坞大公司。也许用不了多久，就会出现中国资本请好莱坞大导演来给中国观众拍电影的现实，到那时出现好莱坞版的《智取威虎山》也不是没有可能。

具体到徐克，他出生在越南，少年和青年时代都在美国度过，他经常提到20世纪70年代在美国的唐人街看现代京剧《智取威虎山》，改编《智取威虎山》成为他的文化情结。1977年，徐克学成返回香港，与从英国回来的许鞍华等一批海归电影人，共同开创了香港电影新浪潮，用比较艺术化的方式来呈现、反思香港本土社会的故事。当时台湾有台湾新电影、大陆有第五代探索电影，两岸三地几乎同时出现电影艺术创新运动，这与大陆改革开放打破冷战格局有很大关系。徐克在80年代成为一名成功的商业片导演，尤其擅长把好莱坞的奇观效果与中国传统武侠片嫁接在一起，被认为是胡金铨、张彻之后最重要的武侠片大师。他80年代执导过《刀马旦》《倩女幽魂》等，90年代的代表作是《黄飞鸿》系列、《新龙门客栈》《笑傲江湖》《东方不败》等。90年代中后期，香港"黄金时代"的电影人开始去好莱坞发展，如吴宇森、周润发、成龙、李连杰等，徐克也不例外。但徐克在好莱坞发展并不顺利，没待下去，又回到香港。2005年徐克北上内地拍摄了武侠片《七剑》，2010年又拍摄了《狄仁杰之通天帝国》，2011年是《龙门飞甲》，2013年是《狄仁杰之神都龙王》等，这些新的武侠魔幻大片充分发挥了徐克擅长制造视觉奇观的长处，与此同时故事也呼应着中国崛起的新经验。这几部大片的票房都不错，为徐克执导《智取威虎山》做好了铺垫。

2005年前后，原来出走好莱坞的香港电影人，都纷纷返回内地，如李连杰、成龙、吴宇森等，说明了内地市场对香港电影人的诱惑力。由于内地与香港合拍片不受配额限制，合拍片就成为香港电影人的首选。合拍片有两个要求：一是主要演员中内地演员不得少于三分之一，二是故事情节或主要人物与内地有关。这就意味着这些以内地市场为主的合拍片，不得不处理香港与内地的关系，如果拍一个内地故事就涉及怎么把香港演员融入到大陆题材里面，拍一个香港故事就涉及怎么在香港本土故事里插入内地演员的问题。其实，这也是如何把香港经验与内地文化完成对接的问题。

香港电影人北上内地具体有以下三种方式：

一是借助八九十年代出现的"双城记"故事。那时香港陷入1997年回归的焦虑中，需要寻找香港的历史和身份，这时候"双城记"叙事出现了。香港电影人拍上海滩的故事、拍30年代上海的故事，如许鞍华、关锦鹏改编张爱玲的作品，或者拍《阮玲玉》这样30年代的电影人，通过把上海作为香港的"前世"，来完成香港是上海"今生"的文化想象。这种方式也是90年代大陆所在需要的，那时内地在"告别革命"的氛围中把90年代的上海想象为三四十年代上海的延续，也把30年代上海想象为今日香港的前世，隐含的意思就是90年代的上海有可能也成为和当下香港一样的国际化大都市。可以说，内地与香港从"双城记"的故事中各取所需，彼此互为镜像。

第二种方式，把香港接续到民国故事中，让"双城记"升级为香港是民国精神的延续，这体现为叶问故事系列。叶问是新发现的功夫人物，之前并没有叶问故事，人们熟悉的是霍元甲、黄飞鸿、马永贞等，叶问的出现本身是一种文化寻根的结果。王家卫90年代末期在阿根廷拍摄《春光乍泄》时，看到报摊上有李小龙的封面，就好奇李小龙是从哪里来的，结果发现李的师傅是叶问，而叶问是从内地佛山流落香港的。于是，通过叶问故事就可以勾连起民国内地与50年代后的香港之间的关系——李小龙把从内地来的叶问武学精神借助香港功夫片传遍全球。这就是王家卫的《一代宗师》要表达的主题，叶问不仅秉承了北方武林领袖宫羽田的正宗衣钵，而且借助香港这一中西交汇之地把武术精神及其作派名扬海外。这种香港人的民国叙事又和新世纪以来内地大众文化对民国范的推崇不谋而合。

第三种方式，是建立香港与内地文化相融合的关系。2009年，陈可辛监制的《十月围城》把香港接续到辛亥革命的大历史中，让贩夫走卒、江湖义士为保卫孙中山而献身，把香港电影中的草根故事与爱国精神结合起来。2012年，香港导演将内地谍战小说《暗算》拍摄成电影《听风者》，让梁朝伟扮演有特异功能的人，帮助解放军抓特务。2014年则有三位香港导演处理内地题材：第一部是许鞍华执导《黄金时代》，不再是张爱玲的故事，而是左翼女作家萧红的故事；第二部是吴宇森的《太平轮》（上），用国民党、国军的视角讲述国共内战故事，呈现了大时代对个体造成的伤害，只是这种历史悲情对于内地观众是完全陌生的；第三部是徐克的《智取威虎山》。为什么徐克能看到一个革命中国的历史？以前这部分历史香港电影人是完全意识不到的，现在他们却让这段历史重新浮现。我觉得最简单的解释就是中国富了，中国富了使得曾经被压抑的当代历史可以浮现出来，而且是把杨子荣爷爷请回来了，也说明我们有了一点文化自信。就像"双城记"，就像民国想象，香港电影人再一次帮我们完成了一次历史的回归和重构，我们借徐克的目光又看到了过去的历史。我就说这些，谢谢！

李云雷： 我觉得慧瑜从分析影片《智取威虎山》具体的一些点入手，红太阳、爷爷回来了，随后展开了一个比较开阔的视野，从红色经典的改编与香港导演北上的脉络去把握这个片子。刚才是两位年轻的70后和80后学者，陈老师您作为一个50后，对样板戏及其改编会更有感触，是不是谈一谈你的想法？

陈福民： 我被定位为老一辈批评家，但也没法推辞，事实确实如此，很快我就该"退出历史舞台"了。我觉得这两位张先生都讲得非常好，两个人所讲的方法和侧重点不一样：张慧瑜比较集中讨论技术上的来龙去脉，和讲述逻辑上的演变；丽军主要是从接受史和中国现代性教育，作为一个未完成的历史进程来讨论。两个不同角度，但都讨论得非常好。我也有一些想法，不过一时也理不清楚。因为接受了云雷的任务，我专门去看了一场《智取威虎山》，里边确实有一些非常重要的变化，看起来不起眼，但是特别重要的变化。比如在曲波《林海雪原》的文本里和京剧《智取威虎山》里的有些人物，比如说猎户老常和小常宝，到了徐克的《智取威虎山》里都不见了，这两个人物转过来变成了栓子和他妈——一个类似于"黑道老大的女人"这种功能型角色的马青莲，这是香港人的做法。

再看李勇奇的角色，在京剧版《智取威虎山》里，李勇奇的角色是特别重要的，因为正是"李勇奇提供后山有险径，出奇兵越险峰，直捣威虎厅"，这是京剧《智取威虎山》的唱词——是谁提供了走鹰嘴峰的那条险路呢？是李勇奇。

李勇奇这个人物从性格到功能，在小说《林海雪原》里都更复杂一些。比如他还有一个小舅子叫姜青山，武艺绝伦，总让我想起马超之类的人物，在奇袭走夜路、攀险峰的时候，姜青山提供了特别好的技术支持，他沉默寡言，武艺超群，又擅长滑雪。李勇奇提供的是道路自信，是路径，姜青山提供的是技术支持，这些信息在徐克的电影版里都不见了，所有的功能都浓缩在栓子和马青莲身上了。所以说在像这样一些变化中，我们能很清晰地看到历史讲述以及讲述历史的逻辑之间的微妙递进，包括这种递进所透露出的时代变迁，我们今天的论坛主题就叫"文本与历史的变迁"，确实非常切题。

我算不上个影迷，很多电影并没有看，《一代宗师》《归来》等等都没看过。《智取威虎山》这部片子给我的感觉就是，徐克在叙事元素上变了，但基本框架和立场没有变，是一种"正面讲"，那里面少剑波也好，高波也好，孙达德也好，都保持了原文本的基本功能。首先说身体的逻辑。最近看到郜元宝一篇讨论中国古典小说的文章，写得非常有趣。他提出了"古典小说人物的身体本钱"这个表述，谈人物形象、怎么写人物、外形是什么样等等。那么《智取威虎山》，无论样板戏也好，红色经典也好，在"人物的身体本钱"这个层面，徐克基本上把这个衣钵继承下来了，实际上对90年代后期以及2004年大批的红色经典改编，做了一次有保留的、小心翼翼的"拨乱反正"，这让他可以从正面讲。影片《智取威虎山》是一个试图正面处理历史的尝试，当然这个"正面讲"还是有妥协、有迁就，就是说他虚构了一个马青莲并且叫她变身为一个"黑道"大嫂，对她进行了符号化的软化处理，把她香港化、好莱坞化了。我能够体会到他的努力，在他的理解中，可能这样的通俗化、大众化的处理，在当下文化语境中更易于接受。假如是一个铁杆的红色经典的拥趸，而且文化素养不是很高的话，很可能就不太能接受马青莲这个角色，很可能会去怀念猎户老常或李勇奇，并且追问小常宝去哪儿了。但是我能理解徐克的后退，在人物关系和人物角色的设置上向后退，是为了保证正面讲能更有效。在这个意义上，我觉得徐克还是有功劳的。

我也觉得在今天，在当下，正面讲是一个特别困难的事情。比如像一枫刚才说"小栓子泡了个妞"，当下的青年人，甚至包括我自己，面对两性关系时，也许都会这么戏谑，已经习惯了。而徐克在《智取威虎山》里保持了正面讲的基点，少剑波是一个正面形象；比之于前几年电视剧中那个近乎江湖流氓的杨子荣，这次的杨子荣也是个正面形象；孙达德在文本里绰号孙长腿，是一个特别擅走的人，后来在京剧版里改名为申德华；小说《林海雪原》里还有一个叫栾超家的人，是个特别善于攀援的人。总之，这些人都是被正面讲的，这跟2004年的红色经典改编，包括《小兵张嘎》等各种改编的歪批恶搞娱乐化，或者那种解构化的讲述是不一样的。所以，我们会觉得对这段历史的正面讲述，尽管极其困难，但是通过徐克这样一个有保留的后退化的处理，还是使它成为可能，而就这种可能，我更愿意把它看作是未来我们讲述历史的一种可以掌握的方法。当然，我是这么期待的。所以，尽管我个人觉得，徐克的《智取威虎山》在艺术上，除了更好莱坞化、3D效果做得很好之外，并没更多可谈的，但我还是持一种肯定的态度。

接下来，是另一个问题。我想就丽军的思路，讲一些我的疑虑。丽军所看中的是红色经典，比如样板戏在与乡村文化的对接上，在中国农村文化成为一种讲述方式的可能性上，他抱有某种期待。我知道丽军讲的本意，但是我个人觉得在逻辑上这可能还是有问题的，假设说在知识分子和主流意识形态，或者主流文化之外，要重建一种农民文化，或者现代农民的革命文化，可能会有一些路径上的困难，或者能否成立，我一直觉得是一个很大的、有疑虑的问题。今天在历史描述上很容易这么想：农民对它是接受的，然而更应该看到的是，由于特殊的历史条件，这种接受很大程度上是国家行为，是开动国家机器去传播，使之在客观上，在我们不自知的意义上，承担了某种社会动员的功能，这情形有些类似于《三侠五义》在民间的传播以及赵树理在边区的小说讲述。上述过程，其宗旨在于通过艺术手段向非现代的农业社会传播、灌输"现代革命"意识。就这个层面说，我们其实不能指望农民文化成为一种主流文化。中国近现代的全部历史，归结为一句话，就是如何从农业社会向现代国家转型。文化上也是如此。这就引出了一个文化转型与融合的"路径"问题——就历史的观点而言，我个人曾经相信，但现在不太相信精英性的单一路线。这个过程艰苦卓绝，实际上今天看到的，是一个非常吊诡又不得不接受的局面——尽管你可能不理解也不情愿——那就是，在一个很特别也总被遮蔽的角度上，资本主义文化有可能协助我们办成这个事。

前几年我参加一个类型文学的讨论会。在会上，我讨论了如何理解大众文化，重点讨论了从古典文化向现代文化转型过程中，中国与欧美的路径差异问题。事实上我们所说的精英文化，即我们眼中看到的和我们所指称的"精英文化"，或者说我们所不自知承袭的、影响着我们世界观和知识观的文化，在相当程度与有效的意义上，是古典文化。这一点，在中国和欧洲，情形又有所不同。中国的古典文化，是边界特别清晰的农业文明产物,其间几乎没有"大众文化"的话语权;而在欧洲,古典文化向现代文化转型的过程中,它的大众文化过渡带则是非常鲜明的,不太会出现我们要强调建立主流的农民文化价值观,或者让农民当家做主这类问题。但是在中国,这却是一个绕不过去的问题,它之所以成为一种提法,这背后是有逻辑的。我个人认为,这个提法的来源是一个古典问题,同时又是指向现代的。这个逻辑很复杂,因为中国文化现代性的特殊性在于,它在相当大程度上必须通过农民的诉求来表达,而这个表达的最终完成,除了国家机器层面的力量之外,还会有别的途径。

大众文化在发展过程中,一直受主流精英文化的贬损和压抑,这种压抑的来源,在中国,当然是儒家/农业文明的精英文化;在欧洲,则大致是宗教/贵族文化。马克思谈到,当暴发的资产阶级希望从贫困而固执的贵族那里接管意识形态领域发言权时,他们发现要么是自己没有文化,要么是自己的文化是非常粗鄙的,这时候,就必须使用宗教/贵族的文化形式,或者古典价值才能为自己正名。所以资本家及其后代们,很快就让自己在学习拉丁语、穿燕尾服等方面特别卖力气,他们试图不仅在形式上而且在精神生活方面,都迅速摆脱文化上的自卑状况。所以说,大众文化条件下不断滋生的那些东西,一直是在精英文化的压抑下生存的,它在相当长时期内,是以一个文明的"私生子"形象存在着。直到今天我们突然发现了事情的真相:大众文化其实是资产阶级文化的"嫡长子",只是因为被有着几千年贵族文明/农业文明的传统压抑着,不得不以"私生子"的卑微身份苟活,而今天,这个"私生子"要求验明正身了,开始要求自己的历史权利。

我说这些是什么意思呢?是希望说明,中国文化现代性的特殊性必须通过农民来表达;但就中国文化现代性的特殊性的达成而言,仅仅依赖强力的国家机器是不够的,我们必须在一个客观有效的层面上重视大众文化的意义与功能。

对于20世纪六七十年代,国家推进意识形态的成就以及对它的指控,大家都是耳熟能详了,全国只有八部戏、一本书,这在后来的乃至当下的历史表达中,已成为一种众口一辞的"定见"。但是在这些方面,中国共产党其实付出了艰苦卓绝的努力,毛泽东之所以伟大,就体现在他对于现代民族国家的想象是切合实际的。那些巨型的政治话题我可能没能力讲,只说一个具体的小话题。毛泽东曾经说过一句不太为人们注意的话:"移风易俗,改造中国。"改变风俗,听起来很容易、很简单,但其间牵涉到的血缘、宗法、伦理、社会问题之复杂艰难,诸位都能想象得到。共产党通过民族革命和国内的民主革命等艰苦卓绝的努力,一点一点向前推进这个过程。中国人在整个抗战中死了几千万人,从鸦片战争后的各种灾难,一直到朝鲜战争,到"文化大革命",整个一百年的现代史进程,中国死了至少两亿人,而这个风俗改变了多少呢?今天大家看到,所有那些曾被认为是恶风恶俗的东西,又披着各种外衣回来了,有的被称为传统文化,有的干脆就是赤裸裸的潜规则交易,总之都回来了。"移风易俗"之艰难,毛泽东做到了一部分,放眼中国的现代进程,这个工作还是特别长久和艰巨的。这个"移风易俗"是干什么呢?就是说有一个教育者主体,不仅是一般意义上的知识分子对农民的启蒙,在特殊时期还需要国家权力介入,使农民完成自我教育,从而自觉或不自觉地为接受现代性文化做好准备……就这些方面,我觉得中国共产党做了很伟大的事情。

举一个简单例子。天津作家李唯写了一篇小说,题目听起来不太像小说,叫做《刺杀刘青山张子善》,不知道大家注意过没有。小说主人公是国民党特务刘婉香,非常唯美的女性名字,但他是个男人。这个特务也很搞笑,国民党败退大陆前被招收,就算是潜伏吧。这个特务有点文化,就是认几个字,因为此前他是个农民,走村串庄给人劁猪,今天劁了三头猪,明天劁了一头驴,给老张劁了两头,给老王劁了三头,他要记账。由于某次意外劁坏了财主家一头大牲口赔不起,逃跑到外地。只是想找碗饭吃,看到国民党招收特务就报名了。因为他识字,在招收的特务中算素质好的,所以被委以重任,派去天津刺杀刘、张。当然事败了,被逮捕了。小说中,这个特务写了一个很清楚的罪状交代,姓甚名谁、哪里人等,其中有一点特别有意思。

这个特务是这么写的,第一句话说:说起来我真对不起你们共产党,因为现在能写这几个字,还是在老家你们共产党进村扫盲的时候我跟着学的,但是现在我用它来反对你们共产党我真不是人……我觉得,我们已经习惯了大的历史场面和一些看起来特别正确也特别干瘪苍白的结论,经常会漏掉很多有生命力也有趣的东西,很多对历史表达有决定性价值的细节,都失去考察的兴趣和机会。特务刘婉香的这个交代,就属于特别有趣的。今天我们可以理解,解放区扫盲,恰恰是现代民主进程的一个环节。当时全国还没解放,都是工作队。这特务的老家是石家庄那边平山的,也算老区,但并不像延安那么稳定,有一些工作队来了,进村待上几个月,形势不好又走了。就是在这样的过程中,共产党组织了识字班扫盲,就是类似"夫妻识字"那样的事情。过去我年轻时不懂这个意义,看起来也是小事,但我想提醒大家,千万别小看,整个中国的现代化进程,在某种意义上就是从扫盲开始的,共产党做这样的事情是特别伟大的事情。

我们今天对于样板戏是保有记忆的，无论是你的情感记忆还是理性记忆，实际上都要正视国家机器的力量；但在今天，你会发现国家机器变得非常软弱，它甚至已经变得不可能了。再一个，当被压抑的"私生子"要求验明正身、要求有发言权的时候，那种诉诸国家力量的正面讲述就特别困难了。我之所以赞赏徐克这种努力，就是因为当这条路不是特别容易走通的时候，我们就必须着眼于作为"私生子"的大众文化的真正身份，仅仅依赖强力的国家机器是不够的，我们必须要有意识地借用和正视大众文化作为现代社会"嫡长子"的功能。

有些东西就是诉诸情感、诉诸记忆的。样板戏，客观地说，我算不上京剧迷，但喜欢。样板戏在艺术上虽然不能说尽善尽美，但是一种艺术创新，它取得的艺术成就很高，这不是公案，是公论。刚才丽军发言当中也谈到了延安平剧院。毛泽东还专门写了一封信。中国共产党掌握政权以后对国家的这种想象，以及对于文化的改造是特别自觉的，其着眼点，也正是在一个现代民族国家的建构中，如何处理传统宗法社会的遗产，使之从曾经的主导地位上向现代社会转型。农业文明条件下的农民文化，不可能再充当主体文化，从其身份到诸种表现形态，都应该脱胎换骨。所以在文化界，传统戏曲的改造，近百年来一直是个聚讼纷纭的场所。这方面我就不卖弄了，在座肯定有戏曲所的朋友，可以仔细看看那段历史。

陶庆梅（中国社会科学院文学研究所）：改造其实就是想让它容易唱些。

陈福民：那种老戏的传播、传承，在一个有限的艺术接受圈里是自我循环的，难以完成文化的现代性所需求的那些功能。中国共产党关于国家文化的想象设计，是一直想去致力改造的。为什么叫样板戏？它被认为是对于文化的改造、创新，是一种样板，其实我们今天老说创新，到底什么是创新，或者该怎么样看待创新？被改成京剧歌曲和交响音乐的样板戏，是不是创新呢？很难说不是。所以我也一直觉得，这些东西靠民间的自发性创造并不容易，至于想确立农民文化的主体地位尤其不可能。在这里，我们看到了整个中国现代文化的困境，它确实需要一个强有力的意识形态指导，有时候甚至包括国家机器的介入。但是在今天，历史条件发生了天翻地覆的变化，这个困难在于，作为资本主义"私生子"的大众文化现在登堂入室了，要求证明自己的合法性了；就算你理论上否定它，但是它已经在欧洲的300年创造了辉煌的文化成绩，在我们的日常生活实践和我们的艺术实践当中，在当下中国，它已经几乎名正言顺地登堂入室了。这个时候，徐克《智取威虎山》的有限的努力，我个人觉得，是值得重视的。

我谈的重点就两个。一个是接受史和主体性之间的关联，这在逻辑上可能还需要进行一些分析。从中国现代进程的角度看，如果没有一个国家的指导，或者在必要时，如果没有强力的国家机器的运作，是非常困难的。大家也知道，新世纪之初，一直有一种"民国热"，其实在这里有一种对国家权力的盲目抵触，有些时候，这是一种不负责任的想象。这无非是表明，在资产阶级的法理体系里，国家权力要被限制，要绝对让渡给公民；但这样一个现代性想象，与中国的语境，与中国的文化所承受的困难，与中国在鸦片战争以来整个进程当中所处的位置关系来看，这种想象难免有一种空洞的非历史化倾向。另一个，我们必须谨慎理解社会主体与历史进程这对范畴，在当下中国现代性转型中的吊诡性质，对于资本主义大众文化的"嫡长子"身份及其形态、功能，都必须有一个正面理解的态度。现代性确实是一种断裂，而且对于当下中国来说，它的道路还特别漫长。

（陈福民老师在主持人的邀请下，演唱了样板戏《智取威虎山》选段）

李云雷： 唱得太好了，现在休息一下。

（休息）

李云雷： 陈老师是唱念俱佳，他谈的问题很重要。作为一个经历过那个时代的人，他对文本特别熟，提出了一些具体文本里面包括人物设计等细节性的问题，更重要的是他后面谈的理论性的问题，从丽军的农民文化主体性这样一个角度切入，谈文化的现代性与大众文化问题。这个问题，纳入到当代文学学科里，是有一个历史脉络的。现在很多当代文学学者都在研究《林海雪原》，《林海雪原》值得研究的一个点就是，革命文学怎么把通俗文学收编进来，讲述革命的故事。但是我们这个时代的问题，反而是怎么把革命历史纳入到大众文艺这样一个形式里面去。确实时代不一样了，给我们提出来一些新的问题。下面我们就进入自由讨论，尤其是陈老师唱了之后，大家都很踊跃，下面就自由发言吧。

陶庆梅： 首先给丽军提一个问题。我是做戏剧研究的，但我自己也不敢碰样板戏，太难，从各个方面上来说都太难。它不仅是个艺术形态问题，难的是该怎么理解它？刚才你说到，老师带着学生看，学生说很现代，为什么是现代？有人解释吗？这个现代里面就包含了特别多的问题。还有一个难在哪？就是你做了这一块，它怎么在当时的体制条件下传播的？我们都知道"文革"时院团解散，变成了各种各样的小的组织。具体到样板戏，尤其你说的县城和乡村，谁在组织它，谁在唱它，谁在教别人唱，在什么时候唱，我们更多是从回忆文章当中看到一些描述。今天谈意识形态的问题，抛开以上这两个问题就是空的。意识形态怎么跟它的艺术形式，跟它的生产机制、传播机制是如何一起运作的？我希望能听到你在这一块做一些阐述。

我没有去看《智取威虎山》，这是我自己特别纠结的地方。我不想去看，为什么呢？因为我大概知道它会怎么拍。牵扯到样板戏的"现代"问题，其实也许可以把云雷的问题再返回去问：样板戏是不是本来就是和好莱坞的表达样式有相似性？但是紧接着要问的是，二者最大的区别是什么？或许最大的区别，就是好莱坞的叙述是以个人主义为基础的。徐克要拍《智取威虎山》，肯定要回到个人主义的模式中去，从个人视角、个人的思想脉络去处理《智取威虎山》，这是我不想看它的原因。但我纠结的是，今天，面对以个人主义为思想基础的观众，不回到这还能回到哪？

关于这一问题我有些不太成型、不太成熟的思考。姑且在这里抛出来供大家批判。几年前讨论《我的团长我的团》和《士兵突击》的时候，都有一个特别严肃的问题在里面，就是说社会主义的个人到底是什么？这是我们的文艺也好、我们的理论也好，没有很好处理的问题。大家讲个人的时候，把它直接和群体、社会对应起来，但是我要问个人是什么？

我自己处理的是戏剧问题，我是在易卜生这碰到的这个问题。一般看过《玩偶之家》的人都知道易卜生是个人主义者，但我看他也很纠结，纠结在哪呢？易卜生的创作在19世纪末20世纪初，是西方资本主义产生重大问题的时刻。资本主义从启蒙主义开始，到20世纪初，几百年间个人在不断膨胀、扩张，推动了资产阶级革命；但到易卜生写作的时候，西方人开始怀疑这个个人。易卜生碰到的问题就是从上帝那脱离出来的个人，离开上帝以后到底是什么？在《培尔金特》里，易卜生发现这个个体虽然周游世界，但最后这个人是空心的。在他中后期作品中，他转换不同的视角处理一个人。比如说在《社会支柱》中这个个体是正面的形象，但到了《野鸭》这个坚持原则的个体就会给他人带来许多伤害；而到了后期戏剧，他反过来讲个体在伤害别人的时候自己是什么样的心理状态。

19世纪末20世纪初，也是西方心理学和神秘主义开始重新出现的时候。所以，易卜生的个人跟宗教问题是绑在一块的，个人是从上帝来的，然后随着资产阶级革命的蔓延扩展，"上帝死了"之后，那么个人呢？俄国更是这样，俄国就是从托尔斯泰开始在里面纠结了几十年，一直在讨论上帝、人、革命的复杂关系。中国有着特别特殊的国家、社会、民族,在某种意义上,中国社会的个体,和中国这个国家的形成是相关的。我那天在家听《我的祖国》,有点呆住了,好像是突然间明白,革命文艺,它在创造一个关于革命叙述的时候,也在创造属于这个革命的个体。那个歌词里,姑娘怎么样、小伙怎么样,它是对个人是有期许的,这个个人跟它创造的环境是有关系的。我当时有点明白,中国社会的个体是跟中国这个"民族国家"的新的国家形式的兴起,不可避免地是绑一块的,这个个体跟民族国家的形成是息息相关的。

但是改革开放以后,我们直接把西方的那套意识形态平移过来。因而,个人就变得跟什么都没关联,其实西方社会也不是这样的。当这个跟什么都不相关的个体出现时,那就只能变成一个纯粹的个人主义,所以为什么中国的个人主义容易往情欲、欲望里走,只往个人内心走能研究出什么来?个人只有在跟其他东西的相关性中才存在。

今天讨论革命文艺,表面上看它是借助商业文化、借助好莱坞电影复归;但其实在我看来,其实是一个个人主义的基本模式的改写。如果只是革命文艺和商业文化的关系,真的是把这个问题说窄了,我是真的觉得它事关我们下一步该怎么去构造我们的个体,怎么去和社会、和国家以及今天不知道是叫群众还是叫人民的关系中,去塑造一个个体。

回到样板戏为什么是现代的问题,真的特别困难。我讲样板戏是现代的,有两个层面。一方面,它是被改造过的,比如说对京剧的改造,非常明显,原来所有的京剧都是通过服装、化妆遮掩住身体,所有的表演都是在身体被遮挡住以后的表演;样板戏首先改变了所有服装,这些人是穿着军服去表演,那怎么演?很难演。这个问题在当时解决得非常好,这是它现代性的方面。另一方面,现代性又跟京剧传统特别紧地绑在一块,这一块我是真不懂,懂的人会告诉你这个东西是从哪变过来的,都是在传统当中的变化。

所以,重要的是今天要理解样板戏是如何处理传统和现代的关系,以及它是如何处理个人与社会、群众、国家的关系。我们今天该怎么回到它的出发点上来思考?我想这是它可能会带给今天的文艺创作的最大启迪。

张丽军:其实回到戏本身来谈戏,这一点我是认同的,而我想谈的是样板戏是怎么组织起来的。我到乡村做调查,听到他们都谈一个词:毛泽东思想宣传队。我到我岳母那去,她做样板戏,其实是"文革"之前就已经搞起来了,不是说"文革"之后才开始的。

陶庆梅： 那时候唱什么呀？

张丽军： 主要是山东一些小戏，包括样板戏其实已经出来了，地方戏跟样板戏都已经出现了，1964年就有京剧现代戏汇演。1968年被命名，当时的毛泽东思想宣传队20世纪60年代初期就已经开始出现在乡村，乡村很多能拉会唱的人因此走在一起。

陶庆梅： 毛泽东思想宣传队是县城里组织的还是乡村里自己组织的？

祝东力（中国艺术研究院马克思主义文艺理论研究所）： 我们小学都有，毛泽东思想宣传队是"文革"时期才有的，之前不叫这个名字。

张丽军： 当时乡村的团组织都有，我岳母家乡的组织者说自己在1964、1965年是共青团的团支书，当时也是党支书赞同的，有乡村小学老师、村庄小知识分子参与。我到寿光的调查也是一样，寿光的大队支书很喜欢现代戏，当地小学老师积极参与其中。

陶庆梅： 谁来教他们唱呢？

张丽军： 有教的，如寿光县城的京剧团，手把手教，同时看样板戏电影。乡村知识分子是一个很重要的群体，很多人不识字，要背，有的会认几十个字，乡村里十七八岁的小伙子大姑娘，记台词的能力特别强。春节前后时刻排练，一般都是村庄的牛棚，或者大队办公地点，基本都在这些地方排练。晚上用汽灯照明，很多道具是自己造的，锣鼓家什是买的。

陶庆梅： 一年演多少场？

张丽军： 从腊月开始，到过了春节十五期间，演出没有任何报酬，管一顿饭。自制道具，出了很多笑话。比如甩水炮，演的时候要枪杀小炉匠，开一枪他就死，但有时候阴天下雨，水炮不响了，火药也打不着了。这个演员在台上，大声喊：我代表人民——枪毙了你，结果枪一直不响；演员急中生智，马上改台词，我代表人民——掐死你……出现了很多这样的故事。当时村庄样板戏演出，党政机关是介入的，但是介入的不是很深。

刘浩洋（中国艺术研究院研究生院）： 样板戏出现的这个时代，官方并没有把传统京剧封禁，但是民间省地市级以下的文艺单位基本上已经不演传统戏了。那时候民间跑码头的戏曲和曲艺艺人，不少都被当成盲流抓起来了，有点名气的后来进牛棚了。除了宣传样板戏以外，人民群众基本没有其他的文化和娱乐形式。

陶庆梅： 有具体的时间吗？

刘浩洋： 准确的时间应该是在"文革"开始以后，不同地区的程度不同。像山东有些地方搞得非常严肃，而山西的朋友说即便最严肃的时候，他们也有人偷着唱戏，没人管。不同地区的程度是不一样的，但这个现象是存在的。

张丽军：不是简单被强制的问题，很多农村确实是有看样板戏这种文化需求。

石一枫（《当代》杂志社）：有这种需求是不是因为没别的可看？

张丽军：农村文化的荒芜是一方面，有人批评说只有八个戏，但是对农村人来说，以前他们可能一个戏也没有，这可能是一种巨大的差异。

石一枫：提两个问题，第一个是刚才张老师说的农民文化的问题，我个人真不觉得样板戏是农民文化。它的唱词之讲究、对仗之漂亮，几乎是文人士大夫的文化了。或者我们再具体分时期说农民文化，我承认样板戏可能在一段时期里成为了农民爱好的文化艺术，但我觉得是因为当时没有其他的东西可唱，只能唱这个。它可能是特定时期农民文化生活的主要因素，用这个逻辑来说，今天湖南卫视放的那些包子脸小龙女，可能也是今天的农民文化。

至于样板戏，要说样板戏好，我觉得还是代表了某一类高水准的艺术成就。以前认识一个双簧管演员，到国际上比赛老能获奖，为什么呀？外国人的手都不如他快，因为他工作的时候吹《打虎上山》，外国的曲子不需要那么快。我也见过很多比我们大的人，文字功底非常好，他们对诗词审美的培养真不是从李白杜甫那儿来的，可能就是从样板戏的唱段来的。

我对张慧瑜也提一个疑问，我觉得《智取威虎山》这个电影不怎么好莱坞，或者说远远不够好莱坞。好莱坞的电影除了突出个人英雄主义之外还有一些其他的规则，比如说编剧塑造人物，人人头顶上得有一个雷，每个人都有性格反转，每个人都得有巨大的内在张力和矛盾；但这个电影我就没看见，没有一个人物有心理张力，没有一个人内心有反转，杨子荣有吗？没有，少剑波也没有。按说照徐克的路子，可以给座山雕来点心理反转，座山雕也没有。我觉得这回香港人干活怎么比咱们60年代还高大全？徐克这回真是把我雷着了。我觉得香港那么会拍商业片的人，怎么这回完全不按商业片的规律来拍片子了。

陶庆梅：他还是很成功的。

石一枫：成功也得具体分析。这段档期就两个片子，一个《一步之遥》，一个《智取威虎山》。人民群众有看电影的需要，《智取威虎山》打败了《一步之遥》是因为一个承认自己是傻子的人打败了一个觉得自己很聪明的人，我觉得只有这么一个原因。

陶庆梅：但还是成功了。

石一枫：这种商业的成功是一种两害相权取其轻的成功，相当于只有猪粪和牛粪，你到底吃哪个粪？现在是这么个事。

陶庆梅：商业领域一直都是这样的。

石一枫：当然还是有好的商业片。香港电影人来大陆拍电影，包括拍红色经典的事，我觉得也不用把这事儿想得多么好。慧瑜刚才说得很清楚，第一个是中国有钱了，第二个原因还是因为广电总局的禁令在那。资本总是毫无原则、毫无立场地乱钻空子，就从讴歌革命的角度来说，《智取威虎山》也毫无诚意可言。这片子我看了，真是差点看吐了。既无诚意，活干得也不漂亮。我的结论是我对中国电影观众特别佩服，他们真是什么都能看，什么都能看出乐儿来。

陶庆梅：你最开始说的香港导演北上，比如说如果背后完全是中国资本的话，还受配额的限制吗？

孙佳山（中国艺术研究院马克思主义文艺理论研究所）：那没问题，只要不违背2002年《内地与香港关于建立更紧密经贸关系的安排》的相关要求，就是国产片的待遇，不受进口影片的配额限制。当年的"十部大片"里基本都是好莱坞的，后来限定了一下，必须有一两部香港电影；现在只要按协议办，就干脆不给香港电影限制了。而且不光香港不算了，去年夏天跟韩国也签了《中韩电影合拍协议》，韩国电影只要按要求跟咱们合拍，也没有配额限制了。年末上映的《我的早更女友》就是国产片待遇，没有按进口影片的分账比例来要求。

石一枫：陈老师您觉得样板戏好，我很好奇是不是基于对旧戏曲、旧电影的回忆？有了时代回忆，再看这么一个片子可能就会觉得好。我对那个时代没有记忆，可能是因为这个原因，我就特别不爱看这个电影。

张慧瑜：我觉得一枫不喜欢，恰恰是因为这部电影把红色历史讲述得太正面了，这可能也是这部电影最成功的地方。

石一枫：很多正面的东西我是很喜欢的。

郭松民（《国企》杂志社）：里边确实是做了一些反转，尽管最后孙子实现了美国梦，但爷爷这一辈怀揣的其实是革命梦。

陶庆梅：不是为了能让一个人去美国读大学，是为了全中国的孩子都能在中国读大学。

郭松民：实际上是等到20世纪80年代革命梦破灭以后，美国梦才取代革命梦。小分队的行动本质上是要摧毁当时的世界秩序，而当时的世界秩序从广义来说是美国主导的。在那个秩序当中，美国梦不仅是被允许的，而且是被鼓励的，在预期的革命后的新秩序中，美国梦是不被允许的。电影中间用很跳跃的方式把这两个梦对接起来了，这里面有一个偷换，但是很多观众没注意到。

刘浩洋：那时候中国人也谈不上美国梦，在一个备受内战煎熬的时期，大家的梦就是活下去。其实大多数人领美国救济粮的时候，根本不知道美国是一个什么样的国家。我揣测那时的老百姓，比如栓子根本不知道美国长什么样，甚至栓子也领不到美国的救济粮，因为东北都快被解放了，那时候还没有美国的事。

郭松民：当杨子荣他们上去的时候，是怀揣着一个革命梦，这个革命梦要摧毁的那个秩序，广义来说，是美国主导的世界秩序的一部分；因为他们要推翻国民党政权，而国民党政权建立的秩序，是美国秩序的一部分。革命梦想是跟美国这个秩序是冲突的，到最后革命梦变成美国梦，就是原来的革命梦想破灭了，现在大家做美国梦就行了。刚才有老师说了，这次讲述红色经典是正面讲，但我觉得讲的过程当中是有偷换的，我们不太留意，就觉得挺好的。

李云雷：你刚才说的这个逻辑也可以反过来讲，比如说影片开头这个人在实现美国梦的过程中受挫，又想起来还有一个革命梦。

冯巍（中国传媒大学艺术研究院）：从电影本身看，是现代革命和当代现实之间的一个小小的穿越。

郭松民：徐克在讲述革命往事时完成了一个翻转。我跟这个故事确实有一点渊源，我当年参军时，部队驻地就是在《林海雪原》的原型地，我们放下背包参观的第一个景点就是杨子荣烈士墓。小分队在当时那个背景下，带有很强的工作队性质，完成的是政治性的任务；但徐克在表现时，把政治性的东西都排除了。小分队跟猎豹突击队等特种兵没什么区别，是一个专业化的、装备精良的、去政治化的反恐部队，跟现在主流叙事没有任何冲突。徐克在这方面是很小心的，把里面所有可能产生政治联想的符号都去掉了，比方说红五星、红领章没有了，当时部队也确实没有红领章，但是帽徽是有的。红旗没有了，共产党、毛主席等所有可能产生政治联想的符号统统没有出现，而且小分队在大部分时间不穿军装，杨子荣自始至终都没穿军装，把政治性符号去掉了后，就建立起一个新的叙述。

在讲述这个故事时，徐克将其处理成一个单纯的反恐行动，他不这样处理的话就没办法讲述革命往事，这是一个很大的变化，但他这样处理以后就产生几个问题。一个是人物不容易立得住。我们看好莱坞电影里面都是个人英雄，他们有一个特点：

最开始都比较消极，生活状态比较边缘化，过自己的小日子，等到某个巨大威胁来了，就奋起了，他的动机很清楚：保卫自己的个人自由。只不过按这个逻辑杨子荣就不好讲，杨子荣在当时历史背景下不存在个人自由问题，他的问题是要夺取生产资料，获取生存权、发展权。这个动机在原来的文本中是很清楚的，京剧《智取威虎山》中少剑波有一个唱段，把杨子荣的动机全说清楚了："杨子荣有条件把这副担子挑，他出身雇农本质好，从小在生死线上受煎熬，满怀着深情把救星找，找到了共产党走上了革命的路一条。翻身后立志把剥削根子全拔掉，出生入死身经百战屡建功劳……"这样杨子荣这个人物是丰满的，是立得住的，他知道自己在干什么，为什么要出生入死。但在徐克版《智取威虎山》里边就没有了，因为把政治性的东西都排除掉了，就没法解释杨子荣的动机，只能另辟蹊径。我看这个影片里有两点是解释杨子荣的动机的，一个是他跟少剑波的紧张关系，两人互相敌视，不信任，杨子荣对少剑波憋着一口气。因为两人互不信任，杨子荣就有了证明自己的动机——你不相信我吗？我就打进匪巢，跟你玩个大的让你看看。杨子荣另一个动机来自中国传统文化，《三国演义》中的赵子龙、张翼德，一开始徐克让杨子荣唱三国故事的二人转，绝不是偶然的，是为杨子荣后来的行为做铺垫。但是这跟中国革命的历史事实不相符合，因为那时候军队有强有力的政治工作，军队的内部关系也不是这样的。具体说，少剑波作为一个团参谋长带一个小分队，里边的人员都是他精挑细选的，他们之间的信任关系在进山剿匪之前就建立起来了。

还有一个是徐克对群众的描写，我觉得是非常反动的。电影里的群众完全是被动的、奴性的，他们听到小分队要剿匪就跪下来哀求，说你们不要打，因为你们打我们肯定死。跟《林海雪原》的文本比较一下，就发现有很大差别，刚才几位老师也讲了，那里边主要是群众被启发、教育以后，历史的主体性就焕发出来了，在剿匪战斗中起了非常重要的作用。

影片中"夹皮沟保卫战"那一场，跟黑泽明的《七武士》很像，我觉得徐克是受到《七武士》启发的；但是电影里的群众甚至不如《七武士》里边的日本乡民，因为那些乡民在武士的发动下，还敢拿起竹枪和山贼拼杀，这里边的群众却没有任何作用，等到土匪来袭，他们只会躲在一间大房子里发抖，祈求菩萨保佑，没有任何主动性。和中国的《地道战》《地雷战》里的农民群众相比更是差了十万八千里。比较这几个文本我们会发现，电影的表现手法越来越现代，对群众的描写则退到封建社会了。

还有就是一些细节可能被很多人忽视了，比如马青莲，其实是第五代电影中的女性形象——一间密室，囚禁着一个女性，她的性欲得不到满足。当杨子荣到威虎厅时，马青莲坐在座山雕的座位上，她的形象、穿着，马上能让人想起《大红灯笼高高挂》里的形象。马青莲的欲望得不到满足，在威虎山勾引别的土匪，别的土匪就被座山雕杀了，座山雕是性无能的形象，马青莲通过这种方式来实现自己的报复。座山雕满足自己欲望的方式就是把她捆起来打，这和第五代导演的表现是很相似的。徐克有价值观，他的价值观就是自由主义的，最后马青莲的解放，其实是一个自由主义的、"五四"意义上的解放，是"人性"的解放，这和第五代导演是一样的。

石一枫：这也是他选择这个题材的原因，不需要打广告。其实我觉得翻拍红色传奇的电影，1992年的《烈火金刚》拍得比这个好。

冯巍：我还是从电影说起。刚才有几位老师提到，此前不管是电影还是电视剧重述革命历史故事，都是"反着讲"，反着传统模式讲；然而正如陈老师说的，现在开始"正着讲"了，这就构成了一个"否定之否定"的过程。那么，它大体上是一种什么状况？我想结合《智取威虎山》说一下。

我是觉得徐克"智取"了《智取威虎山》。一方面，他选择了讲述中国故事，传统的红色题材；另一方面，从讲述模式上说，让革命浪漫主义的话语模式有所复归，同时又跟好莱坞孤胆英雄的讲述方式和香港警匪片的讲述方式，事实上有一个糅合，巧妙地打了个擦边球。从更具体的讲述技巧来看，这里边有好多"典型环境中的典型人物"，比如，"一"与"多"的鲜明对照。夹皮沟里只有一个坏人，栾平；威虎山只有一个好人，杨子荣。山里面只有一个女人，马青莲；小分队也只有一个女人，小白鸽。

最近特别火的科幻小说《三体》，引申出了一种艺术批评的新说法，降维叙事。通俗地讲，就好比是把三维立体打成一个平面。《智取威虎山》就是一种降维叙事，它塑造的人物不是原生意义上的平面化，这是徐克主动的选择。比如，普通群众在影片里没有真正意义上的形象。土匪下山的时候，老百姓们躲在仓库里发抖，但给老百姓的主要镜头就是一片乌压压的黑影，看清楚的镜头只是小白鸽跟栓子说话，没有清晰地呈现其他人。马青莲不能算是普通群众形象，她已经蜕变成土匪夫人了。群众的面目是模糊的，就是一种降维叙事。这种选择的直接好处，就是反衬了传统样板戏的讲述方式。陈老师说的"正着讲"，就是因为不管影片在人物设置、故事情节上有什么变化，但整体上我们可以感觉到它延续了的样板戏元素。像在威虎厅里面，杨子荣跟栾平对证的一场戏，特别有京剧的舞台范儿。当然，徐克很巧妙，不会让观众觉得是翻拍京剧，而还是保证了典型的电影镜头语言。座山雕开了好多枪，别人都左躲右躲的，只有杨子荣一直威武地在那站着，栾平已经躲在台阶底下，几乎是缩成一团，抖抖地在说话。英雄的高大上和坏人的那种猥琐，对照很鲜明。影片的革命浪漫主义色彩，是很浓郁的。

张丽军老师讲到电视剧那一段，我刚好也在看这方面的资料。2004年因为《林海雪原》的播出，引起了很大争议，紧接着是《红色娘子军》。于是，有关部门发布了两个关于红色经典电视剧的审查规定。大家本来以为既然歪批歪改红色经典被批评了，这种题材就不会再改编了，其实还不是，《小兵张嘎》和《红旗谱》紧接着就播出了，所谓正着讲还是允许的。各方的争议也逐渐平息了，而且红色经典改编的电视剧，在那之后几年，大概还是有二十部左右。

所以说，徐克《智取威虎山》，就聪明在：一个香港人不仅懂市场、懂艺术，也很懂政治。整个内地的文化环境，从2004年的《林海雪原》电视剧开始到现在的十年，整体上有一个自身的反转。《智取威虎山》的高票房，除了大家戏称的《一步之遥》的功劳，根源主要在于它是真的讲了一个当代的中国故事，故事的原型是现代红色题材，但如此的讲述却是属于今天这个时代、这个中国的，属于当下文化话语的讲述逻辑。我们说要讲述中国故事，什么是中国故事？有"中国逻辑"的故事，才是"中国故事"。不是说有中国人、中国场景、中国资金，在中国放映，就是中国故事了。至于中国电影发展所内在的中国逻辑，就是经历了"否定之否定"，回到这种可以"正着讲"但又与传统讲述不同的方式。

刘浩洋：说到群众在影片中缺位的事情，其实群众不是缺位，我觉得它还原了一个真实的所谓人民群众的概念。在鲁迅先生的笔下，他们就是拿着馒头去沾血的那群人，很正常。我们再做一个推演，栓子和村长的孙女长大以后，就是《王贵和李双双》，就是《刘巧儿》，而村长就是所谓封建家长、保守势力。所以说当时的他们不是进步的，在样板戏里面"早也盼，晚也盼，望穿双眼"的那个情怀是宣讲出来的，而在这里边是靠小分队拿命换来的，也就是说中国人民解放军怎么赢得群众，不是革命样板戏里唱几句"我们是工农子弟兵"就能赢得群众，是真正打掉座山雕以后，老百姓才相信这些人。

样板戏其实在某种程度上就是一种精英文化，但是群众从精英文化里找到了大众文化的东西。我们现在说八部革命样板戏——有两部不是戏，但是给人印象深刻的就是三部：《智取威虎山》《红灯记》和《沙家浜》。我个人觉得它们的主要人物的身上充满了匪气、江湖气，杨子荣、阿庆嫂充满江湖气，李玉和一定程度上是个工人阶级，但他也有市井的仁义和仗义在里面，这是我们五千年来农业社会任侠文化的延续。这不是官方叙事下强制的，它们正好是官方文化所反对的所谓三俗的东西。杨子荣就是一个披着土匪外表的革命军人、大胡子。

张慧瑜： 你这个判断是江青的判断，江青就说杨子荣比土匪还土匪。

刘浩洋： 红色经典的改编确实开始唤醒了大家的记忆，红色经典当中"三贴近""三突出"，让老百姓觉得很亲切的那个杨子荣又回来了。

房小捷（北京师范大学历史学院）： 我想讲这么几个问题，第一个是革命历史题材的非历史化，乃至一切戏剧作品的非历史化问题。我是学历史出身的，所以特别重视这个问题，我看到的就是一个传统的正邪对立故事的回归，但是缺乏对社会结构的叙述，我觉得这种没有历史的历史片，明显是个堕落，对于整个中国革命史的叙事几乎都是非历史的。从历史上看，那时候要保卫人民群众的胜利果实，这才是《智取威虎山》的社会历史基础，也才是这出戏的意义所在，而现在这部片是什么样子的？这个题材放在任何时代，放在中国、美国都是一样的，整个时代事实上是被架空的。我认为应该分析的是历史剧非历史化的原因是什么，这不是一个艺术问题，在艺术表现形式上，各位都是专家，我就不多说了。我认为非历史化的实质是一个社会权力问题，是一个资本和政治要我们表达什么，不要我们揭露什么的问题。

我看了前两年中央芭蕾舞团的《红色娘子军》重排版，有一个非常关键的细节改变。吴琼花为了报个人仇恨犯了错误，归队后，连长对吴琼花进行教育，1964年的版本在黑板上写的是"只有解放全人类才能解放自己"，中央芭蕾舞团在北大重排时改成了"组织纪律"四个字。原来一个起画龙点睛作用的细节，讲述《红色娘子军》发展壮大的根本原因是什么的细节，讲述把这些人团结起来共同打南霸天的原因的细节，就这样被替换了。打仗的原因，好像就是为了个人报仇，就是为了求平安，革命梦也就被阉割掉了。这是第一个问题。

第二个问题是，翻拍的经典和真正的经典的另一个重要区别，在是否具有功能性的审美，也就是观众是纯粹的看客，还是参与者。京剧《智取威虎山》的唱段可以广泛传唱，并引起演唱者的内心共鸣；而徐克的《智取威虎山》只不过能给小青年多几个可以模仿的动作而已，大家讲讲段子，或者是模仿几句台词，过几年就不会再流行了。

我们说红色经典是宣传，但是这种所谓宣传品，在舞台表现形式上是邀请观众来参与的。而现在的改编看起来好像把英雄人物凡人化了，但是并不想让观众真正进入剧中的社会情境。

另外，为什么老百姓现在不愿意接受正面的叙事？似乎只对自己动物性的需求感兴趣，而对作为一个人的需求不感兴趣，仅仅是因为我们穷怕了，物质不够丰富吗？绝不是！那为什么会这样？人是社会性的动物，却只关心吃喝拉撒，其他都不关心，为什么？老百姓感兴趣的红色经典，并不是红色经典所要传达的红色的内容，实际感兴趣的还是红色经典里面的匪气、痞气这些老百姓生活当中的东西。我想红色经典之所以尴尬，根本原因是没有认真地对待红色经典的精神内核，人民群众不但在戏剧内容上丧失了主体地位，在审美活动中也丧失了主体地位。根源是什么？因为资本是不会拍出反资本的片子的，它只是借壳上市。

石一枫：您说了这么多，我唯一和您看法不一样的，就是资本为了牟利是可以反资本的。

傅正（北京师范大学历史学院）：你看过《林海雪原》的原著吗？

房小捷：没看过《林海雪原》原著，但是我看过样板戏《智取威虎山》。

傅正：我觉得刚才讲的问题非常重要，我们这次讨论缺失了一个非常重要的问题，《林海雪原》这部小说的原始文本到底有什么样的特点？为什么徐克会选择《林海雪原》？这是非常重要的一个问题。《林海雪原》《铁道游击队》《烈火金刚》，非常直接地表现了那个时代革命小说的特点，即把传统的武侠小说嫁接到革命小说中。《林海雪原》就非常典型，这也是当时很多文艺批评家对曲波的批评所在。比方说非常典型的是，曲波在后记中也讲到这个问题，他说我看《钢铁是怎样炼成的》时候非常提气，给我非常大震撼，但是你要让我讲道理，那我肯定还是采用传统武侠小说的套路，讲《水浒传》《西游记》这些东西。这段话非常重要，我记得小说原著有"杨子荣刀劈蝴蝶迷"一段。你想蝴蝶迷这样一个许多土匪的姘妇，按道理讲，最起码应该是非常妖艳的，但是你看小说中把她描写成怎样的形象？丑到这种地步，我记得小说中说杨子荣一刀劈下来，蝴蝶迷臭烘烘的内脏流了一地。这是一个很脸谱化的描述，很有传统侠义小说的特点。

石一枫：这不真实。

傅正：也就是说，徐克取材《智取威虎山》，没有任何接受上的障碍，跟他之前接受武侠小说一样。比如我们讲人性论这个东西，很晚才被接受，是在80年代借着反"文革"才成为"真理"。实际上中国传统当中并没有太多关于人性的刻画，更多的还是善恶分明、忠奸对立。当然，这部电影中，徐克对人性论还是有一点表现。在哪里？

在人民群众上。刚才有老师说,京剧把人包裹起来,实际上京剧这样的包裹,恰恰是把内在的东西挂在了脸上,我们一看脸谱就知道谁是忠谁是奸,这样的东西在《林海雪原》中有非常明显的展现。比方说你看少剑波这个形象,其实就很像诸葛亮五月渡庐,深入不毛,七擒孟获;而坦克刘勋苍则是非常典型的张飞式人物。对此,当时有很多文学评论家对曲波有过非常大的批评。再比方说曲波对少剑波和白茹的感情戏的描写,很才子佳人。你看少剑波偷看小白鸽的小脚那一段,脚对于中国古代女人来讲是非常重要的。但是曲波仍然有他不同于传统侠义小说的地方,就在于他对人民群众的塑造,而恰恰这个地方是徐克忽略的。关键的是,我们要思考一个问题:徐克为什么会选择《智取威虎山》?它在哪里跟徐克的习惯有一致之处?不要忘了,正是传统侠义小说的形式在某种程度上开启了我们的革命文学,《林海雪原》当时第一次印刷量就有50万册。

石一枫: 原著本身是一个中篇小说,是曲波写的,最早叫《林海雪原》,发表在《人民文学》杂志上。后来人民文学出版社有个老编辑龙世辉看了这个中篇小说就找到曲波,让他扩充成后来的《林海雪原》。实际上这个长篇小说是编辑先期介入的产物,已经进行过政治拔高了。

林品(北京大学中文系): 我非常认同郭松民老师讲的那一点,这部电影其实有一个非常关键的反转,就是"革命梦"与"美国梦"的反转,当然这个话也可以反过来说。最关键的反转,就在于这部影片所针对的观众,当下中国的主流观众,具备影院消费能力的观众。他们肯定不是样板戏所能召唤的观众,而他们作为新主流的观众,对样板戏没有背景知识,只有一个非常标签化的刻板印象,不喜欢样板戏所携带的一些已经在某种意义上遭到妖魔化的政治内容。如何让源自红色经典、源自样板戏的这样一种故事,能够召唤这些观众?我觉得这部电影是在召唤观众的,但它并不是把观众召唤到当时的社会历史情境中,而是召唤观众把现在"美国梦"的现实和当年的"革命梦"的联系在一起,这二者之间其实是有着巨大裂隙以及不可能反转的东西。这部电影的反转就在于召唤这些新主流观众去在这二者之间建立一个历史的连贯性,以及叙事逻辑内部的合法性。

最重要的反转就是,一开始在美国纽约圣诞夜的KTV里出现了《打虎上山》,但是KTV里的那些人,除韩庚扮演的姜磊之外其他人都不能理解,这是什么?怎么会有这首歌?这是你们中国的什么东西?韩庚的那些朋友实际上是这个片子里很重要的角色设置,虽然最后再也没有出现,但影片在当下所要召唤、瞄准的那些新主流受众和影迷最容易代入到这样的场景，代入到这些朋友的立场、位置和情感倾向。突然出现《打虎上山》这样的样板戏，对他们来说是很难接受、很难认同的。那么，如何建立认同呢？就通过姜磊这样一个主体位置，这个人物的设置很有意思，他位于当下全球资本主义体系的顶端，既实现了某种意义上的中国梦，也实现了某种意义的美国梦，一个中国人成功到美国留学，在美国名牌大学毕业，进入美国硅谷的跨国公司上班，是这样的人物设置。

同时，这部电影有意识地选择韩庚来扮演这个角色，韩庚这个演员的选定本身就很有意味，因为韩庚就是黑龙江省牡丹江人，这个籍贯身份对于年轻一代的观众来说是很熟悉的；或者说，《智取威虎山》要取得票房成功，就必须拉拢当下流行文化的主流消费者。因为韩庚的出道史为文化消费者所知晓，他是中国第一个在韩国文化产业中出道，从韩国的流行音乐体系中脱颖而出，然后再返回到中国发展，成为中国的流行偶像。选择这样一位演员来扮演一个在原著中根本不存在的当下角色，本身就非常有意味。设置这个人物就是想要实现一个反转，也就是一个"美国梦"的现实如何反转到"革命梦"的历史。那些身处"美国梦"之中的年轻人几乎是不可能认同在KTV里突然出现的《打虎上山》，如何使他们经由影片的反转来建立起这种认同，那就要通过韩庚所扮演的姜磊的幻想。

整个《智取威虎山》其实都是韩庚自己的想象，所以它才能拍得如此具有娱乐性和非现实性。"不是土匪不努力，奈何共军有坦克"，这样一种身怀极其高强的武艺、极富娱乐性和传奇性的超级英雄，酷似美国超级英雄的中国超级英雄是如何成立的？是因为它完全存在于韩庚自己的对祖先的救命恩人的主观想象中。这样，它就实现了两个功能：一方面，如何把"美国梦"的现实与"革命梦"的历史之间的裂隙弥合起来；另一方面，如何在叙事逻辑内部，可以自圆其说地拍出一部非常具有娱乐性和传奇性的大场面动作大戏。就是通过片头片尾，通过原著《林海雪原》和样板戏《智取威虎山》里都没有的姜磊的角色，通过他在美国纽约唱K的时候大家对他的不理解和他自己的回忆，通过当年那些革命战士的英灵们与他组成一个大家庭一起过除夕夜。片头片尾刚好两个标志性的节日：一个是美国纽约的圣诞节，一个是中国东北的除夕夜，两个具有象征意味的节日，通过韩庚扮演的姜磊这个角色弥合起来。这是我顺着郭老师的论点做的一些补充。

傅正： 我认为这并不是美国梦的问题，而是中国叙事的问题。为什么要设计韩庚这个角色？道理很简单：吃水不忘挖井人。但是为什么必须在美国，因为美国人不了解我们中国的传统。归根结底一句话，我们过去讲革命题材的影片，是把它作为全世界人民解放的一部分，而今天红色经典则在讲述中华民族伟大复兴的史前史。这其实是一个中国叙事，不是一个美国梦。

石一枫： 按原来的写，就应该韩庚演一个小贩，被揍了，想起了他爷爷栓子。

李玥阳（中国传媒大学中国文化国际传播研究所）： 我觉得讨论《智取威虎山》应该看《智取威虎山》出现的语境。2014年一共有三个香港导演北上拍电影，《黄金时代》《太平轮》《智取威虎山》。这三个电影都挺有意思，都想讲述现代史和革命史。但是许鞍华找了一个特别奇怪的角度，她以萧红为切入点进入这个历史，在整个电影当中，她好像既让你看到历史，又不让你看到历史。表面看，这个电影完全是基于历史的，所有的论文、材料，无一字无出处；但是这部电影又在视觉上设置了所有的障碍，不让你看，你刚要进入历史，间离效果就来了，把你挡出来。那么你是看见了还是没看见呢？到底是让你看还是不让你看呢？可能这就是香港导演所能提供的位置，一个很暧昧的位置。

而《太平轮》那就更加奇怪了，它把这段历史做实了，讲述了一个没有解放军的解放战争。在半场的长度中，只看到黄晓明摆酷跳舞，看了一多半解放军突然出现，我记得影院里全都笑场，这是一个特别不合时宜的、跟特别帅的黄晓明完全不搭的形象。1949年变成了末日，末日临近的时候，大家都拼命挤上太平轮，要奔赴天堂，简直就是诺亚方舟。最后一看，天堂是哪呢？天堂原来就是台湾。这样的表述也是香港导演给我们提供的。

在这个语境中，徐克面临所有香港导演的困境，他也不能超越这些困境；但他可能完成了一个任务，尽管这个任务可能并不那么神圣。他完成的就是，我们不是一直觉得比资本主义更有优越性吗？我们满足人民的温饱，我们扫盲，我们应该比他们更好，怎么我们老被他们妖魔化呢？徐克就说好，就让你当胜利者，你确实是成功的，于是就彻底地把我们胜利者的形象给呈现出来了。但是我们又觉得这种呈现可能也是一个很可怕的事情，因为就像刚才郭老师说的，它完全是在另一个脉络中来呈现的，完全不是我们试图呈现的那个脉络。我们一直没能在资本和全球化的脉络中建立有效的叙述，是因为一直有纠结，我们一直有深刻的焦虑，希望能把政治性、人民、还有阶级，把这些政治化的东西放进去，所以我们一直没能在新的语境中找到讲述自己的方式。但是徐克看似解决了这个问题，年轻人看了可能会觉得太对了，这就是人民啊，马青莲跟他儿子是底层啊，这不就是满足人民的需要吗？

就这样，徐克好像让我们在新的语境里彻底找到了一个自我表述的出口，而且那么顺滑，酣畅淋漓，我们连纠结都没有了。作为电影来看，我确实也特别喜欢，但是作为一种意识形态表述，它的出现可能意味着掌握话语权的那些人已经不是在资本世界的边缘处找不到自我表述的小马仔了；相反，他们已经进入中心，甚至有人拍马屁给他们树碑立传了。《智取威虎山》可能不是让我们回忆起样板戏，反倒有可能使我们更加远离它，也可能彻底离开它，可能永远失去了反思样板戏的机会。

陶庆梅：这就是我特别纠结的地方。

祝东力：我再补充几点。我还是对这个片子里边处理英雄和群众的方式比较感兴趣。一开始丽军讲，他岳父岳母当年的经历，我特别有共鸣。我们当时是小学生，当时遍地开花地在演样板戏、学样板戏，像我们那个小学——我1970年上小学，小学几百号人也有一个校宣传队，而且不光是校宣传队在演样板戏和其他节目，每个班都有许多参加联欢的机会。比如说五一、六一、十一、元旦等等，一年有许多次联欢，每个班都要出好几个节目，全班一半以上的人都有机会上台表演，其中一般都会有样板戏。

电影《智取威虎山》里边英雄和群众的关系，刚才大家都谈得很充分了，其实概括地讲，它是把毛泽东所召唤的群众又变回到鲁迅所审视的群众，鲁迅的群众是麻木、驯顺、无所作为，如果仅仅是鲁迅版本的群众的话，就没法理解20世纪中国革命那样的规模、那样的深度。同时，当年学演样板戏也是在文艺形式上再现了奴隶史观和群众路线——当时有一句流行话叫"演英雄，学英雄"。也就是说，杨子荣不是我们被动地在银幕上去观看的超级英雄，当时的中国有千千万万个杨子荣、千千万万个李玉和，大家身边都会有若干个扮演这些形象的熟人。换言之，英雄和群众之间的关系，乃至整个社会结构，曾经是高度扁平化的，那的确是一个非常特殊的时代。历史变成故事、故事变成传奇，而到了徐克这个电影里边，传奇进一步奇观化、魔幻化了，我们跟英雄的距离越来越远，这也是红色题材改编中的一个普遍现象，群众又回到看客的地位，英雄变成了一个遥不可及的、偶尔来拯救我们的角色。可以说，样板戏《智取威虎山》再过五十年，大家还不会忘掉；但再过五十年，徐克这个电影肯定是被忘掉了。

另外，大家都提到"讲述的困难"，为什么讲述困难？其实刚才房小捷已经涉及了，我们在现有的前提条件下是没法讲述的，必须把这个前提条件改变，才能重新认识、重新讲述。在现有的前提条件下，徐克的讲述肯定是最佳方式，因为他各方面都能讨好；但是在这个前提条件下，比如我们就没法正确地去讲述群众跟英雄的关系，现行的话语秩序和利益结构就是这样的。

李云雷：不得不打断大家，时间已经很晚了，谢谢大家。

（根据速记整理，经过本人校订）

青年文艺论坛第四十五期

当代中国文学的前沿问题

主持人： 孙佳山（中国艺术研究院马克思主义文艺理论研究所）

主讲人： 李云雷（中国艺术研究院马克思主义文艺理论研究所）

时　间： 2015年2月12日（周四）14：30—18：00

地　点： 中国艺术研究院334会议室

主　办： 中国艺术研究院马克思主义文艺理论研究所

编者的话

新世纪以来，当代中国文学的格局发生了巨大的变化。作为一个置身于文学现场的评论家，李云雷始终关注当代文学的前沿问题，并提出了一系列新的命题。在此次论坛上，他结合自身研究所得，就"新文学的终结""如何讲述新的中国故事"等理论与历史问题，以及底层文学、非虚构、官场小说、科幻小说、70后作家等新的文学现象，对当代文学总体格局的变化进行了系统介绍与分析。

"如何讲述新的中国故事"是当前中国文学的一种新主题与新趋势，通过对一些具体作家作品的分析，李云雷认为，新的时代已经超越了近代以来启蒙与救亡的总主题，中国文学正在走出五四新文学的传统；当前不同层次的文学作品中都显现出了中国人的文化自觉，中国人的形象正在发生变化，在国外的中国人形象不再是"落后者"，传统中国文化不再被视为愚昧；不少中国作家开始探索新的中国美学，突破西方传统小说的规范，更关注中国人独特经验与情感的表达。

本期论坛围绕当代中国文学的新发展与新变化，展开了丰富热烈的讨论。新世纪以来中国文学发生了剧烈的变化，相关研究者应该从当前文学格局的新经验与新现象入手，做出深入细致的研究，并在此基础上努力建构一种新的美学评价标准。

孙佳山： 值此辞旧迎新之际，对各位新老朋友能在2月中旬马上过年的情况下前来捧场表示衷心的感谢。今天的题目是"当代中国文学的前沿问题"。新世纪以来，和文艺领域已经发生、正在发生和将要发生的整体性、结构性变迁和转型一样，中国当代文学的生产环境、流通传播方式、阅读接受情况等，都出现了一些具有历史断代性的表征和症候。文学本身的区间和质感，与五四新文化运动以来的文学传统、新中国成立以来的文学传统甚至是1980年代以来的文学"新"传统相比，都呈现出很大的差异和嬗变。所以新春将至，我们请云雷以他十余年当代文学批评与创作的经验，为我们勾勒一下当代文学的样貌和问题。

李云雷： 当代中国文学的前沿问题，我主要谈两个大的问题，一个是"新文学终结"，另一个是"如何讲述新的中国故事"，这是两个大的理论和历史问题；后面结合一些具体作品谈四个小问题：一个是底层文学的问题，一个是非虚构，另外两个是"官场小说"和"科幻小说"。我认为这些方面大体能概括新世纪以来当代中国文学发生的一些变化。

我先从"新文学终结"的话题展开，为什么先从新文学这样的话题谈起呢？主要是针对新世纪以来文学的变化，主要包括三个方面：一个是80后这批作家出现以来，我们的文学基本观念已经发生了很大变化。以前从"五四"一直到80年代，我们对文学的基本观念还是将文学作为一种精神和艺术上的事业来追求。但是80后和"青春文艺"出现以来，更多的是强调文学的娱乐和消遣作用，这是文学基本观念的一个巨大变化。另一个变化是文学基本的运行机制发生了变化，"五四"到80年代，文学界有很多论争，从"五四"开始到左翼文学的各种论争，包括新中国成立以后的各种批判运动，一直到80年代的文学论争，新文学的一个基本运作机制，是通过不同文艺思潮的论争，介入当下的社会问题与精神问题。但是这样一种机制在90年代以后，特别新世纪以后已经越来越少了，我们现在很少看到有论争，围绕一个问题，大家发表不同观点，这样的现象越来越少。说明新文学运行机制现在发生了大的变化。另一点，文学的媒体也在发生变化，新世纪以来网络的发展，尤其最近几年移动互联网这些媒体形式的变化，都对新文学的整体运行产生了很大影响。大家知道，新文学最早以报刊为核心，这是一种新兴文艺的运载方式，现在新媒体的出现可能会对我们整个文学的载体与运行方式有比较大的影响，现在已经有了一些影响，可能将来还会有更大的影响。

我刚才说的三个层面，基本观念、基本运行机制与媒体，这三个方面让我们看到现在的文学跟以前的文学相比发生了很大变化，这个变化可以说是"五四"以来最大的变化。所以在这个意义上，我将从"五四"到20世纪80年代这样一个文学脉络、这样一个历史阶段，称作新文学的体制。以前我们大家，尤其我们做现当代文学研究的人，都会做现当代文学史内部的"断裂"研究，现代文学和当代文学的"断裂"，1949年前后的变化，还有"文革"文学结束以后新时期文学的"断裂"。但是我觉得在这样一种新的"断裂"面前，以前的"断裂"都是新文学内部的"断裂"，而现在是新文学的观念和基本运作机制整个都在发生变化。

我这个思路其实受到洪子诚老师关于左翼文学研究的启发。我们学当代文学的都知道，洪老师对左翼文学的研究有一对著名的概念——"一体化"和"多元化"，他把20世纪40年代到70年代的文学史，描述成左翼文学"一体化"的过程，1980年代则是"一体化"解体的过程。他在文学史和文章中对1980年代"多元化"的倾向持比较乐观的态度。我们现在看，洪老师所说的"多元化"也有其局限性，包括我和他交流时也谈到这些问题，洪老师虽然对1980年代的"多元化"比较乐观，但是他对"多元化"本身的理解是有限度的，他的"多元化"限制在"新文学"的范围内，他很难接受"新文学"之外的通俗文学或大众文化。在1980年代，当时金庸比较流行，别人问他对金庸的看法，他说他看不下去，为什么看不下去呢？我认为主要是他的基本文学观念是"新文学"的观念，所以我们现在开玩笑说洪老师有小资倾向。他虽然对左翼文学尤其是左翼文学的"一体化"有所不满，但他其实分享着新文学的基本观念，他看金庸、看通俗小说，更看不下去，这样一种对文学的严肃性的理解，或者说将文学直接与现实、社会、人生联系在一起的观念，是比较牢固的。所以我从洪老师得到启发，我认为像他说的左翼文学本身是一种观念和体制相结合的历史过程，相对于他说的左翼文学"一体化"的过程，新文学从"五四"到20世纪80年代末的过程，可能是一个更大的"一体化"过程，包括新文学的体制、观念、运行方式，也包括新文学自身的建构和解体的过程。

置身在新文学传统里面，可能不会认为这个问题有多重要，当我们在1990年代以后，面对大众文化、面对新的娱乐文化的时候，发现我们的文学又回到了"五四"以前那些鸳鸯蝴蝶派、黑幕小说这样的文学观念中。在这种情况下，我们再去看从"五四"到80年代的文学史，就会发现无论是他们内部有多少争论，或者在历史发展中有多少断裂，其实他们分享着很多共同的观念。我刚才说的将文学当作一种精神或艺术事业，这样的观念是最早，像周作人给文学研究会起草宣言时的一句话，最能概括新文学的态度，"将文艺当作高兴时的游戏，或失意时的消遣的时候，现在已经过去了"。他其实对通俗文学，对鸳鸯蝴蝶派、黑幕小说、武侠小说都有批判。新文学其实分享着这样的观念，认为文艺是一个严肃的事业，包括"新文学"内部不同的派别都在分享这样的观念。像自由主义梁实秋、沈从文、萧乾等人和鲁迅等左翼文学家有论争，但其实在这一点，他们是相同的。包括四五十年代，胡风和周扬他们的争论也很激烈，但在把文学作为自己终生追求的事业上，他们是相同的，虽然他们内部有很多分歧。

但是，如果站在目前大众文化占主流的文化场域来看，当我们面对新的环境或者新的问题的时候，其实他们的分歧并不像历史上那么重要。我们都知道，胡风和周扬在典型的问题上争论更注重个性还是更注重共性，或者在文化传统上争论更注重"五四"文化的传统，还是更注重延安《讲话》的传统，他们有很大的分歧。但是他们在文学的基本理解上其实是一致的，是左翼文学传统的不同流派，分享着很多相同的前提。

所以基于我们对当下文学问题的观察和思考，我觉得可以把"新文学"作为一个完整的历史阶段，从"五四"到80年代。那么问题就来了，当我们把它当做一个完整阶段的时候，它们有什么共同特征，我刚才也大体介绍了三个方面：文学的基本观念——把文学作为严肃的精神事业；运行机制——通过思想论争介入社会问题的讨论，媒体——主要是以纸媒为主这样的媒体。当我们对新文学做这样一个整体概括的时候，其实是想应对当下的问题，当下的问题是，大众文化和通俗文学占据了文学市场或者文学格局里的主要部分，严肃文学，左翼文学也好，自由主义文学也好，为艺术而艺术的文学也好，它们其实都是新文学传统的一部分，但是这个传统在当前整个文学格局里处于一个特别弱势的地位。

这也涉及另一个问题，正因为"新文学"在整个20世纪中国的历史上有那么重要的位置，有鲁迅等大家存在，所以文学才那么重要。如果没有"新文学"，或者我们不再重视新文学传统，如果只有那些通俗文学，我们只研究这些人的话，那么我们还有没有设立中文系的必要，有没有必要成立作协，有没有必要从国家层面上这么重视文学，这是重大的问题，中文系的同学以后靠什么吃饭？

另一个问题，新文学到底起到什么重要的作用？我在一篇文章中也提到，20世纪90年代把金庸首次列入经典，引起很大争论，我们怎么来看通俗文学和新文学或严肃文学之间的关系？金庸自己说他是没办法和鲁迅相提并论的，这也对，在整个文学史，或者在现代中国历史、中国文化史上的地位，金庸是没有办法和鲁迅比的，鲁迅的重要性在于他在整个中国文化现代化过程中所起关键而独特的作用。他从最早批判传统文化到去世以后成为"民族魂"，通过这样一种"反传统的传统，反现代的现代"的方式，完成了我们中国文化从传统到现代的重要转折，所以他会被称作"民族魂"。鲁迅这样的作家，是通俗文学没办法取代的，对现代中国人灵魂的探索和塑造，我们在通俗小说中是读不到的。吴冠中先生说过两句话，他把鲁迅和齐白石比较，说"一千个齐白石也比不上一个鲁迅"，我们怎么来理解他的话？他的话是有深意的，齐白石是国画大师，但他不像鲁迅这样整个介入现代文化的转型，做出自己独特的贡献，所以吴冠中先生另一句话就是"丹青负我"，意思是我虽然去画画也达到很高的成就，但是绘画艺术本身没办法和新文学达到的成就相比。在这个层面上，鲁迅确实代表了新文学在文化中的巨大作用，包括在整个现代中国历史和文化史上的不可替代的作用。

在当前，我们是不是有可能把新文学传统的不同资源整合起来，应对当下文学的变局，因为当前新文学可能面临一个最大的危机，以前的种种争论基本上都是在新文学内部的争论，可能包括20世纪80年代肯定钱钟书、沈从文、张爱玲这样的传统，也是新文学内部自我的调整，现在面临通俗文化或者大众文化的时候，"新文学"是不是可能重新建立起一种整体性、一种整体的观念，来应对这些变化，这是我的一个思考。也是想通过这方面的思考，来对当下文学的位置与它在整个社会中的作用做点反思。

日本的柄谷行人在六七十年代的时候，面对的问题跟我们现在有点像，柄谷行人的文章谈到日本现代文学终结的问题。日本的现代文学在六七十年代已经陷入这样的危机中，他说现代文学只有重新将自己投入到活的现实，才可能焕发出新的生命力，这确实对我们有启发。这是我说的第一个问题，"新文学终结"。

第二个问题，如何讲述新的中国故事。这个问题和上一个问题也是相关的。从1990年代，尤其是新世纪以来，中国文学以及我们的时代，正在发生比较大的变化。主要是"五四"以来，我们都说中国近代史的主题就是启蒙和救亡，但是新世纪以来，我们好像正在走出这样的时代。对于"救亡"来说，当然我们中国的发展也还有危险，但是并不像以前那样有迫切的威胁。在"启蒙"来说有两个方面，一方面，我们现在社会中存在很多需要启蒙的东西，人与人之间的等级关系、依附关系，类似这样的问题，现实生活中仍然存在。另一方面，启蒙本身带来的后果也越来越严重，像我们讨论过的《甄嬛传》、官场小说，像钱理群说的"我们大学培养的都是精致的利己主义者"。"启蒙"现代性召唤出来的世俗化、理性化、个人化，转化成了一种个人主义以及将个人利益最大化的思想倾向，这时候我们或许应该对"启蒙"本身有一个反思。所以在这样一个大的变化中，启蒙和救亡已经不再能概括我们时代的主题，可能会有新的主题，但这个新的主题是什么，现在还不是很清楚，可能需要我们去分析、探索、提炼，这是一个方面。

另一个方面就是中国人的形象在发生变化。中国人的形象在国外，从写中国人在国外的作品来看，中国人已经不是以前那样的追赶者、落后者这样的心态。以前《北京人在纽约》这样的作品，把融入美国主流社会当作主要的追求，但是现在，中国人不是简单地"融入"，而是带着中国人独特的经验和思想，甚至对西方社会的规则也有改变。也有作家写中国人在非洲的作品，我们会看到里面的主人公像19世纪西方的殖民小说那样去开拓，当然我们中国的资本进入到非洲，跟19世纪西方殖民者不完全一样，是作为"创业者"出现的。这与我们以前经常看到的中国人形象很不一样。另外，我们的中国文化在与西方文化做对比的时候，以前像80年代有一个概括——"文明与愚昧的冲突"，会将我们中国的传统的文化当做一种落后的、保守的、封闭的文明。但是新世纪以来，特别是最近有一些作品，尤其涉及价值观念的时候，会把我们中国的价值观念，起码当做跟西方文明可以平起平坐这样一种观念，文明愚昧的冲突变成了文明之间的冲突，可以看出中国的作家在某些方面对自己文化更加自信。

这是在国外的变化。国内也在发生变化，国内发生的变化大家都知道，之前我们说找一个形象代表中国人的话是中国农民的形象，阿Q这样的形象，朱老忠这样的形象，80年代是陈奂生这样的形象，能够整体性地代表中国人。但最近几年，文学从整体来说，写乡村故事的越来越少，写中国城市的越来越多，这应该是一个很大的变化。这其实有中国社会的具体变化来支撑，有两个统计，2011年我们中国城镇人口首次超过农村人口，2012年我们中国的城镇的家庭数量首次超过农村家庭的数量。我们中国快速进入城镇化的过程，有乡土经验的年轻作家越来越少，他们自己塑造的中国人的形象更多是城市中的中国人，或者从乡村到城市变化中的中国人，这对我们中国和中国文学来说，都是一个比较大的变化，我们以前习惯于想象"乡土中国"，还不能适应城镇中国或者城市中国。而在这样的变化过程中产生一些不同于从阿Q到陈奂生这样的中国人的形象，可能会有一些新的中国人的形象出现，这也是一个比较大的变化。

另一方面我们可以看到，最近几年来中国的作家很多在借用传统文学的思想和艺术资源，与1980年代一窝蜂去模仿西方有很大的不同。80年代很多作家被称为中国的卡夫卡、中国的博尔赫斯、中国的某某某，这是80年代的文化氛围，而现在很多作家很自觉地开始借用传统中国文学的资源。像贾平凹的《秦腔》《古炉》对世情小说的借鉴，像王安忆的《天香》其实也有点像《红楼梦》，用《红楼梦》的笔法写明清时代大家庭的故事，像韩少功的《日夜书》，其实也借鉴了笔记小说的传统，还有很多。

综合这几个层面，一个是中国的时代在发生变化，中国人的形象在发生变化，中国作家的自信心也在增加。这几个方面可以看出，面对中国本身发生比较剧烈变化的时代，这些作家开始用更具中国美学特征的方式来把握这个时代，这应该是我们当前文学界的一个重要转向。他们不再像80年代那样要讲述一个普世的故事、个人的故事，而开始讲中国故事，并且用中国美学的方式来讲中国故事，这是整体性中国经验表述的一个比较大的变化。

刚才说的是两个比较大的层面的问题，"新文学的终结"和"如何讲述新的中国故事"这两个历史与理论问题。接下来结合一些具体的小问题，谈一下新世纪以来中国文学的一些变化，我刚才说了四个层面，先从底层文学说起。

底层文学从2004年开始兴起一直到现在有很大的发展，我自己也写了很多文章，不再具体展开。有一些代表性的作家，像曹征路写的《那儿》和《问苍茫》，像胡学文的《向阳坡》《命案高悬》，包括王祥夫、陈应松、刘继明等作家，我觉得他们重要的一点，是从底层文学的视角来看待整个世界的变化。我讲两个最近引起关注的重要现象，一个是现在的文学开始关注"失败的青年"，有一些具体作品，像方方的《涂自强的个人悲伤》、石一枫的《世上已无陈金芳》、文珍的《录音笔记》、马小淘的《章某某》等，这些作品其实都在关注青年的失败和失败的青年。除了方方以外，后面的三个人都是比较年轻的作家，都是80后或相似年龄，这些作家集中关注的一个问题是，在当前比较巨大的社会鸿沟下处于底层的青年的出路和命运。这样一个问题当然到最后比较悲惨，有的小说主人公死了，有的疯了，有的主人公被打回原形了——一个农村来的青年在城市混了差不多20年，在城市里没办法生存，又回到农村。或者写一个都市女白领，都市生活中她的那种焦灼、绝望。这些作品让我们看到，都市生活中的这些白领阶层也是一种底层，这种底层可能和我们以前关注的下岗工人、农民、打工者不一样，他们应该是新穷人的一种，是受过一定的知识教育，但是生活条件达不到预期的这样一些失败的青年。"失败的青年"形象的集体出现，是我们当代文学中具有症候性的现象，值得关注和分析。

另一个是关于新工人诗歌、草根诗歌的问题，最近引起比较大的关注。许立志自杀；最近网上传的比较火的余秀华，被称为农民诗人或者脑瘫诗人，她的出现当然有具体的媒体的原因。但是，我觉得还是一个比较大的变化，以前文学界对这些诗人很少关注，谈打工诗歌谈了很多年，像这样引起全国性的集中关注很少。最近有两场活动，一个是在皮村举行的"我的诗篇——工人诗歌云端朗诵会"，在网上、媒体上报道很多。前两天作协有一个活动研讨余秀华和底层诗歌的活动，题目叫"草根诗人与诗歌新生态"这样一个研讨会，这个研讨会去了一些诗歌界比较重要的人物，从他们的角度对这些现象，对底层写的诗歌进行了一些分析，但我觉得缺乏一个整体性的研究。我简单说一下，底层写作诗歌其实面临一个困境，是怎么样把底层经验生成诗歌的美学这样一个过程。因为很多人，很多打工者的诗歌其实还写得不错，但仍处于需要提高的一个层次。另一方面，现在关于诗歌的美学规范或者美学观念本身束缚了这些诗人的写作，这又涉及怎么来反思80年代或者新时期以来我们对诗歌的观念，这些观念最早是"三个崛起"塑造的。"三个崛起"我们知道是谢冕的《在新的崛起面前》、孙绍振的《新的美学原则在崛起》和徐敬亚的《崛起的诗群》，这些文章在新时期早期起到了重要作用，从80年代到今天塑造了诗歌界的一些基本观念。但我们现在重新看也有问题，那就是诗歌是精英化、西方化和现代主义的审美标准。我发言的时候提到，在面临草根诗人的崛起的时候，我们有必要反思诗歌中精英化、西方化和现代主义审美标准的倾向。当然反思也不是完全否定，他们也带来一些新的东西。我们现在关注底层文学，可以看到这两个新的层面的一些进展。

另一个是非虚构文学。大约是从2010年，《人民文学》专门开设了一个栏目叫"非虚构"，把非虚构这样一个门类带入我们的文学当中。"非虚构"是比较有针对性地面对我们当代文学面临的问题，问题主要是两个方面，一个是我们的文学比不上我们的现实精彩，另一方面是我们80年代以来的文学传统，尤其是先锋小说更加注重形式、技巧、叙事的传统面临一个危机，作家的想象很难适应中国剧烈的变化。所以在这样两层意义上非虚构的提倡还是有道理的。非虚构文学代表性的作品像梁鸿的《中国在梁庄》《出梁庄记》，这两本书在文学界有较大影响。《中国在梁庄》主要是梁鸿回河南老家做的社会调查，采访了一些人，主要是农村二三十年变化的一个梳理，总体呈现出农村从80年代末到新世纪初的状况。《出梁庄记》同样写他们村子里的人到全国各地打工，她到不同城市寻找打工的人，采访他们打工的经验，作为一个整体呈现出来。这两本书确实给我们呈现出90年代以来，中国乡村、留守乡村里的和外出打工的人群，他们的经验和他们的变化。

乔叶写了一本书叫《拆楼记》，写农村拆迁的故事，但是跟一般的写拆迁不一样，她整个介入到拆迁里面，不是像我们经常在报纸看到的，比较简单的一个新闻或者事件。她的写作把乡村的政治或者伦理的逻辑，包括乡村跟拆迁方乡政府和拆迁公司之间犬牙交错的矛盾，把乡村政治生活的原生态表现了出来，这是比较突出的特点。这本书还有一个特点值得讨论，因为这个小说发表时用了一个新名字"非虚构小说"，所以非虚构与小说之间在文体上有什么样的关系？这个小说很有意思的一点是，第一人称叙述者"我"介入到拆迁过程中，介入到姐姐家的拆迁过程中，因为她的介入而得到比较高的赔偿。但我们从作品叙述中可以看到，其实在理的一方是拆迁者。所以作为叙述者"我"的这个形象，并不像五四以来文学传统中的形象代表着"公理"或"正义"，这对叙事伦理造成一个困境、一个问题，这个作品没有展开比较深入的讨论，其实很值得展开。另外还有一些作品，像慕容雪村的《中国少了一味药》，是写传销的作品，写作者打入传销内部，冒着生命危险，了解传销的各种规则和潜规则，最后逃出了传销的圈子。还有写打工的，肖相风写了一本《南方工人字典》，把打工生活的种种经验用词条形式写出来。

非虚构也存在一些理论与实践问题，比如它和我们经常说的纪实文学和报告文学是什么关系，到底什么才是虚构和非虚构，或者非虚构的传统问题，它与中国历史上的直录精神，或者与西方的非虚构作品的关系，这样的问题现在大家都在讨论，也是一个比较热的点。去年阿来的《瞻对》写的是他对云南一个地方的历史梳理，他评鲁迅文学奖终评时得了零票,成为一个事件,这涉及评奖的机制,其实也涉及非虚构的定位问题,他当时报的是报告文学组,但非虚构与报告文学是什么关系,跟报告文学有没有明确界限,这些关于文体的问题也值得思考。

最后介绍一下官场小说和科幻小说,这也是新世纪以来比较发达的两个小说类型。应该说底层文学和"非虚构"是纯文学或严肃文学内部的一些变化与进展,而官场小说和科幻小说,则超出了新文学的范围。官场小说我写过文章,基本梳理了90年代到新世纪以来发生的变化,有一些代表性的作品,王跃文的《国画》《梅次故事》,阎真的《沧浪之水》是最早的代表作家和作品。前两年比较火的是《二号首长》《侯卫东官场笔记》。我那个文章梳理了官场小说从阎真和王跃文到《二号首长》《侯卫东官场笔记》的变化,我们看阎真和王跃文的作品,其实以知识分子为主体,他们故事的核心情节是一个知识分子主人公,怎么放下清高融入到世俗或者官场之中。他们是说,他决定放下,他就很快成功了,而后来的小说呈现了更加真实的官场经验,当你决定放下你的身份和清高的时候,你其实才是进入官场的开始,里面有很多比较精彩、比较细致的描写,确实挺值得我们关注。如果追溯官场小说源头,可以追溯到80年代改革小说。80年代改革小说《新星》《沉重的翅膀》《花园街五号》这样的作品,其实小说中也存在两种不同势力的斗争,但在改革文学中,表现为两种不同思想观念的斗争。是改革还是保守,像《乔厂长上任记》,当改革派掌握主导权,大刀阔斧地改革一切都很顺利了。这些小说中也存在权力斗争的因素,这些因素是依附于思想观念斗争的因素之下。但是从官场小说以后,王跃文和阎真以后,包括后来的《二号首长》,发生了很多变化,小说中很少再涉及思想观念的斗争,而是围绕权力本身的获得、分配、交易编织故事,这是很大的一个变化。这个变化反映了我们社会本身对待思想观念,包括对待权力态度的一个变化。为什么官场小说值得研究呢?有两个方面,一方面确实提供了中国最现实、最直接的社会经验,另一个方面是呈现了中国人微妙的人与人的关系,虽然是以权力为核心,但也有现实的意义。

与此对比的是科幻小说的兴起。科幻小说在五四新文化运动以来不是很发达,"五四"以前有一些人写科幻小说,不是很成功,梁启超写过《新中国未来记》,其实写的很简单。科幻小说真正兴起并能引起大家关注就是最近几年,尤其是刘慈欣《三体》的发表,确实把中国科幻小说的水平提高到一个可以跟世界科幻文学相媲美的高度,不光刘慈欣一个人,还有其他作家,如韩松、王晋康等等。科幻小说主要是科幻小说界在研究,很多科幻迷在做,我们从社会思潮或者文学思潮来看,科幻小说在新世纪的崛起，给我们带来什么新的可以思考的点？看《三体》我想到两个问题，可能确实跟整个中国社会和时代的变化有关系。以前大多数都是看西方的科幻作品，现在在科幻小说里看到中国人出现感觉是不一样的，中国人作为主人公参与到宇宙事物之中的时候，你会想到在我们这个时代，中国人确实是可以代表人类的，代表人类的某一个方面，这和我们民族新世纪以来整体的自信有很大的关系。另一个值得关注的点，是中国人也可以想象并把握一种未来，不只是作品本身，背后有我们中国人整体在世界上变化的投射，也有我们文学，包括我们社会思想整体变化的一个投影。

以上，我简单谈了两个大问题——"新文学的终结"与"如何讲述新的中国故事"，以及四个小问题——底层文学、非虚构、官场小说与科幻小说，这都是当前中国文学最值得关注的问题，也是新世纪以来中国文学的新发展与新变化。

我简要地把我自己关注的问题和大家聊一下，有一些问题还值得展开，大家有什么不同的看法，我们可以再交流一下。谢谢大家。

孙佳山：谢谢云雷，长达一个半小时的主题发言，非常丰富、非常立体，为我们理解当代文学的现状和前沿问题，提供了一个非常成体系的分析框架。我们就先休息十分钟。

（休息）

孙佳山：好，我们进入下半场的讨论，大家可以就云雷上半场讲的内容发表看法，也可以讲自己的见解。

祝东力（中国艺术研究院马克思主义文艺理论研究所）：云雷刚才讲的特别系统、丰富，以这些为基础，可以写一本"中国当代文学概论"了。云雷讲新文学的终结，原来听他讲过，也看过他的文章，我觉得是对当代文学的新情况、新问题的一个非常及时的理论化的概括。

我做一点补充，因为你刚才也谈到，以娱乐、消遣为目的的通俗文学其实在新文学之前就存在，并且很多时候是和新文学同时存在的，只是90年代以来更大行其道了。也就是说，并不是要等到新文学终结后，通俗文学才成为下一个阶段文学的内容，肯定不是这样。其实还是一个话语权的问题，"五四"以后，这个话语权掌握在知识分子手里，以报刊和出版社为媒介，1949年到80年代还有国家体制的深度介入，既延续也改造了知识分子的这个传统，新文学的话语权仍然在延续，传统的大众趣味、市民趣味被排斥、被弱化。到了90年代市场经济，特别是文化市场形成之后，数量，阅读的数量、销售的数量，变得非常重要。原来数量不那么重要，质量——政治标准、艺术标准更重要，即便有再多人希望看到纯通俗的东西，也可以被忽略，流通中的主要还是严肃文学。90年代市场化以后，数量变得非常重要，资本介入，把这些数量组织起来，变成一种强有力的话语权。这是一方面因素。

另一方面，是纯文学自身出现了变化。80年代中期开始转向，不像"五四"以来的文学那样，以思想载体这样的方式去介入现实，围绕时代主题推动社会进步；文学一定程度放弃了这个责任，搞实验，玩形式，去模仿他们心目中的西方的先锋文学，一下子和时代、和现实疏远了，而在这个时候，中国社会面临市场经济的转型。

以上一里一外两个原因，导致你说的情况，"新文学终结"，新的通俗文学全面取代新文学，这里面可能是这样一个关系。

李云雷：您刚才说的几个问题都很重要的，一个是话语权的问题，从"五四"新文学建立"话语权"以后，通俗文学受到压抑，像张恨水这样的作家，鲁迅的母亲就很喜欢看，她反而不看鲁迅的小说。另一个问题，你说的数量的问题，可能也涉及到文学机制的问题，当代文学销量最高的现在都没有打破十七年时期的记录，《青春之歌》，李杨那本书里统计，全国发行有600多万册，包括在日本的销量都很大，但这是与市场化之后的大众文化不一样的运作机制。

祝东力：新文学其实已经吸收了通俗文学的成分在里面。

李云雷：我们上次谈的《智取威虎山》，也涉及这个问题。我专门查了资料，《文艺报》1949年第1卷第1期上面有一篇报告《争取小市民阶层的读者——记旧的连载、章回小说作者座谈会》，其中谈到，"文艺报社九月五日下午邀请过去常写长篇连载小说的部分作者，开了一个座谈会。……主席陈企霞首先说明开会意义在于研究这一类连载的章回体小说的文艺形式的写作经验与读者情况，讨论怎样发展并改革这种形式。过去在报纸副刊上连载的章回小说在形式上很通俗，很适合一般市民的口味，如果能够把这些经验总结起来加以研究，并灌输进去新的内容，那么这种形式的小说是会起相当作用的。……到会者热烈诚恳地发言，叙述他们在旧社会里写作的经过，其中大多数都是为了挣稿费而写，在写的时候，很少想到这篇东西有没有价值。它们的内容多是虚构的言情传奇或武侠侦探，前面已写出来了，后面的情节还不知道怎么样……"

在这样的叙述中，我们可以看到"革命文学"在当时的主体地位，不仅如此，在戏曲改革以及一系列批判运动中，我们可以看到以革命文艺为中心，重建文化秩序的努力。但是在当前的文化语境中，问题则完全反了过来。现在的问题不再是革命文学如何吸纳、收编通俗小说的问题，而是在以大众文化为中心的文化秩序中，如何讲述革命故事的问题。

祝东力： 当时是要收编通俗文学的读者群体。还有一个问题，关于中国故事，你讲的"中国故事"和中国人在海外的形象，跟你讲的底层文学这个角度略有不同。我想说的是，其实不同的中国人有不同的中国故事，因为现在社会阶层的分裂是有目共睹的，许立志的诗能不能叫中国故事，在什么意义上叫中国故事，和其他的中国故事到底是什么关系，能用"中国故事"这样一个统一的概念概括完全不同阶层人的情感、经验和问题么？

李云雷： 我们谈"中国故事"，跟国家层面或者是文化领导机关谈的中国故事不一样，他们从正面塑造国家形象去谈，我们更多的是谈大部分普通人、底层人的故事，不同的中国故事有不同的侧重点。

祝东力： 这个时代是否存在统一的中国故事，这是一个问题。另外关于非虚构，报告文学在80年代有两次热潮：一次是1980年前后，还有一次是1985年以后。1985年，首先小说有一个质变，原来的伤痕、反思、改革文学，是用传统的写实主义方式介入现实，反映、探讨时代问题；1985年小说转型，转向先锋、前卫，不关注现实了。小说的内容、形式发生了一个分裂，形式方面被先锋小说极大地夸张、发展，着眼于语言、叙述、结构等等；而内容方面由当时重新兴起的报告文学来发扬光大，当时所有社会问题都被用报告文学去呈现，出国潮、高考、洪水，包括历史上的唐山地震。今天的非虚构是不是还是当年的逻辑——因为纯文学起不到深度介入现实、抓住人们关注现实的兴奋点这样的功能，所以非虚构因此替代了文学？

李云雷： 还有另外一点，特别是进入90年代以后报告文学这个文体的衰落，不少作品沦为写企业家传记，给企业做广告。

祝东力： 你说的是传统的报告文学，而纪实文学主要是写历史，权延赤的纪实文学最早是80年代末，《走下神坛的毛泽东》《领袖泪》，在那个时候开始流行。那之后模仿的人非常多，写党史、国史、军史，那跟报告文学是两回事，报告文学还是写当下的。

鲁太光（中国作协《长篇小说选刊》杂志社）： 云雷考虑得很细，考虑的时间很长，考虑得比较系统，关于"新文学的终结"云雷思考了很长时间，我记得2010年夏天我们去五台山就谈到过这个问题。我们在车上争论得很厉害，我们一开始认为云雷"新文学的终结"是个策略性的提法，我认为"新文学"还有它的天命，天命还未绝；但听云雷讲来讲去后，我发现他是真诚地认为"新文学终结"了，我和何吉贤就说他，说你这么做恐怕不行吧。

转眼间四年多了，虽然"新文学"的功能在转移甚至退化，但今天听你讲，我还是认可你的说法的。其实，整体上看，你这还是一个策略性的提法，还是在考虑怎样把"新文学"的所有资源整合起来，以面对消费主义文化的围剿，至少是侵蚀。这样考虑是有道理的。以前我们总是在"新文学"内部划分，在"新文学"内部斗争，现在确实有一种整体性的变化，文学面临更大的格局，仅以"新文学"这个概念恐怕容纳不了；而且"新文学"面临的挑战既有内部的，也有外部的，而且外部挑战对"新文学"内部各种流派来讲，都是一种危机。现在类型文学很发达，包括网络文学、官场小说，如果把"新文学"也作为一种类型文学来看待、来思考的话，它也还是一支重要的、可以与消费主义文化对垒的力量。我想你所考虑的应该有这样的动因，你说的"终结"其实还是在找它的可能性。

李云雷： "新文学"其实面临一个更复杂的环境，我谈"新文学的终结"是想把各种复杂的问题考虑进来，在历史梳理中，在文学格局的新变化中思考问题，就我个人的文学理想而言，当然是"新文学"。但现在新文学面临的危机主要来自外部，而很多人还在为内部分歧而发生争议，这是让我感到忧虑的。面对这样一个消费主义或者娱乐化的文化环境，我们应该怎么思考、怎么去克服这些问题？所以，我觉得习总的文艺讲话特别及时，习总的讲话中提出"以人民为中心的创作导向"，提出要面对市场经济与通俗文艺带来的问题，我觉得有可能开创一种新的文艺界的局面。但这不只是一个口号，还需要做更多的研究和推进。如果在我刚才说的"新文学终结"的格局里面来说，习总的讲话可以说代表了我们新文学的一种新的可能性，但是这种可能性怎么落到实地，真正涌现出一些好的作品，还需要各方面的努力。

鲁太光： 我今年准备写一个小册子，给新时期以来，主要是新世纪以来的文学挑毛病，大概有八九篇文章吧，风格就和我给祝东力老师和黄纪苏老师主编的《艺术手册》里写的《文学需要运动》那篇文章类似。之所以有这个想法，来源于一个困惑：我们的严肃文学或者"新文学"发展了这么多年，为什么突然变得不行了？除了外部变化外，它自己出了什么问题？它缺少哪些东西？哪些东西消失了？大概就是要回答这样的问题，一个一个梳理下来，争取一两年内写出来。我给《艺术手册》写的那篇文章就想说虽然文学思潮消退了，但我们还需要文学思潮。此外，我们的文学还需要"现实"，我想结合西方的现实主义流变来梳理一下它的发展，找找里边有什么问题。我在《人民日报》微信号上看到云雷有一篇文章，也是写现实主义的，是为现实主义"辩护"的。很奇怪，在当下纯文学的语境中，现实主义显得很怪异，谁一说现实主义就好像犯了什么错误似的。那么，到底是现实主义错了还是我们错了，或者说，现实主义到底错在哪？这些问题都值得进一步思考。我想，文学也需要浪漫，但很奇怪，在咱们的文学里面，浪漫的东西一点都没有了，基本上所有的文字都在为现存的一切辩护。最典型的例子就是云雷刚才讲的"官场小说"，我为什么比较认可王跃文、阎真等人的"官场小说"呢？因为王跃文、阎真他们写"官场小说"，其实是想说人是有浪漫情怀、有理想主义的，只是随着中国社会大转型，随着官僚体制成型或"成精"，随着市场经济无孔不入、无所不为，人的理想主义和浪漫情怀就一点儿一点儿被挤榨干了，人就一点点萎缩、干枯了。今天，"官场小说"中一点儿浪漫的情怀都没有了，里边全是"干货"——权力斗争的"干货"。阎真的《沧浪之水》中的池大为原来是很浪漫主义的，在北京上大学的时候，高干的漂亮女儿追他，他很自尊、很理想，为了理想不要高干的漂亮女儿，而是回老家在卫生厅办公室当了一个小办事员，后来被贬到中医药协会这么一个边缘的小部门。即便那个时候，他对理想和情怀还是坚守的。后来为什么就屈服了呢？除了他老婆的念叨外，小说里还有一个特别好的细节。他的小孩被热水烫伤了以后，他——卫生厅的一个干部——带着小孩去医院，由于去得急，没带钱，就给医院里的人说我是卫生厅的干部池大为，先不要缴费吧，先治着，我一会儿补缴。结果收费的说没听说过这个人，不交费不给治。他就一直鞠躬作揖的，一直鞠到主治医生那里，人家还是不搭理他。后来，也许是看他太可怜了，主治医生问他厅里还认识谁，找个熟悉的名字。他想来想去，丁小槐他最熟悉，虽然他也最瞧不起他。于是他就给丁小槐打了个电话，没想到，丁小槐听了他的电话后，给主治医生一说，主治医生态度极其谦恭，马上就给他的孩子治疗了，不用先缴费。这让他大受刺激，想一个人如果为了坚守情怀却连自己的小孩都保护不了的话，那这坚守确实就没有多大意义了。于是，他一下子从一个浪漫主义者、理想主义者变成一个功利主义者、一个心思非常细腻的功利主义者，一下子就投向厅长的怀抱，很快成为厅长的红人。这样的变化，在我看来，惊心动魄。"官场小说"好啊，为什么说它好？因为它非常直观地反映了中国几十年来的剧变，沿着"官场小说"的线索理下来，你就会看到人的心灵空间是怎么一步步步变得一点间隙都没有了。

大概就是这样一个思路，想写一系列"缺失"，已经想了七八个。我想，如果这个问题回答清楚了，也是对"新文学终结"问题的一种思考、一种回应。包括前两天我到鲁迅文学院参加"网络文学班"的研讨会，他们的写作当然有很多问题，但他们同样有很多优点。比如他们的创作非常有活力，他们对空间的处理、对传统的模仿、对场面的描写，有很多值得纯文学借鉴的地方。

"中国故事"这个问题，咱们交流了多次，我一直不认可，跟主流声音太近，很容易人云亦云。今天听你一讲，从文学的角度看，还是可以自圆其说的。第一，我们中国文学的母题，启蒙和救亡，这个母题确实已经过气了，那么我们今天的时代主题是什么？时代精神是什么？确实需要从文学的角度重新思考，确实是一个重要问题。再一个，中国人的形象变了，但这个变是很具体的，一部分人是"九天之上"，另一部分人是"九地之下"，那么，这两部分人如何容纳在同一个"故事"里边？我觉得这值得思考。如果你有一个叙事把这个圆起来，还是可以成立的。说来说去还是老话："底层文学"我双手赞成，而"中国故事"我有所抵触。现在中国人的形象从"高大上"到"矮穷丑"真是变得不一样了，真是变得难以在一个"故事"中讲述他们了。以前，新时期前后，能代表中国形象的人，找出来一个算一个，农民、工人、官员，包括知识分子，都能代表那个时代的精神；而今天呢，好像谁也不行，农民不行、都市的人也不行、官员更代表不了，都显现不了中国气象。如果真想把"中国故事"作为一个文学思潮阐释出来，就人物形象的杂多性还是需要有一个系统的考虑和整理的。

我讲一个我更关注的问题。祝老师和云雷你们去参加"新工人诗歌云端朗诵会"了吧，我特别关注这个事情。许立志事件出来以后，我就一直关注。我看到微信上的新工人诗歌后，突然觉得自己作为一个文学研究者特别失败，他们的诗歌写得那么好，我们以前怎么没有看到呢？我们还自诩有底层情怀呢。关于许立志的诗歌、关于新工人诗歌，我为什么特别想写一个文章出来呢？我想到了一个题目，叫"文艺的花是带血的"，现在新工人诗歌是带血的。中国新文学里其实一直有这一个脉络，可多年来，我们把这个脉络给遗忘了，有意识地遗忘了，这么多年来我们看的一直都是漂白的、不带血的诗歌。这真不应该。这件事情是秦晓宇他们做的，以前我还跟他联系过，觉得他太偏知识分子趣味了，没想到他现在做得这么生动活泼。我看网上的信息，他在做两件事：一是编新工人诗歌《我们的诗篇》，二是通过众筹的方式为许立志出一本诗集，他对底层文学的传播方式也值得我们研究，这种"云端朗诵会"的方式，我感觉花不了多少钱，但效果很好，文学的传播方式，包括微信，以后真应该好好考虑考虑。

说实话，我对这个问题特别感兴趣。我个人觉得，许立志跳楼死去以后，标志着中国诗歌的转向。2014年，诗人自杀的比较多，对诗人之死，我们应该保留最大的敬意，但我觉得这些诗人之死还是海子自杀开启的浪漫主义诗歌之死的一个漫长的回音。到许立志自杀以后，这个诗歌阶段应该算是一个结束，而新工人诗歌的象征性的时间到来了，所以，这应该是一个值得阐释的"事件"。

这两年，我出来的比较少，跟云雷交流也比较少，对一些问题也相对陌生了，但我觉得云雷对新问题的揭示也很好，包括"70年后写作""70后集体亮相"。他们的长篇有许多问题，但是"70后"作为文学现象出来以后，我们该怎么阐述是一个问题。类型写作，包括官场小说、科幻小说的研究也非常好。"非虚构"肯定是合理的，但对"非虚构"的理论研究肯定是不够的，他们一争论就说现在文学分为两种——"虚构"和"非虚构"，这太粗线条了，太老虎吃天了，不好，应该有更细致的理论分析和文本细读。云雷观照的都是当代文学最新的东西，但是，我觉得这一两年应该对新工人诗歌以及相关的其他创作持续关注。我这两年，对文学不怎么感冒，虽然是干这个行当的，是靠这个"吃饭"的；但我觉得自己的所作所为特别无力，甚至无效。我倒是对潘毅他们几位社会学研究者这几年的研究特别有敬意，他们写的东西，语言水平比咱们不行，但他们的问题意识真的值得我们学习。我甚至想跟潘毅联系一下，以后跟他们一起做些事情。这样的话，咱们的文学研究可能更有力量，因为接触现实了嘛。秦晓宇为什么编诗集、搞云端朗诵？因为他慢慢接触到这个群体，思考和实践相结合了，而我们则躲在书斋里面，这不好。

李云雷：诗人朗诵会是诗歌活动的常态，他们经常会举办各种各样的朗诵会，咱们做研究的很少策划组织这样的朗诵会，他们组织的是顺其自然的，只不过举办"工人诗歌朗诵会"是一个创新。我们可以采取各种各样方式来推广、介入，也不一定非像潘毅那样，潘毅是一个很好的方式，但文学也能起到比较大的作用，刚才提到新工人诗歌，我觉得新工人诗歌的崛起，可能是"三个崛起"以后中国新诗史上一个重要转折，也是对"三个崛起"理论的反思。但是这些确实需要阐释，打工诗歌出现这么多年了，从80年代就有，怎么阐释，进行理论上的系统总结与具体分析，我们可以具体做这件事情，从整体上扭转一个时代的风气与审美规范。

祝东力：本来这个月想讨论工人诗歌的问题，秦晓宇没有时间，那本诗集是三四月份出，他想诗集出了以后举办一次研讨会。

云雷你说了一个新的崛起，当年"三个崛起"标志着现代主义风格的诗歌成了主流，而现在新工人诗歌是没有这个可能的，从大的格局来看……

李云雷：梳理新时期以来诗歌史的源头，我们可以发现"三个崛起"奠定了此后诗歌发展的主要倾向，谢冕的《在新的崛起面前》、孙绍振的《新的美学原则在崛起》、徐敬亚的《崛起的诗群》等文章在诗歌与文学界影响深远。但今天看，他们提倡的"新的美学原则"，是一种精英化、西方化、现代主义式的美学标准，这一标准作为诗歌评价的基调一直延续至今，是当代诗歌的一种审美规范或审美无意识。当然"新的美学原则"在特定历史时期曾起到重要作用，对于新时期初期中国人恢复知觉、打开视野以及诗歌形式的探索都有很大影响，但今天可以看到，以这样一种精英化、西方化、现代主义式的美学标准，很难将当代中国人丰富复杂的经验与情感容纳进去，尤其对于底层的创作者来说，要将他们的经验"生成"为符合这一审美规范的诗歌，无疑是一件极为困难的事情。

在这样的情况下，我们看到，底层诗人在以他们的创作实践逐渐突破这一审美规范，也在以他们的探索与创新逐渐突破当前的诗歌格局。在这一新的崛起面前，我们有必要反思30多年来"精英化、西方化、现代主义"的美学原则，在新的经验与新的美学元素的基础上，探索更加适合当代中国人经验与情感的诗歌评价标准，尤其是需要将底层民众的经验容纳进来。

祝东力：要看整个受众，诗歌的受众主体属于城市主流人群，是一个小资化、中等收入这样一个群体。他们可以欣赏新工人诗歌，但是新工人表达的情感经验不是他们的，他们是把它作为一种特殊类型来看待，工人诗歌不可能成为这个群体的主流诗歌。所以新工人诗歌的前面总会有那样的限定词——草根诗歌或者工人诗歌，总之前面的限定词不会被去掉，永远是一个特定的类型。

李云雷：你说的这个可能是不同阶段的问题，我们现在重要的问题把新工人诗歌的意义阐释出来，我觉得第一步很重要的。

祝东力：这个工作是很重要，但在可以预见的时间里，整个社会结构、社会生态可能不会根本变化，这样新工人诗歌就不会进入主流，不会成为主流。对比延安时代，那些文艺家是以知识分子身份深入工农，之后形成了那个时代的主流；现在，新工人也需要跟知识分子结合起来，才可能成为主流。这需要一个新的知识分子群体，和工人诗歌、和工人的情感结合起来。

鲁太光：现在"新工人诗歌"，包括"底层文学"，和之前稍微有所不同，现在这些诗人和作家，他们的文化水平相对是比较好的。以前，都穷得上不起学，创作可能性都没有；现在，"新工人"至少是高中毕业的，有的甚至上了大专、大本。我为什么对"新工人诗歌"感兴趣，这也是一个原因。他们的诗歌是真正从生活里面提炼出来的，他们的诗意是浓郁的，他们的创作完全是诗的。我们可以假设一下，我们把某一首诗歌匿名拿出来，找一些诗歌评论家阅读，可能没人或很少有人会给他们贴上"工人"这个标签，为什么？因为他们的诗意是充沛的，比如许立志的诗歌，他把自己跳楼比作"一枚螺丝从工作台上掉到地上"，多么可怕的生动！？比如吞下一枚"铁做的月亮"等，这诗歌意象都是超群的，可敬、可怕的超群。从这个角度来看，他们是一种新的可能，他们的文化储备是合格的。包括"新工人"这个命名，我也觉得挺好的，不管是主动命名还是被动命名，这个名字就是不一样，它不是"知识分子诗歌"，不是"权贵诗歌"，也不是"退休老干部诗歌"。"底层文学"里面为什么诗歌可能性最大呢？因为他们的劳动时间紧张、创作时间有限，诗歌是他们最有可能从事的创作，而且，写诗有一部手机就可以了，工作之余，特别累的时候，就可以把瞬间感觉记录下来。"底层文学"的长篇创作，是有底层情怀的知识分子愿意去底层，愿意去融入那个生活、总结那个生活，才有可能产生长篇力作；而工人的话，一时半会儿很难，要很长时间才会出来。所以，诗歌真是一个特别重要的反映，是一个非常好的爆破点。

祝东力： 研究和阐述当然很重要。那天座谈会最后是XXX发言，他发言很长，工人诗人都被规定只能讲5分钟，工人不太善于表达，对大牌评论家很仰视。XXX基本是用现代主义那套东西理解工人诗歌，讲什么"偶然性的在世"，简直莫名其妙。尽管他很欣赏这些工人诗歌，但他还是在用80年代的"三个崛起"那套思路和语言来阐释。

李云雷： 比较重要的一个问题，怎么在现有的标准之外建立一种新的标准，不能用西方化、精英化、现代主义的审美标准评价现有的新工人诗歌，关键是能不能在新工人诗歌本身的基础上发展出一种新的评价标准？

祝东力： 新工人诗歌本身还是个人主义的唯美的那种视角，他们是在沉闷的墙壁上捅一个口子自己呼吸，是起这样的作用，主要表达的还是个人的悲欢，而不是一个阶级的情感。当然这样要求太高了，但这是一个事实。

鲁太光： 有一些，慢慢出名以后，就会被主流诗歌界收编了，这是现在就可以预见的事情。"打工文学"的代表王十月，现在就已经是"主流文学"了。这个现象过去会有，现在会有，将来还会发生，很正常。我觉得还是要阐释，阐释他们不一样的东西。

李松睿（中国艺术研究院《艺术评论》杂志社）： 刚才提到《青春之歌》翻译成日文后，在日本成为畅销书。我觉得这本书之所以在日本能够畅销，是因为林道静从一个小资产阶级知识分子，逐渐走向革命的故事，不被人们认为是个别的故事、特例的故事、中国的故事（至少不仅仅是中国的故事），而是某种具有普遍性的、代表着未来发展方向的故事。它提出了一种新的价值观和人生选择，并且这套价值观是如此具有感召力，不仅吸引着无数中国读者，更吸引着日本读者。说到底，还是五六十年代的中国所走的社会主义道路，在世界范围内，在广大亚非拉地区，代表着一种不同于资本主义社会的另类选择的可能性。而日本人在二战后普遍反思战争的惨痛教训，并认为中国道路其实是更先进、更有希望的道路，只是因为美军占领日本，压抑左翼力量，才使得日本没有彻底反省战争罪行，而走了资本主义道路。这样的思想意识可以在很多日本学者的研究中找到，比如现代文学研究界很熟悉的竹内好，他对鲁迅的研究其实就是在研究中国、日本在现代化道路上的异同。他认为日本人有种好学生心态，完全照搬西方道路，丧失了自我本性；而中国人也学习西方，但其选择却是建立在自己的主体性基础上，因此可以走一条与西方不同的道路。竹内好在上世纪50年代这么说的时候，其实一直是在参照着中国走社会主义道路的事实。在我看来，正是中国人的选择曾经在世界范围内代表着一种具有感召力的价值观，因此其文化产品才有可能在国外获得成功。反过来说，今天的中国经济上或许很发达，但没有办法提出一套新的价值观，其文化产品无法走出国门也是必然的。

刚才大家提到的另一个问题是通俗文学的问题。我不太同意祝老师说的左翼文学不要通俗文学，新中国成立后文艺界领导人其实特别关心通俗文学应该如何发展，因为他们很清楚，当时中国识字率不高，就算是识字的人愿意读纯文学的也不多。在这种情况下，能否改变通俗文学的面貌，利用通俗文学宣传革命思想就特别重要。因此当时文艺界专门组织过去的通俗文学作家学习，发掘新的工人、农民作家，并成立通俗文学出版社、宝文堂书店这类专门出版通俗文学读物的机构；而《烈火金刚》《铁道游击队》《林海雪原》这些用通俗笔法来写革命小说，也的确很受欢迎。我想它们之所以受欢迎，一方面是因为形式上很通俗，另一方面则是因为它们和《青春之歌》一样，传达了一种新的价值观，这种价值观被人们真诚拥抱。在很多关于五六十年代，乃至70年代的回忆中，我们会发现当时的文化生活特别贫乏，人们在日常交流过程中会略带戏谑地把这些通俗小说中的场景、对话带进来。这些东西已经成了人们生活的一部分，显然那就是人们接受和认可的东西。

但我们今天的当代文化、当代文学的问题在于，此前行之有效的价值在七八十年代之交的社会转型过程中，自我诋毁、自我厌弃，不再被人们认可，成了以主流文化形象出现的非主流文化。此时的中国人无法讲述一种普遍的、蕴涵着具有感召力的价值观的中国故事。每个人都只能讲述自己的故事，特别是80年代以来，随着中国社会越来越分裂为不同阶层，阶层之间的差异越来越大，人们更是只能讲述自己的故事，无法讲述一个整合全体中国人的中国故事。

不过话又说回来，集体故事的小说不仅是中国社会上世纪80年代以来的事实，更是世界范围内文化界面临的问题，特别是左翼文化界面临的问题。二战以来的左翼运动有一个特点，就是它不断进行赋权运动，在社会生活中不断指认出新的压迫模式。如果说过去我们不断说工人受压迫、农民受压迫，于是我们赋予工人、农民新的生活意义，建立以工农联盟为基础改造社会的政治经济文化。那时候我们可以以工人、农民的旗帜创造一种价值，讲述一个故事。而现在的左翼文化运动发现，不仅工人、农民应该有自己的权利，女人也应该有自己的权利，同性恋群体、少数族裔也应该有自己的权利。用工人、农民的旗帜已经不能再引领、感召这些新涌现出的社会群体；左翼文化在这一连串的赋权运动中，阵营越来越散，再也无法找到一套具有感召力的价值、故事，把所有受压迫群体团结起来。

今天的中国正是这样，我们的文学只能讲述个人的故事，只能讲述一个非常微小的群体的故事，而群体和群体之间的距离，包括心理的距离、阶级的距离、价值的距离越来越遥远，好像今天讲一个中国故事简直不可能了。我们可能勉强能讲一个新工人的故事、一个市民的故事、一个官场的故事，但故事和故事之间差距越来越远，越来越难找到通约性。如果我们今天要去寻找一种讲述中国故事的方法，可能不能再像二战后左翼文化那样，只局限在"压抑"和"赋权"这样一种结构，而是要找到一个具有感召力的旗帜，能够将那些分散的个体、群体重新整合起来。

如果今天要去寻找讲述中国故事的方法，我们显然需要塑造一种新的价值、一种新的具有感召力的旗帜，这种新的价值显然不应该像太阳花运动那样采用一种虚假的东西。前段时间微信上看新工人诗歌，我特别激动和兴奋，特别是那首《地心的蛙鸣》：煤层中，像是发出了几声蛙鸣／放下镐，仔细听，却不见任何动静／我捡起一块矸石，扔过去／一如扔向童年的柳塘／但却在乌黑的煤壁上弹了回来／并没有溅起一地的月光。

这首特别地有诗意。在这样一种充满诗意的诗中，我们可能不需要把它直接指认为代表新工人这样一个群体，在文学里有一种能够让整个社会产生共鸣的东西。我觉得这首诗歌就有这个潜力，包括我的朋友、父母也说特别好，老一辈人、城市小资阶级、普通市民，都能从这样的诗歌里面发现真正的生活的美感。祝老师刚才提到这个东西对于城市小资来说只是调剂品，可能确实是这样，但是我们似乎在这种诗歌身上也能发现一些打动不同社会阶层的东西。我们也许能渐渐在这些闪光之处，不断发掘能够整合全社会不同阶层的东西，并在此基础上创造新的价值，让我们有可能讲述中国故事，中国故事需要树立一个新的价值，这个价值应该可以被社会的不同阶层所分享。

李云雷： 我想到一个问题，想到两个例子，《儿女英雄传》和《新儿女英雄传》很值得研究，新的革命叙事怎么把传统叙事纳入到里面，《新儿女英雄传》是个很好的例子。阮章竞写过一部小说，他写抗战题材的《霜天》，我看赖洪波的一篇文章介绍这个小说的一些情况很有意思，他在80年代中期写出了一个完全符合"十七年"规范的抗战题材小说，也是写知识分子走上革命道路，很像《青春之歌》，但这部小说知道的人很少，而他的小说如果在50年代发表，可能也会像《青春之歌》一样引起那么大的关注。每个时代的文学规范不一样，《霜天》这部小说，可以让我们看到不同时期的审美规范对一个作品的命运确实影响很大，对于我们当下来说，有必要扭转以前对新工人诗歌视而不见的这样的规范。

祝东力： 阮章竞的小说，不是文学规范的问题，而是生活经验和历史经验的问题，阮章竞没有把1966年到80年代这十多年非常关键的历史经验纳入到他的文学经验里面，这造成他和80年代的文学完全脱节。文学规范也是经验提炼概括的结果，阮章竞回避掉了那段关键的历史经验，造成了他的小说接受的情况。

李云雷： 这是个很有意思的事情，包括我们看魏巍的《东方》也是这样的，80年代虽然获得茅盾文学奖，但是也没有什么太大的影响。

祝东力： 不光是1980年前后，《东方》早一点，大概1977—1978年。更早的时候，"文革"中期推出了好几部电影，《艳阳天》《火红的年代》《青松岭》《战洪图》那四部，还有《向阳院的故事》《闪闪的红星》都有这样的问题。他们把"文革"那几年的经验完全割除掉了，一厢情愿地要回到"十七年"的经验状态，这当然极不真实，这种不真实体现在许多细节、对白里面。我当时是小学生，看了都觉别扭，跟"十七年"的电影没法比，当时复拍的《渡江侦察记》《平原游击队》和"十七年"的老电影也完全没法比。因为它们的情感不真实，主创人员的心里面有"文革"的记忆、"文革"的经历，不管是正面还是负面的；但在作品里有意回避了这个东西，修辞立其诚，文艺作品谁也骗不了。

鲁太光： 为什么"中国故事"很难有一个比较统一性的叙述？以前我们谈《红旗谱》中朱老忠的革命，他打倒地主，朱老忠和地主都可以融入到时代的主流观念里，就是压迫与反抗的故事，就是革命的故事。到浩然的《艳阳天》，就是走社会主义道路的故事，所有人物都可以融入到叙事的主干里面。到路遥的《平凡的世界》，"中国故事"的大的时代主题，是人要往上走、是人要发展的问题，也是一个总括性的主题，是一个转换期的主题。我们今天的主流价值其实大家心里是很清楚的，但这些东西可以想却不可以说，所以我们传达的东西是模糊的、暧昧的。如果理直气壮地说我们现在的价值就是赚钱，赚钱决定一切，那"中国故事"就好讲了，为了赚钱带来的欣喜和悲苦都可以讲。但是我们不能这样讲，我们还要兼顾一些东西，鱼和熊掌都想要，但一双手又拿不过来，于是就捉襟见肘，一会儿是这个道理，一会儿是那个道理，怎么讲都不妥当。讲"底层"过头了，人家会批评你；讲"剥削"过头了，人家也会批评你，各种关系很难把握。搞文学的在这个方面本来是有长处的，但现在处理起来也这么尴尬了。

李云雷： 文学相对于别的艺术领域还是好的。我最近写了一篇小文章，谈新青年和青春文艺，谈到我们当下的青春文艺塑造的这些虚假人物的形象，比较简单的金钱价值观，但是在文学里面，至少还有像"失败的青年"这样的人物形象，这样一系列作品，接触到我们社会比较核心、比较重要的问题，别的领域，电影电视中都看不到，文学在这个时代还很重要的。

卫纯（《读书》杂志社）：《青春之歌》在日本卖得特别好，让我突然想到前几年小林多喜二《蟹工船》在日本的销售一下跃到前几名，这本书重新被激活的状态，其实挺有意思的。在全球资本主义一家独大的情况下，反而一本经典的左翼文学文本在日本那样一个国度重新焕发了活力；而我们中国似乎永远滞后一点，即便像底层诗歌或者更传统、更经典的左翼文学，都没有像《蟹工船》那样能重新焕发活力。上次讨论电影《智取威虎山》时，大家也都说到了这样或那样的问题。

李云雷今天的演讲挺有意思的，中场休息时我跟云雷说，这可以视为十年文学的回顾，像1930年代编《中国新文学大系》，如果编一个"21世纪文学大系"，云雷的报告至少可以在小说某卷中直接拿来当导言。因为我是《读书》杂志的编辑，过去相对来说比较关注思想和文化，对文学的关注，尤其对当代文学的关注，不是很紧密。这或许也和新时期以来文学的自我定义有关，即越来越强调文学的独立性等。但是这几年，我觉得当代文学越来越有意思，跟现实、跟社会、跟历史有了更多互动，尤其是学者型的作家，在这方面相对自觉，比如韩少功、张承志、李零等，学者型散文也有了思想笔记的味道，有新的思想上的贡献。所以我觉得这场报告的题目是"讲中国故事"，就觉得特别有意思，既跟我们现在主流的声音有关系，但是细细来看仍然保持一定的距离，在这样的距离下，思考的张力其实也就出来了。作为我们这种刊物的编辑，也愿意让文学和社会、思想等更多的范畴产生更多的互动。像秦晓宇那篇序言我们本来是要发的，但因为众筹的关系要在网上提前发布，但至少表明我们这样的杂志越来越注意文学和思想之间的互动，希望以后这方面的东西大家能一起做一做。

我问个问题：所谓"讲中国故事"，难免和国家主义会有一些关系，而云雷讲到新的中国人形象时，提到中国人在非洲做生意等题材的小说。那么现在中国在"大国崛起"的背景下，对非洲、东南亚等地区都有比较强的影响力、辐射力，在类似这样的小说里，这种"国家主义"因子的丰富性有没有充分体现出来？

李云雷：其实我谈中国故事，一般都是在谈以底层为核心的中国故事，"以底层为核心"与"中国故事"不是相互矛盾的，有一个统一的面。你刚才说的《蟹工船》的现象，我还写了一篇文章专门谈这个问题，这个问题特别有意思，跟日本现在的年轻工人的状况有关系，尤其是白领。当时我查的资料，日本差不多有三分之一工人是临时工或派遣工，以前那种比较长久、稳定的劳资合作关系基本上崩溃了，现在是以临时工、派遣工为核心的日本劳工的状况，让现在的日本年轻人很受压抑，他们就会认同于对《蟹工船》的描述。

你刚才说的非洲，我看了一本书《闯到非洲》，其实是这样的，有两个层面，一个涉及中国和当地非洲人的关系，有一点作为资产者那种"殖民"心态，这样一种国家主义，当然需要批判与反思。另一方面，小说中也体现了中国新文学的一个传统，国民性批判，里面写到很多中国人之间的内耗、窝里斗这样的东西，把比较微妙的关系呈现出来。

还有一部作品写中国人在俄罗斯包了一块地，慢慢地亲戚带亲戚，把整个村子搬过去，复制了中原的乡村。类似这样的作品，给我们提供了一个和以前不一样的想象。2014年我看到一个新闻，河北一个村子有一个人带头海外打工，亲戚靠亲戚的，然后赚了很多钱，他们在村子里盖了很多小洋楼，但是没人住。他们的状况跟在国内城市打工是相似的，不同的是和另一个国家产生了关系，现在我们很难用一种以前固有的惯性的思维想象新的因素、新的经验。

卫纯： 19世纪末20世纪初的中国报纸经常报道中国劳工在海外的悲惨命运，到了1990年代《北京人在纽约》这样的电视剧又展示了如何实现一个中国人心目中的美国梦，再到今天的这些小说，能看出来中国海外打工的世纪叙事一直在发生变化。

李云雷： 80年代到国外去的大部分是精英阶层与知识分子，社会精英才有可能去美国，去西方世界。现在这样的作品表现的其实是另外的层面，中国人作为底层劳工去海外，这样一个层面把以前被忽略的经验呈现出来，给我们一个不一样的对世界的想象。

李松睿： 朱晓琳是专门写海外经历的留学生小说家。90年代，她写中国留学生在海外特别努力、特别穷；但到了2000年以后，她的小说就变了，里面的留学生在国外挥金如土。因此她的小说在2000年以后题材变化很大，她写了很多上海人去非洲做生意，和当地人接触并有非常强烈的优越感。这种变化和中国在世界上的地位变化息息相关。90年代初，朱晓琳写中国留学生在国外过得特惨，但回国后在亲戚面前特别风光。2000年以后，她开始写80年代出国在当地打工的人，到现在仍然在国外过着底层生活；等到20年后，他回国发现所有的亲戚都比他过得好，因此特别失落。中国变化以后会影响作家如何处理中国和世界的关系，这个很有趣。

鲁太光： 朱晓琳很典型的，一直写华人海外生活。

毕红霞（南开大学文学院）： 今天收获很大。云雷的问题意识非常明确，从文学史宏观视野，到文学现象的把握点面俱到。云雷整体性把握当代文学的能力和意识，也对学院派比较自给自足的小范围的生产是一种警醒。在南方我的家乡，今天是过小年的日子。在这个日子里，能有幸听各位专家谈文学，真的是觉得特别丰盛、独特甚至奢侈的小年饭。我们做毕业论文选题的时候，导师已经不支持我们做"纯文学"的选题，鼓励我们做新媒体。今天听云雷谈当代文学，不仅能感觉到云雷高度的责任感和理想主义情怀，也使我重拾对文学的信心。

落实到具体问题的时候，我有一些小小的困惑。师兄刚开始谈到80年代以后，文学在观念上出现一种娱乐化的变化，结合最近的一个娱乐的热点，我们看"综艺电影"出来后冯小刚在批它。上上个星期我去看电影，想看别的电影没有票了，只有《奔跑吧，兄弟》。整场看下来我都不知看的是一个"电影"。冯小刚，以前我们看来是非常娱乐化、商业化的一个导演，他也开始批这种综艺电影，让我非常感慨。包括今天师兄和各位老师谈的，我觉得我们始终有一个对于大众反应的焦虑，而我们现在面临的到底是什么样的"大众"？云雷最开始是做"底层文学"研究的，我从开始就读了您这方面的文章，也关注您接下来的这些研究，包括您今天谈的"非虚构文学"的兴起。那么，我们面临的到底是什么样的"大众"？面对的"现实"究竟是怎样的？我们到底应该用什么样的标准来评判？我们要重建一种标准，包括松睿也谈到，他看微信朋友圈转发"新工人诗歌"，在各个阶层可能都比较受欢迎，那么这种受欢迎到底有什么标准？我们讨论的现实，人群在分类、阶层在分化，我们究竟该怎样建立起新的评判标准呢？因为我最开始关注"底层文学"的时候，对太光提到的王十月感兴趣，林白关于底层的写作我也比较关心。具体看的时候，结合斯皮瓦克的底层理论我感到很困惑的一点是：这个"底层"到底该怎么代言，由谁代言？是由我们精英化的作家代言，还是王十月这种出身于底层的人来代言？包括现在的"新工人诗歌"，我们要建立另一个标准来评判它，那么这个标准该怎么建立？

李云雷：这是很困难的事情，几年前我写文章谈打工诗歌也谈到这个问题。打工诗歌其实很容易就流入主流的审美规范，按这个标准去写，当时也争论过打工作家更能代表底层，还是知识分子和作家的底层文学更能代表底层？其实这不是一个可以绝对量化的标准，因为打工作家也会按主流规范去写，并不一定能代表底层立场。但是打工作家好的一点，是他们有直接的、现实的、具体的经验，不过他们缺乏一种整体上代表打工阶层的意愿，很不愿意承认自己是一个打工作家，很想通过自己的写作被称为作家。另一方面，像底层文学的作家虽然是职业作家和知识分子，虽然没有直接的打工经验，但他们有时候反而更能代表打工者整体的利益，因为他们作为一个知识分子，会把打工者视为一个整体，从整体上思考他们的命运与处境。所以这个问题比较复杂，谁更能代表底层，不是出身于底层或打工的人就能代表底层，他有可能只代表他个人的经验，并且他有可能不愿意承认自己打工的经验和身份。我的文章写到希望他们相互结合，现在看也比较困难。

你刚才提到审美标准很重要，只有建立这样的标准，新的经验才能被纳入文学场中讨论。包括那次在草根诗人讨论会上我也说，不是说西方化、精英化、现代主义的标准完全不适用了，我们能不能在反思的基础上，结合新工人诗歌的实践，创造出一种新的标准，一种更大众化、更中国化，包含现代主义在内的更多种的艺术形式的一种美学？能不能形成新的评价体系？这可能是比较复杂的过程，我们可以从反思80

年代的文学观念开始。

鲁太光：红霞提的这个问题是否可以这么归纳，即"底层"能否自我言说或他人能否代言的问题？如果这样的归纳对的话，我觉得从学理上讲，这是一个很认真的问题，但如果从实践层面看，这又不是一个真问题。所谓的言说，就是"物不得其平则鸣"，到了一定程度，像中国的"新工人"，他受压抑，压抑承受不了的时候，肯定会发声，这些声音多了，就会有文学的声音。我们看文学史就比较清楚，现代文学怎样一步步延伸到左翼文学，就是一个从原来不发声到开始发声的过程。今天"底层文学"也是这个问题，至于云雷说的能不能代表"底层"的问题，更是一个伪问题。最理想的状态是我们呼吁的"两结合"，这个有可能。只是站到知识分子立场上，如果这些问题我们都不考虑，只考虑改善自己的待遇等问题，那就太悲催了。现在为什么大家都关心这个问题？虽然结合得不好，但不也正在结合吗？成果都是在实践中产生的，果实都是花朵的儿子。刘继明的例子就特别典型的，他是1960年代的人，是1980年代成长起来的作家。他最早倡导"新文化写作"，他的文风极其晦涩、极其缠绕，他用一团乱麻一样的叙述呈现一个文化人的命运、文化的命运；但后来他成为一个为底层写作的人，现在则更进一步，成为"新左翼写作"的代表。他在文学上的训练是毋庸置疑的，是一个训练有素的作家，文笔熟练、绚烂；但现在他的一些写作比较粗疏，我觉得他是主动选择这样做的，因为他觉得这样才能跟他的人物契合。他的写作确实有写理念的因素，但还是非常有价值，并有可能写出更有代表性的作品来，十七年文学里面好多知识分子经过实践不就转变成非常好的左翼作家了吗？

崔柯（中国艺术研究院马克思主义文艺理论研究所）：云雷刚才提到洪子诚老师对一体化和多元化的讨论，我一直觉得洪老师还是在纯文学、严肃文学内部做这样一个区分，包括今天云雷所讲的，应该还是在严肃文学范畴内的讨论，是想恢复文学那种作为"事业"的功能。当然，我们以这种批评标准去面对当前的文学和文化，尤其是大众文化产品的时候可能会有一些错位，因为很多大众文化产品并不把这种"事业的功能"作为自身的诉求，而受众也未必带有这种期待视野。我有时候和学术圈外的朋友聊天，通常也会以这种"事业的功能"去评价一些文化现象，但是他们会觉得比较奇怪，很多人去读一部小说、看一部电影的时候，是出于消遣娱乐的要求，不太会理解我们这样以严肃文学的标准去对作品（产品）进行批评。这可能和我们今天的文化状态有关。

其实在古代，各种文体之间是有分工的，比如文章就是"经国之大业，不朽之盛事",诗歌呢,"诗言志",相对来说词就带有更加个人化、生活化的意味,小说、戏曲的消遣功能就突出一些,每种文体会对应一套批评标准。到当代,这种分级应该说没有了,尤其在当下,大众的话语权越来越大,表达自己诉求的机会越来越多,但大家对文化的期待却各自不同,这时候我们再拿严肃文学的标准去批评,有时候就会出现错位。普通读者可能会觉得,我读一个网络小说、看一个爆米花电影,不就图个乐呵么。电影界好像讨论了很多年电影分级的事情了,那么文学批评是否也可以做一个分级?这种分级不是说大家各自划一个圈子各干各的,而是说,当我们面对文学的时候,还是要把文本自身的功能诉求考虑在内,然后在其自身运作机制和我们的批评标准之间达到一种辩证的互动。比如电影《智取威虎山》,我看到有些学者在革命历史题材文艺作品的历史演进脉络中进行阐释,但是我觉得这部电影还是一部商业电影,是导演徐克此前新武侠电影的延续,虽然借用了革命历史题材,但和革命历史题材文艺作品的创作动因、功能诉求等都有根本的区别,很难用革命历史题材的标准来进行批评。

  总的来说,我们今天要重建一种为大家普遍认可的总体性的批评标准,是很难的。原因还不仅仅在文学上,而是我们对现实的认知缺乏共识,我们今天说文学很难介入现实,其实我们个人在日常生活中也很难说就介入"现实"了。套用一句大家常用的话,"一切坚固的东西都烟消云散了",每个人都生活在某种片面的现实中,很难说我们今天是否存在一个普遍意义上的"现实"。所以,可能我们需要做一些更曲折的工作,就是尽可能去包容、理解我们个体生活经验之外的事情——我是在这个意义上理解洪老师所说的"多元化"批评。

  李松睿: 我问云雷一个问题,我自己一直很难介入到当代文学这一块,我2002—2003年的时候有一个总体感觉,就是当代文学写的特实在,它只能对生活中有的东西进行呈现,缺少超越性的价值。至少我读本科的时候是这样,那段时间认真看了不少当代文学的东西,发现太没劲了,决定不搞当代文学了。我最近看了一些中国科幻文学,这里面真有想象力特别丰富的作家。

  李云雷: 当代文学为什么那么实在,是一个很有意思的问题,主要是八九十年代转折过程之中产生的"新写实小说",我觉得他们当时也是有针对性的,针对的是80年代包括以前,很少处理日常生活经验,而90年代之后,日常生活经验作为一种比较重要的文学批评概念,产生了很大的影响,比如阎真的小说,无论他写《沧浪之水》,写《因为女人》,还是最近的《生活之上》,都是在比较琐碎的日常生活场景中展开的。

祝东力： 他最早的长篇叫《曾在天涯》，很文青的作品。

李云雷： 包括贾平凹写的也是琐琐碎碎的细致的生活，很难有超越日常生活的大的想法，这确实跟他们对生活和文学的理解有关系。当然不只是他们，而是时代的问题，在这个时代，似乎只有琐屑的日常生活及其细节才是"生活"，但显然50—80年代理解的"生活"不是这样，那个年代理解的生活，是历史总体发展中的"生活"，是整体社会结构中的"生活"，也就是说在那种"生活"中，蕴含着对历史及其本质的理解，也蕴含着对理想、未来的向往与召唤。

祝东力： 其实跟社会思潮是有关系的，到了80年代末很多人都感觉到理想失落了，现实不是他们十年前憧憬的那个梦想，没有新的憧憬能够代替。这时候，他们就会注意日常生活的琐碎细节，品味这种细节。这跟学术界的变迁基本同步，学术界在90年代初有一个说法叫"思想淡出，学术凸显"。80年代思想界的英雄是康德、黑格尔、海德格尔这些人，90年代初就变成钱钟书，以不厌其烦的细节知识的铺陈来代替80年代空疏的观念思想，这是整个中国社会转型的一部分，跟改革是直接相关的。

文学界的这种情况一直延续到现在，包括底层文学，都喜欢铺陈细节。几年前《沧浪之水》刚出不久，出版社开过一个讨论会，我去了，XXX也去了，他比较擅长概括，把细节的铺陈叫做"琐碎的力量"。琐碎是一种病态，借用中医的说法，是中气不足的状态，不能用一道光把这种琐碎的细节照亮，不能赋予一种超越性的意义，因为那个超越性的理想没有了、丢掉了。所以，这其实是一种"琐碎的症候"。

李云雷： 不同时期对生活的理解不一样，现在更强调日常生活、私人生活的一面，而以前则更注重"生活"的公共性与政治性。80年代以后没有一种新的价值观，旧的价值观被打碎了，新的价值观没有生成，他们只能陷入日常生活的细节。

祝东力： 是一种哀叹，又拿不出来替代方案。

鲁太光： 他们当时可能觉得市场经济万能。

祝东力： 是叶公好龙，龙真的来了以后，不是他们想要的。

鲁太光： 清华大学孙立平写过一个短文，写1980年代改革理想的陨落。

李云雷： 也可能跟我们中国发展速度太快，日常生活中的细节都在发生变化有关系，在迅速变化的环境中，日常细节的稍纵即逝，也赋予了它们以意义。

祝东力： 这不是快慢的问题，五八年大跃进的时候讲，一天等于20年。

李云雷： 最近电视台重新放2003年《手机》，我重看了一遍，和当时的观感很不一样。2003年手机刚出现与普及，手机作为一种新的通讯方式重新组织了人们的生活，表现出了前所未有的速度，也代表着新的事物，很有新鲜感。但是现在再看的话，我会注意到，电影中的手机还是翻盖手机，不是智能手机，也没有移动互联网。这样一种生活方式在10年前还是完全新鲜的，但我们现在去看，视角就会完全不一样，你会感觉到离那样的生活已经很远了，日常生活细节本身也在发生比较大的变化，对之加以关注也有一定的意义。

祝东力： 变化快不等于没有超越性的价值观，问题是这个时代确实中气不足。

鲁太光： 都是特别写实的，并没有细节形成，而是念念叨叨的，10部长篇小说有9部都是中篇小说的写法。我这几天特意找欧美的文学作品来看，真不一样，有整体世界的想象框架，细节也很漂亮。我们现在好多小说都没有细节，阎真倒还有些好细节呢。

祝东力： 有些长篇小说真看不下去，细节不断重复。如果没有一个超越性的统摄全局的价值观，可以写短篇、写中篇，但长篇写不了，因为长篇不可能靠细节不断地自我重复、复制来抻成一个长篇。

孙佳山： 今天大家讨论得很充分，这样的讨论有助于我们系统认知当下文学现象的全貌。谢谢大家，给大家拜一个早年。

（根据速记整理，经过本人校订）

青年文艺论坛第四十六期

《平凡的世界》: 历史与现实

主持人: 郝庆军（中国艺术研究院《传记文学》杂志社）

主讲人: 邵燕君（北京大学中文系）

何吉贤（中国社会科学院文学研究所）

时　间: 2015年3月26日（星期四）下午2:30—6:00

地　点: 中国艺术研究院334会议室

主　办: 中国艺术研究院马克思主义文艺理论研究所

编者的话

长篇小说《平凡的世界》发表至今已近30年,所展示的是上世纪七八十年代之交的社会生活和社会转型,它的文本及其反映的内容似乎已经成为历史;但是当电视剧《平凡的世界》重新呈现出那段历史的时候,我们却似乎没有历史的距离感。青春与奋斗、政治与生活、个人与社会、成功和机遇等命题再次进入我们的视野。孙少平式的奋斗在如今的80—90后青年中还有没有价值?《平凡的世界》小说版与电视剧版之间的差异留给我们什么样的思考?这些问题需要予以正面、专业和系统的回答。

本期青年文艺论坛围绕上述问题展开了充分的讨论。与会青年学者分别结合各自经历,从纯文学、网络文学等多重视域,着重阐释了《平凡的世界》的当代意义;他们也从电视剧《平凡的世界》入手,深入地探讨了当前社会和青年的困境,为理解"平凡的世界"提供了纵深视野,并提出了值得进一步深入思考的理论和现实问题。

郝庆军：大家下午好，欢迎来到青年文艺论坛。长篇小说《平凡的世界》出版到现在将近30年了，但今年电视连续剧《平凡的世界》热播和引起的反响却超出了大家的预期。其间肯定有各种各样的原因。我觉得有一个重要原因，就是我们现在所处的这个时代和80年代初期《平凡的世界》里面的时代，有巨大的相似性和巨大反差。每一个人眼里都有一个《平凡的世界》，所以论坛今天邀请大家来谈作为小说文本的《平凡的世界》和作为电视连续剧的《平凡的世界》之间的巨大缝隙。我们这一期的主题是"《平凡的世界》：历史与现实"。我想这个题目也是我们大家关心的。今天有幸请来了北京大学的邵燕君老师和中国社会科学院的何吉贤老师。邵老师主要解读《平凡的世界》的小说文本、它的形成与发表以及小说后来的影响；何老师则以电视连续剧为主题，叙述电视剧与小说有哪些异同。二位学者一个讲历史，一个讲现实，或者既讲历史又讲现实，相信会有非常精彩的内容呈献给大家。欢迎大家在他们讲完以后踊跃讨论，把这期主题引向深入。当然，有其他不同的想法，有更锐利的意见，也都可以谈。

首先请邵燕君老师给我们讲《平凡的世界》。

邵燕君：《平凡的世界》对于我们搞当代文学研究的人来讲，是一个特别奇特、内涵特别丰富的现象。我们每一个研究者与它相遇或擦肩而过的方式，每种言说的方式，包括我们今天这个讨论本身，都构成了这个现象的一部分。所以，回忆一下我们每个人和这部作品的渊源也是很有意思的事。

我研究《平凡的世界》在研究界应该算挺早的，论文《〈平凡的世界〉不平凡》是2002年写好的，2003年在《小说评论》第1期发表。不过，我可不是有什么先见之明，做这个题目纯粹是误打误撞。当时，我的博士论文做的是《当代文学生产机制的市场化转型》，如果不是研究生产机制的问题，我可能怎么也碰不到路遥。因为在我的印象里，路遥是一个已经过时的作家了；但搜集材料的时候，接连有几个读者调查报告撞到我眼前来，让我注意到路遥的作品在读者中间产生了多么大影响，而这影响几乎是在研究界视野之外的。

为什么说这本书是"撞上"的呢？这就要分析我的学术谱系了。我是1986年进入北大中文系的，正是"八五新潮"之后，也正是路遥创作完《平凡的世界》前后。《当代》杂志的年轻编辑周昌义看稿后退稿，这就是著名的"毁路遥"事件——这是几年前周昌义先生在叙述其编辑生涯的《文坛往事》里自嘲并表示愧疚的。我当时看到这个材料特别触目惊心，因为我非常清楚，如果我当年站在他的位置上，很可能和他一模一样，我也很可能跟他一样再去忏悔。

我是在2002年看到那些读者调查报告后才去认真看《平凡的世界》的，以前好像听过一些小说连续广播，记忆中这书好土啊！评论界当时对本书的评论很少，大家基本认为路遥文学的地位，应该在《人生》时达到顶峰了，《平凡的世界》基本是一个回落。这样的评价在今天的文学评论界依然是很主流的，认为《人生》揭示了现实矛盾，具有现实主义批判性；而《平凡的世界》使矛盾缓解，是一种妥协退守的方式。

2002年回头再看这本小说，我记得当时的感觉：第一还是好土，第二则好看，有一种非常强烈的阅读快感，一种甜美的快感。当时对我来讲，路遥还是研究对象。我并不是他的粉丝，但也有一种深深的为他不平的感觉，因为我看到了那个庞大的粉丝群体。之后十几年的经验是，每当我在公共场合，尤其比较大型的场合做报告，提到路遥，提到我们当代文学的评价体系对其不公时，散场后总会有一两个听众，非常激动地、浑身颤抖地找到我说："我今天终于听见有人为路遥说话了！"我也会在很多场合顺便做调查，不管是在北大课堂，还是去别的地方做报告，我会问在座的人谁读过《平凡的世界》？调查结果从没有出乎意料过——这本书是我们当代文学中流传最广的一部作品，尤其在底层。我记得在莫言刚获诺贝尔文学奖几个月后，我在一个武警部队做报告。那是一个特别大的礼堂，我问谁看过莫言的作品？没有多少人举手，再问谁看过《平凡的世界》？满场举手，齐刷刷的，吓了我一跳。

今天上午我去鲁院网络作家班讲课，也做了相同的调查。这次网络文学作家有几个大神级的，他们的年龄有几个是70后，大部分是80后。我问："在座的有多少人看过《平凡的世界》？"超过有一半人举手，我相信任何一个当代作家都比不上。我基本的判断是这样的，路遥的《平凡的世界》是当代小说创作当中在读者间影响最大、流传最广的，而且是不靠文学评价，是靠民间口口相传的，这个判断没有问题。因为我这几年做网络文学研究，可以得出另一个判断，路遥是我们"新时期"以来的当代作家中，唯一一个对网络作家有广泛影响的，并且是唯一有粉丝群的作家——粉丝和读者不一样，粉丝和作者是情感共同体，他们之间有一种非常深的情感联系。这两点非常有意思，使我们今天再解读路遥的时候，又有了一个新的视野。

从2002年到今天，又十几年过去了。再谈路遥和《平凡的世界》，我想说的是，这本书流传至今，三十年不衰，甚至借着电视剧热播，这把火终于从地下烧到了地上，其实也从反面说明了一个问题——路遥之后再难有路遥，没有人能代替路遥抚慰读者。所以，人们只能再回到路遥。我很怀疑路遥活到今天是否还能写出现实主义的力作，现实主义的路在路遥这里既是顶点也是转折点。1990年代以后，随着世界格局和中国社会结构发生的重大变迁，支持现实主义的价值系统遭受重创，无论是启蒙还是革命，甚至中国民间价值观都遭到深层质疑。于是，现实主义向"新写实"转向，"冷也好热也好活着就好"，"为了活着而活着"的福贵和用一张贫嘴打造幸福生活的张大民成为"精神胜利"的平民楷模。到了2005年余华出版《兄弟》的时候，代表"时代精神"的是"成功的恶人"李光头，而代表道德良心的宋钢则是在物质和精神上都沦为可怜可笑的乞丐。方方虽然把同情投注到弱者一方，但她笔下的涂自强（《涂自强的个人悲伤》，2013年）已经从"成长人物"彻底地沦为"徒自要强"的小人物，他所有的苦难都是无可怨怼的"个人悲伤"。这其中重要的转型作品是阎真的《沧浪之水》（2001年），小说沉痛无奈地书写了坚守"君子之风"和"人道主义"的知识分子池大为在现实"操作主义"面前放弃、屈服的必然性，惟其沉痛无奈，更反证了现实法则的不可抗拒。现在民间在办"路遥奖"，第一届大奖给了阎真的新作《活着之上》，我作为评委也投了票。虽然这部作品在反映现实的态度上是真诚的，这种真诚在当今的创作环境中已经非常难得——这是我投票的原因。但我也不得不说，这部小说比不上当年的《沧浪之水》。我不认为这只是阎真作为一个作家的退步，而是更显示了现实主义作为一种创作方法恐怕已经"不再可能"，它已经不再能够为当代生活赋予形状，也不再能以坚定的信仰为现实中的人提供意识形态幻觉。

我没想到的是，在对《平凡的世界》的理解上，网络文学给了我一个非常有意思的角度。我特别喜欢的一个网络作家叫猫腻，他写过一部非常有名的作品叫《间客》，这其实也是一部成长小说，虽然有一个貌似"科幻"的背景。在《间客》的后记里，猫腻写到:"我最爱《平凡的世界》,是我读到过最伟大的 YY 小说。"我从来没有从 YY(意淫的字母首,即白日梦,并非只关乎性,而是泛指一切让读者产生快感的幻想)的角度想过路遥,现在想来却真有点道理。

很多文学批评家即使今天也坚持认为《平凡的世界》的文学价值不如《人生》,是从批判现实主义的原则出发的。但《平凡的世界》之所以比《人生》流传更久远,更受读者喜爱,不是因为它更有现实力量,而是因为它更有抚慰力量。那套黄金信仰打造的意识形态幻觉,那些如"七仙女""田螺姑娘"一般的具有根深蒂固"男性向"特征的幻想模式,给读者(特别是男读者)带来了极大的满足和快感。这些都与网络类型的 YY 小说有相通之处。

今天,我在网络作家班上谈到,路遥小说的模式叫什么?叫成长小说,这是现实主义小说最主流的模式。网络文学最主流的模式是什么?屌丝的逆袭。不管是成长小说还是屌丝的逆袭,写的都是底层青年成长的故事,它们的区别在哪里呢?我个人对屌丝的定位是:被阻隔了合法上升空间的下层有志青年。孙少安、孙少平在路遥的笔下是成长人物,不是屌丝,因为那个社会给他们提供了正当的上升通道,路遥给他们提供了信仰,相信勤劳能致富,好人有好报。如果那个合法上升通道被阻隔了,只能叫"屌丝的逆袭"。"屌丝的逆袭"是指底层人用压迫他们的上层人的逻辑达到跟上层人相同的成功。比如《致青春》里面的陈孝正,他就是另一个高加林,他的人生成功和道德圆满之间必然是相悖的。因为你是底层,你必须出卖那些富二代不愿意出卖的东西,你才可能有逆袭的机会。你必须拒绝一份纯真的爱情,出卖自己的初恋、婚姻,去换取成功。而这个"逆袭"是很难在现实世界中完成的,于是大家就创造一个"第二世界"。这个"第二世界"的法则大都是拷贝我们这个"第一世界"的法则,同样是一个弱肉强食的法则,只是在那样一个幻想世界中,作者可以给主人公开"外挂",给他/她一些超能力,"穿越"也是一种"外挂",因为哪怕你是一个普通人你也可以先知先觉。有了"外挂",就可以"逆袭",让读者带入以后感到"爽"。

为什么我同意猫腻说《平凡的世界》是最伟大的 YY 小说呢?因为"第二世界"建构得再好,大家也知道是白日梦。就像鲁迅说的那个铁屋子,既然铁屋子无法打破,为什么还要唤醒梦中人呢?鲁迅当年虽然这么说,但还是"听将令",还是要"呐喊",他还抱着希望,哪怕是绝望中的希望。但在今天这个"后启蒙"时代,大家都觉得现实虽然残酷,但却天经地义,无法改变。既然无路可走你干嘛不让我舒服一点呢?所以网络文学的作者和读者们会理直气壮地说:"做梦无罪,YY 有理!"但是路遥不一样，路遥写的是现实主义作品，他真诚地相信他制造的乌托邦幻觉，认为那是理想不是幻想，所以他的抚慰力量超过了"第二世界"的YY。不过，对于"80后""90后"的电视剧观众来说，或许，我们当年的"现实世界"对于他们来说，就是个"第二世界"，是个"平行空间"。

还有一点非常有意思，在电视剧里，居然男一号和男二号倒置了。小说里的男一号是孙少平，读者是跟着他走的，我们今天则是跟着孙少安走的。我非常理解导演为什么这样做，如果让我今天拍这个电视剧，我也会这样做。你发现今天只有孙少安的故事能牵动你，看到孙少平就想"快进"。孙少安让我们看到了潘石屹的前身，潘石屹说看了七遍《平凡的世界》。其实那时候他的英雄应该是孙少平，那个善于思考的个人主义者，而不是顶门立户的农民企业家。20世纪80年代人们不可能把成功、梦想寄托在农民企业家身上，而是会寄托给一个读书人。读书、科举或者高考，这是自古以来田舍郎上升的路径。其实电视剧一开篇，让我们在孙少安身上看见了梁生宝，但是我们却无法解读这个五六十年代的社会主义"新人"形象。更重要的是我们今天再也无法解读孙少平这个80年代个人奋斗英雄的故事了，孙少平在我们今天的概念里就是一个失败的屌丝，最后什么都没干成，没上大学、没当官、没挣钱，在一个煤矿当了矿工，爱上一个寡妇，他的人生全是失败。但是路遥当年讲述的是一个当代英雄的故事，我今天特别想再重读《平凡的世界》，看看路遥当初为什么没有让孙少平上大学呢？这也让我感觉到，路遥的梦想确实不是普通的YY，路遥胆子真大，他居然敢让孙少平不上大学，去当一个矿工，路遥秉承着什么样时代精神敢做这样的梦？孙少平是一个身在底层、内心高昂的普通人，他说我是一个平凡的人，但是我可以生活得不平凡。一个底层的人、一个平凡的人，却可以有不平凡的精神，以这样的人为主人公、以他为当代英雄，这才是路遥的伟大。今天，我们更加清楚地看到，《平凡的世界》写的是在一个贫穷的世界里普通人如何保持精神高贵的故事。可惜，我们今天无法再重复这个故事了，我们连复述的能力都没有了，这正是我们时代的贫穷。电视剧和小说的这个错位向我们展示了一个可以深入讨论时代精神镜像的缝隙。

郝庆军：谢谢邵燕君老师精彩的演讲，非常系统的演讲。我很同意你对路遥的两个定论：第一，他是当代文学当中对我们这个社会，对我们这个有着13亿人群的国家影响力最大的一个作家。第二，他是既有读者又有粉丝的一位作家，他是与他的读者形成了一个命运共同体和情感共同体的这样一位作家。

我其实就是路遥的一位粉丝，当然也是读者，也是研究者，但更是一位粉丝。就我个人来讲，几十年来一直不断看这部小说，每次看都有新的收获。现在我还追正在热播的电视连续剧，每集都看，几乎每集都要掉眼泪。这就是粉丝，只有粉丝才能产生如此强烈的情感共鸣。我在看剧的时候，里面的人物和情景完全让我回到自身的经历和记忆当中，我回忆自己的成长过程，电视剧带着我又重新走了一遍自己的心路历程。我在农村长大，16岁初中毕业以后考到师范学校，等于吃皇粮了；19岁毕业到农村中学教书，教了几年书，因为写作不错到乡镇当公务员，搞文字工作；工作10年后考硕士、考博士，毕业以后到院里工作。农村、乡镇、县、省城、北京这样的经历，是一个农村少年成长的典型经历，这样的经历与孙少平的经历虽然不太相同，但这个过程中的情感是相通的。《平凡的世界》对我最大的影响，是给了我一个黄金信念：一个人在我们这个时代，只要你能努力拼命地干，就有回报；只要你是善良的人、诚实的人，对自己和事业忠诚，拼命干活，就必然有回报。这是《平凡的世界》对我个人最大的影响。

现在跳出来看这部作品，我还觉得这部"伟大的YY小说"几十年来对中国人，尤其是底层人民是一个巨大安慰，它让人们认识到：前面的路是光明的，踏实能干就会有出路。它对广大的底层人民起到收拾人心的作用，这部文学作品抵得上任何宣传部门的宣传品，它给人巨大的精神力量，让人有信心，不彷徨，任劳任怨，看到希望。

我不太同意关于路遥给我们制造了一个黄金梦的观点。实际上这部现实主义的作品还不是一个黄金梦，路遥没有许诺什么。路遥作品中的现实就是中国的现实，他的初衷不是要解决什么问题，绝对不是这样。他就是把自己的经验，把自己对文学的理解，对世界的理解，用田福军的线索、孙少平的线索、孙少安的线索这三条线往前推进，集中展现1975年到1985年十年间中国农村的变革。他是现实主义的，只不过他呈现的效果让我们看到了黄金信仰。

邵燕君： 这套黄金信仰在路遥那里确实是真诚的信仰，是理想，但是在我们今天看来是幻觉，所以网络作家干脆写幻觉。

郝庆军： 我是说，我们现在处在这个时代，与《平凡的世界》中的世界有了巨大的不同。我在想，如果孙少平在那个矿上继续干下去，他会是什么命运？他会不会当了矿长，然后当了矿务局长，全省的煤炭局长，最后会不会成为副省长？然后有一个悲剧下场，就是被双规了？依据现实的逻辑，我想是有可能的。那孙少安呢？他会不会成为暴发户，腰缠万贯，进行官商勾结，去承包各种矿，最后成为在海南花七千万元嫁女的那位老兄？于是，我们从路遥的小说回到了我们的现实，回到了正在热播的电视连续剧《平凡的世界》。

下面请何吉贤教授给我们解读电视剧《平凡的世界》，顺着今天的逻辑，预测一下孙少安会不会成为暴发户，孙少平会不会成为被双规的副省长那样的人？

何吉贤：我坐在这里，有一个奇怪的发现，我发现郝庆军、邵燕君和我都是60后。路遥的《平凡的世界》是我们大学本科期间出版的，也就是说，我们是在大学本科期间接触到的《平凡的世界》。是不是我们这个年龄段的人对这部作品有一种特别的感情呢？我原来有好奇。刚才听了邵老师的长篇发言和庆军的点评，我发现其实情况是多样的。我自己的情况跟邵老师不一样，我本科不是中文系的，我当时是以文学爱好者的身份，第一次接触《平凡的世界》是听广播，是1988年的时候，在北大38楼的学生宿舍。当时宿舍里6个人，中午午休的时候，大家都在听。宿舍里同学天南海北，背景各异，我们是国际政治系，大部分同学也不是文学爱好者，而且我们6个人都来自南方，对小说中的陕北的背景并不熟悉，但大家都听得很投入。在我的印象中，这是少有的经验。

我还有另一个例子。春节后电视开始播《平凡的世界》，我高中同学微信群里很多同学都在转这个消息，群里的大多数同学后来学了理科，但他们都很关心这个电视剧，也说到了当时听小说连播、看小说的感受。其中有我的一个好友，中科大毕业，学天体物理的，到美国三十来年了，在金融机构工作，赚着高薪，见到我，却喜欢谈文学。他几次跟我说，他最喜欢的小说是《平凡的世界》，看了不知道几遍，并向周围的人推荐。这次电视剧播出后，我发现他的夫人，他在美国出生的两个孩子都被他影响了，他们全家在美国追这个剧，每天看完以后在同学微信群里面说这个事情。

这是我个人经验中的两个事例，希望对理解我们今天讨论的《平凡的世界》有帮助。在我的理解中，可以说明两个问题。一是《平凡的世界》确实与我们这代人的成长中的阅读有关，它的影响范围非常广。这里面可以解读出哪些问题，可以再讨论。第二个，刚才邵燕君提到了，对这个作品的阅读和喜好与出身背景有关，可能是来自底层的、来自农村或小城镇的人会比较喜欢，我觉得这可能是一个方面；但这除了说明非专业的阅读与个人的经验有一定关联外，还能说明什么呢？在这个问题上，也许去寻找某些跨越阶层、代际的阅读的共同感受，会具有更大的启发性。路遥写作《平凡的世界》是试图反映1975—1985那段历史，是当时刚刚过去的历史。这样的雄心和努力在之后的文学创作中已非常罕见了。进入90年代之后，有很多试图在长时段里叙述中国现当代历史的作品，但那大多是在一种固化的历史观里叙述历史。路遥不是，他处理的是变动不居、刚刚经历了的"历史"，所以他的叙述当时有很多新鲜的经验，从历史里刚出来的人的伤痛、渴望和幸福。在30年后的今天，我们已经有足够长的时间跨度，去重新审视路遥所讲述的那段历史，去发现其中的裂隙。

这是我听了你们两位发言的一点感想。下面我讲我的问题，我想讲两个问题：一个问题是比较《平凡的世界》小说和电视剧中孙少安、孙少平两个人物塑造的不同，所谓"平""安"浮沉，想解读出一些问题；另一个问题是想扩大一点讲，讲讲今天我们该如何讲述中国农村。

跨越将近三十年的沧桑巨变，《平凡的世界》再度被搬上荧屏，经历了春节城乡间大回流、故乡亲情洗涤、怀旧潮冲击，目睹了故乡的或繁荣或萧条、或昂扬或消沉，当观众再在荧屏前共享黄土地上孙氏兄弟和众乡亲的人生悲欢浮沉时，上了年纪的似乎劈面看到了三十年前的自己，年轻者也似乎看到了某种"来路"：1975—1985年，"改革"起点处，农村与"改革"最融洽的最初十年，摆脱饥饿和贫困的奋斗的勇气和决心如此强烈；青春涌动，意志强悍，"世界"遥远而美好，人可以"平凡"，却要走向"世界"；在卑微的"平凡世界"中，因为诚实的劳动，"平凡的人"获得了尊严，镌刻在当代社会结构中的"身份政治"也才有了打破的可能；在这个"新历史"的起点上，改革是上至省地县各级干部，下至普通农民的"共识"，而正因为有了对幸福、尊严、诚实、良善的上下一致的追求，改革的真正动力便恰恰来自"平凡的世界"中的平凡的人。在电视剧的结尾，一种根基于普通中国农民的"中国梦"似乎在空中开放，是啊，"平凡的人照样也能过得不平凡"，这不正是改革开始处的某种共识和动力吗？

不可否认，电视剧的成功在很大程度上与对原著的忠实有关，路遥的《平凡的世界》无疑已成当代文学的经典，它不仅深刻地记录了20世纪70年代末80年代初那段跌宕起伏的历史，而且在一代代人的精神成长中，也留下了深深的烙印。

大约在最终完成三卷本《平凡的世界》四年后，路遥又写了长篇创作谈《早晨从中午开始》。这篇创作谈的结尾写道："无疑，这里所记录的一切和《平凡的世界》一样，对我来说，都已经成了历史。一切都是当时的经历和认识。随着时间的流逝和社会生活以及艺术的变化发展，我的认识也在发生变化和发展。许多过去我所倚重的东西现在也许已不在我思考的主流之中，而一些我曾轻视或者未触及的问题却上升到重要的位置。"由于路遥英年早逝，我们无从知道在他的认识和思考中，问题意识的升降变化；也无从知道，假如路遥活到今天，让他来评价这部长篇作品的电视剧改编，甚至由他自己来操刀改编，会是什么样子。

尽管电视剧编剧声称尽量"忠实于原著"，而且采取了"正面强攻"的"写实"手法，但正如路遥所言，"一切都已经成了历史"，任何改编本身其实都是当代叙述，在电视剧的改编中，我们还是能解读出很多当代文化、社会和思想的症候。其中最为显著的就是从小说到电视剧，第一主人公如何从孙少平变成了孙少安，"平""安"的浮沉，究竟意味着什么？

《平凡的世界》有三条线索，分别以三个人物来组织。一条线是田福军，这可称为一个改革题材的小说，提供了一条从省、地、县到公社、村的线索，故事的展开是要不要改革；另一条线是孙少安，可以称作农村题材小说，将农村的社会变革与乡村生活结合起来，主要展示乡村的日常生活及其矛盾；第三条线是孙少平，是一个个人"出走"和"成长"的故事，似乎回到了19世纪批判现实主义的传统。从小说史上看，每条线都有小说"原型"，但都有变异。路遥超越通俗小说之处在于对时代和日常生活有整体的和超越性的思考。

电视剧的最大改动之处是极大限度地扩大了孙少安的线，保留和适当增加了田福军的线，收缩和改变了孙少平的线。具体而言，电视剧用大量的篇幅，增加了很多故事，如集体化时期如何反抗过"左"的农村政策；旱灾中如何孤身一人，深入上游罐子村和石圪节村，以头拍砖的江湖手法，几乎力挽狂澜；还有诸如只身到山西柳林娶媳妇醉酒、从运砖挖得第一桶金到办砖厂中的几起几落，以及与田润叶缠绵悱恻的爱情故事；再加上演员王雷带有强势和混不吝的气息的表演，完全把孙少安塑造成了一个具有先知先觉的个人英雄主义气质，同时又带有一丝乡村"无产者"的"爱谁谁"的习气，却又不失乡村伦理中孝义仁厚、勇于承担的"当代农村英雄"。这与小说中塑造的那个既想改变现状，却又有些逆来顺受的孙少安判然有别。

令人惊奇的是，在最近二十多年关于路遥和《平凡的世界》的讨论中，几乎很少涉及孙少安。也就是说在当代文学批评和研究中，孙少安几乎是一个无法言说的角色，相比于电视剧中的浓墨重彩、极尽渲染，这确乎是意味深长的现象。

田福军那条线与孙少安的线是相互呼应的。田是一个改革家，但在电视剧中，他一再强调，他改革的唯一目的就是让"黄原农民从吃黑面馍变成白面馍"，而全然没有顾及改革是涉及社会关系和利益关系的重组、新的价值观的确立等一系列问题的全面工程。所以，编剧在电视剧末尾添加了一段田的妻子无意中收受装了钱的茶叶罐，从而造成受贿的事实时，既显得突兀，又显得意味深长。可能也正是在这个时候，作为地委书记的田福军才真正面对了他一直推行的"改革"的真实内容，换句话说：改革进入"深水区"了。

孙少平那条线本是路遥用力最著之处，通过少平的"成长"和"出走"，时代巨变过程中遗留在普通人身上的伤痛、挣扎、自尊等价值得以显现，也只有在少平这里，"平凡"才最后通向了"世界"。但在电视剧中，孙少平的故事线被简化为爱情线，他关键的"出走"，由于离开了对尊严、价值、无限可能性的追求，在物质回报的逻辑里，就变得无法理解。

因此，在电视剧中，我们能感觉到孙少安是一位"今人"，是今天农村中的"当代英雄"。无论是在"农村强人和乡镇企业家"的逻辑中，还是在后寻根和文化保守主义的语境下，他的故事和人格都充满魅力。因为在前一个逻辑中，少安是农村"新历史"的创造者；在后一个语境下，少安身上被想象出的无论是强悍、精明还是仁义、担当，都成了想象中的传统文化的投射。实际上，"孙少安的故事"也在相当的程度上笼罩了当今的农村叙述。

相反，电视剧中的孙少平却如一位"古人"，一位作为"打工仔"前身的历史中的人。他固执的"出走"、他持守的自尊、他对知识和"远方"的执著，已显得古板、莫名和可笑。他只有披上一些当代的外衣，比如他与田晓霞的"罗曼蒂克"的精神之恋，才能被辨认为一个当代的人物塑造。

孙少平的"被历史化"是一个当代悲剧。我们无法将孙少平当代化，因为在今天，我们已很少有可能看到孙少平身上体现出来的，通过个人奋斗实现个人价值的可能，我们也很难理解凝结在一个底层人身上的基于劳动和自我超越之上的自尊和动力。在农村，随着集体经济的解体，为集体劳动失去了价值依托，劳动只是在换取物质报酬的意义上才能被理解，用马克思的概念，劳动被等同于它的交换价值，劳动的绝对价值，也就是劳动创造世界的本质被掩盖起来了。因此，我们可以理解孙少平因下煤矿不缺工，而用多领到的工资换取同屋工友的各种"稀罕物"，却不能理解他自虐式的揽工汉生活，更不能理解他将劳动变成一种精神的磨砺、一种人格上的蜕变的举动。

今天我们已处在一个乡村共同体解体的时代，几亿农民工进城打工，大规模的城镇化正在展开。实际上，文学批评界讨论"乡村叙事的终结"也已经多年。所以，当我们讲述今天的中国农村时，我们的想象中只会有"老农民"，而当农民"老"去，农民在形象和人格上也不再能直起腰来，我们就只能以既有的历史和文化安排，去图解一种类型化、抽象化的"老农民"。正像去年热播的电视剧《老农民》那样,他们在形象上肮脏、猥琐、目光短浅,一切行为似乎只能在追逐私利的逻辑上才能被理解。在这点上,电视剧《平凡的世界》的一种处理方式颇具症候性:每当镜头拉远,双水村或黄原就被笼罩在一个看似用电脑做出来的梦幻般的天穹下,虚幻、变幻不定、转瞬即逝的背景,似乎就是一个关于当代农村的隐喻。

事实上,怎样表现作为底层的农民的自尊和奋斗,表现农民中的"新人",一直是中国当代文学中最具挑战性的议题。离开了"新人"的塑造,当代农村的社会主义改造就无法想象;而路遥小说中孙少平这个不断游走的奋进、自尊的"文学青年式"的"新农民",也可以被理解为当代农村"新人"画廊中的形象之一。也是在这一意义上,我相当程度上肯定也是去年热播的另一部农村剧《马向阳下乡记》,它的可贵之处不仅在于向当下农村问题及其情感和人心的开放姿态;而且,农民并未"老"去,农村里的事似乎还可以"有的商量",而并未事件化、喜剧化。也正是从这样的角度,我愿意寄望于更多贴近农村和农民的作品的出现:真正的乡村叙述不是终结了,而是还没有开始。

郝庆军: 谢谢吉贤。吉贤从小说和电视剧之间的差异入手,电视剧改编当中多了什么、少了什么,把电视剧的问题呈现给大家,思考比较深入。电视剧中有两个话语:一个改革话语,一个是个人话语。小说中的劳动话语几乎消失不见,劳动至上的思想微乎其微。电视剧突出表现了改革,改革话语比较重。无论是田福军这条线索的拉长,还是孙少安这个线索的拉长,都体现了我们现在的改革。我们看到了电视剧对当前时代主题的呼应。另外,个人主义的话语也是现在的主流,小青年要奋斗、要成功的话语,也是我们时代的主题。总之,电视剧有意无意地消解了小说中的劳动话语和理想主义话语,突出放大了改革话语和个人主义话语,适应了我国电视剧的生产环境,也符合当前的主流价值。

(休息)

郝庆军: 上半场这两位老师讲得特别好,很受启发,现在开始下半场的讨论,不太熟悉的朋友发言时需要自我介绍一下,比较熟的就不用介绍了。

鲁太光(中国作协《长篇小说选刊》杂志社): 对路遥的《平凡的世界》,我有很多想法,可一下子又不知道从何说起。我一个朋友,在《中国社科报》工作,约我写一篇关于路遥的文章，说2000字就可以了，我也想写2000字，可没想到，一下子就写了7000字，最后只好一删再删，可见想法很多。不过，今天只能讲点儿片段性的想法。

《平凡的世界》在读者接受中有一个特别的现象，就是都把它当做"励志书"来读，当做成功学的"葵花宝典"来读。我个人的阅读体验，跟这个很不一样。我大学一年级的时候读了这本书，写博士论文的时候又读了一遍，这几天又粗略地又翻了翻。每次读，我都被这本书中洋溢的悲剧感打动，感觉跟励志关系不大。我觉得这是一部特别悲剧的作品，小说的整体气氛是悲剧性的。为什么这么说？因为小说的两个典型孙少安和孙少平的未来，命定是悲剧的。而且，我觉得路遥写作的时候对此是有考虑的。我们知道，路遥是以他弟弟王天乐为原型写孙少平的。王天乐原本就是个揽工汉，由于路遥被过继给了大伯家，他多年没有见过这个弟弟。听到这个弟弟的消息后，路遥特别想见他。等到在工地上见到王天乐以后，路遥觉得这个弟弟特别有想法、有情怀、有能力，就立志帮他。那时路遥已经是名作家了，已经有了一定社会资源，经过努力，路遥先把他安排到国营煤矿，成了工人，摆脱了农民身份。后来，路遥又通过关系把他调到《延安报》，后来又调到《陕西日报》。而且，王天乐的确很能干，到《陕西日报》后很快就获得了韬奋新闻奖。也就是说，孙少平的原型，王天乐的人生之路其实相当顺利、光明。但小说却截然相反，小说结尾的时候，路遥几乎切断了孙少平跟一切光明的关系——他跟田小霞就不用说了，那场莫名其妙的洪水，说白了，就是为了切断孙少平跟田晓霞的关系，要不，这个故事怎么收场？金波的妹妹仰慕孙少平，但孙少平却觉得不可能，于是毅然决然落草煤矿，小说中写这是孙少平的主动选择，其实，这何尝是主动选择？

《平凡的世界》写中国从1975年到1985年这十年的历史巨变，表面上看，这一巨变似乎打开了一个"屌丝/农民逆袭"的通道，但实际上，这只是一种幻象，或者说，这种可能性随着改革开放的展开稍纵即逝了。也就是说，孙少平在社会阶梯上向上攀登的可能性已经非常小了，路遥意识到了这个问题，所以最后只能让孙少平落草于黑暗的煤矿。如果我们"后知后觉"地看看后来国企改革、煤矿转制、灾难频发等一系列残酷的社会变动的话，则孙少平的命运只能是两手空空走向黑暗。孙少安的命运好像好点儿，前两部中他的命运是螺旋式上升的，是日渐见好的。但路遥似乎也预感到了农村未来的巨变，所以第三部中在孙少安最成功的时刻，却安排了一个悲剧场景——他老婆吐血了，得了重症。如果结合1990年代乡镇企业被迫关停的历史事实，结合政府在社会保障等公共事业领域一退再退的历史事实，结合无数农民因病返贫、致贫的历史事实，结合后来无数大学生毕业即失业的历史事实来解读的话，孙少安的命运也不乐观。所以我觉得这部小说中弥漫着浓重的失败感。

再做深一点解读，路遥身上有个人主义、英雄主义的东西——《人生》就淋漓尽致地展现了这种个人主义、英雄主义的东西。但到《平凡的世界》，他好像对个人主义、英雄主义的东西予以理性地压缩。小说里面，孙少平和孙少安是想成功，想改善自身境遇，但他们没有像高加林一样，为了成功，做了负心汉，负上道义债。孙少安、孙少平兄弟俩一点坏事都没做，只是自己奋斗奋斗再奋斗，不停地挤压自己，而且他们的行为，尤其孙少安的行为，充满互助色彩。这样的安排，在一定程度上是有意的。也就是说，在《平凡的世界》中，路遥更少地"直抒胸臆"，更多地"感时伤怀"，他写孙少安、孙少平兄弟俩的故事，其实是想为那一历史时段的中国农民代言或立言。为什么这样说呢？除了小说中体现出来的这种意识之外，路遥的一段自述也可以作为旁证。路遥在为他弟弟王天乐找工作的时候，给他的一个好朋友写过一封信，信里面他对当时中国农村的状况有一个分析，他说现在国家对农村是经济上扶持，文化上压制，那些有理想的农村青年很难有出路，这个情况下，农村挤压了一大批苦闷的人、愤怒的人，长远来看，这是个巨大的危机。实际上，我们都知道，对农村的扶持，也是相当短暂的事情，因为在1980年代中期之后"三农问题"就开始浮出水面，到了1990年代则已成为重要的社会议题，也就是，路遥在写第二部、第三部的时候，对农村的经济扶持也逐渐没有了。像路遥这样关心国家大事的作家，不可能不注意到这一状况，因而有理由相信他对农村的状况更加悲观。所以，他在孙少安、孙少平兄弟俩身上其实是寄托了重任的，或者说，他写这两个人物还是在为中国农民找一条出路，至少是为农村的有为青年找一条出路。近代以来，中国有两个"创世纪"故事：一个是革命的"创世纪"，一个是改革的"创世纪"。路遥写《平凡的世界》的时候，正是革命的"创世纪"遭遇巨大困境，想以改革克服这一困境的历史时刻。路遥写《平凡的世界》，就是想用改革的"创世"故事对革命的"创世"故事做一个回应，想在改革中为中国农民找一条好出路。这个目标，完全是集体主义的，而非个人主义的。因而，这个故事的失败，悲剧感就更加浓重了。

我想谈的另一点是，现在有一个说法，说当时主流文学界，尤其是批评界，因为对现实主义不感冒，因而拒绝路遥的《平凡的世界》。我对这个说法有点疑惑，我想查点资料，看看从1986年到1990年之间有没有发表过现实主义长篇作品，数量有多少。我想考察的是，如果当时其他的现实主义长篇作品可以发表的话，为什么路遥的作品被拒绝？因为这涉及一个更深层次的问题：路遥的现实主义是一种什么样的现实主义？我个人觉得，从他的作品里面我们可以看到欧洲批判现实主义的色彩，但其底色还是社会主义现实主义。我们甚至可以说，路遥的创作是社会主义现实主义的最后一抹回光。路遥把柳青奉为文学教父，亦是旁证。

石一枫（《当代》杂志社）：我替我们的老同志周昌义叫屈一下，他自己也说过这个事儿，我们单位35周年纪念活动，那些记者来采访，问他就一句话——你为什么退《平凡的世界》？他一辈子发了无数的经典作品，《沧浪之水》《国画》都是他发出来的，到最后他感叹，过五关斩六将都不提了，光说他走麦城。但是他比较坦诚，很直接地承认了当时觉得不好看，就给退了。

对于《平凡的世界》，我看得比较晚，是有意识地抱着学习的目的去看一些文学作品的时候，才读《平凡的世界》。北京的小孩基本没有什么人看《平凡的世界》。我更愿意把它看成一个关于个人奋斗的典范作品，我也相对比较愿意把它放到后来的社会和文学的互动里面来看待。《平凡的世界》几乎可以说是"文革"后第一部理直气壮地书写中国个人奋斗、书写个人改变命运的欲望的作品。以前的作品基本都还比较遮遮掩掩的，想实现个人价值，还得为了改革、为了国家，给自己扣一高帽子，其实挺虚伪的，而《平凡的世界》的情感极其真实。

《平凡的世界》在90年代以后取得了意想不到的销量上的成功，也是这个原因，他是和个人奋斗和成功这两个字紧紧挂在一起的。不是因为写得好，或者是表现了多么深刻的主题而获得了广大读者的爱戴，说得再赤裸一点，这帮人就是把《平凡的世界》当成功学看的，这点也应该承认。尤其有潘石屹这种人再去鼓吹一下，为作为成功学的《平凡的世界》增添了那么亮眼的注脚。

就是在现实主义的作品中，《平凡的世界》也是那种相对理想化的。在今天的社会环境和情绪环境里面看《平凡的世界》，它可能真的过于理想化了，很多东西可能没那么真实，是有浪漫主义的元素存在的。最简单的一点，它相信靠个人奋斗就真的可以成功，这个逻辑就很浪漫主义。《平凡的世界》的现实主义只体现在它的细节和写法上，它的精神内核是浪漫主义的。

我们从《平凡的世界》往后看，没过几年发表的就是《沧浪之水》。《沧浪之水》那个主人公基本上是一个已经成功的孙少平，从农村走向了城市，但是他过得依然很窘迫，他发现靠勤劳、靠不怕吃苦受累是实现不了个人价值的，还得靠不要脸。但今天再看《沧浪之水》我觉得都幼稚，你不要脸就能成功吗？比你不要脸的人还有很多，不要脸只是成功的必要条件，不是充分条件。《沧浪之水》写池大为今天不要脸了，恨不得三天之后就成功了，以我们的个人实践来看，这是不真实的。

祝东力（中国艺术研究院马克思主义文艺理论研究所）：他写的不是今天的实践，写的是20世纪90年代，在90年代那样写可能是真实的。

石一枫：再后面发表出来的作品是王刚的《月亮背面》，写的是商人，90年代第一拨商人，靠坑蒙拐骗。他们除了不要脸，命都不要了。人为了追求成功的底线越来越低，从路遥到阎真到王刚，有可能是一个现实主义逐渐从那种理想化到真实化的过程。但把这个系列都看了一遍以后，我还是想再重新提一下《平凡的世界》那种所谓幼稚的理想主义情怀。当我们看到这个世界已经这样了，社会已经这样了，你能怎么办呢？有的人他只是告诉你社会这样了就没辙了，有人甚至是社会烂我比社会还烂，那不成了一帮中国人进行道德下限秀的奥林匹克竞赛了么？《平凡的世界》《沧浪之水》的畅销或多或少和成功学的流行有关系，但是文学毕竟不是成功学，文学还要回答一个问题，你已经看到了社会这么烂，你还要做什么？你除了认识世界以外，还需不需要改造世界？从这个角度上，我作为一个不喜欢《平凡的世界》的读者，还是对这本小说里所展现的理想主义斗争精神，对公理的近乎幼稚的信仰觉得感动。它回答了一个文学必须回答的问题，就是除了认识世界以外还应该做一些什么。我个人对《平凡的世界》是从不喜欢到尊敬的过程。《平凡的世界》的电视剧给了我们经典重读的机会，不断重读经典，我们会发现每次都有不同的感受。我以前不喜欢《悲惨世界》，看了电影以后发现那是一部特别让人感动的作品。《平凡的世界》也一样。老舍的那个《二马》也是，老舍写老马是一个反面人物，小马是正面人物，老马代表的是腐朽没落封建小市民那套东西，小马代表先进科学的励志新青年；但今天来看，小马那个人怎么那么面目可憎啊，而老马倒有一种诡异的美。不断经典重读可以发现新的价值，《平凡的世界》在今天的社会环境之下所焕发出的新的价值，我们还是应该重视。有的人可以把它当成成功学来看，但其实还是不应该看得那么简单。

邵燕君：一枫第一个任务是要替周老师说话。

石一枫：今天看到这个作品我也会退。

邵燕君：对于周老师当时那么做，我的反应就是，我要是他我也会那么干的，他在当时的语境下这么做非常正常。

祝东力：按照你们的惯例，当时如果发表《平凡的世界》，是不是要整个发表，还是可以节选？

邵燕君：当时是这样的，周昌义老师在《文坛往事》那本书里谈得非常细致。他说按照当时文坛的"潜规则"，像路遥这样的大牛可以给杂志社提非常苛刻的要求，比如说全文发表、一字不改、头条等等。但其实这里面有讲究，作者在完成一部呕心沥血的长篇时往往是最最脆弱的时候，提苛刻条件其实是在给自己留台阶。编辑要是看不上可以说我们满足不了您这么高的要求，看上了可不可以谈？当然可以谈的。一般都是《当代》杂志发表节选，人民出版社全文出版。但周昌义和路遥之间不是谈的问题，他给拒了。周老师《文坛往事》里面详细叙述了他当时的状态，包括整个80年代文坛全面追随西方现代派，对现实主义作品漠视、压抑；并且说，他多年后有一次坐火车的时候重看《平凡的世界》，发觉很好看啊！在那篇回忆"毁路遥"的文章里，周老师把所有可以指责他的罪状都自己说了一遍，真的让我非常感动，真是大编辑的风范。

一枫说得特别有意思，我突然觉得咱们说的经典现实主义作品本质上一定是浪漫主义的作品，如果它的核心没有浪漫主义的时候，我们可能把它叫做自然主义或者是新写实。

石一枫：有一些有浪漫主义的元素，但巴尔扎克的现实主义就没那么多浪漫主义元素。

邵燕君：再补充一枫，我也特别同意《沧浪之水》是《平凡的世界》接下来的那一部，再接下来的一部应该是《侯卫东官场笔记》《二号首长》。在这些小说里，价值问题被彻底悬空了，变成彻底的攻略，当官是个技术活。

石一枫：《官场笔记》《二号首长》应该接着《国画》说。《国画》讲的知识分子从政，还有一些挣扎；《二号首长》已经不是知识分子从政，是职业官僚了。

邵燕君：《侯卫东官场笔记》的一些读者把侯卫东指认为孙少平，因为觉得这也是个人成长的故事。其实，取消了价值尺度之后，主人公就没有成长了，只有升级，和《杜拉拉升职记》一样，是攻略。

石一枫：文学的价值尺度就是这个问题。我们判断世界应该有几条线：一条线是利害，有利有害；一条线是是非，有是有非；还有一条线是美丑，有美有丑。现在只剩下利害之分，是非、美丑没有了。文学应该对这种现象做点儿什么。

邵燕君：路遥现象恰恰让我们反思，到底需要什么样的文学标准？到底什么叫好文学？文学判断应该从谁的角度出发？

石一枫：文学标准相对具体化，我自己已经比较喜欢现实主义那一路的写法了，但路遥的这种还是看不进去，应该更凝练一些可能好点。

邵燕君：我们的那套标准是从非常精英化的文学专业性出发的，所以语言啰嗦一点就被抛出门外了。但对读者来说，语言问题没有那么重要，辞达就行，他们要的是感动，所以，谁的标准是个问题。

石一枫：文学专业人士也是接受者，其实还是整个社会在审美方面出现了脱节。

祝东力：我比较及时地阅读当代新作品的经历就到1985年。1985年先锋文学出场，我就不读当代新作品了，路遥的《平凡的世界》正好是1986年出版的。为了这次论坛我突击看了第一部的前几章。

1985年以后文学观念变了，神头鬼脑的作家纷纷出场，路遥的写法貌似比较陈旧。路遥从1975年的内地贫困县城里那些细节开始写起，对当时的许多读者来说可能没有什么新奇的感觉。可是再过若干年，比如我现在再看就觉得，像发现一个被遗忘的世界一样，一点一滴的生活故事很有味道。细节，真实的细节能够产生今昔对比的历史沧桑感。

另一方面，应该说是路遥也有不足的地方。《平凡的世界》谈不上什么语言的艺术，基本上是平铺直叙地讲一个个人物、情节、故事。我心目中当代小说家里语言艺术成就最高的一个是钟阿城，语言的造型感极强，三两句话能让整个画面跃然纸上。《平凡的世界》没有这样的效果，谈不上语言艺术，这大概也是退稿原因之一。总之，观念、题材、写法上在当时可能都缺少打动编辑的地方。

刚才一枫的观点我不是全同意，但他讲得特别有启发，把三个时代的代表作排列起来，能看出一条线索。其实，他们各有各的真实，从1975年到1985年正是中国社会突破压抑、释放能量的10年，多少人从底层跃升到上面，从穷乡僻壤走到省城，走到北京。所以路遥当然是真实的。当然，所有文学都带浪漫主义的成分，这是文学的本性决定的，但仅就这一点来讲不能说因此他就是浪漫主义。各有各的真实，阎真《沧浪之水》中池大为的那种选择和结果，在90年代也是真实的。刚才邵老师讲了挂件的问题，不同的时代需要的挂件越来越多。孙少平那个时代，有一定的天分和聪敏才智，加上吃苦耐劳，就够了；在《沧浪之水》的时代还要再加上寡廉鲜耻；再到后来，寡廉鲜耻也不够用了，还要再加新的挂件。所以一枫刚才梳理得挺有价值，纵向一看，时代变迁的脉络通过这样的作品和人物特别清晰地呈现出来。

李云雷（中国艺术研究院马克思主义文艺理论研究所）：刚才大家讨论80年代对

路遥评价不高，但是也有人对他评价高，要不然怎么能获得茅盾文学奖？对他评价高的就是秦兆阳、朱寨等老一代的批评家，所以像李陀在《北京青年报》访谈中提到评论家应该向路遥道歉，应该道歉的恰恰是当年搞现代派的评论家。假如《平凡的世界》先到秦兆阳手里，不到周老师手里，发表的可能性会更大，路遥的《惊心动魄的一幕》就是秦兆阳发的。我觉得，这与秦兆阳以及老一代的文艺评论家的文学理念有关系。秦兆阳我专门写过一篇文章，他在90年代初有一个著名的事件，就是把张炜的《九月寓言》退稿了。他退有他的道理，何启治在他的文章中回忆，把他和周昌义、洪清波的稿签都放在了文章中，也把秦兆阳的稿签放上去了。我们比较一下可以看出，秦兆阳不接受《九月寓言》这样的作品，有他的局限，也有他的道理，这是他现实主义理论的"边界"之外的。50年代他受批判，是因为《现实主义——广阔道路》，但我们看秦兆阳"现实主义——广阔道路"的边界在什么地方，一方面的边界是现代主义，另一方面的边界是不能接受比较教条化的社会主义现实主义，在这两个边界之间，秦兆阳的现实主义理念是比较宽泛的"社会主义现实主义"。

我觉得《平凡的世界》是现实主义的胜利，但如果具体分析，其中的现实主义，其实也有社会主义现实主义的因素。它不是批判现实主义，而是一种建构性的现实主义，是一种有方向、有理想的现实主义。但是它又跟50年代的社会主义现实主义不一样，它所有的不是一种比较明确或坚固的理想，或者特别急迫的理想，而是在悬置了理想或将理想抽象化之后，仍朝那个方向努力。所以我觉得《平凡的世界》里面的这种，我们叫社会主义现实主义的余韵也好，或者余绪也好，这些东西的存在，正好是它的乐观的基调，理想的基调存在的根本，也是它获得老一代评论家认可，包括能获茅盾文学奖的重要因素。我们可以说它是社会主义现实主义余韵的胜利，这是一个很重要的理论问题。以后能不能再产生《平凡的世界》这样的作品？能不能再有一种有理想、有方向的现实主义？这个很难，取决于现实及对现实的理解与总体感受。我觉得这个对路遥还是很重要的，虽然小说也有悲剧感，但整体上是向前的，底色是温暖的，是看得见希望的，习近平文艺讲话里面说到，文艺要让人"看到美好、看到希望、看到梦想就在前方"。在这个意义上，重建一种有理想的现实主义，《平凡的世界》可以给人以启发。

一枫你说的成功学脉络里面，将《平凡的世界》与《沧浪之水》《二号首长》《侯卫东官场笔记》放到一起，但我觉得，更恰当的脉络是当代青年的处境。如果我们把当代青年的处境作为一个主题来考察《平凡的世界》和后面作品的变化，包括你的

《世上已无陈金芳》，还有方方的《涂自强的个人悲伤》、文珍的《录音笔记》、马小淘的《章某某》等，我把这些作品中的人物概括为一个"失败的青年"的形象，为什么这一批年轻作家，也包括方方会集中写失败的青年的形象，是一个很重要的现象。因为失败的青年确实不只是一个个人的问题，是底层青年看不到社会出路的整体状况。这与《平凡的世界》那个时代相比，确实可以看出我们时代很大的变化，这是一个很值得我们去关注的一个点。

具体到《平凡的世界》，因为读了很多遍，有比较深入的切身感受，所以感觉很难从一个相对化、客观化的角度谈。前两年我跟台湾黄文倩、韩国的成瑾济我们三个约好，各选一部作品进行三人谈，谈大陆的路遥、台湾的陈映真、韩国的黄晳暎，开始先谈路遥，但我后来感觉很难写，如果我要去评价《平凡的世界》的话，应该梳理个人的接受史，不同时期接受的角度不一样。我们经常接受的角度是个人奋斗，我们更认同小说里面孙少安、孙少平这样的人物，如果换一个角度话来说，其实写的是1975—1985整个10年的史诗，不只是两个人物的故事，而是整个这一段时间，这10年整个中国城乡的变化，尤其电视剧增多了田福军的脉络，副总理都出现了。我看得很奇怪，但小说中确实有，我们最早读的时候不会读出这些，这些东西在我们印象里面忽略了。所以觉得确实是每一次读和以前读感觉都不一样，尤其刚才你们两位讲的很受启发，怎么把《平凡的世界》相对化、学术化，还是需要再做努力。

我们都说柳青对路遥的影响很大，柳青对路遥的影响究竟在什么地方？他们差异在什么地方？像这些都很值得分析。

李松睿（中国艺术研究院《艺术评论》杂志社）：就我个人来说，路遥的《平凡的世界》是个很难进入的文本。我自己在读的时候始终无法在里面找到情感的共鸣，没有办法往里读，又不好解释为什么我会看不下去。当然一部作品出来总会有人爱看，有人不爱看，毕竟作品和读者要相互寻找，碰到一起才会产生共鸣，这本身没有什么高下判断，可能重要的是要解释为什么会不爱看？刚才有老师提到作品中的偶然性。我想可能正是因为偶然性在这部作品里发挥了太重要的功能，使得我无法读进去。这里的偶然性，其实就是小说的叙事动力，就是叙事者靠什么力量推动情节向前发展。在《平凡的世界》中，叙事者靠一系列的偶然推进了小说情节往前发展。然而问题在于，如果每一个情节都依靠偶然性，依靠遇到贵人来改变人物命运的话，那么这部小说太像YY。我自己在七八年前看不进去的一个原因是特别厚，看了一本多一点，实在找不到阅读的乐趣了，就放下了。我又问了一下佳山，他也说看不进去，可能

80年代初期是一个坎，在这个年纪以后的人都是很难读进去的。

邵燕君： 不是的，从我的调查来讲跟年龄没那么大的关系，跟出身经历和生活环境有关系。

石一枫： 以后的年轻人可能更能读得进去《平凡的世界》，因为看网络文学看多了，相当于受到了另一种阅读训练。

李松睿： 刚才何吉贤老师提到了乡村叙事，我在想路遥的写作跟以前的乡村叙事在那些地方不一样？以前读赵树理小说，觉得里面有一个重要情节，即在农村人们普遍认为务农没有什么前途。如果家里有女儿，那么她最好嫁给城里人；家里的男孩则要读书，将来到镇上，或是县里获得一个城市的身份。而赵树理小说中的新人则要与这种观念作斗争，这类情节在50到70年代很多作品中都有，也不局限在小说里，像电影《李双双》也有类似的情节。也就是说，那个年代的乡村叙事要把乡村塑造为一个希望的田野，一个要我们去建设的家园。而《平凡的世界》则不一样，在路遥的笔下，乡村没有前途，有能力的年轻人必须走出乡村才能实现自己的价值，改变自己的命运。在这个意义上，路遥写出了1975年到1985年的时代变迁。这是我的想法，《平凡的世界》没有看完，没有兴趣看，看的时候特别痛苦，就随便说这两句。

孙佳山（中国艺术研究院马克思主义文艺理论研究所）： 我和松睿一样对于《平凡的世界》没有那么大的情感投入，没什么发言权。我就以此为抓手谈谈我最近关注的一个相关问题。我们今天细看80年代以来不管是文学领域，还是电影领域，最开始的那几波浪潮，比如说文学现代派，当年搞现代派的那批人其中相当一部分都是一线城市的，即便在三四线城市生活也都至少衣食无忧，而且不是"大雅"的这一套，就是"大俗"的，比如王朔、米家山、冯小刚也都是一线城市的，生活都还算得过去，都是大部分有些出身的这些人在摆弄这些东西。这个现象其实挺值得反思，今天的很多所谓常识或者被认为是天经地义的道理，恐怕未必经得起细致推敲，也就是被不断神化的1980年代，从细处看其实非常成问题。这也为我们理解《平凡的世界》提供了一个重要维度，一定程度解释了它为什么在文学史之外有那么高的评价和那么大的影响。当然，不能说80年代的文艺完全没有超越性价值，这也不客观；但显然，80年代的那些"大俗大雅"，它们的表意区间实在太有限了，注定是少数人的"玩物"。《平凡的世界》的独特性，就在于提供了在80年代那一拨出身好、家世好、生活体面的少数人之外，给大多数普通人消费的精神食粮。我觉得如果简单强调现实主义的话，容易陷入"主义"之争，而忽略了它自身真正的"硬"东西，就是因为大多数人的精神刚需在80年代后期的文学实践中得不到满足，所以才有了《平凡的世界》在大多数普通人世界中的爆红。

只不过，我觉得现在也没必要神化《平凡的世界》，这里不是要贬低它，而是说不能简单地将《平凡的世界》道德化，因为这样其实会掩盖后来更多的到现在也还没有完全消化和描摹的经验和现实。当年作为大多数的普通人，他们当中有孙少平、孙少安这样的精神圣徒，但也有潘石屹这样完成彻底蜕变的农民，这肯定是泥沙俱下，如果将《平凡的世界》道德化、神圣化，那无外乎就是要赦免他们这20多年的所作所为。

我最近在写一篇关于新一波喜剧形态的文章，和这个问题的结构是接近的。今天黄渤、宁浩电影中的三四线城市、城乡结合部的"杀马特"形象，和当年的《平凡的世界》的主体相似，但《平凡的世界》中的主体还是以非常正面的形象出现的，而在今天本是一个结构下的人物，却被赋予了"杀马特"的形象，那么在今天该怎么正面表达他们的情感和经验呢？是谁压制了这种表达？当年《平凡的世界》的读者群体和今天的杀马特们，是不是就完全没有关系？如果有，那我觉得只有把这个关系讲顺了，正面表达才有可能。

祝东力： 八五年搞先锋派的那一批作家其实也是"杀马特"，把自己打扮得光怪陆离，但他们其实并不真正懂什么现代派。

邵燕君：《平凡的世界》这本书30年以来的接受状态，让我觉得，需要对自己的职业身份进行反思，专业性的文学批评到底给了我们什么？我记得路遥曾经说过，你可以是知识分子，但你不能失去一个普通人的感觉。我恰恰觉得文学专业的训练让我们失去了一个普通读者的感觉。为什么对于一本流传了30年感动了亿万中国人的书，我们文学专业的人普遍读不下去，整体麻木不仁？是什么阻隔了我们？你说当了官容易有官气，一个搞文学批评的怎么也如此脱离群众呢？

李云雷： 还是一个评价标准的问题。

邵燕君： 这些评价标准会内化到你的审美经验乃至感觉结构，让你跟普通人离得那么的远。

祝东力： 不能说路遥不是精英的立场，他描写的还是一个精英成长的历程。另外有些读者可能对中国内地贫困生活的那些细节没兴趣。

邵燕君： 不是的，那些原汁原味的细节特别容易吸引城市人的，也特别吸引今天的90后、00后。不是细节的问题，还是审美原则的问题。比如，我们觉得他语言不够精炼，不如阿城，因此他不是好文学，他被打入另类了。阿城有阿城的性格，但他写得出《平凡的世界》吗？

郝庆军： 邵燕君老师说的问题非常重要，不仅像佳山、松睿对文本的解读有隔膜，我们从农村出来的人也有另一种阻隔，因为我们对它太过熟悉、太多亲切。我们要反思的是，我们如何跳出自身局限，用更客观一些的眼光，或者应该从一个职业性的态度来对待我们喜欢或不喜欢的文学作品。因此，我们在批评态度上，应该对此保持警惕。

邵燕君： 我恰恰跟您相反，我恰恰想申明自己的情感立场。我现在研究网络文学，是用一个"学者粉丝"的立场，就是我承认是粉丝，粉丝就是要和你爱的作家在一起，你们是一个情感共同体。我认为文学本质上就是情感的，我不故意地把自己的情感和我爱的那个对象分开，如果一个作家、一部作品构成了我生命本质里的东西，我没法把自己从里面抽离出来，假装自己是客观的。我跟学生说，哪怕你读的是一个特烂的小白文，如果它曾在你生命特定的时刻陪伴过你、鼓励过你、激励过你，你也要永远心存感激，不能转过脸来就说"垃圾"，那叫没有良心，不能因为"专业性"而丧失普通人的做人原则。事实上，我根本不相信一个"垃圾"能真正进入读者的生命深处，它一定是在它那个层次最好的作品。我觉得对于深爱的作品，我们的研究方法要"学者"，情感态度要"粉丝"。当然，这也是我最近的反思和尝试，或许以后会变化。

鲁太光： 你刚才说柳青对路遥的影响，你有没有考虑具体影响在哪些方面？

李云雷： 我感觉有几个方面：一个是他的创作方式，就是扎根人民、扎根生活，长期扎根于底层民众的生活之中，这是柳青传统的一部分。另一点，是他试图概括整个时代的创作野心，在创作方法上，则通过现实主义，通过典型人物以及典型人际关系的变化来创作，来把握整个时代的变化。还有一点，不知道是不是他跟柳青都是陕西人的关系，但至少在柳青和路遥的身上表现特别明显，他们总是很执着，不断突破同时代作家，突破自己，攀上文学的高峰。柳青在《创业史》之前，也有《狠透铁》《铜墙铁壁》等作品，但这些作品跟《创业史》相比都不重要，他不断突破自己，到《创业史》达到高峰，也是一个时代文学的高峰。路遥也是，他写完《人生》以后，别人说他写不出更好的作品了，但他还能写出《平凡的世界》，包括陈忠实写《白鹿原》也是如此。能够攀上高峰的人对自己都比较狠，柳青在病床上修改《创业史》第二部，这个我们都知道。这些可能是比较相似的几个点。

不同的点，他的整体的思想倾向，孙少安、孙少平和梁生宝时代不一样了，都是时代英雄，但是内涵不一样。梁生宝是认同于农村，并且对农村的集体化发挥作用这样一种新人。孙少平、孙少安是另一种，离开农村，而且是个人化的奋斗。像梁生宝《创业史》里面徐改霞的故事，县里的国棉厂正式招工，她去参加招工，她的招工在小说里面其实是被批判的，她是受坏人的唆使才去招工的。但是我们现在看这是一个国营的棉厂，也是正式招工，她的环境比孙少平好多了，为什么柳青要加以批评？在柳青来看，徐改霞虽然处境比孙少平好，但她代表的是一种城乡分离的路，比徐改霞更正确的是梁生宝这样扎根农村里面，在农村集体化的共同的事业中发展。

他们这些作家都很了不起，我们现在很多作家停留在平原的状态上，很难花心力去创作一部能整体性概括自己的所有艺术、思想、经验的作品，很少有这样的作品。

鲁太光：《平凡的世界》语言艺术上有点弱，我也在想这个问题。柳青到死都在病床上修改《创业史》，路遥如果死得晚点儿会不会修改《平凡的世界》？他得了茅盾文学奖后不久就去世了，他一直很认可柳青的创作方法。

李云雷：路遥和柳青文学修养不一样，柳青文学修养要比路遥高。

何吉贤：修改是肯定要修改的。他在创作谈《早晨从中午开始》的最后写到，《平凡的世界》以及他写的创作谈本身，距离小说中的那段历史也过去了有段时间，已经成为或将成为历史了。他现在关注的问题也已经发生了变化，以前相对边缘的问题现在变得重要，以前重要的问题却变得相对边缘，这说明他的看法在变化。我觉得这个跟路遥的创作路子有关系，他的创作是非常明显的观念先行的，他是有什么想法、想表达什么东西然后才来写；而且他从来不觉得故事多么重要，只要有想法、体验以后，故事自然会出来。在小说中，更重要的是他的情感、他的想法、他的情绪流动，是这些东西。

李云雷：《平凡的世界》小说里面经常会用到"生活故事"这样的词，他可能确实受苏俄影响很深，重点不是写故事，而是写生活，通过故事表现出来。

何吉贤：云雷解释关于路遥的三点，可以用来解答我们刚才的小争论。阅读路遥的一个比较有趣的现象是，读者是有分群的。比如如果你来自农村或小城市，可能就比较认同他，如果你来自高大上的京沪广等一线城市，好像就会有隔膜。这可能是一种现象，但是这个现象意义有多大呢？我前面提到过，从这种现象里，我们能得出的结论已经不需要思考就会在那了，就是那样的一个结论。我们恰恰要反过来进一步追问的是，路遥的创作本身有没有超越不同背景的读者的更重要或更普遍性的东西？刚才云雷说他的创作跟他的生活的一些特点，包括他跟社会主义现实主义文学传统的关系,是整体上把握时代和社会变化的这样一种方式,他有没有强大意志力来进一步推动这种方式往上走,可能是所谓路遥式的"文学性"中很核心的东西。我觉得考察这些因素,可能会更有意思。

我自己认为《平凡的世界》在当代文学中当然是伟大的作品,因为它已经深刻地刻印在了它所在的时代,它不仅跟那个时代的变化有很贴近的、很内在的反映,同时跟那个时代的精神成长是联系在一起的。这样的作品当然是伟大的作品,现在找这样的作品已经很难了。

祝东力: 云雷说的我很赞同,《平凡的世界》这样过30年以后还会有人不断再提起,包括拍电视剧、包括评论界的重新关注,确实可以说是体现了现实主义的胜利。这个判断我很赞同。1985—1986年《平凡的世界》创作出版前后,有大量先锋派小说,像《亮出你的舌苔或空空荡荡》,很多人可能都没听说过这部小说。这样的小说它就死在文学史上,作为文学史有人会提到它,但广大读者不会让它活下来。由此提出一个理论问题,现实主义的生命力到底在哪里?为什么人们会需要现实主义?它的功能到底是什么?现实主义的特点是持续地关注和描写当下的生活细节。这样的写作样式是在一定历史条件下出现的,比如中国唐代之前就没有这样细节地呈现自己当下生活的叙事作品。

一位英国学者伊恩·瓦特有一本书挺有名,叫《小说的兴起》,里面讲,英国的现实主义是由小说体现的,英国现实主义小说在18世纪出现,之前都是传奇,是别人的生活、遥远的生活、幻想的生活,不是当下的现实生活,穷形尽相地描写自己的当下生活是从18世纪开始的。我有一个分析,这跟一般讲的现代性有关。波特莱尔把现代性说成是"易逝的、短暂的、偶然的",他这样理解现代性。的确,传统社会循环往复,宁静而又停滞,祖祖辈辈都这样,你甚至意识不到生活中某一个部分的存在,因为毫无变动。那样的生活,有抒情写意的诗歌就足够应付了,因为亘古如此的生活没有必要关注它的大量细节。只有生活发生了剧烈的变化,不断变化,飞速变化的时候,人们对生活有一种陌生感、困惑感、迷茫感的时候,需要用各种手段,包括文学的手段,理解和诠释新的生活、经验、问题;同时还要告诉或提示大家新生活的价值意义,或者指出它的困境,这样的文学就一定要呈现大量细节。我觉得,如果这种迅速变化的生活还在持续的话,现实主义就有它的生命力,现代派那些作品可以存在,但生存空间确实有限。

崔柯(中国艺术研究院马克思主义文艺理论研究所): 最早看到将《平凡的世界》

和 YY 小说相提并论的说法的时候，我特别不能理解。因为在我的印象中现实主义是一个正面的概念，而 YY 小说，根据我的理解，是一个偏于负面——至少也不是正面的评价，两者还是有区别的。简单来说，现实主义应该有两个特点：一个是它能表现现实生活中一些规律性、典型性的东西，另一个是我们能将文学作品中的精神力量转化为我们现实生活中的能量。将现实主义小说和 YY 小说放在一起，其实反映了当下现实的一些症候。我们之所以认为《平凡的世界》是现实主义作品，是因为它所描写的通过个人奋斗实现个人成功的逻辑，确实曾经是大家的一个普遍性共识；而今天我们把它看做 YY 小说，是因为这种共识失去了。再确切一点说，《平凡的世界》中奋斗的个人，主要是知识青年，80 年代社会还是有一个"知识就是力量"的社会共识；但是今天，我们似乎不再相信这个共识了，相反，当下更为流行的是一种反智主义的逻辑。比如前不久集中出现的对高考状元的质疑，当然今天的教育体制是值得反思的，以高考定优劣肯定也是有弊端的；但是从整个社会结构来看，当一个无所凭依的个人，依靠自己的智力和毅力，有机会获得一种上升的空间，还是应该给予足够的尊重。如果我们对此失去了信心，甚至对这些奋斗的个人进行妖魔化、污名化，这种现象肯定是值得警惕的。

关莉丽（中国艺术研究院马克思主义文艺理论研究所）： 我的阅读经验和 60 后的不太一样，我算是 70 后，《平凡的世界》主要讲述的是我的父辈们的故事。我读过《平凡的世界》这本小说，也有很深的印象，但是很奇怪，我怎么都想不起来是什么时候读的。其他一些小说，比如《白鹿原》是我上大学时读的，我印象特别清楚，什么情况下、什么时间地点读的，读这本书的时候有什么感受特别清楚；但是《平凡的世界》我只记得读过这本书，读的时候也非常感动，而且不只一遍读过，但是什么时候读的，没有一点回忆了。

我读这个书的时候是 90 年代，虽然不记得确切的时间，但应该是在上高中以后。我的小学、中学时代感觉整个社会氛围非常好，大家的生活都充满希望。感觉刚从"文革"走出来，现在选择了另一条道路，大家对这种道路的认同度很高，社会各个领域好像都重新找到了自己的生活方向与希望，这也正是路遥写这部作品的背景。而到了我阅读《平凡的世界》的时候，我对他里面描述的东西感觉非常熟悉、非常感动。而当我放下书的时候我就不再有太深的印象，或者说不再去想它了，因为在他所描述的故事的后半段，和我当时所处的环境脱节了，非常不一样了。

当时我感觉，路遥他这本书里所描绘的非常光明的社会前景，在现实中根本没有。如果说路遥他在这个故事中，他要继续的是十七年时期对社会发展的光明前景的追求，但是在"文革"中被中断了，《创业史》《艳阳天》的道路没能继续。到改革开放以后，社会换了一种道路，以另一种方式要继续的还是对社会发展的光明前景的追求。只不过到90年代我阅读这本书的时候，我从身边来看，这部书以宏大的历史叙事所讲述的这一新历史时期的青年个人奋斗的故事，其实已经破产了。所以回到现实以后，我就想不起它的故事内容，它的内容不能真正吸引我了。就像琼瑶的小说，看的时候觉得很好看、很美好、很感动，合上书就擦干眼泪，知道它就是一小说，不能当真。

为什么这个时候大家讲要重提《平凡的世界》，甚至知识界要反思当时为什么否定路遥的《平凡的世界》？我认为现在重新关注《平凡的世界》的原因在于，我们现在非常需要一种情怀，90年代以来那种注重个体感受、完全依赖个体欲望作为社会发展动力的路走到了大家都感到绝望、感到不满的现在，人们开始回到原点去思考，而改革这条路的原点就在路遥那个时代。《平凡的世界》所描述的正是那个充满希望、充满无限可能的改革的原点，大家想重新回到原点思考探索新的可能的道路和方向。在《平凡的世界》里，个体不是欲望的个体，而是一个有主流的情怀和信念支配的个体。知识分子应当有情怀，或者说应当有理想主义的价值追求，我们应当也需要有一种理想、一种情怀来指引。

孙晓霞（中国艺术研究院研究生院）：想就祝老师刚才提到的现实主义文学回归谈一点感想。我是在上大学时读过《平凡的世界》，它和《穆斯林的葬礼》《丰乳肥臀》一起，一度成为我们的流行读物，因为自己不是学文学专业的，那时候都是从大众文化的意义上来欣赏和进入作品的，并没有把它当作艺术作品来看待或理解。今天回忆当时读完的直接感受就是沉甸甸的苦难，但我想这种苦难与物质条件的艰苦没有直接关系。我侄女是1996年出生的，刚上大学一年级。她在高三那样一种精神高度紧张的极端处境下，把《平凡的世界》细读过三遍，极度钟爱这部作品，我认为是人物角色塑造的那种不肯驯服于苦难的张力感，引发了普通大众的同情与共鸣。从电视剧的创作风格来分析，《平凡的世界》具备了注重典型性、规律性与真实性等现实主义艺术的基本要素。崔柯刚才谈到了典型性和规律性，我谈一下真实性。该剧的真实性不仅体现在细节上，还体现为逻辑上的真实性，之前的《甄嬛传》在泛滥的宫剧题材中受到热捧，很重要的一点是逻辑相对真实，不会让观众产生排异反应；相比较而言，抗日神剧中的手榴弹炸飞机遭吐槽是必然的。当然，在《平凡的世界》这部描写小人物奋斗史的作品中，孙少平、孙少安的付出与回报并不成正比，不构成所谓成功，但这恰恰才是符合现实逻辑的真实性所在，因此也才能在平淡的叙事中折射出人物命运挥之不去的悲剧性，这一点也是《平凡的世界》的魅力所在。现在现实主义作品是很多，可是我认为优秀的现实主义还是需要一些规定性的品质在里面。

冯巍（中国传媒大学艺术研究院）：我主要考虑一个问题，喜欢《平凡的世界》小说或者电视剧的人，为什么喜欢它？我们可以从接受者的年龄段、家庭环境和个人经历的层面来谈，但我心里总是浮现出电视剧第10集里田晓霞对孙少平说的一句话，"只有永不遏止的奋斗，才能使青春之花即便是凋谢，也是壮烈地凋谢。"电视剧所引发的关于青春的思考，也可以是一个角度。

想到一个细节，就是双水村只有一家姓孙，田家、金家都是一伙一伙的坐地户，孙家是唯一的一家外来户。孙少安、孙少平兄弟俩，包括他们的父亲孙玉厚，他们就是村子里物质贫穷的精神贵族。从父辈到子辈遭受磨难，而两辈人都有着比较传统的、正面的、崇高的精神品质，这些品质似乎导致他们遭受了更多的磨难。我每看一集，总是把情节走向想象得更糟糕，总是预感着人物有更悲惨的命运，可以说是提心吊胆地看完的。这是我在看其他电视剧从未有过的状态。我看这个电视剧都不会像以往那样提前在网上搜索故事梗概，就是享受正常看的过程。

如果说《平凡的世界》讲述了青年人的故事，具有正面的、比较崇高的品质的青年人的故事，那么它是在传统农业文明影响下的青年人成长故事。再提出一个细节，与孙氏兄弟形成鲜明对照，金家的一个小青年金富，有一次烫着大波浪头，镜头一扫，应该是穿着喇叭裤，带着照相机、电视机这些新玩意回到了双水村。这个人之前就不务正业，可是这个人物转瞬即逝，出现了这么一下子，后来再提到了一次，就说他出事了。其实，金富的形象很有时代转折的代表意义，但电视剧没有仔细地表现他。这一类农村青年的成长，完全被掐断了。电视剧反映了农村生产责任制，还是比较正面的；但是，真正像金富、二流子姐夫这一类在市场经济中灵活有余的人，主要被表现为负面的。这一类青年更为具体的、更有反思意义的发展轨迹，就这样被掐断了，只是零星的、跳跃性地穿插一下，没有像孙氏兄弟那样相对完整的成长轨迹。这个现象比较有趣。

杨晓华（《中国文化报》社）：石一枫老师从《平凡的世界》讲到《沧浪之水》，讲到当代官场小说，他讲的主要是作品人物道德化的序列，主要是作品的人物形象的问题。我想，在人物形象塑造背后，其实有一个作家本人主体性的问题。如果把这些作品背后的作家的精神世界或者人格来做一个比较，是不是也存在着作家本身在现实中间的人格的蜕变？这是值得反思的问题。我在想，总书记文艺座谈会上重提了很多历史命题，其中就包括作家主体的修养和改造。在我们这个时代，作家们需要从《平凡的世界》这一文化现象、文学现象中汲取更多的营养。

李云雷： 去年还有一部莫言的《红高粱》改编的电视剧，80年代比《平凡的世界》影响更大的。把这两部电视剧放到一起，我看了几集《红高粱》，感觉改编得比较烂，加了很多感情戏、宫斗剧，等等。这两部小说在80年代反响的对比，和今天两部电视剧反响的对比，可以让我们看到现实主义的生命力。

邵燕君： 本来那个故事就很弱，所以现在特别自然地就变成了一个今天社会的投射，跟《平凡的世界》不太具有可比性。

何吉贤：《平凡的世界》是第二次改编，90年代拍过一次。

郝庆军： 咱们这一期论坛的整个话题讨论得比较热烈，在讨论中，有交锋，有不同的声音，这很好。今天集结了不同年龄段、不同生活背景、不同学识水平、不同阅读经验人，对《平凡的世界》的小说文本和电视剧传播等问题，进行了有意思的讨论。总体看来，对小说的讨论比对电视剧的讨论要充分一些。

今天主持这次讨论很高兴、很荣幸，听了大家的意见很受教益，尤其是祝老师对于现代性与现实主义关系的梳理，非常有理论价值，给我们很多的启发。邵老师和老何的演讲都准备充分，讲得很深入，有许多闪光的地方。今天也听到了其他年轻学者发出的声音，尽管有些观点你可能不同意，但是他们的发言都非常真诚，也很有见地，讲得不错，希望继续发扬。今天的讨论到此结束。谢谢大家！

（根据速记整理，经过本人校订）

青年文艺论坛第四十七期

民族风格的实践及其困境

——以中国动画为例

主持人： 陈国战（首都师范大学文化研究院）

主讲人： 赵贵胜（上海师范大学谢晋影视艺术学院）

　　　　　林　品（北京大学中文系）

时　间： 2015年4月23日（星期四）下午2：30—6：00

地　点： 中国艺术研究院334会议室

主　办： 中国艺术研究院马克思主义文艺理论研究所

编者的话

1941年，我国乃至亚洲第一部、世界第四部动画长片《铁扇公主》诞生并揭开了中国动画的序幕。从此以降，中国动画在很长一段时期都在探索民族化风格的艺术道路。1957年，上海美术电影制片厂提出"探民族风格之路"的口号，令世界为之惊叹的"水墨动画"在1960年横空出世，《小蝌蚪找妈妈》《山水情》等烙印在几代中国人记忆中的经典作品，和《大闹天宫》《哪吒闹海》等一样，成为中国动画民族化风格探索的历史丰碑。上世纪90年代，由于种种原因，中国动画陷入低谷。

新世纪以来，尽管国内动漫产业在国家政策扶持下快速发展，但是中国动画却丧失了曾经个性鲜明的民族风格。无论是与日本还是与美国相比，中国动漫在文化产业方面虽然有很高的产值，却始终没有妥善解决新形势下民族风格的具体形式问题。面对这一困境，在新的时代环境和产业基础上如何发展，中国动漫如何在新的国际视野中创造出独特的民族风格，是来自时代的严峻拷问。这种拷问当然并不限于动漫，对于整个文艺、文化领域都具有普遍意义。

本期青年文艺论坛先是从历时的角度，详细梳理了中国动画行业的历史沿革脉络；然后通过对日本动漫的介绍，从横向比较的角度为当下中国动漫产业提供了可资借鉴的参照。这些较为深入的讨论，为我们理解当前中国动画的困境提供了纵深视野，并对中国动漫的未来发展进行了具有实践意义的前瞻性分析。

陈国战： 各位老师、各位朋友，欢迎来到青年文艺论坛第四十七期，我们今天讨论的主题是"民族风格的实践及其困境——以中国动画为例"，请到的两位主讲人分别是上海师范大学谢晋影视艺术院的赵贵胜老师、北京大学中文系的林品博士。非常荣幸受到祝老师和佳山兄的邀请来主持这次论坛，但其实我本人对这个问题并没有太深入的研究，所以下面我先做一个简短的开场白，抛砖引玉，再由两位主讲人做更深入的分析。

我们今天讨论的话题和这样一个契机有关，在刚刚过去不久的4月6日，原上海美术电影制片厂导演、著名动画大师马克宣先生因病去世，引发了不少人的感慨和追忆。提起这个名字，不做动画研究的人可能不太熟悉，但一说起他参与创作的经典动画作品，很多人一定会感到非常亲切，如《大闹天宫》《小蝌蚪找妈妈》《山水情》等。近来，人们在缅怀马克宣先生的同时，也对中国动画的现状进行了反思，其中的重点就是中国动画曾经引以为傲的民族风格在近年来的动画作品中消失的问题。

和其他与现代技术密切相关的艺术形式不同，动画在中国起步较早，早在20世纪20年代的上海，万氏兄弟就开始了拓荒工作。1941年，世界上第一部动画长片《白雪公主》问世以后的第二年，中国第一部动画长片《铁扇公主》就上映了，由此可见中国动画在起步阶段是走在世界前列的。值得指出的是，几乎从一开始，中国动画就有意建立自己独特的民族风格和民族语言。在题材上，注重从中国古典文学和传统文化中取材；在形式上，也注重运用传统文化的元素，如京剧、剪纸、水墨画等。这一时期的中国动画不仅受到国内观众的普遍好评，成为不断让人缅怀和追忆的黄金时代，而且也得到了世界的认可，形成了所谓"中国学派"这样的评价。

最近一些年，在大力发展文化创意产业的大背景下，国内动画产业在产值上不断创造新高，但在观众那里的口碑却一落千丈。在很多普通观众的印象中，中国动画仿佛被两只熊和几只羊完全占领了，很多家长甚至提防自己的孩子接触国产动画片。相反，国外动画片登陆中国市场后，几乎总是赚得盆钵满盈，且广受好评，比如刚刚上映的《超能陆战队》在国内的票房就超过了5亿元。在这一现状背后，中国动画曾经引以为傲的民族风格、中国气派似乎也丢失了。于是，中国动画民族风格的丧失与口碑的下滑、观众的流失，似乎存在着某种内在的关联。我们今天就聚焦于这样一个问题进行讨论，虽然直接涉及的是中国动画问题，但相信对其他艺术形式来说，同样也具有启发意义。下面请林品博士先讲。

林品： 各位老师、同学下午好，非常荣幸能得到艺术研究院的邀请，担任这期青年文艺论坛的主讲人，与大家交流、分享我的一些观察和想法。今天的副标题是"以中国动画为例"，我想以日本动画作为一个参照，谈一谈日本动画的一些成功经验，以及这些经验对中国动画可能具有的一些启示性的意义。

刚才像陈国战老师也提到过，近年来，可能从1990年代就已经开始，存在着中国动画逐渐丧失它在国内的受众这样一个趋势，中国新一代的青少年、新一代的动漫爱好者们，接受的更多是来自美国迪士尼、皮克斯、梦工厂的动画，以及，或许比美国动画还要有影响力的日本动画和漫画。我之所以选择日本动画，称日本动画为"成功经验"，也是基于包括上述这点观察在内的几点因素。

第一个因素是，在商业上，在市场接受、票房成绩的层面上，日本动画能够成功地在其本土占据主流，成功地在本土电影市场上抗衡像刚才提到的《超能陆战队》这样的好莱坞动画大片，而且不仅是能抗衡迪士尼，它是可以以一个整体态势来抗衡整个好莱坞在日本市场的争夺。举一组简单的数据：在2014年日本电影市场的票房前十名里，日本本土的电影有六部，六部里有三部是日本动画片，另三部是由日本动漫改编的真人电影；在2013年日本电影市场的票房前十名里，日本本土电影占了八部，其中有四部是日本动画片。这是从商业层面上说，日本动画能在本土抗衡好莱坞，并且至少占据了东亚的区域性市场。

第二点是，在艺术上，或者说，在具有标志性意义的权威奖项上，日本动画不仅曾经打破美国动画对奥斯卡最佳动画长片奖，打破美国动画对国际动画协会颁发的安妮奖，也就是国际动画领域最高奖项的垄断，而且还多次入围戛纳电影节、柏林电影节、威尼斯电影节这样的国际A级电影节的主竞赛单元。

第三点就是刚才我提到的，在文化传播的意义上，日本动画已经借助以网络为主的电子媒介，传播到了世界各地，不仅在东亚地区，而且在全球范围培育了大量粉丝。包括在美国也培育了大量粉丝，比如刚才国战师兄讲到的今年奥斯卡最佳动画长片的获得者《超能陆战队》，其实就是由20世纪90年代的一部漫画改编的，而那部漫画就是一个美国的日本动漫迷创作的融入了很多日本动漫和日本文化元素的致敬之作。大家如果看过这部动画片的话，也可以看到里面有很多美国元素和日本元素的结合，包括故事发生地，那座虚构城市的名字——SanFransokyo，就是旧金山和东京的合体，旧金山著名的红色大吊桥——金门大桥，其顶端在电影里也被改造为日本神道教的标志性建筑——鸟居的形态，诸如此类，不一而足。日本动画对美国文化有着重大的影响。而对中国，从八九十年代开始，日本动画也先是以电视台播放和录像带光盘的形式，后来是以网络在线播放和网络下载的形式，通过种种正规或非正规的渠道，在中国青少年人群中广为流传，不仅在很大的程度上型塑了中国新一代文化消费者的接受习惯和审美趣味，在80后、90后、00后的群体中培育了大量日本动漫迷，而且还为中国动画产业提供了多重意义上的范本。比如近两年在口碑上相对成功的《魁拔》系列、《秦时明月》系列、《大鱼海棠》等国产动画，要么是在故事剧情、世界观设定、角色设计上受日本动漫的影响，要么是在画风上受日本动漫的影响。

从这三个方面可以看出，日本动画在多个层面取得了值得瞩目的成功，而这些成功经验，对于处在一方面产值相当高，一方面口碑欠佳这样一种状况的中国动画来说，可能会具有一定的启示性意义。

回到我们今天的题目——"民族风格的实践及其困境"，上个周末刚好我去看了北京国际电影节展映的今年奥斯卡最佳电影《鸟人》，我就借用《鸟人》里引用的雷蒙德·卡佛的句式提一个问题：当我们谈论"民族风格实践"的时候，我们在谈论什么呢？

最容易联想到的，应该是对于那些古老的民间故事、民族传说还有民俗文化的改编与再创造吧。比如，今年入围奥斯卡最佳动画长片提名，也是《超能陆战队》的最大竞争对手，日本的《辉夜姬物语》，就是一部由日本最古老的民间故事之一《竹取物语》改编的动画电影，在改编这个千百年来广为流传的日本民间传说的时候，著名的吉卜力工作室有意识地采用了素描线条加上水彩上色的方式，形成了一种古朴淡雅的画风，而且在配乐上也使用了像古筝这样的古典乐器，营造出一种极具东方韵味的审美氛围。

再比如，就是那部即使不熟悉动画的朋友也耳熟能详的《千与千寻》。这部曾经荣膺2002年柏林电影节金熊奖，还荣膺了2003年奥斯卡最佳动画长片的作品，同样是由吉卜力工作室制作的。它完整的日文标题，如果直译过来，其实应该是《千与千寻的神隐》；中文的通用译名里只有这个标题的前半部分——《千与千寻》，也就是这个短语的定语，却省略了后半部分即真正的中心语。而这个被省略的部分——"神隐し"（kamikakushi），正是一个涉及日本民俗文化、携带着日本民族特色的概念。这个词的字面意思是"被神怪隐藏起来"，在日本的文化传统中常被用来形容孩子或少女无故失踪，就是我们在电影里看到的千寻的那种情形；而作为一种独特的民俗想象，它指的是孩子某一天突然从日常生活中消失，受到了神、天狗或者怪物的引诱，来到异世界，体验一番之后，再回到人类世界这样一种现象和特别的体验。仅从这部电影的标题，就能看出它与日本传统文化之间密切的关联，虽然标题的这层含义在包括中文通用译名在内的各语种译名里都消隐了，但看过电影的观众依然能通过电影那种清新灵动的画风、诡谲而又富有寓意的情节，感受到日本传统的妖怪文化和神道教文化的独特魅力。

像《辉夜姬物语》《千与千寻》这样的动画作品，它们在国际上所取得的巨大成功，对于中国的动画来说，当然具有不容低估的借鉴意义；但需要指出的是，它们所指示的这条道路，其实马克宣先生早已经走过了。比如《大闹天宫》《小蝌蚪找妈妈》《三个和尚》《哪吒闹海》《山水情》这样的作品，都是基于古典小说或民间故事所提供的蓝本，赋予其极具民族风格的动画形式。有鉴于此，我在这里想着重提出的是，日本动画对于中国动画的启示性意义，尤其在于它成功地展示了民族风格实践的多种可能和多样化的道路。民族风格实践，不仅仅意味着对于古典文本的改编和再创造，而且还可以体现在现代史题材的文本之中，甚至可以体现在对所谓科幻题材的处理之中。

在这里我举两个例子，一是今敏导演的《千年女优》，二是押井守导演的《攻壳机动队》。《千年女优》是2001年上映的一部动画电影，它的导演是在日本可以算作中生代的、正处于盛年期的导演今敏，但他非常遗憾地在2010年就英年早逝了。今年的北京国际电影节也展映了他的两部作品。《千年女优》在2001年上映之后，与《千与千寻》并列荣膺当年的日本文化厅媒体艺术祭动画部门的大赏，也就是日本官方评选的年度最佳动画，它同时还获得了国际动画协会颁发的动画领域最高荣誉安妮奖的最佳动画导演奖。这部动画电影的故事情节是一位女演员千代子对她的个人生活、个人演艺生涯的回忆，它在艺术上的一个重要特色在于，它将千代子心理体验中的那种时空变换，以今敏导演标志性的匹配剪辑方式编辑在了一起，形成了一种复杂而又富有美感的时空交错结构。基于这种时空交错的剧作结构，这部动画创造了一种极为惊艳的电影表达：那位既是在追寻她的梦中爱人，更是在追寻心中梦想的女主人公，不懈地奔跑在时空不断变换的背景之上。这个场景不仅因为今敏那出神入化的匹配剪辑而具有了极强的运动流畅感和韵律感，而且充分发挥了那种通过图层叠加，也就是通过前景图层、角色运动的赛璐珞作画层，还有背景图层等图层的叠加合并来制作动画帧，再使它运动，再摄影下来，通过图层叠加合并制作的二维动画的魅力。就是，一个运动的人物在中景图层，她不懈地奔跑、运动，而背景图层上的时空同时也在不断地变换，通过巧妙的图层叠加与影像剪辑将这种二维动画的表现力加以最大化。而且，作为一位女演员，女主人公现在时的人生回忆和她过去时的寻梦之旅，令她跨越了日本从20世纪40年代到70年代的电影史和现代史；而她所扮演的角色在跑过日本电影史上各种类型片的典型场景的同时，也跨越了日本从战国时代、幕府时代、明治时代、大正时代，一直到昭和时代的历史。这部电影是用它的那种剪辑方式和作画方式，对日本电影史的一次致敬，对日本电影史所携带的日本文化传统与民族记忆的一次致敬，那位女演员为了追寻梦想而奔跑，跑过了时空变换的背景，那个背景的作画非常精致，展现了日本电影史上各种类型片的典型场景。同时这些典型场景也凝聚着日本各个历史段落的艺术风格，携带着日本民族记忆的那样一种时空。同时，一方面是女主人公作为演员所扮演的角色在奔跑，另一方面是她作为追寻爱人的一个怀抱理想的女性在奔跑，她的人生经历包含着对日本现代历史，尤其是对日本军国主义的反思，寄寓着极具感染力的抒情言志。这其实也是一种民族风格的实践，但它处理的是一个现代史的题材，是这样的一种文本。

另一个例子是押井守导演的动画电影《攻壳机动队》与《攻壳机动队2：无罪》。这两部电影分别上映于1995年和2004年，前者是作为"赛博朋克"类型的具有里程碑意义的作品，对欧美电影界产生了深远影响，比如，沃卓斯基姐弟所导演的《黑客帝国》就深受《攻壳机动队》的启发；后者则成为第一部入围戛纳电影节主竞赛单元的日本动画电影。这是一部故事背景设定在未来的科幻电影，它的主人公是赛博格，也就是一种机械化的有机体，一种人类与机械实现了人机合成的生命形态，这样的世界观设定和角色设定，受到欧美关于后人类主义的哲学思考和文艺表达的影响。但与此同时，日本动画师又为其注入了很多富有东方情调和日本特色的美学元素，而电影中关于人与科技、人与机械的复杂关系的哲学思考，还和日本传统的傀儡文化、能剧艺术形成了意蕴丰厚的互文关系，关于幽暗的反乌托邦未来的那种描绘，也对日本的政治现状有着影射和批判。这些精妙的融合、互文、映射都赋予《攻壳机动队》一种别样的迷人魅力。

我想强调的是，当我们讲到民族风格实践的时候，它不仅意味着像《辉夜姬物语》、像《千与千寻》那样一种道路，还有多种道路的可能。正面地处理一个民族国家现代史的题材，或者处理某种对未来的想象、对未来的焦虑和恐惧的题材，都可以成为一种民族风格的实践。这是日本动画所取得的成功，对中国动画的一种可供借鉴的经验。

尤其是由《攻壳机动队》这个案例，我还想到另一个富有启示性的经验，就是日本动画如何作为一套成熟的文化创意产业来运作。事实上《攻壳机动队》这部动画电影，改编自漫画家士郎正宗所创作的1989年到1991年连载的一部漫画作品。1995年《攻壳机动队》动画电影取得巨大成功后，在2002年、2004年又陆续推出了TV版的动画，包括今年又推出了新的一部《攻壳机动队》的TV版动画；而且《攻壳机动队》还推出了很多专门面向它的铁杆粉丝的没在电视台放映，也没在剧场放映，但是通过光碟形式来发行的那种OVA，就是Original Video Animation，这是日本动画产业的一个特定概念。可以看出，作为动画的《攻壳机动队》有着多种放映渠道和放映方式。同时，《攻壳机动队》还改编成多个平台的电子游戏，还改编成了一系列小说；并且现在已经开始准备制作，在2017年将上映由《攻壳机动队》改编的真人版好莱坞电影。《攻壳机动队》这个案例不仅在艺术上，不仅在内容上，而且作为一个文化创意产业的产品运营，也给我们提供了启示。

我们看日本动画的时候可能会注意到，片头字幕里出现的第一个内容就是介绍"原作"或"原案"。"原作"指的是动画原本构思的版权资讯，通常包含着原作版权的持有人，或者版权的持有机构，以及原作的名称；而原案指的是动画制作构想的提案者。换句话说，就是日本动画的内容来源大致可分为两种，如果动画的世界观设定、角色设定、剧情内容是原创的，就会在片头字幕起始处打出"原案"信息，而如果动画是改编而来的，就会标明"原作"信息。日本动画产品中不仅有很多优质的原创内容，还有非常多是改编作品，而且这种改编是有多种来源渠道的。

一种是像刚才提到的《攻壳机动队》，以及对日本动画稍有了解的朋友就一定耳熟能详的作品，都是由漫画改编，因此才有我们大家很熟悉的那个合称，也就是"动漫"。"动漫"这个合称在日本是没有的，它先是在台湾，后来又在中国大陆流行起来。之所以有它的合理性和依据，就是因为，当华语世界接触日本动画的时候会发现，它有很多是从漫画改编的，或者由动画改编衍生出了漫画。就是说，动画和漫画有着非常紧密的产业互动，因此有了"动漫"这个合称。

　　日本动画不仅会改编自漫画，还有很多改编自小说，包括为学院体制所认可的、写入正统文学史的文学经典。比如，有一个日本 TV 动画叫《青之文学》系列，就是日本著名出版商集英社在太宰治诞辰一百周年的契机下推出的画家重新绘制短篇名作的一套企划作品，有漫画有动画，所改编的文学名作有太宰治的《人间失格》《跑吧，美乐斯》、夏目漱石的《心》、芥川龙之介的《地狱变》《蜘蛛之丝》、坂口安吾的《盛开的樱花林下》。这是一种。同时，还包括由很多类型文学或者通常会命名为"通俗文学""流行文学"改编的日本动画。比如说，那部非常有名的田中芳树的《银河英雄传说》，是一部太空歌剧类的长篇科幻小说，也改编成了动画，并通过网络传播，在中国也相当流行，由此才有了那句如今在网络上脍炙人口的口号，叫"我们的征途是星辰大海"。这句话最早就是来自田中芳树的这部小说，尤其是改编成动画之后，在中国年轻一代中分外流行。

　　在日本，虽然不流行"动漫"这样一个合称缩写，但另一个合称缩写非常流行，就是 MAG。MAG 是 Manga Anime Game 的合称缩写。Comics 是英文对"漫画"的称呼，而 Manga 则特指日本漫画；Anime 特指日本动画，就像 Manga 与 Comics 有区别一样，Anime 与 Animation 也有区别；另外还有 Game，在这个缩写词里主要指日本生产的电子游戏。在日本，漫画、动画、电子游戏这三个产业有着非常紧密的互动，有很多日本动画就是改编自游戏，特别是文字冒险类的游戏，文字冒险类的游戏很像是一种电子小说，也可以把它理解成一种多媒体的，通过 PC 平台或游戏终端来玩的电子小说，由这种游戏改编了很多动画作品。

　　甚至还有一些由真人电影改编的动画。刚才说过，《黑客帝国》也深深地受到《攻壳机动队》的启发和影响，而在《黑客帝国》取得巨大成功之后，制作《攻壳机动队》的动画公司 Production I.G 又接受沃卓斯基姐弟的委托，制作了《黑客帝国动画版》。内容来源渠道的多样化，我认为这对中国相当重要的启示。

　　由《攻壳机动队》的案例，我还想提一下日本文化创意产业的 MediaMix 模式。Media 意为媒介载体，Mix 意为混合、共存，而 MediaMix 则源自 PromotionMix（共同推广）一词，指的是跨越多种媒体、多种平台，以多种载体形式推出的产品群。媒介载体的混合和共存，通常都会以某种载体形式的作品为基础蓝本，在奠定了一定人气和受众群之后，通过跨平台的改编，衍生出多种媒介载体的作品，进行 MediaMix 的展开。就像《攻壳机动队》，由漫画到动画，再到游戏和小说，有着一条通畅的产业价值链。

日本有一套高度成熟的 MediaMix 产业模式，使得它的动画拥有非常丰富的内容来源。通常我们都说中国的动画可能存在各种各样问题，但是，现在中国的动画可能在技术层面上已经有了相当大的工业基础。如今日本动画，可能会把企划、脚本，还有关键帧的原画，这些最关键环节留给自己的动画公司、动画部门来制作；与此同时，把相对低工艺的环节外包给韩国、菲律宾，现在，日本动画最主要的外包服务提供者是中国。这很像中国很多企业在国际分工体系中的中低端位置。其实好莱坞电影也有很多特效由中国的专业化工作室和企业来制作，在日本动画的制作流程中也是类似情形。中国动画可能在技术上已经有了一个相当规模的工业基础，甚至有大量热钱、资本在等待制作动画；但是，中国动画在两个方面可能相对日本来说还存在比较大的欠缺：一个是脚本或者编剧，另一个是导演以及分镜师。在这两方面中国的动画恐怕还有比较大的欠缺，而日本动画提供了一个成功的经验，就是内容改编的多种来源渠道。

如果说优秀的脚本、剧情，中国的动画产业还相对比较欠缺的话，那我们其实有大量的文学作品可供改编。从日本的经验可以看出，从经典文学一直到类型文学，都可能提供内容来源。比如说，前两天，中国最著名的科幻小说家刘慈欣的《三体》，由这部作品改编的电影发布会刚刚召开。但是，其实在今年年初的时候，在北京大学还召开过另一个启动仪式，日本讲谈社与中国的微像文化公司要将刘慈欣的另一部小说《超新星纪元》改编成漫画。事实上，我们知道，动画因为是一种完全沉浸在自己幻想之中、为它所追求的那种不可能性而欢呼雀跃的艺术形式，它的每一幅画面都不像真人拍摄的电影那样有一个真实存在的对象，每一幅、每一帧都是建立在动画师的绘画之上的；因此它有可能是将那种不可能性，而不是将真实作为最高的理想，它和科幻、奇幻这样的幻想文学有着更为直接的亲缘性。而中国现在的科幻小说，或者说中国的奇幻小说的创作，已经有了规模很大的创作群，有源源不断的作品，它们也等待着被改编为其他媒介载体的产品。现在有一个很热的词叫 IP，就是说，它们的知识产权，可以通过多媒体的多平台的再创造，创造出更大的产业意义上的产值。其实有很多中国的科幻小说、奇幻小说的类型文学作家，都等待着这样的改编，而日本动画的经验可能提供一个启示，就是利用这样多渠道的改编来为动画提供更多更好的剧本来源。

但这里还涉及更多的问题。比如说，动画和小说其实是不同的媒介，要改编一个小说的时候，需要将文字转化为另一种视觉和听觉的媒介，这里就牵涉到视觉想象力的问题，可能也是中国在动画导演这个层面相对来说人才比较匮乏。

比如说，上周在北京国际电影节上展映的那部动画电影，今敏的最后一部动画长片《红辣椒》，也是改编自一位叫筒井康隆的日本科幻作家的同名科幻小说。但这部科幻小说一直被认为是不可能改编、不可能影像化的小说，因为它涉及很多与精神分析相结合的内容，涉及非常非常具有想象力的、对于超现实梦境的描绘，被认为难以影像化。这时候就需要动画导演也具有非常富于创意的视觉想象力，今敏成功地做到了这部小说的影像化，通过出神入化的剪辑技巧和精妙绝伦的色彩运用。比如说，他在展现梦境的时候，制造了一种犹如"色彩的洪水"般的极端丰富而饱满的色彩效果；在展现现实的时候，非常有意识地作为对比，采用了灰色为主的很单调的色调，以此来区别梦境跟现实，同时是以非常富有想象力的剪辑方式制造了超现实的梦境效果。其实需要导演的那种丰富的视觉想象力，尤其是分镜的技巧，今敏的分镜是非常有名的，他的分镜头脚本都是自己亲自创作，非常详细，将动画的那些关键镜头全都先绘制出来，然后在旁边标明了每个镜头的时间、帧数、摄影机运动的方式、特效等等。

像这样高超的分镜技巧，在中国可能相对来说还比较欠缺。中国有大量的原画师或者背景绘画师，等等，有非常多的工业流水线意义上的技术人才，因此可以承接很多来自好莱坞和日本的外包任务。但是，日本有着相当悠久的叙事性漫画传统，而我们知道，叙事性漫画作为一种静态的媒介形式，因为漫画本身是静态的，但是它要创造出那种运动的幻觉，所以在漫画创作上一个非常重要的条件就是分镜技巧；而日本常年积累的漫画传统，和它自身对电影艺术、电影叙事技巧兼收并蓄的传统，使得日本动画产业拥有很多优秀导演，在日本叫动画监督，他们有非常高超的动画分镜技巧，像今敏在成为动画导演之前就曾经是一个漫画作者。这可能也是中国动画现在相对来说欠缺的一点，就是说，在以上方面中国动画目前都还比较欠缺。

还有一点。日本拥有非常丰富的剧本来源，所以有非常丰富的类型，就像刚才说的，它的民族风格实践，实际上不仅是对传统文化、古典文本的改编和再创造，还有很多直面其民族国家现代历史的作品，和很多非常精彩出色的科幻文本。在这个意义上，日本的动画有非常丰富的类型，而适应这种内容的多样化，它的放送方式和发行渠道也非常多样化。比如说，它的TV动画会分为黄金档的动画和深夜档动画，深夜动画可能更多是面向成人，因此会有一些包含更深思考的作品，也有可能包容很多对于社会现实问题的暴露，乃至不同程度的批判。同时，日本不仅有TV动画，有剧场动画，还有很多的OVA，不在TV和剧场放送，而是专门以光盘放送。多样化的放送方式和发行渠道对应着日本动画非常丰富的类型，以及细分受众的内容生产。

我们知道中国有特定国情，中国的电影分级制度目前看是遥遥无期。确实日本的动漫产业、动漫游戏产业，都存在大尺度不节制的色情、暴力描写问题，但是如果我们暂时不谈这些问题，日本有一个非常好的经验，就像刚才提到的《千与千寻》的导演宫崎骏或者《攻壳机动队》的导演押井守，或者《千年女优》的导演今敏，他们创作的动画作品都是老少皆宜的全年龄作品，而在中国现在非常欠缺这样的作品。我们知道，中国的动画产业，可能受制于某种观念，或者是某种审查制度，由于多方面的原因，相对来说处在一种比较"低幼化"的状态，就像是"几只羊、几头熊"那样的动画作品。它们在电影院放映时确实经常是全家一起去看，但是这种"亲子向"的作品的内容依然是相对"低幼向"的。而日本会有很多出色的"全年龄向"的作品，其中有可能直面一些日本社会现实的问题，有可能包容一些具有一定思想深度的暴露和批判，这样的作品其实也是值得中国的动画创作者们，在现有的种种限制条件下去努力实现的，或者说值得中国的动画创作者学习。

以上这几点，就是我想从日本动画的成功经验讲起，对于中国动画可能具有的一些启示性的意义。我的发言就到这里，谢谢大家。

陈国战：一般当我们提到民族风格的时候，通常想到的都是传统文化题材的挖掘、民族文化符号的融入等，但是林品博士的发言却打破了这样的认识。他以日本动画为例，向我们揭示出这种理解是比较偏狭的，民族风格的实践可以有多样化的道路。我觉得很受启发。下面请赵贵胜老师来讲。

赵贵胜：各位专家、老师，大家下午好！我对这个主题特别感兴趣，所以这次很高兴，也很荣幸能来参加这个论坛。我就从享誉动画界的马克宣先生前不久的追悼会现场开始。这里有两张照片，一张是追悼会现场，另一张是世界动画协会（ASIFA）送的花圈，世界动画协会不会轻易给一个动画人送花圈，这说明老先生在动画界得到了大家的认可。今天我的发言将从两部分展开：一是上世纪中国动画学派的民族化探索，二是针对当下动画的现状我所做的思考。

说到上世纪中国动画，有一个名词叫"中国动画学派"。当然这个词不是所有人都认可，包括学术界也有争议。2011年的时候，中国美术学院召开了一次中国动画界老前辈的座谈会，老艺术家们对这个称呼也存在分歧，钱运达、凌纾认为把中国动画这个群体称为学派有点夸大，但是周克勤、林文肖等艺术家则认为这样的称呼是实至名归。我在自己的博士论文里也谈了这个问题。上世纪中国动画无论是作品的数量，还是创作团队的整体思想以及人员的构造，其实都够得上称之为"中国动画学派"。上世纪中国动画艺术家的成绩不菲，从1956年到1994年上海美术电影制片厂共有44部作品在各类国际电影节上获奖76次。夏衍说过这样一句话，新中国电影真正走向世界是从动画片开始的。从这两方面看，我觉得中国动画确实有它出色的地方，值得深入研究。上世纪中国动画的成功，我们知道原因在于选择了一条民族化的道路。我把中国动画民族化的探索过程用四部动画片连接起来，接下来会阐释为什么选择这四部片子做节点。

1941年万氏兄弟做了一个不一样的举动。他们几兄弟在做《铁扇公主》的时候，真的是有一种自觉的改变，觉得迪士尼那些东西，一开始很喜欢，也从那里学到了技术，但时间一长他们觉得那些东西纯属搞笑显得肤浅，所以后面在创作道路上进行了一个自觉选择。其实在上世纪30年代，这种文化自觉的萌芽就已经产生了。我们来看《铁扇公主》这个片子的造型，从她的发型到衣着打扮，中国的特征是非常明显的，道士、老妪都是典型的中国人形象。

万籁鸣写了这么一句话：在动画片内容上，我和弟弟们都感到要与美国动画片巨子华德·狄斯耐分道扬镳，非走自己的道路不可。为什么要分道扬镳？是万氏兄弟的文化自觉，他们一开始觉得还蛮新奇，做多了就觉得味同嚼蜡，而当时我们祖国的命运也让大家觉得应该为国家做点事情，有所担当。所以这个动画片在当时不仅仅是搞笑，而且担负着一定的文化使命。大家可以通过一些文献知道，这部片子后来在日本是被禁播的，但在中国确确实实起到了非常广泛的抗战宣传作用。1941年以后，中国动漫画艺术家们也辗转到重庆、武汉，万氏兄弟后来跑到香港去了，中国动画的这条线索基本上就中断了。钱家骏老先生在重庆做过几部片子，但是那些片子现在史料不多，只模糊地知道和抗日有关。

第二次民族化探索是在新中国成立以后，原来在东北的美术片组后来搬到上海，还成立了上海美术电影制片厂。1955年特伟老先生要导《骄傲的将军》这部片子，编剧华君武在早先画漫画的时候就和他结下了友谊，华君武不知怎么就写了这么个本子，可能跟当时的时代背景有关系。我查阅了文献，新中国刚建立时毛泽东多次提到戒骄戒躁，因为历史上有血淋淋的教训，李自成打下北京后因为享乐腐化没多久就被推翻了。开始准备这个片子时，特伟提出了"探民族形式之路，敲喜剧风格之门"的口号。不久特伟老先生病了，接下来这部影片其实不是他做的，是在老艺术家里面以前被忽略的一个人物钱家骏老先生来接着完成的。特伟老先生一进医院以后，钱家骏就接下这个担子，带着大家做这部片子。我们现在看这部片子，看到导演是特伟，但总设计是钱家骏。这部影片在视觉效果上的民族风格的确立跟钱家骏老前辈是分不开的。特伟在《创造民族的美术电影》一文中写道：1955年拍摄的木偶片《神笔》和1956年拍摄的《骄傲的将军》，不仅在人物和背景的造型设计及表演上，大胆地从我国传统戏曲以及造型艺术中吸取滋养并加以发展和创造；而且在人物的思想感情、生活习惯、动作姿态以及语言上都力求具有中国的民族特色。

下面从创作角度来谈动画民族化问题。一开始甚至包括我们现在创作的时候，也会有这样的理解，可能就是画几个民族形式的东西。刚开始上海美影厂的艺术家也是这么理解的，后面他们就觉得不是这么简单，不仅是搞一个装饰图案，其实从思想、动作还有语言、精神都要体现出民族特色。这种对民族化的理解就比早期单纯将形式和民族风格划等号更进了一步。当然在后面创作中也有失败，民族化不是说在理论上理解到了一定程度，在创作上就一定能成功。美国迪斯尼动画片现在已经很成熟了，但也不是轻而易举就达到的，也失败过很多次。我们现在看早期的《骄傲的将军》的造型，可以看出很有我们古代人物的特征，他们当时画的草图，一开始没有脸谱，后面我们看成片就有脸谱了，是一个非常抢眼的标签。而其场景设计也可以看出很有我们中国山水画的意境，你看场景设计中的灯笼，是严格按照西方的透视法来画的；但我们看这些图案、这些房子的构造，完全是按我们中国人自己的东西来进行设计的，并不是一个简单的形式。

第二部片子是《草原英雄小姐妹》，很多人一听这部影片的主题曲就会有情感的波动。这部影片是钱运达和唐澄导演的，钱老师是新中国第一代海归，他在1954年赴捷克斯洛伐克布拉格工艺美术学院学习，之前还参加过抗美援朝，立过功。他们做这部片子其实是政治上的一个任务，但这部片子上映后，据他口述在社会上产生了很大影响，当时厂里每天都可以收到很多和这部影片相关的信。但这部片子其实不太好做，因为在美影厂，当时做的片子大部分是寓言或者是古典小说、民间传说改编的，接到这个任务时他们开始也没有清晰的思路。我们从宫崎峻老先生的最后一部作品《起风了》也可以发现，这种以真人真事为背景的片子弄不好就会名声尽毁。我个人认为宫崎骏老先生这部动画和他之前的影片相比在语言上还是弱一点，给我们情感的共鸣也少一点。所以钱运达他们一开始接到任务，大家也不知道怎么做。开始的造型走的也是迪士尼套路，脑袋大，头和身子比例1:1，是那种非常夸张的造型；后来他们到当地一考察，发现这个片子不能走那种夸张的风格，觉得故事本身就足够打动人了，所以之后他们进行了动画写实风格的探索。我专门针对这部作品写了一篇文章，这种写实的题材该怎么去做成动画片？我觉得这是中国动画民族化过程中的第二次飞跃，在写实题材的动画创作上，从那开始有了一个比较成熟的认识。

前面说的动画民族化，更多的是艺术家自身的探索和感悟。美影厂有一个叫阿达的动画艺术家我想大家都知道，他是一个比较另类的艺术创作人才。阿达跟刚刚驾鹤西去的马克宣老师是非常好的朋友，他的《三个和尚》在那个时代家喻户晓。马克宣老师在那部影片中是首席原画，他们一起合作过三部片子，《三个和尚》《新装的门铃》《超级肥皂》。《超级肥皂》在日本广岛国际动画电影节拿了教育片二等奖，《三个和尚》获奖就更多了，还在德国柏林拿了一个银熊奖。阿达是美影厂公认的才子，他的创作思路跟很多人不一样。相比而言，他更擅长漫画式的动画，包括《三个和尚》《超级肥皂》《新装的门铃》。《新装的门铃》这类影片语言是非常简洁的，并且富有哲理性。他在世界动画领域中的地位也是非常高的，还曾经担任过世界动画家协会的理事。阿达的爸爸毕业于美国密歇根大学，是一个银行家，他妈妈毕业于史密斯学校上海女校，所以他有一个非常好的外语基础。据马克宣老师回忆，阿达有个姐姐在美国，早期的时候美影厂的艺术家们不知道迪士尼动画为什么做得那么好，就让阿达去做一件事，给美国的姐姐写信转交迪士尼，希望能得到一些指导，但是没有得到迪士尼任何回复。因为阿达有这样的背景优势，决定了他的整个视野是不太一样的。后来随着我们国家的改革开放，他有机会接触更多国外的优秀作品，因此创作了像《三个和尚》《新装的门铃》《超级肥皂》这些精品，将中国动画的民族化推向了新高峰。改革开放前，阿达也做了《画廊一夜》这样的漫画短片，但影响力没有后面这些高，尤其他去了萨格勒布以后写了一篇文章，觉得我们中国动画已经远远落在后面了。虽然前面我们出了一些像《大闹天宫》《小蝌蚪找妈妈》《牧笛》这样的精品力作，但是上世纪80年代他们到国外一看吓了一大跳。他一到萨格勒布动画节就觉得我们在观念、材料和语言上，好像还是在走老路，他觉得应该再开拓，把我们的思想再放开一点，所以他后面做了《超级肥皂》《新装的门铃》。《三个和尚》是他出国之前做的，回来后才做了那两部动画片。马克宣老先生受他的影响后面还做了一个片子《十二只蚊子和五个人》，这部短片得了法国昂西动画电影节教育科学企业奖，在它以后中国就再也没有得过有影响力的奖项了。

阿达做的东西是什么样呢？我们来看看《新装的门铃》这部片子。以往的片子大部分都和现实生活脱节，但这部片子反映了当时上海小市民的生活，画面构图也借用了西方现代派画家的作品，这种思维可能在那个时代还是非常新鲜的。影片讲述一个都市小市民新安了一个门铃，那时代是稀罕事，特别希望人家去按这个门铃。影片中每一次他的期待都落空了，直到最后也没有实现这种病态的心理需求。影片中先后有小孩、邻居、邮递员等人经过他门前，他变得特别敏感，特别期待，就好像我们有了一个新的手机要跟大家炫耀一下。其实就是一种心理上的展示欲望，我们每个人心里都有。阿达跟马克宣老师在创作这个片子的时候，就针对人的心理去做一些挖掘，这是非常大的转变，原来很多片子都没有这样做过。

曾洁（北京林业大学艺术与设计学院）：上海美影厂的动画从他们之后就开始有了针对成年人的探索，而80年代之前基本都是针对儿童的。

赵贵胜：《三个和尚》其实是去萨格勒布之前的片子，这个片子的视野就已经很开阔了，但是取材上还是来自谚语：一个和尚挑水吃，两个和尚抬水吃。《超级肥皂》就和我们现代人完全联系在一起了，并且这里边还有很多时空穿越的东西。水墨动画是国外非常喜欢的一个东西，马克宣老师主要是参加了《小蝌蚪找妈妈》《山水情》的创作，因为中间有一段时间他去做剪纸动画。《山水情》目前也被确认是四部水墨动画片里登峰造极的一部。我们可以发现，这四部片子其实是一个从角色到故事都在不断往高处走的发展过程：开始《小蝌蚪找妈妈》就是小动物的故事，没什么人；到了《牧笛》主角是人跟牛；到《山水情》就主要以人为主了。《山水情》是1988为上海首届国际动画电影节准备的，这个电影节总共办了两届，办得非常隆重。首次办的时候没合适的本子，到处都找不到，后面还让张松林老师来写，也不是很满意，最后王树忱前辈把他压箱底的东西交给了马克宣和阎善春，并交代他们说剧本一个字也不能改，最后这个本子真的是一个字都没改。王树忱先生非常有积累，在艺术领域有很高的修养，这部影片做完后荣获首届上海国际动画电影节美术片大奖，2006年昂西国际动画电影节评选出一百部世界上最优秀的动画片，中国唯一入选的就是《山水情》的，可见这部片子的艺术水准是不容置疑的。这四部水墨动画片中，《鹿铃》大家可能看得比较少，是唐澄导演的，他之前导过《大闹天宫》，后来导演了水墨动画《鹿铃》。这四部水墨片，现在看来都像清新淡雅的诗，非常有意境。水墨动画跟我们前面的短片一样，也是在逐步探索过程中成熟的，到了《山水情》达到了巅峰。但不是说每一次都成功，也有失足的时候。有时候导演的个人艺术修养也会影响片子，决定了它的成功与失败，总体来讲他们都是沿着上海美术电影制片厂自己的传统不断成熟起来的。

上世纪上海美术电影制片厂创作的动画长片主要也是四部。分别是《大闹天宫》《哪吒闹海》《天书奇谭》和《金猴降妖》。《金猴降妖》同时还剪辑成了电视连续剧，因为那时候电视已经出来了，受电视冲击，《金猴降妖》的影响比较低一点，但仍然可以被看作是一个精品。《大闹天宫》1961年开始做上部，中间断了很久，1964年才做完下部。上世纪60年代我们国家不是那么稳定，各种运动不断，所以这部片子拖的时间蛮长的。那时候马克宣老师在里面做动画，这部片子对他是一次比较好的锻炼，到《哪吒闹海》的时候他的原画功底就很扎实了，他原来上课时也给我们看过他的小稿子，都非常用心。李靖悠然自得抚胡须的那段，动作表现得恰如其分。这一段当时请张仃老先生来看，因为造型是请张仃老先生设计的，他担心自己设计的造型动不起来，毕竟他不是做动画的，是一个画家。张仃老先生看了马老师做的这一片段后，觉得非常不错，就放心了。《天书奇谭》一开始打算跟国外合作，最后没成，这部片子也很好，当时马克宣老师在里面做美术设计，这部影片非常漂亮，有现代感！

前面我主要讲上海电影美术制片厂在上世纪50年代到80年代末的探索，它是循序渐进的过程，中间经历过很多困难。到我们这个时候，不是说我们的民族化就完全中断了，中国动画在走到一个顶峰的时候，可能会遇到一些困难。

第一，90年代初，我们开始体制改革，那时候不统购统销了，国家也不再给你保障，结果上海美影厂不知道怎么办，尝试过各种办法，还成立了公司做加工片，最后弄来弄去发现还是不行。这个问题一直延续到现在，我们已经很难看到自己创作的，能和外国动画抗衡的作品了。中国动画现状是大而不强，目前年产量已突破22万分钟，是1986年的537倍（1986年是14部41本），但是真正能让我们记住的，我们内心真正喜欢的动画片很少，怎样提升质量，是我们当下面临的首要问题。

第二，就是有生产没需求，现在很多地方政府补贴动画生产，一分钟补贴多少钱，但在这种刺激下生产的动画片往往粗制滥造，我们自己都不太喜欢。我给学生上课时发现他们更喜欢看美国、日本的动画，不太喜欢看我们现在做的动画，这是一个事实。我曾经给他们放过美影厂原来的动画片，水墨动画，他们还真是蛮喜欢，这倒是非常有趣的一个现象。

第三，缺少民族个性。受外国动画强势冲击以后，中国动画片转而模仿外国以求俘获观众的芳心，像《熊出没》跟《喜羊羊与灰太狼》的套路，同美国动画片的套路非常非常相似。你学别人的东西可以，但自己的特色在哪里？走到国际市场上能不能得到人家的认可？前几年《喜羊羊与灰太狼》被迪士尼购买了版权，媒体就跟着起哄，其实它买的不是我们的片子，而是衍生产品的版权，人家主要还是想知道中国人的口味，然后做东西再卖给中国人，弄来弄去还是想赚我们中国人的钱，并不是对我们的作品有多欣赏。

第四，就是我们现在面临非常大的压力，外国公司和作品纷纷涌入中国市场，迪士尼跟东方梦工厂已经在上海扎根了，这对中国动画是一个非常大的压力。所以接下来的中国动画该怎么走，是中国动画人所面临的紧迫问题。

我的观点是我们要坚持动画民族化的探索，但是要赋予民族化新的内涵，在不同的体制下，应该用不同的方法来完成这些东西。马克宣老先生也说过，中国动画的民族化不是一成不变的，不同时代都应给它增添新的内容来。中国动画民族化到了我们这个时代，也应该赋予它一些新的东西，老的东西肯定是有非常有价值的一面，但是有些东西也肯定已经不能适应这个时代了。如果现在完全走市场，那么作品该怎么创作？肯定要发现新的方法，这是一个新的课题。前不久跟同学聚会时，听说我们同学中也有人在做低俗恶搞的东西，我的观点是低俗恶搞，可以满足一下我们的一些心理需求，但它不会成为经典。我们认真去审视一下美国动画、日本动画，他们优秀的作品其实对人、对社会都有着很深的思考。打斗暴力，只是表面上的东西，最后要揭示、揭露我们这个社会的很多东西。我的同事很多人都有孩子，他们是从来不让孩子看《喜羊羊与灰太狼》之类的动画的，他们认为那不亚于毒品的危害。在上海现在是这样，我不知道二线、三线城市，一些知识分子的孩子看不看，而边远地区的留守儿童我想肯定是看的，毒害有多大是显而易见的。我们知道大概是2006年的时候，政府出台了一个禁播令，当然这是双刃剑，很多人觉得这给了中国动画重生的机会，我觉得短期看可能是；但长期看，我们还是要做出好的作品来吸引孩子们，我们动画人应该充分利用这种机会好好提升自身作品自身的质量。

那么我们该怎么做？现在的动画公司、基地那么多，很多艺术家在创作的时候，首先要搞清楚动画到底是什么，我当然不是谈动画本体论这样的学术性概念，但动画到底是什么？上世纪80年代，中国电影家协会有过一次动画是美术还是电影的讨论。很多人认为是美术，就觉得它是画画的东西，但更多人认为是电影。我个人认为美术是一个表现方法，但它其实还是电影的一个形态。作为电影的艺术形态，它的一个非常重要的构成，就是表演，包括马克宣先生在原画里的杰出表现，在国内这样的人才屈指可数。《熊出没》和《喜羊羊与灰太狼》要么是迪士尼那种模式化的表演，要么是非常简单的运动，谈不上表演。只有动作深入人心，完全从情感出发，抓住电影表演这个核心去创作，才能让动画得到大家的欣赏，走进大家的心里。

其次，是文化的问题。《神笔马良》大家可能看过，去年推出了3D版，我个人认为它不是很成功的。这是跟梦工厂合作的，技术上已经不错了，但是看完后跟《功夫熊猫》比在技术上肯定比不过，而且从文化上也没有我们早期50年代《神笔马良》那样的亲切感。上课的时候，我跟班上同学一起探讨过这部片子，显然，早期的木偶动画《神笔马良》，真正有我们自己的民族特色；而3D版有一些中国的符号，但气质上完全不是我们民族的，我看了以后真的心里很难接受。比如前面有两个宠物：一个是猫，一个是老鼠，还有倒水的茶壶，都是他们西方的老套路，包括它们的动作都是非常非常夸张的，这其实跟我们中国人的心理、行为，跟我们的精神完全不一样。包括马良也变得这么胖，从动画本身来讲，可能是可爱一点，但其实也可以尝试让他瘦一点，因为那个时代，瘦一点的马良未必就会让观众不喜欢，3D版尽管有中西因素，但没有真正做到融合在，可能还是需要一段时间。

前不久上映的《超能陆战队》，还有去年的《冰雪奇缘》，到电影院看，我们发现跟人家的差距真的是非常非常大。像大白，这么简单的一个造型，包括《冰雪奇缘》里面的雪人，都很简单，但是真的就能走到我们心里去，能满足我们当下人的心理需求。现在的人心都是非常复杂的，让这个萌萌的东西，可以牺牲生命去帮助别人，按照非常正能量的路子去走，它们都很善良、单纯，愿意奉献自己，我们看了之后非常温暖，这种温暖正是这个压力巨大的时代我们所需要的东西。外国动画很好地走进了我们内心，像《超能陆战队》讲的是复仇，非常简单的故事；但一个单纯的机器人，通过自己的高尚举动让主人翁改变了自己的行为，非常正能量。包括《冰雪奇缘》对爱情的新的阐释，一见钟情不可靠，共患难最后才见真情，外国动画片在文化上通过这些让我们的成年人也能找到我们的心理需求。前不久我写了篇文章叫做《迪斯尼动画的意象追求》，观点是在迪斯尼动画中，小孩子能找到他们喜欢的那些简单的东西，大人也能找到一些复杂的，就是我们大人有体验的、失去的梦想。老少皆宜，西方动画在这方面做得非常好，而我们3D版的《神笔马良》就是一个败笔。我们在坚持自身文化的同时要向西方学习，但学习什么要有选择性。我的发言就这些，谢谢大家。

陈国战： 谢谢赵老师。赵老师是专门做中国动画史研究的，对中国动画的发展脉络非常熟悉。刚才他给我们做了一个非常细致的梳理，呈现出了中国动画民族风格探索的历程，以及目前所面临的困境，并且给出了自己的思考。林品还有补充吗？

林品： 日本动画产业非常强调的一个起始环节叫"企划"，"企划"主要决定三个事情：一是故事基本的设定；一是放送方式，主要是刚才提到的三种——TV、OVA或剧场；还有一个就是原创还是改编。日本动画除了有不少是原创，他们产业内部也有很好的脚本家，他们之所以有很多好故事，是因为他们有多渠道的改编，大概可以分为四种：漫画改编、小说改编、游戏改编，还有电影改编。其中大家最熟悉的是漫画改编。

屏幕上显示的，就是我刚才提到的"文字冒险游戏"。大家可以看到，这种游戏又很像多媒体电子小说，游戏玩家会跟其中的人物发生各种对话，你可以在其中做很多选择，不同的选择会导向不同的情节线索，最后人物做的不同选择会引发不同的结局，所以它是有着丰富的多种可能性的，而且是交互式的，但是又好像是电子小说一样的游戏形式，叫做"文字冒险类游戏"。这种文字冒险类的游戏，因为它有很强的文学性和叙事性，为动画产业提供了丰富的脚本来源，由这种文字冒险类的游戏改编成了很多优秀的动画作品。这是其中的一个例子，这个《命运石之门》的游戏改编成了TV版的动画、剧场版的动画，这个剧场版的动画前段时间还在北大放过，不但改编成动画，还改编成漫画。

还有一种内容改编的来源是小说。这就是我刚才提到的《青之文学》，一共12集，日本通常是按季度来放送的，每一季12集，刚好每周一集，三个月，一个季度12集。《青之文学》是由文学名家著名的六部短篇小说改编的动画，每部小说有两集动画，有太宰治的作品、有芥川龙之介的作品、有夏目漱石的作品，还有坂口安吾的作品。另外还有很多类型小说也会改编成动画，比如说田中芳树的《银河英雄传说》，由著名的科幻小说改编成动画，再由这个动画一直衍生出多种游戏。日本还有一个很庞大的系统叫做"轻小说"，"轻小说"一般来说都是便携式的，内容通俗，同时书页当中有非常多漫画一样的很漂亮的插图。这个庞大的"轻小说"的系统提供了各种各样的脚本，也有很多改编成动画。这里展示的《十二国记》就是由轻小说改编成动画的一部作品，它对中国的网络文学其实产生了相当深的影响。

还可以向大家展示一个刚才提到的今敏的匹配剪辑，就是刚才说的传说中不可能影像化的科幻小说，如何实现影像化的。大家看的时候可以注意它的剪辑方式，这是主人公梦境的场景，注意它的剪辑，是如何制造出运动的韵律感，如何表现出一种超现实。其实《盗梦空间》被认为是受这部动画电影启发，这部动画也被翻译成《盗梦侦探》，在《盗梦空间》四年之前就出现了。这就是匹配剪辑，有运动的高度连贯流畅和背景时空的如梦变幻，片头的剪辑方式也非常有趣。这就是刚才提到的那个问题，动画到底是"美术"还是"电影"？今敏的特点是非常电影化的叙事，而且他的出神入化的剪辑，放在整个世界电影史上都是第一流的。影片是要展现出超现实的梦境，这是一个在梦境中行动的梦境侦探或者梦境特工的角色。事实上，日本动画对中国的青少年影响非常大的地方就在于，它有很多科幻题材，而动画本身可能也非常适合于展现科幻的想象。然后再看一下后面的一小段，这是展现反派的膨胀使得梦境已经切入现实了，有关日本白领跳楼的社会现实的影射，有很多关于日本现实的讽刺。在展现梦境时，运用了日本祭典游行的意象，在科幻的主题里有很多日本的相关元素、相关意象进入。但同时因为是一个所谓全年龄的动画，包含很多对现实问题的批判和讽刺，关于日本的一些生活灰暗的白领，还有日本的色情和对女性的猥亵、偷拍，以及日本的政治上的一些问题，还有日本人对权力的争夺，有很多对社会现实问题的暴露、讽刺和不同程度的批判。

所以我想强调的就是，民族风格的实践，一方面是对传统文化或者携带着民族记忆的意象的运用，但这种运用不仅是对古典文本的改编，还可能体现在科幻题材当中；同时还有一点，就是如何处理和正视社会现实中的一些问题，和寄寓社会性的讽刺和批判。这是日本动画做得很好的，但前提就是，它有一个动画不只是为小孩子、为儿童的"低幼向"的观念。大量来自于丰富渠道的脚本，那些内容，为它提供了很多真正有深度、有思考的全年龄向的可能。我的补充就到这里，谢谢大家。

（休息）

陈国战： 下面是自由发言时间，虽然在座的各位很多都不是专门做动画研究的，但是在动画充斥荧屏的今天，相信大家都有自己的认识和看法，下面请大家畅所欲言。

侯百川（中国艺术研究院艺术人类学研究所）： 我是人大动画专业的在职硕士，

比较关注动画的，基本上国内比较有影响力的动画片出来，我都会跑电影院看一下。现在比较期待的是王旋的《大鱼海棠》，用南方的围屋文化去拍，拍得非常考究。还有就是，两天前我一个人去电影院看动画片《一万年之后》，质量非常高，超越国际水平，有点仿《风之谷》，韵味非常接近，都是表现那种"人类过分科技崇拜，导致自身最后覆灭，一味追求进步但忘却了人的心灵本身"的主题；故事快速推进，但是表达人物情感的东西特别少，整个故事都在寓言，大多数中国观众不习惯看日本式的寓言动画，所以票房就很差，当然应该说它的质量是比较考究的。相对于质量较差的《十万个冷笑话》，还有一个不错的动画片就是《魁拔》，我专门写过一个动画评论——他们的老总武寒清拿我的评论给他们所有员工看了一遍，评论题目是《魁拔所体现的中国文化》，我把里面人物的中华文化特点讲了一下。其他作品包括电视动画片什么的，我也都关注了，但是好的不太多。《秦时明月》是质量比较高的作品，创意是台湾的，整个产业链完备配套，玩具、游戏、漫画有好几套，漫画有四五套，我买过一套，动画片也不错，应该说《秦时明月》是比较成功的一部。中国大陆动画的产业链还是不完备，大多没有像《秦时明月》那样跟漫画、游戏结合，除了《魁拔》有漫画连载，还有江南的几部小说有漫画连载，一个是江南的《龙族》，另一个是江南的《炽天使》有漫画连载以外，其他作品向别的领域拓展的现象非常少见。像江南的作品，是完全可以跟游戏、电影、动画进行联接的，逐渐连成一个体系。

还有就是评论家，我还是主张建立一个评价体系，评价体系能够把里边有艺术性的，有一定思想的作品提出来。要是没有一个评价体系，大家都追逐市场的话，动漫品位就越来越低了。

林品：《魁拔》非常可惜，是非常优秀的作品，一个是宣传和发行不成功，在电影院线排片特别少；另外就是很多观众还是有一个很主流、很强势的"低幼向"的观念，很多人没有去电影院支持一部致力于打造国产"全年龄"动画电影的意愿。

侯百川：如果你喜欢日式动漫，看《一万年以后》，那个片也是相当不错的。

林品：对，有点"十八禁"的感觉，画风比较重口，世界观跟《天空之城》有点像。但是它也有很多中国的特别是藏民族的风格。《魁拔》整个画风受日本的影响更深，但是整个故事内核，还有情感内核却有很多自己的特色。

侯百川：《魁拔》漫画我看了也不错，故事是打乱了，换了一个角度去演。

林品：但是亏本很厉害，原定五部，拍了三部就拍不下去了，可能也是你说的，缺乏一个好的评价体系。《魁拔》口碑非常好，但是院线排片量非常低，我去电影院看上座率也挺高的，就是排片的档期太少，跟《喜羊羊》《熊出没》无法抗衡。

祝东力（中国艺术研究院马克思主义文艺理论研究所）：你们两位主讲看过一个动画短片《前进，达瓦里西》吗？那个怎么样？

林品：它能引起轰动，可能并不是由于动画制作上的一些优点，而是本身的思想和文化政治这方面的因素引发了很大的轰动效应。当然，作为学生的毕业作品，它已经非常优秀了，但更多的是一些文化政治上的因素，以及它借助于互联网的在线播放平台，造就了话题性，使得它非常非常轰动。但是，如果对于整个产业来说，并没有很大的启示意义或者是很大的可借鉴之处，因为它毕竟非常特殊，如果要谈论它的话，更多的是从网络的舆论，从中国的整个文化政治的角度。

祝东力：但是跟流行的像《熊出没》《喜洋洋》比呢？

林品：它是学生作品，那个是流水线上的产品。学生作品可以出非常好的短片，但它还并不是可以进入大工业生产的。可能中国现在很缺少的就是这样一种有想法的编导和有创意的作者，而在纯技术的层面，中国的很多动画都已经可以做得很好了，像《一万年以后》的制作水准已经非常非常高了。

那位姑娘叫王一琳，她本身有很强的编导能力，这种人才是最稀缺的。当然动画是团队的合作，可以进院线的，或者是在TV、在网络在线播放平台上放映的，那样一种持续性的生产和引起大家讨论的作品，必然是一个团队的合作，涉及整个产业。王一琳只是一位单枪匹马的学生，可能需要更多这样的人，他们不但对动画的制作技术非常熟悉，同时也有编剧能力，有导演和分镜的能力。这种综合性的人才，尤其是具有编导才能的人，可能是中国动画产业现在最稀缺的。

祝东力：我是觉得她对儿童心理的把握特别准确，是儿童的视角，中国其实很多动画片缺少儿童心理和儿童视角，是成人代儿童发言。

我说两句。刚才听两位主讲的发言挺受启发，挺有收获的。林品有一句话特别有意思，他说动画是表现不可能的事情，它的技术手段确实跟一般电影的一个根本区别就在这儿。动漫这种技术手段、这种样式跟民族性是有关系的，不仅是民族风格的问题。我觉得，日本这个民族，它的那种童心和童趣比较明显，所以它的动漫的社会文化的土壤比较丰厚。像中国汉民族的心智其实过于早熟，而且历史就从来没中断过，经验一直累积下来。中国文化的主流是一种中老年文化，讲究少年老成，像少不更事这样的情况在我们文化系统里是被贬低的，而接下来20世纪的革命文化也由于它艰巨、艰难的过程而显得过于严肃。所以在这种环境下，动漫在中国的土壤比较稀薄，包括刚才说的那些经典，像《大闹天宫》什么的，这样好作品数量不可能太多，不可能批量生产，这种文化一直影响到现在。

我看动画比较少，但比如像《葫芦娃》《黑猫警长》之类，都极其缺少童心童趣，看着实在别扭。包括《山水情》，1988年的作品，我觉得儿童不会太喜欢，第一可能看不懂，第二儿童看了也会觉得挺乏味的，那是一个特别成人化的作品，而中老年又未必会看。

陈国战： 对于动画片来说，想象力的确是非常重要，甚至是最重要的一个方面。因为动画片里的道德判断都是一目了然、好坏分明的，不可能太复杂；故事一般也都很简单，甚至老套。那么它吸引人的地方是什么？就是想象力。比如《猫和老鼠》里的所有故事，最后肯定都是机灵的小老鼠获胜，毫无悬念可言，但对这一过程的呈现却非常精彩，非常吸引人，我觉得原因就在于想象力的运用。

那么，中国动画是不是该讲述中国故事？如何讲述中国故事？它和文学的功能和问题是不是相同？我觉得在这些问题上李云雷老师是有发言权的。

李云雷（中国艺术研究院马克思主义文艺理论研究所）： 我对动画也比较陌生，但去年评"五个一工程奖"，正好让我参加动画组的工作，所以那段时间看了很多动画片。送来评奖的都是比较好的动画片，我有一个感觉，我国动画片的总体产业水平应该是不错，已经有一些比较好的动画长片，达到了比较高的水平，有专家说已经接近国际水平，比如说《魁拔》，还有电影版的《熊出没》，还有《青蛙王子》这一类的，我们当时看感觉也不错。但其中有一个问题，确实影像风格是美国和日本的，真正从我们民族绘画特点出发的风格确实特别少。所以我就想问赵老师一个问题，刚才你讲了那么多美影厂80年代以前的实践，在我们市场经济转型之后，美影厂这样一种脉络的创作就消失了，是吗？

赵贵胜： 一方面，确实是原来那种创作工艺到了市场经济下发现效率没国外那种流水线生产的效率高，这只是一方面，最主要的还是人才流失掉了。80年代末一批优秀人才尤其是原画师到深圳去了，包括马克宣老师后来也走了，因为美影厂把创作方向改成电视片了，所以没有人才是关键。金国平厂长有一次去美国看到《狮子王》，回来觉得中国也要弄一部这样的，最后弄了《宝莲灯》。这部片子确实有一些缺憾，比如说模仿国外的痕迹太浓了。现在很多人喜欢谈整个产业链的打造，我认为还是内容为王，这是最根本的东西。有了内容，其他东西再慢慢完善起来，因为如果这个片子本身就有问题，那就像无本之木。

《宝莲灯》那时候还是赚了不少钱的，主要是运营上学习了西方经验，同时跟香港一个公司合作，配音阵容是最强大的。电视台、美影厂一起来打造这个东西，但为什么没弄好？美影厂那时候要汇集一批优秀的创作人才已经很难，常光希导演自己是深受特伟、王树忱等老一辈动画艺术家影响的，继承了老一辈动画人的优良经验。他对加入团队的人提出的首先一条，是我们要一起来讨论，你在家里画是不可以的。而那时候很多原画师说要我按时上班那我就不来了，影片最后很大的缺憾就是民族风格还不那么突出，国外的特征比较明显的，这方面是有遗憾的，但最根本的原因还是人才的缺失。

李云雷：刚才提到"中国故事"，我那次集中看片的时候，也看到一些革命历史故事，比如《王二小》《少年毛泽东》也改编成了动画片。其中有一些美术、造型还可以，但确实不太适合儿童的心理，我们还是要适合儿童的欣赏心理，不只是要有教育意义和宣传意义。就像刚才那位老师讲的，要找到故事上契合儿童的好奇、冒险、想象的空间去改编，这确实是挺值得注意的一个问题。在90年代后期，我有一段时间集中看了宫崎骏的电影，宫崎骏的电影特别深刻，确实是提供了一个丰富的想象空间，并且他把一些人物，包括里面的猫、幽灵公主这些，都描绘得很适合儿童心理，不仅如此，那种绘画、造型一般的大人也会觉得可爱，能够接受。像这样一种人物造型，包括讲故事的方式，可能值得我们中国的动画从业者去借鉴，并且我们动漫的产业基础现在很不错，还有很多资金要往里面投。有这样比较好的产业基础，是不是有可能恢复美影厂的光荣传统，创造出动画片的新时代？这可能需要各方面的探索，艺术上的和市场上的，还有文化创意的新的模式，可能这些方面，都需要我们去探索、去整合这些资源。

孙佳山（中国艺术研究院马克思主义文艺理论研究所）：确实不太懂动画片，之前准备时就集中对什么是民族风格做了一点思考——到底什么是民族风格？或者换一种表述，像马克宣老师，他们那一代人的独特性到底在哪里？为什么他们的贡献是不可替代的？

提到动画，首先谈谈我们对这两个字的理解，当时为什么这么造词呢？为什么叫动画，不是动漫，或者别的什么呢？就是因为之前提到的早期的中国动画电影，他们的独特性和成功之处，就在于通过西方式的透视法，将传统中国的视觉图像和美术世界搬到荧幕上来了。举个例子，大家都熟悉《清明上河图》《韩熙载夜宴图》等传统作品，这些都是散点透视。比如说《韩熙载夜宴图》，说白了就是一个豪门夜趴，和

《清明上河图》一样，从视觉上说，整个作品到处都是人，而这种状态是装不进相机或者摄影机取景框的小格子里的，那么怎么能让它们进入到取景框里呢？显然只能是通过西方的透视法。

确实只有到了新中国成立之后，到了五六十年代，我们才能够比较成熟地消化，以中心透视法做为构图原则，来完成我们中国式的艺术表达。通俗的说，中国的"画"终于能"动"起来了，过去的《清明上河图》《韩熙载夜宴图》之类的是动不起来的，放不到电影屏幕当中去。举个例子，前两年我们其实也讨论过，《大闹天宫》3D版出来后，盛名之下其实难副，就跟赵老师刚说的《宝莲灯》的逻辑是一样的——这也是我们今天的论坛为什么要落在什么是民族风格的原因。因为中式的民族风格，尽管完成了图像的现代性转换，但并不是简单地将它3D化，把图层拉开了就是我们的民族风格了。就像赵老师刚才讲的构图方法，是一层一层画上去的，为什么不是一个简单的年画，或者是一个简单的皮影戏而是后来的形态呢？就是说中国传统的视觉世界该怎么"动"起来？马克宣老师那一代人，没有简单地把图层拉开，绝不仅仅是技术上的原因，所以这个问题是比较复杂的。

大家都知道，民族风格不是一个本质主义的概念，"中国风"也不等于民族风格，不是加点民族元素就是民族风格了。马克宣的独特性就在于，或者说，以水墨动画为代表的民族风格实践的独特性就在于，中国的水墨世界恰恰本来就是有焦点的，特别适合用透视法来构图，也特别适合动画。当时《大闹天宫》3D版被批评的几点，有一个就是最后用3D书法作为字幕来滚动工作人员表。因为中国人写书法是必须有焦点的，没有焦点，就谈不上间架结构。像小时候练书法，都在一个格子里面写，古代就有描红，这也是非常中国式的，而这也确实是能完成焦点透视的，是能够把它拉扯开的。在这个意义上，到了水墨绘画，中国动画确实找到了自己现代意义上的民族风格，这是独一无二的、是不可替代的。

刚才赵老师提到的《新装的门铃》那个片子，我也临时有些思路。从反思的角度，社会主义文化实践的一个最大问题，就在于不能有效地消化这些现代科技，而将它当成一个调侃的对象；而资本主义的一个成功经验是我们一直忽略的，就是他们始终能把这些现代科技阐释为人的延伸，总能把这些东西跟他们那套政治经济话语进行完美的绑定，所以很多时候人家至少显得更有诱惑力。社会主义话语都是工业逻辑，就是我们要踏实工作、踏实做事，不要扯这些没用的，像门铃什么的都是奇技淫巧、不务正业，拒绝将现代科技纳入到日常生活话语。比如《超能陆战队》，刚才林品也提到，故事也是非常典型的当代美国式的意识形态话语，最后的结局也非常老套，科学家可以是坏人，但资本家不能是坏人。所谓旧瓶装新酒，那么这个片子的"新酒""新"在哪呢？就是将人工智能、物联网这些很难通过写实来表达的最前沿科技，纳入到动画电影中来表达，"大白"在影片中作为人工智能、物联网的产物，不仅是人生理的延伸，也是心理的延伸，能给我们精神慰藉。这确实太厉害了，人家的生命政治话语非常平顺地就进入了我们的低幼年龄段，真是从娃娃抓起了，所以孩子们长大了很自然就对好莱坞及其背后的美式价值观有亲缘感。因此，马克宣先生的精神遗产在这里就显得特别难能可贵，国外都已经做到了这个地步，我们却还不知道该怎么捡起马克宣他们的民族风格探索的接力棒，太残酷了。

王熙靖（数字王国动画导演）：大家说的都对，中国动画缺好的编导，但我认为中国动画产业更缺少好的企业家、好的经营者。计划经济的时候，之所以能做出《大闹天宫》这样的片子，是由国家组织的，集合了全国最优秀的人才。改革之后，这种经营方式一下改变了，上海美影厂培养了优秀的创作者，但从来没培养过市场经济体制下的经营者。市场经济环境下，谁出钱谁就可以做动画，不懂动画创作也可以做动画，导致了当前产业内的混乱。因此，中国动画产业最缺的是好的制片人、好的经营者，但这些人从哪来呢？可能就要慢慢等了。

我们学术上、创作上不乏优秀人才，但是他们没有发挥的渠道，因为没有人能提供一个好的市场、好的环境，提供一个像美国梦工厂那样的机会。美国梦工厂是一个企业，不是研究机构，但它的经营者给动画创作者很多创作与研发的空间，甚至很多是让我们看起来"多余"的研发工作。梦工厂之所以能做到，是因为它有一批好的经营者，这些经营者能按照市场经济规律把动画艺术创作运作起来，创作者可以创作，投资者可以赚钱。

回到刚才谈到的创作问题，大家所说的缺少好的编导的问题，从根本上说就是教育的问题。像80后这一代人，从小接受的教育是缺少创造力的，让我们80后去搞创作，没有老师教我们，我们只能自己从头探索，于是很多人模仿美国和日本。现在我们开始反思了，回过头去恢复这个东西，只能一点点来。我个人在研究水墨，也在研究动画的创作思维。对于中国动画创作者来说，所有的问题都是创作思维的问题，如果我们像以前上海美影厂那样做"对"了，就能诞生真正的中国动画品牌。我们需要时间去研究，要慢慢来，需要各个方面共同努力。

曾洁：中国动画产业发展很艰难，我个人认为有三个方面的原因。

第一是动画艺术在所有艺术门类里的地位太低了。比如动画艺术家得到社会关注就很少,知名度很低。以马克宣老师为例,他是中国杰出的动画艺术家,他去世时,许多帖子还在问马克宣是谁,大家都不知道他。相比之下,同时代的漫画艺术家像张乐平、丁聪等老先生,全国人民都知道。国人都知道动画片《天书奇谭》,却不知道它的创作者是钱运达、王树忱等老一辈动画艺术家,知道他们的仅限于动画圈内的学者和从业人员。一部优秀的动画片需要创作者付出极其艰辛的劳动,社会对动画艺术家的认可是不够的,这是中国动画的悲哀。

第二个原因是社会对动画创作的回报太低。动画人依靠动画生存很艰难,强势媒体以低价获取片源,打压行业价格,动画人生存悲催,公司难以为继。有报道说目前85%的国产动画公司入不敷出,最悲惨的消息是动漫老总欠债自杀,央视和众多知名视频网站只是给动漫作品提供一个播出平台而不付费。很多优秀的动画人都不做这个了,改行去做别的。比如我教的学生里面就有特别优秀的学生,毕业前做了很好的动画片,毕业后在动画公司的收入难以维系生存,被迫去了高收入的游戏公司。报酬低是动画人才流失的一个重要原因。

第三个原因是产业链缺失无法支撑动画创作。像刚才林品博士讲的日本动漫行业是非常成熟的,从漫画、动画到游戏形成了特别大的产业链,整个产业循环互动自给自足。它的这套模式是在近一个世纪里发展出来的,而且都是在市场经济环境下进行的,而中国动画在市场经济下摸索了三十多年,还需要时间。借鉴日本的模式,如果能有漫画先来做市场铺垫,再过渡到动画片的开发,就能提高它的成功机率。漫画先投入市场,在大家都比较喜欢这部漫画的情况下再去做动画片,然后开发动漫周边产品可能比较合理。像《魁拔》这部影片,它给我的感觉是横空出世,虽然设定和制作都很棒,可是我觉得它的剧情、世界观都很陌生,可能许多观众和我一样,都需要去理解一下才能接受。院线因此也不太支持,排期困难重重,事实上成本都很难收回。

孙佳山: 这里面有两个问题:一是没必要神化上海美术电影厂的成绩,二是没必要对现状过于悲观。先说第一点,1980年代的时候,那时候比如说拍《红楼梦》都是不计成本的,我们单位红楼梦研究所的一些老师甚至长期给那些主要演员上文化课,这在今天是不可能复制的。比如说赵老师提到《宝莲灯》拍摄过程中,一些画师因为要定期讨论就不干了,这只能说明完全不适应现代社会的生产方式,所以过于美化乃至神化上海美术电影厂,显然是不客观的。我们都很珍惜那些美好的过往,但肯定回不去了，必须往前走。

第二点，我觉得中国动画的机会已经来了。以腾讯、百度、阿里为代表的这些互联网企业，在这几年一直在布局，刚才林品介绍的以 IP 为代表的新的生产模式已经进来了。现在问题确实很多，这毫无疑问，但并不意味着这套生产模式有原罪。因为旧的东西瓦解了新的东西没建立起来，所以眼前确实很乱，但如果向前看，这套新的格局已经开始浮出地表，比如像《魁拔》这些"试错"已经开始出现了。你可以说资本是盲目的，但资本也是在这种"试错"中前进的，就像一个小孩子成长到青春期突然不知道该怎么表达自己，不知道什么是对的，所以肯定是先学学日本、美国这些大孩子。刚才也提到，至少在生产工艺上，已经没那么落后了，只不过还没找到对的节奏。交了 20 年学费之后，有些东西开始成型了，比如技术上已经具备了相当的基础。

按照市场化标准，就像您说的道理很简单，为什么去网游？网游赚得多，我认识好多年轻人，30 岁左右就身价百万、千万了，在以 IP 为核心的新的生产模式下，动漫这个点通过"试错"的方式早晚会被打通。比如说知道《魁拔》这条路不行，或者《十万个冷笑话》这条路不行，按照资本逻辑就绝不会再花一分钱，你可以说它是盲动的，但现在看来是唯一可选择的道路。好莱坞也这么做的，"美国队长"那些东西是非常成熟的 IP，可以不断地转码，比如在《复仇者联盟》里甚至还能给你来个大杂烩，日本人也这么做的，我们现在基本上朝着这个路上走了。并不是说这条路就没问题，肯定还要批判反思，比如 BAT 的垄断，它们的马太效应，《反垄断法》什么时候对它们下手，这是考验对市场经济顶层设计调整的非常关键的一个节点。所以我们必须要在新的框架、新的格局中来重新审视中国动画，不说太长线的事，就中短线看，中国动画有大机会。

鲁太光（中国作协《长篇小说选刊》杂志社）：我有一个困惑。现在，我家小朋友正是看动画片的年龄，可能幼儿园里放《熊出没》习惯了，所以每天回家一定要看一会儿，至少 20 分钟。我觉得看这个不大好，本能地就想让他看点儿"中国作风""中国气派"的作品，我以前看过《大闹天宫》，觉得画面很美，心理应该也符合儿童，有一天看到电视上演，就叫他来看，没想到，他看两眼就走了。我想，会不会是他接触《熊出没》多，接触《大闹天宫》少，所以厚此薄彼？于是，我就从网上找一些传统的动画，包括《大闹天宫》，可他还是不看。我对这个问题特别困惑，就是儿童的观赏习惯是怎么形成的，或者说，这些动画片是通过什么样的动力把孩子吸引过去的？赵老师和林品，包括佳山在这方面都有研究，现在《熊出没》和《喜洋洋与灰太狼》等动画片小孩特别喜欢，有没有这样的分析，到底是哪些因素？比如是画面呢还是内容，还是别的什么东西，吸引儿童来看它？有没有这方面的数据和资料？

赵贵胜：这是非常有意思的课题，我当时也有这个想法，想做一个非常细致的调研。针对儿童，5岁之下跟5岁之上，不同年龄段的孩子各自喜欢什么东西。上海有一些家长（我周围的都是大学老师），他们会自己去引导孩子，比如一些暴力的就不让孩子看，国外的一些像《天线宝宝》《小马宝莉》之类的可以去看，中欧的《鼹鼠的故事》也可以，不太看《熊出没》这类东西。但是小孩子喜欢这个，这就要对个体一个一个去做分析。

曾洁：我听说《熊出没》《喜洋洋》这样的片子，孩子爱看的一个重要原因是因为他们在一起需要共同的话题。小朋友在幼儿园或者班级里谈起昨天看的动画片，你觉得如何，我觉得如何，交流一下就觉得有意思。正好电视台那段时间放《喜羊羊灰太狼》，为第二天的谈资，许多小朋友放学回家就必看。如果电视台有更多动画片，大家就可能会交流别的片子。

鲁太光：我也发现这个问题了，我在家不让他看，是幼儿园上自习集中观影，跟教学有关。

赵贵胜：家长要跟幼儿园去反映这个问题。

曾洁：针对家长禁放该片的要求，幼儿园老师可能会说："我手上没有更好的片子。"

赵贵胜：像《鼹鼠的故事》这样的东西是国外的。

曾洁：以前我们去动画节的交流会上，国外专家说每个国家都应该生产出自己的优秀片子，像美国的《芝麻街》，是采用人偶和动画结合的形式。他说："这个节目在美国特别受欢迎，但是拿到你们中国来就不一定适合，中国应该创造出自己的影片，不要老去拿别的国家的优秀片子，应该自己做出好片子给这个土地上的观众看。"讲完之后我们都无言以对。

鲁太光：我还有一个困惑。前一段时间看电视，讲《大闹天宫》的制作，讲里面的工艺特别繁复，用现在的话说就是成本特别高。我的疑问是，像《大闹天宫》这样的作品，在今天的技术水平下，有没有再生产的可能？也就是说，今天制作像《大闹天宫》这样的片子，会不会成本超高，市场会接受不了？

赵贵胜：《大闹天宫》从技术上应该是可以再生产的，因为那是单线平涂的。

王熙靖：今天的物质条件、制作技术，完全可以更低成本地制作出来，但问题是，我们创作不出《大闹天宫》那样的故事和美术设计。

赵东川（北京师范大学艺术与传媒学院）：另外像《大闹天宫》这样的早期作品包含了我们这代人太多的回忆，以我们现在的眼光看，应该说这个片子是经典，我个人也非常喜欢。但是我觉得新成长起来的这一代人，从小接触的那些动画的画质、画风等等都和我们不同，他们一直在看的动画在技术层面已经超过我们儿时那个时代太多了，所以现在你要是再让他们去看《大闹天宫》那些国产经典动画，对这样的动画风格，他们容易在第一印象上难以接受。上世纪特定时期的中国动画，尤其是中国电影动画的繁荣，有太多历史因素的影响。虽然《大闹天宫》这样的动画可以再生产，但他的成功的确是难以复制的。今天的中国动画想要发展，必须寻求一条更适合这个时代的道路。

李云雷：赵老师说的人才流失的问题，这也是市场经济的一个表现。市场是配置资源的一种方式，所以哪边给的工资高就去哪边了。现在有没有可能，比如说有实力的公司，将一流的艺术家集中在一起，做一些好一点的片子？

赵贵胜：有一次我跟文化部的领导谈中国动画如何改变现状的问题（他原来在国外很长一段时间），我说中国其实也可以把原来美影厂一些好的传统拿起来，比如集中优秀的人才搞创作。可喜的是，去年总局策划了三部爱国题材的动画连续剧:《戚继光》《英雄冯子材》和《翻开这一页》，北京卫视、上海卫视和湖南卫视各自完成一部。这类题材不是很好做，但片子做出来后确实有许多可圈可点的地方，只是因为人才达不到那个高度，所以质量跟原来的相比有差距，没有上世纪的《红军桥》《小号手》精到。由此可以看出即使用同样的方法，没有人才的话这个愿望也还是很难实现的。

祝东力：当然人才很重要，组织和体制机制也很重要，但还有一个问题是时代精神。比如说在十七年或者"文革"期间曾经创作过非常好的作品的所谓人才，"文革"之后，80年代，也就隔了十来年时间，再去创作同类的文艺作品，水平判若两人，这种现象挺普遍。你说他的才华能退化到这个程度吗？其实，我觉得还是当年创作的时候他们有饱满的思想感情在里边，可是等到精气神由于某种原因消散了之后，所谓才华就是一种缺少灵魂的东西。这跟搞"两弹一星"不一样，那是纯技术的东西，思想感情也重要，但可能还不是直接的决定性的东西，而文艺创作要进入到激情的迷狂的状态里面。相比时代精神，所谓人才，包括体制机制组织这些东西的作用，都是第二位的。像《复兴之路》，那也是举国体制，怎么样呢？其他门类的艺术也没什么好作品，不只是动画一个领域的问题。

房晏旭（自由职业）： 就像都市题材的真人电视剧或电影，很有生活、很有风俗味儿、很贴近现代人与人的真实情感，观众接受起来少隔阂，也因此吸引了很多观众。具有真实情感的认同和切身体会的感受，动画这块是比较缺少的。在这方面，民俗题材的动画片可能更能引起观众的共鸣。比如，有部叫《快乐东西》的动画电视，是一部动画情景喜剧，描写老北京胡同，一对孪生兄妹的家长里短，像都市生活剧一样贴近生活、平易近人，受到广大观众的喜爱，这也是民族的东西。关于民族化实践，不应只是道家文化、儒家文化这些高大上的民族经典，可以有很多的民俗类的东西，深入大家的生活，无论是城市还是乡村，大人孩子都喜欢的题材。像美国做的北欧童话动画片叫《冰雪奇缘》，大家都喜欢看，既有成人观众，又有儿童观众。中国其实也有这样的题材，还没有人发掘出来。中国写动画剧本的人才其实挺缺的，好多写动画本子的人都是从写电影电视转过来的，顺带写一下动画剧本。应该多从这几方面去发掘，到底怎么能让中国的动画片让大人儿童都乐于看。

祝东力： 说到民俗，有一个系列动画叫《康熙》，主要讲他微服私访的故事，用连丽如的评书来叙述，有没有看过？我不太懂，跟一般动画不太一样，质量极高。

张成（《中国艺术报》社）： 杨德昌有一个片子叫《追风》，现在网上只有十几分钟的片段，整个调度仿照着《清明上河图》，气韵舒朗、人物鲜活，可惜杨德昌去世，影片未能完成，不知道这个项目以后还能不能继续下去？

林品： 不了解。

李云雷： 现在动画研究比较集中的点在什么地方？就像刚才说的美影厂传统这是一种历史研究，还有现在比较热的产业研究，可能还有别的方面。我前一段时间看到有一篇文章，从经济分析的角度谈《大头儿子和小头爸爸》，分析他们家到底有多少钱，才能过上那样的生活？像这样的研究很有意思，是一种阶级分析或意识形态分析，不知你们怎么看？

赵贵胜： 这个东西我觉得其实从研究的角度来讲没什么意义，但是话题本身是蛮好玩的。真正从研究的角度有些意义的一个是历史研究，像《21世纪中国动画史》，还有一部分做传播学的开始研究动画该怎么有效传播，包括国外的动画是怎么传播的，包括还有产业链研究近几年也是很多人在做。

赵东川： 对国外，尤其是日本对动画、漫画的理论研究，许多都是采用文化研究和社会学的视角。

李云雷：有没有像电影做大师研究这样的方式，去做某一个艺术家的具体研究的？

赵贵胜：也有，现在同济大学电影研究所的杨老师做的蛮多，他主要是做日本，宫崎骏、手冢治虫他都写过。北京电影学院孙立军教授和马华老师一起做了迪士尼的研究。欧洲的大家做得少，因为欧洲有些人只有一两部片子，所以个人的不太好做，做欧洲就只能做团体研究。

孙佳山：法国倒是有一些东西。

赵贵胜：法国可能像《国王与小鸟》的导演保罗·古里莫值得好好去研究下，但目前更多的是单篇文章，专著我还没发现。

陈国战：刚才我们用三个多小时的时间讨论了中国动画的民族风格问题，不仅梳理了民族风格的建立过程，而且还分析了它在今天面临的困境。难能可贵的是，我们并没有沉浸在对辉煌过去的缅怀，而是客观地、历史地来看待中国动画的民族风格问题，既分析了民族风格本身存在的问题，也反思了中国动画与民族性格、传统文化、教育体制等的关系。我觉得讨论很深入，也很成功。非常感谢两位主讲人，感谢各位的参与。我们今天下午的论坛就到此结束。

（根据速记整理，经过本人校订）

青年文艺论坛第四十八期

七十年后再回首

—— 重读《白毛女》

主持人：李松睿（中国艺术研究院《艺术评论》杂志社）

主讲人：陆　华（中国艺术研究院马克思主义文艺理论研究所）

　　　　何吉贤（中国社会科学院文学研究所）

时　间：2015年5月28日（周四）14：30—18：00

地　点：中国艺术研究院334会议室

主　办：中国艺术研究院马克思主义文艺理论研究所

编者的话

歌剧《白毛女》自1945年首演后,受到无数观众由衷的喜爱。新中国成立后,《白毛女》更是被改编成多种艺术形式,对社会主义文艺事业的发展产生了深远的影响。今年恰逢歌剧《白毛女》首演70周年,"青年文艺论坛"在纪念这部伟大作品的同时,也希望通过总结这部经典作品的创作经验,为文学艺术重新获得呼应时代重大问题的能力,探索出可行的路径。

本期论坛以翔实的史料、扎实的考证,极为细致地梳理了歌剧《白毛女》诞生70年以来的改编、演出以及研究现状,为今后的《白毛女》研究提供了一份非常重要的参考;集中篇幅讨论了如何从"再解读"思潮和民族国家建构的视角,打开《白毛女》的问题空间,并重新激活《白毛女》所代表的左翼文艺传统。论坛还围绕不同版本的《白毛女》的艺术价值、创作经验以及当下意义等问题展开了热烈的讨论。

李松睿： 大家下午好，欢迎各位老师来到青年文艺论坛。我是中国艺术研究院《艺术评论》杂志的李松睿，非常荣幸有机会来主持本次论坛。今年是歌剧《白毛女》首演70周年，因此本次论坛的题目是："七十年后再回首——重读《白毛女》"。歌剧《白毛女》自问世以后，在观众中产生了巨大的影响，被改编成多种艺术形式。几乎所有中国人都对《白毛女》的故事非常熟悉，它在事实上已经成了中国现代文化传统的一个组成部分，而且这部作品提出了一系列对于它诞生的年代，乃至于今天都非常重要的命题，例如阶级压迫的问题、新旧社会的转换问题、妇女解放问题以及人的改造问题等。因此《白毛女》这部作品有着非常广阔的讨论空间，每个人都对这部作品有话要说，所以我相信这次讨论会非常精彩，将碰撞出思想的火花。这次论坛有两位主要发言人：一位是艺研院马文所的陆华老师，一位是社科院文学所的何吉贤老师。我们首先欢迎陆华老师。

陆华： 今天祝东力让我讲一下歌剧《白毛女》的演出、改编和研究情况，我了解的非常有限，就把我知道的情况和大家做一下交流。《白毛女》是抗日战争即将胜利时期的作品，也是《在延安文艺座谈会讲话》（以下简称《讲话》）精神指引下产生的代表作品，它在解放战争和土地改革中起到了巨大的历史推动作用。今年是《讲话》的73周年、抗战胜利的70周年，也是《白毛女》演出70周年，回顾歌剧《白毛女》的创作、演出和改编及研究情况，对于今天的社会、群众需要什么样的文学作品，我觉得会有一些启发。

我分几个方面来讲。第一，当时在延安流传的《白毛女》民间口头传说有好几个版本，我大致作了一个梳理；第二，《白毛女》歌剧产生以后经过不断修改，产生了几个版本；第三，《白毛女》在延安演出产生了很大反响之后，在全国各地演出几十年，已经成为经典剧目，在国外很多国家也演出过，产生了广泛影响；第四，歌剧《白毛女》改编成各种其他艺术形式的情况；第五，歌剧《白毛女》的研究情况，70年来关于《白毛女》的研究文章不断涌现，我按照研究问题大概归类梳理了一下。下面简略地给大家讲一下。

第一，传说。据我收集看到的资料有这样几种说法。

1944年秋天，李满天（即林漫）把他听到的白毛仙姑传说写成故事托人带到延安交给了周扬。1940年左右在晋察冀边区石家庄附近山区，出现了一个白毛仙姑，夜里经常奔驰在山峦间，神庙的贡品也被她拿了，群众纷纷去神庙烧香磕头，人心惶惶无心搞生产，村武委会在上级支持下带着枪去庙里探究竟，追到山洞里，她就说出了实情。（李满天：《我是怎样写出小说〈白毛女人的〉》）。

周而复在《谈〈白毛女〉的剧本和演出》一文中说，故事发生在河北阜平黄家沟，当时黄世仁的父亲黄大德还活着，父子对喜儿都有心思，争着使唤喜儿，双方争风吃醋生了仇恨。有一次为了争使唤喜儿，父亲用烟杆打儿子，儿子就用菜刀一挡，结果就不偏不倚打在父亲的脖子上，父亲断了气。母子俩就私下商量要嫁祸给喜儿，说喜儿谋害黄大德。

任萍说，1942年左右，一个地主前两房妻妾都不生养儿子，后来就娶了第三房。一年以后这第三房生的还是女儿，地主就很生气，把母女俩给赶出家门。这个女的就带着女儿在山洞里吃野果，所以头发都白了。后来为了活命，逢年过节就到庙里去偷贡献，有一次被上香的人撞见，奉为白毛仙姑，香火极盛一时，八路军来了以后就把她从山洞里救出来了。

杨润身说，至少在30年代初就有这个传说，他9岁时就听奶奶说过，主要流传在完县、阜平、唐县、平山的冀西一带。财主家有个丫鬟是穷人家孩子，被抵账到财主家，什么活都干，什么罪都受。后来财主家的公子哥还把她糟蹋了，要把她卖掉，她逃到了山里成了仙，一身白毛，头发也白了，老百姓就给她修了一座庙叫白毛仙姑庙，每年大年初一就去烧香求她保佑平安。

周魏峙说，当时他们也听到了这个传说，说仙姑爬山越岭，如走平地，就像仙家一样腾云驾雾，在唐县、完县、阜平一带传得很多。（见孟远：《歌剧〈白毛女〉研究》）

陈强说，他们在晋察冀三分区滦昌县一带演出的时候听群众传说过，后来被救出来了，后来因为身体太虚弱，不久就死了。

王滨说，地主借口老婆不能生育而奸污丫头，许诺生了男孩就纳为姿。可是生了女孩，就把她赶出门，因为不吃盐，所以身上长了一身白毛。后来八路军路过的时候就把她救出来了，头发也渐渐变黑，还当上了某地的福利部部长。

贺敬之在歌剧《白毛女》的前言里对这个民间故事、对当时他是怎样看到李满天写的传说故事的情况都写得比较详细，就不说了。歌剧基本上就是在那个故事的基础上写的。这些传说表明当时流传到延安的不止一个版本，传说也有多种来源，经过了民间不断地修正、改编、加工以后，具有口传性、集体性和不稳定性等特征，同时也可以看出《白毛女》的民间传说本身带有夸张、想象和浪漫的成分。这些都使得歌剧《白毛女》在创作之前就有了广泛的群众基础，具有广泛的人民性，易于被群众接受。

第二，版本。歌剧《白毛女》的创作过程比较曲折，几十年来经作者不断修改，就几次重要的修改简要说一下。

关于邵子南的未成型本，王培元说，刚开始排《白毛女》的时候，用了诗句的形式，配上秦腔迷糊调，进行了试排。剧中人物都像戏曲中的旧人物一样，喜儿像青衣，还有水袖动作；穆仁智像戏曲中的丑角，刚出场就叫了一声哎呀，走起路就像戏曲里的店小二似的；黄世仁的表情、语言、动作都是按照秦腔三花脸的丑角样式设置的。（王培元《抗战时期的延安鲁艺》，广西师范大学出版社1999年5月出版）

舒强说，把穆仁智完全演成戏曲舞台上的丑，黄世仁则犹如乌龙院里张文远的架势，大家一看太旧了，以后又用秧歌剧加戏曲形式搞过，也用话剧很生活化的形式排过，还用芭蕾舞和电影的手法也试过。（舒强：《歌剧〈白毛女〉创作上的群众路线》）

王昆说，1944年随西战团回到延安的时候，邵子南收集了这个故事，听说他写过一首长诗或者诗剧，不过没见过，到了延安以后，还听说过另一个作家林漫写过一个故事，也没见过。周扬同志决定，由张庚领导成立创作组，参加的有邵子南、贺敬之、丁毅，还有导演王滨、王大化，作曲马可、张鲁等人。开始杨白劳卖豆腐去了，回来的路上被地主事先埋伏好的人从崖上推了下去。她还记得当时的唱词："耳听梆声打头更，天上的乌云遮星星，杨老汉二道崖丧了命，众人就把尸首抬回村，众人把尸首抬回村，红喜女还不知情。"这次排的是邵子南写的，后来大家都认为这样排不行，推翻了，成立了贺敬之执笔的创作组，邵子南退了出来。（王昆、陆华《就歌剧〈白毛女〉创作过程中的若干问题访王昆》）

由贺敬之、丁毅执笔的本子第一版，1945年歌剧《白毛女》在延安演的时候是六幕18场。张庚同志说，那时候的本子和现在有几个不一样，一个是喜儿怀孕后黄世仁骗她，说要娶她，她就相信了，并有屈服的意思，后来经过张二婶指出是骗局，她才如梦初醒。很多人不赞成这一点，认为歪曲了喜儿的形象，她怎么能够忘记杀父的阶级仇恨去屈从敌人呢？也有少数人认为，在那种环境下的妇女往往有这种想法。第二，原来最后一场写的是喜儿与大春婚后的幸福生活，周扬指出这样的写法把斗争性很强的故事庸俗化了，后来才改成开斗争会。最后一场因为贺敬之生病了是由丁毅写的，演出第二天，创作者们就到处收集意见，有一个厨房的大师傅就说戏是好，可是这么混蛋的黄世仁不枪毙太不公平，当时他们创作组的人还不太理解，对地主阶级还是要团结，枪毙了不违反政策吗？所以没改。第一次在党校礼堂演了以后，毛主席、周恩来、朱德都来看了戏，演出第二天中央办公厅就派人传达了中央书记处的意见，一共三条：一是这个戏非常适合时宜的，第二黄世仁应当枪毙，第三艺术上是成功的。（张庚：《歌剧〈白毛女〉在延安的创作演出》，《新文化史料》1995年第2期）

在延安演出时第一幕是大年初一喜儿和未婚夫生离和父亲死别，第二幕是遭黄世仁强奸，第三幕是被出卖；在延安和张家口演出时，第四幕有三场，都是喜儿独自在山洞生活的戏，大部分是大段的唱；第五幕是喜儿在荒山险谷和黄世仁狭路相逢，被仇人称为白毛鬼，被激怒的喜儿在霹雳闪电交加的黑夜呐喊；第六幕是控诉黄世仁。在延安演的第一个本子是六幕18场，第一幕在风雪交加的除夕，杨白劳与喜儿、王大婶、赵大叔的亲情，以及杨白劳最后喝卤水自杀倒在雪地里的一场戏，是贺敬之设计的。第一场是当时大家反映最感人、最好的一场戏，所以演出以后基本上也没动，提意见最多的是后边三幕，贺敬之为此对剧本做了反复修改。

第二版，1946年在张家口。1945年到张家口以后，对剧本进行了一次比较大的修改，喜儿的性格在三幕以后加强了。第一幕第三场加了一段赵大叔说红军的故事，意在反映埋藏在农民心底的希望；第二幕第二场改为大春、大锁反抗狗腿子逼租，痛打穆仁智，大春投奔红军，增加了农民的反抗性；第三幕加强了喜儿要活下去、要反抗的意志和性格；然后根据群众意见第六幕第一场话剧味太重，就重写了，第二场也改写了，加了后台合唱，太阳出来的唱词，突出了"旧社会把人变成鬼，新社会把鬼变成人"的主题。1946年在张家口正式出版以后署名为延安鲁迅艺术文学院集体创作，在这之下是剧本执笔者和音乐作曲者的名单，从张家口定下来以后一直延续了几十年都是这样的。（贺敬之：《〈白毛女〉的创作与演出》，1946年）

我讲的可能有一些交叉，谈到版本时可能也谈到了一些演出的情况和一些当时批评的情况，因为不可能完全把它们分开。

第三版，1947年在哈尔滨时有大的修改。当时丁毅到了哈尔滨，他说这次修改了原先第四幕表现喜儿生活的叙述，原来集中说明喜儿在山洞怎么生活，显得比较累赘。原先第五幕写的是抗战开始，地主和农民的两种不同情景以后，白毛仙姑的产生和八路军的到来，没有一个中心事件，距主题较远，后来经过讨论全剧改为五幕。第四幕表现了抗战开始的混乱当中，黄世仁仍然想借各种势力，甚至日本法西斯势力继续他的统治和压榨，但是八路军打破了他的企图，一向被压迫的农民找到了自己的军队。第五幕就是原来的第六幕，第一场要表现喜儿被人误认为是鬼，而引起了迷信、斗争的发展，原先用口头来叙述不够明确，后来改在庙里用形象来表现，与下一场庙里抓鬼，发现喜儿、救出喜儿接得更紧凑一些。（丁毅：《再版前言》，1947年）

第四版，是1950年在北京。贺敬之说这次修改是使它更精炼、更紧凑，避免冗长拖拉，去掉琐碎的话剧成分，求其在格局形式上较为统一，因此把六幕改为五幕，删去了原来表现喜儿在山洞里生活的第四幕，前三幕不改，最后两幕除保留一些可保留的之外，大部分都重写过。音乐方面打破了过去片断地用民歌配曲的做法，而且更多采用了合唱、领唱、重唱的形式，以使音乐和戏剧有更好的结合，把过去简单的伴奏改为管弦乐谱，并增加了很多过场音乐，修改后中央戏剧学院歌剧团就在北京演出了。（贺敬之、张鲁、瞿维：《2000年重版前言》）

第五版，在1962年纪念《讲话》发表20周年，中国歌剧舞剧院在北京重排演出，剧本修改由贺敬之主笔，作曲是马可。这次修改，没有再采用《恨是高山愁是海》和《我是人》这两段歌曲，但是把第四、第五幕不少段落进行了压缩。如1952年版本的第四幕，大春和喜儿在山洞中相见尚未认出彼此时，有大春插问其间的一大段喜儿的独唱，虽未被舞台演出采用，却一直保留在文本中。1977年演出时对这一段做了另一种处理的尝试，就是把上述喜儿的独唱改为彼此认出后俩人的二重唱，是丁毅词，瞿维作曲。2000年重版的《白毛女》还是采用了1962年的修改本，但是今年我听说《白毛女》还要重排演出，有可能用到1962年修改的这两段歌曲。

第六版，是今年刚刚出版的大众教育出版社出版的《白毛女》版本。这个版本在编辑中发现和订正了以前版本的十五处错讹，经过贺敬之亲自审阅和认定。一是修改了错别字，一是故事发生的年代，原来写的故事发生年代是1934年冬天，后来经过编辑仔细推敲，又经贺老的反复审阅，最后改为1933年冬天。

第三，演出情况。这部分我结合几代喜儿来讲。第一代喜儿是王昆。当时在延安林白也是演喜儿的演员，后来因为身体不好没有参加正式演出。关于延安演出时间的确认，一直存在一些错误。艾克恩老师在《延安文艺纪盛》里写是6月10号，实际上到那天已经演出七场了；黎辛在《喜儿又扎上了红头绳》一文中讲他在5月17号晚上还看了彩排。在我的印象里，推下来在5月二十几号首场演出，应该比较合理，这是我推的。我记得马可有一篇文章谈到了演出时间，贺老也跟我谈过，马可这篇文章里写的时间应该是比较合理的，但是现在这篇文章我费了很大劲也没有找到。

祝东力（中国艺术研究院马克思主义文艺理论研究所）： 当时《解放日报》没有报道吗？

陆华： 没有，1945年6月10号第一次报道，就说那个时候已经演出了七场，具体的时间没有。

祝东力： 是演了几场之后报道的？

陆华： 对，演了七场以后才报道的，《白毛女》在延安演出了三十多场，受到热烈欢迎，很多人都描写过演出的情景。丁玲在《延安文艺丛书》总序里就写到，每次演出都是满村空巷，扶老携幼，房顶上是人，墙头上是人，树杈上是人，草垛上是人，凄凉的情节、悲壮的音乐，激动着全场的观众，有的泪流满面，有的掩面呜咽，一团团的怒火压在胸间，可见当时群众反映是非常强烈的。黎辛在一篇文章里讲过《白毛女》演出场次之多，无法统计，包括在各个解放区的演出，在胶东地区一千个剧团中有半数剧团演过《白毛女》，在交公粮、征兵、土改等动员大会上，常把演出《白毛女》作为动员，演出效果非常强烈，这种现象是从前没有见到过的。

李刚说他在抗美援朝的时候，有机会和杨得志接触过，在解放军19兵团做了调查：1946年至1949年，师以上文工团的演出多以《白毛女》为主要节目，师文工团平均每个月演出该剧15场以上，有时一天两场至三场，观众主要是数以千万计的农民，广大的解放军战士和几十万俘虏兵。据李刚调查，新中国成立前华北、东北、西北演出比较多，可能是由于语言的障碍，华南相对少一些。

另一次重要演出是张家口。孟于写过一篇文章，登在《晋察冀日报》上，回忆了当时的演出情况。她说，在张家口剧场演出了数十场，场场爆满，反映强烈。在张家口的演出，每到精彩处掌声雷动，经久不息；每到悲痛处，台下总是一片唏嘘声。有人甚至从第一幕至第六幕，眼泪始终未干，散戏后人们交口称赞。在张家口演出时郭兰英就参加了，郭兰英是第二代喜儿，孟于在张家口也演过喜儿。

华北文工团从张家口出发，一路演出《白毛女》，在河北辛集演了两个晚上，头一个晚上演的是歌舞小戏，第二天演的是《白毛女》。徐光耀的回忆文章《昨夜西风凋碧树》把《白毛女》演出情况写得非常有意思，还没有人这么写过。文章说在这之前他们剧社已经演过《白毛女》，里边的对话、唱词、曲调、情节人人都熟，但是看来自源头的演出，好奇心还是非常强烈。大幕尚未拉开，贺敬之就从幕布缝里钻出来，以报幕员身份说了几句客气话，然后就锣鼓一响。冀中戏迷多，对各种锣鼓经十分在行，这通鼓开头就节奏欢快、蓬勃响亮，实在顶得一场优秀的帽耳戏，有人被那散珠般的鼓点所激动，禁不住撩起侧幕下角偷看，于是惊讶地喊起来："你猜打鼓的是谁？是周巍峙！"周巍峙当时是联大文工团团长，大家早有耳闻，他一向都很严肃、端庄，两目直视，不苟言笑，谁也想不到他能打出这样一手好鼓。这一晚的《白毛女》确实把人震了，歌唱家孟于扮演喜儿，她的唱腔优美高亢、激情迸发，一句："我不死，我要活！"真如长虹喷空，全场惊悚，至今还觉得回肠荡气。演杨白劳的牧虹驾轻就熟，喝了卤水以后的大段舞蹈把悲痛凄绝的情感发挥到了极致。陈强演的黄世仁不必说了，他的两个冷眼珠子一拧，立刻使你脊梁沟子发凉，如果不在最后枪毙他，人们怎么能饶得过呢？演穆仁智的那位，讲究含蓄，动作表情幅度不大，却把穆仁智的奸险卑劣，尽含在轻言巧笑之中，韵味深沉耐久。演出最成功的要数演王大婶的邸力，人们都叫阿邸，她出场一笑便迎来满堂热烈的掌声，当演员和角色达到神合境界之后，哪怕一颦一笑也会出现神来之笔。另外文章还写到，贺敬之有一次突然被欢迎唱支歌，他抄着手在台阶上慢慢站起来，那时候他还没有恋爱结婚，腼腆神情中带点顽皮，因此大家也喜欢逗他。他知道逃不脱，便十分温和地笑了一笑，唱了四句陕北信天游，他把先细后粗、凤头豹尾式的拖腔唱得雄浑醇厚、旷远悠长，韵味真是到家了，从这点看便知道当时人们在向民间艺术学习上下过多大的工夫。要是没有贺敬之他们在秧歌运动中的民间采风，没有深入生活的体验，没有在民间艺术学习上下过苦功，歌剧《白毛女》就没有创作基础。

孟于还回忆了他们从张家口到北京后的演出情况。当时他们团在西长安街的国民大剧院，也就是现在的首都电影院首演，庆祝北平解放。2月9号开始演《白毛女》，观众中有国务院和平谈判代表团的张治中、邵力子等，也有文艺界的知名人士金山、张瑞芳等，他们一致称赞《白毛女》戏好，演的好。后来他们又为傅作义部队师以上的军官演出，这些国民党军官有不少人也被剧情感动得留下了眼泪，解放后在北平城里，《白毛女》连续演了36场，十分轰动。

1962年纪念《讲话》发表20周年，中国歌剧舞剧院重排《白毛女》。剧本由贺敬之主笔，作曲是马可，演员分了两组，一组是延安时期的老演员，王昆、李波、陈强等，一组是郭兰英等后起之秀。剧院特地邀请舒强来导演重排，舒强说只用了45天就把两组演员的戏都排出来了。李超认为，两组演员各有千秋，郭兰英和王昆两个喜儿，郭兰英表演的喜儿性格天真、活泼、倔强，高亢激昂，韵味很浓，身段优美，节奏变化明快，在表演上吸收了一些戏曲动作唱段，唱腔上继承了戏曲的特长；而王昆的表演生活体验比较多，真实自然，生活气息浓郁，更倾向于体验的、写实的方法，在演唱方法上更多地吸收了西洋唱法，她们的表演属于不同的表演流派。演出以后，文艺界和戏曲界进行了一次座谈，由张庚主持，田汉、萧三、李健吾、刘佳、金紫光、张正宇、乔羽、叶林、任萍、李超、贺敬之、舒强、王昆、郭兰英、李波等出席，这是一次重要的座谈会。（罗民池：《探索，再探索——杨白劳创作点滴心得》，《中国歌剧艺术文集》）

第三代喜儿是彭丽媛。1985年为纪念反法西斯战争胜利40周年，中国歌剧舞剧院重排了这个戏，乔羽当时是院长，他拍板请彭丽媛来演喜儿。那是彭丽媛第一次登上歌剧舞台，她获得了戏曲界的梅花奖，我看浙江教育出版的这本《白毛女》中有关于彭丽媛的介绍，就不多说了。

第四代喜儿是谭晶。2011年6月30日在国家大剧院首演，连演了五场，这次是由中国东方演艺集团推出的，王昆担任艺术总监，胡玫担任导演，总政歌舞团独唱演员谭晶扮演喜儿。在这次的《白毛女》中，枪毙黄世仁的一段剧情改成了法办黄世仁，王昆认为这样更贴近我们现在法治社会的特点。我看到一个资料说，谭晶谈到这次重排的新意，杨白劳自杀的那一场，主要是调整了一些夸张的戏剧表演，音乐上保留未动，但增加了几段与回忆有关的音乐，希望不仅中老年人能接受，新一代的80后、90后也能喜欢。剧本，据我了解是一个简化版，里边的歌词请贺敬之做了修改。

还有两个演出值得提一下。一个是1948年香港演出。李门在回忆文章里讲到，《白毛女》怎么通过的审查，以及他们排练演出的过程，邵荃麟、周而复、章泯、瞿白音等，在解放区看过该戏的同志都来看，还提了意见。他们经过两个月排练，1948年5月29号，6月5号、12号、19号在九龙普庆戏院演出，郭沫若、茅盾、欧阳予倩、邵荃麟、瞿白音等都写了文章。演出后，中英学会的华人和英国人还曾召开了座谈会，请主要演职员参加，讨论对《白毛女》的观感。他们认为歌剧演得很好，很有特色，说方荧的低音可以媲美查理亚平。香港的文化艺术界还为此举行了一次近郊旅行联欢，郭沫若等知名人士都参加了。李刚有一篇文章回忆当时排队买票的情况，说人群把戏院围了几个圈。

另一次演出在东北鹤岗，山田晃三先生的《〈白毛女〉在日本》写得非常细致。1952年滞留在鹤岗的日本工人成立了鹤岗剧团，这是一个业余剧团，男演员都是煤矿工人，女演员大多数在医院、学校、食堂工作，担任宿舍管理保姆等，为了庆祝国庆节，他们用一个月的时间就把戏排出来了。1953年《民主新闻》还报道了当时的演出情况。《民主新闻》是一份日文报纸，是中共中央东北局面向滞留在东北的日本人办的一份刊物，介绍解放区的情况、国内情况、国际形势以及我们的方针政策等，1953年停刊。著名导演木村还从沈阳赶到鹤岗进行指导，一共演了三场，非常成功。

另外，我把国外的情况大概捋了一下。周巍峙曾在一篇文章中专门写到从1951年6月20日起，中国青年文工团共216人访问了民主德国、匈牙利、波兰、苏联、罗马尼亚、保加利亚、捷克斯洛伐克、奥地利以及阿尔巴尼亚9国，共去了156个城市，他们除了演出一些文艺节目外，还演出了《白毛女》，共444场，观众达245万人。他还写了外国人看《白毛女》以后的评价，当时世界和平理事会书记之一拉斐德就说，我参加和平运动两三年来对中国人民的伟大是早了解的，但仅是从书本上看到，从中国代表的报告中听到的，这次在舞台上看到《白毛女》，才更生动、深刻地看到中国人民不可战胜的力量。

还有日本演出芭蕾舞《白毛女》，这在当时也是比较轰动的。松山芭蕾舞团于1955年2月在东京演出，后来他们又很多次访华演出，在日本演出的反响非常好。

第四，关于其他艺术形式的改编，比较重要的还有电影《白毛女》，1950年由东北电影制片厂摄制。再有就是京剧《白毛女》，1958年演出，反响很好。据我看到的一个资料说，最初提出改编此戏的是程砚秋，他曾表示要不是身材不合适，他还想演喜儿呢。1965年上海芭蕾舞学校则演出了芭蕾舞《白毛女》。"文革"时期，芭蕾舞《白毛女》突出了农民的反抗精神，杨白劳不是喝卤水自杀而是抡起扁担反抗，被穆仁智给打死了，喜儿也是革命精神很强的角色，性格上都比较强硬。对于这点，《〈白毛女〉在日本》写了一个日本人看了以后的感想，他说如果性格这么强烈，斗争精神那么强，那革命的意义就被削弱了。我觉得很对。

除了上述艺术改编形式外，解放以后还有鼓词、越剧、粤剧、川剧、连环画、楚剧、木刻、秦腔、通俗小说、沪剧、木鱼书、西河大鼓，还有《白毛女》总谱、《白毛女》弦乐四重奏等。

第五，《白毛女》研究中的一些特点和主要问题。我2008年编《贺敬之研究文集》，收集到的研究《白毛女》的文章大概有250多篇。《白毛女》研究有一个突出的特点，就是群众的积极参与，这个参与是看的过程，也是评的过程，从排练开始就有群众看和评。另外是中央领导的重视，第一次演出就得到中央领导的肯定和意见，三条意见刚才讲过了。《白毛女》演出时间之长，修改次数之多，评论文章之多，都是有目共睹的。张庚在"文革"结束后有篇文章讲到，《白毛女》的创作过程也是不平静的，一方面有革命干部群众的热情关心，另一方面也存在路线斗争，当时墙报上出现过文章，攻击《白毛女》破坏统一战线，还说它在艺术上有三个不统一：主题不统一、结构不统一、形式不统一。

最早进行评论的媒体是《解放日报》。1945年7月17号，《解放日报》开展了关于《白毛女》的笔谈，7月21号和8月2号又连续发了几篇文章，对《白毛女》的艺术形式，还有它的意义、内容都进行了评论，反映了当时一些争论的情况。郭沫若1947年在重庆写《序〈白毛女〉》，说《白毛女》把"五四"以来知识分子孤芳自赏的作风完全洗刷干净了，和民间形式更有血肉联系，但是也不固步自封，而是新的种子，从人民的情绪中自由迸发出来的新的成长。在《悲剧的解放》一文中又说，《白毛女》是封建主义所产生的典型悲剧，也得到了扬弃。茅盾也写了文章，说《白毛女》剧本的产生和演出标志着悲剧的解放，是人民解放胜利的凯歌和凯歌的前奏，他认为这是中国第一部歌剧，歌颂了人民大翻身的歌剧。

上世纪八九十年代的讨论主要集中在歌剧的形式上。《白毛女》诞生后，又出现了《刘胡兰》《赤叶河》《王贵与李香香》《小二黑结婚》《江姐》《刘三姐》《洪湖赤卫队》等一批以《白毛女》为样板的歌剧。但也有人认为《白毛女》是话剧加唱，有人认为不是话剧加唱，也不是歌剧加说，而是歌剧的唱加歌剧的说的综合体。正像我们不能称京剧是话剧加唱，或者京剧加说一样，歌剧中的说白必然受到音乐的制约，与自然状态的语言有一定距离，歌剧的说白更简洁、更概括、更注重音乐性和诗情画意。（见王树元《但愿歌剧知心燕，飞入寻常百姓家》）丁毅在《浅谈歌剧剧本写作和音乐关系》中也谈到这个问题，说西洋歌剧并不完全排斥对白，贝多芬的《费德里奥》对白就不少，莫扎特的《魔笛》也有大量对白，比才的《卡门》、约翰·斯特劳斯的《蝙蝠》对白就更多了，所以用有无对白来评价中国新歌剧是以偏概全。

研究中另一个问题，是怎样看待延安文艺的历史价值。针对新时期以来简单粗暴地把延安时期的文学看作纯粹的政治运作的产物，而不去对内容做分析的现象，孟悦在《〈白毛女〉演变的启示》一文中进行了批评。她认为通过对《白毛女》中文化因素的分析，应该把《白毛女》以及解放区文艺放在一个复杂的视野和背景上看。这篇文章在研究《白毛女》以及如何看待解放区文艺的问题上有积极意义。李杨在《〈白毛女〉——在"政治革命"与"文化革命"之间》一文中，认为孟悦用民间和政治对立的二元方式来探讨《白毛女》的主题建构，就无法解释《白毛女》的民间和政治之间真正复杂的现代性关系。他提出研究《白毛女》要从研究周扬开始，因为在周扬那里对普通社会长期以来形成的伦理、原则和审美原则的修复或者想象，恰恰是最大的政治，在某种意义上回归传统只是构建现代性生长的起点，因而呈现在歌剧《白毛女》中的民间传统，只是对民间和传统的借用，不是一个按照非政治的逻辑发展开来的故事，最后加上一个政治化的结局，是政治的道德化，或者说是现代政治创造的民间，是打着民间或者传统旗号的现代化政治。他这篇文章也有一定的局限性。何吉贤在《〈白毛女〉新阐释的误区及其可能》中，提出应该把中国现代文学放置于广阔的历史背景下予以考虑。近代以来，建立一个现代的民族国家，抵抗西方的殖民侵略，一直是现代中国最根本的问题。中国现代文学作为一种启发民智、凝聚民心、再造国民的有力工具，也隐含着这样一个基本的想象：就是对民族国家的想象。把现代文学放在民族国家建设的大背景下加以考虑，可以使我们对20世纪中国文学获得一种新的认识。

新时期以后，在研究中还有一种另类的声音，认为《白毛女》和黄世仁的关系发生了变化，出现了一些对革命经典作品的解构现象。这个现象也引发了学术界的广泛讨论，有人认为杨白劳和黄世仁是债务人和债权人的关系，欠债还钱天经地义。2000年央视春节联欢晚会有一个小品《杨白劳和黄世仁》，就把揭示社会问题和颠覆经典结合在一起，欠债的是大爷，要债的是孙子。2002年12月31日，《杂文报》登了一封喜儿致大春的信，其中黄世仁成了大款，喜儿成了傍大款的黄太太。校园里还流传一些学生自编自演的小品，喜儿被塑造成时髦的二奶。（吴建波：《〈白毛女〉的阐释空间》）2006年1月24日，河北《杂文报》发表了《关于黄世仁的疑问》一文，文章说在普通百姓那里，很多人都想通过婚姻改变生活状况，有点姿色的女人倘能被富人看上一般都是很自豪的。熊元义的《白毛女与黄世仁关系的变化》一文对这种现象进行了剖析，他说从20世纪白毛女和黄世仁关系的变化，是80年代后中国思想界的粗鄙和实用主义泛滥所造成的恶果。20世纪40年代贺敬之等塑造的《白毛女》对奴役她们的黑暗世界进行反抗，清楚了；而到了90年代，作家描写的不少"白毛女"，对她们所处的世界是屈服的，在有的作品中女性心甘情愿地接受比黄世仁还要坏的地头蛇的玩弄、傍大款，这种作品的价值取向和《白毛女》相比，其思想认识绝不是前进的。

最后，有一批文章是对歌剧《白毛女》创作过程的研究。有当年剧组亲历者的回忆文章，如张庚、贺敬之、王昆、张鲁、瞿维、马可、孟于等都对创作情况进行了回忆，因为当时是在一个非常特殊的时期，创作本身就非常具有鲜明的时代特色。也有文章对创作过程进行质疑，为此我曾采访王昆，发表了《歌剧〈白毛女〉创作过程若干问题》一文。何火任的《白毛女与贺敬之》，这篇文章很长，不仅研究了创作过程，而且对当时集体创作的情况进行了分析，有独到之处。另外中国社会主义文艺学会就歌剧《白毛女》创作和署名问题进行了调查。还有其他人也写了相关文章。

刚才是把《白毛女》的研究情况大致按问题分类简单讲了一下。不足之处大家批评，谢谢！

李松睿：非常感谢陆老师。陆老师刚才的发言特别细致地对《白毛女》的改编、演出以及研究情况作了系统介绍，相信大家听了以后和我一样会有很多收获。陆老师的发言就好像给大家发了一张《白毛女》研究的路线图，有了这张图，20世纪以来人们对《白毛女》的种种看法，就都能有一个较为清晰的定位，可以作为今后进入《白毛女》研究领域的重要参考。下面请何吉贤老师发言。

何吉贤：陆老师是《白毛女》研究的专家，编过很多研究资料，而且与不少当事人有过直接的接触，这些都是一般研究者难以企及的。她今天讲得非常详细，而且还很认真地写了那么长的稿子。我自己也从陆老师的工作中受益良多，包括她编的《贺敬之研究文选》，延安时期一些文化人的口述历史等，都很受益。我想到的几点刚才陆老师在讲的过程当中有几个已提到了，我就不再重复，我主要是侧重讲评价和研究的几个点，不能像陆老师那样讲得那么系统。

刚才陆老师提到的，我觉得可以重视的，是郭沫若的那两篇文章。一个是关于《白毛女》的"序"，一个是《悲剧的解放》。刚才陆老师讲的过程中也提到了，郭沫若提出两点：关于《白毛女》的特点和意义，捕捉得非常准，一个是《白毛女》把"五四"以来知识分子孤芳自赏的作风洗刷干净了，这是一种完全新的文艺形态，跟新文学的传统、跟知识分子的写作方式完全不同；另一点是说，《白毛女》是从人民的情绪中迸发出来、成长起来的。这两点都值得琢磨。茅盾称赞《白毛女》的文章也强调了《白毛女》是一种新的人民文艺，是一种非常高级的形式，因为原来说到的民间文艺，好像是面对底层人的，是一种比较低级、粗俗的状态，走不进文艺的殿堂，《白毛女》

出来后让当时的人们看到了这种状况的改变。

我觉得郭沫若和茅盾的看法可以代表当时评价的基本观点。另外，在关于《白毛女》的评价史中，1962年的座谈会是非常重要的，这个会是张庚主持的，张庚也提到，当时跟新歌剧有关的一些重要人物都参加了这个会。昨天晚上我看了一下资料，当时的人对《白毛女》的批评和研究的状况很让我感到惭愧。他们的研究一方面当然是非常具体，深入到不同的细节中去；另一方面又有总体性的把握，而且也相当准确。对《白毛女》的新歌剧形式涉及的方方面面，比如说音乐、舞台演出，跟传统戏曲的关系等，都有非常细致的观察和分析。我看了以后觉得，这些年正如刚才陆老师说的，《白毛女》的研究她已经收集到了二百五十多篇文章，已经不少了；但我就在想，我们在研究上有没有什么新的突破，有没有什么新的可能性，还有没有尚待做的工作？我觉得，相比于这些前人做的工作，我们这些人做的工作还是不够的，有些是有了突破，刚才陆老师已经提到了，但总的来说还是在重复，甚至退步。

《延安文艺史》出版后，我在《文艺理论与批评》杂志上写过一个笔谈，其中提到，像延安文艺这样的文艺形态确实很特别，不像一般的文学史，可以在对文学有一种相对明确界定的情况下来研究和写作。延安文艺是文学、音乐、戏剧、美术，包括各种不同艺术门类，跨门类的一个综合体；同时它又跟政治和社会的变化有非常密切的关联，甚至就是具体政治的一部分。像《白毛女》这样的研究，跟一般文学或文艺研究不一样，与处理一般的文本、一般的文学现象不一样。但是我们现在坐在这里的人，甚至新时期之后的大部分研究者，基本是文学背景的，而在1962年的座谈会，参加的人的知识背景就非常广泛。比如说像李健吾，他是剧作家；当然参加者里边还有做音乐的，我不知道做现代音乐史的，这些年有没有对《白毛女》这样的文本进行新的研究？其实"新歌剧"作为一个特有的文艺形式，在中国当代文艺中有着重要的地位，而我们的研究却非常缺乏。孟悦的文章也提到，因为她不懂音乐，没法将音乐纳入到文本分析中来，所以只限于文字文本的处理。面对《白毛女》这样丰富复杂的文本，我们好像无论是知识，还是视野都受到了限制，如果要真正打开，可能还需要不同学科背景的人来做不同的工作。这是我想到的一点。

接下来我讲一点，90年代之后到现在，研究《白毛女》文本的一个基本脉络，也即我们的研究中面对的问题是什么？我们是怎样处理的？刚才陆老师已经讲了一些了，我再更具体一点来讲。90年代之后文学研究当中一个大的思潮，是叫做"再解读"的潮流。孟悦的《白毛女》演变的启示是"再解读"潮流中一篇代表性的文章，最早登在《今天》杂志上。再解读的基本理论背景是跟后结构、跟新马的资源有密切的关系，试图把文学文本历史化地来处理，从历史化的过程中去展开跟政治的复杂关系。当然历史化或者后结构的理论背景的问题，我觉得也在"再解读"潮流当中体现得比较明显，它把政治的过程变成一种话语的运作，或者演变的对象来处理，把实际政治的过程对象化，这样跟历史的实际过程的连接，就会发生一些问题，这也是我在文章当中一个比较明显的感觉。

我下面再具体讲一点，刚才陆老师一开始讲《白毛女》从传说到后来写作的版本的演变过程，这是一个时间较长的、丰富的过程。我觉得在整个演变过程中，文本始终处于一个敞开的状态，无论是从民间传说到歌剧、到电影，还是到芭蕾舞剧。孟悦最早提出的三个要素，一个是新文化的要素、一个是民间文化的要素、一个是政治的要素，三个要素互相作用，促使文本不断演变，形成一个文本的系列。孟悦最早抓住了这些要素当中的所谓意义的裂隙，是针对以前把《白毛女》这样的红色经典当作政治工具的简单化批评，这是它的一方面，指出这里的政治并不是铁板一块的，而是存在相应的政治和审美原则相互调用和制约的一个复杂的机制，她认为在《白毛女》的叙事中，政治合法性的取得有赖于民间审美原理的确认。孟悦文章的主要贡献在于揭示了《白毛女》的民间叙事动力机制，即对于家庭的和谐美满、神圣不可侵犯的维护，比如对黄世仁的控诉，恰恰是因为他破坏了这一和谐的秩序，正是通过惩罚这一秩序的破坏者，重建和谐秩序，才得到了合法性。电影《白毛女》由于叙事方式的差异，电影更加注重故事的完整性和细节，这一民间伦理原则得到了更加丰富的贯彻和强化，加入了很多跟这个因素有关的细节，进一步强化了爱情伦理叙述这一线索，大量加入了喜儿和大春在田间和谐劳动、相亲相爱，以及长者谈婚论嫁的场面。在歌剧中非政治的叙述焦点在于一个毁灭喜儿家庭、践踏和谐伦理秩序的恶势力终受惩罚，蒙受苦难的良家女子终于得救；而在影片里这个民间秩序经过了某种翻译，在毁灭与复仇之外，还引申出一对有情人悲欢离合、终成眷属、好事多磨式的情节，也就是在电影中，歌剧中的亲子、和谐的伦理原则转换为爱情的原则。但是，不管民间伦理原则也好、爱情伦理原则也好，它们的作用和功能是相同的。从这样的归纳中，孟悦得出了如下的结论，在《白毛女》中，政治力量最初不过是民间伦理逻辑的一个功能，民间的伦理逻辑乃是政治主题合法性的基础、批准者和权威。只有被这个民间伦理所宣判的恶，才是政治上的恶；只有是对这个秩序的破坏者，才可能同时是政治上的敌人；只有是维护这个秩序的力量，才有政治上及叙述上的合法性。在某种程度上，倒像是民间秩序塑造了政治话语的性质，也因此，孟悦把歌剧《白毛女》看成一个非政治逻辑发展开来的故事，最后加上一个政治化的结局这样的一个大拼盘，这是孟悦的基本论述。

应该看到孟悦在一种新的伦理框架下面展示了对《白毛女》等红色经典进行重新研究的可能性，而且这种研究思路确实在有关当代中国文学作品的阐释中颇有影响。黄子平就在对革命历史小说或者红色经典小说的阐释中，挖掘出了潜藏在革命政治这一叙事逻辑下的《英雄儿女》斗法降魔、脱胎换骨等出自民间传统审美和心理的叙事模式；这其实也是我刚开始说的"再解读"潮流的一个主要贡献之一，也是他们的"再解读"的努力方向。就研究界的情况而言，我们现在其实还处在这个潮流中，但是我觉得这种尝试并没有跳出新时期以来关于文学的想象和文学史的学术框架。首先表现在关于文学的理解中，基本上还是一种新启蒙主义式的理解，把文学理解为人的情感的表达，是与复杂的、深刻的人性相关的，任何与政治和社会因素的过多纠缠都是对文学本性的歪曲和文学性的丢失；延及文学史的叙述呢，就是尽管一再去挖掘这段文学史与传统文学史和作为现代文学发端的"五四"新文学之间的联系，但本质上还是把这些文学理解为异质、一种无法纳入正常书写的异质性的东西。正因为它们是异质性的，所以在文学史的书写中，要么是整体的空缺，要么用其他"不同质"的、与主流文学史叙述相容的因素来替代。

由此也牵扯到这类阐释所包含的另一个问题，既对民间和政治的二元对立式的理解，应该说这种阐释一定程度上瓦解了文学作为工具为政治服务的阐释模式；但它还是在政治为修复民间伦理和爱情伦理服务的政治和民间的二元对立的框架内，仍然使用民间和政治二元对立的概念，来探讨《白毛女》的主题结构，从而无法解释在《白毛女》中民间和政治之间真正复杂的现代性关系。这也就使得孟悦的分析没办法真正进入芭蕾舞剧《白毛女》，她只能止于歌剧和电影《白毛女》的分析。后来李杨的分析恰恰主要是从芭蕾舞剧《白毛女》开始的，所以李杨的分析恰恰是以瓦解民间和政治的二元对立为突破口，将对《白毛女》的分析深入到舞剧《白毛女》当中来。李杨说，对普通社会长期形成的伦理原则和审美原则的修复或者想象，恰恰是最大的政治，他认为现代中国的社会主义革命一直是对传统的修复，甚至是以传统的名义开始的，这也是社会主义革命在形式上不同于"五四"启蒙的地方。因此，在他看来，呈现在歌剧《白毛女》中的民间传统，其实只是对民间和传统的借用，不是在一个按照非政治的逻辑发展开来的故事最后加上一个政治化的结局，而是政治的道德化，或者说这是现代政治创造的民间，一个打着民间或者传统旗号的现代政治。

我觉得李杨的分析涉及现代民族国家建设的理论问题，他指出事实上对民间或者传统的借用，正是现代性知识传播的典型方式。现代政治是通过共同的价值历史和象征性行为表达的集体认同，因而无一例外具有自己特殊的大众神话与文化传统。在民族国家或者阶级这些现代共同体的制造过程中，传统的认同方式如种族、宗教、伦理、语言等都是重要的资源，只有这个"想象的共同体"被解释为久远历史和神圣的不可质询的共同体时，它的合法性才不可动摇，也正是通过这样的方式，现代政治才被内化为人们的心理结构、心性结构和情感结构。李杨的这一分析有其独到之处，它彻底打破了原有的分析框架，打破了民间和政治的二元对立分析模式；但可惜李杨并没有沿着这一分析继续深入下去，没有继续分析，现代政治在形成共同的民族国家和阶级这些想象的共同体时，是如何利用民间和传统这些资源的？反过来，民间和传统这些资源又如何与现代民族国家和阶级这些想象的共同体形成复杂的关系？

我这里可以举个例子，刚才陆老师也提到了，《白毛女》这个戏一出来，就有一个批评，这个批评1962年的讨论会也涉及了，就是认为《白毛女》有一个结构上的不平衡，前三幕跟后面的戏，即大春回来之后的戏，无论是在内容上还是音乐处理上，都出现了脱节。这里就涉及一个问题，大春的归来很像一种现在比较常见的说法，就是一种外来的、新的政治形式的出现。我觉得在这个方面，芭蕾舞剧的处理有非常成功的地方，主要是加了一头一尾，是关于整体的论述。序幕当中有一个关于几千年历史的叙述：看人间往事几千载，穷苦的人说不尽、道不完，看人间哪一块土地不是我们开，哪一片山林不是我们栽，哪一间房屋不是我们盖……这是一个关于历史的整体叙述，最后又有一个呼应：太阳出来了，上下几千年受苦又受难，今天看见出来了太阳，千年的仇要报，万年的冤要伸，今天要做主人，今天要大翻身……音乐和歌唱又重新回到开头的"看人间"，呼应开头的"看人间"，这是一个整个关于大历史的叙述。这是一个不仅关于历史，也是关于现代民族国家的整体叙述，如果没有这样的对现代政治的理解，是没办法把结构上的一致性贯穿起来的。

最后再说一点，不管是孟悦还是李杨，在他们对《白毛女》的阐释中都无不显示了对《白毛女》的左翼文学传统的新的可能性的探索，孟悦提到了"五四"以来中国新文学对农民的想象和表述中所存在的问题，并特别指出了延安文艺对这一问题做出的完全不同的努力。李杨也一再强调对红色经典的阐释、对现代中国激进主义的反思必须放在对现代性的充分反思的基础之上。《白毛女》从歌剧到舞剧的演变过程，其内涵是现代民族国家的意识形态发展成为一种阶级国家的意识形态的内在逻辑。孟悦和李杨在打开新的可能性的同时，又体现出某些环节上的脱节。在对《白毛女》的阐释当中，新的视角的发现还是有赖于在这些变化的环节当中，对现代性的历史的重新理解，并就这些主要的关键点的理解上，看看有没有能够把它贯穿起来的可能性。我就先说到这里，谢谢大家。

李松睿：谢谢何老师！何老师的发言以个案研究的方式，处理了90年代以来《白毛女》的研究现状与问题脉络。他主要是以孟悦、李杨的两篇经典论文为切入点，找到他们的可取之处以及存在的问题。下一个环节就是自由讨论，大家可以根据之前两位发言人提出的问题继续展开，也可以提出新的话题。

（休息）

李正忠（中国艺术研究院马克思主义文艺理论研究所）：我接触《白毛女》的时间很长，歌剧、芭蕾舞剧相对都比较熟悉，也进行过一些研究，发表过一些文章。歌剧《白毛女》的诞生，是中国革命文艺史上的一件大事，是中国文化领域的一个重大事件。歌剧《白毛女》的主题是，旧社会把人变成鬼，新社会把鬼变成人，这是周扬同志当时组织、指导该剧创作时确定的。这个主题的确立，对于《白毛女》的成功创作，有重要的指导意义，它表现出一个马克思主义理论家的非凡眼力与真知灼见。经过70年的历史检验，《白毛女》演出场次之多，观众人数之巨，用各种艺术形式改编，走出了国门，走向了国际，至今仍有旺盛的生命力与感染力，仍然活跃在舞台、银幕和荧屏上，这促使我想了更多的问题。我认为，歌剧《白毛女》最根本的意义就在于，它对中国共产党领导中国革命进行了深刻的、艺术的阐释与确证。剧中所爆发出的"太阳出来了"的热烈欢呼，是在中国两种命运、两种前途大决战的历史关头，对即将诞生的新中国和即将开启的新时代的热情呼唤，是对毛泽东"新中国航船的桅顶已经冒出地平线了，我们应该拍掌欢迎它"这一历史性的伟大预见的一种热烈的、艺术性的回应。正因为此，从它一诞生，对于广大人民群众，就有着重要的宣传、教育、启发、引导和鼓动作用，对于中国的革命与建设事业，对于推动中国历史的伟大进程，起到了积极的促进作用。我以为，这才是1945年在延安所发生的这一重大文化事件的灵魂之所在，这也是歌剧《白毛女》具有恒久生命力的根本原因。前些年，有一种舆论认为，杨白劳与黄世仁是债务与债权的关系，借债还钱，合理合法；喜儿傍黄世仁这个大款，经济上找个靠山，也未尝不可。我们都清楚，那只是一种酷评，无须太过于认真地对待；但它也从反面告诉我们，歌剧《白毛女》所揭示的这个深刻的主题，是有着何等重要的意义。这是我今天讲的第一点。

第二，正是基于以上的认识，我认为，歌剧《白毛女》能够、而且应该置于中国共产党人"艺术圣经"的地位，它是中国革命文艺的"伊利亚特"。

第三，当然，能够登上中国共产党人"艺术圣经"的地位，称得上中国革命文艺"伊利亚特"的，还有一部作品，就是《黄河大合唱》。1939年诞生的《黄河大合唱》，以我们的"母亲河"黄河为象征，展现了中国共产党领导中国各族人民，进行伟大的抗日战争的壮丽图景，歌颂了中华民族源远流长的光荣历史和光辉灿烂的文化传统，表现了中国人民英勇顽强、可歌可泣的战斗精神，发出了民族解放的战斗号角。历史的安排就是这样巧妙，甚至可以说是匠心独运。《黄河大合唱》与1945年诞生的歌剧《白毛女》，一个表现的是中国共产党领导各族人民，抵御外敌入侵，求得民族解放、国家独立的伟大斗争，取得辉煌胜利的苦难历程；一个表现的是我们党领导和团结全国最广大的人民群众，推翻半封建半殖民地旧制度，求得人民彻底解放，建立新中国的光辉业绩。这两部作品，暗合（形象地反映而非直白地叙述）了中国历史翻开崭新一页前的两场伟大历史事件——抗日战争与解放战争；在艺术上，形象典型，情感丰富，手法和语言极富中国特色，其形式上已达到相当完美的境地。这两部作品所记录的是——领袖毛泽东领导中国共产党人和全国人民，完成中国"创世纪"伟业之艰难历程；所揭示的是——中国共产党取得执政地位的历史必然性。

第四，这两部作品，做为中国革命的"艺术圣经"，是当之无愧的，它们是不应该被忘记的，也是忘记不了的。因为它们深深地镌刻着中国革命胜利前夜中国共产党领导全国人民浴血奋战、冲破黑暗、迎接黎明的历史。因此，每年十一，国之大典前夕，都应该隆重上演这两部作品，以祭奠前贤、铭记历史、启迪来者，让他们了解、感受中国革命的艰难、曲折，并教育他们永远沿着革命前辈开创的、经过无数实践检验的正确道路，满怀信心地前进。

在建设有中国特色社会主义事业的征程中，满怀信心十分重要。十八大以后，以习近平为总书记的党中央提出，要有道路自信、理论自信、制度自信。我以为，这三个"自信"的前提是历史自信。一直以来，国际上的敌对势力破坏我们的社会主义事业，企图对我实施"颜色革命"，往往就是先拿历史开刀，先"诬其史""毁其史""去其史"，接着将你搞乱，最后改变你的政权。苏联解体的惨痛教训永远值得我们记取。

所以，进行革命史教育，任何时候都不能放松，必须持之以恒，而每逢国之大典，演出我们自己的"艺术圣经"，无疑是最佳选项之一，天经地义。

今天是青年文艺论坛，青年人思想活跃，最不保守，受你们的感染，我还想多说一点。我们是礼义之邦，上演我们自己的"艺术圣经"，自然应"封土作坛"，钟磬齐鸣，气势恢宏。人民大会堂当是最理想的殿堂，每次去那里参加盛大的集会，当我们从大会堂门外的台阶拾级而上时，心中都油然升起一种神圣而又崇高的感觉，中国革命的"艺术圣经"应该在这里庄严奏响，让它的事业的继承者们来顶礼膜拜。这就算是第五点吧。仅供你们年轻的同志参考。

李松睿： 接下来请山田晃三老师说一说。

山田晃三（北京大学国际关系学院）： 大家好！其实我很早就对《白毛女》感兴趣，我大学本科的毕业论文就是关于《白毛女》的。后来2005年的时候，我有幸参加了纪念贺敬之老师的研讨会，当时中日关系很不好，李正忠老师和祝东力老师邀请我在会上发言，当时我发言的题目是《"白毛女"在日本的传播和影响》，后来李老师和祝老师鼓励我写一本书，2007年，我写的《"白毛女"在日本》就在中国发行了。刚才陆老师也谈到，松山芭蕾舞团是在50年代创造了芭蕾舞版的《白毛女》，比上海芭蕾舞团还早，1958年他们来华演出，大部分中国观众都知道松山芭蕾舞团。其实除了松山芭蕾舞团，还有好多日本人曾经参与过《白毛女》的创作或演出，所以我写了这本书，介绍了参与创作和演出《白毛女》的日本人。

李正忠：《"白毛女"在日本》，是山田在武汉召开的国际学术研讨会上的发言。

山田晃三： 我在这本书上除介绍松山芭蕾舞团，还介绍了画家小野泽亘，他参与了在张家口演出的歌剧《白毛女》的舞美设计；参与电影《白毛女》制作的两位日本电影技师，一位是录音师山元三弥，一位是剪辑师岸富美子。还有刚才陆老师提到的，1952年和1953年在黑龙江鹤岗演出歌剧《白毛女》的日本业余剧团。当时有三位日本女士扮演了喜儿，我访谈过其中两位，一位现在90多了，已经走不动了；另一位也快90岁了。她们都还健在，每次见到她们都会谈起《白毛女》，现在她们还清楚地记得当时演出的情景。

后来《白毛女》传播到了日本。1952年的时候，中日两国签订了一个民间贸易协定，据说当时周总理把16毫米的胶片送给了访华团，《白毛女》就是这样传播到日本的。后来日中友协组织了《白毛女》放映会，当时没有日语字幕，所以由会说汉语的日本人来现场担任翻译。其中一位是竹内实先生，他前年去世了。

事实上，第一个在日本演出《白毛女》的不是松山芭蕾舞团，而是名古屋的一个话剧团，他们比松山早几个月排演了歌剧《白毛女》。2006年我访谈了当时扮演黄世仁的日本老艺术家，但他也在2011年过世了。

《白毛女》是第一部在日本介绍新中国的电影，后来也有很多中国电影和其他艺术作品传到日本，但是《白毛女》的影响力还是举足轻重的。现在，中日两国关系处于低谷，我们不能忘记《白毛女》为两国交流所做出的贡献，更不能忘记老一代前辈们所付出的努力。

鲁太光（中国作协《长篇小说选刊》杂志社）： 我问一个问题：现在日本还有《白毛女》演吗？

山田晃三： 有，松山芭蕾舞团，上次来华演出之前在国内听说演了几场，但是平时他们不会演。

贺滟波（北京师范大学文学院）： 我有一个问题想请教山田老师，您刚才提到松山芭蕾舞团不是第一个在日本演出的剧团，那第一个演出的是哪个剧团？

山田晃三： 名古屋的话剧团，演集剧团。

贺滟波： 从日本能找到跟它有关的资料吗？

山田晃三： 很少。

贺滟波： 诸位老师的文章和书，我基本都看过，今天听起来感觉都是我比较熟悉的东西。刚才听了一下，有很多小地方，我不是特别明白。比如说何老师刚刚提到，歌剧的结构最初是不太平衡的，我也看过一些相关的资料，平衡问题也不是说就一定是个大问题，包括最后一幕基本上就可以算一出戏，歌剧《白毛女》就是有两出戏并到一起的情况，这也不是个例，包括在延安，其实当时大部分革命戏剧作品都是这样的模式。

路杨（北京大学中文系）： 我想谈一谈《白毛女》的歌剧形式的问题，尤其是音乐形式的问题，我认为这个问题在何吉贤老师提出的民族国家建构的视野下思考，是非常必要，也非常有效的。我关注这一问题的起因，是在和我父母一辈（五六十年代生人）的非专业读者或观众聊起《白毛女》时，他们会首先记起芭蕾舞、电影版的《白毛女》，却对"歌剧"这一最初的艺术形态感到很茫然：《白毛女》怎么会是一个歌剧呢？但是当我提起《北风吹》《红头绳》这样的经典唱段，他们又马上感到很熟悉，并继而从这些贯穿性的音乐与歌唱形式中恍然意识到：原来《白毛女》真的是一个歌剧。由此我联想到去年在国家大剧院上演的歌剧《骆驼祥子》，可以说在观感和批评的反馈上都不是很成功，唯独受到赞誉的是其中对唢呐这一民间音乐形式的运用。在这种联想和对比中，《白毛女》的歌剧属性"被遗忘"，就变成了一件饶有意味的事情。一方面，或许是《白毛女》纷纭复杂的"形式的历史"，混淆了人们对其歌剧形式的印象；但另一方面，可能正是因为这一所谓"新歌剧"的民族化程度之深，已经融入到了一代人的历史情感记忆当中，或许也从反面证明了这一本土化创造的成功。

由此我特别关注"新歌剧"这一概念。从歌剧《白毛女》的曲作者马可、张鲁、瞿维40年代的表述中可以发现，"新歌剧"指的肯定不是西方的"歌剧"（opera 或 music drama），这一概念的提出实际上针对的是两个文化脉络：一条就是西洋歌剧的脉络，另一条则是中国旧歌剧的脉络——而这个"中国旧歌剧"的概念，以及创作者对于旧歌剧的态度，都是很值得思考的。

首先，《白毛女》为什么没有选取一个文化传统中既有的、成熟的戏剧形式进行改编，比如京剧。事实上，恰恰是在对于各种形式资源的筛选过程中，创作者是有意识地不采用旧剧而采用了大量的民歌、地方戏这样的形式，比如山西秧歌《捡麦根》、河北民歌《小白菜》、秦腔以及陕北道情等——并且是来自于北方各个地方的不同的民歌形式。所谓"新歌剧"正是在此基础上进行融会贯通、综合而成的形式。所以我认为，与之前秧歌剧运动的尝试不同，作为一个大型歌剧，《白毛女》的创作有一个巨大的抱负，即以一种综合的方式，在保有地方性的基础上超越地方性，寻找并且创造出一种具有综合性与普遍性的民族形式。而对这一形式资源的筛选过程，其实也是对读者、观众或接受者这一文学身份内部并不统一的文学趣味做出的一个以阶级分析为标准的底层分析，并且把其中那些来自于封建帝国民族认同的相对固化的欣赏趣味给排除掉了——曲作者就曾特别提出我们不用昆曲也不用京剧，也就是说排除掉了那些偏于宫廷化的、雅化的戏剧形式，而筛选出与所谓"人民群众"这一主体位置相吻合的形式与趣味，从而在一种新的民族认同之下构成民族形式的资源。这一针对"旧剧"进行筛选和甄别的工作，正是一个如何对待"旧形式"的问题，这也是40年代的"民族形式"论争中集中处理过的问题。按照贺桂梅老师的分析，"旧形式"首先是与新文学相对的，古典的同时也在价值上被视为是陈旧的形式；同时旧形式又与"民间形式"相对，是一种庙堂的、正统的形式；再者它又与"地方形式"相对，是一种处在中心的、带有全国性的形式。因而如何对待旧形式及其他形式资源，蕴含着我们将如何通过形式的选取，来建立一种新的民族国家认同；而这种对于接受者趣味的筛选背后，也是对于接受者的塑造与召唤，这本身是对历史主体的塑造和召唤，更何况《白毛女》的创作过程本身就显示出了创作主体与接受主体在某种程度上的统一，这其实也高度吻合了《讲话》对于一种"写群众、为群众、给群众看"的作品的呼唤，在这里接受者的主体性是被这一新的艺术形式和创作方式所前所未有地加强了的。《白毛女》将各个地方的民歌即不同的地方性资源集合进来，意在通过地方的差异性创造出新的文化统一性，这种形式上的选取又与叙事上的动机，如民间伦理秩序、地方文化或乡土想象相结合，共同建构起了一种新的民族认同。

更有意思的是，在《白毛女》此后的经典化过程中我们会发现，它又被改编成了各种地方戏的形式，尤其是那些未被作为形式资源采集过的南方各地的地方戏形式，比如刚才陆华老师提到的川剧、楚剧、越剧、琼剧、粤剧等众多不同的地方戏。可见在传播过程中，民族性和地方性又表现出一种相互生产的关系，这恰恰显示出这种新的民族形式所蕴含的再生产性。

刘卓（中国社会科学院文学研究所）： 接着路杨开的头，我从《白毛女》的歌剧形式谈起。刚才路杨谈及《白毛女》运用民歌、地方戏，并且有意识地超越地方性，到了1945年《白毛女》时，延安文艺生产中开始重视吸纳民歌、地方小戏，并用于旧剧的改良，已有了一段时间的积累。比如柯仲平所带领的民众剧团中的重要剧作家马健翎，一直在用郿鄠、曲子戏等写秧歌剧，改良秦腔以容纳更深刻的主题，比如说《血泪仇》等。如果说"超越地方性"是《白毛女》的主题的话，那么在抗战后期，"新旧"对比这一类主题，已经颇多见于当时的文学作品。《血泪仇》写的是一个国统区的农民历尽艰难来到解放区的故事，虽然并没有如"旧社会把人变成鬼，新社会把鬼变成人"精炼，新旧对比的主题也很突出。此外，秦腔戏擅苦情，它在当时教育、动员战士也有明显的收效；但是，今天看《血泪仇》的影响力不如《白毛女》，也不是路杨所说的"全国性的形式"，分析剧本叙事的构成当然是一个入手点，但我想从歌剧创作的过程来做一点补充。

《血泪仇》和《白毛女》写作过程有些不同，简单说，《血泪仇》是秦腔的底子，按韵填词，马健翎在《〈血泪仇〉的写作经验》中谈到，"写唱词给我的为难最多，感到秦腔的调子有点儿单纯，不够充分地表现复杂的感情，字句的结构，虽然多少有点儿伸缩性，但是基本上是死板的，再加音韵的限制，写起来是非常费劲的，往往因为一韵的不妥，搁笔数次，太没有办法解决时，逼得人非多用一点陈腐的句子不可"。这是马健翎一直探索的以"旧形式"写新戏过程中最大的限制。在一定程度上，《白毛女》从一开始就避开了这个限制。按照1962年座谈会上记录中所言，《白毛女》是先写词，大体按自由体的方式，而后谱曲。换言之，《白毛女》运用的民歌和地方戏，是选取其中的旋律、唱段，或者演员在表演中有意借助自身的戏曲功底（如郭兰英），而并非整体地借助其框架。从这点上来说，《白毛女》走的并不是旧戏改良或者旧瓶装新酒的路子，虽然就其宗旨都可以说是在"推陈出新"之下，但是它与延安时期的秦腔改良、平剧改良还是有所不同的。

在一定程度上，可以说《白毛女》的很多元素都是"旧"的，比如说复仇的主题、民歌唱段、人物出场的方式，也有很多"洋"的方式，比如说有些版本中偏话剧的表演、人物的大段内心独白等。问题在于，如何将这些不同的元素最后融会出新？我想将这个问题从关注文本内部的异质性（比如孟悦的解读方式），转移到关注它的创作过程。如果放置在延安文艺生产的大背景下来说，《白毛女》是一个重要的标志，《讲话》中通常被狭义地理解为知识分子改造政策的"与群众相结合"，有了一个深入的发展，发展到开始改造整个文学作品的创作生产过程，也就是贺敬之强调的"集体创作"。

我尝试提出，"集体创作"是延安时期文艺所展现出来的原创性和巨大的生产力的重要基础，那么到底怎么来理解"集体创作"？当年的参与者们给过我们一个描述性的定义，介绍了不同门类的人的参与过程。之所以说它还是一个描述性的，是指《白毛女》本来就是一个综合性的艺术，它本身即需要众多领域的专业人士加入，这并没有充分说明，群众创作到底是什么，是否为全新性的生产机制？路杨给了一个说法，"创作主体和接受主体"统一，如果概而观之，这确实可以说是延安文艺生产的有意识的指向，并且在理论表述中包含了这个意思，广大人民群众都是新的革命文艺生产的力量；但我觉得还是有一点不太满足，这并没有是指出在具体的创作中仍有专业、非专业，并且现实状况中，文化水平不高的农民还只能是接受主体的现实，而且至多只能提供反馈，间接地参与到创作之中。我相信这个"创作主体与接受主体统一"并不是从接受美学的角度强调受众的参与来完成这个"统一"，我只是有一点不太满足，觉得这一静态性的表述与"主体"，特别是延安语境中的革命主体的状态，还是不太贴切。比如说，并不能以"统一"为追求，无视现实生产过程中创作（作者）、接受（观众）的专业分工不同，也并不是说最理想的"统一"状态，就是每个人都成为创作者。我倾向于将它理解为各个不同的群体，同时也是多种元素（比如旧的、洋的、戏曲的、话剧的）都参与到的一个生产过程。也就是说，这个集体创作不能理解为是不同专业的、不同阶层的人的结合，还是要看这个生产过程的特殊性在哪儿。

我所能理解的"集体创作"就只到这儿，更多的说不清楚。《白毛女》是一个很好的考察案例，从"集体创作"的角度看，我们可以分析的就不仅仅是文本内部的异质性，这其中可能还有更多可挖掘的地方。我同意何吉贤报告中对于"再解读"的梳理，而阅读革命文艺经典也需要更为批判性的方法论自觉。

何吉贤： 在1962年的讨论中，李健吾专门提到了歌词的问题，歌剧的唱词是一个重要问题，《白毛女》在歌词上的成就是值得重视的。中国戏曲的曲谱有一定格律，只要选定曲谱，按曲填词就行，但是《白毛女》是自由的方式，是先有词再来写音乐。我不是太了解前些年关于作者问题的争论，我们对于《白毛女》，把它作为集体创作，已经把它自然化了，就是一个集体创作。但集体创作的复杂过程，我觉得还可以再打开一点，比如说像贺敬之作为一个主要的作者，在词的写作方面，他的个人的才能甚至是一些趣味的体现是怎么样的？刚才我们提到了有人批评《白毛女》结构上的不平衡，前面的三幕是比较饱满的，前后有脱节，那么，前面部分比较饱满的原因何在？也许陆华老师更清楚。在前面三幕歌词写作中，具体的分工是什么样的，而后面参与的部分是什么样的？您刚才提到，第一幕主要是贺敬之写的。

陆华： 第一幕是他设计的，整个场景，大年三十除夕杨白劳从外边回来，跟用秦腔排的时候写的第一版就完全不一样。说到这个唱词的问题，里边更多地融入了贺敬之当时的一些写作特点、审美情趣。他到了延安以后写过很多他少年时代在农村生活的回忆，他的那些诗歌还有秧歌运动中积累的经验，奠定了他写《白毛女》的基础，所以跟他个人的风格是分不开的。

集体创作这个问题，你刚才也说了，应该分几个层面去理解，何火任的《〈白毛女〉与贺敬之》对集体创作这个问题从几个层面进行了分析。实际上，并不是大家一起讨论，他只是作为执笔者、记录者，《白毛女》的创作不是这样，贺老也在文章里说过，《白毛女》创作融入了他好多在少年时代、在农村的遭遇、回忆。当时他写得也非常辛苦，后来因为各方面批评意见比较多，他都累病了。他的积累对于《白毛女》歌词的创作，是决定性的因素，这里边有很多贺老的美学风格。关于集体创作我建议看一看何火任的那篇文章，他对集体创作分析得比较到位，写得特别清楚。

何吉贤： 早期贺敬之写《乡村的夜晚》那个时期，对乡村的苦难有非常充分的表现。《白毛女》的前面部分，苦情戏写得很能打动人，与贺敬之的这一经验不能说没关系。另一点，贺敬之早期写作受"七月派"胡风他们的影响还是有的，胡风的理论中有一点是对于人的精神，尤其是对于底层人的精神力的强调，我觉得这点在《白毛女》里边也有体现。这方面的研究我还没有看到，其实即使用传统的文学研究方法，这方面的工作也还是可以做的。

另一点，刚才有位同学说，为什么加了一个"尾巴"？我的理解是这样，这其实也是革命文艺当中的一个难题。比如说我们刚才讲到前面三幕一定程度上更多是跟经验这个层面上相关的，比如对苦难的经验，对于受压迫、受剥削的经验，这是跟具体的人相关的；而后面那个部分是我刚才提到的，对一个总体性的、一个新的政治的理解有关，这两个东西怎么样在一起？这是革命文艺当中的一个难题。因为我们怎样突破经验性的东西，到一个相对普遍性的、抽象性的政治当中去，是非常困难的；所以，我也觉得在各种不同版本的演变过程当中，这一点上也是有很多的缝隙，这也是不同版本演变的一个关键点，就是你怎么样把经验的东西推进到一个抽象的、普遍的政治当中去？《白毛女》最早的部分比较好的原因，就是当时人的感觉是比较准的，前面的三幕很饱满、很打动人，而且当时的人还处在那个过程当中，新的政治正在出现、正在形成。刚才李老师强调的，一个新中国的桅杆刚刚露出地平线的时刻，是在那个时候去把握的，跟当时的某种经验正相关，不像我们现在似的，变成一个完全抽象的东西了。

李松睿：我接着何吉贤老师讲一下。刚才贺滟波说《白毛女》是两出戏硬凑在一起的，是一个割裂的文本，但在我看来，这恰恰是它的精彩之处，或者说它通过这种形式表达了20世纪40年代的人们对一个变动时代的感觉。

巴赫金在分析成长小说时，认为成长小说的主人公全都是"与世界一同成长，他自身反映着世界本身的历史成长。他已不在一个时代的内部，而处在两个时代的交叉处，处在一个时代向另一个时代的转折点上。这一转折寓于他身上，通过他完成的。他不得不成为前所未有的新型的人。这里所谈的正是新人的成长问题。所以，未来在这里所起的组织作用是十分巨大的，而且这个未来当然不是私人传记中的未来，而是历史的未来。发生变化的恰恰是世界的基石，于是人就不能不跟着一起变化"。对于20世纪40年代中期的中国人来说，他们也能够感受到他们处在两个时代的转折点上。当时抗战就要胜利，国共两党要展开决定着中国未来走向的决战，这种身处两个时代之间转折点上的历史感觉，就投射到了歌剧《白毛女》的文本之中，因此它才会在一个文本中容纳了两个截然不同的时代。在你看来可能那是一个分裂的文本，但在我看来它恰恰是让喜儿穿行于两个时代，用她的个人命运的起起伏伏，来呈现延安革命文艺工作者对历史的理解。

我觉得在文艺作品中出现这种对新的历史的理解，是非常重要的现象，也是贺敬之的独特之处。在之前的"五四"时期，类似的对时代的理解不会出现，而即使是同一个时代，其他解放区文艺家也未必会以类似方式去书写他们的时代。在这个意义上，《白毛女》表现出了极大的创造性和深刻性。关于这一点，可能用对比的方式可以看得更清楚一点。例如同样是处理妇女问题，那么在"五四"时期找一个文本，我们可以想到鲁迅的《伤逝》。

在小说《伤逝》中，鲁迅让叙述者涓生以回忆的方式，用哀婉的语调讲述他和子君在过去一年中的点滴往事。于是，表白爱情前的焦虑和犹疑，恋爱时的甜蜜与幸福，在社会压力面前的坚决和坦荡以及爱情如何被生活自身的琐碎所挤垮等，都极为动人地为读者一一呈现。在涓生的讲述中，我们看到的是两个相爱的年轻人以悲壮的方式面对社会的冷眼与阻碍，并最终为他们周围的环境所吞噬。

在《伤逝》中，社会自身的铁律是不容撼动的，整个社会结构没有发生变动的任何可能，尝试婚姻自主的年轻人只能被那个社会所改变，直到最终放弃他们的爱情。这篇小说写于1925年，距后来的大革命尚有两年的时间。在这样的环境下，追求自由的年轻人能感到这个社会必须被改变，但却丝毫看不到变革的可能。《伤逝》无疑是这一社会状况的表征，它成功地抓住了那个时代的人与那个时代之间的关系，并创造了独特的方式来表达它。

而类似的主题到了解放区就会获得另外的表达方式。以赵树理的经典作品《小二黑结婚》为例，这篇小说共分为十二个部分，大致可以依据人物在斗争中所处的不同阶段分为三个段落。在小说前五个部分中，作家让二诸葛、三仙姑、小芹、金旺兴旺兄弟以及小二黑等六个人物出场，交代了他们的性格特征。接下来第二个段落，是第六节到第九节，写小芹、小二黑和父母、村里坏干部的抗争。到了第三个段落，即第十到第十二节，随着区长的到来，坏干部被打倒，三仙姑、二诸葛服软了，青年男女获得了幸福的婚姻。

20世纪40年代的中国是一个翻天覆地的时代，所有中国人的命运都将在这场变革中被彻底改写。因此在《小二黑结婚》里，赵树理写出了共产党政权带给乡村生活的变化，对青年男女命运的改变；但只不过值得注意的是，无论是小二黑还是小芹，虽然他们的地位随着斗争的进展发生了改变，成了刘家峧的主导性力量，但他们自身似乎并没有在这场扭转了中国农民几千年被剥削、被压迫命运的改革中发生丝毫变化。在《小二黑结婚》开始的地方，我们的男女主人公就已经是两个追求自由恋爱的青年了，而当故事结束时，他们仍然是两个渴望婚姻自主的青年。赵树理拒绝了对他们进行心理刻画与描摹，于是读者只能看到刘家峧三种力量的地位及其相互之间的结构性关系，随着共产党的到来发生了变化，小芹和小二黑自身并没有发生变化。也就是说，革命与历史只是改变了这些农村新人的命运，但却没有在他们身上刻下一丝印痕。

比较之下我们会发现，《白毛女》既不同于"五四"时期的表达，也不同于赵树理的经典作品，而是去书写一种新的人与历史的关系。在《白毛女》的前几场里，喜儿基本上是一个善良、可爱的农村姑娘，老实、本分，没有行动能力。接下来《白毛女》以情节剧的方式，把一连串苦难倾倒在喜儿的头上。孟悦提到《白毛女》的叙事借助了民间的叙事伦理。其实实际情况可能更复杂，因为在集体讨论的时候，先是贺敬之讲自己对下面一场的构思、主题思想；接下来是王滨做主题发言，他是30年代的电影人，会往故事里添加一系列情节元素，比如包饺子就是他提出来的，因此《白毛女》情节剧式的塑造人物的方式不一定来自民间，可能来自电影。

在苦难不断来到喜儿那里的时候，她对地主的仇恨在一点点儿累积，她的行动能力也在增强。黄世仁把她拉到家里去的时候，她基本上没有反抗；但当黄世仁要把她卖了的时候，她开始自己选择自己的命运，以一种非常决绝的方式喊出，我要活！我要活！这是非常感人的。到高潮处，她甚至敢于直接和黄世仁厮打在一起；到了《白毛女》的结尾，则是变化了的喜儿在一个变化了的社会里。

在《伤逝》中，鲁迅相当细致地展现了主人公涓生的内心世界，并让他在残酷、僵化的社会环境中被彻底改写。在《小二黑结婚》里，男女主人公实际上没有随着共产党政权在刘家峧引发的变革中发生太大改变。但在《白毛女》里，人物与他们身处的社会以相同的频率进行共振，剧作家是通过喜儿这个人物从性格到外貌的一系列变化，显影共产党在中国农村掀起的翻天覆地的变革，成功地以艺术的手段写出了20世纪40年代的中国人与中国历史之间的关系。

陈瑜（中国艺术研究院《艺术评论》杂志社）：我认为《白毛女》从40年代创作出来到现在，一直受到大家欢迎的最主要原因就是满足了当时群众的社会诉求，同时符合政治路线的需要，这其中脱离不开对土改运动背景的关照。《白毛女》所反映的尖锐矛盾突出体现在土改问题上，虽然近年来有学者对于土改问题提出一些其他看法，包括对地主阶级的重新认识，在这里就不再多说了。刚才陆老师的发言当中也提到，在整个运动中我们对于地主阶级的态度也不是一开始就很明确的，是随着革命形势不断调整变化，这从《白毛女》的几次创作修改的变化，也就可以明显看出。应该说《白毛女》的故事情节在很大程度上引起了人民的情感共鸣，也在某种程度上酝酿、促发了土改运动的开展。

第二个问题我想谈谈《白毛女》在新秧歌剧运动中的地位。《在延安文艺座谈会上的讲话》的具体目的，是要解决在中国建构马克思主义政党文化领导权的问题，对于文化领导权，讲话中有一些关键词，比如"为人民服务""大众化""通俗化"，以及"民族风格""民族气派""民族形式"等一系列重要提法。那么到底要以什么样的形式来创造一种新的文艺？从《讲话》开始，民间的、民族的文艺因素得到了重视。也是从那个时候开始，民间文艺形式开始参与到现代政治文化建构的历史过程中，例如陕北具有浓厚地方色彩的地方戏、秧歌、民歌等进入了知识分子的视野，这是新秧歌运动形成的重要背景。我们从一些材料可以看到当时新秧歌运动的燎原之势，在当时解放区基层都自发地组织各种秧歌队，大概平均1500人当中就有一个秧歌队，观众达到800万的规模。当时涌现出《兄妹开荒》《减租会》《牛永贵负伤》《周子山》等一批秧歌剧作品。这些秧歌剧大多以旧秧歌中的"小场子戏"为基础，吸收当地民歌、地方戏曲、民间歌舞以及话剧、舞蹈等综合因素构成，受到群众的广泛欢迎。它的主要特点是形式和剧情都比较简单，一般只有两到三个人物角色，音乐形式一般用叙述式的演唱来表达剧情，音乐的素材大部取自地方戏曲和陕北民歌曲调填词改编，加上一些过场音乐、齐唱、对口唱等形式来表现剧情，个别作品加上一些合唱形式等。乐队方面主要以民间乐器为主，适当地加进了一些西洋乐器，应该说秧歌队的乐队比过去的旧秧歌剧乐队丰富了不少。即便如此，我们现在看到的当时解放区的秧歌剧创作，相对而言还是比较简单的。在接下来的运动当中，这种简单的"广场舞"形式，已经不能适应戏剧化情节发展的需要，出现了一些如何创造富于戏剧性的音乐、如何通过音乐来刻画人物形象、中西乐器如何运用结合、如何来表现一些重大题材复杂情节的作品的矛盾，这些问题在贺敬之、周扬当年发表的文章都可以看到，小型秧歌剧的经验已经不能解决这种大型歌剧的问题。周扬认为"新歌剧在表现新的群众的时代……前途是无可怀疑的"，但是"比较起来秧歌剧是一种小形式的戏剧，所处理的主题的范围和深度是有限制的"，"在秧歌剧中还没有创造出非常成功的角色"。有研究者指出秧歌剧自身艺术建设上的不足，最突出地体现在对白与歌唱之间的矛盾。在当时歌剧日益受到国内音乐家（黎锦晖、聂耳、向隅、冼星海、郑志声等）普遍重视的形势下，究竟该如何将歌剧这种外来的艺术体裁，与我国的社会现实相结合，如何与民间音乐和群众审美取向相结合，如何运用音乐来表现戏剧性情节发展、刻画不同性格的人物形象，成为了音乐创作领域的重要问题。

应该说《白毛女》就是在这样的背景下产生的，可以说从40年代一直到现当代，中国歌剧创作仍然延续《白毛女》式的创作思路，即以民间音乐作为基本的创作素材，结合西方歌剧的演唱形式以及乐队伴奏形式，着力突出整个情节的戏剧性冲突以及人物形象刻画。应该说《白毛女》开辟了我国歌剧创作发展的一个新阶段，但是近年来随着对国统区音乐创作的重新挖掘和整理，一些以往人们不太熟悉的作品重现，例如去年南京艺术学院音乐学院重新上演了黄源洛在1942年创作的歌剧《秋子》。在今天看来，仅就它的艺术创作水准而言，可能比《白毛女》更为成熟。

李松睿：的确，当代文学研究界最近几年对土改问题关注得比较多。不过好像大部分人都站在地主那边来说话，觉得地主被分了田很冤枉，而且很多人运用什么《合同法》之类的视角，觉得农民欠了钱就应该还钱。其实这类问题不新鲜，在20世纪40年代中共开展土改运动时，就有类似的思想交锋。比如赵树理在这一时期创作的很多小说都是在回应这类问题，回过头看看当年赵树理怎么说会很有启发。在小说《邪不压正》里，地主刘锡元在批斗会上讲自己的道理，觉得我收的钱都是有账本可以对照的，从来没有多算农民一分钱，因此自己根本没有剥削农民，但这个时候农民跳出来说理不应该这么算。他们说我们应该看看你平时住什么房子、我住什么房子，我付出了多少汗水、你付出了多少汗水，你吃的什么我吃的什么、我穿的什么你穿的什么，最后我们辛辛苦苦一辈子什么都没落下，你反而坐在家里吃喝不愁。因此这里面是两种道理在交锋：一种道理是站在资本的一方，按照账本来讲道理；另一种则站在劳动一方，按照劳动量来讲道理。我们今天再谈土改问题、谈地主是否冤枉时，恐怕应该从另一个方向重新想象另外的道理，不能因为今天的主流逻辑是站在资本一方，就完全忘了农民的道理、劳动的道理。

另一个就是用土改来分析《白毛女》，在我看来有点儿问题。因为这个剧本的批斗场景的背景是1938年，用一个1938年的故事讨论土改问题并不是特别合适。如果讨论土改话题，恐怕周立波、赵树理的作品会更合适。

何吉贤：土改运动是在1946年，在华北地区是1948年才开始的，历史的时间是这样的。关于土改还有一个值得说一下，刚才有人说，《白毛女》是为土改做文艺上的铺垫，也有历史叙事，说土改是为解放战争做了基础，但事实并非如此，大家有兴趣可以去看相关的历史著作。土改在客观上可能确实是为解放战争的胜利奠定了基础，就像《白毛女》在客观的效果上，对土改产生了很大作用，这需要另外的分析。但是土改最早的动力，恰恰是从农村内部出来的，因为从二三十年代开始，农村就已经出现了普遍性的危机，然后要求在土地和财产分配上的平均。土改的动力主要在于农村内部，关于这点，大家可以看杨奎松的研究。

鲁太光：对土改，确实应该有一个比较客观的认识，现在对土改的认识太混乱了，譬如一种极端的说法就认为土改是共产党为了夺取政权引诱农民纳的"投名状"，这样的说法时髦，但是太无厘头了。奇怪的是，越是这种怪说法越有人信，而对那些相对客观的学术著作和研究，却不去看或很少看，譬如罗平汉的《土地改革运动史》就是一部比较客观的土改研究著作。

回到我们讨论的问题上来，我觉得如果想用土改来阐释《白毛女》或者阐释其他文学作品的话，就至少要对土改的整体研究状况有一个了解，进而对土改的整体状况有一个了解。为什么呢？因为关于土改道听途说的东西太多了，很容易混淆视听。这一点，在当下的文学作品中表现得比较突出，如果根据这些东西来展开研究的话，就更是以讹传讹了。譬如说，我看过几个小说，名字记不住了，但这个情节却记住了，因为离奇——在这些作品中，土改中被斗的全是"受害者"，故事情节雷同——这个"受害者"一定是个老实肯干的农民，勤劳攒钱，土改前夕，用这钱买了地，就成了"地主"；这故事还有一条副线——卖地的地主要么是因为赌博，要么是因为抽大烟，要么是因为"眼光长远"，预见到革命即将到来，地多了不是好事，从而以极其便宜的价格卖给这个"受害者"；而且更雷同的是，土改后，这个让出土地的前地主或者其子弟——往往是地痞、二流子——反而成了贫农，成了土改的受益者甚至掌权者，而那老实巴交的买地的农民，就自然成了"受害者"。如果这就是土改，那确实不仅没必要，而且很要命，可关键是，这是土改吗？回答当然是否定的。土地问题是近代以来中国众多问题中的一个严重问题，不仅是一个经济问题，而且还是一个政治问题、文化问题，土改是解决这一问题的一个重要环节。离开了这样的视野，把土改理解为脑袋发热的冲动之举，甚至是脑子里冒坏水的阴谋之举，自然得不出像样的结论。要是看看罗平汉的《土地改革运动史》，就会对土改过程有一个基本客观的认识，知道土地改革为什么展开、是怎么展开的。再看看韩丁的《翻身》、伊丽莎白·柯鲁克和大卫·柯鲁克的《十里店》等经典著作，会有更深的认识。总而言之，不要把土改简单化了，简单化了，肯定会出问题的，至少不客观。

何吉贤：现在的问题是农民都不好，农民被流氓化了。有一种说法，以前是政治标准第一，艺术标准第二，现在是政治标准唯一，当然，"政治标准"是反过来的政治标准。

毕红霞（南开大学文学院）： 我的印象今天上半场基本上很少触及到"革命"这两个字，所以当老所长终于谈到《白毛女》这个文本就是共产党的正当性、合法性的艺术注解时，我非常同意这个定性。顺便我也想到，前两天（周二）的时候贺桂梅老师带我们讨论《北平无战事》，也触及到这个问题，包括今天的讨论确实也非常明显，现在的"去革命化"的趋势太明显，今天各位老师讨论得也非常具体。我稍稍感到困惑的就是：我们今天重读《白毛女》到底有什么意义？我们为什么要重读？包括山田先生讲《白毛女》在日本，让那么多人也感动，还有陆老师梳理的这么长的一个线索，在70年里这么多人被这个文本感动，各位老师都在从形式或者内容上讨论在历史上这个文本如何打动大家。我更关心的就是今天，在"去革命化"非常严重的形势之下，我们到底该怎么样来重新讲述"革命"的合法性？我们讨论这个文本对于现实来说，它的意义到底在哪里？我就谈到这里，谢谢！

李云雷（中国艺术研究院马克思主义文艺理论研究所）： 大家主要是围绕《白毛女》版本变迁的问题来谈，我想谈另一个问题，今天，我们在70年之后为什么要重读《白毛女》？这个问题对我们来说可能是更加重要，也是更加迫切的。包括我们为什么要出新版《白毛女》？这个书浙江教育出版社的人联系我，我找李老师、祝老师，我们和出版社的人去跟贺老谈，才出了这本书。这个书大家可以看，装帧、设计都很好，是做得很不错的一本书。当时我们也考虑，《白毛女》要做成什么样？因为它既是一部革命经典，又要面向当下的读者，尤其是青年读者，还要面向市场，所以这几种力量的综合让它成了现在这个样子，这可能也是我们革命经典在我们当下可以呈现出的形态。我记得那次我跟李老师、祝老师去贺老家，贺老专门谈了《白毛女》，谈了一个半小时，谈得特别好。他主要谈《白毛女》在"十七年"与新时期前后两个不同历史阶段的被接受、被批判的一些情况，也是很重要的史料，将来我们会把那个资料整理出来，可能对《白毛女》的研究会有一些新的促进。

我再说一下我那篇文章，就是收在这本书里的，我简单地说一下是怎么写的，包括我的一些想法。这个文章我写完之后，贺老和李老师、祝老师都看过，出版社的人也改过，因为他们要面向市场、面向青年读者，所以其中有的部分有些改动，但里边有一些数字是贺老与李老师亲自核定过的，所以还是比较准确的。我写这个文章的思路其实也面临这些问题，主要是面对他们出版社的问题，面对青年读者、面对市场的问题。在这样一个市场化的环境里,怎么能把《白毛女》的价值与经典性在我们这个时代阐释出来?所以我那篇文章的核心定位就是《白毛女》是"人民文艺"的一个高峰,这主要是结合习总书记在文艺座谈会讲话里谈到我们的文艺有数量缺质量、有高原缺高峰的问题。如果结合习总的思想回望文学史,我们可以说,《白毛女》确实是"人民文艺"的一个高峰,也是那个时代的"中国故事"。现在大家都在谈有高原缺高峰的问题、有数量缺质量的问题,所以我们今天要重读《白毛女》,对我们今天文艺的启发作用应该就在于,当时的艺术家怎么抓住了时代的核心命题进行艺术的创造,创造出了像《白毛女》这样的经典作品?"新社会使鬼变成人,旧社会使人变成鬼"这样的主题,对我们今天来说看似很简单,但当时能提炼出这样的核心主题并不容易。贺敬之在前言里边写到了《白毛女》这个故事怎么处理的过程,比如说破除封建迷信的主题,也有人认为是没太大意义的鬼怪故事,我觉得大家说得有道理,从"白毛仙姑"的故事到《白毛女》,一种新的文化与新的政治构想注入到这个故事中去了,所以让故事变得跟以前不一样,有一种新的面貌出现。如果与当时流传的"白毛仙姑"的故事比较一下的话,就会发现,无论在主题上还是在艺术形式上,都有很专业化的、艺术化的提炼,对我们现在的作家、艺术家来说,能不能做到这一点?对我们这个时代的主题、对我们这个时代的中国故事,我们能否有比较深入的提炼和概括,能否在艺术上有新的创造?

还有一些问题值得思考。比如说集体创作这样的方式,基本上从1980年代以来就一直被否定、被妖魔化,艺术被简单地理解为天才的、灵感的、个人创造性的东西,确实艺术也包括这些成分;但是在集体的创作过程之中,也并不是就一定会泯灭这些东西,也有可能相互激发、刺激,以更好的艺术形式表现出来。

另外80年代以来,我们都很焦虑的文学怎么走向世界的问题;但《白毛女》早就走向了世界,获得了斯大林奖金,电影《白毛女》获得了捷克卡罗维·发利第六届国际电影节特别荣誉奖;更重要的是《白毛女》不仅走向了社会主义的"世界",也走向了资本主义世界。刚才山田介绍了芭蕾舞剧《白毛女》在日本的情况,在东西方冷战对峙时期,《白毛女》不仅在社会主义阵营获得了最高的荣誉,而且突破冷战的铁幕,在资本主义国家的人民中得到了认可与好评。

在这里,值得关注的有两点:一是《白毛女》是以电影、芭蕾舞等不同的艺术形式在国际范围内传播的,这充分说明了《白毛女》的艺术魅力;二是《白毛女》走出国门,依靠的是它与中国人民的血肉联系,以及在价值观与艺术创造上的"主体性",

而不是以西方的价值观与艺术标准来衡量的。这在1980年代及其以后的文化语境中，我们可以看得更加清楚。

何吉贤： 在百老汇演出了吗？

李正忠： 没有。在捷克演出，最后群众献花的时候不献给黄世仁，献给白毛女，后来王昆说花我都抱不动了，可是陈强就没人给他送花。

李云雷： 对我们来说，如何能够像《白毛女》一样讲述"中国故事"，讲述人民的故事，并且能够达到艺术的高峰，这是我们现在创作界所缺少的。从研究的角度说，《白毛女》其实有很多可以展开的地方，包括刚才陆老师跟老何都说了很多。我觉得一个重要问题，是在一个新的语境下怎么去看以前的问题。毕竟像孟悦也好、李杨老师也好，他们面对的问题是当时的语境中提出的问题，当时的文化环境中提出的问题，在现代环境下已发生了巨大的变化，我们现在置身于一个大众文化、消费文化的时代，跟李杨老师要批判的自由主义的解释并不一样。在这样的一个语境之下，我们是不是可以有一些新的角度去切入？这是真正值得思考的。

孙佳山（中国艺术研究院马克思主义文艺理论研究所）： 我个人更关注的是《白毛女》的当代性问题。因为无论是从艺术价值的角度，还是从思想内核的角度，《白毛女》的历史地位毫无疑问已经不言而喻了。不管我们今天再怎么重新挖掘，再怎么阐释，那也是一个既定的历史事实；即便有怎样的诋毁、攻讦其实也都不足为惧，毕竟大浪淘沙，虽然可能一个时代甚至几个时代都有问题，但历史是不会"脑残"的。真正有实际价值的问题在于，我们到底该怎么在今天的所谓大众文化或消费主义的文艺生产环境下，赋予《白毛女》一个具有当代性的指向？说白了，就是怎么接过《白毛女》的"枪"？当然这后边其实还有一个更残酷的拷问，那些夸夸其谈真的能确定一定能接过《白毛女》的"枪"么？这个问题可能比单纯站在既定立场，尤其是道德立场上说那些"伟光正"的漂亮话有意义得多。

具体说，我自己关注的点是贺老当年创作《白毛女》时的年龄，才20岁。这肯定是空前的，能不能绝后不好说，但毫无疑问在未来很长的时间里，这都不可能被复制了。一个20岁的青年人，就能够在那个大时代，找到时代的节奏，并和时代的脉搏一起共振，既能将一个传说故事赋于一个新的模式和结构，同时在这个过程当中，也完成了包括自我在内的一个大规模群体的主体意识塑造——这在今天看来，用奇迹来形容似乎都不够用了，何况正如大家刚才谈到的，这压根不是事先准备好的，谁也不知道会怎样，都是动态中完成的。那么问题来了，抛开偶然因素，在这背后，一定有一套对今天还有强烈借鉴和示范意义的人才培养机制,而且如果这个机制存在的话,该怎么在今天创造性地重生?

显然,集体创作是一个关键词,但集体创作不是一个本质性的概念,《复兴之路》也是集体创作出来的,那么这个集体创作和那个集体创作是一回事么?拿作品的艺术价值来比较一下就显而易见了。何况,正如刚才云雷说的,我们今天的中国缺乏鲜活的现实么?我们今天为什么讲不出生动的中国故事了?所以,真正的问题在于创作和批评等多重意义的主体性问题,在一个人才培养机制被理顺的时代下,20岁也是可以创造经典的,20岁的人和不同年龄段的人一起集体创作也是一样能出精品的,但在今天这可能么?恐怕听起来都太荒诞吧。

实事求是讲,我们今天说的很多东西在现有的文艺生产条件下,对现有的文艺生产其实是没有什么实际影响的,甚至对《复兴之路》那样的东西都没有什么影响。富士康的工人会不会有《白毛女》式的控诉?贵州自杀的儿童会不会有《白毛女》式的呼喊?这个时代的中国故事什么时候能进入到这个层面,然后再对其进行艺术的塑形?而这个工作又由哪个年龄段的、什么身份、什么知识结构的人来完成?他们以及他们笔下人物的主体性,具体是怎样的形态?这些问题只要稍微一细化,我们就会发现,现实未免太过残酷了。这是我对《白毛女》的当代性问题的思考,也想和大家一起努力,真是任重而道远啊。

李松睿: 我觉得今天的讨论是非常成功的,既有陆华老师对《白毛女》改编、演出以及研究状况进行的整体性描述,给我们今后研究《白毛女》提供了一个宏观的路线图,又有何吉贤老师对90年代以来《白毛女》研究的问题脉络的梳理,更有李正忠老师对《白毛女》的政治地位以及在今天的意义所做的高屋建瓴的分析。此外,我们今天的讨论也涉及好多问题,比如土改的问题、对《白毛女》的当代性问题、民族歌剧的新形式问题以及《白毛女》内部所蕴涵的张力问题。本期论坛尤其是到最后大家就某些问题开始了争论,这是非常好的现象。不过因为时间关系,今天的讨论只能到这里了,我们可以私下再继续论争。

(根据速记整理,经过本人校订)

青年文艺论坛第四十九期

市场化时代的劳动美学

—— 新时期以来关于劳动的想象与书写

主持人：崔　柯（中国艺术研究院马克思主义文艺理论研究所）

主讲人：刘　岩（对外经贸大学中文学院）

　　　　王洪喆（北京大学新闻传播学院）

时　间：2015年6月29日（周一）14：30—18：00

地　点：中国艺术研究院334会议室

主　办：中国艺术研究院马克思主义文艺理论研究所

编者的话

  劳动是财富创造的源泉，也曾经在我们的价值谱系中占据至高的位置。但是，在市场化改革过程中，劳动却陷于一种复杂的境遇，这体现在新时期以来文艺领域的有关文本中，也表现在日常生活中。同样重要的是，劳动的内涵和形态，由劳动所凝结的社会关系以及劳动的空间和场景，在新自由主义和新技术革命互相缠绕的复杂语境下，也发生了重大变迁。

  在当下政治、经济和文化的新格局中，本期论坛结合1980年代的小说《阵痛》以及影视剧《钢的琴》等文艺现象，从马克思主义批判理论的视角，分析了新时期以来文艺作品对工人以及工人处境变化的书写，同时也探究了当下的社会经济结构和文化语境。论坛以电影《顽主》等为例，分析了非物质性的情感式劳动，指出这种雇佣劳动形式和产品出现在改革开放后的中国，"顽主"代表的是生活在市场经济条件下，以生产人际关系和提供情感式服务为劳动产品的文化商人；同时指出，当下劳动的新的形式，是基于信息技术发展的转型，提供不可复制的灵活性、一次性服务。本次论坛正是在上述脉络下，集中讨论了如何重新理解劳动、如何恢复劳动应有的价值等理论问题。

崔柯： 大家好，欢迎参加第四十九期青年文艺论坛，今天讨论的题目是"市场化时代的劳动美学——新时期以来关于劳动的想像与书写"。我们经常说，劳动是创造财富的源泉，而在哲学意义上，劳动不仅是生产产品和创造价值的手段，也是人通过对象化来塑造自身主体性的过程，比如马克思将改造自然界的劳动视为人确认自身、建立与世界的对象化关系的关键一步。美学上也有一种观点认为美起源于劳动。

在经验层面上，劳动通常指的是体力劳动或者手工劳动。虽然大家可能会以 IT 民工、码字工来自嘲，但是在我们观念里，恐怕未必会将自己和打工者、环卫工人的劳动视为同一种劳动。可以说，当下我们讨论劳动，还是在脑体分工的前提下进行的。

在社会主义价值谱系里面，劳动一度占有至高无上的地位，延安以来直到新中国成立后一段时间，树立起了一种劳动最光荣的观念。然而随着市场经济的深入，尤其在当今这样一个信息化、智能化的时代，很多人不仅远离了手工劳动，而且将资本视为更高的社会推动力，对劳动和劳动者嗤之以鼻。那么，劳动者地位的变化是怎么发生的？这一变化背后凸显了什么样的社会变迁？就让我们通过本期论坛一起来讨论一下。

刘岩： 首先感谢祝老师和佳山的邀请，给我提供了这样一个宝贵的机会，和大家一起交流"新时期以来关于劳动的想象与书写"。刚才从崔柯老师的开场白里面，我们可以听得出来，劳动是马克思主义理论非常重要的范畴，也是中国社会主义实践的核心范畴，这是一个很大的题目，或者说是一个理论难题。我个人的理论和知识积累不可能对这个题目做全面的讨论，只能从一个特定角度切入。希望我的发言是抛砖引玉，请大家多批评。我发言的题目叫做"被遗忘的'阵痛'与新时期的劳动想象"。

为什么会有这样一个题目呢？这个题目的灵感，首先来自我看一部电视剧时的震惊性的观看体验，2011年的电影《钢的琴》在2014年被改编成了同名电视剧，看这个电视剧为什么会感到震惊呢？电影《钢的琴》大家知道，为我们再现的是20世纪90年代的"阵痛"——国企倒闭、工人下岗，在这样的背景下为我们重述劳动和劳动者的尊严。这是电影《钢的琴》。而电视剧《钢的琴》把叙事时间往前推，推到80年代，为我们展现了80年代的工厂。参照表现90年代的电影《钢的琴》，在看电视剧之前，我不免有一个主观预设，就是想当然地认为电视剧会演80年代的工厂怎么好、怎么红火，那时候劳动者怎么有尊严、有地位、劳动光荣等。我确实有这样的想象和预期，结果一看电视剧，大吃一惊，它对80年代的书写，首先让我看到的是一种"成为工人的创伤"。

电视剧一开头我们看到的是1985年的高考考场，听到陈桂林画外音说：这是我第三次走进高考的考场，连着考了三次，前两次都落榜了。结果自然这次又没考上，他女朋友考上了，所以女朋友也吹了，迫不得已才接了父亲的班进了工厂。我们在电影《钢的琴》里看到陈桂林有很多朋友，帮他做钢琴的工友，他们有非常深厚的情谊，这种情谊我们觉得可能是在劳动空间内形成的，他们是一个车间的工友，平时一块劳动，建立了非常深厚的工人阶级的情谊。可在电视剧里，他们在进工厂前就是非常好的朋友，进工厂后开始也没在一个车间工作，那怎么就到了一个车间呢？因为铸造车间出了一场事故，自车间主任以下大部分工人都遇难了，陈桂林因为旷工侥幸逃过一劫。这时候工厂要求所有新进厂的年轻人全都去铸造车间工作，所有人都非常沮丧。比如在电影《钢的琴》里给人留下深刻印象的季哥，在电影里，季哥干完活以后被警察带走了，留下一个大哥的背影，同时也是有尊严的工人阶级的背影；而在电视剧里，季哥本来已经找好关系要到保卫处上班了，结果被调到铸造车间，特别郁闷，喝得酩酊大醉。陈桂林安慰朋友们说，铸造车间虽然又苦又累又危险，但补助也高啊，而且咱们又能都在一起了。电视剧《钢的琴》呈现给我们的仍然是一个"阳光灿烂的80年代"，其中有青春、爱情、友谊，但这些都和劳动没有必然的关联，劳动对工人来说是非常外在化的东西。于是我们看到了两种怀旧的分裂：一个是80年代的怀旧，还有一个是我们可以称作工业年代的怀旧。新世纪以来出现了不少缅怀社会主义公有制条件下的工业劳动的电视剧，比如说《大工匠》《工人大院》《钢铁年代》等，这些电视剧表现的主要是从20世纪50年代到70年代，尤其50年代的工业劳动；而80年代或者完全没有呈现，或者和劳动没有任何关系。对50年代到70年代工业劳动的怀旧,是对90年代去工业化的社会结果的一种回应,所以在表现这两个历史时段的作品中,可以看到对劳动和劳动者尊严的正面书写;在关于80年代的叙事中,劳动却是一个外在化的元素。

不过今年我们看到了一个异数,有一部电视剧,既是对80年代的缅怀,同时又是一首对劳动的赞美诗,就是根据路遥同名小说改编的《平凡的世界》。《平凡的世界》叙述的是从1975年到1985年的历史,在小说结尾,主人公孙少平在80年代成了一个煤矿工人,在这个位置上找到了人生的价值。那么,同时是80年代怀旧和劳动赞美诗的《平凡的世界》,有没有我们前面说的"成为工人的创伤"呢?讨论这个问题之前,首先要确定这个词的含义,这个"创伤"究竟意味着什么?说到工人的创伤,我们可能会想到90年代国企改革的关键词——"阵痛",而"阵痛"是不是从90年代才开始有呢?

稍作回顾,我们会发现在80年代已经出现"阵痛"这个词了,它首先是一篇有代表性的改革小说的名字,在1983年,东北作家邓刚发表了短篇小说《阵痛》,这篇小说获得了当年全国优秀短篇小说奖。这篇叫《阵痛》的小说一开始让我们看到的是劳动者的喜悦,更确切地说是按劳分配带来的喜悦:"锤砸铁砧出声,汗珠摔地有响,出多少力,换多少钱,谁不打心眼乐!"工人们高兴,是因为他们签订了包工合同,干多少活拿多少钱,不再吃大锅饭。中国国企改革的第一步是从承包制开始的,企业和国家签订一个承包合同,"包死基数,确保上缴,超包全留,欠收自负",承包指标又在企业内部层层分解,分解到车间、班组,直至个人,进行所谓"劳动优化组合"。进行劳动优化组合的工人很高兴,干得越多,钱就越多;但是劳动优化组合有一个前提,就是要淘汰剩余,有一些人干活不行,我们班组不能要他。于是我们就看到了小说《阵痛》的主人公,或者说"阵痛"的承受者,他的档案表格上写着:郭大柱,33岁,五级铆工,常年获得"先进生产者"。先进生产者怎么会在劳动优化组合中被当做剩余淘汰掉呢?他虽然是五级铆工,先进生产者,但是他在工厂并没有干铆工的活。他是"文化大革命"的时候进工厂当铆工的,因为特有的优势——字写得好、会画画,被领导看中,让他做宣传鼓动工作。就是说,虽然身份是工人,干的却是文宣干部的工作。所以除了承包制、按劳分配之外,《阵痛》还写了80年代前期的另一个重要改革,更确切地说是"整顿"——整顿"以工代干"。1983年中组部和劳动人事部联合下发《关于整顿"以工代干"问题的通知》,明确指出,"长期'工不工'、'干不干',影响了积极性的发挥,不利于四化建设"。就是要明确什么人是工人,什么人是干部，什么人是技术人员。郭大柱所以就没办法像"文革"时候那样从事宣传工作了，回到车间重头做起，给其他工人打开水，跟其他工人学技术。小说写道："这些日子他的心沉浸在不可名状的痛苦里，他意识到这是一种阵痛，一种新事物诞生前的阵痛……"他要重新做一个工人，而他从前干的活呢？原来画革命宣传画的地方现在画的是一个摩登美人，是工厂的产品广告，美术学校毕业分配来的学生画的比郭大柱专业多了。"以工代干"造成的分工不明确得到了"整顿"。

"以工代干"是在毛泽东向全国推广"鞍钢宪法"的大背景下发生的，我们知道"鞍钢宪法"最重要的一条原则是"两参一改三结合"，即工人参加管理，管理者参加劳动，改革不合理的规章制度，干部、工人、技术人员相结合。这个原则针对的是苏联的"马钢宪法"，包括一长制、专家治厂、专业分工等。毛泽东晚年有关社会主义劳动的一系列论述和相关实践——从1960年代向全国推广"鞍钢宪法"到1975年批判资产阶级法权，都是以一个负面典型作为参照，就是他认为已经演变为修正主义的苏联模式。而"改革小说"显然从属于这样一种意识形态，所谓"改革"，其最初所指，与其说是对苏联模式的变革，不如说是在理论和实践上向苏联模式的常态复归。

毛泽东晚年的论述和实践，与苏联模式的实践，都是在某种马克思主义的指导下进行的，这时候我们就需要做一个定位：如何在马克思主义的理论脉络中来界定深受毛泽东思想影响的当代中国文化的劳动表述？在当代文学和文化研究领域，最近几年出了不少成果，大家比较熟悉的，甚至可以说最重要的一个成果，就是蔡翔老师的《革命/叙述：中国社会主义文学–文化想象（1949—1966）》。这本书提出一个观点，叫做"马克思主义劳动价值论的中国化"，就是说当代中国文化当中的"劳动"叙述，并不完全是在马克思主义劳动价值论的框架中展开的，而是在本土的"劳心/劳力"的论述框架中展开的。对于蔡翔老师的这个观点，黄子平老师在《当代文学中的"劳动"与"尊严"》中做了进一步论述。他明确地说，"中国化"就是修正主义化，就是去马克思化，"当代文学里头的绝不是马克思意义上的劳动价值论"。他还特意提到一个文本："'文革'后期，毛主席说读点马列，其中一本叫《哥达纲领批判》。"《哥达纲领》的第一句话是，"劳动是一切财富和一切文化的源泉"。黄老师引了马克思对这句话的批判："马克思大怒，整个批判的语气都是很尖锐的。实际上他强调了现在我们都很熟悉的生产的三要素：劳动、资本和自然。马克思早就指出这句话只把劳动这一维度提出来，是一种理论上的倒退。"这里有一个非常有趣的症候点，黄子平老师用马克思的《哥达纲领批判》来否定当代中国文化的劳动论述是一种马克思主义论述，说这不是马克思意义上的劳动价值论；但他提出来的文本《哥达纲领批判》恰恰是晚年毛泽东非常推重的一个文本。晚年毛泽东为什么让大家读《哥达纲领批判》？《哥达纲领批判》和毛泽东晚年思想有什么关联？讨论这个问题之前，我们先要做一点正本清源的工作：毛泽东的"劳心/劳力"论述的理论基础究竟是什么？依据的是不是马克思的理论？马克思的劳动理论是不是可以直接等同于劳动价值论？

我们都知道1883年马克思去世，恩格斯在马克思的葬礼上发表了一个著名演讲，《在马克思墓前的讲话》。在这篇讲话当中，恩格斯总结了马克思的两个最重要的贡献，或者说是最重要的两大发现。首先，"马克思发现了人类历史的发展规律，即历来为纷繁芜杂的意识形态所掩盖的一个简单事实：人们首先必须吃、喝、住、穿，然后才能从事政治、科学、艺术、宗教等"。这就是历史唯物主义的第一要义。第二个发现，"马克思还发现了现代资本主义生产方式和它所产生的资产阶级社会的特殊的运动规律。由于剩余价值的发现，这里就豁然开朗了，而先前无论资产阶级经济学家或社会主义批评家所做的一切，都只是在黑暗中摸索"。这也就是马克思主义的劳动价值论，社会必要劳动时间决定商品的价值，资本家无偿占有工人创造的剩余价值。

新中国成立后相当长的一段时间内，对直接的物质生产劳动的推重，依据的是马克思的哪个发现呢？显然是第一个发现，也就是历史唯物主义的第一要义，用马克思和恩格斯在《德意志意识形态》当中的话说，就是"人们为了能够创造历史，必须能够生活。但是为了生活，首先就需要吃喝住穿以及其他一些东西。因此第一个历史活动就是生产满足这些需要的资料，即生产物质生活本身，而且，这是人们从几千年前直到今天，单是为了维持生活就必须每日每时从事的历史活动，是一切历史的基本条件"。直接的物质生产劳动是一切人类活动的基础，恩格斯说这是一个简单的事实，但这样一个简单的事实为什么一直"为纷繁芜杂的意识形态所掩盖"呢？《德意志意识形态》告诉我们首先是因为社会分工。社会分工的确切含义是什么？马克思说，"分工只是从物质劳动和精神劳动分离的时候起才真正成为分工"，"与此同时出现的是意识形态家、僧侣的最初形式"，"在分工的范围内，私人关系必然地、不可避免地会发展为阶级关系，并作为阶级关系固定下来"。我们再来看中国本土关于"劳心/劳力"的论述，最著名的表述无疑是《孟子·滕文公下》："有大人之事，有小人之事……或劳心，或劳力；劳心者治人，劳力者治于人；治于人者食人，治人者食于人，天下之通义也。"这不仅是对精神劳动和物质劳动的分工的合理化，而且是对以社会分工为前提的社会等级和阶级秩序的合理化。参照前面马克思的表述，很显然孟子就是马克思所说的意识形态家,如果马克思熟悉孟子学说的话,很可能会把他当作一个典型个案。

再回到毛泽东的"劳心/劳力"论述及其相关实践,参照我前面的讨论,毛泽东的"劳心/劳力"论述及相关实践,与其说是马克思劳动理论的中国化,不如说是借重马克思的历史唯物主义对中国社会分工体系的改造。这个改造不是物质劳动和精神劳动的位置的简单颠倒,而是努力克服作为阶级分化的条件的分工本身。现在我们已经回答了前面提出的第一个问题,毛泽东推重直接物质生产劳动的理论基础和依据是什么?是马克思的历史唯物主义。

现在回答第二个问题,晚年毛泽东思想和《哥达纲领批判》的关系。1975年10月到1976年1月间,毛泽东发表了一系列的讲话,最后形成了《毛主席重要指示》这样一个文本。其中有一段很著名的话:"列宁说建设没有资本家的资产阶级国家,为了保障资产阶级法权。我们自己就是建设了这样一个国家,跟旧社会差不多,分等级,有八级工资,按劳分配,等价交换。要拿钱买米、买煤、买油、买菜,八级工资,不管你人多人少。"毛泽东为什么说这样一段话呢?为什么说按劳分配是资产阶级法权呢?他其实是用通俗的语言对马克思《哥达纲领批判》中的理论表述做了提炼。

马克思在《哥达纲领批判》中指出,在按劳分配中体现的是"商品等价物的交换中也通行的同一原则,即一种形式的一定量的劳动可以和另一种形式的同量劳动相交换",由于这种交换价值的逻辑,"在这里平等的权利按照原则仍然是资产阶级的法权"。马克思进一步论述说:"一个人在体力或智力上胜过另外一个人,因此在同一时间内提供较多的劳动,或者能劳动较长的时间;而劳动,为了要使它能够成为一种尺度,就必须按照它的时间或强度来确定,不然它就不成其为尺度了……但是不同等的个人(而如果他们不是不同等的,他们就不成其为不同的个人)要用同一的尺度去计量,就只有从同一个角度去看待他们,从一个特定的方面去对待他们,例如现在所讲的这个场合,把他们只当做劳动者;再不把他们看作别的什么,把其他一切都撇开了。其次,一个劳动者已经结婚,另一个则没有;一个劳动者的子女较多,另一个的子女较少,如此等等。在劳动成果相同,从而由社会消费品中分得的份额相同的条件下,某一个人得到的事实上比另一个人多些,也就比另一个人富些,如此等等。要避免所有这些弊病,权利就不应当是平等的,而应当是不平等的。"如果把这段话说得通俗简练一点,就是毛泽东前面说的,"有八级工资,按劳分配,等价交换。要拿钱买米、买煤、买油、买菜,八级工资,不管你人多人少"。按劳分配的交换价值逻辑抽空了工人的具体状况和具体需要，这是《哥达纲领批判》中的理论表述，而在这个1875年写作的、体现马克思晚年思想的文本中，仍然可以看到其早期文本的思想的延续，即《1844年经济学哲学手稿》中关于异化劳动的思想。马克思在《手稿》中说："交换关系的前提是劳动成为直接谋生的劳动……劳动的意义仅仅归于谋生的劳动并成为完全偶然的和非本质的，而不论生产者同他的产品是否有直接消费和个人需要的关系，也不论他的活动、劳动本身的行动对他来说是不是他个人的自我享受，是不是他的天然禀赋和精神目的的实现。"按劳分配的前提是劳动成为单纯谋生的劳动或异化劳动，排除了劳动者的个性、差异和具体的需要，用《哥达纲领批判》中的话说，"把他们只当做劳动者；再不把他们看作别的什么，把其他一切都撇开了"。但马克思在《哥达纲领批判》中表达了这个观点后，马上又补充道，"但是这些弊病，在共产主义社会第一阶段，在它经过长久的阵痛刚刚从资本主义社会里产生出来的形态中，是不可避免的。权利永远不能超出社会的经济结构以及由经济结构所制约的社会的文化发展"。从这里，我们看到了晚年毛泽东的一系列论述和实践的理论依据是什么，在社会主义阶段，也就是马克思说的"共产主义社会第一阶段"，仍然存在着异化劳动，这是和这一阶段的社会经济结构及其文化密切相关的。马克思对按劳分配的批判联系着社会主义阶段存在的异化和异化劳动，这构成了晚年毛泽东在社会主义条件下"继续革命"的理论依据。

1983年，也就是小说《阵痛》发表的同一年，周扬发表了《关于马克思主义的几个理论问题的探讨》，正式把社会主义社会中的异化作为一个理论问题提了出来。他说了几个方面，有经济领域的异化、政治领域的异化、思想领域的异化。其中经济领域的异化，他是这样的表述的："在经济建设中，由于我们没有经验，没有认识社会主义建设这个必然王国，过去就干了不少蠢事，到头来是我们自食其果，这就是经济领域的异化。"这里说到社会主义建设的"必然王国"，这个"必然王国"指什么？在80年代的语境中，这个所指非常清晰，就是商品经济的价值规律。也就是说，到80年代中前期，无论对所谓"改革派"还是"保守派"，马克思论述意义上的异化劳动都不再是与当代中国现实相关的理论问题，劳动的交换价值化不再是需要克服的历史现象，而是"改革"或"整顿"的目标。

结合这个80年代语境再来看小说《阵痛》，"阵痛"的含义便相当明显了，就是工人被贬低为单纯劳动力的痛苦，或者用马克思在《哥达纲领批判》里的话说，"把他们只当做劳动者；再不把他们看作别的什么，把其他一切都撇开了"。这种贬低表面上是承认劳动的价值,也就是按照体现为"按劳分配"原则的商品拜物教逻辑承认劳动的交换价值。这种承认在改革伊始给工人带来了十分显著的好处,提高了工人收入,改善了物质生活的匮乏;但此后,"阵痛"开始被越来越多的工人所承受和体验,并逐渐常态化。最近30年来,每当中国经济发展遭遇瓶颈,每当为交换价值增殖而需要淘汰过剩产能的时候,相关劳动者都要像郭大柱一样承受"新事物诞生前的阵痛"。最显著的有两次:一次是20世纪90年代国企改革的"阵痛",一次是最近一轮经济转型的"阵痛",不仅都以"阵痛"为关键修辞,而且有着共同的所指,就是和生产过剩相关的劳动力成本问题。这种显著的、常态化的"阵痛"有一个几乎被遗忘的前提,就是发生在80年代的"原初阵痛":工人失去了有机的社会主体的资格,工人问题只是劳动力问题,而不再具有政治、文化、伦理、情感等维度。相当吊诡的是,恰恰是在异化问题讨论和人道主义话语兴起的时刻,工人的异化劳动被合理化,工人开始作为单纯的劳动力同具有丰富个性和需要的"人"相对立。

按照马克思在《1844年经济学哲学手稿》中的说法,"人同自己的劳动产品、同自己的生命活动、自己的类本质相异化的直接结果就是人同人相异化。当人同自身相对立的时候,他也同他人相对立"。当工人仅仅是工业领域的体力劳动者的时候,也就失去了和整个社会的有机联系,或者说,以往的有机社会瓦解了。我们说在毛泽东时代存在一个社会主义的有机社会,不是说那时没有社会分工,没有分配收入上的差异;而是说,这样一种社会分工,这样一种收入分配差异,没有导致阶级的分化、社群的疏离和生活世界的区隔,而80年代的社会分工却开始导向这种分化、疏离和区隔。

现在让我们再回到前面提到的文本《平凡的世界》,已不难看到和上述变化联系在一起的工人的"原初阵痛"。在小说结尾,孙少平拒绝了金秀的感情,最重要的原因是,"他和秀的差异太大了。他是一个在井下干活的煤矿工人,而金秀是大学生,他怎么能和她结婚?秀在信上说她毕业后准备去他所在的矿医院当医生。他相信她能真诚地做到这一点。但他能忍心让她这样做吗?据兰香一再给他说,按金秀的学习情况,她完全可以考上研究生。他为什么要耽搁她的前程?如果因为他的关系,让秀来大牙湾煤矿,实际上等于把她毁了"。小说将孙少平对金秀的拒绝与当年对田晓霞的接受做了对比:"所有这一切考虑,不是说没勇气和一个女大学生一块生活。当年田晓霞也是大学生、记者。但秀和晓霞又不一样。晓霞在总体素质上是另一种类型的女性。虽然他和秀一块长大,但秀决不会像晓霞那样更深刻地理解他。他和秀之间总有一种隔代之感。"这里说到"隔代之感",孙少平和晓霞分享着共同的时代经验,而和金秀却像是分属两个不同的时代。世间已无田晓霞,对孙少平而言,不仅是失去爱人的痛苦,也是历史断裂的创痛,那个农民的儿子和地委书记的女儿、煤矿工人和省报记者、体力劳动者和脑力劳动者可能结合在一起的时代已经消逝了。小说结尾,孙少平给金秀和他的妹妹、妹妹的未婚夫分别写了信,"他向他们'阐述'了他为什么现在不想来大城市工作的想法。他说他也许一辈子可能和煤炭打交道"。我们非常清晰地看到了一种区隔,一个煤矿工人的世界和主流城市生活的区隔,孙少平义无反顾地走向大牙湾煤矿,和主流城市生活渐行渐远。小说告诉我们"这是赞美青春和生命的歌",我们能从中感受到一种生命的崇高,一种因为拥抱苦难而获得的崇高,少平最后回到煤矿,和带孩子的寡妇惠英结合,他选择拥抱苦难的空间,也同时选择了与主流城市生活的诀别。这是小说《平凡的世界》的结尾。

电视剧《平凡的世界》对结尾做了非常大的改动,当我们听到"这是赞美青春和生命的歌"这句画外音的时候,孙少平不是走回大牙湾煤矿,而是从大牙湾向外走,走向双水村回家过年。孙家所有的孩子都回双水村团聚过年了,这些孩子里有工人、有农民,还有大学生,少平的妹妹兰香成了大学生,并且带回了自己的未婚夫——省委书记的儿子。这个时候我们看到的不是不同阶级的生活世界的区隔,而是各种身份的人在同一个家庭场景中聚合。电视剧的最后一个镜头是双水村万家灯火的全景,非常漂亮的一个大全景,是通过田晓霞的父亲田福军的视点看到的,他说:"这片土地醒了!"这片"醒了的土地"已不仅仅是双水村,而是一个想象的有机的社会共同体,这里没有阶级的分化与区隔,小说结尾呈现的分化的社会空间在电视剧里获得了想象性的整合。

与这样一个结尾修改相配合,电视剧在做预告和推广的时候,还找到了一位代言人,就是地产大亨潘石屹。潘石屹在接受采访时说自己和少安、少平兄弟非常像,自己也是从农村走出去的,也是苦出身。他还特意结合剧情回顾了自己的爱情道路,说当年在家乡娶媳妇非常困难,娶个一般的要给100斤小麦,娶个漂亮的要给200斤。"我娶张欣的时候,什么彩礼也没有给,一分钱也没给,一斤小麦也没给。"潘石屹为自己的爱情和电视剧中的爱情建立了一种同构关系,为我们呈现出一种历史的连续性,少平和晓霞的爱情并没有终结,历史并没有断裂,而是一直在现实中延续。潘石屹更主要的代言是说创业,所谓"创业的起点都是搬砖",也就是告诉年轻人,虽然现在工作很累很苦,但任何创业者都是从这个阶段开始,脚踏实地一步步走向成功的。这显然是在阶级固化的情境中建构了一个阶层流动的抚慰性的想象图景。这时候,我们会发现电视剧《平凡的世界》和电影、电视剧《钢的琴》有一个最大的区别:前者可以找到当下现实的成功人士为作品的故事和主人公代言,而后者却无法找到这样一个代言人,因为它的劳动表述紧密地与社会主义生产方式和工人阶级的衰落联系在一起。张猛非常诚实地告诉我们,工人是不看《钢的琴》的,拍《钢的琴》的时候甚至和工人发生过冲突。这种差别使我们不能不追问,在今天抽象赞美劳动的可能是什么人?这种赞美在履行一种怎样的意识形态功能?

我想用马克思《哥达纲领批判》中的一段话来回答这个问题,也以此来结束我的这篇发言。马克思批判"劳动是一切财富的源泉"的说法,说这种对劳动的抽象赞美是一种资产阶级的说法,因为"只有一个人事先就以所有者的身份对待自然界这一切劳动资料和劳动对象的第一源泉,把自然界当做隶属于他的东西来处置,他的劳动才成为使用价值的源泉,因而也成为财富的源泉。资产者有很充分的理由给劳动加上一种超自然的创造力,因为正是从劳动所受的自然制约性中才产生如下的情况:一个除自己的劳动力外没有任何其他财产的人,在任何的社会和文化的状态中,都不得不为占有劳动的物质条件的他人做奴隶。他只有得到他人的允许才能劳动,因而只有得到他人的允许才能生存"。谢谢大家。

崔柯: 感谢刘岩老师。刘岩老师首先以"阵痛"为关键词,分析了1980年代以来几个有关工人劳动书写的文本,进而根据马克思主义经典论述,对毛泽东的劳动论述和1980年代之后的市场化逻辑做了深刻的分析。刘岩老师提到小说《阵痛》,我觉得这种"阵痛"和1990年代的"阵痛"是有区别的,小说《阵痛》中的主人公,是一个"文革"之后不能适应新时代的人,这和80年代的伤痕文学等文学创作,分享着共同的逻辑:一方面对之前的"文革"做一个否定或者控诉,另一方面许诺了一个未来,相信在新的时期依靠个人劳动能够实现美好的未来。然而今天看来,小说中所许诺的那个未来图景中,未必有劳动者自己的位置。刘岩老师提出来一个说法"没完没了的阵痛"。我想,在我们今天"告别革命",进而回避社会主义实践的合理性的时候,是否应当思考革命尚未完成的一系列问题?

下面我们请王洪喆老师作主题发言。

王洪喆: 首先感谢祝老师、佳山邀请我过来参加这个讨论。祝老师给了我一个"命题作文"——也是跟我的研究和写作相关联的题目——社会主义时期的劳动想象。这次我想从物质劳动和非物质劳动的关系切入,正好跟上次邱林川和王维佳讨论的信息时代的劳动和文化问题做一个关联。目前的想法比较不成熟，有点像开了一个脑洞，刚才听完刘岩师兄讨论以后心里一下有底了，因为我们的问题意识恰好可以做一个衔接。他做了一个比较厚实的梳理，对1983年以前的"阵痛"对于劳动价值论的时代变迁的意义进行了回溯，我现在没有那么紧张了。

我要谈的事情从1988年的一部电影《顽主》开始，重看此片，看出了一些有趣的新东西。我们知道1988是"价格闯关"的一年，它造成了后来的一系列危机。同时这一年在中国文学和电影史上也被称作"王朔年"，这年有四部王朔作品改编为电影：米家山执导的《顽主》、夏钢执导的《一半是火焰，一半是海水》、黄建新执导的《轮回》以及叶大鹰执导的《大喘气》。因此，王朔进入我们的视野，也是因为他的作品被改编，经由银幕成名走红。《顽主》是这其中讨论最广泛的一部，这个影片在1988年上映，且于当年中国电影金鸡奖获得了6项提名，主要演员葛优、张国立、梁天、马晓晴也凭借该影片一炮而红。

《顽主》讲三个北京的待业青年，老北京话叫"顽主"，于观、杨重、马青，分别由张国立、葛优、梁天扮演，3人开了一家替人排忧、解难、受过的三T公司，专门从事非物质性，或者说是非生产性的服务类劳动。杨重替工作繁忙的肛肠科医生和女朋友约会，马青替外出不归的丈夫挨妻子的骂，于观为拿不到文学奖的三流作家策划一场假的颁奖典礼：三T文学奖。影片当中最具有症候性的情节就出现在这个颁奖典礼上，各式社会角色：商人、工人、农民以及红卫兵、中国传统士绅、帝王将相等同时出现在模特走秀的舞台上。此外他们还做电影替身演员、病危老人的临终护理，这都是当时社会尚未出现的低端的服务性体力劳动。正是在作家的颁奖典礼上，三T公司打出它的广告语：填补服务行业的万代奇缺，经营大千世界的喜怒哀乐。

从三T公司的广告语我们可以发现，三T公司的出现可以说代表了商品化的服务业劳动，作为一种新的雇佣劳动形式在改革开放后的中国出现。相比于社会主义工业建设时期具有代表性的工农业劳动者和体制内的知识分子，"顽主"代表的是生活在市场经济条件下，以生产人际关系和提供情感性服务为产品的文化工人或者说文化商人，因为我们从《顽主》到《甲方乙方》《私人定制》这个电影工业的脉络中，已经看到这种行业从个体户发展到文化工业的整个过程。如果从新闻传播学的角度看三T公司，也可以看作公关公司，是文化产业的前身。用时下流行的理论家迈克尔·哈特和安东尼奥·内格里在《帝国》中的说法，三T公司的3个人从事的是一种非物质化（immaterial）、临时雇佣化（precarious）的情感劳动（affective labor）；当然这里情感劳动不仅指高级的知识性、信息化的劳动，也有非常低端的服务性行业（比如医院护工）。

对于哈特和内格里而言，今天我们生活在这样一个文化工业和娱乐产业充斥的社会语境当中，这些产业提供的服务其实主要就是用来创造和操控人们的情感。这里说的情感，他们用的词是 affect，在台湾翻译成"身体势能"。因为在英语里面词意跟情感更接近的词汇是 emotion，也有一些欧美的劳工研究涉及这类情感劳动（emotional labor），他们讨论情感劳动的时候，指仅仅提供情绪性服务的工人，比如空姐、饭店服务生等要对人微笑的服务业工人。哈特、内格里指的提供"身体势能"作为劳动力商品的行业，涵盖了后工业时代大量的各类非物质的劳动形式，只要从事非实物生产性的劳动，都可以涵盖在这里面。为什么他们要命名这样一种新的劳动形式？因为在他们那里，对非物质性情感和人际关系的生产，也就是对生命政治权力（biopolitics power）的生产，已经取代农业和工业生产，开始居于资本主义经济积累和文化统治的核心位置。有趣的是，哈特认为情感劳动为资本提供新的剩余价值和利润积累的同时，也不可避免地再生产出一种集体的智能，一种集体的主体性和社会关系，这种可能性或者潜能，为情感劳工脱离资本主义的生产关系，为人类解放提供了一个可能性。在他看来，这是1970年代后期，资本主义从工业化时代向后工业化转变的一体两面：一方面，后工业化是资本主义度过经济和文化危机的手段，其所依仗的劳动形式从物质劳动转变为非物质劳动；另一方面，则像马克思发现了进入工业劳动当中的产业工人阶级成了工业资本主义掘墓人一样，他认为后工业时代的情感劳工，也因为在被编入剩余价值创造的流程中，生产出集体性主体和社会关系，使得他们成为后工业资本主义的掘墓人。当然这是对他们理论的一个非常简单的梳理。

我们再回到《顽主》代表的80年代劳动叙事，如果从西方中心主义的20世纪历史叙事逻辑出发，《顽主》当中三T公司体现出社会劳动关系与劳动文化的转向，几乎和欧美的转向是一致，甚至是同步的。对此我从三个方面来谈。

第一个方面，对于欧美而言，这种灵活性的非物质劳动的出现，或者是劳动价值和劳动伦理的出现，其实是20世纪60年代反文化运动的历史遗产之一。在欧美60年代青年人的反文化和反战运动中，冷战年代生活在凯恩斯主义下的青年人对资本主义生产关系当中的劳动力价值，产生了强烈的怀疑。反文化运动的出现，在一些学者那里，被看作对西方60年代阶级斗争的资本主义式回应。中产白领的下一代们，不想再重复父辈们的工作。反文化当中除了反战和要求民权这些我们熟悉的口号之外,还有一个著名口号"less work,more money",这个和劳动政治相连的著名口号背后是要求更好的报酬和更灵活的雇佣形式。

那么回过头来比照《顽主》的文本所提示的历史,戴锦华在对80年代电影进行研究的时候,指认出以王朔为代表的顽主一代青年,他们的精神特征和西方"六八学潮"的反文化青年具有某种同构性。她的用词是"反体制的反英雄"——一种并不"新"的新人——并不"新"的意思是,在美国以嬉皮士为代表形象的反文化青年们,反对冷战体制下的国家军工联合体及其雇佣关系。在欧美六八一代的观念中,为国家工作不再是爱国,而是为资本主义积累和战争服务,这就使得工作和雇佣劳动面临一种负面的价值感。因此在20世纪劳动政治的脉络下,反文化运动可以被看作一种以"拒绝工作"的方式展开的阶级斗争;而在中国则表现为改革开放中反集体主义的、对国家官僚主义体系下工厂劳动的拒绝,因此二者都在拒绝成为雇佣劳动者(refusal of work)这样一个历史脉络下。结合刚才刘岩师兄的历史梳理,现在更容易理解他们为什么反对工厂劳动。我们知道在"文革"后,工厂劳动体制经历了一个重新回到苏联化的过程,即刘岩所说的有机劳动的解体。既然劳动的意义仅仅是劳动力价值的直接获取,而不包含其他劳动者的自我实现,那么工人为什么还要待在工厂里?换句话说,如果能从工厂挣脱出去,以更灵活的方式获得劳动报酬,为什么还要在体制化的职业劳动中受控制?

对这个问题的直接回应,出现在影片后段于观与女友丁小鲁在分手前的对话当中。丁小鲁想让于观参加考试找份体面的工作,她认为于观"现在的生活态度是向下的"。于观说:"虽然我看起来是在轻飘飘、慢吞吞地下坠,可是我的灵魂中有一种东西得到了升华。"此处的吊诡在于,作为中国大陆最早开发情感劳动的文化商人的前身,于观们无疑想要从社会主义的集体劳动和体制中挣脱出去;但他们却为自己的挣脱提供了一个批判性的意义——考大学或进工厂,成为一个社会所希望的合格劳动力是人的异化,而现在所从事的灵活的、临时的工作反而为他们自己提供了价值感,同时也为他人提供了社会服务。这是非常有趣的点,三T公司的口号就是"为人民服务,想人民之所想,急人民之所急"。

我们再回到西方的脉络里面,对于这些"顽主"来说,可以清楚地看到他们在西方的对应身份,反文化脉络中的社会运动发展出了一种自治性的生产生活方式,带有无政府主义和新左翼色彩的劳动和生活伦理论述与实践。这些不愿受雇于国家军工联合体的反文化青年,通过自治的方式回归田园,形成一种新的实验社区。同时,他们又不想把知识技术作为一种法权意义上的权利或资本，而是使用共享的方式形成一种新的工作伦理。比如，乔布斯、比尔·盖茨这些人，在20世纪70年代末都是加州地区的各类业余电脑爱好者组织的成员。作为反文化运动在技术领域的延伸，这些电子嬉皮士无偿地去分享他们的发明创造，并从中获得意义感。但问题在于，新自由主义经济在80年代西方社会的转型中崛起，恰恰有赖于对反文化的劳动伦理、科技发明和文化创意的收编——80年代是资本主义渡过经济危机，实现经济和文化转型的一个关键时间节点。一个简单的例子就是，在共享劳动成果的计算机爱好者群体中，比尔·盖茨等人突然发现原来在社群当中共享的计算机图纸和操作系统可以拿到市场中获利，他发现了一种业余的、非物质性的、创造性的劳动转换为利润的商业模式。我们现在非常熟悉的灵活雇佣劳动方式，在今天成了硅谷的科技意识形态和信息经济的基础。我今天是坐 Uber 来的，非常便宜，从北大到这不到15块，Uber 最近在全球包括中国，跟出租车司机和监管部门有大量冲突，我们可以说这背后是新旧两种劳动方式间的冲突。Uber 的一个 CEO 说，Uber 的理想可以这样概括：未来某一天，一个家庭主妇送孩子参加社区足球赛，把孩子送到目的地后打开 Uber，在等孩子两个小时的足球赛过程中接几个活，获得50到60美元收入，球赛结束后接孩子回家。在 Uber 的乌托邦中，我们可以看到未来人人实现自由的、灵活的雇佣状态，不必在工厂或办公室坐班，从事工薪劳动。

  第二个方面涉及信息技术的发展对劳动和交往方式的改造。我们知道劳动的主要形式从所谓工业时代向后工业时代的转向，是基于计算机和网络技术的发展。有了信息化手段，才使得提供不可复制的定制化一次性服务成为可能。所以从 Uber 理想的劳动叙事中，我们看到这种被新自由主义收编的共享经济中生产出来的，不仅是临时的劳动力雇佣和租赁关系，还生产出一种新型的人际交往关系。也就是说，劳动过程不仅创造作为运输和物流的剩余价值，还使得劳动者的社会资本获得增值，相比传统的劳动过程，这又是一幅更加乌托邦的景象。广告和新闻里看到 Uber 司机可以通过开车和异性乘客发生亲密社交，或者 Uber 司机和乘客交换各自的职业和生活信息，显然这种临时的雇佣和租赁关系成了重要的社交场所，甚至有人说 Uber 会取代原来的社交软件，成为新的城市陌生人社交平台。从这个角度讲，哈特和内格里的某些论述已经得到了见证，临时的情感劳动成为生产新的社会关系和生产关系的场所，工业资本主义时代的车间工厂进化为后工业的社会工厂。

  第二点还要补充一句，为什么说中国和西方的后工业化和情感劳动化是同步的，甚至要比西方领先一步？因为信息经济依然是以实物经济和传统行业作为其存在和发展的基础。比如，当前我们炒得比较火的互联网+、大数据等概念，看上去中国好像处在新经济的非常前沿的位置，Uber之所以把最重要的市场放到中国，正是和中国庞大的经济体量相关，只有保有庞大的物质性的经济体量和劳动力供给，才能为非物质的互联网经济和服务业提供可能。

第三个转变是，"情感"和"社会关系"的生产开始取代"理性"和"物质生产"变成政治、经济和文化生活的核心领域，或者说成为金融资本主义时代资本积累和权力获取的一个核心技能。我想举最近几年一直在讨论的《小时代》为例，如果从劳动和情感化的角度对《小时代》的几个角色进行细读，就会发现除了来自富裕阶层的顾里和家庭背景不明的唐宛如，另外两个底层人物林萧和南湘的命运是迥异的。电影海报上林萧左手挽着顾里，右手挽着唐宛如快乐地走到路上，边上是孤独行走、表情凝重的南湘，南湘和其他三人没有肢体接触。这个海报某种程度上反映了影片叙事的动力，南湘作为一个服装设计师，其实是一个自我雇佣的劳动者，她有相对不可替代的劳动技能，且为人直率；但是四人圈子的矛盾基本都是围绕她展开，她在群体关系中被安放在一个情感和道德非常边缘的位置，或者说被打入了一个情感和道德冷宫。林萧左右逢源、上下打点，非常懂得如何运用情感和沟通能力，以便在白富美和高富帅统治的世界生存下去，电影里给这个作为故事讲述者的角色以非常正面的确认。联系到这几年大量宫斗和青春影视剧对情感经营和操控能力的重视，会使我们从时代精神的角度不得不相信，在这样一个后工业资本主义时期，恰恰是沟通性、情感性的劳动成为比工业时代体力劳动和脑力劳动更具霸权性的技能。问题是这种技能的大量生产和商品化，没有带来人类交往能力的整体提升，反而使我们的交往能力和情感性活动大踏步退化，情感劳动和情感操控变得越来越高度的商品化、工具化、专业化、科技化以及可预测和可度量化。这也是《顽主》故事中所隐藏的社会变迁寓言。

以上从三个层面谈中国80年代以来在劳动想象方面的转变，它似乎和西方或者说和全球资本主义的转型是同步的——从一个工厂车间式的物质劳动的时代转向情感性的、非物质劳动的时代。

然而接下来问题来了。这种"环球同此凉热"的历史观混淆了20世纪历史中社会主义劳动关系的独特性。用张慧瑜的话说，"三T公司的'创意'与其说是用市场化的方式购买社会服务，不如说是用这种新的公司体制来戏仿、替换50—70年代存在的社会主义单位制"。我非常赞同这个判断，在电影中，社会主义的单位制被转换成一种类似西方军事工业联合体的压迫性力量，是顽主们竭力批判和逃离的对象，而其逃离的方式是通过创造"为人民服务"的情感性生意，重申劳动的社会意义（使用价值）和对他们个人而言的交换价值。而有趣之处在于，我们之所以需要售卖和购买这种情感服务，恰恰是基于单位社会的生产和日常生活组织的解体——用刚才刘岩的话说，就是有机生活的无机化。这正如电影当中以老革命身份出现的于观父亲，他以戏谑和无奈的口吻道出一个真相："如果你们能替人办事，还要共产党干什么？"表面看，这只是服务提供方的一种替换，在个人主义价值当道的80年代，政权的确开始从人们的日常生活领域退出，工会、社区、邻里互助关系开始瓦解。然而一个更深刻的事实是，社会主义曾经对人的情感、文化和日常生活领域，有一套跟物质生产有机相连的政治性安排，即社会主义国家的生产目的、生产过程中的协作形式，与下班后走出工厂车间之外的工人如何组织自己集体性的日常生活，是有机相连的。

在此，我想起刘岩在多年前写的《二十四城记》与当代中国叙事关系的论文，当时对硕士时代的我有着启蒙意义。他那篇论文谈到社会主义时期工人日常生活的再现问题，"共和国长子"只有自己的工厂，而没有自己的城市，只有被凝视的"劳动"和"家庭生活"，而没有有机的生活和历史的主体性呈现。《二十四城记》在工业劳动与家庭生活的连接当中，完全遮蔽了在工厂和家庭这两个空间之间曾经存在的连续和巨大的社会主义城市空间，工人的城市生活和交往变得不可名状。而这种社会主义时期的劳动和生活之间的有机组织，恰恰是基于大规模城市公共设施建设，协作性集体艺术和业余文化团体的普及，以及工厂办社会的劳动力再生产形式对工人日常闲暇、物质和非物质生活的有机组织。

如果我们可以在工人的城市当中，看到普遍的物质性安排和社会主义工人的国族主体性，以及交往及协作能力之间的关系，就可以提出一个作为讨论对象的历史问题：对社会主义日常生活和城市有机性的再生产，是否在哈特和内格里提出的情感劳动意义上，生产出了他们所召唤的那种集体的主体性和社会关系？

可以借用张猛的两部电影《钢的琴》和《耳朵大有福》中的劳动者形象来展开这一问题。在这两部影片中的劳动者身上，我们看到一个类似的特征：王抗美、陈桂林、淑贤这些曾经的社会主义工人们，同时也是工人文艺的生产者或者爱好者。文艺活动在他们那里代表一种稳定的生活状况，一种哈贝马斯意义上的交往行动。在他们曾经的工厂劳动中，王抗美除了是车间工人，也是工厂里《长征组歌》的领唱，陈贵林是吹拉弹唱样样精通的文艺骨干，淑贤也是一个非常好的美声歌手。这些业余文艺活动作为工人的日常交往行为，对他们来说，并不是一种功利性的或者劳动价值论意义上的使用。然而在单位制解体、工人下岗后，这些被从工业生产中排除的工人不得不把自己转变为临时雇佣的情感劳工，他们组织乐队在红白喜事上演出，应聘二人转乐团去娱乐大众，靠售卖自己的文化技能和情感性劳动为生。

因此，相比于《顽主》中对改革时代的"反文化青年"所发明的非物质性雇佣服务的指认，《钢的琴》中所提示的历史可能更确实地反映了社会主义从工业时代有机的生活和生产组织，转向资本主义后工业时代的真实进程。也就是说，社会主义中国劳动者所经历的变迁过程，可能跟哈特和内格里叙述的西方的进程并不是同步的，20世纪社会主义历史的差异性无法被西方马克思主义的理论所覆盖，因为我们有一个不同的起源和不同的转变过程。陈桂林能将彼此进入不同生活轨迹的工友和知识分子重新组织起来，重新回到工厂协作中，已经体现了工人的情感沟通和交往能力，这个能力恰恰是哈特所预言的非物质时代情感劳动力所要具备的劳动技能，即对集体性社会关系的生产。有主流媒体影评直接指出陈桂林的人物形象在《钢的琴》中就是一个成功的项目经理，而项目经理这个名称所提示的，恰恰是后工业时代劳动组织管理模式中所必须具备的，能够协调围绕产品的分工协作的领导者，这种能力在影片《钢的琴》当中，或其他类似的社会主义时代工人主体性的叙事当中，恰恰是工人已经具备的一种能力。

再举个例子，我们都知道广场舞作为一种群众组织，在中国民间的组织能力是极其强大的，而且开始采用移动互联网等最先进的技术手段。我几年前在东北城市的田野考察中发现，不仅是广场舞，在原来有比较多的工业遗产和工业人口的城市，各类兴趣团体和民间慈善组织，对互联网和手机等新媒体的组织力量的依赖，是生活在大都市的中产阶级不可想象的。各类登山小组、歌咏小组、远足自行车小组，其QQ群的规模经常达几百甚至上千人，他们的活动甚至超越本市和本省，在全国同样的兴趣团体中形成了跨地域的连接。

到这里我们已经可以发现，恰恰在哈特和内格里之类西方新左翼的历史和劳动叙事当中，不能容纳社会主义工业时代的工人阶级所具备的协作能力，在他们身上已经蕴含的新时代所召唤的政治和文化主体，潜藏在社会主义城市的工业劳动和日常生活组织中。但在信息资本主义主宰的今天，这种潜能却被视作历史的冗余物，作为历史遗迹的工业城市老工人的网络组织，在今天无法像硅谷式的信息经济一样获得面向未来的合法性。但是从这些冗余物中我们也无法否认其曾经拥有强大的生命力。正视这种生命力，意味着必须对社会主义劳动关系的历史转变做一个重新的叙事：从60年代的鞍钢宪法实践开始，毛泽东的社会主义已经自觉地开始和苏联的官僚体制进行对话，我们从60年代开始就试图超越苏联式的发展道路。按照阿第夫·德里克的说法，我们的努力虽然失败了，但是西方在七八十年代发展出新的灵活资本主义的工作和劳动关系，恰恰是整合了社会主义中国对后福特式的生产组织和协作能力的发掘中所获得的经验。我把这种讲法放进我们对于社会主义劳动关系的重新叙述当中，可能对社会主义劳动关系是否具有面向未来的潜能，有一个积极的认识。因为哈特和内格里的理论当中，只有资本主义信息技术和情感劳动所重新召唤出来的集体主体性和新的社交空间，只有 Uber 这样的技术进步，才释放出具有解放潜能的社会关系和交往模式，而在这里面，并没有社会主义实践和工人国家的位置。

最后，我想提出一个问题，我们现在所大力鼓吹的新经济概念：大数据、全民开网店或者"零边际成本社会"，如果我们继续跟从这些从美国新自由主义经济中派生出的技术话语，甚至跟随与其同构的西方马克思新左翼的一套解放政治话语，那我们对于劳动的想象是否缺少了一种历史和文化的自觉？或者说我们如何能从自身的经验脉络里面，创造一套具有普遍意义的社会主义理论，去应对这些劳动和交往关系的新变化，进而召唤出一种另类的可能性呢？

崔柯：谢谢王老师。他以80年代的电影《顽主》为例，提出了非物质劳动这一新的劳动形式，接着分析了非物质劳动的特点，质疑"劳动仅仅是劳动"这种观念，希望寻找一种更加有机的、自由灵活的劳动形式。王老师结合《钢的琴》等文艺作品，对社会主义时期的劳动和日常生活的有机性做了分析。王老师提出的这种新兴的劳动形式，和我们今天新媒体时代的日常生活关系非常紧密，可以为我们分析当下的文艺现象提供重要的启发。

接下来我们休息十分钟。

（休息）

崔柯：接下来我们进入自由讨论的环节，大家可以回应一下两位老师提出的问题，也可以结合自己的经验进行讨论。

孙佳山（中国艺术研究院马克思主义文艺理论研究所）：我先从一个例子入手，

把刚才两位主讲的关键点再细化一些，也顺便将问题带入到当下。最近 Uber 和神州租车之间爆发了激烈的口水战，并迅速引发了公众话题效应，包括要求涉事的明星出来道歉什么的，可谓一石激起千层浪。在纷争当中，基本是一边倒的局面，Uber 占据了各种制高点，既是先进生产力，又是先进文化，神州租车则是全面下风；在这些纷繁的表象背后，其实和我们今天讨论的市场化时代的劳动美学，对劳动的理解和想象，对当下劳动形态的复杂性，提供了很好的接入点。

实际上，只要仔细看一下就能发现，神州租车和 Uber 其实没有太本质的不同，都是移动互联网时代的科技创业公司，半斤八两而已，所谓共享经济的商业模式，神州租车和 Uber，都是联想控股投资，两个老板都是柳传志的女儿，一家人。为什么脏水泼向了神州租车，而不是滴滴和快的？因为滴滴和快的是百度和阿里控制的，他们不敢，所以索性自家人闹一下，通过话题营销，迅速引起社会关注，这确实在某种程度上牺牲了神州租车，把 Uber 向前推了一步。

这个例子和论坛主题有什么关系呢？《骆驼祥子》是差不多一百年前的底层故事，而骆驼祥子作为人力车夫和现在的出租车司机、专车司机等，其实是一个阶层。比如祥子一开始是给车行纯打工，没有自己的车，后来才有了自己的车，这也是他燃起了生活希望的关键节点。的确，在那个年代，各个行业都可以在各自业内共享相似的劳动场景，大家是怎么不容易、怎么被剥削，都比较清楚，冤有头债有主，很容易形成作为阶级身份的价值认同感，很容易被捏合成一个整体。今天的情况完全不一样了，在所谓共享经济年代，这个问题非常复杂，无论是神州租车的司机，还是 Uber 的司机，包括出租车司机，基本是一个阶层，尤其是前两者，没有本质不同。但是当下的现状是，这个问题被剁成了若干份，社会关系的再生产被极大地肢解了，资本运作的方式出现了新的手段，他们过去是操纵理性，现在甚至可以操纵情感，而且无处不在，通过一个话题营销事件就可以把情感价值认同带入其中。原本应该像骆驼祥子那样，没有太本质差别的一个阶层，现在开 Uber 的那部分人被赋予了至高无上的价值，从理性到情感都是对的，本来是相近的劳动场景，却有了不同的价值认定。在这种社会关系再生产的逻辑下，比如我们搞底层文学，该怎么去处理出租车司机、专车司机这些本该是一个群体，却又被生生地撕裂的这种现状？或者说，现在还能不能讲出一个《骆驼祥子》式的故事？我个人觉得这是一个挑战。我就简单说这些，给大家抛砖引玉。

祝东力（中国艺术研究院马克思主义文艺理论研究所）：刘岩和洪喆的主讲很有

启发，是精心准备的很有分量的发言。我原来也寻找过关于工人文化或者蓝领文化这样的东西，没找到，80年代以来就没有；国外制造业大国，像德国这样的国家似乎也没有。我之所以寻找这种文化是出于这样一个情况：前两年，我看网上一个中年工人说，现在的年轻工人，收入并不低，甚至比一些白领还要高一些；但是，年轻的工友耻于承认自己是蓝领，他们的各种文化趣味也都在模仿都市的小白领。我就感到，现在缺少一种蓝领的文化，缺少传统意义的工人主流文化和价值观支撑他们的工作和生活，赋予他们的工作和生活以意义。唯一的例外大概是新中国成立后到七十年代中期，那时候有丰富的工人文化。过去关于劳动的赞美是非常稀缺的，尽管从有人类以后，劳动就成为社会的基础，但是从诗词歌赋里面看，赞美劳动的很少，有的话，也总是一种哀怨和悲叹。从理论上讲，异化劳动很难被赞美，就应该是一种叹息。这种东西在新中国成立后到七十年代中期发生了一个逆转，出现了大量的对劳动和劳动者的赞美。在那个时代劳动者不仅仅创造财富，不仅仅是劳动力，而且还享有尊严，有相当丰富的情感生活。凭我的印象，关于产业工人的歌曲就非常多，各个工种的，比如《女电焊工之歌》《印刷工人之歌》《码头女司机》等等，其中关于石油工人的特别多，《我为祖国献石油》《石油工人战歌》《炼油工人歌》《毛主席的石油工人是硬骨头》《石油工人铁打的汉》《大港石油战歌》《石油工人志在四方》《我爱雄伟壮丽的油田》《油田的早晨》等等。所以，新中国成立后到七十年代中期对劳动者的赞美可以说前无古人后无来者，我们看历史，可以看关于那个时代的一般描述，可以看统计数据，新中国成立后到七十年代中期的文艺的特殊价值，是它们呈现出一个特别丰富的，带有细节和情感温度的劳动者的生活和工作状况。

从社会力量来看，可以划分三个范畴：国家、资本、劳动。新中国成立后到七十年代中期，传统国家和资本的联合体被颠覆了，但今天又回到类似于过去的状态，国家和资本很大程度上联合在一起，在这个架构里面，劳动的地位很低。而劳动者地位的改善，重新估价劳动，其实是劳动美学的一个前提，这不仅仅是文化问题。工人文化和劳动美学，有一个政治经济制度的前提，没有这个前提，劳动就会重新回到传统状态，是一个哀怨和悲叹的对象。从社会结构来看，劳动者当家作主的社会面临特别大的问题，如果把它和资产阶级社会的产生过程相对比，就特别明显。资产阶级在获得政权以前，已经占据了社会大部分的经济资源，资产阶级先在王权统治之下有一个经济的发展，取代了封建性贵族的经济，形成了一种市场化的、自由交易的市民社会。等到条件成熟以后，瓜熟蒂落，资产阶级夺取王权，形成一个完整的资产阶级济政治社会,从欧洲到东亚,比如台湾、韩国,都是在半封建的王权独裁下面,资产阶级经过几十年的成长发展,威权政治加市场经济这个模式发展几十年,资产阶级成熟壮大以后,在内外条件比较成熟的时候回过头夺取半封建军事独裁的政权,这就是所谓民主化过程,韩国、中国台湾地区、印尼都差不多。资产阶级在夺权政治权力之前先掌握了财富,而劳动者没有这样的基础,他们在通过暴力革命夺取政权之后,仍然处于被组织、被动员的状态,如果组织者、动员者发生变化,劳动者就会回到过去的状态。这是从劳动美学和工人文化联想到的有关社会发展的政治经济问题。

鲁太光(中国作协《长篇小说选刊》杂志社):这个题目特别重要,我特别想来听。为什么这么说?因为劳动和资本之间的关系是理解现代社会的一个重要维度。就中国的状况看,现在的叙述只有一个主角——资本,现在的故事也只有一个版本——资本操纵一切。在今天的语境中,好像资本成了创造历史的主要动力,甚至是唯一动力;所以,我们每天看到的故事都是资本胜利的故事,是资本呼风唤雨的故事,包括最近让无数中国人寝食难安的股市由"疯牛"转"疯熊"的故事,其实也是一个资本的故事,是资本吞噬劳动、吞噬血汗、吞噬生命的故事。这就带来了另一个问题:与资本的强势相比,劳动基本上消失了,或者说,尽管劳动一直存在着,但已经不那么"重要"了,已经入不了人们——主要是权势掌握者和话语操控者的"法眼"了。

说句实在话,论坛能提出这个题目来,刘岩、王洪喆两位做了这么精彩的分析,一方面说明你们很厉害,非常有眼光;另一方面,怎么说呢,你们也有点儿不"主流"、"不合时宜"。现在对劳动的关注太少了,说得难听点儿,许多劳动者虽然每天都在劳动,但他们是否关注自己的劳动,也值得考虑。或许,在领工资的时候,他们或许会对自己的劳动想一想,会发一声感慨:劳动一个月,挣这么少!而至于劳动的价值、劳动的内涵,甚至劳动的过程,则很少关注了,反正是就"受"吧、"熬"吧,熬到月底领钱的时候。

这种"强资本、弱劳动"的状况,与我国目前劳动者群体极其庞大这个现状极其不符。新中国刚刚建立时,我们说新中国是以工人阶级为主体的,以工农联盟为基础的社会主义国家,工人阶级和农民阶级,尤其工人阶级的地位被提得很高;但实际上,那个时候,我国的工人阶级数量相对较小,即使到1978年改革开放时,这个群体也依然极小。我在微信上看到一篇题为《我们不能步入强资本、弱劳动的歧途》的文章,作者是中华全国总工会中国工运研究所的韩亚光。据他说,1978年底的时候,全国有职工9500万人,这些人主要集中在公有制部门和单位,和全国人口总数比,这个数字比较小；到了2013年底，全国职工总数达3.5亿人，是1978年的3.68倍，跟中国的人口基础比，这个数字已经不可忽视。除了原来所说的公有制部门和单位外，这些人大多分散在私营经济、个体经济、外资经济等非公有制部门；而且，一个值得重视的现象是，越来越多的农民工进入到"工人阶层"，成为"新工人"。据韩亚光说，2014年底，全国农民工总数为2.74亿人，成为了工人阶级的主体。我之所以强调当前工人的分布情况，是为了指出这样一个问题：原来公有制部门或单位中的工人，其劳动及权益在相当程度上是有保障的，而现在的工人，尤其是那些分布在非公有制经济中的工人的劳动及其权益，在相当程度上是没有保障的，或者有名无实。

一方面是日益庞大的劳动者群体，一方面是对劳动的漠视、对资本的礼赞，这不能不令人忧心。现在，在"底层文学"中劳动者还有个模糊而扭曲的影子，但对"新工人""老工人"的正面叙事的作品就很少。这确实令人难以置信：这么庞大的一个存在，竟然就这么无声无息，"看不见"。这多么惊悚、魔幻啊。

这就是社会结构的巨变。这个巨变提醒我们要重新思考资本和劳动的关系，在什么样的情况下，资本和劳动这现代社会发展的两只翅膀才能取得均势？就目前情况来说，我们看到的是资本对劳动的控制或奴役，这一控制或奴役，把社会主义实践在劳动与尊严之间建构的有机关系，建构的劳动美学，一刀两断，使劳动更多地变成一种惩罚，甚至是伤害，而劳动与美的关系，更是风马牛不相及了。有一次去看新工人艺术团表演，他们唱劳动光荣、打工光荣，看他们那么卖力地唱着，声音那么大，甚至嘶哑，我觉得有些空洞。为什么有这种感觉？因为，劳动与光荣之间，是有一种微妙关系的。就像现在，劳动在大多数时候，成为对劳动者造成异化的力量，在这种情况下，劳动怎么会光荣呢？这提醒我们，不仅要追求劳动，还要追求"光荣的劳动"，而这主要在于社会关系的转变。

我还想谈一点。上半场听下来，我听得头晕脑胀的，为什么？他们做得很扎实，信息量很大，而且两个人讲的实现了无缝对接，刘岩讲的是"硬劳动"和"老劳动"的问题，王洪喆讲的是"软劳动"和"新劳动"的问题，都很有启发。我对洪喆老师讲的一点特别有同感，就是，今天劳动和资本的关系之所以颠倒了，而且在知识上获得一层合理的外衣，至少是一层迷障，一个原因当然在于新自由主义巨大的收编能力，另一方面也在于有的左翼研究，尤其是面对中国问题时，缺乏对中国国情的具体分析。好几年前，《帝国》的作者，尼格瑞和哈特在三联书店有一个演讲，他在演讲中就特别警惕"集体化"的东西，警惕"组织"的力量，呼唤"诸众"的反抗，呼唤非组织的反抗。我就觉得有些隔膜，觉得他警惕的东西，恰恰是当下中国需要的东西——对于"底层"来说，对于"劳动"来说，去集体化、非组织化了，其力量如何呈现？这是个大问题。从这个角度看，我觉得中国社会主义传统的许多东西，还需要更多的挖掘和阐释。

刘岩：马克思有一个区分，生产性劳动和非生产性劳动。在资本主义条件下，劳动只有能生产出自己的对立面，使资本价值增值，才是生产性劳动；而劳动是不是生产性的，是不是有意义，要由资本来认证——资本有时干脆说自己就是劳动，资本家就是劳动者。每年给劳模颁奖，工人、农民，还有资本家、金融资本家也可以说他是劳动者，地产商也是劳动者，甚至可以对《平凡的世界》的主人公做一种认同表述。大众传媒也经常赞美劳动，但其实是说致富光荣、赚钱光荣。你的劳动对这个社会贡献有多大，要看它增加了多少社会财富，而这种财富的增加，增加的不是使用价值，不是说满足了我们每个人的需要，满足了贫困山区儿童的需要、孤寡老人的需要，不是在这个意义上说劳动创造财富，而是说这个劳动能赚钱，能增加交换价值。今天讨论工人劳动，都往往把资本的逻辑当作前提，劳动已经交换价值化了，我想问题的关键可能在这。

管泽旭（北京大学新闻传播学院）：我们小时候经常写作文，有一个题目是"我的理想"，就是你以后想成为什么样的人。我小时候看郑渊洁讲他小学时期，大概是六七十年代，有个劳模叫时传祥，是掏粪工，郑渊洁在作文里写我的理想是成为一个掏粪工，因此得到老师表扬。现在这个故事就被当作笑话来看了。而我们那时候自己写作文时要写的理想是什么？当然也没人敢写想成为大老板，老师要骂的，那样的理想是不高尚的、低俗的；老师、艺术家、科学家、诗人，都是老师比较提倡的。那时小学生没有明确的自我意识，接受的教育其实就暗示着各种职业是不平等的。刚刚刘老师讲到马克思认为因为社会分工，所以私人关系不可避免地发展成为阶级关系，我挺好奇，我想知道马克思是如何解释劳动的差异性和不平等性的？他觉得通过什么样方式能解决呢？还是根本就无法解决？

刘岩：我们上学时都学过，生产力发展到一定程度的时候，旧有的生产关系容纳不了生产力了，就会有新的生产关系来替代，所以社会主义应该替代资本主义，这是马克思主义的基本原理。我们也可以由此回望毛泽东时代，毛泽东为什么搞大跃进？为什么要在农村大炼钢铁？因为他有这样的焦虑，生产力只有发展到一定程度，生产关系才能变革，问题是究竟什么是生产力？生产力是不是就是钢，还是其他什么？我觉得这是需要特别深入探究的难题。

祝东力：按照马克思主义的逻辑，他讲三大差别：城乡差别、工农差别、脑力劳动和体力劳动的差别。毛泽东时代一个很核心的概念，是知识分子劳动化和劳动人民知识化，包括"文革"后期举办各种工人大学，每个有条件的企业都办大学，这可能是一个方向。

李玥阳（中国传媒大学中国文化国际传播研究所）：这是一个很大的题目，可说的实在太多。刚才两位主讲和大家的讨论，让我想起我的博士论文——做的是1949年、1950年的转折。我曾经在材料里面看到，新旧中国过渡的时候，最早我们使用劳动这个词的时候，另一个词更常见，那就是生产性。1949年、1950年，几乎满篇的报纸都在说，某某城市变成了生产性城市。为什么使用这个词呢？它来自于马克思所说的生产性和非生产性的区分，而这个词在中国语境中的出现，并不是新中国首先使用，南京国民政府就在不断用这个词。南京政府一直在争论到底什么是生产性的？并得出了一个二元对立——生产性的农村/奢侈浪费的非生产性的都市，根据这个对立，农村和农业是生产性的，都市是奢靡的、是没有生产性的。因此，40年代末，南京政府一直试图工业化，但正因为他们建构了这个二元对立，并且把城市宣布为非生产性的，想起都市就是上海消费和殖民，所以南京政府一直建立不起来工业化的都市的生产性主体。这就是我们的社会主义建立之前面临的问题。所以1949年之前有一个特别大的张力，就是怎样才能建构出都市的生产性的主体？有人甚至提出工业化就别去城市了，把工业放到农村去，但这又肯定是不行。共产党政权进入都市，同样面对这个问题。因此，马克思的理论非常契合于这个语境，它是大工业的，又是城市的，又是生产的。那个时候对于劳动者的赞美，抚慰了曾经的巨大焦虑，人们突然发现，我们终于能出现一个都市的工业化的主体了，劳动也正是在这个意义上被大家接受。与此同时，我们也可以看出，无论南京国民政府还是新中国，都是以消费作为对立面来建构新社会的。在当时，这是历史发展的结果，但是在80年代就出了问题。我记得材料里面提到在80年代苏联之所以进行改革，首先是因为80年代社会主义的GDP不断下降、停滞。与此同时美国进入了后工业和后福特时代，经济飞速地发展，这造成了苏联的焦虑，所以不得不进行改革。而后工业时代和消费社会又有着极大的重叠，面对消费时代，旧有的社会主义显得束手无策，不知道怎么去处理消费问题。我们认为劳动者和生产者天然就是社会主义的，而消费者天然则是资本主义的，这种二元对立的存在，可能造成社会主义无法容纳消费的状态。但是，当整个社会的生产已经相对丰盛,需要消费的时候,又该怎么办呢?因此,应该寻找让生产和消费在社会主义语境中同时运行的新方式,超越曾经的二元对立。

李松睿(中国艺术研究院《艺术评论》杂志社): 关于劳动美学我之前也思考过,也有很多困惑。前段时间看张庚的一些材料,有一个事情很有意思。张庚在50年代参与戏曲改革,曾到一个地方业余剧团做调研。他希望剧团在表演时不要穿传统戏服,而是以时装演戏,但这个建议却遭到了剧组的反对。他们表示自己平时要参加生产劳动,穿的衣服都很破旧,就盼着到过年过节的时候,在演戏时能够穿上花花绿绿的好衣服,如果用时装演戏,那么这么点儿乐趣也被剥夺了。

在我看来,劳动美学的问题和张庚在戏曲改革时碰到的问题很像。对于大多数文艺作品的接受者来说,平时要进行非常繁重的生产劳动,而文艺作品对他们来说是一种消遣、一种娱乐。也就是说,文艺作品要和劳动有所区别,给接受者提供一个异度空间,这时他们才能感受到美;而如果在文艺作品中加入劳动的部分,那么文艺和生活就没有区隔了。在这种情况下,如何让接受者感到美呢?

因此在文艺作品中表现劳动,涉及再造人的美感经验,或美的接受方式的问题。从史的角度来看,中国的左翼文艺工作者们,其实一直试图在文艺作品中表现劳动;但由于改变人的美感经验的工作难度太大,似乎并没有什么特别显著的成就。在某种程度上,这种美感经验的改变如果只停留在文艺层面上,是不可能完成的任务。只有在大的社会政治经济格局发生改变的条件下,才有可能完成。例如从1927年开始,左翼文艺工作者就开始尝试创造左翼文艺,其中劳动成了很多人重点表现的对象。但由此产生的问题是,人们很快发现这些对劳动的书写并不能让人产生美感。当时人们把造成这一现象的原因,归结为革命文艺工作者本身是小资产阶级出身,对劳动生产比较隔膜。如果他们真的对劳动过程非常熟悉了,那么会自然而然地在劳动中发现美。这种说法当然说得通,但问题在于从上世纪30年代开始,就已经有工人阶级出身的文艺工作者了。到了社会主义时期就更不用说了,我们国家从工人、农民中培养了很多文艺工作者;但这些对实际生产劳动非常熟悉的人,似乎也没有找到一种方式,把劳动变成一种美感形式。

而文艺作品中一旦出现劳动,比如狄更斯、卓别林的作品,劳动就构成了压抑人、迫害人的东西,是对人性的戕害与抹杀,变成了对资本主义制度的强烈控诉。因此资产阶级的文艺作品其实一直在有意回避对劳动过程的展现,总是去呈现消费的过程。社会主义文艺作为资产阶级文艺的对立面,当然会把劳动作为重要的书写对象。

不过问题在于，如果继续把对劳动的书写看作是对资本主义制度的批判，当然这样的作品通常不会很差；但如果把劳动作为歌颂的对象，则很少看到好作品。也就是说，劳动在社会主义文艺实践中，并没有真正变成一种美学形式。

20世纪40年代的左翼文艺工作者，特别希望把割麦子移植到戏剧戏曲舞台上。他们想了很多办法去表演割麦子，但怎么也没有办法表演出美感来。后来只能在劳动的间歇，让演员以特定动作去擦汗，这个动作可以表演得很美。以至于后来只要是表现劳动场景，就一定要安排一次或多次擦汗的表演。因此我们的文艺作品在表现劳动时，真正的日常生产其实并不多，相反倒是在劳动的间歇、休息的场景，能够表现出生活的美感。即使是写劳动，也往往是在赶大车看沿途风景、牧民骑马奔驰的过程等，能够写得非常美；而日常化的劳动，如割麦子、生产线上的劳动，很难出彩。因此如果说要建立一种劳动美学，这些问题恐怕是必须要思考的。

祝东力：你主要说的是建立劳动美学的困难之所在，我原来也想过类似的问题。其实我刚才说的那些都不是叙事的文体，因为无论是歌曲还是美术作品，其实一旦采取叙事文学的标准，它马上就会面临一个问题：它的戏剧冲突力度够不够？新中国成立后的大多数情况下都表现阶级斗争，即便在社会主义建设时期的作品当中也都有敌我矛盾，这是当时的政治背景所造成的普遍现象。但实际上这是在试图解决叙事作品的一个困境——假如没有这样一种"重口味"的话，作品就会显得很平淡。

"文革"期间有一个朝鲜电影叫《摘苹果的时候》，里面一个大的困境，是他们苹果树第一次结果实后酿造苹果酱失败了，大家特别伤心。我当时作为一个小学生觉得特别没有意思，这算什么挑战啊？我们司空见惯的挑战是，一个逃亡地主最后在搞破坏的关键时刻被现场抓获了，这才能构成特别有戏剧性的场面。《摘苹果的时候》的问题其实就是劳动美学的困境的体现，单纯讲劳动过程或者是劳动者的体验的，也就是将生活和工作作为文艺所表现的对象的话，这样的作品就很容易变得很平淡。

李云雷（中国作协《文艺报》社）：刚才听了刘岩和王洪喆的发言很受启发，我们这一期的题目很重要，"市场化时代的劳动美学的问题"，我在听的过程之中觉得"劳动美学"正面临三重困境。刘岩梳理了理论和历史脉络，洪喆分析了非物质性劳动和物质性劳动，谈了劳动的新的形态，以及新形态给我们带来的很多问题，这些问题我们需要将之理论化。我主要想结合他们两个谈的，包括大家谈的，谈一下"三重困境"。

第一个困境是历史的困境。现在的，我们是在市场化的前提下谈劳动，我们曾经有一个非市场化的历史时期，劳动在不同时期有不同的价值，现在面临的问题是：如何在全球资本主义的历史境遇中，重新阐释劳动的价值，如何将社会主义时期的劳动价值论，在新的历史时期阐述出来。其实很多问题，是从计划经济到市场经济变化之中产生的，现在又有新的不同的劳动形态出现，从社会的层面来说，非物质性的劳动如何产生集体意识？这确实很值得研究。所以在后社会主义的复杂的情况之下，我们该怎么来认识劳动？这是一个很值得深入研究的问题，也是一个历史困境，那么怎么打破这种困境？这就需要我们花大力气去探索。

第二个困境是理论的困境。刘岩梳理的脉络从毛泽东到马克思，又谈到孟子，这样一些关于劳动价值论的讨论，确实对我们当下的劳动来说也是有一些启发的，在我们现在这么纷繁复杂的劳动形态与劳动关系的新的变化中，这些理论概括是不是还有效？我们分析现实问题的理论工具本身是否还适用？这些确实是值得思考的。刚才祝老师提到我们面临在资本和市场的环境下，如何焕发劳动者本身的主体性的问题。我想到一个问题，我们社会主义时期的劳动模范的价值系统，基本从80年代开始就逐渐失效了，而在那之前能起到很大作用。如果从国家的层面来考虑，是不是有可能重建这个价值系统？价值系统的建设确实很复杂，并且能不能建立这样一个价值系统，也涉及到文化、价值上的互相斗争。我以前读过回忆溥仪的文章，觉得伪满洲国快亡了，郑孝胥等人还在为自己争一个官职、一个谥号，当时觉得很可笑，但现在想一想，为什么我们觉得争夺谥号可笑？因为那一套评价系统完全崩溃了，我们觉得那些行为很可笑，是他们在为一个没有价值的东西互相斗争。我们现在看，谥号作为一个曾经有效的价值系统，首先是有历史价值的；其次从现实来看，英国作为一个君主立宪制国家，一直有爵位制度，我们熟悉的 Beatls 就被封为爵士，所以爵位这样的价值系统在现代社会也起到了有效的、象征性的作用。只不过，我们的社会主义劳动模范价值体系，在80年代以后逐渐衰落了，从国家层面来说，是一个很大的损失。

刚才玥阳谈到消费的问题，蔡翔的《革命/叙述》中专门有一章分析社会主义时期的消费问题，这不只是中国，也是前苏联都共同面临的一些问题，或者说是社会主义在发展过程中需要解决的新问题。在劳动者的基本生存被满足以后，整个社会主义的价值系统能否提供一种新的价值观，能否提供一种让人向往的生活方式？我们60年代的社会主义教育剧，例如《千万不能忘记》这些作品要解决的，也是这样的问题。工人的生活、工人的文化能否成为引领社会的主流文化，能否成为在社会上有吸引力的方式？60年代的社会主义教育剧失败了，也是没有处理好关于消费的问题，这是一个很大的问题，但是还有一些遗产值得去思考。我们现在处于消费社会，是不是能够建设一个社会主义的消费社会？我们现在谈消费，一般是在资本主义大环境下谈这个问题，社会主义消费社会是一个重要的理论和话语问题，怎么把社会主义的经验容纳到关于消费主义的理论之中，或者能否创造一种社会主义的消费社会？对我们的研究都构成了一个比较大的挑战。

第三个是美学的困境。我研究底层文学也遇到类似问题，底层作家、打工诗人，他们不愿意承认自己是底层作家、打工诗人，他们只说自己是作家。底层作家、打工诗人这些命名本身对他们来说好像有一种歧视，或者有一种照顾性的感觉，这个问题很难解决。我写过一篇文章专门谈这个问题，从我的理解，称其为底层作家或者打工诗人，并不是歧视，而是希望他们发展成为和主流规范不一样的新的美学；但是因为现在的主流美学规范力量太强大，所以底层作家或者打工诗人不可避免地会受到影响。现在的评奖也会评一些底层作家或者打工诗人，但获奖作品也是比较符合主流规范产物，所以这确实是美学上所面临的一个很大的困境。

具体写劳动，怎么让劳动本身变得美这是很重要的问题。从我对左翼文学和社会主义文学的考察来看，这个问题基本上没有太好的解决。我比较喜欢的一个英国导演肯·洛奇，他40多年来一直在拍工人阶级的题材，早期是纪录片，后期拍剧情片，之所以在欧美主流电影界能够获得成功，他的一个艺术经验，就是把无产阶级意识放置到一个小的集体之中，一个家庭或者一个工人阶级的集体，通过不同思想的碰撞，或者人生道路的选择，来承载无产阶级意识，但是具体的生活场景、劳动场景则很少表现。再比如，我们十七年时期的长篇小说也有一些《艳阳天》《金光大道》等作品，有风吹麦浪的描写，也有劳动场景的描绘，但真正有吸引力的，还是小说中那些人物之间的关系，人物的爱情关系、阶级关系等等。可能我们的美感经验本身也有问题，这些美学问题很需要去探索。

但是，我觉得刚才祝老师提到一点，也可能是我们将来发展的突破口，在叙事性作品里面很难改变的东西，通过诗歌、歌曲这样抒情性的文体，有可能会更好地表现劳动场景。像大家熟悉的打工诗人郑小琼，她写的那些关于工人打工的具体的场景，还是很有力的，她对工厂有现场感，能把它艺术化。她写打工者对机器的感觉，不断出现铁的意象，对她来说机器本身构成了一种异化的力量。但一个问题是，她没有劳动主体性的感觉，包括后来我们熟悉的许立志的诗歌，也都是关于异化劳动的，这可能也是一个问题。在这样的情况之下，怎么能写出一种劳动美感？这确实是在理论上很难解决的问题，但这个问题提出的本身，可能就是我们探索过程中的一个脚印。今天大家谈的很多问题对我都很有启发，我们谈这些问题本身，就是对全球资本主义的批判，以及社会主义在新时代可能性的探索，但这可能还需要我们在不同领域做出更深入的探究。

鲁太光：刚才松睿说的如何为劳动赋予美学形式的问题，很有意义，我想再说两句。劳动美学创建之所以困难，除了以美的形式呈现劳动比较困难——因为劳动是一种苦活，除了这个技术性问题以外，还有对劳动价值的认识问题，这是把劳动和美联系起来的纽带。在日常生活中，我们有这样一个说法，叫"以苦为乐"，我换一个字，叫"以苦为美"。为什么"苦"会变成"乐"，会变成"美"？当然跟"苦"的价值有关，即跟劳动的价值有关。打个比方，如果一个工人是为资本家劳动，这个资本家天天剥削他，甚至虐待他，那么这种"苦"恐怕很难变成"乐"，更不用说变成"美"了；如果这个人是为自己劳动的，尽管这劳动可能会很苦、很累，但这苦和累却有可能变成"乐"和"美"；更进一步说，即使这个人不是为自己劳动，可如果他觉得自己的劳动是值得的，那么，这劳动尽管苦与累，可还是有可能变成"乐"与"美"的。

在我们的革命文艺中，有一些作品，是有一些美的劳动场景的，之所以如此，是因为那时候的人们，尤其是作家，认为这样的劳动是有价值的，是与自己未来的幸福相关的，尽管当时很苦、很艰难。我们不能简单地说因为劳动很苦、很难，就很难"美化"。《创业史》中梁生宝买稻种那个情节，现在想想，梁生宝穿得像要饭的似的，吃的跟要饭的似的，住的跟要饭的似的，按现在标准看，这多么丑陋啊，哪里有丝毫的美感存在？可在当时的语境中，我们觉得这一切是那么的美、那么的甜，为什么？因为梁生宝买稻种这一"苦行"背后有一个甜美的目标。

刘岩：鲁太光老师说的"以苦为美"和"以苦为乐"的问题，劳动者辛苦劳作的时候是否同时也有快感？我们可以做一个类比，比如搞创作、写诗，我们知道唐诗有苦吟派，写诗写得很苦，但这毫无疑问是有快感的审美活动。再比如，我们写论文也是很辛苦，有时候甚至很痛苦，但如果不是要评职称或赚稿费，写完了是不是也挺有快感的？那工人劳动是不是也会有这样一种体验？这种体验的来源和条件是什么？

刚才李玥阳老师说到社会主义时期的消费，消费构成了从70年代末到80年代前期的改革的巨大动力，但这个动力是通过另一词凸显出来的，这个词叫"需要"，社会主义初级阶段的主要矛盾被表述为"人民日益增长的物质文化需要同落后的社会生产之间的矛盾"。我很小的时候，我爸每次到北京出差都要买鸡蛋回去，因为在沈阳鸡蛋太不好买了，这种物质匮乏是当时迫切要解决的问题。但在市场化时代，"需要"很快被另一个词"需求"取代了，need被demand取代了，重要的不再是人的内在需要，而是资本逻辑要求我们消费的demand，从need变成demand的不仅是消费，同时也包括劳动。

《平凡的世界》中有一个情节，官二代高朗请田晓霞吃饭，面前的桌子上摆着红葡萄酒，晓霞的脑海里却是汹涌的黑色——少平在煤矿劳动的颜色，这两种颜色的对照恰好区分出了demand与need，在80年代前期，劳动仍是主体的内在需要，而没有被刚出现的消费主义需求吞噬。孙少平在煤矿劳动当然是要解决物质匮乏，他要给父亲、给妹妹寄钱，劳动是满足物质需要的手段；但除此之外，劳动像诗和爱情一样，是主人公的需要本身，繁重的体力劳动既带给少平身体上的疲劳和痛苦，又让他获得自我肯定的幸福和快乐。少平之所以敢于接受晓霞的爱情，不必顾虑身份和分工差异，在于他知道晓霞对他生活和劳动的世界有非常深刻的内在认同，这种基于需要的认同是社会主义劳动美学得以成立的条件。

因此，问题的关键可能在于，能否想象一种不被资本的逻辑、交换价值的逻辑所捆绑的劳动，能否结合历史条件想象出一种不屈从社会分工的人的活动？在马克思设想的理想社会里，我们可以干一会儿活，钓一会儿鱼，做一会儿科学研究，完全根据内在需要，而不再受制于分工，那么该如何实现这种解放？马克思说要靠生产力的充分发展，但究竟什么是生产力？最后还是又回到了最基本的马克思主义命题，而最基本的问题也是最难的问题。这是刚才几位老师和同学的发言给我的一些启发。

王洪喆：我补充几句，还是美学的问题，刚才李老师问这个问题的时候我在想，如果说没有一种体力劳动过程的美学，或者要建立起来很困难，那么是否存在一种脑力劳动的美学，或者一种资本主义劳动过程的美学，这种是不是很容易就能建立？我想似乎也不是这样。如果静态和封闭地理解劳动过程，一个程序员他非常苦闷地敲程序，也很难变成一个美的范畴。社会主义的劳动美学在我的理解当中，它是一种运动的美学，是一种动态的美学，涉及刚才说的劳动过程的外部价值和意义的问题。当这个过程富有价值和意义的时候，才能成为一种美的体验，并且被传递出来，去欣赏的时候，才能获得美的体验，这让我想到了一些视觉文本中的例子。从美国20世纪的历史看，什么时候它的劳动者是有美感的，劳动过程是有审美体验的？恰恰是在二战时期，国家进入战时体制，政策开始从亲资本向亲劳工转向，背后有大萧条、经济危机和战争的共同效应。当国家需要更多劳动力，也就需要社会动员，所以原来被排除在主流劳动力之外的一些不具备合格劳动能力的人口，开始进入平等的同工同酬的过程，国家支持女性、有色人种跟白人男性要求同等劳动权利的时候，对他们劳动的再现就获得了美感，反映了特定历史时期的国家价值、社会价值。在一些照片和影视作品中，被拍摄的美国家庭妇女进入飞机制造厂生产战斗机，女性穿着工装牛仔服在战斗机前上螺丝这样的作品很流行，恰恰是因为背后有运动性的平等政治在运作。社会主义劳动过程有类似的特征，50—70年代谈到工厂劳动，往往跟劳动竞赛和技术创新相关，跟要解决的实际问题相关，比如工人制造的普通工件跟生产"两弹一星"这类目的相连，劳动就获得一种具有意义感的叙事。

鲁太光： 以前电影里常常有钢厂工人抡大铁锤的场景，多累啊，可是很美。

祝东力： 计划经济时代是生产性的时代，消费虽然每天都在发生，但却很难容纳进当时的价值系统里。今天，反过来，劳动纳入不到今天的价值领域，商业广告最典型，讴歌的都是消费，不出现生产者，两个时代在这点是颠倒过来的。

王洪喆： 关于社会主义与消费的问题，我之前翻译过一篇文章叫《自行车之后是什么？》。70年代加拿大政治经济学者达拉斯·斯迈兹旅行到中国，研究中国的科技与政治，他想知道，中国在社会主义建设当中完成了为广大人民提供温饱需求之后，下一步应该生产什么样的大宗消费品，这直接涉及未来这个国家走什么道路的问题。

他带着这样的问题意识来中国。为什么文章叫《自行车之后是什么？》，他认为自行车所代表的社会主义的消费方式，跟资本主义私家车代表的路线是有区别的，是反消费者主义的一种集体消费。他觉得在社会主义的发展道路中，应该对消费和技术文化的路线问题有所关照。但是在访问过程中遭遇的经历很复杂，在北京大学与以周培源为代表的科学家座谈时，周培源反对他的观点，周认为科技消费品是没有意识形态的，是中立的，掌握在什么人手里就为什么人服务。但这个加拿大马克思主义者认为不是这样，他觉得中国的社会主义者和科学家对资本主义消费科技的发达程度缺少清醒认识，没有意识到其消费文化跟技术形式之间的勾连：消费是为了更多的消费，科技创新生产出来产品的目的不是一直使用，而是有一个被规划的淘汰，后面有一整套技术更新换代的商业规划，而消费者必须进入循环当中，不是说让你把东西买回家一直使用，而是进入一个通过消费为资本主义利润积累服务的循环中，所以这里涉及一个技术路线的问题。他认为中国是可能发展出一条跟消费主义技术路线不同的路线的。

我在做论文的时候有一些线索进入到这个问题中。我国实际上开始生产大宗电子消费品，并不是在改革开放以后，而是在70年代中期，即中国的电子工业革命恰恰发生在"文革"时期。中国开始大量地生产收音机、照相机、电视机这样的电子消费品，与当时的宣传氛围及政治需要有更紧密、更直接的关系。对于当时的主政者来说，电子化的媒介消费品的生产有助于传播毛泽东思想、传播社会主义意识形态和道德，更好地为社会主义文化服务。所以当时电视机的研发都是按这样的思路来做，70年代中期优先发展的方向是搞超大屏幕激光彩电，认为这样的彩电更适合在农村公共空间放映，适合集体性消费，其中的逻辑跟当时发展自行车、公交车、文化宫等集体性消费品是类似的。

管泽旭： 我们现在谈市场化时代的劳动和社会主义时期的劳动是有差别的，原来的劳动能给你带来安心和保障，不会让劳动主体那么焦虑。但是现在的环境下，很多劳动者都找不到劳动的意义。他们的生活有很多焦虑，劳动既没有办法在物质上给他们提供保障，也没有办法实现自我成就、自我实现。打工诗人并不是歌颂劳动，劳动是对他们产生压迫的东西。不仅是底层的劳动者，白领都有这种焦虑。

祝东力： 这种东西如果有意义，这个意义就会像一束光一样地注入到很乏味的细节当中，雷锋只是在做扫地、倒水这些看似没有意义的事，他认为是在拯救人类。这确实不一样，能缓解人的枯燥感。

崔柯： 刘岩老师花了很大力气回应了这个问题。松睿也提出了对劳动过程本身的书写问题。我读当代文学作品比较少，对劳动本身的描写有成功的范例吗？

祝东力： 关于雷锋的电影就有，他路过建筑工地，就推车上去了，他干得特别努力，带动其他人一起努力，电影里有很欢快的场景。我觉得不像松睿想象的那么悲观。其实战争也是这样，"炮灰"体会不到战争的美感，而作为战士就会有"美感"。劳动的艰辛乏味确实可能是一个负面的东西，但是也可以转化为正面的形象。

崔柯： 我们今天下午的讨论很热烈，但是限于时间关系，我们这次论坛到此结束。谢谢大家！

（根据速记整理，经过本人校订）

青年文艺论坛第五十期

综艺节目"爆发"背后的逻辑和困局

主持人：盖　琪（首都师范大学文化研究院）

主讲人：吴闻博（中国传媒大学凤凰学院）

　　　　孙佳山（中国艺术研究院马克思主义文艺理论研究所）

时　间：2015年7月16日（周四）14：30—18：00

地　点：中国艺术研究院334会议室

主　办：中国艺术研究院马克思主义文艺理论研究所

编者的话

从上世纪90年代末开始，伴随着卫视"上星"以及有线电视的大面积普及，综艺节目方兴未艾并快速发展。到2015年，在全国卫视频道中，有超过200档综艺节目在播出，尤其到了暑期档，几乎每天都有不止一档综艺节目出现在电视荧屏上。2015年，单是综艺节目的广告收入就已超过百亿。在当前的广电格局中，综艺节目正在超过电视剧，成为这个时代荧屏上的新宠儿。

究竟是什么原因使综艺节目在新世纪的第二个十年迎来了史无前例的繁荣？从《超级女声》（2005）、《我爱记歌词》（2008）、《非诚勿扰》（2010），到《中国好声音》（2012）、《爸爸去哪儿》（2013）、《奔跑吧兄弟》（2014）等，综艺节目在新世纪以来的发展过程中经过了怎样的嬗变？在现有的广电格局中，综艺节目的爆发对当下的娱乐文化形态产生了哪些蝴蝶效应式的影响？洞悉这一系列问题，对于我们理解综艺节目的历史变迁，对于理解广电领域的政策逻辑，对于理解当前的文化艺术生态，有着提纲契领的关键意义。这也是本期论坛的宗旨所在。

盖琪：欢迎大家来参加第五十期青年文艺论坛，我叫盖琪，来自首都师范大学文化研究院，很荣幸今天能够在这里担任报幕工作。接下来按照惯例我们先介绍一下两位主讲人：一位是来自中国传媒大学凤凰学院的吴闻博老师，另一位是大家非常熟悉的中国艺术研究院马克思主义文艺理论研究所的孙佳山老师。还有一位洪淳澈先生，是韩国SBS电视台的常务理事，专程来参加我们这期论坛。

本期的主题是"综艺节目爆发背后的逻辑和困局"。作为主持人我做一下主题阐述，阐述内容有些掠美于佳山的邮件，其他是我自己的观察和补充。今天讨论这个主题，也许从上世纪90年代初开始是一个比较好的起点。因为1990年中央电视台推出了两档在当时非常受欢迎的综艺节目——《正大综艺》和《综艺大观》，代表中国大陆综艺节目早期的形态和收视高峰；而1990年代末湖南卫视《快乐大本营》的火爆，则可以说代表另一种综艺语态的登场。

此后在2006年左右，中国大陆的电视综艺节目逐渐进入一个瓶颈期，虽然有湖南卫视的"超女"和"快男"，但整个电视行业的主要利润增长点和电视文艺研究的兴奋点，在很长时间被电视剧所占据。最近几年，情况又发生变化，以"选秀"加"真人秀"为主要模式的各档综艺节目遍地开花。2015年在全国的卫视频道中有超过200档综艺节目在播出，综艺节目的广告份额也超过百亿。在当前的广电格局中，综艺节目正在超过电视剧成为时代银幕上新的宠儿。

所以我们今天的问题框架是：究竟是什么原因使中国大陆的综艺节目在新世纪的第二个十年迎来了这种史无前例的繁荣？综艺节目的形态和内核经过了怎样的嬗变过程？在现有的广电格局中，综艺节目的爆发对当下的娱乐文化形态究竟产生了哪些类似于蝴蝶效应的影响？我们相信通过探讨这样一系列问题，对于我们理解广电领域的政策逻辑，对于我们理解当前的文化艺术生态都会有提纲挈领的意义。下面先有请吴闻博老师为我们发言。

吴闻博：谢谢大家，非常荣幸能够和来自北京大学、清华大学、传媒大学以及我们中国艺术研究院的各位专家、学者探讨关于电视的问题，上次来青年文艺论坛我跟佳山搭档，也是在讨论关于中国综艺节目的问题。那时候正好是"好声音"模式火爆全球，也在中国取得极大成功的时候。那次我们讨论的话题，是关于电视节目模式的问题，就是在《中国好声音》出现以后，我们发现中国电视也可以做到像电影那样的效果，我们不仅仅是有一个全明星的阵容，我们不仅仅看到一个更精美的舞美和道具，而是突然发现，电视节目要是按严格的流程走，也能综合成视觉上的奇观，我们当时讨论的话题就是围绕这个角度展开的。当时有一个焦点：就是《中国好声音》是不是已经成为一种文化现象？而当时我提出来的观点是，《中国好声音》只是在传媒领域引发了振荡，关于其价值、模式的讨论，并没有进入社会生活当中，并没有形成社会舆论，还不能称之为一个文化现象，其只是一个传媒事件。

但在《中国好声音》播出后两年时间之内，我们发现出现了另一个综艺节目《爸爸去哪儿》，这档节目跟《中国好声音》的最大不同在于，《中国好声音》被称为"大片"时代，而《爸爸去哪儿》，我们则称之为带领中国综艺进入"现象级"的时代。"大片"时代偏重电视节目的结构和形态，给我们带来的是一种视觉效果；而"现象级"时代已经超越电视节目本身，进入社会研究的领域。我们称《中国好声音》是一个传媒事件，但《爸爸去哪儿》是一个文化事件，《爸爸去哪儿》出现后，我们发现有各种文化评论，那么到底什么样的节目才是"现象级"的节目？比如说收视率必须破2，网络影响力达到某种程度，制作费达到多少，影响力有多高；但《爸爸去哪儿》之所以会成为一种社会现象，最关键的因素是节目当中的人物关系在社会上能够引起情感的共振，这是《爸爸去哪儿》能成为"现象级"，而《中国好声音》却只是传媒事件的根本原因。

由此产生的局限在电视方面的讨论，就是模式，它到底有多么大的价值？如果说《中国好声音》火爆，让我们意识到原来我们只要按照国外的模式就可以取得成功；《爸爸去哪儿》则给我们提供了另一个思路，我们没有模式也可以取得甚至更大的成功。因为模式是欧美电视的产物，是基于整个观众的心理观察，而形成的一整套产业流程。在中国，电视工业化发展相对较弱，但我们按国外的模式流程去制作一档节目，只要执行力够强，只要不随便改动，就可以实现视觉奇观的效果。因为在欧美所有的模式中第一步做什么、第二步做什么以及为什么选择这几个主持人，都有严格的规定。大家也知道，韩国的节目却没有模式，并没有那种严格的规定。换句话说，欧美节目重模式，韩国节目重体验，这也是大家在各种文章中能看到的说法。

模式对于电视节目的成功的重要性，到底能起到多大作用？如果说欧美节目在中国的成功是模式的成功，那么韩国节目在中国的成功则提供了另一种制作思路——文化的共通和情感的共振。《爸爸去哪儿》在中国取得成功，大家可以看出是基于一种社会问题，爸爸离开家太久了，才形成父子关系的所谓情感空洞。我们把这种父子关系的问题拍成综艺节目，自然会带动更多的社会关注，上升为社会话题的讨论。我们发现在《爸爸去哪儿》之后，出现了许多关于亲子关系的节目，《爸爸请回答》《超人回来了》《妈妈听我说》之类。从电视本身来看，《中国好声音》《爸爸去哪儿》开启了中国综艺的两个时代，只不过这两个时代挨得比较近，一个是"大片"化的时代，一个是"现象级"的时代。

当然，"大片"化的时代它其实奠定了"现象级"的基础。如果我们关注一下目前中国电视发展的现状，我们很难找出制作很粗糙的节目，基本上我们可以看到画面、剪辑、拍摄、制作都已经达到一定水准，甚至我们都不觉得电视综艺节目比看电影差多少，这是"大片"化时代打下的基础。《爸爸去哪儿》在文化关注方面达到了一定高度，同时也给电视产业提出了一个问题：欧美的节目基本不需要有太多明星参与，但韩国的节目如果脱离了明星，就不会取得太好的效果。

今年6月份，我们在上海举行亚洲电视模式论坛，我特意把欧洲的制作人和亚洲的电视人、中国的电视人放在一块讨论综艺节目，他们的差异非常明显。对于韩国电视制作人来讲，他们只有一个观点：我怎样用好明星？而对于欧洲制作人来讲，也只有一个问题：你为什么用明星，不用素人？而对于中国的制作人来说，只要能给我带来高收视率，管他是明星还是素人。但事实上，从中国目前的收视情况看，明星取得的效益远高于素人。可以说在未来几年内，中国的电视综艺节目一定会转入到素人的阶段；但不可否认，现在素人的综艺节目还没有取得较高收视率。素人综艺在中国只能说是一种愿望，一个未来的走向，但不是一个现在最可行的方案。

《中国好声音》《爸爸去哪儿》这两个节目引领出中国电视的两个阶段，同时也留给我们一个思考的问题，中国电视该往何处去：一个是该用明星还是该用素人的问题，第二个问题是我们的烧钱行为还要持续多长时间？其实《中国好声音》已经是大投入的节目,"现象级"的节目更需要全明星的阵容,投入不会低。"跑男"第二季刚结束,收视率破5,在中国电视史上堪称奇迹。为什么这么说?歌曲类节目在中国破3、破4很正常,因为《中国好声音》已经破4甚至达到5,歌曲跟我们的相关性相当强,每个人都能哼两句,歌曲类节目达到这个量很正常。但是,一个跟我们没多少关系的游戏类节目达到这样的收视率,我们就必须思考明星的身价,或者对于我们来讲,他们的价值体现在什么地方?正是这种类型的综艺节目的火爆,让我们感觉明星的身价也是值得讨论的问题。比如说某"跑男"明星,一集片酬超过原版 Running Man 某明星整季的片酬,这也是导致很多韩国明星愿意到中国拍戏的重要原因,所以这是留给中国电视的第一个问题,我们的烧钱行为或者大投入还能持续多久?

第二,不管是《中国好声音》还是《爸爸去哪儿》,我们数得出来的目前在电视上比较好的节目,全都从国外引进。中国电视的原创力量在哪儿?我们讨论模式的价值,自然要学习国外的节目,只有学习才能创新。但是引进韩国节目之后,发现韩国没有模式,那我们学什么?我们也是直接买,但买的不仅是韩国的创意,还有韩国的技术,"跑男"前几季都是由韩国团队来协助拍摄完成,而且我们甚至发现——现在好的电视综艺节目基本都是中韩一起拍摄——韩国的经验对一个中国电视综艺节目的收视来讲是好的保障,诸如《中国好声音》《爸爸去哪儿》《奔跑吧兄弟》以及现在正播出的《极限挑战》《挑战者联盟》《真心英雄》这些收视率好的节目,都是如此。似乎我们缺的不只是创意,还有技术,这两个节目所引发的一系列讨论归结起来就是这两个问题:第一,这种烧钱行为到底要持续多久?第二,中国的原创力量到底在什么地方?当然这是很复杂的问题,包括机制的问题,包括留给中国电视人原创的时间和耐心还有多少。这是从两档节目引发的对中国综艺节目发展现状的思考。

从这两个节目我们往上溯源一下会发现:从节目形态这个角度看,《中国好声音》属于演播室节目,《爸爸去哪儿》,包括现在的"跑男",属于真人秀节目。这也反映出中国的电视综艺节目发展到现在其形态出现的变化。从国际发展潮流看,真人秀早在本世纪初就已成为热点,大家很熟悉的像《幸存者》《老大哥》都是典型的真人秀;中国在一段时间始终没有发展真人秀,演播室节目一直是中国电视发展的主流,但是到了欧美的真人秀开始退潮的时候,我们突然发现真人秀更适合中国。

从学理上对"真人秀"进行界定,应该说已经汗牛充栋,很多学者希望能作出一个界定,但到底什么是真人秀?我们还是没有一个统一的解释,只能大致拆分出,比如必须是真实人员参与的真实行为,才属于"真人"的范围,这个"秀"带有表演的成分。欧美重模式，把"真人"行为记录下来，同时通过一定的规律把人性体现出来，所以他们注重"真人"。韩国注重"秀"，不是"真人"，所谓"真人"其实某种意义上讲是素人，韩国通过把明星安排进去，强化了编剧的功能，只要让明星在某种场合达到规定的效果就行，不管是演还是真实体验，只要达到这样的效果就行，就像我们看电视剧，看到效果非常好就可以了，这是韩国节目和欧美节目的区别。也正是韩国火爆之后，我们发现中国电视台也开始关注韩国综艺的编剧问题。当一个综艺节目电视剧化的时候，我们很难去界定这个节目是真的真人秀，还是假的电视剧。这可能是学理上可以继续探讨的问题，伪电视剧和真人秀的关联性到底有多大？这可能也是一个值得深入研究的问题。

我们很难说中国的综艺节目发展到现在，究竟是顺应了国际潮流的发展，还是违背了潮流的发展，但至少可以说中国电视综艺已经开始找到自己的发展道路。我们关注一下欧美，发现欧美的节目很纯粹，无论游戏类节目，还是演播室内的节目，"真人秀"得很纯粹。所谓纯粹，是不太关注情感，不去生发太多的故事，只要把最后的目标和规则设置清楚就行。就像《幸存者》一样，你只要最后胜出，就能拿到大奖，节目的推动力包括吸引关注，只在于最后的出口——谁能成为百万富翁，这是最大的噱头，人性的体现是这种模式的最大特点。

但是大多数欧美综艺节目在中国都不算成功，中国的电视好像很难做很纯粹的节目，后来我们发现《中国好声音》在节目当中，有很大的比重在于选手故事的呈现，选手上台前，会强调两个词：第一是梦想，第二是经历，这是和原版节目最大的区别点。中国的节目很难做纯粹，无论游戏节目，还是真人秀节目，还是演播室节目，都得把故事挖掘出来才能吸引观众，中国的电视观众更喜欢听故事，这个故事是真是假不论，但一定有一个故事作为载体。《爸爸去哪儿》、"跑男"就是在讲一个故事，拍摄者需要明星来演好这个故事。我始终认为韩国的电视综艺是一个电视剧化的综艺节目，不是纯粹的真人秀，这也是编剧的功能，只要把故事演好就可以了。

我们比较一下"跑男"和 Running Man 的区别会发现，Running Man 并没有很强的目的性，基本上是以游戏并列式的发展来呈现的节目样态。进入浙江卫视的时候，我们发现中国最大的创意，就在于赋予每个故事一个主题。我们说"跑男"开启了中国电视发展的新篇章，就在于把季播的金字塔式改成单集成篇，集与集没有关联，但是集与集之间由于相同的明星而形式上有连续性，再加上每集都有一个故事和必须完成的目标，同时又有不同的明星来客串形成系列化，这其实就是中国小说连续性、系列性特征的最典型的体现。在"跑男"之后，我们发现《极限挑战》《挑战者联盟》《真心英雄》这些节目，包括浙江卫视要上的"西游"，也是按照电视剧的方式去演一个规定的情景、规定身份，甚至规定情节，明星只要达到效果就可以了，这也是明星的最大效用。从电视综艺节目来讲，这两档节目给我们留下的一个思考就是，我们已经从演播室节目阶段进入到真人秀节目阶段，那么真人秀节目到底能火多久？一个关键问题就在于我们对明星的依赖程度，这是从电视本身或者产业本身来讲。

如果我们再把这个话题往上提高一下，从节目的形态往上走，就要考虑下一个问题，从本世纪或者像主持人提到的从20世纪90年代开始，中国综艺节目发展所经过的几个阶段。90年代以前中国的电视没有商业运作，缺少广告，没有太强的娱乐性，更多是政治宣教功能。90年代之后，《综艺大观》《正大综艺》这些节目出现，表面看是开拓了人的眼界，更重要的是松绑了政治意识形态，加入了更多的娱乐元素在里面。本世纪初，《艺术人生》《同一首歌》这种节目出现，这种节目被称之为"内容为王"。如果我们要把中国电视做一个整体梳理，"内容为王"是第一步，在那个时代强调内容其实就是在强调价值观，强调意义。

后来《超级女声》出现打破了这种格局，《超级女声》告诉我们电视节目最重要的一点是娱乐。从《超级女声》开始，我们就发现娱乐成风、脱口成风，开始成为电视界的一大现象，其他属性开始退居其次，大众的参与程度成为观众的焦点，成为吸引观众的最大话题。《百家讲坛》属于文化节目中的一个例外，但它吸引观众的原因，在于把我们以前正襟危坐或正儿八经讲述的方式改成故事性的讲述，这其实也暗含刚才说的观点，如果你的节目没有故事，只是纯粹的说教或流水记述，对观众没有任何吸引力。《非诚勿扰》属于演播室的节目，所有人都说它是婚恋节目，其实就是讲故事的节目。如果我们翻开一些杂志或者一些评论文章，评选本世纪能够成为现象级的节目，《超级女声》算一个，《非诚勿扰》算一个，一个重要原因就在于《非诚勿扰》把夫妻、婆媳之间的沟通问题，通过"婚恋"这个外壳，呈现出来，讨论的是话题，不是真的要去结婚，那只是一种手段。我们发现其中每个问题都问得都非常简单，比如"我出生在一个单亲家庭里面，你是否愿意跟我的母亲住在一起？"这个问题看似简单，其实折射出了典型的社会问题，《非诚勿扰》也在整个社会引发了集中关注。

这也是"内容为王"之后，出现的另外一个新阶段，到了《非诚勿扰》，开始呈现出"制造为王"的特征。从《非诚勿扰》以后，我们发现综艺节目开始在舞美设计和道具使用上下大工夫，比如《我是歌手》中的灯光的使用就引起了我们的关注，让我们觉得好像舞美已经是一个必备因素。当然这也是《中国好声音》带给中国电视的一个改变，中国综艺节目在这个阶段一步步地从"内容为王"发展到"制作为王"。

《爸爸去哪儿》似乎又带着我们回到"内容为王"阶段，但此时的"内容"已不是我们最初的那个"内容"。在最初的"内容"阶段，我们强调的是政治属性、文化属性；但是现在强调的"内容"，其实是指娱乐属性，而且决定因素是资本属性。我们现在去给电视台做节目提案，电视台会问三个问题：第一你的总冠名是谁？第二节目内容是什么？第三制作团队是哪里？在这个阶段我们虽然也强调"内容为王"，也强调"制作为王"，但在根本上是"资本为王"。如果你的资金不能支撑一个大型节目，那你的方案就很难落实。电视综艺节目从"内容为王"到"制作为王"，发展到现在的"资本为王"时代，已经必须只有依靠强有力的资本来支撑，才能打响每周五晚上的"核战"。

比如上个星期五，《爸爸去哪儿》收视率首播破3，《极限挑战》《极速前进》等好几个都是投入破亿的节目放在那个时段去比拼。这时候我们就需要考虑一个问题：你如果没有足够的资本该怎么支撑这个节目的品质，怎么实现你制作的精良？在资本之外，还有另一层概念，就是资源。现在我们会发现以前我们在做节目的时候是单向的，做节目就是做节目，这个节目是个体的，放电视台播就可以了。而现在则发现，任何一档好的节目后面，往往会有资源作为支撑，这种情况现在还没有呈表现出明显的特征，但是预计从今年的下半年到明年，这将成为电视综艺节目的一个突出特点。

在"资本为王"的时代，最大的资本家是谁？最大的资本家不是个人，而是企业，甚至，包括一些广告商。许多广告公司都在转型，那么广告公司的作用是什么？以前只需要把节目拿过来，做节目配比就可以，但是现在所有节目，在整个制作流程中，广告商就全部参与了，它们已经从一个纯粹的广告公司进入到媒体运营公司的阶段。连广告商都开始利用自己的资源去打造综艺节目，我们可以判断，目前的中国，在最近几年一定会进入资本的时代；而这个资本时代，不在于你有多少钱，而在于你有多少资源，只要你的资源配比好，成功率就非常高。现在的电视台已经逐步成为纯粹播出平台，不是像以前，我缺节目，我买你的内容，我帮你联合招商，配比我的团队帮你做各种事情，现在这种情况少了。他们现在需要的是你给我一个节目，你的制作方、广告商，甚至你的投资商都得到位，我只是提供这个平台播出而已。当电视台都走上了这条路的时候，说明"资本为王"的时代已经全方位地到来。

接下来要走向哪个方向？是我们需要考虑的问题，其实"资本为王"也是对应我刚才提到的，这种烧钱究竟能烧多久？如果我们回归到素人的"真人秀"，那需要多长时间？虽然我们都认为未来方向一定是素人，但是我认为现在的资本市场仍处在高涨期，还没有回落。只要资本不回落，资源就继续处于资本的整合期内，素人"真人秀"时代就不太会到来。欧美的节目为什么一定要做素人？因为欧美做节目大部分不像我们这么烧钱。

去年，戛纳电视台在英国做了一个关于体操的综艺节目，属于大投入，做了几期就做不下去了，收视率也不是特别好，一是观众不认可这种形式，二是大投入支撑不下去。以前在欧美做季播，是希望把最有限的资源、最好的明星配比、加上最充足的钱，集中在几个月内播出；而由此产生一个问题：当我们专注于季播的时候，周播节目就会出现一个空白，只不过因为国外电视台对节目的需求量还是比较少的，所以这种情况还是可以控制的。但是在中国，如果我们专注于季播，那么其他的时间段怎么办？季播一周播一期，播完三个月以后，下面再接一个季播节目也可以，但是如果我们周五播出之后，周一周四播什么？从国际潮流看，欧美的综艺节目也开始走季播节目的日播化，或者周播的常态化，原本是把一个季播节目三个月播完，现在表面还做季播，但实际上已经按照日播、周播的方式去做，而中国现在还没走上这条路。

还有一个问题非常显著，就是920档节目的稀缺，9点20到10点这个时段是空缺的，因为许多季播节目放在10点以后，在"一剧两星"的政策施行后，9点20以后的时段谁去补充？这已经成为国家广电总局关注的问题，总局鼓励920档的时间段，只有40到50分钟，不能做大节目，也不能请大明星。广电总局希望通过鼓励920档节目，推动中国电视节目的原创，这恐怕是在"资本为王"时代，我们可以看到的未来趋势。正像我说的，这只是一个趋势，谁都可以去说未来的发展方向在素人；但现在整个行业状态就是在烧钱，素人尚不具有大投资的意义和高价值的回报，资本的焦点还是在明星。

电视进入到"资本为王"的时代，实际上包含了更多关乎商业利益的所谓内容。当然对于广电总局的政策这一块，孙佳山老师会讲得更确切，对我们从业人员来讲，政策对中国电视的影响非常大；但是中国的政策永远是在现象之后出现，而不是在现象之前，这是一个很大的问题。广电总局发现欧美模式大量引进的问题，就制定一个"限购令"，一家电视台只能买一个模式，那么副作用就是引发抄袭和剽窃。这是版权商问我最多的问题：我这个节目你们又不买，你还让我介绍，我介绍那么详细，你们把其中的元素抄了怎么办？

我们现在做的综艺节目有自己的特点，等到现象出现，靠政策是很难把它压下去，政策和市场存在很大矛盾。一旦某种节目形态形成规模，形成观看习惯，再想去压制，从政策角度来讲没有任何实际意义，只会让大家嘲笑这个政策。

比如现在"真人秀"比较火，政策上可能会出现"限真令"，让大家少做"真人秀"节目，或者要我们不要做虚假的节目，这个政策是可以预期的。刚才我谈到韩国的综艺节目进入中国，你会发现演的成分较多，也就是一个伪电视剧样态，按照电视剧的方式编剧，明星按写好的剧本演。某些节目也按这种方式来表现"结婚"，广电总局就会说你不能这样啊，你这是假的，必须真实去做才行，所以这个节目就加了一个演播室，加一些素人进去，这种政策其实更多的是跟着市场堵漏，而不是引导市场。

当然某些政策的规范还是必要的，现在我们讲价值观，一个节目的价值导向是什么，广电总局一直是提倡的，我认为这也是非常重要的。一档综艺节目，无论你的制作多么精良，明星多么强大，资本投入多大，只要缺乏正确的价值导向，是不可能做得很成功的。当然，所谓导向不一定是政治导向，可以基于人性、基于社会的种种现象，而且在做节目时，都应该遵循的一个导向，是要首先在完成由节目的价值引领了节目的内容之后，再去设计节目的结构，再去配比明星和制作团队。可是从目前的综艺节目生态来讲，是倒过来的，先问你节目的明星是谁？你节目的制作团队有哪些？然后再根据明星设计结构，设计完结构再说我这个节目要体现什么，这完全倒过来。我们要以价值观为前提，正过来，只有这样一个发展样态，才应该是中国电视未来发展的方向。

所以到了政策层面，针对整个电视的发展，我们不能跟着它们屁股走，我们有没有可能成为节目的引领者，而不是跟着它们后面做简单的补漏？

我刚才说了三个方面：一是选择两档节目向大家简单地介绍一下，中国电视在最近几年内经过了几个阶段；二是从这两档节目上升到电视综艺节目的形态问题，以前我们偏重演播室，现在则注重真人秀，这是目前综艺节目的特点；三是从这两个形态上升到中国电视综艺最近十年发展的脉络，从"内容为王""制作为王"到"资本为王"，而资本是很复杂的现象。在这些脉络当中，究竟隐藏了多少广电总局的政策调控，包括文化软实力的体现，这恐怕是我们更关注的问题。韩国SBS的洪先生也在，他待会儿会给我们介绍韩国的综艺节目模式出口的背后，有强大的文化产业的支撑。

今天，我们更应从文化价值、文化产业体系这种"道"的思路去生产这些综艺节目，综艺本身所蕴藏的东西，我们可以称为意识形态，甚至可以说是政策导向；但是综艺节目模式的传播,一定要符合国内的需求,具有出口的价值,否则我们的综艺节目模式就不可能走向世界,我们就永远只能基于一个技能上的讨论,去说模式重要还是体验重要,去说是该学欧美还是学韩国,或者中国台湾。只有从技术上上升为"道",成为文化产业体系中的重要一环,中国电视才能真正走出去。对于这个"道"而言,一个很重要的影响因素是政策,比如在十年周期内,会出现什么变化?这些变化对于中国综艺节目行业,从一个单一的节目到成为一个商品,再成长为文化产品,政策是究竟起鼓励的作用、推动的作用,还是跟随性的作用,或者无关痛痒的作用?这恐怕是我们要考虑的在节目背后的政策问题。

盖琪: 非常感谢吴闻博老师。吴老师以他非常丰富的电视综艺节目的策划经验,为我们提供了很多有价值的参考信息。当然除了从业经验,他也用高屋建瓴的眼光对现象进行了梳理和思考。

吴闻博老师的发言有几个主要方面,我简单总结一下。第一,吴闻博老师提出的非常有价值的方面,是对欧美和韩国综艺节目的特点及其对中国的影响进行了比较。比如欧美节目更重模式,韩国更重经验;欧美节目更多使用素人,韩国更多使用明星。接下来,他对中国的综艺节目的发展历程进行了一个脉络感非常清晰的爬梳,从"内容为王"到"制作为王"到"资本为王"等。最后,吴闻博老师又做了一个总结或者提升,提出了一定程度的价值期待。接下来中国的综艺节目如何继续向前发展,甚至我们还有一个更高的目标——想要"走出去"的话,应该怎么办。在上述三个方面的阐述的基础上,他给出了自己的一个问题框架,也包括三个主要问题。

第一个问题是烧钱的行为究竟还能持续多久?即使是"资本为王",资本也是要讲求利益回报率的。第二是中国的电视制作究竟有没有自己的原创能力?原创能力应该如何去发掘和培养?最后一个问题是前面我们已经提过的——接下来我们要走向哪个方向?这里既有实操层面的方向感,也有价值层面的方向感,要把这两个方向感结合起来,所以我们就需要请孙佳山老师从一个更高的层面,其实也是一个更"纠结"的层面,来谈谈政策问题。

孙佳山: 谢谢盖琪,也谢谢闻博,每次在闻博后面发言压力都特别大,最开始合作是两年前的夏天,当时讨论综艺节目,因为那时候的《中国好声音》比较火。那个节点的综艺节目的形态,经过这几年的发展又出现了很大变化,在这其间跟闻博的几次交流也有这个感受。在2013年那时候,我们已经觉得综艺节目正发生很大变化,但这两年发生了更大变化,其复杂性远远超过我们预期,即便那时我们已经做出了有一定前瞻性的展望，但也还是想不到仅仅两年后，中国的综艺节目会走到今天这一步。

　　简单地说，为什么会走到今天这一步，出现今天这个形态？我还是接着闻博刚才一个非常核心的观点来展开。大家也都体会到了，确实综艺节目已经走到"资本为王"阶段，那么我就想从这入手，为什么会出现"资本为王"的现象？它会有什么后果？为了便于大家直观理解，上午跟祝老师讨论的时候，我也举了几个例子，说到现在综艺节目的成本费用非常高，那么大家猜一猜最近参加《极限挑战》的黄渤，这一季薪水有多少？据说，是四千多万，仅仅一季啊。四五千万对于中国电影来说是什么概念？中小成本影片的门槛是两三千万，黄渤他一个人的真人秀薪酬够拍一两部中小成本电影了！这是从人这方面看，再从物的角度感受一下。比如"跑男"、《爸爸去哪儿》这些节目，一台摄像机值多少钱？这是去年年末电影资料馆的学生给我扫的盲，北京台当时拍一个叫《上菜》的节目，一个镜头四台摄像机在那儿拍，每台摄像机都在40—50万人民币。再形象点，随便一台摄像机都够换一台奥迪A6的，而一期大牌综艺节目动辄要用二三十台这样的摄像机，甚至更多才能出效果。所以大家一般还都不太理解"资本为王"到底什么是意思，就是这么让人震惊。2013年，闻博说综艺节目进入到了"大片阶段"，我当时没太理解，过了半年后才缓过劲儿，天啊，真的已经到了这个阶段。

　　回到我们的话题，为什么会走到今天这一步呢？我从三个现象入手，都是一个月之内发生的事儿。第一个是，最近光线传媒的电视事业部宣告重组。要知道光线传媒就是靠电视起家的，我相信在座80%的朋友看过《中国娱乐报道》，它就是光线当年弄出来的拳头产品。在眼前这个节点，一般都知道，中国电影、电视领域不差钱，但就是在此时光线传媒解散了自己的电视事业部，而且一部分人员转到了跟360合办的视频网站。第二个现象是，爱奇艺6月3号提出了一个"纯网综艺"的概念。第三个现象也是闻博刚提到的，有传闻说总局要出"限综令"。有朋友猜，无外乎就是限制明星数量、限制播出季数，不能夸大，不能变相引进模式，要自己原创等等。但广电总局做事也得考虑后果，万一再出问题怎么办？所以先出一个"限主持令"试水，每个综艺节目的嘉宾主持的数量要受限制，但很多节目也有应对办法，强调自己没有嘉宾主持，那些人不过是节目中的角色。

　　这三个现象分别意味着什么？第一个现象，光线传媒的电视事业部解散？要知道在2015年，综艺节目的广告市场达到了百亿规模，而且只用了三年时间，而中国电影票房用了十多年才达到百亿这个门槛。所以不太好理解，既然这么不差钱，有这么多机会，他们怎么偏偏在这个节点上不玩了？第二个现象，爱奇艺提出"纯网概念"，什么叫"纯网"？按照一般理解，看综艺就是看电视，我们小时候《综艺大观》《正大综艺》都是从电视里看的，现在冒出来"纯网"是什么意思？这其中有什么变化？

所以，假如这个行业还有巨大发展空间，光线传媒就不会解散其电视事业部。而且，假如电视领域的综艺节目，在"资本为王"的时代还有很多机会，那为什么还要搞"纯网综艺"？这两个都是民营企业，放着钱不赚？我想从这一系列的案例来梳理政策演变的脉络，试图找到综艺节目在广电领域的发展逻辑，特别是1999年之后的基本逻辑。

很明显，互联网要跟电视"掐架"。这两年互联网比较火，包括国家层面也都在提"互联网+"和"创客"等战略。互联网要跟电视"掐架"好像是最近几年才发生的，但实际上1999年这个问题就已经出现。广电总局这两年的一些政策确实有很大争议，甚至大家对其"吐槽"都已经成为一个习惯。但是，确实有些东西是政策逻辑长期演变的结果，而现有的一些政策也并不是根据当下现状提出来的，它们有源头，这个源头在1999年。我和闻博在2013年的论坛也讲了这个脉络。1999年，国家明确提出广电领域要市场化改革，一个标准就是那一年中国所有省级卫视全部完成了"上星"。与"上星"同时提出的，是众所周知的"制播分离"，这是典型的市场化逻辑，让制作领域充分竞争，认为市场竞争能够带来广电事业的大发展。

另一个当时没太引起注意的改革是"台网分离"，这个"网"跟现在的互联网不是一回事，是有线网、有线台和电视台分离。从那时起走到今天这一步，"台网分离"之后发生了什么？先看一组数据。到2014年，全国的网络视频用户是4.33亿，手机视频用户也达到了3.13亿，四五个人中就至少有一个人拿手机看视频。但这个"网"不是广电的有线网，是互联网，而广电的有线网也进入了互联网。真正属于广电有线网的IPTV用户有多少？3400万，这还是这两年广电总局不断政策扶持后的数字，差距是不是太大了？那个年代为什么提"台网分离"？因为当时广电体系的有线网和工信部主导的互联网有一定的区别，广电的有线网当时话语权还比较强，尤其是在电视可以"上星"之后，当时还想着自己能在互联网格局中占有一席之地。历史的伏笔在那个时代就已经埋下了，所以确实也不能对广电总局过于苛责，并不是要给他们开脱，而是说在那个年代不曾料想的因素后来产生了蝴蝶效应，到现在已经形成了一个错综复杂的利益格局。

这个格局有多复杂？据广电总局公布的数字，2015年上半年第一季度，全天的电视开机率只有12个点，比去年同期下降4个点；在第二季度，综艺节目的广告收入在之前的野蛮生长之后，也开始下跌，不光综艺的广告收入在跌，电视广告的总体品牌持有量也跌到了5年前的水准。我上中学那时，谁买断央视新闻联播后的第一个广告，是每年的重要新闻；而现在的一系列数字告诉我们，电视的整体收视率、收视规模在2015年之前就开始大幅缩水。我并不是说电视明天就完了，但确实新的时代已经到来，一系列数字表明这个趋势已经确立起来，不是一个周期性的波动，而是长期趋势，整体格局已经稳定下来。

为什么电视突然不行了？电视剧、综艺节目，新世纪以来我们日常生活中最重要的两个娱乐文化形态，为什么到21世纪的第二个十年会遇到这种景象？回到1999年以来广电领域的体制改革，在这个阶段总局试图通过充分的市场竞争带来广电事业的发展，实事求是讲，还是要承认，至少在几年时间里这种政策还是有效的，确实在一定程度上，无论是对电视剧还是综艺节目，带来了很大积极作用。

我们去年年末在海南举办的第三届全国青年文艺论坛，就专门分析了电视剧。比如刚才闻博提到的920档节目，我们把这个问题放大，920档节目是怎么冒出来的？之前没有这个概念，其实它恰恰是2015年1月1号开始实行的广电总局"一剧两星，一晚两集"政策的产物。以前虽然有"限娱令"，但每个卫视频道一天晚上放三集电视剧还是没问题的，从今年开始一晚上就只能放两集，而且一个电视剧只能在两个卫视频道播放。所以"一晚两集"就把原有的9点20分到10点的时段空出来了，导致这么一个结构性的问题。"一剧两星"政策不仅没有消化海量积压的电视剧集，还导致电视收视率下跌，"一剧两星"的马太效应是不可避免的。从去年电视剧出现"剧荒"，到今年综艺节目呈现的下滑走势，综艺节目的演进路径，是中国电视剧过去十几年走势的翻版，而且综艺节目在这三四年的走势是过去电视剧2倍或4倍的快进版。综艺节目和电视剧一样，都深处在当前的广电格局下，不可能超出这个生态。

以电视剧为例，电视剧在广电总局的自由竞争政策的引领下，2007年拿到了三个世界第一：观众数量、生产数量和播出数量，并且从2007年到2012年摸到天花板，达到巅峰，在可预期的十年内都不会超过2012年的峰值。广电总局"一剧两星"政策，无外乎是觉得可以通过这种加减乘除的方式，处理一下海量的电视剧库存量，但这种方式根本没用。中国电视剧产能过剩现象背后的实质，是广电领域的文化生产已经进入整体性通货紧缩的周期。一方面到处都是钱，另一方面是"剧荒"。为什么会"剧荒"？因为干什么都贵，请个演员就得几千万，甚至拍一个镜头，不砸个十几万、几十万都出不来。所以，回到综艺节目，为什么在中国电视综艺看似最美好的时代，光线传媒解散了电视事业部，在解散前，刚刚跟央视办了一个叫《中国正在听》的综艺节目，也是音乐选秀类节目。导致光线传媒心灰意冷的原因，是他们发现再想通过电视赚钱非常难了，投入太大，而且关键还有很多"镣铐"和"枷锁"。因为光线是想在互联网和电视上同时播出，但广电总局明令说电视台得先播，互联网后播；而且广电总局在2007年的一个禁令到现在也没解除，是针对《超级女声》那个时代的禁令：所有选秀类节目，不能用手机短信、电话和网络投票，必须在场内投票，这一下就把光线的盈利点给扼杀了。光线传媒很清楚，观众不仅是电视观众，也包括互联网观众，让他们通过手机上的APP投票，只有让这些人参与才能赚到钱。这样问题就显而易见，1999年开始的这一波广电领域改革，已经不适宜在当下继续推进，和这个时代的消费习惯脱节太多。

加上我刚提到的那些现象，现在电视综艺节目的市场环境在急剧恶化，收视、广告收入都大幅下降，成本却急剧上升；电视台过去还能起到中介的作用，起到买空卖空的作用，现在则干脆成了广告位展台，爱来不来，就这个价；而且又有很多限制，诸如政策性的门槛，像刚才的投票方式限令，把更多观众拒绝在新的娱乐生态之外。所以，电视综艺节目看似火热异常，但市场其实正在进行着残酷的行业洗牌，因为前车之鉴太多，多少人赔得血本无归。现在，很多电视综艺节目没有广告冠名、没有参股投资，华少在《中国好声音》中那种经典的类似口技式的念诵众多广告商名称的场面已经很难再现了。

为什么要做"纯网综艺"？我在电影资料馆的好多学生都说自己看过爱奇艺的《奇葩说》，那个节目的观众基本上都是90后、00后，但人家第一季在网络播映就实现了盈利，因为成本很低，请的都是素人。这里回应一下闻博，我们迟迟走不到素人的阶段，还是因为以广电领域为代表的文化工业水平太低。我们论坛通过这么多期不同话题的讨论，都从不同层面地触及到这个共同的问题，无论是娱乐文化领域，还是文化产业领域，各个环节是高度不对称的，有些方面过于肥大，有的过于畸形，用木桶理论形容最合适。一般的综艺节目在这种市场环境下为了活过来，就只能请大明星。打个比方，只要邓超向范冰冰抛几个媚眼，收视率就立即上来，根本不需要讲故事；换成素人的话，就必须讲故事。怎么给素人讲故事、怎么给小人物讲故事？这要看文化工业的平均水平，得有真功夫，所以素人这条路确实依然比较漫长。

有一个素人真人秀，叫《我们15个》，是腾讯视频自己拍的，先在网上全天播，每周末在东方卫视播精华版，虽然没有取得"好声音"、《超级女声》那样的成功，但还是非常有特点，有很好的数据表现。长期来看，素人真人秀，是一个不可避免的选择，虽然现在还有大量资金涌入，但很难想象这种情况还能维持多久。这个行业现在到底有多畸形呢？据说中国的电视台已经把韩国能买的综艺模式都买光了，可见我们文化工业的基础是多么薄弱。

还是通过数字、数据来例证，为什么在网上能赚到钱？闻博也提到了一档电视综艺节目的收视率如果不超过1，就别想回本。问题是现在一档综艺节目敢在大卫视播，成本就肯定上亿，这压力太大了。而在互联网领域，去年《宫锁珠帘》《爱情公寓》的点击率有20—30亿，今年《何以笙箫默》《花千骨》的点击率到了50亿，翻了一番，高点有70亿的观看人次。电视和互联网的差距之大，已经超过了我们的想象。

从1999年到现在，广电领域的政策结构、顶层设计都面临很大幅度的整体性调整，今天的问题确实不是1999年那时候就能预计到的。从细节上讲，"纯网综艺"是什么概念？比如前两天看到一个文章，说电影的镜头数越来越多，"纯网综艺"也是如此。爱奇艺70分钟的综艺节目，有6000多个镜头，每秒钟都有不止一个镜头，所以互联网不是简单的媒介，而是代表了全新的生态格局。在这个意义上，国家提出"互联网+"战略确实有很大的前瞻性，当然各领域情况不一样。如果我们在电视上看的话，一秒1.6、1.7个镜头，我们盯半分钟就会晕；但互联网播放就不一样了，我们可以暂停缓缓再看，看不清还可以拉回重放。无论电影、电视、综艺，观看的空间感、节奏感这些基本的审美习惯已经发生了非常大的变化。毫无疑问70分钟6000个镜头就是好看，价格堪比奥迪A6的摄像机拍出来的镜头就是漂亮，确实很酷，所以就不难理解为什么会有70亿点击率。那么"纯网综艺"的问题、困局在哪儿？比如电视剧的话是有标杆性的作品的，网剧也是有标杆性作品的，"纯网综艺"可能一两年内也会有一个标杆性的作品出现，但目前这个标杆性的作品还没出来。

从1999年到2015年，历史进入转折的时刻，传统广电领域的相关政策，从电视剧到综艺，整个广电体制都面临很大的调整，不是简单出一两个政策就能解决的。只有在国务院那个层面，对各部委的职能重新调整，撤并一些机构，成立一些适应市场环境的新机构，才可能赢来这个领域的大变局。今年中韩自贸区的相关协议开始陆续生效了，随着相关政策的稳定，我国与亚太地区的自贸区还会一个一个地建立。在自贸区时代，以综艺节目为代表的文化领域能不能跟得上历史的节奏？这个问题非常残酷。去年年末去哈尔滨开会的时候，我曾提出一个观点，就是别以为中国资本借着自贸区的东风走出去，就一定会带动文化领域的发展，大门的敞开是相互的，以广电领域的困境为代表的中国文化领域，会不会面临更严酷的资本"围猎"？我们拭目以待吧。时间原因就说这些，谢谢大家。

盖琪：我再行使下主持人的特权，做一下简单的上半场总结。孙佳山老师的发言带有他一贯的风格，我经常看他在朋友圈发的文章，他是一个非常具有数据思维和政策思维的人，跟我从感性的角度进行研究的习惯有很大不同。

今天他先从"资本为王"会导致什么后果来破题，然后给出三个非常关键的现象：第一，光线电视事业部重组；第二，"爱奇艺"提出"纯网综艺"的概念；第三，广电总局"限综令"的酝酿。在介绍这三个现象之后，他又列举了很多重要数据，包括目前我们电视的全天开机率、综艺节目的广告收入以及IPTV用户数量等。在这些看起来非常枯燥的数据背后，其实隐藏着目前电视文化甚至整个社会文化生态正在酝酿的巨大变革，所以孙老师后面说的，都是对这样一种变革做出分析，也包括预测。

这里我略微谈一点我的认识。在两位老师发言的过程中，我个人总体上是在学习，但也存在一些疑问，留到后面再一起讨论。有一个比较有意思的点，我想放在这儿说一下。刚才谈到"纯网综艺"的问题。正好这个周末我为了准备这次主持，把"爱奇艺"打开，本来打算简单看一下《奇葩说》，结果没忍住，连着看了两天，把第一季差不多看完了。我个人觉得，这档节目最大的改变，不是制作水平、制作技术的改变，它其实是一个综艺语态进一步的调整。刚才孙佳山老师也提到90后和00后的趣味，纯网节目目前的语态解放程度是电视节目无法做到的。所以在上半场结束之前，给大家贡献一个小小的段子，来体验一下什么叫"纯网综艺"语态的解放。虽然它还是不敢触及社会敏感话题，但它可以把标题做到非常放得开。比如有一集的主题，直接就叫"如果你的领导是个傻X，要不要告诉他"。节目中类似的脏字很多，经常需要用"嘟"的消声来进行后期处理。那么针对这个主题，第一季的冠军马薇薇当时就可以做出一个表态说，"我不告诉他，我怎么办，难道我要说，领导，我们两个之间至少有一个傻X，你猜是谁"。这就是目前为什么"纯网综艺"在低成本情况下，仍然能保持高点击率的重要原因。

请大家休息一下，接下来我们再进行圆桌讨论。

（休息）

盖琪：我们现在开始下半场，大家可以就上半场两位老师的发言做一个圆桌讨论。请韩国的洪淳澈先生先发言。

洪淳澈（韩国 SBS 电视台）： 我以前在 MBC 和 SBS 策划并制作节目，之后我还去了韩国国家艺术研究院待了 12 年，在那里担任教授，之后又回到了 SBS 工作。我以前做过的节目有纪实类的节目，还有素人出演的脱口秀。回到 SBS 后，制作的节目是按照电视台的要求制作的。因为 SBS 是商业电视台，所以要求节目能以低成本吸引更多观众。我主要策划的节目是这一类型的，这种节目在韩国被称为名品类节目。韩国人都知道一档 SBS 特别长寿的节目，名叫《想知道那个》。以前这个类型的节目是一个主持人在台上，单方面给观众讲述一些事情。当时我想，为什么观众要坐在电视机前，只是听主持人给他们讲故事呢？我觉得，有必要让观众投入节目当中，一起进行判断和推理。所以我策划这档节目时，就让观众也参与进来。还有一个节目《瞬间捕捉——世界上竟有这样的事》，是素人出演的节目，主题是世界上怎么会有这么多不可思议的事情呢。大概是在 12 年前，我又开始策划了另一档节目叫《动物农场》，节目的主角是动物。其实我在学校教书的时候也预想过电视行业的发展、变化是很大的，等我在韩国国家艺术研究院待了 12 年，再回到 SBS 电视台之后，发现真正的变化超出了我的预期。所以，我今天要讲的话题，就是韩国电视产业的变化。

今天我在来这儿的飞机上看到一个报道，新闻播报类节目有可能从电视上消失，报道中说 BBC 的新闻频道要把电视播出的新闻类节目改到网上播出，BBC 第三频道已经完全停止了电视播放，改到网络播放。这不仅是欧洲的一个趋势，目前在韩国看电视的人也越来越少，所以我先讲一下韩国电视收视的情况。三年前我回到 SBS 的时候，为了接受信息，很多人最常用的一个渠道就是电视。2013 年的数据是一天韩国人看节目的平均时间是 3 小时 14 分，智能手机的使用时间是 1 小时 44 分，电脑是 1 小时 38 分，基本上电视的收视时间是其他渠道的两倍。可是经过了两年之后，电视已经不是第一位了。

近期的一个数据就说，10 个人当中只有 4 个人是通过电视去看节目，剩下 6 个人都是通过其他的媒体和渠道看，特别是 50 岁以下的人群特别明显。所以韩国也出现了一个术语，"看电视不通过电视"，也就是 OTV，韩国电视台不能再依靠以前的商业模式了。一般来讲，在一个电视台搞定一个时间段，在那个时间段播出节目，争取达到高收视率，收视率跟广告挂钩的，这是最传统的商业模式。而第二次销售，就是把这个节目再卖给其他电视台，另外收费。一般电视台制作完一档节目后，销售给有线电视台、网络电视台，价钱是非常便宜的。由于那个阶段市场的原因，突然提高价钱是不可能的，电视台也一直在纠结卖不上价钱，所以电视台近期停止将自制节目销售给手机等平台。在韩国，智能手机的用户2011年是42.5%，2013年达到79.5%，所以今天第一个问题是"看电视不通过电视"，第二个问题是电视机前的人都是上了年纪的人。即使电视机前面坐的是老年人加上年轻人还有家里的宠物，但是看电视的也只有老年人，这是《纽约时报》登出的一个漫画的画面。

所以像以前电视可以单独吸引很多观众的时代已经过去了，很多样的收看渠道的时代已经到来，韩国也很困惑接下来该怎么办？所以他们想了一个办法，所有电视台联合起来做一些视频，试图对抗网络平台。还有就是韩国出现了的传统电视媒体的细分化，也就是综合频道多样化。像以前在韩国有线电视台播都是单一类型的节目，3年前国家许可韩国主流电视台也可以做综合性的节目，新闻、综艺都可以，两年之前这种综合频道的好多收视群体是上了年纪的人或者低收入的人。综合频道2012年的平均收视保持在0.7或者0.1左右，可是经过3年的发展，近期的收视率可以上升到6%或者7%。对于韩国的三家主流媒体，也就是韩国人所说的地面频道，如果是三年前收视率只到5%到6%，这个节目是要停播的，3年之前，主流频道的收视率都是10%以上，这是主流频道所说的两位数的收视率，这是一般的情况。问题是目前黄金时间段的主流频道收视率根本达不到两位数，所以虽然目前韩国主流频道还是占一定优势，但他们的一些主要节目和综合频道的节目相比，收视率可以说是持平的状态。所以目前的状况，韩国的主流媒体不仅要和综合频道竞争，还要跟新媒体竞争。收视率是跟广告相关的，以前，主流频道的广告收益是5000亿韩元，今年滑落了，所以说韩国的电视产业也在摸索新的途径。

还有第三个趋势就是现在韩国越来越少的人为了看某个节目而在那个播出的时间点打开电视看了，韩国40%多的人是看重播的节目。近期一个数据显示，10人当中有7个人是通过重播的方式去看节目。换句话说，电视台的编排功能已经没有了，或者不是电视台在编排，是观众自己在编排。所以，编排已经从时间的意义上变为空间的意义，30岁以上的人可能还是坐在电视机前，但是30岁以下的人已经完全不局限于此。

刚才说的数据有一点老，一个是2002年电视整体的收视率平均在13%，2011年则下降了5%，所以把刚才的内容用一句话来概括：大家是在看节目，但没有通过电视看。因此，韩国主流电视台的战略性的趋势是很多样的。一个是内容方面的无限的竞争，不管是跟综合频道也好、有线电视台也好，还是UGC这样的平台竞争，以前的电视台跟观众的关系特别简单，电视台播出，观众来看，现在变成了跟消费者的竞争，跟IPTV也好、跟OTT智能手机也好，这种多样化平台的竞争。

我讲的这些内容，是从电视台的角度去看的。目前电视台最需要做的是怎么去编排好它的播出时间，然后制作最好的内容去吸引观众。收视率是很重要，可这个收视率不是简单地去吸引各个用户，而是通过吸引一个个群体来实现。可是这些内容转移到智能手机用户，群体的概念就没有了，因为对于智能手机而言，用户是每个人，得单一地去考虑，不是观众或者收看者，而是用户。对电视台来讲，他们很难去收集各个用户的信息，即使这些用户的资料收集起来，对电视台也没有什么意义。可是在网上用户的信息的资源量就不一样了，网上用户是一个一个的用户，而不是一个群体的用户。从消费者也就是从观众角度来看，以前看一档节目，知道这个节目是在哪家电视台播出才能去看，可是现在他们能看的节目太多、渠道太丰富了，即使看了一个节目，也未必知道这个节目是哪家电视台制作的。所以，对于网络平台而言，用户的信息是很宝贵的，通过这些数据就能看到用户想看的节目是什么，就知道并如何进行分类。

对于用户来讲，他们会经常考虑自己想看什么，再去看他们想看的节目，可是对于地面频道而言是很难收集这些数据的。对于网上用户来讲，他们看了一个节目，后台都是有数据的，所以能提供有针对性的广告：你是不是想买这个，如果你想买的话你周围有哪些商家。用容易理解的词描述，叫"水龙头理论"。谁需要水，就找个水龙头，一转水就出来了。刚才我们也聊过网络节目的一些内容，韩国目前的市场急需新的内容，目前可以看作一个过渡的阶段。韩国的一些主流电视台会规划很多战略，其中一个是怎么能把主流电视台的内容过渡到网上。为此SBS也设立了一些新的部门，在节目的内容方面，也需要一些新颖的节目。

刚才主要从观众，和节目内容这一块讲了一些，接下来讲一下商业方面。主流电视台目前处在一个比较悲伤的阶段，韩国主流电视台是3家，今年全媒体广告的数据是九兆五千亿韩元，这个数据换算成人民币的话与中国的市场比起来是很小的数据，而广告规模仅仅增长了1.1%，但主流电视台的广告规模下降了3.8%的，反而智能手机的广告规模上升了32%，相信明年这个数据的差距会更大。所以，以前电视台通过广告生存的商业模式已经消失了。不同电视台的广告单价是不一样的，在韩国，主流电视台的单价是最贵的。像韩国的《丛林的法则》差不多是3亿或者2.8亿左右，而韩国综合频道CJ旗下的TVN，他们播出的《三食三餐》的广告单价几乎要跟《丛林的法则》持平，是3亿韩元左右。所以刚才也说过，电视台以广告为收益的时代已经过去了，怎么寻找一个新的商业模式，也是要考虑的内容，他们一直都在考虑一个战略，数码战略。SBS今年建立了一个新的部门，直隶于生产网上内容的这个部门，其人数跟其他部门相比，是相当多的。

新闻类节目，虽然大部分人还是通过电视看，可是已经有很多人是通过智能手机和社交网站看新闻了。在韩国，通过Facebook看新闻的人是45万左右，通过SBS看新闻的人大概是1—2万左右。通过社交网络看新闻的人数相当多，所以KBS作为韩国最主流的电视台，设立了一个部门专门做这件事情。

还有一个战略，国际化模式的生产。像近几年在中国，《奔跑吧，兄弟》和《爸爸去哪儿》成为话题，韩国也在考虑，什么节目模式可在亚洲获得欢迎，而且是一种持续的欢迎。模式销售这个领域，单纯卖模式的时代已经过去了，从以前单纯的销售模式变成共同制作的趋势。还有就是一档节目怎么能受到不仅是当地的，还受到东南亚和整个亚洲的欢迎？那就要做好节目的本土化，好多欧洲的模式进入后都失败了。曾经欧洲的模式也进入韩国，进入韩国的目的就是想今后进入中国，先在韩国预热，但大部分都失败了，唯一一个算是成功的案例，就是"好声音"系列。后来虽然韩国的好多模式进入中国后取得了很大成功，可我不认为是因为内容新颖，最重要的是两国的收视群体有共感的内容。刚才吴闻博博士也讲过，我也认为是故事性，这个故事不是单一的类型，有纪实类的故事、游戏类的故事，还有相亲类的故事。欧洲的模式对故事不感兴趣，而是对整个架构更感兴趣，韩国的内容要是以欧美的形式制作就会被毁掉，因为需要给观众一个环境，让他们参与进来，让他们了解这些故事，并产生共感。

韩国版的《爸爸去哪儿》之所以在MBC先播，跟MBC的电视台文化是相关的。MBC这个台从很久以前就对人物纪实类的内容感兴趣，致力于做这些事情，他们有一个特别出名的节目，叫《人间时代》，专门讲人物故事的节目，后来也有很多综艺是从这个《人间时代》纪实类节目中获取创意后再去做的节目。指导中国版《爸爸去哪儿》的导演，擅长做人物纪实和公益类节目，SBS做的《Running Man》里面也有一些有趣的游戏规则，但还是以故事为背景。我预测韩国以后的一些节目也是以故事为基准，再变换成多样的其他形式。最近两三年，韩国最具话题性的一个平台是CJ

旗下的 TVN 频道。这个话题的开始就是，韩国年纪较大的几位爷爷一起去旅游，还有几位艺人到偏僻的农村，什么都不做，就做饭吃，每天三餐。对于韩国观众来讲，因为他们白天的工作已经很繁忙，所以回家后看电视，就不想再看热闹的节目，喜欢看很舒服、让他们放松的节目。这个模式在韩国目前是最贵的节目模式，价钱大概在3亿韩元左右。所以我近期经常思考的不仅是单个的节目模式，而是跟这个节目联系起来的网络平台也好，其他平台也好的所谓项目性质的模式。还有一种模式就是，一些人不仅做创作，也是表演者，所谓的 MCN 个人创作的体系在韩国近期也经常被提到。目前这个市场的变化速度之快，我这边也没办法完全预测两三年之后具体的趋势。

所以简单讲，目前韩国电视产业是一个比较混乱的市场，说不定哪天特别大的节目一出来，就把整个行业的趋势改变了。在大的趋势面前，政府力量是特别渺小的。刚才也讲过，在中国是一系列现象出现之后，广电总局再制定一些政策；但在韩国，政府即使制定了政策，对电视行业的影响也是非常小的。所以我觉得今后两三年韩国电视产业虽然比较痛苦，但应该是比较热闹的。可是我想强调的是，内容的地位是不会变的，内容是最重要的，只是外部形态会发生一些变化。

TV 的英语全称是 television，以前把 television 看作一个整体，今后，T 和 V 是分开的概念，谢谢大家。

盖琪： 非常感谢洪理事的分享，还有没有谁想主动讲几句的？

林品（北京大学中文系）： 吴闻博老师对中国电视综艺节目自90年代以来的发展过程进行了很清晰的梳理。90年代后期的《正大综艺》《综艺大观》受台湾的影响比较大，到21世纪初像《超级女声》《中国好声音》受英美的影响比较大，而现在的《跑男》还有《爸爸去哪儿》受韩国的影响比较大。据我观察，进入90年代后，在这个后冷战时代、全球化时代，给中国的大众文化生产提供各种范本的，有这样几个发达资本主义国家或地区的文化创意产业。英美不用说，还有后起的韩国，以及台湾、香港，另外还有一个很重要的是日本。我不清楚，日本的电视综艺节目对中国有没有产生很明显的影响？是因为日本的电视综艺节目本身的质量原因，还是因为日本的流行文化更多的是在影响中国的网络文化，而不是对中国的电视文化产生影响？

吴闻博： 日本节目为什么在中国没有取得成功，从我们行业内来讲也是一直在讨论的问题，其实包括两个层面。第一个是日本的节目受欧美节目影响比较深，他们的节目纯粹以游戏为主，很少涉及情感类的节目，当然也有例外，我不知道大家看没看四川卫视播的《中国爸爸》、江苏卫视的《远方的爸爸》，这两档节目其实是一个节目，原版模式就是日本的。日本也存在这种情感节目，但基本上还是以单纯的游戏为主。在我们很多节目中的游戏环节中，也能看到日本节目模式的影响。正是因为这种单纯性，而不是讲故事，所以很难进入中国。而且，日本的节目总体来讲，属于情感比较外向型的，我们看日本节目中莫名其妙的喧嚣，其实不适合中国。韩国的节目其实近十年在学习日本，就跟我们学习韩国是一样的。中国导演经常会说韩国有没有最新的节目，想学习一下；当时韩国导演也在说，日本有没有出现新的节目。但是，韩国导演把日本的外向型情感内敛为他们自己的一个特色，同时韩国节目的游戏环节又增加了故事，放大了情感交流，所以比较适合中国市场。在亚洲电视节期间我们跟日本导演也有交流，日本导演说，为什么我的模式可以横销欧美，却不能在中国取得成功？其实日本的模式只适合作为环节，而不能成为一种完整模式，这是从模式本身来讲。

另一个层面还可以从文化诉求的角度来讲，这一点佳山更有发言权。因为我以前也做文化研究，中国的所谓东方文化，有时候跟日本文化是隔离的。另一方面是不是从政策角度来讲？也可以考虑一个问题，我一直在想，习近平总书记一直在提的中国梦，可能是属于政治层面的问题，但是从对广电行业来讲，体现为对文化类节目的提倡，广电总局一直在提倡文化类的节目。韩国节目其实是在这方面跟中国文化是共通的，情感可以形成共振。韩国节目在中国热火，日本的文化西化明显，它的价值导向跟我们其实不一样，很难在中国形成共鸣。

我有一个问题想问大家，从我们行业内来讲，中国文化走出去可能是习近平主席倡导的中国梦的一种体现，广电总局相应地在行业内提倡做文化类节目，文化类节目的可视性是一个问题。但我们到底要表现什么样的中国文化？这是未来五年中国电视行业要考虑的问题，大家都做文化研究，能不能替我们解决这个问题，我们到底要表现什么样的中国文化？对于电视人而言，该怎么去表现？

盖琪： 有没有其他人想要发言的？

崔柯（中国艺术研究院马克思主义文艺理论研究所）： 闻博在发言中反复强调价值观，这很有意思，我们平时做文化批评的会经常从价值观上进行讨论，但是闻博作为一位业内人士强调价值观，似乎还是比较少见的。我想从业者对价值观的考量，和做研究的人可能还不一样。所以我想请教一下闻博，你觉得综艺节目里的价值观应该是什么样的？

吴闻博： 文学的价值观和电视的价值观是有些不一样，电视综艺还没有被认为是一门艺术，对于综艺来讲，我们更多的是讲所谓核心要素。比如说我们做节目策划，看节目都用一句话来概括主题，《爸爸去哪儿》体现的是长期分离的父子在一个陌生环境中会有什么表现。在我看来，这就是价值观，所谓节目的核心。比如说我们现在提到创业这个概念，从我们电视节目的策划角度，就是一个价值观的导向。现在政策上鼓励全民创业，这是李克强总理说的。我们要做这类节目就要确定一个价值观，这个价值观表现的就是全民创业，不是个人创业，不是你有钱创业，而是只要你有这个想法就可以创业。我们在整个节目的设计中所要体现的，就是人人都可以创业的价值导向，这就是价值观。

洪淳澈： 我有一个问题想问，在近期中国的电视市场当中，CCTV 和卫星电视台，与网络播放平台，正处在一种共存的状态，这种共存状态对于消费者、对于观众而言所产生的影响是什么？怎么会造成这样的共存，共存的比例是多少呢？另外，刚才也提到了中国梦，中国梦这个政策在节目中是以什么形式去体现呢？

吴闻博： 其实这个很难回答。

洪淳澈： 不好意思我以为这是一个简单的问题。

孙佳山： 相对来说第一个问题好回答一些。中央电视台、上星卫视、地面频道和网络播放平台，可能不是表面上这种简单的共存，背后可能有一个极其复杂、激烈的利益争夺。在文化产业领域，韩国的政策制定、规划，相对来说还是比中国成熟一些。比如今年年初，我了解到韩国政府明确要将 OTT 和智能电视作为未来重点培育的方向，其中包括电视游戏，包括在电视上通过互联网收看视频网站的自制节目，这是非常有前瞻性眼光的。在国内，这个领域的某些现状恐怕是一团糟，众所周知广电总局这两年下了一系列的"限 × 令"，试图引导广电领域的市场方向，但效果大家也都知道。现在最大的困境不在广电内部，而在其外。在广电领域，来自互联网领域的资本力量，跟原有的广电格局出现了非常大的冲突，像乐视、小米等都试图在"占领客厅"，在客厅通过路由器等一系列移动互联网入口，形成新的制播形态。总局想通过种种"限 × 令"来扭转这个趋势，但且不说来自互联网领域的资本力量有多大，老百姓也会用脚投票。现在的网络视频用户是4.33亿，而广电网络的 IPTV 呢？0.34亿，这中间的差距有多大？现有广电系统不想被以视频网站为代表的互联网力量所整合，那么从哪里"逆袭"？广电网络就这点资源，是不是螳臂挡车？现有广电体系早晚会沦为互联网的渠道和出口，而不像过去那样电视台玩剩下了才轮到互联网。当然过程会非常复杂、纠结和反复,但广电总局必须尽快做出大的结构性调整,现在是按下葫芦浮起瓢,根本堵不住,必须得调整广电领域的顶层设计,不然有些事情很快会倒计时。

至于将来到底会呈现出怎样的行业形态,大概也没人敢预测,但我个人觉得OTT、智能电视这套体系肯定是先进生产力和方向,只是实现起来会非常曲折,是一个长期博弈的过程。我的一个最大焦虑是,希望国内能尽快捋顺这其中错综复杂的利益关系,内耗的时间最好短一些,因为互联网领域的时间是很快的,如果错过眼前的窗口期,那恐怕又会受制于人。韩国已经走在了前面,看看我们能不能跟上吧,虽然我们在很多领域还有自己的优势。

林品: 我有一个问题,在之前的讨论中,我们不断谈到一个非常重要的时代背景——互联网时代——互联网对于电视的冲击。可能刚才主要谈的都是"冲击",比如说,电视节目的播出平台不仅是电视,还有很多是网络平台,很多人会通过互联网来接触这些节目,而不是作为电视机前的观众。还有一个"冲击"是"纯网综艺"、网播剧对原来电视节目、电视剧制作的冲击。洪理事还提到,当前电视节目会更多注重受众的参与和互动,这其实也可以看作是互联网带来的一个影响。互联网带来了一个可能的改变,从互动的角度,在网络上会有很多电视节目的观看者,他们在某种意义上成了节目的"粉丝",形成各式各样的网络社群。

我不知道,像中国现在的电视节目、电视台,还有韩国的电视节目、电视台,它们对于在互联网上形成的这些"粉丝社群"有怎样的关注?以及,电视台与这些在中国会以"贴吧"的形式或者各种虚拟社区形成的社群之间,它们的互动关系是什么样的?这种节目和观众的互动、受众的参与,不仅通过节目里的"素人"或者现场观众体现,很多互动和参与在互联网时代可能是通过那些网络粉丝社群来进行,这也可能给电视台的节目制作带来一些新变化,不知道有没有这样的例子,可以介绍一下吗?

盖琪: 这个问题就是,中国的电视综艺或者网络综艺往往形成大量粉丝社群,这种情况在韩国也同样存在吗?它们是如何同节目制作单位进行互动的?

洪淳澈: 粉丝作为群体对节目的影响,现在也没法一个一个具体说。韩国大概十年前,出现了一种形态,如果是拍一个电视剧,制作组会在网上问观众,你想让哪个主角死?你是想让他跟谁在一起?以这种形式给大家提问,看网民选择,再把剧本改编,这个形式十年前就有了。还有近期韩国出现了一个新节目,MBC的《我的小电视》,用户可以在网上看它的直播,艺人单独在一个小房间用一个摄像头实时做一个创作，他作为 MC 在播节目，网民在网上投票。这个形式就是刚才讲过的 MCN，是个人创作的一种新的体现。

还有就是有一个平台叫非洲 TV，这是平台的名字，有点像中国的 YY，网民可以自己在那儿播出。还有所谓的艺人媒体，网民可以在下面留言，播出的人也可以看到实时留言来进行调整。网民能看到直播，可以留言，可以跟艺人实时互动，这是一个新的形态。

林品：《我的小电视》是在电视台平台播出，还是在网络在线播出？

洪淳澈： 观众实时观看是通过网络或者手机的平台看，进行后期剪辑后，在电视上以节目的形式展现。

林品： 如果把网民的一些评论做成字幕，这些字幕是直接打在《我的小电视》的艺人表演镜头之上，并在电视台上播出？

洪淳澈： 字幕特别多，没办法都展示。如果我进了一个房间，我只能看到那个艺人在讲的内容；而电视上表现的后期剪辑是把 5 个艺人剪在一起，以节目的形式呈现，一会儿这个艺人，一会儿那个艺人，还有他们之间的故事，是通过剪辑加字幕的形式来展现的。

盖琪： 吴闻博老师还有补充吗？

吴闻博： 其实这个问题是网台互动的问题，目前中国电视行业分为四种形式：第一种是简单的电视播出，网络配合，像留言评论这属于最基本的形态；第二种形态属于网络规定电视，典型的案例是《中国正在听》，其最大的失败在于没有实现网络决定电视的内容走向；第三种网络思维在电视节目当中的运用，也就是所谓互联网思维，《女神的新衣》算是一个尝试，但是现在还没有更典型的互联网思维节目出现，比如大数据，比如 O2O。

最后一个就是纯网节目，很多节目只适合在网络上播出，不适合在电视上播出。从文化研究角度，电视节目的受众是主流受众，是主流文化，网络文化是亚文化，亚文化的特点就是在于自由、在于吐槽、在于表演等非主流的表现，所以称之为亚文化。我们看爱奇艺的《奇葩说》，你只能说它是电视内容的放大，并不是一个纯网络节目。所以无论从做策划的角度，还是从文化研究的角度：电视节目一定是主流节目，价值观比较传统；从亚文化来讲，如果做网络的节目则要跟主流的价值观有所偏离，这是两个方向。

洪淳澈： 现在韩国的节目很多，虽然在那些节目当中不会有一个特定的标签叫共感，但确实有那么几档节目可以被观众认为是有时代共感的。如果没有这样的精神，是无法跟观众产生一种共感并去吸引观众的。换句话说，我们不会把一个特定的价值观作为这个节目的核心去考虑，而是把这个时代精神作为整体来考虑，不仅是一个价值观，而要考虑很多方面的内容。

像我以前也参考过很多其他国家的节目，时间可以追溯到我的时代，或者我前辈们的时代。比如为了看日本的节目，直接去日本看，消费是很高的，所以我们会去一个离日本很近的小岛，也能收到日本电视信号，就在这个岛上一直看日本电视节目来作为参考。之后经济条件改善了，说出差就是真的去日本了。

至于抄的方面有三种。第一种是完全去抄，因为上面领导层觉得完全一模一样地抄，失败的几率比较小。还有一个是整个节目中的一个小板块，把它扩大来做一档节目。第三个就是在多档节目当中借鉴他们里面的一些因素，整合起来弄一个新节目。也是突然从某个时期开始，我们发现抄袭日本节目不再成功了，因为我们发现了一些情绪上的不同点，怎么就不一样了？可能是彼此经历的一些社会变化不一样了，可能是日本的发展速度跟韩国的发展速度是不一样的。

还有就是好像因为都是亚洲人，似乎应该类似，可其实是很不一样的，所以说实话，纯抄写的成功比例是很小的。为什么？要讲的内容会很多，无法在今天讲完，反正成功几率不是那么高。韩国前期受到日本节目的一些影响，参考日本节目的内容就是那些字幕。如果韩国节目去掉字幕，基本上没什么可看的，它的原创其实是日本。所以像欧洲人看亚洲的电视，根本看不懂，为什么电视上出现这么多字？韩国在很久以前字幕是外包给其他人做的，后来因为字幕的作用太大了，所以做节目的导演都亲自做字幕。还有一个借鉴所谓节目里面的 MC，还有嘉宾的一些角色化，从日本借鉴的东西还是很多的，从欧洲借鉴的就是模式化的概念。说起来也奇怪，很多欧洲模式都进入了韩国，可为什么不成功呢？我们也经常想这个问题。目前大家看韩国的模式，并不是一个构架特别明确的，像宝典式的模式，韩国的模式是很松散的，有很多的洞。

盖琪： 我想就这个问题谈一点点，因为也有一个类似的疑问。刚才吴闻博老师说，中国综艺节目制作的核心在于"故事"，对于这一点我并不反对。"故事"确实是中国人一个根深蒂固的情节，尤其是长篇叙事——或者系列性或者连续性的叙事特别受中国人的欢迎；但事实上，我觉得近年来就中国综艺节目来看，其实呈现出另一种文化诉求，即对于一个"类公共话语空间"的诉求。因为现在中国的公共话语空间还是比较匮乏的，在电视上也很难建立这样一个空间，可选择的范围很狭窄。

所以从《中国好声音》开始，我们在综艺节目里可以看到一个个"人"，无论导师也好，选手也好，他能相对自由率性地表达自己的观点，这个状态让大家觉得很不错，很喜欢。而到了《非诚勿扰》，我觉得《非诚勿扰》的点也不在于"故事"，而在于无论你称作表达也好，抑或是宣泄也好的这样的一个点。到《奇葩说》则是一个纯网络节目，有条件把"撕"的感觉表达得更强烈一些，当然它是努力把意义包裹到"撕"的形式感当中。

郭松民（昆仑策研究院）： 我上半年在安徽卫视参加一档节目，《我要找到你》，是寻亲节目，当事人也带有真人秀的性质。有的孩子丢了，或者有的兄弟姐妹失散了，要找，这是很催泪的节目，主持人每档节目都哭得不行，因为失散寻亲确实可以扣动人的心弦。后来我发现这些当事人，他们伤口早就平复了，却游走于各个电视台，把他们的这种悲情打包卖出去。实际上他们在化妆间嬉笑自若，而且孩子早就找到了，在一块玩耍游戏；等他们走上台，表现得很熟练，很游戏化地又痛哭一场。我不知道这是不是构成对观众的欺骗？我觉得在看电视节目时陪他们掉眼泪，也是在一定程度上被愚弄。

像《非诚勿扰》在澳大利亚特别受欢迎，在澳大利亚语境当中很多不敢说的话，中国的女性可以大胆说出来。比如直接问男方，你有多少钱？在澳大利亚语境里面，这些话绝对不敢说。所以在澳大利亚看得非常过瘾，收视率很高，这也是一种价值观输出。（笑）

盖琪： 所以我们的"政治正确"和澳大利亚的"政治正确"是两回事。

祝东力（中国艺术研究院马克思主义文艺理论研究所）： 对这个话题特别不熟悉，我们青年文艺论坛一直是侧重于思想性，今天的话题技术性比较强，这是对论坛的特别好的补充。刚才佳山提到电视剧的黄金时代到2012年是天花板，跟我的印象差不多，从90年代到2010年，大概20年时间，电视剧是电视的主流产品，这之后大概就是今天说的综艺节目。比较来讲，应该说电视剧还要更严肃一些，它毕竟要讲主题思想，讲人物刻画，讲情节逻辑。而综艺娱乐节目是更单纯的放松、猎奇、恶搞，深浅和轻重的区别是比较明显的。

我前两天看爱奇艺，综艺栏目排得很靠前，现在正播放孙红雷他们的《极限挑战》。我看了觉得很无聊很低幼，一群大男人在那儿打打闹闹、瞎贫瞎逗，实在看不出有什么技术含量。也许可以这样预期，从电视剧到综艺节目，从《爸爸去哪儿》到

《极限挑战》，格调趣味越来越走低，这个趋势应该是可以预期的。

另一个问题，刚才闻博讲中国文化走出去，包括电视文化走出去。我觉得中国现在的文化生态存在一个问题，看不到高端文化，韩国、日本他们通俗文化、流行文化做得很好，但始终有一个高端文化起到平衡作用。像日本有些通俗文化极其恶俗，但是它的高端文化会做得极其纯粹，极其高雅，让你对这个民族刮目相看。我们中国就是缺少一种高端的、原创的文化创造。在这样的时代，很难指望流行文化能搞出原创，能走出去。"文化走出去"这个说法很流行，但是对这个概念缺少反省。走出去需要什么前提？要"走出去"首先得"站起来"，我们的文化在站起来这个问题还没有很好解决，自己本土是不是已经确立了一种被大家认同的文化？文化的创造及其产品这个环节都没有完成，只谈走出去，那都是不着边际的。

说到中国梦，这是国家层面的，是国家发展战略目标，所谓中华民族伟大复兴，很简单，就一句话。我们现在的文艺作品还很少有表现中国梦，而且表现得还比较贴切的几乎没有。为什么？因为这种国家梦或国家战略目标，还没有跟个人的生活、个人的遭遇、情感、体验水乳交融，没有化为个人血肉，这个环节没有做到，就无法表现为文艺。

张成（《中国艺术报》社）： 吴老师提到"资本为王"我比较感同身受，除了综艺节目，我所了解的电影、纪录片还有网络上的其他内容，基本上都已经"资本为王"了，像电影这段时间的《小时代》《栀子花开》《大圣归来》多多少少都有资本的影子。像《大圣归来》，如果没有微信做后台，可能连10%都达不到，基本上在各个领域都是"资本为王"这么一个情况。

像现在说《小时代》票房高，是粉丝拥护的结果，其实《小时代》最明显的特点，是第一天、第二天、第三天票房非常好，等开始往下掉时，真正有效的方式是资本通过在几百个城市"地推"，跟电影院经理搞关系，通过各种方式把票房搞上来，有了积累，口碑开始发酵之后，才有自然而然的真实有效的数据。

作为一个普通观众或者一个消费者，希望看到的还是素人这个东西，这个东西里面可能有更多真实的情感和让人引起共鸣的东西。像刚才吴老师说的话，感觉好像还是很遥远，也不知道什么时候能发展成型。

祝东力： 佳山提到《我们15个》，那不就是素人吗？那个节目还是有阐释空间的。

张成： 大家都面临这样一个困境，好的想法、好的东西做不出来。

祝东力： 缺少文化创造这个环节，基本上只能买，直接用钱买那些明星的脸。

盖琪： 用明星来补足我们综艺语态和制作能力上的落后。

孙佳山： 现在整个文化领域都面临从自由竞争阶段发展到垄断阶段后所不可避免的通货紧缩困境。

崔柯： 我从一个普通观众的角度来看，郭老师说的节目的欺骗性倒是可以理解。文学理论中有艺术真实和生活真实的区别，我们看一个综艺节目，跟看一个电影没有区别，都是"演"出来的。要是从艺术真实的层面考虑，还是有一个台前和幕后的区别。

从定位上讲，综艺节目还是属于通俗文化的一部分。综艺节目主要有两个策略：奇观和窥探。所谓奇观就是提供一个超越我们日常生活之外的场景，比如《中国好声音》这么一个高大上的平台，和我在地铁、街头听卖唱的，就完全不一样。窥探是说，我在综艺节目里看到明星日常生活的一面，他作为"普通人"的一面。闻博提到素人节目，依靠素人做综艺节目其实特别难，因为奇观跟窥探，要么往上拉高，要么往下降低，总之还是要提供一个我们日常经验、日常想象之外的东西，满足我们的好奇心。如果和日常经验太接近，我想是很难吸引人的。

赵凤兰（《中国文化报》社）： 我以前是做电视工作的，对电视节目了解一些。刚才郭松民老师提到的虐心、催泪类的寻亲节目，为制造悲情效果故意编造一些虚假的故事，说一些莫须有的假话以骗取观众眼泪的现象，我觉得这种做法不大厚道。观众之所以爱看感动人心的寻亲故事和悲情故事，是因为这样的故事真实，它活生生地存在于现实社会中。如果不幸是一种欺骗行为，那就无疑变性了。这就好比电视台广泛存在的"假唱"一样，电视台录制春晚等大型晚会，为了怕出现闪失保证播出效果，偶尔假唱一下，在把握好"度"的前提下情有可原；而寻亲等综艺节目就更不该造假了，应该用真实打动观众。当然，若基于配合镜头调度的考虑，适度情景再现一下可以理解；但如果根本不存在那些事儿，刻意去编造，让选手在台上配合表演，骗取观众眼泪，我觉得是不负责任的行为。

另外，有一些综艺节目可能还能传递正能量，有一些励志的东西在里面；但大多数综艺节目虽然打着大众文化的旗号，实则是一个消费品，跟文化没多大关系。特别是在当今这个资本时代，有些人为了从中获利，已经到了不择手段，变相骗钱来制造收视狂潮的地步，这种方式就有点走偏了。

郭松民： 我稍微补一点，我慢慢有点懂了，我倒是觉得现在有一个小的趋势，一些综艺节目慢慢开始从中国传统文化里面寻找资源。我上次看河北电视台的《中国好诗歌》，也是一个过关的节目，实际上大家拿诗歌来PK，兼顾了娱乐性，从这里面也能学到很多古典诗词，节目的整个编排还是非常引人入胜的，我觉得这是比较好的趋向。

盖琪： 因为时间关系，我做一个带有个人倾向性的总结。每个人都有保持一点庸俗趣味的权利，所以我们不一定需要对综艺节目做太高的价值期待；但是反过来说，我们还是应该希望综艺节目有一定的价值诉求。那么，在当下这样一个由于代际文化分裂如此严重，导致整个文化生态分裂如此严重的情况下，就电视综艺节目而言，如何做出这种价值选择，可能是一个值得大家共同思考的问题。

（根据速记整理，经过本人校订）

青年文艺论坛第五十一期

反法西斯文化再反思

主 持 人：李玥阳（中国传媒大学中国文化国际推广研究所）

主讲人：张慧瑜（中国艺术研究院电影电视艺术研究所）

　　　　盖　琪（首都师范大学文化研究院）

时　间：2015年8月27日（周四）14:30—18:00

地　点：中国艺术研究院334会议室

主　办：中国艺术研究院马克思主义文艺理论研究所

编者的话

今年是中国人民抗日战争暨世界反法西斯战争胜利70周年,那场全球性的战争深刻地改变了现代世界和现代中国,对于中国来说有着特殊的历史意义。中国人民在这个过程当中付出了血的沉痛代价,同时现代意义的中华民族也在这个过程中浴火重生,经历了历史的考验和淬炼。自抗战爆发,特别是新中国成立以来,在文学、音乐、美术、影视等几乎各个艺术门类,都有着对于这段历史的深沉触碰,也形成了独具特色的反法西斯文化。在不同的历史时期,对战争的认识、对民族国家的身份认同,以及对侵略者形象的呈现等诸多问题,都有着复杂的表现和演化,在当下也面临着严重的问题甚至困境。

反法西斯,是当前屈指可数的具有普遍共识意义的世界性主题。然而,什么是法西斯?反法西斯这一世界性主题如何在文艺中呈现?却不是自明的,在当下,反而高度模糊和暧昧。因此,在世界反法西斯战争胜利70周年之际,我们需要将反法西斯主题再度充分地问题化,以辨析和澄清什么是法西斯主义,以及反法西斯主题在当今中国的文艺呈现正面临怎样的困境。

本期论坛旨在对反法西斯文化进行深入的再反思,为反法西斯文化的拓展和深化,探索新的空间与可能,并以此缅怀所有为中国人民的自由与解放奉献了热血和生命的英雄儿女。

李玥阳： 各位老师大家好，我是中国传媒大学的李玥阳，非常感谢马文所、感谢祝老师，让我能够有机会主持今天的讨论。

面对"反法西斯文化再反思"这个重大问题，我感觉非常惶恐。我想反法西斯，在当下毋庸置疑是一个非常重大的问题，各个国家、各个民族都在以自己的方式纪念或者庆祝反法西斯战争胜利。然而，在这样的时刻我们同样发现，当反法西斯几乎成为整个世界为数不多的共识，甚至可以作为整合世界的文化资源的时候，我们看到，反法西斯的概念并不是变得明确了，或具体化了，恰恰相反，它似乎成了一个前所未有的含混的概念，亟待我们去理清、去反思。我们原来在学习法兰克福学派的时候，曾经看过这样的表述，反法西斯要以反资本主义为前提，因为法西斯本身是资本主义发展过程中的危机的体现。我们在学习马克思主义时也看到过这样的讨论，认为政府军备是资本积累的逻辑化结果，是消化资本积累剩余的一个有效方案，而这正是法西斯的特征。应当说，正是在这样一个反法西斯共识的基础之上，大家都认为反资本主义是反法西斯的一个前提，所以二战结束以后在很多民族国家，才会有民族解放运动，才会建立人民民主国家或者社会主义国家。但是我们也可以看到，当下进行的反法西斯纪念或庆典，其语境已经发生了非常大的变化，现在非常热闹的反法西斯，可能已经不再是以前的反法西斯，它正在被各种名义下的各种话语进行耦合；所以正是在这样的情况下，我们今天这个讨论就显得特别重要，把反法西斯这个问题再次问题化，这可能是我们现在非常应该做的事情。

今天我们请来了两位对此很有研究的学者：一位是首都师范大学文化研究院的盖琪老师，另一位是中国艺术研究院影视所的张慧瑜老师。盖琪老师远道而来，所以请盖琪老师先发表自己的见解。

盖琪： 按照海报的顺序应该是张慧瑜老师先讲，我要讲的东西在一定程度上是建立在张慧瑜老师在2013年就发表过的研究基础上的。我非常同意李玥阳老师刚才的概括，当前"反法西斯"成了一个含混和需要厘清的概念，我试着从我的角度谈谈对这个概念的理解，并从我的专业的角度谈谈对与这个概念相关的影视文本的一些理解。

自20世纪40年代起，抗日战争叙事就开始广泛进入中国影视艺术的核心场域，与时代语境充分融合且逐渐占据优势地位；到了21世纪以来，甚至上升成为一个具有宰制性的主题。

颇有意味的是，虽然中国的抗战是第二次世界大战的重要组成部分，1937年（甚至更早）到1945年的中国是"世界反法西斯战争"的东亚主战场；但是，在中国当代影视艺术场域，乃至整个大众传媒场域，尝试将有关抗日战争的叙事纳入到"二战叙事"的总体谱系中，从而建立起一种世界性的传播视角，却不过是最近十几年的事情。而这种叙述方位上的不断调试，体现出"后冷战时代"的中国试图在一定程度上超越冷战意识形态，重新回归"世界现代历史"的努力。这其间蕴涵的是希望通过对集体记忆的再生产，重建中华民族的媒介身份，以更好地融入甚至引领全球政治经济体系的深层诉求。当然在多元文化逻辑的角力下，这类叙事有时也吊诡地"反水"成为宣泄"后发现代化"压力的一个曲折出口。应该说，第二次世界大战已经结束70年了，中国抗战也已经胜利70年了，但如何使中国的"抗战叙事"能够在保持主体性的前提下，真正参与到"世界反法西斯叙事"的记忆传播框架内，并且在其中建立起兼具现实指涉力和现代性反思力度的对话维度——距离这一目标，我们恐怕还有很长的路要走。

我要谈的第一个问题是，作为国家议程的"重建中国的二战叙事"。众所周知，2014年12月13日，按照第十二届全国人大常委会第七次会议的决议，中国政府在南京举行了首次"国家公祭日"仪式——这可以看作是一次国家层面的"重建中国二战叙事"的媒介行为，表现出超越以往的国族创伤记忆的主体意愿。换言之，"重建中国的二战叙事"已经成为当下中国社会的显性政治文化主题。

从传播学的角度看，在2014年的中国，"抗日战争胜利纪念日"与"国家公祭日"实际上是被作为贯穿全年的重大公共媒介议程来设置的。议程包括以下事件：

（1）2月27日，作为最高立法机关的全国人大常委会通过表决，正式确认"中国

人民抗日战争胜利纪念日"和"南京大屠杀死难者国家公祭日";

（2）6月10日，外交部发言人在例行记者会上明确表示，南京大屠杀相关档案将申报由联合国教科文组织设立的"世界记忆遗产"名录，引发各界高度关注；

（3）7月6日，以中、英、日三种文字进行传播的"国家公祭网"正式上线（随后几个月又增加了俄、法、德、韩四种语言版本），上线两天访问量即逾2178万人次，参与在线祭拜留言者亦逾60万人次；

（4）9月3日，经立法确认后的首个"抗战胜利纪念日"，中国人民抗日战争纪念馆举办题为"伟大贡献——中国与世界反法西斯战争专题展览"，中国国家领导人7位常委高规格出席；

（5）12月13日，首个"国家公祭日"当天，国家主席习近平在公祭现场发表讲话，中央电视台、人民网等权威媒体进行了现场直播，"重建二战叙事"的媒介传播亦由此达到高潮。

以上环环相扣的事件表明，从2014年开始，中国开始从国家层面更为积极地推进"中国抗战记忆"的国际化，而大众传媒显然在这一过程中扮演着重要角色。在上述五个事件中，除了对本国公民参与度的询唤之外，我们更可以清晰地看到政府对国际化传播效果的诉求。抗战的世界属性——"抗日战争与世界反法西斯战争之间的关联"、"抗战记忆与人类共同记忆之间的关联"——也就是超越抗战的国族属性，成为当下主导着意识形态文化传播的核心议题。

在传媒文化时代，几乎所有"纪念日"和"公祭日"的设立究其实质都是为国际社会所熟悉的、典型的大众传播行为。传播主体创造面向全球的当代媒介仪式，其主要目的并不在于完成信息的传递，而在于最大范围地实现意义与价值的共享。因此，就上述系列事件而言，中国政府面向国际做出共享"中国抗战记忆"的明确姿态，可以被看作是一种政治文化层面上的标志性举措：在中国，在1949年之后的相当长历史时期里，抗日战争一直是作为一种国族内部叙事被讲述的。由于冷战意识形态的原因，"抗战叙事"在很大程度上被从"二战叙事"的整体图景中剥离出来，简化成为"中国人民在中国共产党领导下，反抗日本法西斯侵略，并最终取得伟大胜利"的民族主义叙事，而抗日战争作为第二次世界大战重要组成部分的性质——连同整个二战时期错综复杂的全球政治经济格局一起——在主流文化场域中曾经被有意淡化甚至规避处理。直到1990年代，随着冷战结束，这种情形才逐渐改变。事实上，"国家公祭日"从最初在全国政协会议作为提案到最后设立，用了整整10年；而在西方世界，情况也类似。2013年9月，牛津大学教授拉纳·米特的专著《被遗忘的盟友：中国的二战》出版，在西方世界引起了极大反响，一年后，中译本在北京问世。所以，影响这一进程的因素，除了通常处于聚焦点上的中日关系外，还有处于深处的两岸关系、中美关系、中国自身的阶层分化以及中国在全球资本主义市场体系中的位置等多重变量。

如前所述，2014年，"重建中国的二战叙事"正式上升为官方的核心媒介议程。这一议程正是旨在推动中国的"抗战叙事"重新汇流到世界的"二战叙事"之中去；换言之，是重新从"二战叙事"的角度来建构中国的"抗战叙事"，甚至其后的"国共内战叙事"。对此，我们也可以视为一套重新确认中国在世界现代史中的身份的行为，其深层目的可能在于：通过建构更加具有时间连续性和空间完整性的现代历史叙事，中国得以与当代全球政治经济体系建立起更具情感逻辑与价值逻辑的关联——"中国不仅是当今全球政治经济秩序的参与者和支持者，而且还是缔造者和引领者"——生产并传播这样一种话语对于今天的中国而言显然意义非凡。

所有这些构成我们今天梳理、审视中国当代影视艺术中的"二战叙事"的重要语境，当然实际表征可能比新闻场域更为复杂。总体上，就中国影视艺术而言，"重建中国的二战叙事"的倾向早在1980年代就已经在个别具有精英意识的文本中萌芽；到1990年代，逐渐由精英话语向主流意识形态话语和大众话语渗透；但直到世纪之交，随着全球化语境的深入，以及国际国内政治经济格局的变化，"重建中国的二战叙事"的深层话语动机才开始超越零散修辞，以更明确、完整、结构性的姿态，呈现在视听文本中。这一趋势整体上值得肯定：它蕴涵着一种向历史理性与历史多义性同时敞开的可能。但与此同时，回顾过去的十余年，在尝试重建的过程中，一些值得我们关注并思考的问题也逐渐浮出地表。

首先，在"重建中国的二战叙事"的宏大框架下，有关"记忆"的问题成为实践与理论层面的共同焦点。无论是"公祭"还是"申遗"，甚至是为9月3日作为"抗战胜利纪念日"的历史地位重新"正名"这一举措本身，其实都构成了典型的"记忆政治"，包含着对记忆内容、形式、权重、等级、伦理、价值等一系列要素的强调。即使在影视传媒艺术的范畴内，"二战记忆"与"抗战记忆"之间也显然不是一个简单的主从叙事关系，它更多地涉及一个如何确立记忆主体/主体间性的问题，而记忆的现实指涉力和现代性反思力度也正是在这个意义上被凸显出来。

其次，如前所述，抗日战争堪称中华民族现代史上一次最为重要的集体创伤经验，但与此同时，它又被官方定义为中华民族伟大复兴历史征程的开端，定义为中国重新确立世界大国地位的契机。不得不说，用"创伤"来为上升期的集体身份认同划定范围，是一个颇为复杂的文化选择。就近年来的影视创作来看，起初，创伤常常被用作一种具有"交换价值"的文化资源，即更多地被描述为一种单纯的受难与被拯救的遭遇，以此来置换当下被关注、被接受的资格；而最近，创伤在现代性话语层面上的"生产价值"逐渐得到开发，即创伤对国际地位的生产，对全球市场主体身份的生产，以及对特定阶层身份的生产意义。那么，对于当下语境而言，这种"生产/再生产"究竟应该如何发挥作用？其伦理边界何在？

最后，并非我的分析重点，但同样值得一并强调的是，提出"重建中国的二战叙事"的坚定诉求，更需要我们关注中国影视艺术场域中，世界主义维度与民族主义维度之间的张力与裂痕。众所周知，近年来，与"重建中国的二战叙事"倾向并存的另一影视文化潮流就是"抗日雷剧"的盛行。大量镜头暴力、血腥，情节夸张、离奇的剧集充斥各大主流电视媒体与视频网站，形成一股影像上的"复仇狂欢"，且与民间非理性的仇日情绪互相推波助澜。面对这一症候，我们除了倡导理性、健康的历史叙事，也应该体味到其后隐藏的另一面现实——一种广泛存在于中国底层社会的压力，即不断郁积的面对全球化、现代化进程的茫然、焦虑甚至恐慌。在这个意义上，"手撕鬼子"的影像与2012年的"暴力爱国"事件一样，都是宣泄社会戾气的某种出口。所以，即使就影视传媒艺术本身而言，如何在引入世界主义维度的同时，处理好与民族主义维度的关系，也已经是不容忽视的严峻课题。

上述问题其实互为表里，其间蕴含的，是我们的国族经验与现代性话语之间的复杂纠葛，这其实也是我们今天观察影视艺术中的"二战叙事"所应该建立的一个基本视野。中华民族在尝试走上现代化道路的初始阶段，就已经遭受了"现代性之恶"所导致的重大劫难——即使这个劫难在当时很大程度上是外来的而不是内生的；而时至今日，当我们越来越多地觉得自己似乎享受到"现代性之善"的时候，我们试图开始重建这段记忆，却又不断表现出某些陷入既往逻辑的症候，这才是我们今天谈论"重建中国的二战叙事"时最应该关注的重点。

第二个问题，我要谈的是"难以确立的现代记忆主体"的问题。

如前所述，"二战记忆"与"抗战记忆"，绝不是一个简单的主从叙事关系，它涉及一个如何重新确立主体／主体间性的问题。当前，在影视艺术场域中，由于中华民族现代化历史的复杂进程，导致"二战叙事"的主体问题至今悬而未决，并且缺乏足够的现代性反思。从身份意识来讲，中国"重建二战叙事"的目的在于表达当下的全球影响力，更在于赢得国际社会足够的尊重——可以说，如果没有一个坚实的记忆主体，所谓的"全球影响力"就是"中空"的；而如果缺乏现代性反思，就等于缺少与国际社会在"反法西斯"问题上的对话高度，那么获得尊重的期望自然也就是奢谈。

当前，在中国的影视艺术场域，相关症候具体表现为两个迄今为止仍然相互缠绕的维度：一是记忆主体的国族属性问题，二是记忆主体的政党属性问题。

简要地说，就"记忆的国族属性"而言，触及的历史症结是中华民族在现代史上的落后位置和受难境遇的问题——如前所述，一个在追求现代性的道路上曾经饱受"现代性之恶"的民族，如何将相关记忆叙述为"中国崛起"的动力？换言之，如何将"弱者的控诉"合乎道义地转化为"强者的自我确认"？它触及的现实症结是更为缠绕的国际关系问题——即所谓的"西方"，尤其是美国，这一反法西斯阵营中的盟友在二战结束仅仅5年后，就成为朝鲜战争中的敌人，其后历经辗转，如今又重新成为我们所期待的"新世界"的分享者和博弈者，应该如何在历史叙事中去摆放这两个国族的关系？

就"记忆的政党属性"而言，它所触及的历史症结是，当初领导中国抗日的合法政府并不是今天的政府，所以现代世界秩序的合法性与当前执政党的合法性始终不是同构的，这就导致在有关"二战叙事"的影视文本中，如何处理主要人物的政治信仰问题，如何选择记忆主体阶级视角的问题，以及如何表达"创伤"和"胜利"的历史分界点的问题，长期以来都是左支右绌、裂隙丛生。而它所触及的现实症结是，近年来，当有关中产阶级的文化想象逐渐在中国大众文化场域中占据主流位置之后，对于"二战叙事"主体的选择性指认也在同步发生；或者说，二战及其后世界秩序的建立，正在大众文化中被加工成为"我们阶层的前尘往事"，这种"倒推诉求"也在无形中加深了中国"二战叙事主体"的政治、文化身份的漂移。以上两点吊诡地结合起来，我们就看到许多这样的商业电视剧叙事模式，主要人物开始信仰三民主义，或者干脆疏离于政治——这保证了他在阶级身份上是以一个中产阶级的形象出现，便于在一个类似于全球资本主义的语境关系中展开故事。然后在文本结尾发生陡转，往往生硬——比如经历几次党内腐败、倾轧之后，出现一个一直埋伏着的地下党，就觉悟了，改信共产主义，所以用最终加入共产党来挽救整个几十集的政治倾向问题。故事戛然而止，因为后面往往没人爱看了。这种情况，包含的其实是当前大众文化语境下中国"反法西斯文艺"中记忆主体与现实接受主体之间的某种协商与分裂。

在此，我试图用作分析范例的影视文本是《金陵十三钗》《悬崖》《红色》《北平无战事》等，它们分别从不同的角度展示了这种主体确认的症候与困境。首先比较《金陵十三钗》的三种媒介文本——从小说到电影再到电视剧——的修辞变迁。《金陵十三钗》最早是旅美华裔作家严歌苓发表于2005年的一部中篇小说，2011年张艺谋拍摄成同名电影，2014年又改编为一部长达四十三集的电视连续剧，更名为《四十九日·祭》，并在首个"国家公祭日"前夕播出。一个故事核，十年反复说，折射出的其实正是一个不断被指认为现代记忆主体的过程，是一个从迷惘到丢失，再到重新确认的过程。

作为以南京大屠杀为底本的叙述，《金陵十三钗》的故事本身为什么如此受青睐？正如有研究者分析过的，从商业角度，它涉及战争与妓女，因而涵盖了暴力与情欲；它既包括中国人也包括美国人，兼容了东方与西方——这些元素都符合当前全球化市场对一个"好故事"的基本诉求。但更重要的是，它能够在被粗暴屠戮的国族创伤记忆中，用教堂辟出一块相对独立的飞地，将死亡由一个瞬间结束的恐怖拉长成为一个饱受煎熬的炼狱过程，因而给了人性更充分的发酵时间，而这原本也应该成为确立记忆主体的契机。

最值得注意的是，三种文本中都有一个作为神父代理人即助手的人物。在小说中，这个人物被称作"扬州法比"，是威尔逊福音堂英格曼神甫的助手。他是一对意大利裔的美国传教士的后代，从6岁起就父母双亡，被一个扬州阿婆养大，因此他虽然长着一张白人面孔，却讲一口地道的扬州方言——这是一个非常有趣的设计：这个"扬州法比"从青少年时期开始就意识到自己"从来不甘心做一个中国人"，但是当他成人后，有机会去了一次美国省亲，结果就发现自己同样"永远也做不了美国人"。可以看出，在小说文本中，"扬州法比"这个人物其实包含了一种非常明显的文化混杂与身份冲突的隐喻在其中。可以说"扬州法比"所表达的正是历史记忆主体在文化身份上的两难处境。这应该也是小说作者严歌苓作为一个美籍华裔女性作家内心的一个深层困惑，所以她有意识地设计了这样一个人物。那么，由小说的视角出发，作为小说主体事件的"南京大屠杀"对于世界来说，就像既做不了中国人也做不了美国人的"扬州法比"一样，是一段既无法完全地方化/本土化，却也注定无法全球化的记忆；而10年前的中国，也大概正处在开始希望向世界表达自己，但又没有找到充分自信和适宜立场的起步时段吧。

在电影中，众所周知，"法比"被一个由好莱坞明星克里斯蒂安·贝尔饰演的美国混混约翰取代，成为一个地地道道的美国人，而教堂里的英格曼神甫在电影开始前就已经死去了。所以，美国混混约翰不仅取代了"扬州法比"，甚至取代了原著中真正的神甫，成为叙事的绝对中心。原著由身份混杂所带来的复杂意味消失了，国族创伤记忆叙述的两难处境也消失了——电影在以美国人约翰作为记忆主体的坚硬视角下，展开的是一段带有鲜明后殖民色彩的叙事，来自西方的男性英雄对东方的纯洁少女的拯救和对美艳熟女的占有。可以说，相对于小说的身份困惑，这种自我放逐其实是一次大幅度的文化倒退。它可以看作是中国影视艺术在记忆主体指认过程中的又一次典型的自我放弃，似乎从西方的眼睛里才能确认中国在现代历史上的身份价值。

所幸的是，电视剧《四十九日·祭》并没有受到电影干扰，而是回到了原著重新出发，或者说它与前面两部文本的互文意义在于，针对电影被诟病的地方进行了修正。虽然这部剧集在美学上还有很多不足（比如开头铺垫过长、一些段落节奏拖沓、日本军官形象仍旧比较脸谱化等），但是，除却商业美学的苛责，从身份和记忆的角度，从文化自觉的角度看，还是有很多值得肯定的地方的。

不难发现，《四十九日·祭》这个标题里的"四十九"是一数双关的：首先它是指一个叙事时间，因为剧集是从南京大屠杀前一周讲起，一直讲到破城之后6周里发生的故事，时间跨度是49天；但更重要的是，它是指一种记忆仪式，因为"四十九日"是我们民族传统习俗中纪念逝者的一个完整祭奠周期，即所谓的"七七"——所以这种引入本身就蕴含着一种文化主体建构的意图。而间隔号后面对于一个"祭"字，可以看作是一个与历史拉开距离，从当下回望历史的姿态。这也是我前面说的把死亡由一个动作拉长为一个过程的处理。所以在文本中，可以看到许多修辞对这种距离感的强化，包括对创伤影像的消色定格，对49日每一天都进行字幕标识——而且使用的是公元和干支共同纪年……我们可以感受到，创作者所期待的记忆主体，不仅是文本中的视点人物，而且是文本外的受众，这里所召唤的正是一种"间性的主体"。

我们继续来看法比。在电视剧中，原著中的"法比"保留下来，但是换成了由张嘉译饰演的一个中国人，身世则变成从小就是个孤儿，被圣马德伦教堂的英格曼神父收养，精通英文。我们看到，这里的创作者表现出了较高的文化自觉意识，把这样一个在文本中具有贯穿意义的男性角色改编为一个中国人形象。在电视剧中，"中国法比"的任务非常重要，因为他是最后帮助女孩和女人们逃生的人。

这里可以强调的，是电视剧中的几个大的情节上的改变：

第一也是最重要的，是对女性命运走向的改写。电视剧在后半部分同样有日本军官到教堂提出要求，强迫女孩们一周后去庆功宴上唱歌助兴，否则就进攻教堂的情节。但在电视剧中，这个情节被重新设计为：身为美国人的英格曼神父希望能由妓女代替女孩去赴宴，刚把这个想法跟法比一说，就遭到了他的坚决反对。这个段落在第四十二集，张嘉译饰演的法比甚至说出了批评界一直以来对电影《金陵十三钗》的后殖民主义批判和阶级分析批判：

"你从来没把她们当人，你把她们当作不合格的人，当人下人。你口口声声跟你的教民说上帝面前人人平等，但是你把谁当作跟你一样平等了吗？你把我当作跟你一样平等了吗？不，你没有！"

"一开始我和您想的一样，我只想怎么去保护女学生，但后来日本人的屠杀把我杀明白了，当他们杀人的时候，他们从来不会问你是男人还是女人，是老人还是孩子，所以这座教堂的每个女人都不能落在那些魔鬼手中！"

所以最后，电视剧为这些女性选择的逃生方式是一种特别存在主义的、近乎绝望的情景：法比带领着女孩和女人们，在地窖里极其艰难地、用最原始工具试图挖地道逃生——这个段落的画面近乎反商业，非常脏和暗。而主人公们也是在几乎崩溃放弃，想要集体自尽的时刻才找到出路，最后只有8个人逃生。中国女人们用最前现代的方式去抵抗现代性的灾难，而中国男人为她们的"活"付出了生命的代价。在这里，文本试图重构在中国二战叙事中长期缺失的"男性的国族主体"，这里面有来自不同阶层、不同文化背景的男性形象——国军教官戴涛、国军老兵李全有、新兵王浦生，以及最重要的"中国法比"等等。

第二是关于美国这个潜在的重要角色的处理。可以说，电视剧很自觉地尝试在"中国的二战叙事"中赋予美国一个合适的历史位置。在电视剧中，代表美国的主要有两种力量：一是教堂的英格曼神父，二是安全区医院的威尔逊大夫和魏特琳女士等工作人员；前者是传统宗教的力量，后者是现代人道主义的力量。两者都体现出充分的文明、教养和尊严意识，但是电视剧并没有夸大这两种力量——在大屠杀面前，无论是宗教的救赎、承诺，还是人道主义的中立姿态，都显得软弱无力；而且当事人自己也意识到，并被这种无力感深深折磨，他们只能在很小程度上限制屠杀，丝毫无法改变全局性的灾难。在电视剧后半部分，英格曼神父也不得已先离开了教堂去安全区养病——所以最后拯救中国人的，完全是中国人自己。

第三是对现代性的反思意识。现代性的失控正是从西方现代文明本身生长出来的，正如齐格蒙·鲍曼所指出的："没有现代文明及其最核心本质的成就，就不会有大屠杀。"在文本中，借英格曼神父之口多次表达出对日本"现代性之恶"的诘问："难道地球上有两个日本吗？"这一点在小说中其实也有——在小说中英格曼神甫曾经说："我去了日本好几次，日本人是世界上最多礼、最温和的人，他们不允许花园里有一根无秩序的树枝。"最后这句话其实是齐格蒙·鲍曼在《现代性与大屠杀》中形容德国纳粹的原话，但是很遗憾，在张艺谋的电影中，这些有分量的细节都被忽略掉了。

所以总体而言，《四十九日·祭》在"记忆主体的国族属性"这个维度上，取得了比较大的进步，也表现出了一定程度的阶层意识和现代性反思意识。当然，它并没有彻底解决"重建中国的二战叙事"在记忆主体性方面的所有问题，但在现在这样一种浮躁的文艺气氛中，应该给它以比较多的肯定。

另外，针对近年中国影视艺术中"二战叙事"的主体确认的问题，《悬崖》和《红色》这两部文本可以为我们提供另一种有意味的阐释角度。这本来应该是另一个部分，由于时间关系我就比较简单地说一下。从价值取向的角度看，这两部文本在"重建中国的二战叙事"框架下都有所贡献，它们在保证主导意识形态诉求得以满足的前提下，含蓄地表达出了一种"建构大时代洪流下个体尊严"的价值意味，或者说是一种"我拒绝用你的历史自豪感为我加冕"的价值意味。这样一种意味，实现的是记忆主体建构与现代性反思之间的微妙平衡。如前所述，当前"重建中国的二战叙事"的框架，联结的是重建全球市场体系中，国族媒介身份的诉求。如果我们更多地把这看作是现代性逻辑下积极的民族诉求的话，那么也不能忽略，国际目前对世界大战通行的价值观照，即对现代性的反思，不能忽略我们的框架中，国家伦理的成分与这种反思之间的矛盾——这是当前的反法西斯文艺特别应该注意的地方。

《悬崖》也是一部如前面所提到的，试图在记忆重建的过程中建构中产阶级的历史主体位置的典型文本。在《悬崖》《人间正道是沧桑》和《北平无战事》这样的叙事中，革命的主体不再是普通士兵，而往往是出身名门的资产阶级"逆子"，是有着超越同时代其他人的有着国际经验的优雅"英雄"。但是这部剧作的优点在于，它将日本殖民统治下的东北放到一个大的国际视野中去讲述，试图展现当时世界各大政治力量角逐下的中国时局——包括苏联、日本、美国和沙皇的残余势力，也比较多地涉及国共两种力量在抗日过程中的微妙关系。共同潜伏在伪满政权内的共产党特工周乙和国民党特工陈景瑜的一些对手戏，是很好看也很有政治深意的。《悬崖》比较高级的地方是，它一直在叙事过程中恰到好处地触碰"民族大义"中的个体境遇问题——挣扎，甚至是无力感，即"正义的非正义性"的永恒困境。

《红色》在修辞趣味上，比较明显地流露出当下中产文化的一些俗套。它的主人公徐天的设置更有趣，他身怀绝技，有超乎寻常的观察和推理能力，精通日语，受过专业格斗训练。但，他性格懦弱，具有做英雄的本领但全无做英雄的心思，安于躲在菜场里做个小会计，和母亲一起靠着法租界几间房屋租金过小康日子。可以说，这也是一个典型的都市中产人物形象，他为求安稳不惜一再向日本人妥协。更有趣的设计是——徐天是一个红色色盲，甚至还有晕血的毛病。很显然，这里要表达的是主人公对意识形态的一种天然的疏离感，对大时代风云的一种本能的拒斥。所以，《红色》实际上讲述了一个抗日主体在中产语境中的建构过程。徐天是一个被动的英雄，他一步步卷入大历史的风云深处，爆发出最后的抵抗。

最后稍微说一下《北平无战事》。它代表了中国影视艺术近年在"重建中国的二战记忆"过程中的另一个倾向，将国共内战阶段作为"二战延长线"来讲述的趋势。文本多处涉及抗日战争期间，战争经济对中国政治走向的影响，这在之前的影视艺术场域中是少有的，也很值得分析。

最后扣着今天的主题，总结一下我想强调的价值层面上的要点。

正如开始时候强调的，审视"我们的国族经验与现代性话语之间的复杂纠葛"——这是今天观察影视艺术的"二战叙事"应该建立的一个基本视野。这个问题对今天的中国而言，是有现实意义的。所以，如果我们希望"重建中国的二战叙事"，真正建立"反法西斯战争文艺"，而不仅仅是偏激民族主义框架下或者后殖民主义框架下的"抗战叙事"的话，以上是我们最需要的切入角度。"反法西斯"反的是什么？从根本上讲，应该是对"现代性之恶"的反思。反法西斯精神应该是以人类的立场出发，试图重新为人类找回尊严——而且这个尊严中应包含每一个人的尊严——的反思精神。那么，我们的文艺作品从整体上找到这样一个基点了吗？显然还没有。

事实上，我们现在的日常经验仍旧处在现代性的一体两面之中。无论是现代性的积极面，还是阴暗面，都越来越多地主宰着当代中国人的生活。发展主义的、秩序主义的、国家主义的话语，也都并没有多大改观。二战其实可以看作是现代性阴暗面上一轮的总爆发，而且没有人能够预测，下一轮的总爆发是不是还在酝酿之中，还能够酝酿多长时间？所以这应该是我们从叙事上回到70年前的最大的意义。作为一个曾经深重地承受了现代性之恶的民族，即使我们现正在建构"现代性之善"的路上，也应该对它保持充分的警惕。我们的反法西斯文艺,不能永远停留在"落后就要挨打"的价值水准上,也不能永远停留在"团结就是力量"的价值水准上。

更重要的是,我们需要的是一个具有现代性反思价值的主体。今天,当"重建中国的二战叙事"的深层动机,开始指向全球资本主义体系中的合理位次的时候——包括对建立当前世界秩序的贡献,包括对中产话语的选择偏好等等,我们更加需要这样一种对现代性保持距离的反思意识,而不是进入到旧的逻辑之中去,去成为一个"强者",甚至是去强行建构一个"强者"。这种逻辑的死循环本身是很危险的,甚至是与反法西斯精神背道而驰的。今天,我们应该具有更高的价值超越能力,虽然还任重道远。

李玥阳: 非常感谢盖琪老师的很深入的讨论,在她的发言里面,重点是将二战的叙述放置在当下全球媒介语境当中,然后来探讨它在当下叙述当中的呈现。她重点讨论的是关于二战叙述的重建,把2014年作为一个国家层面上推进的起始点,由此牵涉到最近一系列的电影、电视文本,这个视野很博大,而且也带出了很多问题。

我理解盖琪老师的想法,虽然我们现在在一个现代性的国际市场的范畴中重建二战主体,遇到很多现代性霸权带来的困境;但是我们似乎可以从和现代性的合作当中,寻找一种或者是辩证、或者是反抗性的未来,寻找到更积极的价值观。

非常感谢盖琪老师的发言,下面请张慧瑜老师发言。

张慧瑜: 首先感谢马文所的邀请,使我有这样一次机会与大家交流和抗战有关的影视文化问题。刚才盖琪老师准备得很充分,也讲得很有启发,我接着做一些补充。我非常同意盖琪老师对抗战影视剧的一个大的观察,现在的抗战剧有一种把抗战故事讲述为二战故事的趋势,把中日之战升级为第二次世界大战的有机组成部分。仿佛在那个时代,中国已经是世界大国之一,已经与英美等同盟国一起领导人类的反法西斯战争。下面我主要结合自己对这个问题的理解谈四个问题:一是为何要重新纪念抗日战争,二是抗日战争的性质和两种史观的转变,三是近代以来中国对日本的双重态度,四是近些年抗战影视剧的五种创作类型。

第一,从当下语境谈起。今年中国的一件大事,就是即将举行的纪念中国人民抗日战争暨世界反法西斯战争胜利70周年大阅兵。以前中国只有国庆大阅兵,这是首次以抗战名义举办阅兵,而且是一场带有国际色彩的大阅兵,邀请了国外政要和外国仪仗队参加。这种胜利日的纪念对于当代中国人来说很新鲜,也是比较陌生的经验,尽管抗战已经过去70年,但中国是第一次如此大规模纪念抗战胜利。与血泪斑斑的中国近现代历史的悲情叙述不同，这回中国是以抗战胜利者、二战胜利国的身份举办这次盛会，抗战也被重新指认为一次伟大胜利，是一百多年来中国人民在反对外敌入侵过程中第一次取得完全胜利的民族解放战争。可以说，这次找回历史的胜利，不像是历史的缅怀，更像是一次历史的重新追认。

按照网上的资料，9月3日作为抗战胜利纪念日是1946年中国国民党中常会决议确定的，新中国成立后，1949年12月23日中央人民政府公布了《全国年节及纪念日放假办法》，把"八一五"作为抗战胜利纪念日。1951年8月13日，政务院发布通告，将抗战胜利纪念日改为9月3日，直到1999年9月18日，国务院对《全国年节及纪念日放假办法》进行修订，延续了9月3日为抗战胜利纪念日的规定。在当代中国，与抗战相关的纪念日是"九一八"、"七七"和"八一五"，9月3日没有特别作为重大纪念日。主要原因是在革命历史叙述中，抗日战争只是中国人民反抗外来侵略者的一个历史阶段，抗战后的解放战争才是最终的胜利，也是新中国的胜利。再加上9月3日作为胜利纪念日带有国民政府的色彩，是当时作为中国合法代表的国民政府接受了日本政府的投降书。

重新把9月3日作为中国人民抗日战争胜利纪念日，是2014年2月27日第十二届全国人大常委会第七次会议以国家立法的形式通过的决议，今年是第二次纪念抗战胜利日。在这次人大会议中还确定把12月13日设立为南京大屠杀死难者国家公祭日。从这样两个纪念日可以看出一种新的对于国家和人民的理解。这两次纪念日的主体都是国家，一个是国家的胜利，一个是国家的耻辱，这是一种相对抽象的"中国"，一个模糊了中华民国和中华人民共和国界限的国家。在这种国家的论述中，人民是被屠杀的死难者，不再是因反抗而壮烈牺牲的人民，也就是说只要在战争、灾难中无辜受难的中国人，国家都有责任纪念。这种被动的受害者同样是一个抽象的人民，这也是南京大屠杀故事在抗战图景中被反复讲述的原因。这样两个国家纪念日成为抗战故事中最重要的节点，一个是受害者的耻辱，一个是胜利者的荣耀，至于如何从受害者变成胜利者，却有些语焉不详。从近些年每次遇到地震等自然灾害造成重大人员伤亡时设立国家哀悼日，也能看出这种新的国家与人民的关系。

这种模糊中华民国与新中国界限的叙述，从另两个作品中也能看到。一是2009年的《新中国成立大业》，这部电影叙述1949年的合法性，是放在1945年抗战胜利组建联合政府的背景中展开的，仿佛说内战之后1949年的政治协商会议是对1945年抗战胜利的接续，也就是说，1949年的新中国建立在1945年抗战新中国成立的基础之上。二是2011年的《建党大业》讲述共产党诞生的故事，在原来的革命史叙述中讲共产党诞生是从1919年五四新文化运动讲起，从一战结束、十月革命、马列主义在中国传播开始；而在《建党大业》中历史往前延伸了，把建党放在1911年辛亥革命背景下展开，也就是说1921年共产党成立一直到1949年新中国建立，是对1911年中华民国的接续，在这个意义上，中华民国和中华人民共和国就接续在一起，变成同一个现代中国。

第二，抗日战争的性质与两种史观的转变。现在大规模纪念抗战，往往放在战争与和平的永恒主题上，而很少讨论战争的性质问题，这个问题恰好是需要特别强调的。我的基本观察是抗日战争只被作为民族国家之间的常规战争，反而弱化抗战作为反法西斯战争的面向。

先从三个概念说起，一是"抗战"，二是"反法西斯战争"，三是"二战"。这三个概念有重叠的地方，但强调的侧重点不同。"抗战"主要是指中国反抗日本侵略者的战争，一般是中国使用。"反法西斯战争"是冷战年代社会主义国家指称"二战"的说法，也是对二战性质的定位，反对德国、日本的侵略就是反对法西斯主义，而反法西斯主义战争包括着反资本主义、反帝国主义的含义，因此，带有左翼的色彩。"二战"是英美国家经常使用的概念，把第二次世界大战放置在"一战"的序列中，这种说法其实模糊了"二战"的性质。我们现在更多使用"二战"的说法，实际上采用的是英美等西方国家对这场战争的定位。

抗日战争具有双重性质，一是反抗外来侵略者的国家战争，二是落后国家的人民反抗帝国主义法西斯的人民战争。之所以强调抗战反法西斯的一面，与探讨抗日战争为什么会发生有关，也就是追问日本为什么侵略中国，这和日本在上世纪30年代国际经济危机和大萧条的背景下走向法西斯化有关。近代以来，日本面临西方列强侵略，进行明治维新，走向"脱亚入欧"的道路。在追求工业化过程中始终伴随对外战争，如1894年的甲午战争、1905年的日俄战争、1931年的侵华战争、1941年的太平洋战争，这和西方原发资本主义国家是一致的。通过对外战争一方面掠夺资源，另一方面开辟海外市场，都服务于国家的工业化。可以说，德国日本走向法西斯化是资本主义无法克服自身危机的产物。但是，与一战的帝国主义国家之间的争霸战不同，二战的反法西斯主义具有"国际性"，这不仅体现在英美等资本主义国家与苏联社会主义国家之间的"大联合"，而且30年代的国际主义精神也参与到反法西斯主义的实践中，白求恩就是一个例子。二战结束后，在冷战背景下，英美资本主义国家用二战来掩饰法西斯主义与资本主义的渊源，而社会主义阵营则用反法西斯主义来批判资本主义的法西斯化。

80年代以来，中国的抗战论述开始从反法西斯战争转变为一种中日之间的国家战争，这是从革命史观向现代化史观转变的结果。与阶级斗争、人民作为历史主体等革命史观不同，现代化史观以民族国家为叙述主体，以现代化的发展主义为主题，于是，包括抗战在内的中国近现代历史从革命史改写为现代化史观。在毛泽东时代，抗日战争是中国近代以来革命史的组成部分，是共产党领导下的人民反帝反封建的重要环节，抗战后的内战则是反帝反封建的继续，直到1949年新中国成立，新民主主义革命完成，抗战史镶嵌在百余年来中国反抗外来侵略走向社会主义的大叙述之中。新时期以来在现代化史观中，抗战占据重要位置，被作为中国贫穷落后而遭受外敌侵略的屈辱历史，尤其是南京大屠杀成为苦难深重的中国人遭遇凌辱的象征。90年代随着市场化改革，爱国主义、国家主义"叠加"成新的主流意识形态，抗日战争成为传达这种主旋律的影视剧题材。新世纪以来伴随中国经济崛起，主流意识形态进一步表述为"中华民族伟大复兴"。因此，80年代的民族悲情史又被组织到民族复兴的论述中，抗战胜利被指认为中华民族复兴的起点，这恐怕与当下中国的经济实力和大国崛起的心态有关。

第三，近代以来中国对日本的双重态度。抗战"胜利"本身在中国现代史中是比较暧昧的，这种暧昧性与二战后的冷战历史格局有关。二战结束，冷战铁幕随之降临，世界分隔为社会主义和资本主义两大阵营。像中国的内战、朝鲜战争、越南战争都是发生在两大阵营之间的"中间地带"的战争。内战爆发以及国民党败北使得国民政府作为抗战胜利者的身份非常可疑。一方面抗战的最终胜利并非来自国军将士的勇敢作战，反而有赖于共产党领导的敌后抗日根据地和包括美国、苏联等同盟国的支持；另一方面抗战之后的国共内战，国民政府很快溃败，从抗战胜利者变成偏居一隅的流亡政府。因此，对于抗战的胜利，国民政府更像是胜利的失败者。另外，二战之后美国占领日本，至今仍在日本驻军。由于冷战的需要，日本作为法西斯国家的战争责任被美国极大地赦免，结果，德国法西斯是人类公敌，日本则不是，反而日本国民的普遍感受反而是变成了二战的受害者。

近代以来，日本确实是对中国产生过特殊影响的国家。我们评价日本经常会出现两种情绪，一种是民族仇恨和憎恶，另一种是对日本现代化的羡慕和崇拜。这样既爱又恨的情绪从甲午战争以后就出现了，甲午的失败让晚清知识分子倍感耻辱，同时也发现东洋的富国强兵之路是值得中国学习的榜样，留学日本成为当时很多知识分子的选择。到1905年，日本在日俄战争中取得胜利，也被认为是"亚洲的胜利"。日本确实也是少有的落后国家避免被西方列强殖民的案例，其所选择的道路是把自己也变成列强。直到二战结束，日本被美军打败，明治维新以来的日本现代化之路才被认为是有问题的，因为最终导致了法西斯主义。新中国成立后，中国人也改变了对日本既爱又恨的情绪，反而在社会主义的视野中体认到日本人民也是法西斯主义的受害者。

冷战时期，日本在美国扶持下迅速实现经济起飞，成为发达资本主义国家的一员。这与日本处于冷战前沿阵地的位置有关。七八十年代之交中国改革开放，1978年底邓小平访问日本，乘坐日本高速列车新干线的新闻报道，让中国人看到一个高度发达的现代化的日本，日本的形象从法西斯主义的受害者再度转变为现代化的优等生。这种"震惊"体验又一次改变了中国人眼中的日本近代史，日本从明治维新到成为第二大经济体被认为是现代化的"正途"。与此同时，在以民族国家为主体的现代化论述中，日本继续扮演着给中国带来巨大创伤的外敌形象，这种对日本既爱又恨的情绪再次"复活"。这份情感是一种典型的殖民地落后国家对西方现代性的双重经验，既渴望像西方那样实现现代化，又深受西方的现代化侵略。

这种以现代化为基调的民族国家史观带来一些叙述的困境，特别体现在两个领域：一是如何讲述内战的故事，二是如何处理抗战与中国革命的关系。如果把抗日战争讲述为国共联合抗日的民族国家之战，那么随后发生的国共内战就变得难以讲述。新世纪以来热播的革命历史剧《亮剑》把李云龙这样的红色将领塑造为民族国家的英雄，使得以阶级革命为内核的红色经典实现了华丽转身。为避免内战中两个好兄弟李云龙与楚云飞兵戎相见，电视剧采取了内战一开始李云龙就负伤住院和谈恋爱的情节，解放后借民主党派之口质问李云龙"中国人为何要打中国人"。确实从中华民族的角度很难处理内战作为阶级战争的事实，这导致抗战剧流行、内战剧很少的现象。如果非要讲述内战的故事，就呈现为暗战和谍战故事，像《暗算》《潜伏》那样变成勾心斗角的办公室政治。

另一种被国族抗战史所遮蔽的就是中国革命与抗日战争的内在关系。如果说毛泽东时代主要讲述共产党领导下的敌后游击队率领人民群众打击日军的故事，如《平原游击队》《铁道游击队》《地雷战》《地道战》等，那么在恢复国共联合抗战以及国民党正面抗战的"拨乱反正"后，正规战、国军抗战的故事则成为新的主流，这就使得共产党领导的敌后抗战的故事变得暧昧不明。抗日战争是中国共产党从工人阶级的先锋队转变为中华民族的政党的关键时期，实现了阶级论述与民族论述的辩证统一，这从毛泽东抗战期间发表的一系列文章中可以看出。对于共产党来说，抗日战争一方面是反对日本法西斯主义的对外战争，另一方面也是组织和动员群众进行人民战争的过程。

第四，抗战影视剧的五种创作类型。80年代以来在清算革命历史的过程中，那种以革命者及其革命群众为叙述主体的抗战故事丧失了合法性，大致出现了五种类型的抗战故事。

第一种是国共联合抗日的故事。在80年代以来的抗战影片中，国民党、国军形象开始呈现一种正面的积极抗战的形象，比如《西安事变》《血战台儿庄》《铁血昆仑关》《七七事变》等。直到《南京！南京！》《金陵十三钗》等国产大片直接把抵抗日军的国民党士兵书写为中国军人的代表。而在近些年"民国范儿"的论述中，以国民党抗战老兵为代表的民国军人更成为突出形象。除了发掘那些被冷战历史遗忘的抗战老兵外，近些年推出的民国军人主要是作为英美同盟军的中国远征军，这些承担国际责任的抗战老兵被命名为国家英雄。例如在一本"献给为中华民族抗击日本侵略者而战的中国军人和盟军军人"的书《国家记忆》中，作者从美国国家档案馆中找寻到当时美国随军摄影师拍摄的赴缅作战的中国远征军的身影。

第二种是土匪、农民抗日的故事。随着80年代革命叙述的瓦解和现代化叙述的形成，曾经被革命动员和赋予历史主体位置的农民又变成了前现代的庸众。如80年代第五代电影《一个和八个》和《红高粱》，前者讲述一个被怀疑为叛徒的革命者在遭遇日军的过程，把一群土匪改造为抵抗日军的中国人的故事；后者讲述"我爷爷"与"我奶奶"在没有共产党的引领下伏击日本人的民间复仇。同样的故事在姜文的《鬼子来了》中也有体现。电影一开始，"我"作为游击队长半夜交给马大三两个麻袋，从此就消失不见了。对于挂甲屯的村民来说，他们不是启蒙视野下的庸众，也不是革命叙述中抵抗日本帝国主义的主体，他们变成了殖民地的"良民"。

第三种是外来视角下的抗战故事。90年代中期出现了一种借西方人的视角来讲述中国近现代历史的叙述策略，如冯小宁执导的《红河谷》《黄河绝恋》和叶大鹰导演的《红色恋人》等。在这些影片中，占据主体位置的是一个"客观的"西方男人，中国则被呈现为一个女人或女八路军的形象。2009年上映的《南京！南京！》则把这种外国视角转化为攻占南京的日本士兵角川。角川跟随部队由进城、屠城再到自杀的过程,也是一个有教养的现代主体走向毁灭的过程。与那种落后者、弱者、被砍头者的主体位置不同,中国导演可以想象性地占据一个西方化的现代主体,这与中国走向"大国崛起"和"复兴之路"的历史进程有关。

第四种是南京大屠杀的故事。在改革开放前没有出现以南京大屠杀为背景的抗战影片,因为只有人民被屠杀而没有人民奋起反抗的情节很难完成"人民作为历史主体"的论述。20世纪80年代以后南京大屠杀才开始被不断地拍摄为电影,如《屠城血证》《南京大屠杀》《栖霞寺1937》《南京!南京!》《拉贝日记》《金陵十三钗》等。这些影片都以呈现日军的残暴和中国人的被屠杀为主要情节,这种中国人民的创伤体验没有转化为抵抗侵略者的革命动员,反而被组织到一种民族悲情之中。中国人民反抗外来侵略者的革命史变成了中国遭受屈辱和创伤的受害史,这也呼应了80年代以来用"落后就要挨打"作现代化动员的悲情主题。

第五种是把抗战讲述为二战的故事。如果说80年代是把抗日战争从世界反法西斯战争"降级"为中日两个民族国家之间的战争,那么新世纪以来的抗战叙述则"升级"为第二次世界大战的"国际"战争。近些年,抗战越来越被放置到二战的背景下来呈现。不仅恢复国民党军正面抗战的形象,而且恢复了国民党政府作为同盟国与英美并肩作战的位置。比如出现多部中国远征军的图书、电视剧和电视专题片,比如在电影《一九四二》《开罗宣言》中把蒋介石表现为二战时期的国际领袖。有趣的是,这种把抗战国际化的趋势并没有凸显抗日战争作为世界反法西斯战争的"国际性",比如很少讲述苏联援助中国抗战的故事,也难以呈现白求恩式的国际主义战士的身影。

总之,从80年代中国被书写为落后者、弱者的悲情叙述,到当下中国高调纪念胜利,都反映了改革开放时代中国不同的自我想象和期许。

李玥阳: 非常感谢张慧瑜老师的发言,张慧瑜老师提出的几点问题很有意思,比如当下对于抗日战争的描述出现淡化反法西斯的做法,它的内在动力来自于中国的政党政治向国共一体化的转变。国共一体化,被我们更多地描述为民族主义的倾向,它也是政党政治正在离去的一种表述,在这样的语境中,出现了很多对于反法西斯和抗日战争的不同表述。

盖琪老师和张慧瑜老师的发言各有侧重,盖琪老师更加侧重于反法西斯的国际化视野,探讨中国二战叙述的国际化过程,以及在国际化过程当中出现的问题。张老师可能更多集中在民族国家内部,当然这个民族国家内部也不是封闭的,它包含来自世界的各种力量的角逐。两位老师的发言提供了非常多的可以讨论的出发点,也为我们下面的讨论创造了很好的条件。

感谢二位老师。我们休息十分钟然后再讨论。

(休息)

李玥阳:刚才两位老师的讨论打开了思想的空间,提出了很多有意思的问题,接下来就请来参加讨论的老师们畅所欲言。

卢燕娟(中国政法大学人文学院):刚才两位老师的发言都注意到一个问题,就是在今天的表述中,不管是国家文化策略层面,还是大众文化表述层面,都倾向于把中国抗战纳入到世界反法西斯的大概念里面,强调中国战场与英美反法西斯同质的一面,使中国的抗战获得世界意义。但我觉得很有意思的一点,恰恰在于中国的抗日战争更是独特的,或者说和美英反法西斯的战争不太一样的特点。英美反法西斯战争,主要使用的是民族主义和人性作为文化表述;而中国的抗日战争,实质上更适合用阶级解放与民族解放的统一来概括。比如说曾经有一个美国学者马克·塞尔登提出过一个问题,他说如果从民族主义概念读解抗日战争,则很难回答一个问题,为什么在二战之后,美国、英国,也包括苏联,虽然同样面临着经济困难和巨大的战争创伤,但是却都为当时的政府赢得空前声望,政府均从领导反法西斯战争的历史功绩中获得极大支持。只有中国,当时的国民政府作为抗战时期受到包括共产党在内的社会各界各党派承认的唯一合法政府,在抗战三年以后就土崩瓦解,成为唯一一个没有从二战获胜中获得巨大政治资本的政府。民族主义角度不能回答这个问题。

同时,只强调中国抗战与世界反法西斯战争的同质性,也不能回答另外两个问题。一个是作为特别强调大和民族日本,为何在抗战中日共成了中国抗战的坚定同盟?第二个是当时在延安有一个日本战俘学校,日本战俘经过教育以后,直接参与到中国的抗战里面的人数是比较多的。

上述问题,恰恰说明中国抗战有超越西方世界反法西斯战争普遍意义的地方,因为中共领导的抗日战争走出了一条比较独特的道路。当时毛泽东很多的论述,都超越了民族主义的范畴,他提出了一个全世界受压迫、受剥削的人民反抗剥削、反抗压迫的大命题。因此,中国的抗日战争,本质上是人民战争,是人民在战争中求得民族和社会解放的战争。所以,日共的问题、延安战俘学校的问题,都在这个命题下得到了解释。可惜，正如刚才慧瑜师兄所说，今天在我们的电影电视中，反而很难表述的是群众动员、人民战争的内容。这个大命题不仅是中日战争的独特性，也同中日战争以后中国道路的独特转型，是有历史关联的。如果我们把这个问题放置在中国和英国、美国一起打击包括日本在内的世界法西斯势力的统一表述中，就很容易被模糊掉。

孙佳山（中国艺术研究院马克思主义文艺理论研究所）：反法西斯，恐怕是除了反恐之外，当前屈指可数的具有普遍共识性的世界性主题。然而，什么是法西斯？反法西斯这一世界性主题如何在影像中呈现？却不是不言自明的，在当下，反而高度模糊和暧昧，并被不同的话语所耦合和裹挟。因此，在世界反法西斯战争胜利70周年之际，只有将反法西斯问题再度问题化，才能辨析什么是法西斯主义，以及反法西斯主题在当今中国影像呈现中面临怎样的困境。

如何呈现侵略者形象，是所有反法西斯影片都必须处理的首要问题。侵略者形象，对于所有被侵略的国家和民族而言，是最大的他者，如何呈现侵略者形象，深刻地折射着反法西斯影片背后蕴含的关于自我认同的集体无意识。所以，通过侵略者形象的系统识别，可以直面新世纪以来中国反法西斯影片的价值观困境。

在《平原游击队》《铁道游击队》《地雷战》《野火春风斗古城》《小兵张嘎》《地道战》《苦菜花》等传统反法西斯影片中，充分吸收了戏曲、讲史等民间艺术，侵略者大多呈现为猪头小队长、毛驴太君、猫眼司令等漫画化的人物形象，通过这种传统的脸谱化表达，凸显日本侵略者的凶残、愚蠢、贪婪。这种形象的影响极为深远，例如1991年上映的电影版《烈火金刚》，以及新世纪以来颇具后现代黑色幽默特征的《举起手来》系列当中的侵略者形象，相当程度上也是这一脉络的延续。

共产党、八路军、人民群众与日军、伪军构成了类似传统艺术中"正邪不两立"的基本叙事结构，也比较好地处理了传统审美习惯与现代性询唤之间的平衡。猪头小队长、毛驴太君、猫眼司令这些图像体系中典型化的侵略者形象，借助中国传统的表现方式，将抽象的阶级革命理论转化为当时普通民众喜闻乐见的视觉形象和表达方式，的确唤起了广泛的阶级和民族的共识。但不可否认的是，在新时期以来的影视实践中，其主流位置则被以《一个和八个》《黄土地》《红高粱》等为代表的"第五代"视觉逻辑所取代。以往，"中间人物"是革命英雄、人民群众所努力争取的对象，"中间人物"成长成为"人民群众"在那个年代具有至关重要的意义，这不仅是要完成政治的训诲，同时也是整个叙事翻转的核心环节。但前30年革命中国的图像体系的问题的确也显而易见，在激进的革命美学走向极致状态后，"文革"期间除了样板戏外，鲜有经得住考验的其他作品能够留传。一个重要原因，就是在革命美学的激进实践达到高潮后，"中间人物"已经被"完成"，由革命英雄带领的"人民群众"已经可以构成整体性"革命"国家；因此，也只有样板戏那种高度象征性的艺术形态才能顺畅地完成革命理念的视觉呈现，注重情节推进或翻转的电影，反而不适合这种类型的视觉表达。直到今天，这个实际上是冷战阶段系统性的审美困境，依然还是一项重要"罪证"，被不断遭受各种样态的批判。

不同于《平原游击队》《地雷战》《小兵张嘎》等传统反法西斯影片的基本思路，《一个和八个》《黄土地》《红高粱》等"第五代"作品中的民俗"中国"开始再次"风景"化，视觉呈现的角度也由抵抗日本侵略者的共产党、八路军和觉醒民众逐渐抽离和外化，他们连同被想象为"民间"的西北大地的普通民众，共同成为了被审视的对象；而西北农村作为"第五代"民俗"中国"隐喻的具体载体，则呈现出了时间上滞后、空间上特异的形态，原有的革命历史中的时空秩序被置换为"第五代"关于民俗"中国"的寓言。在其中，前30年革命中国的中国电影中的阶级关系和性别关系被系统性地重写，原有的自我／他者结构也被重构，这为新世纪以来中国反法西斯电影的嬗变埋下了历史伏笔，"土匪抗日"和"妓女救国"等今天被广为诟病的现象，都不过是这一脉络的并发症。所以，当我们再看《南京！南京！》《金陵十三钗》《一九四二》等新世纪以来极具争议的中国反法西斯影片，就不难理解，为什么会以欧美白人甚至日本人的视角来呈现中国的反法西斯故事。因为当原有的革命者的主体视角被取消后，新的观看视角并未被有效建立，那么在原有的自我／他者结构中，他者的形象自然会随着这失衡的天秤而倾斜，原本极具传统审美特色的猪头小队长、毛驴太君、猫眼司令等侵略者形象开始变为"有教养""有知识""有良心"的正面化的现代文明形象，自然也就是合乎逻辑的。

在这个意义上，中国电影进入新时期以来，以"第五代"为代表的艺术实践，与其说取消了革命主体，完成了今天看来是另一种政治性的视觉叙述；不如说"第五代"的最大困境在于，在取消了觉醒民众、共产党、八路军之后，也连带剔除了原本的"中间人物"，或者进一步矮化的原来的"中间人物"溢满了影像空间。问题的关键在于，当革命者也被"中间人物"化以后，这些"形"新"实"旧的"中间人物"并不能完成自我审视的视觉聚焦，因此焦点的把控者，就只能拱手相让，一旦例如西北黄土地的民俗式呈现失去魅力之后，"第五代"的逻辑自然也就沦为失魂落魄的散焦状态。某种意义上讲，这不过是观影主体从现实中由"中间人物"构成的"人民群众"，转换为中产阶级市民的自然产物。

李玥阳：有很多的声音人认为应该从世界反法西斯范畴来讨论中国抗日战争，而不是局限在民族国家内部。原因可能在于，在当下这样全球化的时代中，民族国家可能扮演着越来越多的负面角色，因此，从世界反法西斯的角度可以突破民族主义，可以在抗日战争描述中突破民族主义的叙述，突破民族主义意识形态。但是，就像张慧瑜刚才说的，当我们真正看到文本的时候，却发现如果以世界反法西斯视野中来讨论抗日战争，那么这个"世界"到底是哪个"世界"，又成为了一个问题。世界发生变化了，苏联消失了，这是非常巨大的转变。另一个问题是，关老师说正义和非正义取消了，应当说，并不是所谓正义和非正义了的问题，而是有一种新的"正义"出现了，新的"正义"是一个普识性的、人性的、民族的、人类的这样的东西出现了。这种新的"正义"和"自由民主"世界，就是我们现在的世界，我们只能在这样的世界中重新反思抗日战争，也正是在这个世界中，有些东西变成不可能被讲述的东西。

祝东力（中国艺术研究院马克思主义文艺理论研究所）：刚才玥阳提炼的特别好。反法西斯文化是一种国际性的文化，但是国际文化在20世纪30年代和在冷战以后发生了很大变化区别。30年代反法西斯文化是一种世界性的潮流，由苏联主导。首先是西班牙内战，国际上都参与了，反方是纳粹德国和意大利，正方是苏联和许多国家的共产党人和左翼分子，像白求恩、海明威、乔治·奥威尔，也包括很多不少中国人，作为国际纵队的成员也参加了西班牙内战。反法西斯首先是在西班牙，所以中国在抗战全面爆发以后，当时所说的反法西斯，是有苏联背景的。二战结束以后，当时社会主义阵营自称民主国家，民主这个旗帜当时是在社会主义国家手里的。而冷战结束以后再提反法西斯，这时候法西斯就变成了一个独裁极权的概念，与它对立的是英美那种多党制议会民主的国家，所以，尽管都是反法西斯，但是在30年代和冷战之后它的含义是不一样的。

郭松民（媒体人）：我赞成慧瑜刚才的判断，自80年代之后，中国主流的抗战史叙述发生了一个转换，从把抗日战争视为中国革命史的一部分，反帝、反殖斗争的一部分，转换成了民族国家之战，纳入到了现代化叙述之中，凸显的是"落后就要挨打"的主题。抗日战争，从"中国人民VS日本帝国主义"转换成了"现代/先进的日本VS落后/传统的中国"。这种转换反映到文艺作品中，就是"人民战争"的视野完全消失了，取而代之的是国军抗战和政府抗战，即便有表现八路军、新四军抗战的作品，里面的共军也是国军化的共军。

这样的转换当然和后冷战时代的话语转换是有关的，因为随着前苏联的解体和中国的改革开放，原来的革命叙事无法进行下去了。但一个更重要的原因，恐怕还是中国急于融入国际社会，也就是急于被美国主导的西方世界所接纳、所认同有关。无论是张艺谋拍摄的《金陵十三钗》，还是陆川拍摄的《南京！南京！》，这方面的意图都非常明显。

这种努力不能说完全没有效果，但总的来说是失败的，正像俄罗斯在西方眼里至今仍是个异类一样，中国在西方眼里也仍然是异类。张艺谋的《金陵十三钗》并没有像他希望的那样获奥斯卡奖，奥巴马也不会来参加中国的胜利日阅兵式。

但对中国人来说，这样的一个叙述上的转换，却带来了一个十分严重的后果，那就是中国人面对日本时的心理优势没有了，我们又成了日寇屠刀下的羔羊，又成了被侮辱被损害的一群，我们也不再相信，我们面对日本时能够必然胜利。

我们看20世纪50—70年代中国拍摄的抗日题材的电影，无论是《平原游击队》还是《铁道游击队》，无论是《地道战》还是《地雷战》，一个共同的特点是都洋溢着胜利的豪情，充满了必胜的信心。这种豪情和信心绝不是虚妄的，而是建立在中国面对日本时的真实的优势的基础上的，这种优势就是在毛泽东人民战争思想指导下的人民战争的优势——被充分地动员起来、组织起来、武装起来并且建立了自己主体性的人民，是完全可以战胜僵硬野蛮的日本法西斯战争机器的。中国的另一个优势就是战略思想的优势，毛泽东《论持久战》的横空出世并且在事实上成为抗日战争的指导思想，使得中国在战略思想方面远远优于日本，日本对中国的优势是战术层面的，而战术层面的优势永远也弥补不了战略层面的劣势。

简言之，从人民革命的视角来看，抗日战争是"先进的中国 VS 落后的日本"，而简单地从民族国家之战的视角来看抗日战争，则是"先进的日本 VS 落后的中国"——中国的先进性被完全遮蔽了。

抗日战争，如果我们简单地用中国胜利、日本失败来概括，实际上过于简单了。抗日战争是"一个胜利，两个失败"，即人民战争的胜利，国民党片面抗战的失败（直到日本投降前一个月还在丧师失地）和日本侵略者的失败。中国的先进性，在抗战结束五年后爆发的抗美援朝战争中被再次确认，国民党的失败，则以1949年他们被逐出大陆而被最后证实！

抗战叙述遮蔽中国的先进性的后果，实还使中国处于一种"无法解释自己的胜利"的尴尬状态——你既然全面落后于日本，又怎么可能战胜日本呢？

遮蔽中国的先进性，同时也还使得中国社会的民间心理丧失了胜利者的优越与从容，对日本政客的一举一动一言一行都分外敏感，这成为制约中日关系的一个重要心理因素。同样作为日本交战国的美国，其民间社会对日本政要参拜靖国神社的反应就远不如中国强烈，要知道任内发动太平洋战争的东条英机，直接策划、指挥偷袭珍珠港的山本五十六、南云忠一，大量直接轰炸珍珠港的日本飞行员以及撞击美国军舰的"神风特攻队员"等等，都供奉在神社内。这里的一个重要原因，就是美国的民间社会和精英阶层从来没有丧失面对日本时的心理优势。

最后，我们在谈到反法西斯文化的时候还应该有一个视野，日本的影视作品是怎么反映第二次世界大战的？现在不能说它就是法西斯文化，但也很难说是反法西斯文化。我最近看过两部日本电影，一部是《永远的零》，还有一部是《男人的大和号》，都是反映太平洋战争的故事。我感觉日本叙述历史非常巧妙，本来它作为一个法西斯国家、作为一个军国主义国家、作为一个战败国，很难正面地叙述历史，但电影里完全回避战争的性质，不讨论战争是正义的还是非正义的，只是作为客观的事实，也并不是反战的电影，没有过多的镜头渲染战争的残酷或给个人命运带来的不幸。它只是展示战争中的军人，他们之间的友谊、他们的勇敢、他们的献身精神、他们对家乡的责任感等等，只是正面展现这些个东西。两部电影都用今天的年轻人寻找先辈足迹的方式展开故事叙述。中国现在的电影喜欢用西方的视角，甚至是日本人视角看待中国的抗日战争；日本则用晚辈的视角看先辈的战争，是今天很时髦的青年追寻祖父当年的故事，而且在追寻的过程中对祖辈也高度认同。日本人做得很巧妙，他们把电影的主人公美化了，实际上也美化了这场战争。日本这方面的表现值得我们重视和思考。

李玥阳：郭老师说得特别好，人民战争被丢弃了是一个非常可惜的事情，和人民战争一样被屏蔽掉的是游击战，游击战和人民战争可谓是一体两面。毛泽东在抗日战争的时候思想爆发，写了很多重要著作，人民战争和游击战是他集中讨论的问题。美国的卡尔逊非常赞同我们的游击战，认为它不仅是战略战术，还包括生产，包括艺术，是个全方位的有机整体。毛泽东的游击战重点，是要摆脱现代的规范，不过度依赖现代武器，不要追求大场面的阵地作战，不要搞那些，而是到实践当中去，自己慢慢找到自己的战法，这其实是一个主体成长的创造性的过程。游击战既有大侠式的冷兵器时代的战法，也有现代兵器时代的战法，什么都有，一切以实践为依据。所以

20世纪50年代抗日战争的电影，基本没有大场面的所谓现代战争，哪怕平型行关大捷这样的，电影也没有表现过，倒是集中呈现敌后武工队这种小场面的东西。而到80年代以后，"现代"重新出现，大场面的战争都被拍出来了，台儿庄大捷、平型关大捷纪录片都是80年代以后拍的。而游击战的再度呈现，已经不再是从前那样那个，而是落后的、弱势的、土气的代名词。游击战被屏蔽掉是很可惜的。

鲁太光（中国作协《长篇小说选刊》杂志社）： 人民战争的视角确实特别重要。"抗战神剧"为什么"神"？也跟脱离了这个视角有关。我们以前的一些影视作品里，日本鬼子也显得比较蠢笨，但却没有给人"神"的感觉，为什么？是因为这些日本鬼子是在"人民"这个视角中显现的，在人民战争的"汪洋大海"中，恐怕再强大的敌人也难逃失败的命运，这一失败的必然性正是这些侵略者显得蠢笨的根据所在。今天，"抗日神剧"里面除了暴力和欲望的载体，根本就没有别的东西，更不要说"人民"了。在这种情况下，想不"神"都难。这也提醒我们，把人民战争这个维度去掉，的确会产生很大的问题，因为，离开这个维度，我们根本就无法讲述中国的抗战历史，至少是无法完整地讲述中国的抗战历史。

这两年也出现了不少反映抗日战争的文学作品，在推广和研讨时，大家往往说这些作品是对以前抗战文艺作品的突破，所谓的"突破点"有很多，有的是艺术上，有的是叙述方法上，有的是在展示人性的深广度上。但所有这些突破点，其实都依据一个事实——即这些作品大多是写国军抗日以及抗日的国军在日后岁月中的悲惨遭遇的，也就是说，这些作品大多是为国军抗日正名的。但实际上，这样的作品很难说是什么突破。简单梳理一下中国抗战文艺的发展过程，就会看清这一点。抗战文艺主要包括这么几个阶段：第一个阶段是"九一八"之后出现"东北作家群"；二是七七事变以后，由于全面抗战即将达成，全民族抗战的气氛极其浓郁，这一时期对国军抗战加以正面表现的作品比较多；三是1941年皖南事变以后，对国民党抗战的批判才越来越多，尤其到1944年豫湘桂会战以后，因为反法西斯战争和抗战都处在整体性上升的时候，国民党却来了一次塌方式崩溃，导致国民党的信用也迎来塌方式崩溃——连美国也不再那么相信蒋介石、相信国民党了。在这个过程中对国民党批判性的文章才越来越多。如果我们对这个线索有所理解的话，就会发现，所谓的"创新"其实是"走老路"。换句话说，如果我们真的想创新，那么，在正面表现国军抗战之时，至少应该严肃思考国军抗战败多胜少的历史事实，找找其原因。其实，这个原因毛泽东早在《论持久战》中就明确指出来了，由于害怕民众被发动起来后会产生意想不到的结果，国民党只要"政府抗战"和"军队抗战"。在日本这个武装到牙齿的现代战争机器面前，只是实现了形式上统一的国民党"领导"下的中国，不过是一个"泥足巨人"，其失败的结果是可以预见的，因而其悲剧性才更明显。尤其是国民党在战时缺乏对民众的有效组织，战事一旦失败，就会带来大的流民悲剧。南京大屠杀惨剧就是一个明显的例证。齐邦媛在《巨流河》中也曾引用抗日名将孙元良的话进行反思，其中惨状，今天读来，依然令人齿冷、心凉。这也是我强调抗战文艺不能离开人民视角的一个重要原因。

陶赋雯（江苏第二师范学院）：我曾经以日本灾难片为研究样本，日本人通过反复领略自然灾难骇人的摧毁力，宣泄对灾难梦魇的恐惧感。日本曾拍摄《日本沉没》《感染列岛》等灾难片，以提醒处于经济高速发展中享受平安和乐生活的日本人不要放松警惕，时刻保持危机意识。而后日本又拍了一部反命题灾难片，被四方田犬彦称为"看到现在日本电影的智慧"的《日本以外沉没》，将日本国民排斥外来的"岛国根性"暴露无遗。日本人的天命观带有深重的悲观主义色彩和宿命感，对转瞬即逝的美好有切身之痛。在20世纪被罩笼于"核阴影"的日本，群体意识中留下了原子弹爆炸的创伤，这种创伤已经形成一种集体身份认同，催生了日本的"原爆文学"与"原爆影像"。而当今日本影像文化盛行的样本里，类似《大逃杀》这样的毁灭性影像，就存有军国主义的延续和对战争"英雄"孤魂野鬼的召唤。

祝东力：说到日本的危机感，刚才主持人开场白提到法西斯主义是资本主义危机的体现，有它的必然性。近代日本作为一个东亚的封建性的落后国家，面对西方列强的挑战，是非常脆弱的，甚至比朝鲜还要脆弱。如果它不法西斯化，不对外扩张，很难说会不会亡国灭种。最早的危机，一个来自美国黑船来袭，一个是沙俄修建西伯利亚大铁路，直到太平洋海岸，给日本举国刺激特别大。而且日本是一个多火山、多地震的岛国，地理环境也特别脆弱，加上19世纪后半期的国际环境，如果不对外扩张的话，它一定是一个被征服的民族，能不能存活都很难讲。如果国际竞争失败，中国这样的国家是输得起的，人口足够多，版图足够大，历史足够长，日本这样的国家就不一定了。另外，在自身取得民族独立之后，帮助其他国家、其他民族也取得独立和解放，这恐怕只有一个体量足够大的大国才能办到，在这方面很难指望日本这样一个封闭的岛国。

其实我对中日关系一直很有看法。有一个民间组织叫中国民间保钓联合会，在香港注册的，基本都是大陆人，会长叫童增，他在接受凤凰网采访时曾经说，在中国反日、厌日、仇日的情绪非常普遍，男女老少都如此。他说的是事实，但这个事实是20世纪90年代中期以后才存在的。1949年以后我们的仇日情绪没有那么强，在新中国，毛泽东的外交战略对美日一直是区别对待，对日本一直采取拉的策略，同时还区分日本民间和政府。这个政策相当成功，在新中国建立以后很长一段时期内日本社会各界的亲华势力是很大的存在，到80年代中日友好还到达了一个高潮。1984年9月，日本三千青年访华。我最近查有关资料，以前一直传说三千日本青年访华是某领导人访日期间拍脑袋决策的，其实不是，是国内先经过调研，然后集体研究决定的。当时日本人来了3070人，来自200多个团体和机构，他们参加了35周年国庆。凤凰视频做了一个节目，采访现在清华大学的一个国际关系研究院的教授，他当时读研究生，被抽调接待日本的一个代表团。他说，当时我们接待得特别周到，日本对中国也特别友好，日本人问他"中国万岁"怎么讲，学会以后，他带那个队到上海，然后从上海出境，一路十几华里，上海市民主动站在街道两边欢迎日本人，日本人特别激动，这一路大巴车开了40分钟，他们喊了40分钟"中国万岁，中国万万岁"。在机场告别的时候，日本人也依依不舍、痛哭流涕。这种场景和反日、仇日、厌日的情绪确实属于两个时代，简直没法想象。今天，中国有些人不太像一个大陆民族的成员，胸怀还不如日本人。70年了，中国应该容纳日本，中日是两个东亚国家，一个是世界第二大经济体，一个是第三大经济体，这两个国家长期对立，就是让美国坐收渔利。美国处理中日关系，就像处理海峡两岸关系一样，不能让两边走得太近，但也不能让两边打起来。中日两国联合，美国在东亚就待不下去了，失去东亚，等于美国的全球霸权失去半壁江山。但是，90年代以来中日关系越来越紧张，不断升级，从民间到国家层面，这应当反思。

郭松民： 民间形成这样的情绪确实跟中国失去了人民战争视野和失去了社会主义视野这两个因素有关，我们面对日本没有那种心理优势了。以前我们面对日本有文化、政治、心理上的优势，有了这种优势以后，民间情绪就比较自信，因为我是胜利者你是失败者，有些事情可以不计较了，情绪容易缓和下来。按照新的史观，重新讲述历史以后，我们变成单纯的受害者，日本变成强者了，我们变成弱者了。我们作为受害者这样的身份对日本人要求特别高，日本稍微行为不当马上就刺激我们了，感情特别容易受伤害。现在仇恨越积越严重，跟这样的背景有关。

祝东力： 冰心20世纪60年代初有一篇散文《樱花赞》，当时她随中国作家代表团访问日本。他们到一个小城市边上的渔村去采访，那里刚刚举行过反美示威，抗议美军征用田地修建靶场。采访完后他们还参加了一个当地群众的欢迎大会，期间偶然听说这个城市的出租车司机要联合罢工。要返程的时候，早晨走出旅馆，却发现11辆出租车整整齐齐排在旅馆门口。上车以后她问同行的日本朋友，不是今天早晨8点钟要罢工吗？日本朋友回过头微微地笑说，他们听说中国作家今天要返程，昨晚紧急开会决定罢工时间从早8点推迟到9点，她刚要表示感谢，那位端详稳静、目光注视着前面的司机，稍稍地侧着头，谦和地说："促进日中人民的友谊，也是斗争的一部分啊！"这就是当年中日关系的一个侧面。

盖琪：前年我在南开大学参加一个国际学术会议，结识了一位来自东京大学的教授，按照他的年龄，大概在1984年的时候是一个20多岁的青年人。他说，当年他和他妻子新婚选的度蜜月的地方就是中国，那是他第一次到天津。这个事情给我印象特别深，因为一个人选择度蜜月的地方肯定是心目中非常重要、非常向往而且也非常友好的国度，这个跟您讲的整个历史语境结合起来了。

李松睿（中国艺术研究院《艺术评论》杂志社）：祝老师刚才提到20世纪90年代以后中日关系的转变。如果我们判断日本人的政治立场，到底属于左派还是右派，主要看他们对中国的态度。左派一定是亲中反美的，而右派一定是亲美反共的。也就是说，如果日本人对中国人有好感，那他在思想倾向上一定偏向社会主义；而如果他不认同社会主义，那么他也就不会对中国有好感。因此中日两国民间在特定时代的关系，与冷战结构直接相关。90年代冷战终结以后，一方面是国际共产主义运动遭遇巨大的挫折，另一方面随着中国开始走有中国特色的社会主义道路，日本左派并不认同。这两个因素使得日本的左派在本国政治结构中越来越弱势，日本人对中国态度也渐渐疏远。

听刚才盖老师和张老师发言，他们发现了一个重要的现象，我之前没有注意到的，即中国的二战叙事，在盖老师的描述里，出现了从民族主义渐渐向世界主义过渡的趋势，或者说，是中国的二战叙述融入世界的二战叙事。而世界反法西斯叙述比较强调人类的尊严、反思现代性之恶。这可能是一个特别有意思的现象。我自己比较熟悉的是中国知识分子在抗战时期的文化表述，那么20世纪40年代中国人的抗战叙述经历了怎样的发展呢？我的观察，从1937年抗战爆发直到整个40年代，知识分子在谈到文化、文艺作品的时候，最开始是希望中国的作品能够融入世界文坛的。不过大概在1942年发生了一个转折，使中国文艺融入世界文艺发展潮流，并获得世界文坛认可的思路渐渐消失了，取而代之是人民的叙事、阶级的叙事成为主流。正好和盖老师描述的现状相反。这样一种发展趋势在40年代是怎么形成的呢？抗战爆发后，文艺界开始思考文艺写作应该以什么样的形式进行，怎样配合抗战。于是文艺家开始反思过去的五四新文学，认为这些作品文字上不够通达晓畅，语言形式非常蹩脚，为了让最广大群众接受新文学，就必须学习民间的形式、人民的语言。这个思路最后发展成关于"民族形式"问题的讨论。在讨论初期阶段，有大量文艺理论家认为在抗战初期，作家利用"民族形式"搞宣传，鼓动抗战，只能产生非常拙劣的宣传作品；但到了抗战相持阶段，知识分子应该通过对"民族形式"的利用，尝试去创造伟大的文艺作品。也就是说，要利用民族形式塑造出中国形象，并以此获得中国文学在世界文坛上的地位。

比如当时的文艺理论家黄芝冈就认为："当知道中国当前发生的大变革，不只是由个人转到民族，由少数人转到大众，而且将中国的地位安置在世界的坛坫上，因此，'抗日内容'更有它广大的世界基础而不是单方面的'民间大众'。"当时的年轻理论家黄药眠也认为："文学不能不有民族的形式，民族的内容。同时这种文学的民族形式和内容，并不和文学的世界性冲突……只有当我们创作了真正的民族文艺形式，我们才能够在世界文学史上站住我们的地位。"从这可以看出，这些理论家基本上把"民族形式"看作是一个通道，是中国文学获得世界文坛认可的标志。这大概是1942年之前文艺界的认识。写抗战、写民族生活、写最普通老百姓，最后收获伟大的具有世界意义的作品。这与盖老师描述的融入世界反法西斯叙述的思路非常类似。

大概在1942年以后，随着毛泽东发表《在延安文艺座谈会讲话》，那种对世界文坛的向往、创作伟大的具有世界意义作品的冲动消失了。相反，学习人民的语言、学习人民的生活、学习各地方言土语，这些努力不是用来创造伟大的作品，而是用来改造作家身上的小资产阶级习气。于是，通过表现人民为作家获得世界性的地位，变成阶级性的人民战争的论述。在我看来，20世纪40年代发生的文艺转变，其实是从世界的视野、民族的视野，转化为阶级视野。这种阶级意识一直延续到新中国成立以来表现反法西斯题材的作品，这些作品通常是阶级叙事，而不是民族主义叙述，更不是世界主义叙事。可能是到了20世纪80年代以后，阶级话语才渐渐消失，知识分子不再觉得自己是需要被改造的对象，相反，文艺家要去创造具有世界意义的大作品，而不是要写出一个给人民群众看的作品。

祝东力：其实从创作实际看，文艺工作者首先有一个困境，有一个创新的压力。中日战争题材的过去的模式，像《地雷战》《地道战》《平原游击队》，到"文革"后期已经使用到极限；到80年代有一个新的变化，强调中日人民都是受害者，有一部电影叫《一盘没有下完的棋》，很典型，但这个时期很短暂；冷战结束后，开始出现国际化的或者国军抗战的模式，像《黄河绝恋》《金陵十三钗》这一类。从实际创作来讲，有一个最直接的问题，就是不能总使用原来的模式，但是，新的叙述逻辑文艺界自己又不能生产，就只能借助于当下流行的，他们认为比较高大上的东西，像国军抗战，像美国视角。所以这其实首先是一个创作上的困境，我们缺少一种新的叙述逻辑，既超越国军抗战、美国视角，同时又不是简单重复原来的《地道战》《地雷战》，需要新的模式。

郭松民： 20世纪60年代有一个电影《东进序曲》比较好，反映抗战的复杂性，里面既有新四军，也有国军，国军里面有愿意跟日本人作战的，有一心反共的，还有中间派，实际上把抗战的复杂性表现得非常好；而且并没有否定人民战争，人民战争作为一个更加深远的背景存在，共产党、新四军的自信是建立在这样一个得到人民支持的基础上的。

崔柯（中国艺术研究院马克思主义文艺理论研究所）： 请教盖琪老师一个问题，你讲到我们要超越落后就要挨打、团结就是力量这样的价值范畴，我对这个提法很感兴趣。我想知道超越之后是什么样的一个状况，你有具体的设想吗？还有，你提出我们要反思现代性，不过从现实层面来看，中国是一个后发现代性国家，现代性是否已经完成，或许还有疑问。那么对一个源自西方，而且在西方充分发展了的文化逻辑进行反思，我们能否承担起这样的任务呢？

盖琪： 我并没有清楚的说法，我把这两句话提出来也不是把它们竖成一个靶子。但问题是在类似逻辑叙述下，我们掉到自己曾经或者说现在其实也应该反对的东西里面了。现在，我们新的整体性的叙述框架还没有建立起来，在进行抗战叙事的时候，又想表达对类似于现代性发展成绩的赞许，所以很难选择一个合适立场。对于这个东西现在主流意识形态自己的话语体系也是比较混乱的。

崔柯： 我想到一个经历，就是有一次和几位美国的左翼学者座谈，他们对中国的印象，不是我们经常提的第三世界国家，而是帝国主义国家……

盖琪： 实际上跟一些国外的学者接触，我感觉我们在国际上把自己塑造成了非常大国的形象，超出了我们能够承载的程度，这对于我们在国际上很多方面其实很不利。然后我们再把自己作为法西斯的受害者，强调我们受难的东西，再讲这些的时候，能不能在国际上真正被人家听进去，这里很多逻辑是互相冲突的。

崔柯：他们觉得中国在非洲搞企业、做贸易，类似帝国主义的做法，而且他们有一种担心，觉得中国崛起之后，会取代美国成为新的帝国主义国家。

当然我也问，在民族国家界限还没有取消的情况下，中国发展或者说中国崛起，应该采取什么样的途径呢？有人提出来说全世界无产阶级联合起来，推翻本国资产阶级实现共产主义，但这么一个美好的远景，现在似乎还缺乏历史条件。

盖琪：我觉得单纯从国家形象塑造或者国家形象传播的角度讲，我们国内文艺创作者的心态，和国际对我们的认知之间其实现在有一个落差。我们把自己摆在南京大屠杀受害者这样的角度上，表达我们很悲惨，我们遭受了多少创痛，我们落后被挨打，然后一步步走过了几十年，现在发展起来了，日子越过越好等等。这是我们自己的主流话语体系。

崔柯：说实话，听到中国被美国人称作帝国主义，我心里还是觉得挺不能接受的，不过这可能也代表了一部分美国人的真实想法。那么，在民族国家还是一个事实的情况下，这种观点和中国威胁论，其实是类似的。

回到反思现代性的问题，我觉得有一个错位，就是我们从近代以来一直落后挨打，可以说是被西方列强欺侮到忍无可忍了，然后被迫学习西方。当然我们也付出了代价，就是在各个层面都不得不进入西方主导的全球化体系，我们在文化上没有确立起主体性。那么，现在好不容易有了点起色，又要负担起反思西方文化逻辑的重任。就是好像有点像这种感觉：我们辛辛苦苦了一百年，好不容易喝了几天汤，然后突然有个新任务，就是让我们来讨论讨论吃肉有什么坏处。我觉得中国也真是不容易，甚至有点憋屈。

孙佳山：法西斯主义，与其说是外在于现代性的他者恶魔，毋宁说是现代性的内在自我"癌变"，所有试图将法西斯主义与现代性相剥离的行为，都只说明法西斯主义始终深刻地植根于现代性内部，从未离开。抽象地谈法西斯主义，恰恰是法西斯在现代性深处不断暗涌的结果。二次大战，并没有解决人类社会进入"现代"以来的法西斯痼疾，在今天后冷战的时代语境下，它又开始或隐或现地浮现在历史地表。新世纪，特别是第二个十年以来的种种线索、征兆已经值得警惕，我们将不得不面临正积蓄着的又一轮现代性"癌变"的历史周期，我们今天讨论的这些种种制约反法西斯文艺充分表达的内在话语限制，不过是这个历史周期中已经显性的文艺涟漪，其所带来的蝴蝶效应，远未被充分评估。同样，从冷战到后冷战，或者说，从前三十年革命中国到后三十年改革开放，也不是一个简单的进化论式的历史过程。中国电影在处理反法西斯题材时，如何通过汲取两个不同阶段的历史资源，探索、拓展自身的表意空间和场域，而不是由一种政治话语生硬地取代另一种政治话语，尽可能挣脱出这个时代语境，某些正在"癌变"中的话语"牢狱"，是这个历史周期内最为重要的历史议题。

李玥阳：今天的讨论将在高潮中结束，我们大家以后有机会再继续讨论。今天就到这里，谢谢大家。

（根据速记整理，经过本人校订）

青年文艺论坛第五十二期

中国科幻文艺的现状和前景

主持人： 林　品（北京大学中文系）

主讲人： 吴　岩（北京师范大学文学院）

　　　　　邵燕君（北京大学中文系）

　　　　　赵柔柔（中央民族大学少数民族语言文学系）

时　间： 2015年9月24日（周四）14：30—18：00

地　点： 中国艺术研究院334会议室

主　办： 中国艺术研究院马克思主义文艺理论研究所

编者的话

自从梁启超在20世纪初发动"小说界革命"以来,科幻文学在中国的发展已有超过百年的历史,其间经历了多次高潮和低谷。20世纪90年代至今,在刘慈欣、韩松、王晋康等一批作家的努力下,中国的科幻小说创作迎来了新一轮繁荣。2015年8月,刘慈欣的《三体》荣获世界科幻协会颁发的雨果奖,更引发了社会舆论的广泛关注和热烈讨论。与此同时,随着文化创意产业的壮大,科幻题材的国产电影和融入科幻元素的动漫游戏也正显现出颇为可观的发展潜力。

科幻作为一种舶来的文艺类型,它同中国的本土经验和现代化进程存在着怎样的关系?中国科幻在全球化时代的跨国传播,又在何种意义上构成了文化输出的事实?科幻作为一种跨媒介的文化生产,它在当下的文化格局中扮演着怎样的角色?中国科幻在小众探索与大众流行之间的运转,又能够给当下的文化创作带来哪些参考?在这个科学技术日新月异地发展并且日益深刻地改变我们生活状态的时代,科幻作为一种跨学科的思维方式,对于我们的未来想象和现实行动具有什么样的意义?本期论坛通过对这些问题的深入探讨,希望在科幻界与文化艺术界的各方人士之间建立起跨界对话的桥梁。

林品： 各位老师、各位朋友，大家下午好！欢迎来到青年文艺论坛，今天是论坛的第五十二期，今天讨论的主题是"中国科幻文艺的现状和前景"。我是来自北京大学中文系的林品，非常荣幸能担任本期论坛的主持人。

这期论坛邀请到了三位嘉宾来担任主讲人，请允许我为大家分别介绍一下。这位是来自北京师范大学文学院的吴岩老师，他是国内第一位科幻文学方向的博士生导师，同时也是世界华人科幻协会的会长，堪称中国科幻文学研究界的首席专家；这位是来自北京大学中文系的邵燕君老师，邵老师是我们论坛的老朋友，她对当代文学生产机制的研究、对期刊文学和网络文学的长期跟踪观察都在学界享有盛誉；这位是来自中央民族大学的青年教师赵柔柔，她的博士论文做的是《20世纪英语世界的反乌托邦研究》，在乌托邦、反乌托邦、后人类主义等问题上都有深入的探索。三位嘉宾将为我们做三个报告，之后我们进入圆桌讨论的环节，各位朋友到时可以畅所欲言，与三位嘉宾进行交流。

这期论坛的话题选择，与这样一个契机有关：今年8月，也就是上个月，科幻作家刘慈欣的科幻小说《三体》，荣获世界科幻协会颁发的雨果奖，这个事件引发了社会舆论的广泛关注和热烈讨论。可以说，刘慈欣的这部作品和他所取得的种种成就，对于中国科幻文学具有里程碑式的意义。自从梁启超在20世纪初发动"小说界革命"以来，科幻文学在中国的发展已有超过百年的历史，其间经历了多次高潮和低谷。20世纪90年代至今，在刘慈欣、韩松、王晋康等一批作家的努力下，中国的科幻小说迎来了新一轮的繁荣。为刘慈欣和中国科幻赢得世界性声誉的《三体》系列，就是这一波科幻创作浪潮经过长时间积累所结出的硕果。另一方面，由《三体》改编的同名电影也将在明年暑期上映，同时，还有多部国产科幻电影陆续投拍。随着文化创意产业的壮大，科幻题材的国产电影和融入科幻元素的动漫游戏，正日益显现出颇为可观的发展潜力。

从种种迹象看，中国科幻文艺的发展似乎正处于一个临界点。与科幻有关的话题，相信不仅对于科幻界，而且对于文化艺术界的各方人士，都有值得讨论的意义。在为本期论坛撰写导语时，我列出了这样一些问题：科幻作为一种舶来的文艺类型，它同中国的本土经验和现代化进程存在着怎样的互动关系？中国科幻在全球化时代的跨国传播，又在何种意义上构成了文化输出的事实？科幻作为一种跨媒介的文化生产，它在当下的文化格局中扮演着怎样的角色？中国科幻在小众探索与大众流行之间的运转，又能够给当下的文化创作带来哪些参考？在这个科学技术日新月异地发展，并且日益深刻地改变我们生活状态的时代，科幻作为一种跨学科的思维方式，对于我们的未来想象和现实行动具有什么样的意义？我相信，在座的朋友也都有各自的问题意识和关注视角。本期论坛希望能通过开放坦诚的讨论，在科幻界与文化艺术界的各方人士之间建立起跨界对话的桥梁。

首先，就有请吴岩老师来为我们谈一谈中国科幻文艺的现状和前景。

吴岩：谢谢各位老师、各位同学、各位朋友参加这个讲座，一共谈三个问题。

第一个问题，当前的科幻，也就是从20世纪90年代以后的25年，它的基本情况是什么？第二个问题，当前的基本问题是什么？第三个问题，我们有什么对策？

第一个问题，科幻在当前的发展到底怎么样？大家知道，20世纪90年代以后中国科幻小说的发展进入到非常新的时期，在这之前新中国的科幻发展主要是政府推动的。1956年到1957年政府当时讲"向科学技术进军"，繁荣科普，繁荣儿童文学，科幻也跟着走向高潮。通过一些儿童读物，当时的科幻家喻户晓。《中国少年报》曾经发表郑文光作品，发了以后中国老百姓掀起一股火星热，天文馆专门放一个望远镜，晚上排队看，很多著名的作家参加过这个活动。郑文光当导游，站在望远镜边上，他给讲解。

第二次高峰是在1978年前后，这时候国家推动要实现"四个现代化"，重新"向科技技术进军"。这一次以叶永烈为代表的作家最走红，也包括郑文光和童恩正等。这其中叶永烈《小灵通漫游未来》一下子红遍了中国，当时是一版销量160万册，几周之内就卖完，然后加印到300多万册，这个书你们的上一代人非常熟悉。1977年，童恩正得到全国短篇小说奖，他上了《人民文学》杂志。《人民文学》是"国刊"，作家都想在《人民文学》发表文章，代表国家级嘛！

这几次基本都是政府推动的。20世纪90年代再一次兴盛以后就完全转变了，这一次由一本杂志，四川成都的《科幻世界》杂志组织力量推进中国科幻小说的发展。

80年代中期政府曾经对科幻小说有一些异议，认为有内容不好，有"伪科学"。叶永烈老师很怕这个事，赶快写了一个反驳，但是用处不大，还是被批判了。这一次把科幻批判倒了之后，等再重新开始，是邓小平"南巡讲话"之后了。这时候出现了一系列的作家，这个作家群叫"新生代"。星河是第一个代表，他的《决斗在网络》写于中国网络还不普及的时候，写出了中国科幻作家最早对网络的认知。星河在当时是很红的作家。第二个代表是杨平，也写网络作品，他写了一个《MUD黑客事件》，这个作品一直被认为非常好。新生代还有一些女性作家，凌晨和赵海虹是代表。女性角度非常细腻，观察科学发展对我们生活造成的影响，很独特。凌晨写过《天隼》《潜入贵阳》。赵海虹写过《桦树的眼睛》等，她还有其他很女性化地谈爱情、谈孩子、谈婚姻、谈家庭的作品。另一个作家柳文扬也很独特，他写了一些非常理想主义的故事，因为他自己很理想主义。他原来是北京一个大学的老师，后来有一天碰到《科幻世界》的编辑来约稿，女孩长得很漂亮，他就爱上她了。一个在北京一个在四川，怎么生活？看谁跟谁走。最终，他毅然决然把大学职位辞了，跟着女孩子到四川变成了一个无业游民。他写的故事都是这样的理想主义的张扬。他有一个短篇小说叫《闪光的生命》，写了一个科学家比较宅，意志不坚定，他爱一个女同学，不敢跟她说，每次要说的时候一打岔就过去了。故事中，这个男孩做了一个自己的仿真机器人，这个机器人只有半个小时生命。机器人一活过来，就去追求一生中最重要的事情：向她表白！它用半个小时跨越了自己"父辈"一生的障碍，走到女孩子面前说我其实是爱你的。讲这话时它已经消融，一辈子没有说过的话说了出来！大家可以看出，科幻作家其实是很可爱的一类人，很单纯。再有一个代表作家是潘海天。潘是清华大学建筑系的学生，写了一个作品叫《偃师传说》。这是个古典故事，讲偃师造了一个机器人，木头人，会动，还勾引王后。就这么简单。但是在潘海天的文字中，你会发现他勾画出了一个中国历史上从未有过的新的时代，在那个时代中，点石成金、撒豆成兵、呼风唤雨都是真实的，造一个机器人是小意思。最后，还有一个特别特殊的人就是王晋康。他已经50多岁了，是他的孩子促使他成了一个科幻作家，小时候给孩子讲故事，讲来讲去他最终决定把这些故事写出来。王晋康比较关注各种科技前沿的发展，再结合点大学生活，结合点爱情，结合点批判资本主义，结合点整个世界都在衰落而我们这边风景独好,这样的写法给那个时代的青年提供了重要的精神粮食。20世纪90年代王晋康蝉联《科幻杂志》的冠军,每年他都要得奖。到了新世纪,这个纪录被刘慈欣超过了。

新生代里还有一个很怪异的人,韩松,他是新华社记者,写了一些以先锋文学角度撰写的科幻作品。例如《春到梁山》,写的是水浒故事。108将占了这个地方后突然发现,整个梁山被政府军控制了,出不去了。政府军有一个武器,这种武器可以产生幻觉,每到划船走出去的时候又转回来了,弄来弄去怎么办?梁山需要外界资源输入,否则谁来养活梁山人?后来大家都改行了。例如,李逵做起了水稻育种。每个人都做一些奇奇怪怪的事情,很好玩。到小说结尾,他们在水泊边上找到官军的这个武器,武器是金属做的,铭牌上的灰吹掉以后,他们发现了一句英文:中国制造。这个故事很有寓意。那时候国际上有个说法,叫21世纪谁来养活中国人?这么多人口没有粮食怎么办?韩松就把这个故事写到梁山了,他大量的小说都是这样的。这是所谓的新生代。

新生代使科幻小说从衰落走向繁荣,但恰恰在这个时候,2000年出现了《哈利·波特》。《哈利·波特》系列一出来,立刻在世界上掀起奇幻文学的潮流,一下就把科幻文学吃掉很大一块。我们之前出国的时候看书架,发现幻想文学里面十个有九个科幻文学,一个奇幻文学。2000年以后再看,变成九个奇幻文学,一个科幻文学。中国也是这样的状态,后来出现了一系列《诛仙》《幻城》等作品,一大堆奇幻作家出来了,科幻又一次被半途扼杀掉,又要等。等到奇幻文学大家也开始看腻了,21世纪前十年的奇幻文学热最终消退,大家想去看点别的时候,科幻文学中突然发现了《三体》。

从20世纪90年代到21世纪第二个十年出现了另一批人,这批人我们不能把他们叫新生代。为了跟新生代区别,有人叫他们后新生代、更新代、晚生代,但是也有人有不同意见。例如,星河就曾经说,你仔细看看他们就是新生代,他们的追求和诉求,和我们这拨人完全一样!

新的这拨人都包括谁呢?有北大原来科幻协会的创始人陈楸帆、李广益、宝树、夏笳等。陈楸帆之前做过一些科幻研究,他后来写了《荒潮》。他就主要写批判社会的小说。《荒潮》主要写电子垃圾问题,写他在广东家乡的电子垃圾输入。小说中的垃圾是很升级的垃圾,有一些带着残余电子病毒,虚拟现实头盔有的一戴上就会感染,新的人机交互方式。夏笳是女性作家,写得很多。宝树写了《时间之墟》。宝树是学分析哲学的，他把一些哲学探索和时空关系联系起来。还有飞氘，我们科幻专业方向的学生，他是学环境的，写了一些神话和科幻融合起来的作品，做了一些很有意思的故事。江波写宇宙，写外星球之类的。还有梁清散，是比较日本式感觉的作者。这个潮流中还有许多八零后、九零后。

但是，整整这个时代，最红的明星还是上一代的刘慈欣。他在粉碎"四人帮"后最早的那个十年就已经开始写了。他说，"我早发表过，你们都不知道，也不成功。"直到2000年前后，他才开始发表成功的小说。刘慈欣很有意思，他是一个工程师，很有工程思维，每一篇作品都力图完成一个任务。有一篇《流浪地球》，讲未来太阳暗淡了，人类没法生活了，想象我们坐飞船到别的星球，更靠近太阳。刘慈欣用了一个其实不是他的想法，原来天文学书里有，有一种设想把地球物质切一块下来，用爱因斯坦质能公式把它变成能量，然后把它做成推进剂把整个地球移出这个轨道，离太阳远一些，干脆把地球变成一个飞船飞走。这个作品最关键的点是什么？他要找一个办法，要描写巨大的喷火口是什么样的。刘慈欣这个书最重要的地方是描写得特别宏观——很大的喷气口要把地球喷走——很壮丽的场面。为了练习描写感情，他写了一个作品叫《带上她的眼睛》，讲未来有一种眼镜，戴上以后别人可以把你看到的信息给她看。我们出去的时候可以替代别人看一段，而且是收费的。故事的主人公发现替他戴眼镜看世界的是一个女孩子，老让他看阳光、绿草，个性总跟他对立。她是怎么回事呢？他逐渐发现女孩子是飞到地底下探索地心奥秘的，出不来了，卡到地底下了，岩浆非常热，但是有足够的食物，可以活一段时间，只是看不见地球上所有的东西，所以需要他出去代替她看一遍绿草。这个作品看了以后你就觉得很纠结，靠这个作品，他把情感这块写好了。他一年发表一两篇作品，一点一点学会了科幻文学的所有部分。于是他开始写长篇小说。长篇小说主要做结构，怎么把结构、人物搭配起来。到《球状闪电》的时候，刘慈欣有了能写长篇小说的感觉，所以有了宏大的三部曲，所谓的《三体》。《三体》的第一部本没有反应，除了科幻迷特别看好以外整个社会没什么反响。第一本没反应，第二本也没反应，这时候特别丧气。第三本序言里面写，他当时想有始有终弄完了，可以弄别的去了。《三体》电影卖版权就在那个时候。现在大家老说你怎么卖得那么便宜？因为那时候确实没人买。但是，到了第三本写完后，出版物的迟滞效应起来了，影响逐渐出来了。

邵燕君：应该是2010年开始的。

吴岩：2010年已经写完了第三本，开始叫座了。北师大原来有一个教授是从来不看科幻的，之前也跟我说《三体》，她说："是我儿子让我看的。"

后来逐渐影响到互联网这些大佬了，他们说这个小说好，特别是第二卷好，第二卷写了互联网竞争的残酷法则。雷军给所有员工都买了一本，要求看，有的员工看不懂，不行，必须得看。就这样一点一点传播开来。

可以看到今天的状况，基本是写作者60后对读者80后，刘慈欣这些就是60后，再加上80后读者，形成了今天科幻的整个局面。这个时期，整个科幻文学里面有一个特点，是青年作者的成长，新作者的成长受到特别重视。过去都是老作家写，老作家一下换代了，没有人怎么办？靠青年作者。后来你会发现每一代科幻都产生于青年作者，现在大家开始认可了青年作者，认可了这种作家作品的形成机制。

从《三体》开始，科幻作为类型文学这种特殊的文学形式开始出现。以前科幻小说不是类型文学，没有类型文学的一系列特点，特别是粉丝文化，过去是没有的，今天粉丝文化已经非常强烈了。中央台崔永元录《三体》的节目，观众坐好以后，底下就开始喊口号了：消灭人类暴政，世界属于《三体》！中央台的演播室从没发生过喊口号的事情，崔永元问怎么回事？大家说没事，这是书里面的。

总之，当下的科幻文学已经形成健康的年龄梯度的创作格局。60后比较沉稳，比较有内核，青年比较有创新精神。

第二个方面讲当前科幻的基本问题。

第一个问题，读者对科幻的需求越来越大，创作人数却非常少。上上个星期为了跟李源潮副主席对话，我们找了很多资料，因为怕他问数据。科协的人说，注意你所有的数字都是虚的，领导会问你到底是多少。我做了很大的一本，各种数据都有。我的感觉是一线的作者、写得特别好的有20人左右，他们拿出的作品有80分；基本上有把握的，有50到70个人，拿出来作品至少60分以上；再有其他的，每次拿出来的作品水平是浮动的，有时候写得特好90分，有时候写不好就30、40分，不是成熟作家，这种加起来有200人。有时候有人想投资科幻，投资人先问盘子到底多大？听我给他这个数据，那个人马上收拾包，说我得走了，这个盘子太小不值得我们投资。看来，现在要把盘子做大是一个关键问题。

第二个问题，优质作品还是奇缺，没有形成良性的作品成长机制。优秀作品应该对其他作品有很好的教益，让别的作者从中学到东西，但现在这类作品基本没有。刘慈欣的最后一部作品写完5年了，后来发表的多数作品我感觉不行，没办法和《三体》媲美。今后一两年也不一定能有类似作品出现。

第三个问题，整个社会对科幻不是很了解，现在《三体》销售量大概70万套，210万册。210万册在类型小说里面太少了，不可想象。"盗墓"作品有上千万册吧？

再有一个问题，媒体转型，整个科幻产业都要面对转型，书刊开始衰落，转到游戏，特别是电影和周边产品。这个现在面临极大困难，因为中国没有科幻电影的编剧，想要从小说转型电影其实是很少成功的。好莱坞的科幻电影多数不是从小说改编的，而且多数小说改编都不成功。中国现在看好科幻电影，科幻电影的人才缺口，目前没有计算，但量很大。

最后一个问题，科幻文学本身是一个衰落的文学。从10年前我们就一直考虑这个问题。科幻文学形成于19世纪，成熟于20世纪，21世纪已衰落了，因为那是描写现代社会的独特方面，科技如何影响社会。19世纪、20世纪的时候当代科技和未来之间是有距离的，经过科技的努力达到未来，会有几年到几十年的差距。过去老说科幻小说能预测未来，就因为这个。但是今天不是这样，今天科技的发展和未来的关系彻底改变了，未来无限地介入到现在，甚至我们经常讲"未来在昨天晚上已经到了"，我们都已经落伍了。这种状态下科幻小说的文学形式本身失去了它的独特价值。为什么科幻在世界各国都在衰落？原因我正在观察。哪些人能写出新的文学？表达新的存在？韩松那种算不算呢？我还拿不准。现在还需要观察。

最后，谈谈发展对策。

第一个就是要继续利用各种渠道呼吁社会的重视，让读者、观众更喜欢。要研究更多新现象，这需要系统工程。半年里面李源潮两次跟科普、科幻作家见面，我和科普作协理事长刘嘉麒院士两次见面活动都参加了，我是都发了言的人，为科幻小说！我个人感觉和他对话非常有意义，因为他的观点完全没有原来那种腐朽的科普观。虽然中国科协安排我们见他，而且他主管科协，但我很怕他讲科幻是个科普读物。但他的讲话中虽然有，却更宏大，他讲科幻是创造力的体现，是中国梦的体现，是中国文化和科技文化的体现。他说：我一般看一个三部曲小说，两天肯定看完。可是《三体》我两天连第一本都还没有看完。这个讲话很实在。他对科幻也讲了一些观点，有四点。第一点，要从人——想象——自然之间谈，要先谈一个哲学关系。第二点，要谈科幻作品的创意的优秀价值。第三点，好的科幻作品应该"超人、超物、超史"，但是要"合情、合理、合法"。第四点，是思想性跟艺术性、社会性的统一。会上我提到，科幻不是科普。他说，那文学中你们是怎么生存的？刘慈欣说，文学那边我得了一个儿童文学奖。他说，你看你还是边缘。别说科幻不是科普，是文学也是科普，都是怕什么的？都是也挺好的。

第二，要建立一个好的作家作品成长机制。怎样把优秀作家培养起来？美国有一个培训班，每年做两次。我们完全可以复制这些模式。我就其中的技术问题和他们谈过很多次。作家作品的这种成熟、成长机制需要产、学、研协作，需要培训和发表一体化。

第三，要鼓励跨界，鼓励各种各样的跨界。科幻不单要把它当成文学，也要当成一种创造实践。和今天的创客实践怎么能打通，是很有意思的。我们请超女纪敏佳参加活动，她特别想把科幻作家和创客连到一块，搞一个工厂。我说你能做什么呢？她说：我自己有好多科幻创意，我每次出门化妆特别难，一化好几个小时，能不能有一个装置一喷就把妆化完了？据说，日本已经作出那个东西了，这也是从科幻到实践的路径。

最后一点，今天其实应该全方位发展科幻，不能放弃少儿科幻这一块。刘慈欣的书为什么卖得不好？就是因为现在的社会还不知道科幻这个东西。我到中小学讲课，问看过科幻吗？大城市还有一半或者更多的人看过，我到成都讲了一次，问看过吗？比如凡尔纳的那些，有人回答。但当他们用车带我到成都边上一个小时路程的地方，问看过科幻吗？没有人举手。凡尔纳知不知道？凡尔纳都不知道，课本上都有啊！别的更不知道，为什么不知道？因为老师、家长不让看。现在的科幻作家应该摒弃那种一说给孩子写作就不高兴的状态，科幻作家认为自己很成熟，事实上不够成熟，包括我在内。别放弃孩子这块，别的国家少年儿童这一块的发行量几倍于刘慈欣，我们没有做到。

另外，提倡准科幻的繁荣。为什么不允许跨界？为什么不允许各行各业的人为文学作家写点科幻？非得《科幻世界》登东西你们才接受吗？人家就写了，日本的直木奖给了科幻作家，其他国家也经常给科幻作品一些奖，这些是可以考虑的。非文学的、电影等等，最重要的是一种创造创新的风气，一种把科幻和文化整个打通，让它变成一种颜料，不要单独地在某一个区域里面，而要融合在整个里面，科幻会有更好的发展。

林品：非常感谢吴岩老师特别精彩的发言！吴老师梳理了中国科幻自20世纪90年代以来的发展状况，非常清晰地指出了科幻文学所面临的问题。包括我在内的很多人看待中国当前的科幻文学，都觉得是一种朝气蓬勃的状态；但吴岩老师却指出了，科幻文学从整体上看，在21世纪，是一种因为历史情景的转变而衰落的文学，似乎已经日薄西山了。进而，吴岩老师给出了几点对策，其中有一点给了我特别深的感触，就是，科幻应该鼓励跨界。刚才吴老师所说的是科幻文学本身，在21世纪正处于衰落过程；但我们不应把科幻局限在一个文学或者说一个类型文学这样的圈子里面，而是可以把它当做一种创造性的实践，创客式的实践，营造一种科幻和现实紧密结合的整体性的文化氛围，这可能是科幻发展的一个前景，是未来的重大可能性所在。非常感谢吴岩老师精彩的发言。

下面有请邵燕君老师发言。

邵燕君：我是外行啊，对科幻一直非常地敬仰，对于刘慈欣这样的科幻作家怀有着"文傻"式的无条件崇拜。我内心一直希望科幻文学能够蓬勃发展，但是屡屡听说，科幻是一个很小众的群体，今天听吴岩老师说，在全世界都是一种衰落的趋势，觉得很心疼。我这几年一直在做网络文学研究，想从生产机制的角度谈一谈感想，想请教吴老师，看我的感想有没有合理性。

我最早接触《三体》是在2010年《三体3》出版时，当时我对刘慈欣、对中国科幻圈几乎一无所知。但就在我看到这本书的那个时刻，作为一个外行，我就觉得不对劲，这本书背后的出版社有点落伍，宣传攻势和供书速度远远跟不上这本书的影响力。作为一个局外人，我挺为《三体》、为刘慈欣、为整个科幻界作家叫屈的。《三体》完全可以成为一个极度畅销的大众读物，完全可以做成《盗墓笔记》，很多家长会为孩子买一套搁家里。所以今天所谓的小众在我看来未必是必然的，这里面有一个文学生产机制转型的问题。

中国科幻文学确实是和文学期刊机制、出版机制紧密相连的。中国当代文学的发表本来就是以文学期刊为主阵地的，1990年前后，文学期刊在市场化的冲击下发生了一次重大的转型，这次转型很不成功，当时有个说法，叫"不改等死，一改准死"。但是，在这种整体下滑的趋势下，有三本杂志一直做得很好——《啄木鸟》《今古传奇》《科幻世界》，这三个杂志恰恰对应的是三种小说类型——侦探小说、武侠小说、科幻小说。说明读者对类型小说有强大需求，这种需求在主流文学期刊中没有得到充分满足，这正是后来网络文学迅速发展起来的一个重要原因。网络革命在全世界发生，为什么网络文学在中国风景独好？一个非常重要的原因就在于我们的期刊/出版机制中，类型小说太不完善。网络文学吃下了印刷时代中图书业最大的一块商业蛋糕——类型小说，并且使其在网络新媒介的力量推动下爆炸式发展；但是一个非常有趣的现象是，这三种在中国读者中有广泛基础的文学类型，恰恰在网络文学中没有获得充分发展。在网络空间兴盛的是新类型，比如，盗墓集合了侦探、悬疑、探险、黑帮等诸多类型元素，武侠演变为修仙、玄幻，奇幻也胜过了科幻。这里面有类型文学自身发展的原因，也有生产机制的原因。简单地说，就是这三种类型有期刊可以容身。但问题是，恰恰这三种其实是有着广大读者追求的类型小说，在网络时代却没有兴盛，网络时代兴盛的是一些新的类型。这其中有各种原因，类型本身的受众是有的，但是我觉得有一个原因恰恰就是，网络当时是第一没人管，第二门槛低，那边期刊所有没人要的都跑这来了；但是期刊不一样，期刊是我们虽然小众，却有一个发表空间，能在这获得一些地位，获得一点钱。因为整个印刷时代、期刊时代，还是以作者为中心的，这时候作家不愿意进入网络，别说在期刊取得位置的人不愿意进入网络，就算当时网络中出名的，只要期刊出版一接纳立即就跑了。包括北大的步非烟就讲过，她说我不愿在网络上写，我觉得很受伤害，这边很多人爱我，很多人尊重我，为了几分钱给你们骂的，你们还要要挟我。后来，新武侠作家也没有进入网络空间。历史的发展常常非常怪异，恰恰因为那个时候，从生产机制上看，期刊办得好，结果凝聚了这些优秀的作者资源，没有更好的作家在网络草莽的、残酷的、粗俗的空间中聚集、成长。

我想请教吴岩老师这个时段的问题，你说科幻在西方，原来是科幻，后来奇幻化了，奇幻比科幻容易一些，不像科幻那么严肃？

吴岩： 西方原来的奇幻发展不起来，是躲在科幻里面的，科幻保护它，每次评奖的时候都照顾它。直到《哈利·波特》后，一下子就出来很多了。

邵燕君： 的确，越来越以受众为中心，科幻相对来讲精英一些，它干不过大众，即使他们在印刷时代的畅销书体制之内也是这样。中国你要说早期网络文学作家，应该说大多数都看过中外作品，比如说从《小灵通》《珊瑚岛死光》到凡尔纳，科幻小说作家都有涉猎。确实网络文学中最开始没有科幻，最开始引入的其实已经受奇幻的影响，但是奇幻在中国的网络文学中也没有成为最强大的力量，因为太难，设定太沉重，文化太怪异。在严格的设定中，它面对现实的生活命题非常严酷，最终其实在中国这边，是从奇幻演化到中国的玄幻了。一方面它本土化了、中国化了，设定也宽松了；另一方面它把跟奇幻连在一起的西方民主制衡制度，换成了中国式的权力关系。所以在玄幻里面，人们可以YY的程度更大，更加满足人们的欲望投射，所以中国的奇幻也在衰落，兴起的是玄幻。玄幻宽松的设定可以YY，可以更YY，是这么个情况。为什么在2010年我们突然知道了《三体》？其实《黑暗森林》从类型小说来讲，第二本应该比第三本更好看，但为什么那时候没有红，我们也没有关注？跟网络文学的发展可能有关系，2010年前后，类型小说已经培养出一个非常大的作者和读者群体。腾讯的类型小说剧情作家奖是刘慈欣，年度作家奖是猫腻。猫腻说，非常荣幸，我又一次跟我非常崇拜的大牛……猫腻这种拥有那么多粉丝的大神，他们其实也是刘慈欣的粉丝，这种影响，包括像我们，学术界对《三体》的评价一直很高。我是因为网络文学进入了类型文学，从类型文学的角度我觉得《三体》很重要。整个文学界和文学圈也是有倾向的，大家想发展网络文学，就拿科幻说事，因为科幻最能得到主流文学界和纯文学界的承认，科幻中也有这么聪明，这么高，这么严肃的作品，可以为整个类型文学正名，所以我认为这两者之间是有关系的。

我为什么极力希望科幻文学能够完成一个从印刷时代的期刊中心向网络时代的生产机制转型？从网络文学的发展而言，中国网络文学特别成功的一点，在于建立起了一套庞大的作家和读者的"大网"，他们之间的机制，是中国网络文学成功的特别重要的关键。第一次成功的，咱们单从生产机制来讲，建立体系的是行政力量，新中国成立以来咱们铺向全国的期刊体制，在曾经有那么多文盲的国家里迅速完成老大妈也能写作，从高玉宝到莫言这些文学家，包括小镇青年余华；因为这一套机制铺着一张巨大的网，把10亿人，上帝随便抛撒的文学种子，全给捞上了，而且有名有利，这点很重要，粗俗的名利对一个有巨大底盘的、有庞大人口基数的旺盛的文学生产而言，是绝对重要的。

我前一段采访猫腻，问他网络文学的生产机制中哪个对你最重要？对他们大神来讲，网络文学的收入每年2000万，仍然是他收入的1/5。他说，最核心最核心的是VIP制度，谁也不敢丢掉这个制度。我说为什么？他说靠这个制度，网络文学活下来了，当年和我一块写的那些人很多放弃了，没有人能忍受长期写作的不赚钱，是这个制度让我们这些人活下来了。咱们再说另一个问题，这点说起来是一个常识，为什么纯文学后来没人看？因为全是社会边缘人在写，他们大多在社会上是没法生存的，他们的生命经验对普通人难以形成通道性。网络文学也是，我觉得科幻文学总的来讲，是一个"男性向"的文学，如果想让一个"男性向"的文学作家长年不挣钱，是没法聚集主流男性从事这个行业的，无法赢得其他读者的关注。一个行业太不赚钱了会有很大问题，只要一笔小钱进来就能把原则摧毁，成本太低了，所有的原则都太便宜。所以，VIP制度是一个非常重要的机制。我跟猫腻讨论，他说VIP制度成功地使网络文学也非常明确了自己的主流，就是商业化类型小说。我说你不觉得这样也使网络文学狭窄了吗？因为原来网络文学还有好多好多项目的。猫腻很激动，跟活下来比哪个事大？什么比活下来更重要？他说你把一个花施肥太多了，浇水太好了，花太硕大了，这个跟活下来比是事吗？我理解，先活下来，先旺盛地、强大地活下来，这个确实很重要。我做网络文学，特别希望科幻小说能够进入到商业化类型小说的脉络中。

从网络文学研究来讲，科幻文学进入网络空间，对科幻文学很重要，对网络文学也很重要，我期盼的科幻文学进入网络空间后，是一种什么样的局面和前景呢？第一，我期盼网络文学能够进一步使今天的商业化类型小说，跟我们的纯文学，跟我们的精英文学传统能够更好地连接，因为科幻文学是所有的类型文学里最接近纯文学的。而且，我特别希望科幻小说给网络小说带来科幻现实主义，科幻小说对现实问题的关注，对现实焦虑的命题，这种直面现实的精神，还有其严格的设定和逻辑思辨，都是很可贵的。它也一定要有YY，但是它的YY，一定是在严密的设定、强烈的现实关注和推理的基础上进行的。这对网络文学来讲，是一个提升，希望科幻文学能给网络文学拉高智商。

另外，我觉得科幻文学虽高端但未必小众，它可以是整个网络文学中特别高端的，但未必是小众的。首先就算它现在是一个小众的，但在网络环境中至少是一个"大盘子"，同时我觉得科幻小说本身未必小众，这就涉及另一个问题：它和类型化之间的关系问题。马国英他们也谈到了嫁接类型的问题，科幻的设定，有没有可能和网络文学中那些探讨人们最基本欲望的类型嫁接呢？它的设定可能是科幻的，推理可能也是科幻的，但是对应着网络文学这些年经过蛮荒的、野蛮生长的探索，探索出今天人们的基本欲望和现实焦虑，那么这种对接为什么不可以是科幻和宫斗对接？为什么科幻不可以跟我们的升级文学对接？这里面有一个问题，也是我们的一个观念问题，我们可能一直没有想好的是，我们的小众和大众的关系，我们的高端和低端的关系到底是怎样。假如说我们的文学是一个金字塔的话，我之前的一个想法，这个金字塔是要靠受众来分的：底层大众是相对低端的，满足的是人们的基本欲望；而高端的，是满足人的高等欲望。我现在觉得这个想法不对，事实上是这样，所有的类型小说，所有的好小说，都必须既同时满足人们最基本的欲望，又同时满足人们比较高的情怀。只是比较通俗的小说满足的人的情怀比较低级，鸡汤文很好，但仍然是精神的升华。我们比较喜欢高端的小说，我们同时需要小说提供深层的快感机制，比如说爽、情节、爱情，我们仍然需要我们基本的欲望，带着你拔高，升得高就满足了。刘慈欣其实他做到了，他给了人们一个更高的思考，他接了最低的地气，接了当下"黑暗森林"的欲望法则。其实有点遗憾的是，《三体》实际是期刊体制的硕果，是原来传统体制中的高峰期硕果。《三体》以后为什么没有人？因为这套体制没有后来的生产者，恰恰是《三体》以后，刘慈欣以后，还有一代一代的经验需要一个更有活力的生产机制。拿《三体》来说，说它的"男性向"和"女性向"问题，其实《三体》如果进入网络文学空间之中，它的欲望模式更加"男性向"，刘慈欣的男人欲望是比较传统的。今天的网络文学"男性向"没那么 YY，刘慈欣其实冒犯了"女性向"的基本对立面"白莲花"。网络文学2010年之前整体地在反"白莲花"、打"白莲花"；但这两种文学生产机制像隔绝了一样，这边已经人人喊打的一个对象，在那边却没什么问题，所以我就说，他来自另一个不同的生产机制。

最后一点，我现在有一个好奇，如果科技与未来之间的关系不像原来那样，科技有没有可能跟我们的现实发生更直接的关系呢？因为科技今天已经进入我们每个人的生活，我们从来没有对科幻的未来给我们日常生活造成的变化、希望、恐惧、忧虑比现在更深；所以我觉得对于科技完全可以进入我们今天生活的现实，这个现实足以成就一个非常大的类型，网络文学的很多类型都有科幻的色彩，但都不是严格的科幻设定，这两者要是能结合的话，应该有很广阔的生长空间。

林品： 感谢邵老师！邵老师基于她对当代文学生产机制的长期观察，给了我们讨论科幻文学的一种外在参照。邵老师把科幻定位为我们常识系统的二元对立里面的第三项，在我们的常识系统中，有"类型文学"与"纯文学"或者说"先锋文学"这样的二元对立，还有"通俗文学"与"精英文学"、"大众文学"与"小众文学"这样的二元对立。在邵老师的观察中，科幻有可能作为第三项，改变我们对很多既有的常识性的文学观念的看法。

邵老师还提出了两个很有价值的问题：其一，科幻文学是否有可能从印刷时代以期刊为中心的生产机制，转向网络时代的生产机制？其二，科幻文学有没有可能和网络文学生产机制培育的种种类型文学发生跨类型、跨界的对接？这种对接是否会是科幻文学和网络文学未来发展的可能性所在？这两个问题提得都非常有价值。

接下来有请赵柔柔老师发言。

赵柔柔： 之前发言的两位都是我的老师，关于科幻小说与网络小说的文化生态，我所知的肯定比两位老师少很多，在此只是通过个人的观察和阅读体会与大家做一个小小的分享。

对《三体》最直接的阅读经验是，一方面十分受其吸引，一方面又常常接受不了其中的一些简单化的社会想象。例如，叶文洁的"文革"经验与简单化的基督教式的地球叛军之间的因果联系，而地球叛军的消失也十分突兀。在《黑暗森林》中，四个面壁者中的前三个，都不约而同地提供了某种熟悉的灾难历史，比如量子化军队与生化军队或者生化武器、人体实验等，又如思想钢印与集权主义，而水星上的核爆也很像冷战时期同归于尽式的核威胁。刘慈欣对它们的处理很有趣——破壁人不在于杀了他们，而是在于通过将他们的计划公之于众后，让他们获得"反人类"的罪名，从而丧失面壁者的资格。换句话说，这些宏大计划，一经暴露出来就宣告失效，并不会产生进一步的、更复杂的社会效应。因此，它们更类似于对历史的隐喻性抽象概括，而不是某种建构性的想象。

我将这样的叙事方式称之为"积木式叙事"。也就是说，刘慈欣是将他关于社会、关于历史的思考凝结成了一个个片段化的、带有隐喻性的叙事块，并且将它们堆积到一起，搭建起一个时空广袤的宏观想象。实际上，关于科学想象的部分，如二向箔、智子等，也都有类似的积木式叙事方式。可以看到，这些炫技般的叙事块之间的联系并不十分紧密，而情节主线也在它们之间徘徊、延宕。或者可以说，这些"积木"带有十足的"去历史性"——刘慈欣似乎并不怎么在意叙事块之间的因果联系，也无意复原复杂的历史关系，而只是将历史打包压缩抛弃，以通往他真正在意的"宇宙"。

从历史和现实抽身而去，投入宇宙的无尽，这是刘慈欣小说中最常见的结构。比如《中国太阳》，水娃一步步从农村走向乡镇再到首都，再到外太空，直至宇宙深处。又比如《地球大炮》，起初洞穿地球不过是为了交通便利，但最终却阴差阳错将它变成了飞向外太空的助推器。还有《流浪地球》，为了躲避太阳氦闪这个可预知的终极灾难，人类将地球本身变成了飞船。这个一再重复的结构似乎显露出了刘慈欣的终极思考：亦即面对历史灾难和现实困境，唯一的路是放弃和逃离。这也是为什么在《死者永生》中，人类共分析出了三个可能的自保路径，一个是掩体计划，就是躲在其他行星后面；一个是黑域计划，即将自身变得不可见；第三个是光速飞船的逃亡计划，看上去第三个计划最早被放弃，但最终，逃亡成为了唯一的路。

刘慈欣在这里显现出了非常深的绝望与悲观。他是以占据宇宙高度的方式来抹平所有的现实经验，以宇宙维度的"无"来消解人类自身与人类历史的意义。在他另一篇短篇小说《朝闻道》当中，他最后构想了一个非常悲壮的场景，即人类以自身生命为代价来换取某种知识，但那个给出回答的高级生命体"排险者"唯独对一个问题无法解答，即宇宙的目的是什么。进而，在女孩文文的自言自语中，这个问题出现了另一个版本，即人生的目的是什么。

当然，刘慈欣的矛盾在于，他一方面痴迷于这样的虚无式结局，一方面又对人类或者朴素的人文主义价值有某种旁观者般的欣赏与认同。看过《黑暗森林》的读者会知道，尽管三位面壁者都指出"人性"是人最根本的弱点，但"非人性"的解决方式仍然不能被接受，而真正获得真理的是最具"人性"的罗辑。罗辑显然是刘慈欣的投影，他尽管是没有精专知识的平凡小人物，但最终却可以通过仰望星空与冥想顿悟出宇宙终极法则。但是，需要注意的是，这条规则意在表达一种永恒的黑暗状态，并且抹平一切历史纹路。

这种对宇宙空间的向往与对宇宙终极规则的想象，很难不令人想到阿西莫夫的长篇小说《基地》系列。在那部巨著中，构成银河帝国基底的是数学家、心理史学家谢顿所提供的宇宙模型。当然，《基地》与《三体》的产生背景与支撑叙事的内在逻辑极为不同：《基地》暗示着某种侵略性的殖民扩张与美国的帝国想象，而在《三体》中刘慈欣或许只是在他"逃离历史"的冲动之下，选择了美国早期科幻的再现途径，因此二者的相似或许只是显示出了某种耦合。

在简单探讨了刘慈欣的《三体》的叙事上的特征之后，我想要再回应一下邵老师提出的一个问题，即《三体》本身的"难读"与《三体》是不是可以更流行？在我看来，科幻小说或者说《三体》之所以不像很多网络小说那样具有极为广泛的受众，跟二者之间的叙事差异有关。流行的网络小说大都是开放式文本，目的不是提供一个完整的文本或故事，而是提供原始设定，继而与大量相关文本形成互文本，并激发同人小说的创作，形成某种"共同参与"的叙事链条或者叙事网络。可以说，正是这样的开放性保证了网络小说的粉丝效应和基本生态，但这恰恰是《三体》要面对的一个困境。《三体》仍然是传统的叙事样态，即意在提供一个完整的叙事，它难以被同人写作"使用"或"模仿"。

最后，我想要回到科幻小说的改编与发展的可能性这个问题上来。亨利·詹金斯在《融合文化》这本书中讨论《黑客帝国》时，曾提到"跨媒介叙事"。他说："这样一个跨媒体故事横跨多种媒体平台展现出来，其中每一个新文本都对整个故事做出了独特而有价值的贡献。跨媒介叙事最理想的形式，就是每一种媒介出色地各司其职，各尽其责——只有这样，一个故事才能够以电影作为开头，进而通过电视、小说以及连环漫画展开进一步的详述……任何一个产品都是进入作为整体的产品系列的一个切入点。跨媒介阅读强化了深度体验，从而推动更多消费，而重复冗余的内容则会使粉丝的兴趣消耗殆尽，导致作品系列运作失败……一部优秀的系列作品应该根据不同的媒体来有针对性地定位内容，从而吸引多样化的支持者。"

科幻的跨媒介性十分突出——很少亚文类能像科幻一样，在多种媒介上具有这么清晰和广泛的表达。从广义的角度来讲，早期的动漫作品，如美国的"超人"等超级英雄系列无疑都有一个科幻的外壳，而20世纪70年代前后日本动漫工业的成熟期，也是由大量的科幻作品支撑起来的。我们最熟悉的早期日本动漫产品大多有科幻的外壳，如《机器猫》的时空旅行和科技发明、《铁臂阿童木》的机器人形象、《机动战士高达》等的人机合成人。同样，科幻也是游戏产业最为原初的且始终存在的重要色调。比如1995年Westwood Studio发行的著名游戏《命令与征服》，尤其是其中的《红色警戒》系列，其基本设定是错列历史类的科幻——爱因斯坦为了阻止二战的爆发，时空旅行回1933年，杀死了希特勒，但没想到的是，斯大林发动了第二次世界大战。它无疑带有强烈的冷战色彩，不过值得注意的是，它没有直接假设美苏之间的对立，而是将它转化为错列的历史，并将苏联与纳粹直接重叠在一起。此外，一些历史题材游戏，如《刺客信条》甚至也要套上科幻的外壳。从这样的经验出发，我想科幻题材或许在跨媒介叙事的层面上会有更多可能的发展前景。因为带有科幻色彩的世界观预设是最容易进行开放式、多媒介叙事的平台，但这无疑也意味着现有科幻小说写作生态必须要改变，亦即从一种封闭式的传统叙事，变为可以被不同媒介使用，进而养育出繁盛的同人写作式的叙事模式。

林品：感谢赵柔柔老师！赵柔柔老师对《三体》进行了非常精彩而又犀利的文本分析，而且指出了《三体》存在的某种去历史化的问题。赵柔柔老师的讨论是在两个层面之间切换的：一个是在文本层面，对《三体》进行历史化的症候式解读；同时又在媒介层面，对《三体》作为一种文学媒介，它在媒介变革的时代是否能实现一种大众化的转化，或者说科幻在媒介变革的时代其未来可能的叙事形态进行了探讨。无论是对文本的分析，还是对媒介形态的分析，都是非常有价值的。之后在圆桌讨论环节大家可以就这些问题再进行切磋、交流。

（休息）

桑媛（中国艺术研究院研究生院）：我有疑问的地方是，科幻小说跟本土的结合，它的中国特色体现在哪？它原本是从西方传过来的，它和西方的科幻小说有什么不一样？

高寒凝（北京大学中文系）： 我举两个例子说明这个问题，因为我之前研究20世纪50—70年代的中国科幻小说，将这一时期的作品同美国黄金时代的科幻小说进行对比是十分有趣的。美国黄金时代的科幻小说有几个非常重要的母题，其中之一就是太空探索。在这类太空探索题材的科幻作品中，往往带有非常鲜明的西方经验。虽然表面上书写的是探索太空的故事，却与西方殖民史和大航海时代的历史、新大陆的发现等西方的历史文化积淀密切相关。比如说布拉德伯里《火星编年史》，就写到地球人来到火星以后，发现火星上面有火星人，也就是土著，而地球人也想在火星居住，就只能把土著赶走。这是非常典型的殖民话语。

但是在20世纪50至70年代，有一位非常著名的科幻作家郑文光，他写了一部短篇，叫《火星建设者》。有趣的是，在《火星建设者》里，火星是蛮荒的，上面没有土著，但环境非常恶劣。小说的主人公都怀着一种建设社会主义的热情，在一片蛮荒的土地上建设一个新的世界。这完全是新疆建设兵团，开发边疆那种历史经验的再现。其实所谓的中国特色的体现就是中国经验，太空探索这一科幻小说母题是从西方传来的，但一个真正成熟的作家在写作过程中绝不会简单重述西方的经验，他的写作必然包含中国独有的经验，包含很多关于中国命运和未来的思考。

桑媛： 因为国家历史不一样，所以社会经验也不一样。

高寒凝： 是的，因为我们没有那些殖民主义的经验，我们必然无法真正写好那样的题材，那不是我们的生命体验。

再举一个例子，也是科幻黄金时代的重要母题，人工智能。西方人工智能题材所写的故事往往是人创造出了机器人，然后这个机器人的智力水平达到甚至超过了人类，我们便开始恐惧他。这其中包含了两种西方经验：一个是上帝造人，人吃了智慧果实，于是他拥有了智慧，上帝开始恐惧他；另一种经验与黑奴解放运动有关，西方殖民者最初认为黑奴并不是人，是一种动物，不能享有人的权利。黑奴解放运动兴起后，他们忽然发现黑人同白人一样有智慧，也是人类。这也是一种恐惧，它意味着某种最初被认为没有人格的物体在被证明具有人格以后，对原有的"人"的地位的威胁。中国没有这种经验的，我们既没有《圣经》的经验，也没有黑奴解放运动的经验。所以，中国作家写人工智能通常是在写一个陪伴，一个机器人在我身边，我和他是朋友。或者我和他之间产生什么伦理问题。我记得有一篇小说就是写一个富家女爱上他们家的一个机器人仆人。这就是一个很现实的问题，白富美爱上屌丝，而且这个屌丝的"人格"是有疑问的，这个经验在中国的当下就是切实存在的了。

此外，还有末日题材。西方的线性历史是有终结的，中国没有这个经验，我们是一个循环史观，没办法想象真的有一个末日到来是什么样的。而《圣经·启示录》里则明确写到了末日，所以你会发现各种各样末日题材的电影，它们会不停地戏仿启示录里提到的细节，那些征兆，比如《2012》《后天》等作品里所提到的情节。因此末日到来，在西方是一个自然而然的事情，中国则很少这样写。

我前段时间写关于陈楸帆《荒潮》的论文，发现一个有趣的问题。因为黄金时代过了，以后就出现了赛博朋克，赛博朋克描述的未来是一种high-tech low-life的未来。简单来说就是富士康那样的，用高科技堆积起来的地方，而里面的人的生活质量是非常低的。有趣的是，赛博朋克描述的这样的未来，没有出现在赛博朋克小说非常兴盛的美国，没有出现在欧洲，没有出现在日本，它出现在了中国。写赛博朋克的作家们所假想的未来，最后在中国变成了现实，这导致了陈楸帆在写《荒潮》这部赛博朋克科幻小说的时候，是真的在书写中国的现实经验，小说中被电子垃圾污染的南方岛屿就是他的家乡，而小说中那些社会阶层之间的冲突、环保的问题，都是中国当下的现实经验。

刘玉红（中国艺术研究院研究生院）： 我一个朋友是湖南的小学老师，昨天在朋友圈发一条状态，照片上是2015全国科普日活动启动仪式，下面有一句标语"科技成就梦想，拥抱智慧生活"。她说对于老师和学生并不清楚为什么要开展这个活动，特意问了其他组织的老师，才知道是和刘慈欣获奖有关系。科幻与科普关系密切，但存在一定距离。我想问中国的科幻读者是如何培养起来的？科幻文学与儿童文学的关系如何？

吴岩： 从历史看，最开始的时候，晚清中国不是有科幻文学吗？那时候科幻不是儿童文学，那时候是鲁迅、梁启超想要改变社会，认为科幻对接受科学文化有用，对改变中国文化很重要，于是开始搞。搞到了五四，鲁迅不搞了，觉得靠科幻做这个事太慢了、太难了。一些人开始做科学小品。

科幻小说到民国以后躲到科普里面，觉得还可以做点事。现在查到的很多科幻小说在民国时代不在文学杂志里面而在科普杂志里面，写作模式也很乱，把戏剧等全都搁到里面了。那时候就是跨界写作，基本用来做科普的。梁启超他们那种做法几乎忘却了。除了老舍，情绪不好的时候写过，老舍没有想过当科幻写。70年代日本编了一套科幻书，选了世界十本最佳科幻作品，编了一本中国的，《猫城记》。老舍儿子原来是不敢放到选集里的，后来放到老舍最佳作品选里了，属于重新发现。到了新中国以后，科普这块还保留，因为中国愿意科普，但放到成人那里还怕不行，最后降到儿童文学。科幻在儿童文学存在了很长时间，特别是"文革"前十七年都在儿童文学里面，都是短篇小说，发表在儿童文学刊物上。这就是今天别人老诟病说，为什么刘慈欣得的是儿童文学奖？到了粉碎"四人帮"以后科幻又恢复了，最开始还是当儿童文学、科普文学写。那时候，科幻作家已经开始想跻身文学界当一个成人作家了，后来发现文学界还是当他们是儿童文学作家，他们并不想当儿童文学作家。童恩正就是这种观点，我们要给成人看。叶永烈写了一个文章说，科幻文学已经脱离儿童文学，已经是中国文学的一部分，比中国文学更早走向世界。和今天发生的事情非常像。纽约书展签书，那些中国主流文学大作家的书摆着白给没有人要，而刘慈欣前面好多人排队买。但是，怎么变成成人？当时，文学界正在写伤痕文学，开始反思"文革"。科幻中的"文革"，就是从那个时候写起的。郑文光写了《星星营》《地球的镜像》《命运夜总会》，还有魏雅华、金涛等。但政治现实把科幻打垮了，不允许写。此时，脱离了其他队伍的科幻文学四处无家，儿童文学认为你们走了，那就算了。科普文学说你们不是错的吗？不要。主流文学根本就没觉得这种东西是文学。当然，最关键是科幻发表园地失去之后，大家都不能干了。叶永烈后来去写传记文学去了，一写传记文学他反而成了富翁。童恩正出国搞学术了，郑文光后来瘫痪了，萧建亨炒股去了，还炒得挺好。这些人都不做了。

到了90年代再重新开始。这个时候，《科幻世界》独立推进，让它独立。平心而论，科幻和科普、儿童文学还是有很密切的关系的。鲁迅在1903年发表一篇序言谈凡尔纳，说科幻是很好的科普读物。后来中国拿鲁迅当旗手，都按鲁迅的说法来做。所以中国科幻的思想，基本从鲁迅、从1903年开始，一直到70年代末童恩正都在说并不是儿童文学。这是第一个阶段。科幻现实主义是从那时候开始的，那时候就有人写文章谈科幻现实主义文学。陈楸帆现在重新提出来，基本内容我觉得没有大的出入，就是反映社会、反映现实。

邵燕君：刚才柔柔讲得很有启示，我刚才讲，是从现在的概念出发的一种设想。我说科幻文学怎么进入网络的时候，我们会设想跟某些现有的类型嫁接，这不是没有可能；但是现在想起来，可能这真的还是我们基于目前现实的一种想象。因为网络文学是一种新媒介，科幻文学在一个新的媒介里重新出来的时候，很有可能超乎我们根据现实进行的想象。我们想象纯文学的网上移民的时候，豆瓣举办中篇小说大赛，我们本来觉得这个挺好，火了直播体，我们之前在网络空间之外没有想象直播体这种形式，是网络原生的形式。科幻也许将来会进入网络这个领域，但不一定通过类型文学，有可能通过游戏，借用了某些设定，也许小说是同人小说，文学这个层面通过同人小说的方式进行设定。

还有一点，我觉得刚才柔柔说刘慈欣可能把很多历史抽象化了，没有历史化，这个我同意。现在因为刘慈欣太红了，我们用很多原来的文学理论观点评论刘慈欣，我觉得对刘慈欣的理论也得历史化，也不能抽象地讨论刘慈欣。刘慈欣第一是古典主义的作家，他在美国获奖可能恰恰由于古典主义，在本土，则有点像在偏远乡村中还保留着传统的现实主义、古典主义，那么完整、那么饱满、那么强大、那么有异域性，他在本土的后现代语境下，反倒可能是一个特殊的点。

另外，我再补充一下，刚才柔柔说的科幻文学像刘慈欣这样的小说不可能真正大众化，因为他是封闭的、完整的作品。这个想法确实是网络一代人的想法。我所说的畅销，更加大众化，其实未必是在网络领域，他在印刷时代就应实现大众化。其实他本来不这样小众，是因为我们的期刊机制和畅销书机制在那时不那么发达，至少在科幻，没有达到今天畅销书机制该有的大众化，释放得不充分。另外，《三体》世界的设定，是一个古典世界，是完整的，未必就不能有同人写作，包括《红楼梦》有那么多同人，并没有因为是一个古典的完整作品。

高寒凝：但《三体》的同人创作大部分不是文本形态，而是新媒体形态，视频、同人画、音乐等都很发达。

邵燕君：这并不意味着今天的《三体》就不能在网络上成为一个可以有很多同人创作的文本。再拉回来说，《三体》还有一个问题，放回到文学评论的严苛体系，《三体》还是一个类型小说，类型小说的一个非常重要的关键点在于，它就得单纯，因为单纯所以有力量，所以坚定，所以才畅销，不能太复杂，要把各个点历史化，复杂会导致相互抵消，不再有力量的简洁和快感。所以，《三体》类型化的关键在于，《三体》可以把所有的历史都抽象化了，作品这里面要"撕"的是"黑暗森林"，"撕"的是中国人普遍的最大的心理焦虑。刘慈欣有一个科幻世界，他必须落实到现实，他最成功的地方就在于"黑暗森林"，中国人都在面临现实生存、功利主义，我们的现实黑暗残酷的原则和我们文明之间的关系，到底要岁月还是要文明？这个关系在我们日常生活中都会遇到，实际上是我们中华民族百年的忧虑。中华民族在坚船利炮之下，是要生存，还是要文明？到底什么第一？因为我们整个现代化的进程都有一个大前提——我们要活下来，我们顾不上那些。今天从整个世界到中华民族、到每一个个人，都面临生存的焦虑，刘慈欣把这个事放在一个宇宙人类的大尺度上去写，这个是《三体》最重要的部分。所以，类型化小说，一个是要对准这个焦虑，同时正是在这个意义它有治愈性。《三体》的治愈性表现在，你觉得被生活中那些东西逼得实在没路走了，《三体》就告诉你说整个人类、太阳系抹了都不是个事，全世界、整个太阳系其实抹了都正常，这对普通人来讲是一个治愈。因为对准了你的焦虑，这个能给你一个治愈性。

我现在觉得对《三体》不太满意的部分在于，我觉得它得给我快感，不说从文学的角度，类型的快感不够，首先就说程心这个人物形象。女性是重要，我跟刘慈欣谈过，他说那就是一个符号，本来应该是一个男的；但是也许因为是一个符号，也许本来是一个男的，当刘慈欣把他写成一个女的时候，所有那些直男癌的东西全都加在这个人物上了，确实都灌输到了。这里面真正的难受点在哪呢？我觉得程心身上应该承载着一个巨大的悖论，刚才说我们人类要活下去，还是我们要像人一样活着？这是一个巨大的悖论，但是这个悖论，在真正"撕"的过程中，没看见，我看到的更多其实是大刘自己的心理矛盾，是一个症候。理智上他认同了丛林法则，里面真正了不起的大男人形象，全部是清醒的、负责任的现实主义，铁血现实主义。但是呢，他内心又放不下他的柔软，把这柔软一下子变成了程心的女性形象，用一个性别的转化，变成了一个妇人之仁的弱形象。这时候，我觉得真正能跟罗辑、维德对抗的人应该是像甘地、曼德拉那样的圣人，这个悖论才成立、才平衡，结果一下转过来是一个圣母、一个白雪公主，所以一下子就滑回来了。她生命中的那些男人，要不然就是霸道总裁，一旦靠不了霸道总裁，最后全变成老人孩子了。我觉得这里面有一种大刘内心深处的恐惧，他其实自己是丛林法则，他自己代入的被欺压的弱者，打不过那些践踏你的人，无法推翻践踏你的人逻辑，这时候怎么办？通常在"女性向"里面是爱上征服你的人的那种虐恋，在大刘这里，他把这个事放在程心这样一个女性形象上。在这样一个女性的反转之中，我们发现一个非常大的特点，这里面男的都特别好，所有清醒的功利主义的那些男人全部是英雄主义的，全部是牺牲自我的，那些男人全部都是铁血的，是壮志未酬的牺牲主义的英雄。但是，他们可能是集权者，他们背后可能是青面獠牙的，而程心从没有感受过和她对面的那些人的霸道、凶悍、自私、残忍，他们清醒的现实主义背后的牺牲精神，这是大刘的自我抚慰。这种置换男女想象的方式,是我在这里面看到的,作为女性特别难受的那个部分。甚至到后来,程心最不可饶恕的地方,她后来知道二维化之前太阳系就被她毁了,这时候我对她反而没有坏感了,突然我发现男人表面上把她当圣母,实际上把她当祸水,把所有他们不愿意干的事都摔她身上。有两个人是可以拦住程心的。一个是罗辑。罗辑可以不把那个权力给他,罗辑是明白"三体"的人,他明白这一切,他不能阻拦民主制度,但是他仍然可以说我不交给她。另一个是维德。维德为什么交给她?维德明明知道这些男的一个个成了百岁老人,不断让程心冬眠,她从来没有长大过,其实维德完全明白他把程心唤醒意味着什么,他非常清楚这一点,但是他不愿意承担,他真的不如章北海,章北海把所有的事自己做了。

王洪喆(北京大学新闻传播学院): 几位老师的发言让我深有感触,吴岩老师一开头提到杨平的《黑客事件》,我从1995年开始读《科幻世界》,这个作品我印象深刻,特别喜欢。另外,2000年初唐风编辑的第一本《星云》增刊,记得还是正方形的出版物,不是A4的,里面有一个中篇叫《沙漠遗民》,作者付国风。这个作品特别像最近的《疯狂的麦克斯》,是一个非常完整的废土题材脚本。故事一开始设定一个电子游戏一样的脚本,描写了孤胆英雄面对沙漠中不同类型的城镇、科技和势力,如何像西部牛仔一样生存下去、遭遇感情等等。故事结束的时候,整个设定的架构也完整了,这就为后续的故事展开埋下了广阔的伏笔。可是之后增刊没有继续,这个作者我也找不到了。上面提到这两件作品我为什么印象最深?柔柔刚才说到了点子上,他们其实通过设定搭建了一个世界,在我们这一代人的文学和媒介消费习惯里面做了勾连,这些20世纪90年代的作品打通了科幻文学、电子游戏和动漫等不同脉络中的经验,这个体验是非常深刻的。

我上大学以后,就发现《科幻世界》看不下去了,只是偶尔买几本增刊看一下,很长时间不明白,这个原因是为什么?此前整个20世纪90年代我都是在读凡尔纳,还有当时也是一个非常流行的画报杂志《奥秘》等相关的一些超自然现象和探险题材的畅销书,但这种体验在2000年以后渐渐消失了。后来我自己做一些跟科技史和媒介技术史相关的研究,找到了一点答案的路径。柔柔刚才提到游戏化的架构设定,是西方科幻小说黄金时期的一个特征。这种世界感并不单单来自美国,最早其实也来自前苏联。比如征服火星这个题材,最早写这种题材的是苏联的布尔什维克党人亚历山大·博格丹诺夫,这个人是列宁的对手。他在1908年写了一个作品叫《红色的星球》,讲苏联人未来开始去火星建设共产主义殖民地的故事,殖民地的建设过程中出现了技术专家官僚等一系列的问题。后来他又写了一个续编叫《工程师曼尼》，这两个作品据说在斯大林时期，斯大林特别喜欢这部小说，苏联高层技术官僚都很喜欢工程师曼尼这个人物，这跟整个前苏联社会主义初期对工业化和现代技术的强烈需求非常相关。而对工程技术未来可能性的想象和批判，这种状态其实是在冷战当中达到顶峰的，这不仅体现在冷战时期美国的文学作品和国家政治中，苏联更是如此。科技跟社会发生强烈关系，并且提供整体性未来感的政治和文化叙事，它不仅来自于英美的殖民主义和帝国历史经验，而且是一个20世纪从二战到冷战架构里面非常普遍的一个国家建设经验。

大家如果看过《奇爱博士》的话都知道，奇爱博士的原型叫赫曼·卡恩，他是兰德公司最重要的缔造者之一，兰德是美国空军在二战当中为预测和研究德国的导弹技术而创立的机构，要做的工作是预测美国在未来几十年内科技和国防的可能方向。他最早的成员包括钱学森，钱学森深度介入了兰德公司前身——空军未来研究机构当时在德国的情报工作，以及回到美国后一系列的战略未来学工作。他在50年代把这些经验带回中国，成立了我国最早的运筹学和控制论研究机构，推动计算机和战略科学的研究，因为他在美国有这方面的经验。同时钱学森还对科普非常重视，因为在整个美国冷战时期，不仅是科幻的黄金时期，同时又是美国科普文化的黄金时期。阿西莫夫本人是非常著名的科普作家，他跟卡尔萨根有一个争论，到底谁是最好的科普作家，谁是最好的科幻作家，阿西莫夫写的《简明科学指南》跟苏联的《十万个为什么》非常像。于是我们其实看到整个美国60年代一直到70年代，发展出一种很独特的冷战文学和文化生态，他的文学创作和科普创作，与国家战略和军工联合体之间，形成了紧密而有机的互动关系。

兰德公司最早在50年代，开始为应对苏联的导弹危机创造了一种社会学的战略研究方法，用来预测如果美国遭受苏联导弹袭击，社会将如何应对，这实际上是博弈论性质的战略研究。他们使用的方法叫趋势外推和情景写作，让一些来自各领域的战略科学家进行背靠背的写作，没有大的限制，你可以完全进行文学写作。背靠背的写作进行多轮的迭代，前面的情节向后迭代，前面的情景有一致的地方就保留下来继续迭代。在科幻的黄金时代，有一个重要的类型叫做废土题材，或者核爆后的题材，其实跟兰德公司这种战略写作是一个硬币的两面，是文学界对这种战略写作的衍生。这个方法从50年代开始一直被兰德公司秘密的使用，到60年代末70年代初公开出来以后，成了未来学的主流方法。科幻界的写作也受惠于这些早期的战略科学，同时美国的未来研究，或者叫做未来学，开始在全社会生根。当时我们熟悉的"科幻三巨头"非常热情地投入到未来学的活动和研究当中去，以未来学领域作为平台，科幻小说家、科技记者、科普作家、政府人士、军方科学家、好莱坞影视工作者等，开始进行讨论交流，形成有机的联系。我们非常熟悉的阿尔文·托夫勒，他在80年代来中国访问，他就是美国未来学研究中一个非常重要的节点型人物。他70年代末就开始在纽约的 New School 开设未来学课程，之后美国主要大学都开这个课，80年代未来学达到顶峰。他来中国宣传第三次浪潮，80年代的知识分子特别震惊，热情地接受了这套技术乌托邦的思潮。

所以我想说，恰恰在将这些历史梳理跟我们的记忆之间进行勾连后，我们发现在科幻非常流行的20世纪，不管美国还是苏联，恰恰是以国家作为主导的科技进步和科技文化，造就了科幻文学的兴盛和题材的宏大架构。不管是为了冷战争霸的目的，还是为了社会发展的技术愿景，总归有这样一种技术与社会的有机的政治文化的联系存在，科幻创作和科普创作是一个硬币的两面，相辅相成。而在今天科幻写作的衰落，恰恰是一种政治总体感衰落的征兆。去年看电影《星际穿越》，前面一个小时的故事都在讲这件事情——美国的空间科技衰落了，宇航员都没有饭吃回家种地了，等等，这样一些从好莱坞发出的总体性焦虑。所以，我可能恰恰觉得，如果在今天想重现科幻写作在社会中应有的地位，是不是也要重新思考文学的历史角色和社会之间的关系，类型文学跟公共写作、科普，跟以国家为背景的政治力量之间的关系？这些问题不是回到纯文学的领域当中就可以回答的。仅仅是我的一些思考，也没有确定的答案。

吴岩：讲得非常好，你说的两个人是阿西莫夫和克拉克，他们之间有一个协议。你后面说的我很同意，这种文学的衰落我认为是必然的，因为无法反映今天的现实。今天国家在不断推动科技发展。美国做了脑路线图，紧接着欧洲也开始做，中国现在也做了。所以，现在为什么讨论人工智能会不会超越人？脑路线图如果用一二十年把脑的问题解决了，思维的问题就全解决了，人工智能的问题全解决了，机器超过人的问题就全解决了。国家其实还是在推动。你会发现当你把它写进科幻小说、写进科幻电影的时候，没有上世纪的作品那么有冲击力，再伟大的作品你也不会觉得怎么样。这是一个关键。你刚才说的另一个观点，我也非常同意。科幻这个文学形式是不是正在人群中流传？不同的国家都在采用来自科幻中的未来学方法，个人是不是也值得采用？都值得研究。我觉得中国今天没有认真考虑这些问题。我们现在用的一些预测办法，还是基本的外推法，这个东西现在不合适。我们经济的预测，多数只是短期起作用。

我也联系过克拉克人类想象力研究中心。他们马上会发三个奖：一个奖给某公司创始者，一个给科学家，一个给科幻作家。这个中心试图把科幻想象力放到各个行业里面，每年奖励不同的人。

我对刘慈欣做过一个专访。其实我完全不同意说，他的作品里面有一种情怀，是有天文的终极情怀，想象太空什么的。最重要的是刘慈欣是我们这一代人，我们所处那个时代，认为物理学是世界上最重要的学问。刘慈欣没有上成北大物理系，但物理梦一直在心里，他靠这个作品把物理梦写完了。而且，他搞到极致了，整个作品写完后谁也不可能超过他了：宇宙都毁灭了。他的那种感觉是终于梦实现了。我觉得刘慈欣本人现在参加各类他作品的研讨会已经没有意义了，这些离他很远了。你们讲他好，他没有觉得你们真的表扬我；你们讲不好，他也无所谓，《三体》这个梦他已经做完了，科幻迷做完了自己该做的事。但刘慈欣比别人优秀在哪？我觉得他推理推向极端这点值得肯定。我们写东西的时候太考虑人文精神，什么都不要太过分，但刘慈欣不管这些，他要把推理进行到底。对于刘慈欣，现在《三体》结束了，今天发生的一切都已经远离，《三体》里面讲的一切都不值得谈。但是《三体》从这么多角度考虑了这么多的问题，却是《三体》在今天最重大的意义。中国科幻史有两个人很重要，我们同时代的人都在吃他们馈赠的饭食。一个是刘慈欣，一个是叶永烈。这两个人使这个行业一下扩大了。有趣的是，这两个人都受到"国家的重视"，叶永烈获得了全国唯一的"科普先进分子"称号，再没有第二个人得过。现在《三体》到国外，很有意思的现象是，谈作品有中国味、有"文革"，谈作品有英美黄金时代科幻的特色。原来，他们20世纪早期的尝试，当前还有一个在中国的边远乡村的人在坚持着。但是，第二本出来之后，他们不会再谈这些了。不过，我觉得现在有一些评论挺好的。有报纸评论说，第二本写"他人就是地狱"。至少，"黑暗森林"引发了一轮对这本书的新评价。第三本书出来以后谈什么啊？"文革"没有了，中国特色没有了，他们讲什么？刘慈欣特殊的创意在哪里？我觉得最重要的是"降维"，之前大家都在谈"升维"，去更高维度看看；但他谈的是降低维度，还设计了相关武器来打击别人。这点看着很震撼。还有一个创意就是"黑暗森林"的设想。据江晓原教授的研究，世界上一共有50种相关设想，而刘慈欣提出了一种新的"黑暗森林"假设，让这个假设从50种变成了51种！此外，第三个大家都没有注意到，刘慈欣自己认为他解决了科学家都没有解决的问题，那就是质子的"二维展开"，这点应该对科研也有价值。所以这是一个很有意思的书，值得研究。整个雨果奖的获得过程，包括《三体》一下子红起来的过程，其实都出乎我们所有人的意料。

我们是否进入了一个从自主创新中获得自信的时代？这还需要观察。

李雷（《科幻文汇》杂志）： 想请问一下吴岩老师，看科幻到底是为了什么？

吴岩： 其实，看科幻跟看《奥秘》、看《飞碟探索》是一样的，有一种对神秘事物的兴趣。在孩子年代这很吸引人。儿童有一个时期，大概10到12岁前后，特别想知道未来，想知道明天会什么样。那个时候性意识还没有启动，不会谈恋爱，是科幻吸引人的最佳时期。一定要在这时投放作品，因为很快十四五岁性成熟后马上分流，看爱情、看社会、看政治什么的，这是一个很重要的驱动力。

当然对于现代文学研究来说，怎么跳出现实，怎么建构一个新的世界，未来到底怎么样很重要。马克思主义希望建立一个新视野：这个世界建成什么样。马克思主义者认为，资本主义环境下的文学是写不出来这个东西的，就算再批判现实，他们写的东西还是站在资本主义的角度。

中国今天更想从创意文化来肯定科幻。过去中国想让科幻去科普，鲁迅讲看科学书看着看着就睡了，而科幻小说却让人看了故事学了科学。搞了几年以后发现，看完以后记住的还是故事，记不住那些科学。而人性问题和民族性问题对中国更重要，所以王德威说，鲁迅要坚持下来写科幻中国今天会是什么样？这个没法说了，不一定什么样了。

科幻图书真的是在国际性的衰落。老外不承认，他们说书的种类多了所以每一本卖得少了。从产业模式看，科幻原来是最大的一块，科幻的GDP最大。现在书卖得非常少，最高一年卖10万多册，跟中国差不多。剩下的那些书卖1万多册，也和咱们一样。杂志就更少了，咱们《科幻世界》还坚持着。前些年开会说科幻是一个大会，这几年一去他们就讲，我们是一个少数，是文学的极客，他们也承认不行了。刚才邵老师讲到，外国人感到这个作品是一种怀旧。刘慈欣也说，没准能刺激他们的科幻文学回到黄金时代，这是有可能的。

还有一个预测，我觉得将来韩松也会获得国外的主流文学奖。

孙佳山（中国艺术研究院马克思主义文艺理论研究所）： 二战之后，随着社会秩序的重建、影视技术的成熟，在大众文化工业生产的逻辑下，科幻题材也在电影领域呈现出相对清晰的题材分类。尽管科幻电影在二战以来的发展历程中有阶段性、周期性的回旋和曲折，但一个基本线索是科幻题材影片从最初的充满了科技性特征的乌托邦的先锋探索，一步步走向了异托邦文化反思的梦魇呈现，而在这个过程中，生态话语起着至关重要的作用。因此，从生态话语切入，将是我们完整把握当下科幻题材影片全貌的抓手。尤其是近年来，以《2012》《阿凡达》《云图》《环太平洋》《雪国列车》《地心引力》《星际穿越》等为代表，一系列被生态话语包裹的当代科幻题材影片在全球的热映并引发持久讨论和争议，足以说明这一话题在世界范围的影响力和热度，在这些影片中也充分暴露出全球资本主义过度发展的深层次困境和当前全球中产阶级趣味的自我想象的边界，同时也佐证了全球新自由主义背景下文化保守主义的价值取向。

1963年蕾切尔·卡森出版了《寂静的春天》。在此之前，征服大自然，重新确立人和自然的关系，作为现代启蒙理性，具有不言自明的合法性。《寂静的春天》这部划时代的著作，描述了人类可能将面临一个没有鸟、蜜蜂和蝴蝶的世界，以春天不再有鸟叫虫鸣为隐喻，在当时惊世骇俗地提出了农药将严重危害人类生存环境的预言。此后，生态文学、生态电影、生态哲学等一系列新兴文化艺术现象和知识学派才得以产生和发展，卡森的《寂静的春天》中关于昆虫抗药性的第十五章《大自然在反抗》和十六章《崩溃声隆隆》的部分内容，甚至构成了现在被奉为华语科幻经典的刘慈欣《三体》中的一个核心元文本，是小说中情节演进的一个关键节点。

在电影领域，尽管有1982年捷克斯洛伐克的生态电影国际观摩和1984年的国际生态电影节，但是，生态话语开始成为一种相对稳定的题材类型，是非常晚近的事。科幻影片开始具有强烈的生态意识更在1990年代，到了新世纪后，生态话语才在不同题材的类型片中被赋予了普遍价值，所有近十余年来全球热映的影片，几乎都多少涉及生态题材。

与国外特别是好莱坞科幻影片相比，我国的缺失还很突出，我们还缺乏真正内嵌于中国社会的科幻意识。随着刘慈欣的《三体》荣膺雨果奖，中国科幻题材影片在如今的产业大潮中自然也不能免俗，大致在明年暑期档上映的电影版《三体》势必将掀起一波不会短暂的中国式科幻浪潮。那么，它们能否表达现代中国的经验与情感？如何在当代世界电影的发展与当代文化的结构中把握中国科幻影片，它在未来会有怎样的走向和命运？这些都是我国科幻影片发展过程中所必须面对的历史课题。

冷明师（中国艺术研究院研究生院）：从科幻文本到新媒介（电影、电视剧）的视觉转换过程中，形象设计会出现什么难点和关键点？想请吴老师以《三体》为例谈谈您的想法。

吴岩： 昨天见到一个导演，他认为《三体》不适合拍电影。虽然有很多奇观，但是那些奇观不合适做电影，是他个人的观点。

冷明师： 文本的想象很难用其他媒介来传达？

吴岩： 我觉得能传达，但是怎么能创新让人感觉是一个新电影？做完以后和《星际旅行》什么的一样，就不好了。觉得非常不一样，才是一个好电影。如果电影出来大家认为这段是这个片中看过的，那段是那个片中看过的，可真就没法看了。

林品： 是不是说，有的奇观特别适合用文学来表达，通过文学媒介会觉得非常有震撼力。但这样的想象用电影表达的时候，震撼力反而会削弱？

吴岩：《三体》是一个哲学，这个导演讲的是对的。大家也不要给予太大希望，有人说现在骂也要骂出票房来，这样作为 IP 才能涨价。科幻电影每做一个新电影的时候都要做新特效，如果做不出新特效来，也是缺少价值的。

冷明师： 好多科幻文本都没有成功地转化。

吴岩： 具体不知道为什么，你看从优秀小说转成电影，成功的很少。阿西莫夫他的作品好几十年前都卖了，卖了好几回，就是拍不出来，没法弄。但是确实，好莱坞那套科幻编剧是单独的一套，和小说作家不太一致。

国内有一个失败的片子叫《珊瑚岛上的死光》，奇观是一点都没有，甚至还退步了，小说看着很前卫，但电影你一看就觉得怎么这么土，就没法看了。

林品： 今天的论坛到这里结束。感谢三位主讲人，也感谢各位朋友的参与。

（根据速记整理，经过本人校订）

青年文艺论坛第五十三期

"原创"的焦虑

—— 当前文艺的困局

主持人：孙佳山（中国艺术研究院马克思主义文艺理论研究所）

主讲人：颜　榴（中国国家话剧院）

　　　　　周志强（南开大学文学院）

　　　　　石一枫（《当代》杂志社）

时　间：2015年10月22日（周四）14：30—18：00

地　点：中国艺术研究院研究生院四层第五会议室

主　办：中国艺术研究院马克思主义文艺理论研究所

　　　　　首都师范大学文化研究院

编者的话

很多年以来，文学、影视、话剧等文艺门类，都面临创作质量滑坡的衰退局面。一方面，中国综合国力整体跃升，中国经验实现了爆炸式的剧变和更新；另一方面，与20世纪不同，在文艺各领域，都已经久违了那种扣人心弦、直击时代脉搏的原创性作品。这是一个极其尴尬和悖谬的局面。

尤其是当前，以移动互联网为表征的新的文化生产、传播、消费机制，正极大地挑战着原有文艺格局。一方面，传统的文艺生产机制由于种种原因很难再出现具有深远辐射效应的经典作品；另一方面，互联网领域的新的生产模式，作为新生事物，难免良莠不齐，尽管有一定的原创作品，但仍无法产生普遍的影响力和公共性。因此，当代公共文化领域，正处于一个可能并不短暂的原创"真空"的阶段。

本期论坛，针对这种原创的困境进行了深入探讨，分析了形成这种困局的内部和外部原因，明确了问题，并尝试探索新的方向。我们希望，以这样的讨论，为更多表达中国经验的原创作品的涌现贡献绵薄之力。

孙佳山：各位老师、各位同学，大家下午好，欢迎出席第五十三期青年文艺论坛。本次论坛我们非常高兴能与首都师范大学文化研究院共同主办，论坛的主题是"'原创'的焦虑——当前文艺的困局"，我们邀请了在文艺领域有着精深研究的三位老师作为主讲。

众所周知，在相当长时期内，文学、影视、话剧等文艺门类，都面临创作质量滑坡的局面。一方面，中国综合国力整体跃升，中国经验实现了爆炸式的剧变和更新；另一方面，与20世纪不同，在文艺各领域，都已经久违了那种扣人心弦、直击时代脉搏的原创性作品。这是一个相当尴尬和悖谬的局面。

尤其是在当前，以移动互联网为表征的新的文化生产、传播、消费机制开始形成新的结构，极大地挑战着原有的文艺格局。一方面，传统文艺生产机制很难再出现具有深远辐射效应的经典作品；另一方面，互联网领域的新的生产模式，作为新生事物，难免良莠不齐，尽管有一定原创作品，但仍无法产生普遍性的影响。因此，当前文化领域，正处于一个可能并不短暂的原创的"真空"的阶段。

因此，本期论坛力图针对这种原创的困境进行深入探讨，分析形成困局的内部和外部原因，进一步明确问题，探索方向，以期为促进更多能够表达中国经验的原创作品的涌现，贡献绵薄之力。

颜榴：谢谢大家！这是我第一次参加艺术研究院的青年文艺论坛，此前这个论坛的很多期内容我都阅读过，而且非常喜欢。谢谢祝东力老师，谢谢佳山。

我看今天来的朋友不光有跟文学相关的，还有跟美术、跟电影相关的，现场参加人员的丰富让我有一种想说话的愿望。我在国家话剧院工作，说到当代戏剧，大家脑子里跳出来的形象一般会是北京人民艺术剧院。国家话剧院的明星非常多，但是话剧品牌的影响不是太大。今年上半年，国家话剧院做了一件事情，无愧于国字头院团的一件事情，就是中国原创话剧邀请展。佳山邀请我参加今天这个论坛，很可能跟我们剧院的这次展演有关系。

"原创"这个词长期以来困扰着我们，"原创"这个概念对于话剧界来说还有一层特殊的含义。首先，"戏剧原创"这个词大概有20多年一直折磨着话剧界，因为话剧最重要的问题是剧本，20多年来中国话剧界出现了严重的剧本荒；注意这里说的不是戏曲，戏曲界没有这个问题。全国各地很多话剧剧团没有戏可演，在中国实力很强的，一个是北京人艺，第二个是国家话剧院，这两个数一数二的剧团都缺好本子。大家可以留意一下，我们来做一个基本的历史调查。比如说2002年国家话剧院由原来的中国青年艺术剧院和中央实验剧院合并组建，组建的时候需要有一个开幕大戏演出，我们发现这三个戏全是外国戏。我不知道在座哪位看过这些戏，第一部是《这里的黎明静悄悄》，第二部叫《萨勒姆的女巫》，第三部叫《老妇还乡》。另一个例子，北京人艺，我们可以发现在它50年院庆和60年院庆的时候演的还是几十年前的经典，还是大家耳熟能详的《茶馆》《雷雨》，并没有新的剧本。所以话剧界的剧本荒是一个严重的困扰。其次，20年前提出的话剧原创，其实比较狭义，有两点：第一是指区别于外国戏的中国题材戏；第二是指区别于改编自小说、散文等其他文学形式，直接用戏剧结构方式写成的话剧剧本。我们把这个叫做戏剧原创。

我接着说，为什么今年上半年国家话剧院的这个事情非常重要？从今年的3月15号到6月7号，国家话剧院举办了一次"中国原创话剧邀请展"，一共演出了30多部戏，包括20部大剧场和15部小剧场。这个演出的意义在于它主要不是国话的演出，而是集合了全国16个国有院团、12个民营剧团以及两个社区剧团，在3个多月时间里对全国话剧的现状进行了检阅。这次展演的规模之大，范围之广，组织的复杂度和难度，远远超出一个院团的范围。有的专家说这应该属于文化部的项目，但是国话自己独立完成了，所以国家话剧院院长周予援还是很有担当意识的，他做这件事的根本目的还是想加强中国话剧原创的创作。为此，周院长特别安排了一个学术化的环节，在展演的同时举行三次论坛，这就更是一件费心费力的工作。最后呢，"无论展演本身还是座谈会都做得相当讲究"，这是《中国文化报》副总编赵忱女士说的，这次活动赢得了业界的赞扬，也获得了媒体的致敬。

我在这次原创话剧邀请展中主要是组织论坛。从4月到7月，前后共有70多人参加了国话的论坛，每次论坛有8到9位专家，12到13位院团的领导，以及一到两位观众代表，大家坐成方阵的形式一起来讨论。应该说，让话剧的主创、专家和院团的领导以及观众平起平坐，这样的事在戏剧界还是首开先河，大家能聊得起来吗？我们设计了三个议题，第一个是"我的原创心得"，第二是"寻找原创的根"，第三个是"原创话剧与大众文化的需求关系"。从实际效果看，每个人都有话要说，大家都很认真，一次比一次激烈，有争鸣的意思。我自己作为论坛的主持人，每次都感到现场时间的紧迫与大家的意犹未尽。那么这三次论坛到底有些什么收获呢？我总结了一下，主要有八个方面。

第一，国话的邀请展实现了国有剧院和民营院团首次同台演出，展现了创作、市场和理论的现状；它既是将中国最顶尖的话剧资源在一个展演的平台上组合，又是一次中国原创话剧的"悲壮阅兵"，再次唤醒了院团领导人的共同忧思：国有院团如果再拿不出为人称道的原创作品，中国的文艺事业该怎么办？

第二，中国话剧院团的基本状况是什么样呢？中国观众还没有养成看话剧的习惯，目前观众的共识是国有院团不如民营剧团和小剧场；地方院团因为长期不演出，基层话剧从业者的水准比较低下。

第三，戏剧文学仍然薄弱，"去作家化"的趋势严重。这里面情况比较复杂，比如中国的剧作家地位需要提高到文学家的位置；比如很多戏缺文学顾问，导演说了算；戏剧是要考虑人的低层次需求，还是高层次需求？还有日常生活与互联网语言的高度口语化，戏剧文学是不是应该回应？

第四是戏剧与生活的关系。戏剧不能回避当下现实，不应放弃教化功能；作家不能停留在展现生活上，要有价值评判；各地要培养自己的人才，避免创作的雷同化。

第五是戏剧与市场以及大众文化的关系。做市场要付出很大的努力和牺牲；做市场又不能光看市场，好的商业是在一定的氛围里满足多层次的需求；另外做剧团就要做好服务，话剧的可持续性发展不是靠圈里人的自娱自乐，而是要有购票观众。剧作家应该启发大众潜在的深层次的审美需求，创作者要跟大众文化保持一定距离。

第六是如何理解原创。原创话剧有广义和狭义之分，让经典剧目重生也是一种原创。

第七是如何做好原创与创作的安危问题。创作者应该让一个民族在改革开放的过程中记住它的昨天，在尖锐的生活中不背对生活。比如农村题材或农民形象不能总是喜剧化而应该有正剧化。大家普遍认为现在的创作都太安全了，而创作的高峰都是以冒险、牺牲为代价的。

第八是剧评与剧作的价值。剧作家认为，评论界要善于发现一线创作者的艰难突破；媒体人认为，创作要提供剧评的空间，作品有价值，剧评才能提升；观众代表说，观看话剧帮他们重塑了人生观、价值观，帮助他们思考、净化、觉醒，感到内心世界的质量提高了。

因为时间的关系，就简单说这些，具体的大家可以参看《中国文化报》8月18日的一篇通版的文章，题目就是《吹响中国原创话剧集结号，把脉中国原创话剧新常态》，对这三次论坛的重要发言内容进行了摘要。如果还想了解得更详细，可以看国话的院刊2015年夏季号，上面有题为"吹响集结号角——中国原创话剧邀请展"的特辑。

除了国话的问题，我本人对于当代戏剧原创怎么看呢？这个问题我至少思考有十多年了。2004年我写过一篇关于戏剧原创的文章，叫《戏剧毛孩》，发表在艺术研究院的《艺术评论》杂志那年第3期上。这次找出来重读，发现里面所说的情况基本适用于现在，让我作为从业者意外的是，地方上话剧比戏曲还要边缘化，话剧的确要警醒了。还有与从前不同的两点：一是这些年民营剧团迅速成长，二是整个社会的网络化已经极大地影响了戏剧。

上面我谈了一些话剧原创方面的基本情况，当然我更关注的还是中国当代艺术发展的整体状况。今天的论坛，"原创的焦虑"这个题目非常好。我想从焦虑谈起，文艺界有一个从浮躁到焦虑的过程，20多年了，中国人在焦虑以前的心理状态常用的一个概念就是浮躁，所有的文章和日常的语言表达，都会用到浮躁这个词。浮躁以后，当下中国人隐隐感到了焦虑，青年文艺论坛现在谈这种现象，把它和艺术创作中最重要的原创意识联系在一起，还是比较先知先觉的。焦虑这个词在西方是一个幽灵，它从二战以后开始升温，到现在也有半个多世纪了。20多年前，美国文学评论家布鲁姆有一本很著名的著作《影响的焦虑》，在中国也很受重视，今天看来，其实是他对原创焦虑的另一种方向上的表达。

这期论坛的通知里边提到了一个互联网时代艺术创作面临平庸和衰退的真空期的问题，我把这个问题的核心归结为艺术和商业两者之间的悖论。商业是资本主义的产物，有它既定的规则与特有的运作方式，它和原创之间必然存在着扭曲的关系。我们回顾一下，从上个世纪90年代以后，中国艺术界普遍染上了浮躁心理，投入就要迅速得到回报，艺术出现了普遍的媚俗，以艺术之名，行商业之实，而现在，这种浮躁的恶果又生出了焦虑。

举例来说，现在热播的《中国好声音》《最美和声》，这些电视栏目的始作俑者应该是湖南卫视的《超女》，背后全是商业操控，我们看到一些老歌星当评委，新歌手竞争，为了达到吸引观众的目的，新歌手唱的必须都是普通观众熟悉的歌曲以及翻唱老歌星的老歌，在这种模式下，新歌手是不敢拿自己的原创歌曲冒险的，唱歌其实就是一种技术上的做秀。为了吊起观众的胃口，经常会加入一些与唱歌无关的八卦，或者煽情，或者苦情。为了赚人眼球，一些成名的歌手也有加入的，结果变成不伦不类。我觉得这些歌唱节目最坏的结果是使真正的歌唱艺术本身、歌唱者的个人气质，全部都被淹没掉了。

再举一个例子，电影是大投资，投资人要控制整个过程，任何环节，像好莱坞大片的剪辑权全都掌握在老板手里。所有投资人都知道，宁愿套旧模式，比如说《速度与激情》《星球大战》《纳尼亚传奇》《哈利·波特》等吸引固定的观众，根据一个固定的故事模式开始繁衍，直到资本的雪球滚动不了为止，再换一个本子。这样就导致很多原创的新电影根本上不了院线。

互联网文化某种程度上其实就是一种炒作文化，媒体就是一种强势的推助工具。人们已经习惯，不炒作、不忽悠、不八卦就很难吸引人的注意力，在我国甚至形成这样的景观，越骂越有人看，甚至炒作宣传的时候都会故意安排正方和反方。必须承认，我们到了一个传媒和资讯过量的时代，见了那么多的秀场，看到的只是商业上的心机和有意的误导，我们感受到那种原创的力量了吗？没有。

原创的焦虑，它的深层内涵就是资本的焦虑，原创所需要付出的第一个代价就是资本的冒险。关键是，我们已经置身于彻底商业化的时代，人们对原创的热情也都减退很多。我们国家由于人文教育的缺席，年轻一代对原创、对艺术的认识弱化了很多，捧星、追星成为普遍的状态，他们进入电影院不关注故事当中人物的命运，只是为了休息消遣，或者看一下视觉上的奇观，或者就是为了看明星。

对于原创，我有些悲观，虽然这不只是中国的问题，也是全球的，但在中国特别突出。我的焦虑的根源来自现在流行的文化相对主义，也就是抛弃经典，抛弃传统的美学。文化相对主义使艺术丧失了评价的标准，很多时候商业就成了标准，可是按照商业的法则该怎么评判艺术呢？尤其现在是所谓的"闪"时代，人文主义大师的作品体量太大，人们没时间去看。以前的文学音乐都是很抽象的，而现在都特别具象，因为到了图像时代、符号时代，符号在控制着所有人的思维。而对于接受者来说，最要命的是，没有真正感受原创作品的心性和能力。我们现在每天面对微信、微博等一堆信息，很难想象我们的心理状态能够接受一部伟大的人文主义的作品。

所以原创之艰难，需要勇气，需要坚守。现在人们已经普遍接受了实用主义，有人说这是庸众的时代，艺术界投机成为普遍心理，包括作者也不得不屈从。也有人说这是势利和目光短浅的时代，真正沉下来能够搞原创的人也特别少。我记得诗人里尔克说过，"所谓巨人就是伫立在原点不动的人"，所谓原创就是寻找到这个原点，不向时代的美学趣味低头，而这里面是多么需要耐心和强悍的人格才能保证啊！在这个快速的时代里，让人沉下心来做事，某种意义上就是一种牺牲啊！像凡高的那种生活方式，几乎就不可能了。不过我也认为，现在的时代出现了某种精神上的停滞和平庸，我个人觉得这种时期也不会太长，因为这个世界真正的历史是创造者的历史，是原创者的历史，而不是一个纯粹商业成功者的历史。俄罗斯的哲学家别尔嘉耶夫一直强调创造的意义，他说，"只有创造才是照亮这个世界唯一的光"，但是为了让这种光照耀，我们必须有耐心忍受焦虑的煎熬。

好，我就先说这些。

周志强：各位下午好，我是怀着很激动的心情参加这个活动，因为这是青年论坛，我还可以以青年身份讲一次话，非常高兴。感谢艺研院，感谢马文所祝老师、孙老师和首师大陶老师的邀请。我今天要谈的是伪经验生产和多语性失语症。

今天的话题是关于原创问题的。对于"原创"这个概念，我想重新做一个梳理。"原创"这个词，在机械复制时代面临着复杂的理解困境：一个电影哪个拷贝是原创？电影哪个拷贝上有艺术家生命的印记？所以，我们已经告别了达·芬奇的画上有其生命印痕、有他个人的独一无二生命历程的时代——这是我谈的第一个话题。

由此可以说，原创的焦虑不仅仅是创作者的问题，还是当代社会文化生产的内在逻辑的结构性问题。这样，我们就可以把原创和创造性分开，无论什么样的机械制作的时代、无论任何拷贝时代，你的创意、你的想法，都可以在作品中得到创造性的体现。我为什么讲这个话呢？我想把原创性的困境从对创作者责任的指责，从对接受者欣赏水平低的指责中摆脱出来，换一个角度谈原创的问题。

我自己主编的杂志上有一期叫《中国还有想象力吗？》的专题。我看美国一个电影《无敌破坏王》，我没有想到，电影的创作者能够想象在游戏机里面有那么一个丰富多姿的世界。我想为什么中国没有创造性的奇观的想象力？是我们本身遇到了问题，还是我们当前的时代存在结构性的困境令原创变得非常困难？原创，不是一个人，或者一个族群借助某一个信念或口号就能实现的。在今天，原创问题联系着"伪经验"命题。

什么是"伪经验"？马克思在《神圣家族》里面大致说过这样的话，如果你真诚地相信一个假的信念，你越真诚就越虚伪——这是我谈到的伪经验的第一层面。如果创作的人或者艺术的从业者所相信的信念出了问题，尽管创作的姿态非常真诚，但是马克思这句话却可能依然有效。在讨论《巴黎的秘密》的时候，马克思发现主人公对于做妓女的女儿进行教育，因为他相信一套虚假的中产阶级意识形态，所以最终把女儿"训导"成了抑郁症；他女儿死的时候，他觉得她精神得到了解放，肉体不再堕落。这是一个震撼的案例，因为鲁道夫用真诚的话语把女儿搞成了忧郁症。这正是伪经验生产过程的非常吊诡的后果。所以说，伪经验的第一个层面指的是一个艺术家对于所相信的东西没有反思能力，即没有反思一下你自己创作依据的理念是什么所造就的结果。

和这个紧密相关的是，当人们用一套虚假的理念进行创作和思考的时候，就会遭遇伪经验的第二层面：艺术家发现问题的办法有的时候是非常了不起的，他甚至凭着自己的感觉能够感受到一些独特的问题、困境；但是，他在作品中触摸这个问题和提出来解决问题的办法常常是虚假的，甚至是狂想的、精神分裂的。

我为什么用这么严重的词呢？我想先用一部电影阐述这个伪经验层面。我看了一个电影叫《夏洛特烦恼》，很有趣的片子，做一句话影评：如果我们遭遇到的问题在经济层面不能解决的时候，我们就用道德解决。《夏洛特烦恼》就是这样，严重的贫富差别造成生活困顿，好像幸福不是由经济物质来解决，不是政治经济学的命题，而是一个关于道德情感和信仰的问题。所以我觉得这个电影，作者说给他打多少分，打9.9分，为什么这么高？因为砍掉结尾是绝好的电影。这个电影的伪经验是怎么出来的？这部电影好不好？好。每一个故事往下发展的时候我们都猜不出下面是什么。第二，我们来看这个电影妙在什么地方？它的表演意识非常地奇怪，一群大老爷们演绎中学时代的生活，在讽刺背后还有自我反讽，它的扮演本身呈现着电影多层的景观。第三，电影镜头非常娴熟，该夸张的夸张，该抒情的抒情，非常到位。可是，如果算上结尾，这个电影得分就不及格了：夏洛特一梦醒来，一切都变得合乎道理，于是，这个电影就变成了人的自我立志和剖析；如果梦不醒来，这个电影就是关于无论有钱还是没钱，精神上都会陷入结构性困境的电影。它仿佛可以说，你的生活难题不是有钱就能解决的——事实上，我们缺少一部把我们物质和精神的双重困境同时呈现的电影。

事实上,很多时候,我们表现出来很高的处理艺术难题的能力,却为什么没有一个对社会危机的反思意识呢?为什么没有将社会问题留在影片里面的能力呢?昨天一个朋友说将来老了开什么课,我说开一门课谈谈人。他说你谈得清楚吗?我说,为什么要谈清楚呢?为什么非要让人梦中醒来?今天的文化生产的逻辑,通过这部电影可以看得很清楚:爱自己身边的人,珍惜身边的人,一切都可以通过身边的人解决,当一个上街买菜的满脸疲惫的中年妇女肩膀上扛着一个老公的时候,我们的幸福生活就会永远存在下去。

什么叫伪经验?我一点不怀疑这个片子创作者内心的真诚,我不怀疑对感情、爱、夫妻、道德这些问题的沉重而且有伦理价值的思考。我奇怪的是,它为什么出现一个否定性的结尾?这个结尾是假的,没有意义的——因为作品没有能力让其内在的主旨和所思考的社会问题契合在一起,对这个社会没有自己的主张,不知道中国人的生活面临着一个什么样的精神和物质生活的双重困境。在此,伪经验就是这样一种作品模式:你可以把感情做得非常高妙,可以煽情,但是却没有能力让人思考。我用冯小刚两部有趣的片子做例子,一个是《唐山大地震》,一个是《非诚勿扰》。我写影评说《唐山大地震》是喜剧电影,有人说周老师你疯了?怎么喜剧了?在我看来,冯小刚拍《唐山大地震》的煽情办法和喜剧一模一样——只是一部让你笑,另一部让你哭。拍《1942》时,冯小刚自己爆料说,他和他的妻子发生了一场争论:拍卖女儿那一段,徐帆说这时候该哭了,来一个近景、特写,增加镜头的张力和压力,色彩对比突出一些,同声把沙哑的声音拍出来;冯小刚不同意,冯小刚用远景拍,不动,静止——冯小刚不给观众感情色彩。这时候的冯小刚就比《唐山大地震》成熟了一些,脱离了感情、道德、人文主义一直鼓吹的东西,一个批判的、反思的,让一个艺术作品不仅仅诉诸于你的感觉,而且诉诸于人的思考。这是电影智力指数的问题,我们的智力指数不应只停留在技术上怎么煽情,还要停留在电影怎么触摸这个社会,质疑它、反思它,甚至批判它,暴露它真的困境和真的问题。

当前大众文艺的生产正面临一种伪经验的生产,这个伪经验就是我刚刚说的两个层面。我还要引入第三个经验,伪经验的生产已经变成一种不得不进行的事情,就是人们的欲望消费,是人们在想象性解决现实困境的时候,不得不使用的一种办法。在这里,我还是要强调,伪经验的生产不仅仅是艺术家本身的问题,我们面对自己的现实困境,面对社会的种种问题,都不得不使用这种"有效"的手段。伪经验具有欲望实现和欲望满足的功能。换句话说，不给你伪经验的作品你就会不满意它。

我在文联的会上开过一句玩笑，我们看看今天的英雄片发生了什么变化？我小时候看英雄片都是男性主人公死掉，产生悲壮和苍凉的感觉；而今天的英雄片，却基本上都是女性主人公的死。《伪装者》于曼丽死了，我们让女主角的死来产生凄凉的感觉。英雄片只能通过女人的死创生爱情的凄美才能进行下去。我们除了在青春故事里面想象和创造人生的意义，再没有办法创造别的意义。这个月我在南开大学搞了一场讲座，谈青春怀旧片，最近很多青春怀旧片，是在给没有历史的人创造历史感。今天的青年已经没有历史，成长的生活是单一化、同质化的生活。我在讲座的时候说，今天来的都是80后、90后学生，希望你们炮轰我。结果，昨天一个学生给我打电话，我问为什么你们那天没有一个人反驳我？我指责你们的人生没有燃烧过，我指责你们单一化、同质化。他说，因为老师说的对，我们不觉得您说错了。这正是我提到的伪经验生产的最可怕的一面：除非是浪漫的爱情，我们再也建构不起浪漫的人生；除非我们想象恋爱的传奇，我们就再也不能把自己的人生设置为传奇。今年6月份，有一个节目叫《我们结婚吧》。在这个节目背后，我们看到一个可怕的症候：当我们去思考什么是人生的创造性意义的时候，我们发现我们只能够把恋爱作为意义来想象，只能让女主人公的死代表爱情的结束来产生情感的震撼。在今天，恋爱是唯一的生活传奇，除此之外，人的一生是平板化的。年轻人的悲哀在于，他们总是理性地知道未来是什么，知道一切不过是那样。本来是我这样年龄的人才一眼看到老，可是，今天，偏偏年轻人一眼看到老。而爱情则是唯一的意外：我认识什么人、我娶什么人、他家里什么人，只有这个是控制不了的意外，其他一切都是控制和规划内的。韦伯说过的一个冷冰冰的词现在变成了现实：合理化，一切都可以用数字计算，一切都可以用冰冷的计算进行有效换算。从这个意义上我们说，伪经验是人们幻想出来的，是与平板的、同质化的社会现实紧密相关的东西。我们太需要这种经验了，我们需要韩剧作为我们精神的"异托邦"，也需要《琅琊榜》来幻想自己的控制能力，还需要《夏洛特烦恼》鼓动自己把可怜的情感做成我们全部的生活。《泰囧》让一个没有钱的人教育一个有钱的人，说你有钱不快乐，我有道德比有钱更重要。伪经验掩盖了这个社会基本的危机，一切文化的危机都是政治和经济的危机造成的。但是，我们的文化生产不面对政治和经济的危机，就只能生产人文主义的、浪漫主义的和患得患失的爱情，我们只能在想象中完成对世界刻板的、单一化的叙述。

为什么中国目前陷入一个伪经验的境地呢？有好多的答案，我只提供一个：中国已经变成一个作坊式文化的国家。改革开放30多年来，我们遇到过很多问题，其中一个就是小作坊非常多，它们成了这个国家核心经济实体。而作坊经济产生作坊文化，中国历史上曾经是作坊国家，从1400年到1800年，我们用丝绸、瓷器和茶叶创造了一个收入颇丰的国家。然而，富了却被人蚕食，因为作坊国家缺少创造力，缺少想象力。作坊小成本、小投入、无科技、家族化，一切都采取保守的态度，因循守旧是作坊生产的最重要的东西，千万别有变化，一旦创新出错就麻烦了、赔本了。今天，整个国家依然被作坊意识笼罩。在这里，不仅是艺术的规则，不仅是思维的模式，更重要的是没有能力让自己想象另一种生活。伊格尔顿在《华尔街的马克思》这本书中说，今天全部的问题归根到底是你只有今天而没有对未来的创造感，一切都是一样的，20年以前未来就消失了。我们敢不敢创造未来？我们应该怎样创造自己的人生？敢不敢进行危险的探索？这就是原创动力匮乏的根本性的原因。

最后一点时间，我谈一下第二个话题："多语性失语症"。如果妈妈在唠唠叨叨的讲述从小到大的那些话题，我们就发现妈妈"失语"：说得越多反而像没说。什么叫"多语性失语症"，伪经验的生产已经变成了当前的大众文艺领域中不得不面对的生产状况，不生产伪经验大众就不接受你。我们需要伪经验！我们需要把一切故事讲成青春的故事！这就是"多语性失语症"。我们回忆一下，你今天还能遭遇不是青春逻辑的生产吗？我在《人民日报》发了一篇文章，说中国大众文化已经进入青春期，除了青春故事之外没得讲，除了讲爱情的意义再也没有别的意义可创造，除了情感的魅力再没有魅力可想象。"多语性失语症"，无论《我爱男闺蜜》《一仆二主》里中年的故事，无论《伪装者》谍战片，无论是"跑男"《爸爸去哪儿》，它们背后都呈现着青春片生产的逻辑，当爱以及和爱相关的宽容、理解、道德，变成我们文化生产的核心主题的时候，我们就遭遇了"多语性失语症"。今天我们文化生产呈现出一种什么都可以谈、道德无底线的状态：小说里面描绘到保姆得了性病，男主人赶紧去检查。可是，什么都可以谈，不意味着你有创造力。当我们社会有严格的性禁忌制度的时候，我们会遭遇一种压抑，可是这种压抑会产生快感；在性解放的时代，我们却可以面临另一种压抑，即欲望被撩拨，却永远不能被满足的压抑，一种抑郁症一样随时伴随你的一种压抑。我喜欢用周蕾的概念"悲悼症患者"：一个人老觉得自己失去了什么，无论处在怎样成功的位置上，"悲悼症患者"永远不知道怎么样让自己充实起来。举例子说，当裸体女郎在封面杂志上热气腾腾呈现的时候，人的欲望就被勾起；可是在现实生活中，你永远娶不到封面杂志的女郎——最好吃的汉堡包在海报上，最美的爱情在影视剧里面。在这里,"多语性失语症"其实建立在一种消费饥渴、欲望饥渴,永不满足又不可能满足的悖论逻辑当中。所以,每年同类的东西反复生产,好像我们的消费欲望不断增长。这是一个解放性压抑的游戏,你被压抑,因为你被解放了。从这个角度说,"多语性失语症"成了今天文化的"共通"模式:大家都在遵守"多语性失语症"的规则,谁也不敢创作个性独立、特立独行,留下一个谜一样结尾的作品;不敢创作留下反思的东西,没有人敢面临这个失败。

一句话总结就是,我们不得不面临伪经验的生产,它是我们创新的一个阻碍。与此同时,你无法逃脱伪经验的生产,因为只有在"多语性失语症"的生产逻辑中,你的解放性压抑才会暂时得到满足。

希望我悲观的论调能够激起大家乐观的批评。我希望我说的都是错的,我希望我的观点问题百出、漏洞百出,希望你们打倒我,让我不相信当前的中国文艺生产是这样的状况。谢谢诸位!

石一枫: 先感谢大家,刚才周老师讲的问题非常大,很宏观,很激情,我谈一下个人工作中的一点体验,是相对比较狭隘的领域的事情。熟悉的朋友知道我是编文学杂志的人,这些年可能和其他领域接触越来越少。

原创的焦虑这个话题,我想首先还是区分原创的概念。原创有两个意思,一个是和改编、重印相对,电影公司改编一个小说,在出版社的畅销书印了几十年还要再印,这都不叫原创作品。这个意义是比较世俗的,比较浅的。

原创的另外一层意思,可能和"重复"相对应。这个作品有没有时代穿透力?艺术手法上有没有拿出一些新东西来?这个层面的原创是高层次的原创。我理解的原创的焦虑在第二个层面上。现在文学写作成了冷门,但每年出版署统计中国出了多少部小说,好几千本。我们好像不缺作品,但是缺像样的作品。文艺座谈会讲话上习总书记说现在文学原创有高原无高峰,有高原可能都是客气的说法。从比较高层次的原创的角度说,作品有没有时代的穿透性,有没有艺术的创新性,这是30多年以来中国文学必须面对的焦虑。

说到这个得回到30多年前,从1979年开始,所谓的文艺新时期,是指"文革"结束、改革开放以后文学的发展。云雷有一个说法,说新时期文学主要是靠文学思潮和文学运动推动的。我们看到这30年,实际上在文学的场域里面唱主角的并不是一个一个具体的作家,也不是一个一个多么伟大的作品,而是一个又一个文学思潮。文学思潮一潮推一潮,看似往前进了。最早的有伤痕文学,卢新华为代表的,还有刘心武的《班主任》。没几年寻根文学出来了,伴随着1982年马尔克斯获诺贝尔文学奖,拉美文学爆炸的余波传到中国,代表作家有韩少功,还有李杭育,他写了浙东的风土人情和社会结构。然后是先锋文学,再然后是新写实,还有一些更小的流派,90年代在南京有韩东和朱文主导的,被称为"他们"的一批诗人和小说家。我们可以看到这些文学思潮好像面目各异,各有各的说法,你说批判"文革",我说要找寻中国文化的根,你要向国外学习,我说要回到古典,各有各的说法。但站在今天看起来,尤其站在某一个逻辑看起来,这些思潮只是一种思潮,想要解决迫切的问题其实是一致的:如何让文学走出"社会主义现实主义"的影响?从1949年一直到"文革"这段时间,学过文学史的都知道,中国文学完全是"社会主义现实主义"大一统。至于"社会主义现实主义"这个概念是怎么来的又比较复杂,可能和苏联的作代会有关系。有了几十年"社会主义现实主义"的传统,改革开放之后大部分文学思潮的焦虑,可能都集中在如何打破"社会主义现实主义",如何走出"社会主义现实主义"。

每个思潮都想解决一个问题,但背后的焦虑都是同一种焦虑,今天来看,这些文学思潮的原创力可能都不太够。伤痕文学有什么原创?简直跟一批刚扫了盲的人写出来的似的。先锋派好像是最锐意进取,最有原创性的文学潮流,前一阵还有个会的主题就是先锋文学,当时很多先锋派运动的亲历者,主要是南方的几个期刊,包括上海的评论家,他们回忆先锋派,总会伴随着几个中国作家的名字,马原、余华,除此之外还会重复几个外国作家的名字,卡夫卡、马尔克斯之类的。后来就发现,先锋派早期的作品,基本上是把那几个外国作家的写作方法照方抓药,重新再翻制一遍。卡夫卡是20世纪初的人了,90年代再复制一遍就是创新、就是原创吗?非常值得怀疑。还有90年代,有人做过统计,把"多年以后"这四个字作为小说开头的,在中国作家里的比例非常高。说起来确实是比较戏剧性,中国作家基本上是在用并不原创的方法解决原创的焦虑。大家一致认为"社会主义现实主义"是不原创的,是扼杀原创的,是原创的敌人,于是他们用一系列的方法摆脱"社会主义现实主义",可是这些方法没有一个是原创的。

90年代以后,随着对立面本身的削弱,我相信现在没有多少搞文学工作的人还会重视"社会主义现实主义"。但80年代不是这样,陈涌先生他们那时候,应该是真正重视这个东西的。当"社会主义现实主义"本身能量削弱了以后,我们发现那些反对"社会主义现实主义"的文学思潮,一瞬间都缺乏继续创造的动力了。再说说伤痕文学,我们现在还有那么大愿望再去反思"文革"吗?前一阵有一个严歌苓的作品

《陆犯焉识》，从小说技术来说，是非常好的小说，伤痕小说的集大成者，但大家读了也没有80年代那种共鸣了。先锋小说宣称和政治没关系，只搞文体实验，但也不想想，咱们配跟政治有关系么？也就做个实验而已。一个伟大的时代是有敌人的时代，没有敌人的时代大家都变成"宵小"了，群鼠乱窜。这个时代面临商业化的问题，商业化能不能促进原创力？这个辨析其实很简单，答案肯定是不能，中国的市场化尤其不能。一切交给市场，市场还分好市场、坏市场呢。美国的市场再不好，好莱坞一部一部出东西，《教父》是不是好莱坞拍的？《美国往事》是不是好莱坞拍的？人家的模式玩得多好啊。可咱们没有一个好市场，只能拔剑四顾心茫然，而且没有剑只是茫然。

原创性的问题是一个巨大的时代问题，我觉得没人能够解决它。比较务实的态度，是从自己的具体工作出发。我个人的态度是重新回到现实主义，现在咱们不敢提"社会主义现实主义"，但咱们好歹提提19世纪现实主义。我自己的阅读经验其实和上一代作家相反，很多60后的作家他们开始写作的时候已经看完了一大堆苏联小说，再看卡夫卡和福克纳的，然后感叹：哇，小说还能这样写！我们这代人是从90年代开始阅读的，那个时候不看点看不懂的东西都不好意思和人家打招呼，一个高中生也看卡夫卡，真看不懂，但我看过。现代派作品都看完了，再翻回去看托尔斯泰的东西，也感叹：哇，小说还可以这样写！我个人觉得现实主义的创作方法仍然是有效的。我们说的创新，无非就是写什么和怎么写，无非就是表达方式和表达内容的创新，假如我们在表达方式上创不了新的话——可能是因为我们这个时代哲学的匮乏，可能因为我们智商不够，可能文学暂且不需要新的形式——但是表达内容一定需要创新。时代变了，我们用老方法能不能容纳新问题，阐述新问题，提出新问题？这个思路是把创新的任务交给了时代，而不是作家本人。时代出现了新的症结，我们去反映它、思考它，这已经是某种意义上的创新了。而具体到作家的主观能动性有多大的作用，我现在其实是非常怀疑的。解决好写什么和怎么写之余，再好好思考一下另一个迫切的问题，就是为什么写。这个问题解决了，别的问题也许就解决了。谢谢大家。

孙佳山：谢谢三位主讲人的精彩发言。我在他们的基础上谈一下我对这个问题的理解。先从一个现象入手，昨天晚上我在怀柔参加"中国电影史年会"，看了郑君里先生的《民族万岁》，本是带着欣赏一部中国电影史佳作的心情去看的，但是看了以后有很多很复杂的感受。从纪录片角度说，确实有着标杆性的地位，尤其与同时期世界其他地区的类似作品比起来，确实比较拿得出手。

但是我悲哀地发现，当年的精品佳作，今天看起来有一种轮回的感觉。在《民族万岁》中有很多非常张艺谋式的感觉，从今天的角度看，它对中国各民族的视觉呈现，是非遗式、原生态式的呈现：仅仅是因为日本侵略中国，打破了原来各民族的和谐生活，于是中华民族就团结起来了——这是不是太简单了？整体性的现代价值被安放在什么位置？或者说这其中有整体性的现代价值么？在这个意义上我倒是理解了郑君里解放后《人民的新杭州》的价值在哪。问题在于，改革开放以来，在以"第五代"电影为代表的文艺实践中，其实并没有原创出什么新的东西，甚至没有挣脱出郑君里在1940年代的审美范式。换言之，好像改革开放以来，在文艺领域似乎遗弃了什么，挣脱出了什么，向前原创了什么，实际呢——很大程度又跌回了1940年代前后的审美结构中，又跌回了半个多世纪前的水平。今天回过头看，真是五味杂陈啊。

这个时代的原创焦虑的另一个很重要症候，就是刚才周志强老师提到的眼下最火的两个电影，《夏洛特烦恼》《港囧》，两个片子都有一个突出特征，就是前后穿插了大量30多年来的流行歌曲，来作为影片表意的抓手。当然这并不新鲜，从非常善于用传销式手段经营自己的一些"第六代导演"开始，就屡屡用这种看上去很潮的表意形式来作为电影的架构，并已经在《将爱情进行到底》《小时代》这些商业片中广泛使用了，试图用这些流行歌曲，将改革开放以来复杂的长周期的情感和经验串联起来，但效果如何？恐怕所有这些片子都沦为超长MV的配料桥段而已。我们都清楚，这30多年我们的社会发生了翻天覆地的变化，难道这30年我们的情感和经验还少吗？这其中的密度之大，在任何意义上都可以在历史上留下浓重一笔。问题是，我们的文艺领域根本追不上时代的节奏，比如很多贪官被查之后，他们的经历远比当下任何小说触及的层面都更复杂，有些甚至超乎我们的想象力。这么复杂的30多年，我们今天却大多只能用MV加喜剧桥段来呈现，就像周老师说的，这是一种"多语性失语症"，是一种伪经验的生产。

那么，在文艺领域，我们到底能不能正确的直面这30多年呢？这也是对于当下原创焦虑的一种拷问。

（休息）

祝东力（中国艺术研究院马克思主义文艺理论研究所）：首先，非常欢迎大家参加这期青年文艺论坛！这次是马文所和首师大文化研究院联合举办，我们要对首师大文化研究院，对陶东风老师表示感谢！这两年，应该说首师大文化研究院一直给我们论坛很大支持，几位青年才俊以开阔的视野、灵巧的分析方法给论坛带来了新的视角，丰富了我们讨论。接下来，希望能听到他们更精彩的发言。

下面，我简单谈一点刚才听了三位主讲以后所受到的启发，包括自己的一点想法。怎样才能出现原创？如果简单地讲，要看到原创，我们坐等天才好了，因为原创这个东西很难预期，有时候各种条件都具备了，但就是没有原创出现。但是，如果进一步分析，原创，它需要具备哪些因素才可以称为原创？我们可以归纳一下，按照比较高的标准——也就是说，不是单独一件作品，是一批作品、一系列作品出现的时候，这样的原创一般会具备两方面的要素。

一方面，需要有大量新的生活经验积累储存，比如说五四时期。五四之前已经积累了大量现代性的经验，用旧体诗、文言文这些旧的形式很难表达出来，而在五四时期一下呈现出来了。还有，新时期伤痕文学也是新的经验，"文革"十年的"伤痕"，"文革"之前的"伤痕"，通过这样的历史契机喷涌而出。这可以说是内容方面的条件。

再一个方面要有新的形式，比如五四的白话文、白话小说以及那种自由体诗，是之前中国文学不具备的新的形式，新的形式恰好适合表达新的经验，内容和形式一结合，就刷新了文学史的新时代。再有解放区文学，它用地方的、乡土的、人民群众比较熟悉的新的形式呈现长时间被压抑的生活经验，这也是内容形式两方面的结合。但是，还有一种相反的情况，例如刚才石一枫提到的80年代中后期的先锋文学，中国的先锋派有新的形式，从欧美搬用、横移过来的非常成熟的现代主义形式，但缺少新的经验内容。欧美的先锋派作品，特别典型的生活经验，是那种彻底的根本的荒诞感、悖谬感，同生活疏离的感觉，而这些生活感受，其实是80年代中后期的很多作家不具备的。这么多年看下来，他们许多人在生活中其实游刃有余、左右逢源，他们面对生活没有什么疏离感，没有那种震惊、荒谬的感觉，他们的作品徒具先锋派的形式。

我们今天说"原创的焦虑"，之所以这个概念比较能抓住大家内心对这个时代创作的感受，是因为这几十年来我们新的经验足够多，内容储存足够多，但我们缺少新的出色的表达形式，能够把新的经验以一种非常精彩的方式开掘出来、呈现出来。今天的问题不是生活经验不够，而是艺术形式这方面出现了问题。

陶庆梅（中国社会科学院文学研究所）：我接着祝老师的话。我以前老觉得"原创"是我们戏剧界谈的问题，因为戏剧的舞台语言和剧本创作这二者是分开的。那么,从小说来看会怎么谈这个问题?讲到原创的时候我会问的问题是,现在提原创,目标是什么?原创背后它的价值、方法、内容、形式是什么?为什么我们在讨论原创的时候,一个普遍的感觉是现在的作品不足以表达我们这个时代的情感经验,这是为什么?

相比电影、小说,我们戏剧界在"学习"西方现代主义和后现代主义上,是滞后的,因为能看到的现代主义/后现代主义的作品是远远不够的。这些年,不断引进现代主义和后现代主义的作品,这些作品确实特别好,但是,今天看这样的作品,还能让我们觉得学他们就能呈现我们的情感经验么?显然不能。80年代小说家接触现代主义的时候,普遍的感觉是我们能往那去,而且我们必须往那里去。但现在看到舞台上西方的精致的现代主义作品和后现代主义作品的时候,大多数的人非常清晰地认识到中国的戏剧创作是不可能往这个地方去的。

那么社会主义现实主义呢?我总的感觉从舞台这个角度去观察,社会主义现实主义在中国某种意义来说,是没有完成的艺术理想。习大大说要创作,要推出精品的时候,国有院团,不管改制的还是没有改制的,主要创作方向都是要回到社会主义现实主义——那是官方的审美方向。但是,回得去吗?一个本来就没有实现的艺术理想,你怎么回去?

我想说的是,和石一枫的感觉差不多,目前的原创问题是两种文艺理论:社会主义现实主义与现代主义/后现代主义同时失效。20世纪以来的两种重要的思想都是完全失效的,这是今天特别重大的问题。

刚才石一枫讲回到"现实主义",但他自己也觉得现在的经验也是19世纪的"现实主义"装不下的,我其实觉得这是特别深刻的理论问题。为什么装不下?装不下的是什么?

此外,我们讲"原创"的焦虑的时候,我觉得这不仅是中国当下的问题,从西方自己的创作来说,有新的能够反映现在整体问题的作品吗?没有。所有的"元问题"都是二战以后提出的,现在大多是在技术上越来越好,越走越精致,但"元问题"已经丧失了。21世纪以后整个社会现在新的问题,西方能反映吗?我觉得今天原创的焦虑是整个世界性的问题,在这个意义上我们其实是和世界同步的,没有一个学习对象。这是问题的一个方面。

另一方面中国还困难什么?是如何认识当前的商业问题。我自己不是特别爱用"商业"这个词,我比较愿意用市场来讲我们的艺术生产。说"好市场"和"坏市场"

可能有点太简单了，也许我们可以说的是原生的资本主义市场和后发的资本主义市场，"后发"意味着很多规则是被规定的，这个市场其实已经缺乏原生性的东西的。当我们讨论原创文艺，讨论文艺的内容问题、方法问题、社会问题的时候，可能真的是跟我们在政治层面、经济层面上理解这两个30年有着特别密切的关系。中国的经验有社会主义经验，有30年改革开放推动一个市场社会的形成，在这个市场社会形成过程中，我们生产了太多感情、太多的经验，正面的负面的，都相当巨大，但怎么理解这些经验和感情？与人文对立的就是市场，但是如果一个人文主义者不能理解市场带来什么样的变化，那么这个人文主义是在什么意义上的人文主义？我是有疑问的。市场是当前中国社会特别活跃的要素，它影响着我们每个人。我们批判市场的时候，不也是卷进这个市场的利益当中吗？所有人都是不可能摘出去的，不理解市场对人的塑造作用，是很难突围的。怎么理解市场，我也不知道。我拿自己的经验来说，2001年开始做戏剧，碰上的很多人，什么学历都没有，就是觉得戏剧这块有机会，借着戏剧挣钱，也寻找自己的位置。我清楚地看到市场对他们的摧残，也清楚看到他们在市场的确挣了钱，改变了自己的生活。也就是说，在某种意义上，市场是个流动的通道。这个过程，带给人变化的社会能量，太需要研究了。在市场社会中，我们真的是积累了太多的情感、太多的挫败、太多的能量，这个能量该怎么去理解和释放？不仅是文艺创作者，也是文艺批评者、文艺理论工作者要面临的巨大问题。因为理论是应该总结实践的，但有的时候理论可以率先用批评的方式提出一些问题来，尤其是在创作很焦虑的时候，文艺理论更要走到前面。

祝东力：周老师从经济领域以及创新的整个社会环境的角度来看问题，很有道理。补充一个情况，中国经济总量在2010年达到世界第二位，按美元汇率计算，现在已经比排在第三名的日本多了一倍。但是，2012年全球创新企业百强排名中，美国是47家，没有一家是中国的企业。中国经济主要还是倚靠量的巨大，但是这个质，特别是表现在创新能力上严重不足。从这我觉得，刚才周老师说的那个创新的社会环境和文化氛围的问题，的确很重要。中国传统文化的确不是一种创新型的文化，我们都熟悉《论语》里说的"述而不作"，还有儒家经常讲的"法先王"以及"言必称三代"。儒家思想是守成的学说，眼睛向后看，尊老、尚古。同时，中国社会带有这样的特点，不断构建和维护一种过密的人际关系，比如君臣、父子、夫妇、长幼等等，强调一种权利和义务不对等的人际关系，而这种不对等的过密的人际关系往往会消耗过多的精力，会压制个人的、个性的空间。所以，原创不仅是个别艺术家的才华或灵感的问题，还有整个社会的环境和文化的问题。

窦薇（南开大学文学院）： 我的发言来自于祝东力老师的一句话，我们的文化创作已经到了新一轮的市场周期，我非常同意他的话。大家一直说机械复制时代的创作，机械复制时代的作品，我认为我们中国的文艺创作已经进入了另一个时代，一个瞬间复制时代。我想和大家探讨网络小说的原创性困境问题。网络小说的现状是什么？根据我自己的阅读经验，它目前存在两个问题。第一个问题是，它是一个周老师刚才说的"多语性失语症"的一个非常切合的实例，呈现出一种单向度、个性化的创作景象。什么是单向度个性化呢？就是一种更高层次的意识，让人变成单一的性格、单一的思维模式。网络小说目前呈现的作品状态，就是这种单向度的个性化。为什么是"多语性失语症"呢？网络小说中有很多的网络语言，例如甄嬛体、咆哮体之类，但是这些语体中的个性是非常单一的。另外，它的题材类别非常单调，比如说像玄幻、奇幻、仙侠、灵异这些文类当中都有武侠小说的影子，内容相近，主旨雷同，有非常相似的结构。

网络写手的生存状态其实非常堪忧，三天前一些门户网站同时刊登一篇文章说网络写手的生存现状，两极分化的情况非常严重。唐家三少这样作品非常流行的作者，他们的年收入能够达到五千万左右；而大部分写网络小说的作家，每一千字的作品能够拿到两分钱就已经算是很多了，这样的情况使得他们必须要大量地写，才能够争取到自身的生存保障。

郑以然（首都师范大学文化研究院）： 说到原创的困境，它的一个大的背景是：我们当下的文化语境实际已经产生了种种新的形式。前些日子美国文化研究的领军人物 Lawrence Grossberg 到我们学校演讲和交流，他认为现在文化研究所面临的最新的情势（conjuncture）之一就是互联网的影响，而原创文学所受到的互联网的影响无疑也是不容忽视的，我简单谈并不全面的三点。

第一个，是技术的影响。现代社会智能终端的普及对于阅读生态产生了巨大影响，而阅读在两个层面上会影响写作。一方面，读者阅读的喜好倾向，会导致作家倾向于创作特定类别的作品。另一方面，今天的读者就是明天的作者。现在的青年人、少年人有什么阅读习惯，就可能影响到今后的文艺创作的水平和风格。而现在大众的阅读状态非常浮躁，明显地碎片化。大家会在地铁上拿出手机来随意浏览新闻，看看网络小说，没有时间、空间和心情进行深入的阅读体验，因此，纯文学很难进入大家的视野当中。

同时技术也带来一个悖论，大家知道不知道韩寒曾创作一个阅读APP，每天发表一篇网友原创性的文字，而且是所谓的纯文学，刚推出这个平台的时候，他宣称这个阅读APP是为了让大家远离微博、微信。而矛盾的是，这个APP本身和微博、微信形式大同小异，也非常依赖于智能终端，也要在手机上阅读，在阅读时间和空间上，与短平快的"地铁阅读"没有太大区别。而且它还非常烧钱，一年250万，相当一部分用来做各种技术开发和维护。所以我说，现代技术带来了我们阅读和写作上的第一个困境。

第二个，视觉文化的泛滥。现在我们进入一个图像时代，严重到可以说不配图就不会好好说话的程度。在这个社交媒体时代，文字和图片在媒介出现的比例发生颠覆性变化。我无意看到新浪的一个栏目，叫"囧哥说事"，让我深深感觉到现在图像参与叙述已经到了又一个新的阶段：以前大家描述一个事件，喜欢配一个图，但这个图至少和你说的文字是相关的，现在发展到配图和文字并没有直接关系，或者说，就是一个"表情包"，是网络上流传的影视剧截图、PS的图等等，用以表达叙述者此刻的情绪或者用以调动读者的情绪。图像的滥用剥夺了文字特有的魅力——对想象空间的营造。同时，图像意识的增强反映到文字创作上，导致作者在思想本源上出现很大的改变，创作上会"图像先行"。我的学生是影视文学系的，虽然他们将来可能会写剧本，但他们现在写小说，或者写别的东西时，哪怕不是为了拍摄，画面感也都是他们第一考虑要素。图像先行的观念，已经成为文字原创的一个潜在的影响力。

第三点，现在代沟导致的文化隔阂更加分明。在这个多元文化时代，我们70后、80后可能和50后、60后说的还是一套话，使用同一种语言。如果大家关注一下00后甚至小学生他们看的、说的、写的东西的时候，恐怕会发现，你已经看不懂了。出于好奇我上过在青少年中流行的B站，发现上面每个字都认识，都是汉字，但组合起来，完全不知道在说什么。这些青少年追捧的原创作品，包括各种同人的、修仙的、宅腐的小说类型的出现，让大众阅读被划分为一个个小圈子，不同圈子之间没有交流的兴趣，原创作品可能在一个圈子内被认为是精品，在其他圈子却完全不被理解、接受。在这个意义上，评价标准就更难以确定了。

另外，我也在想，原创的焦虑是不是全球性的问题呢？网络是一把双刃剑，具体说，网络创作的优势是，提供了更多的机会，发表门槛更低了，大家都有机会把自己的作品让所有人看到。而其劣势是刚才颜老师也说到的浮躁问题，资本驱动带来的价值失重。那么这个双刃剑效应是不是全球性问题呢？

有人说中国网络原创之所以出现繁荣，是因为在我们之前的纸质出版制度下，并不是所有人都有出版的机会。但是美国不一样，在美国出版制度下个人出版自由，书号不用国家给。尽管历史不同，美国的网络文学也出现了大繁荣，《纽约时报》排行榜经常前10个里有8个、9个都是网络原创。我想这主要还是网络生产、传播新模式的刺激，以及资本的推动。资本与市场在某种程度上也导致了急功近利的快销文学的增殖，这在世界范围内都普遍存在。大家估计都看了《五十度灰》，我看到文字作品的时候非常惊讶，它的文学功力实在是不敢恭维，在评论界也收获了一片差评。但居然在英语世界销量那么好，超越了《哈利·波特》的总和，难道全世界的人们的欣赏水平都降低到看这种作品的水准了吗？在这种新情势下，原创的质量确实值得焦虑。

盖琪（首都师范大学文化研究院）：我没有事先准备，就说一点听了刚才几位老师发言以后的感想。刚才几位老师都谈到了对商业利益的追求可能束缚了原创性的问题——这个问题是不是这么简单？事实上我们可以看到，在《夏洛特烦恼》和《港囧》这两部作品里面，确实还是要大量借助经典怀旧老歌来赢取受众，促进电影的市场销量，那么这样的作品还是原创的吗？或者说它核心的卖点究竟是不是具有原创性？在这里，原创性和创造性之间的区别究竟何在？说得更明白些，我总怀疑，我们对原创这个东西的理解是不是过于苛刻或者说过于狭窄了？当然在全球化时代，怀旧可能是所有人面对世界变化过快时的共同情感反应，人们试图把握住一些身份认同的元素，把握住一些正迅速消失的东西——像《港囧》《夏洛特烦恼》都是起到这样作用的作品。这样的作品，如果先不讨论艺术价值和文化价值的优劣高低，只是简单地把它们的问题归结为缺乏原创性是不是合适？这涉及我们怎样定义原创性的问题。我觉得刚才的几位老师其实并没有很好地回答这个问题。或者说，我们究竟是缺乏原创性的作品，还是缺乏我们从精英意义上所期待的原创性的作品？事实上，我不觉得互联网上缺乏原创性的作品，90后甚至00后每天都在生产大量对他们来讲具有原创性意义的作品，这并不在我们的视野之内。那这究竟是我们的问题，还是他们的问题？

举个例子，对于话剧我可能只能算是剧谜，但是去年我看了两部戏留下比较深的印象：一个是在国话，孟京辉的《四川好人》；一个是在鼓楼西剧场，李建军的《狂人日记》。这两部剧大家都知道一部改编于布莱希特，另一部是以鲁迅小说作底子。我觉得这是两部非常具有创造性的作品，在形式上有很大创造力，注入了很多现实的思考。那我们如何定义这样的作品？另外，"市场"究竟是不是原创性缺乏的主要原因？石一枫讲了市场有好市场和坏市场的区别，我们的市场显然称不上一个好市场，我也不想把它简单定义为一个坏市场，但是仅仅是因为大家追求商业利润就导致原创性的匮乏吗？刚刚陶庆梅老师觉得，作品难以回答总体性的问题是一个全球性的困境，对此我有不一样的感受。我个人看得比较多的是美剧和英剧，比如《黑镜》《国土安全》《暴君》《纸牌屋》等等，它们其实都在尝试回答重大的政治经济问题。所以也许不是作品回答不了总体性问题，而是有些回答不是我们此刻能够理解的，需要一个时间差来回望。与此同时，在这样一个多元化、多向度的时代，我们对于"总体性"带有精英性视角的期待，可能也需要反思。

高翔（南开大学文学院）： 前面好几个老师提到网络文学的现象，我想说就网络文学而言原创性还是比较强的。但网络文学也呈现出一定程度的单调性，其表达的精神、气质、意义模式是非常单调的，大部分的网络小说有一个别称就是YY小说。YY是"意淫"拼音的首字母缩写，意思就是我们无论读什么样的网络小说，都是个人想象世界对欲望的满足，获得一种带入的快感。从这个意义上讲，大部分的网络小说尽管形式上千变万化，但意义却非常狭窄，就是进行欲望满足而已，所以我们说它单调。网络小说中还有一些例外的、非常深刻的作品，比如像《悟空传》这样的小说。

刚才颜老师提到市场能否和艺术结合的问题，我们知道现在有一个很好的网络媒介平台叫豆瓣，豆瓣的评价和反馈机制深刻影响到当下人们的观影。几年前电影拍得越烂看的越多，但是现在由于豆瓣和一些社交平台广泛出现的"自来水"现象，已经使得几部不被看好的作品获得大家的承认，所以我们对于市场不必过分悲观。包括我最近看到的《心迷宫》，《心迷宫》本身是一个制作成本170万的小片子，但是现在赢得了广泛的赞誉。

鲁太光（中国作协《长篇小说选刊》杂志社）： 石一枫讲新时期文学是一个思潮接着一个思潮，以思潮为驱动展开；还说如果它有原创性的话，原创性就体现在它以思潮为推动这一点儿上。我也谈过这个问题，说过类似的话。在祝东力和黄纪苏两位老师主编的《艺术手册》上，我曾发了一篇文章谈这个问题，题目叫《文学需要运动》，这里的"运动"其实就是思潮的意思。在文章中，我对五四以来文学思潮的演变归了一下类，粗线条地展示了一下这些思潮的展开方式及其影响，而后对1990年代以来中国文学界缺少思潮、缺乏运动，文学没有新的推动力，或者说原创匮乏，表达了遗憾。最近，还想继续写一个延续性的文章，题目叫《文学为什么需要运动》，跟今天讲的内容有关,我就先把提纲讲讲。文学为什么需要运动和思潮呢?答案非常简单:文学运动的功能很多,最重要的功能就是制定标准或更改标准,也就是说,原来的标准不管用了,不灵了,需要新的标准,这时候就需要文学运动。打个比方说,当"社会主义现实主义"不行了的时候,我们是不是可以想象一下"资本主义现实主义"?是不是可以想象一下"资本主义现代主义"?这个说法可能不那么准确,也不那么好听,可实际上,1980年代中期,文学界就是这么做的。

那么下一个问题是:今天为什么重提文学需要运动?原因也很简单:新时期以来的文学标准出问题了,异化或者堕落了,从内容和形式两方面看,都是这样。新时期文学倡导"人道主义",我们当时打的口号是这样的。今天盘点一下,这么多年了,到今天为止,真正让我们人性温暖、人性丰沛的作品有多少?当然有,但数量很少,许多作品都是打着人道主义的旗子反人道主义。记得2001年我刚到北京大学读硕士的时候,余华去北大演讲,他演讲中的一个说法让我很震撼。他说好多作家认为自己写的是内心、是人性,但实际上不是,他们写的不是内心,是内分泌,他们写的不是人性,是欲望。余华是从先锋文学发展起来的名作家,他这个说法有点调侃,有点夸张,但某种程度上切中时弊。为什么新时期文学到1990年代后期迅速被消费主义文化包围,甚至被取而代之?这跟我们说一套做一套很有关系。

文学形式上也一样。新时期文学所谓的形式创新有一个重要标准,说以前现实主义,尤其是社会主义现实主义文学的主要方法是观照外部世界,新时期文学不一样,我们要向内转,转向内心,转向微观世界。鲁枢元先生有一篇著名的文章,就是谈这个的。在大家一致向外看的时候提向内转对文学当然有很大的贡献,因为文学确实是多维度的,需要表现多种世界,而且这多种世界都要通过作家心灵的蒸馏提升才得以呈现,因而向内转很重要。但这也带来一个问题,实事求是地讲,先锋文学开始的时候对西方的模仿还是比较认真的,在写法上还是很讲究的,也出了不少好作品。虽然有些作品现在看起来很幼稚,有模仿痕迹;但在当时却是"新"的,而且还带着时代的气息,比较有冲击力,要不然我们也无法想象为什么当时年轻人对先锋小说那么喜欢,没有无缘无故的爱嘛。但到了今天,先锋精神完全消失了,彻底堕落了,许多作家认为写内心可以非常随意,非常自由,怎么写都有道理,怎么写都可以。这导致两个问题:一是那些刚入门的作家,觉得先锋就是"无主题变奏",怎么写都行,于是一通瞎写;二是对一些相对成熟的作家来说,又往往有技术滥用的问题。我刚看过一个长篇小说,作家其实是想写一个现实故事,写中国的收容制度。故事核心是主人公在深圳打工时，原本经常被收容所的人员"欺负"，被侮辱被损害，因而痛恨这些收容所的人员；但后来他通过关系成了打工仔收容所的工作人员，成了队长做了帮凶，到处抓别人，把人弄到收容所去，甚至找借口强奸年轻漂亮的女打工者。那些被关进收容所的打工仔，有关系的交了罚款可以接出去，没关系的就被送到劳教的地方劳动两个月后遣返原籍，有姿色的女性如果没有人接，甚至会被收容所想办法卖给光棍儿，或者干脆卖给色情场所……这是多么震撼人心的故事啊。只要把这个故事原原本本讲完，就是很大的成功。如果人物、心理、场景描写处理得好点儿，那就更不得了了。可作家却炫耀自己的写作技术，一开头就特别好玩，特别胡思乱想，写自己——就是那个帮凶，后来成作家了——去俄罗斯开会，又是去拜见普希金，又是跟导游一夜情，然后滔滔万言，又是对作家身份进行反思，又是对作家荣誉进行反思，还对自我进行反思，20多万字的小说写了8万字还没进入核心叙事，让人莫名其妙。包括韩东的《欢乐而隐秘》，好像技术很成熟，但其实是技术滥用。所以我说新时期以来的文学标准异化了。文学标准异化或堕落了以后，必然有新标准取而代之。现在文学界的标准，第一个就是消费主义的标准，小说里面没有性爱好像就不叫小说似的。影视也这样，一个是色情，一个是暴力，当然还有温情，像佐料似的，一样都不能少。

另一个标准就是文学管理机构的标准，说直白一点就是作协的标准，就是文学奖的标准，鲁迅文学奖或者茅盾文学奖的标准。这本来是个不错的标准，但现在严重趣味化，小圈子化了，就是说，你要得奖的话，必须适合评奖圈子的趣味，这就导致文学界格局不大，气象不大。

最后一个是欧美文学标准，我们现在谈欧美标准都觉得很高大上。但实际上，也不见得如此，欧美标准在很大程度上就是诺贝尔文学奖的标准，这个标准在中国至少有一个指标，那就是一定要将中国的历史和现实丑化，为什么我们现在一些作家把中国写得跟猪圈似的？有的就是为了迎合诺奖。说句实在话，如果诺奖"潜规则"里边有一条必须把中国写美才能得奖的规定的话，那这些作家很有可能把中国写得比花儿还美。大致就是这个样子。

我听了大家讲的，我觉得影视或话剧界创新的焦虑可能还要持续一段时间，这两个领域比较肥，资本盯得更紧。这一方面是好事儿，有钱嘛，但也说不定是个幸福的烦恼，因为资本无利不起早嘛，肯定会干涉艺术的。因而，编剧、导演有创新焦虑也是可以理解的。文学创作确实个人性更强，资本也不那么青睐，因而创新方面摆脱焦虑的可能性也更大。我个人感觉这几年现实主义的作品有所增多，或者说作家的现实感在慢慢增强。现实主义文学门槛很低，但真正要写好，门槛又很高。随着越来越多的作家现实感增强，作品会越来越多，我个人觉得这是中国当代文学摆脱原创焦虑的一个途径。这也是为什么虽然目前的现实主义作品不那么完美，但我却为其鼓掌的原因。

张成（《中国艺术报》社）： 我先朗诵一首诗。秋天到了／树叶黄／一群人民买栗子／一会排成 S 型／一会儿排成 B 字型／我问栗子姑娘／为什么涨价了／姑娘说，绿色种植，货币增发／栗子不是去年的栗子／钱也不是去年的钱／姑娘又说，爱买不买／但我欲罢不能／因为我猛然发现／我还是去年的那个 SB。这首诗就是我心中的原创诗，是一首无题诗，作者是石一枫。这首诗里有对现实生活的观照，从叙事上看，他解构了我们过往经验，即小学课本中《大雁》的那篇课文。

看待原创，首先要找到它的对立面和评价标准，我认为这个对立面不再是经典。颜榴老师曾写过一篇关于话剧《离去》的文章，题目中有"古典主义的离去"等几个关键词。《离去》讲述的是一个资深莎士比亚戏剧研究者患上老年痴呆症的故事。有趣的是，在布鲁姆看来，莎士比亚就是经典的核心，是后世托尔斯泰、蒙田、乔伊斯等一系列大师的影响的焦虑的源头，所有的作家都要与他竞争，从而创作出原创。《离去》就是这样一个主题与形式同构的文本。但这个外国文本的中国化，似乎也暗示了，现在原创的对立面不再是经典文本，而在于能不能表达当下的经验，并把这种经验生成出一种新的文本。从全球视野来看，国外的艺术家把该玩的都玩遍了，太阳底下没有新鲜事，如果国产的艺术品不能从当下的经验出发，观照中国人当下的生活，那么中国消费者为何还要消费这种已经落后的艺术？如果仅仅从产业的角度来说原创，个人认为，无恒产无原创。

白惠元（北京大学中文系）： 所谓"原创的困境"，其实包含两个维度：从时间上说，是当下文艺如何反映出"时代精神"；从空间上说，则是如何在全球化时代讲出"中国故事"。因此，"原创"的题中之义应包括近来流行的关键词——IP。什么是 IP 呢？ Intellectual Property（知识财产）。一方面，知识产权为"原创"提供了法律保障，它支撑着原创；但另一方面，戏剧影视创作愈发依赖"大 IP"，如电影中不断复现的《西游记》，正是"大 IP"凸显了"原创的困境"。如何在网络时代讲出新的故事呢？我想，IP 是途径之一，在改编的空隙中，我们得以期待创作者的独特表达。

那么，IP 可以激活什么呢？首先是激活"民族"，在旧曲新弹的过程中，我们得以确立民族文艺的传统，比如国产动画片《大圣归来》，作为一个"文化事件"，最引人瞩目之处是它战胜《小时代》的票房事实，这意味着，这张民族主义的"猴脸"战胜了《小时代》后殖民主义的"混血美男"。当我们对旧题材重新再创作时，我们是在"空白"中寻找原创力，我们去看《大圣归来》当然不是看孙悟空如何降妖除魔，而是想看创作者如何在空白处讲出新的故事。在《大圣归来》中，"大闹天宫"的部分用近乎"招魂"的形式复归了我们关于60年代美术片《大闹天宫》的历史记忆。

其次，IP可以激活"类型"，大IP由于其经典性而成为一种"类型"文艺，它历经时间的考验，有其固定的叙事模式与快感机制，可以最大程度地获取观众的支持与认可，同时，IP被反复讲述的过程中，就会催生出新的"类型"。

第三，当大IP的新类型出现时，观众主体就会发生变化，新的"受众"也就被激活了。比如，《步步惊心》以女性向的方式改写了《雍正王朝》，《五十度灰》以女性向的方式取悦了欧美家庭主妇无聊的日常生活，《琅琊榜》以被凝视的男性之"美"创造了耽美乌托邦，《滚蛋吧！肿瘤君》以非虚构的方式重构了对都市女性的生命关切。越来越多的大IP呈现出女性向的特征，从"穿越"小说到"小妞"电影，它们真正激活了市场中的女性受众。

因此，在中国的"大IP"面前，我们应当有更具能动性的创造力，讲出当今时代中国人的悲喜。于是，国家话剧院的王晓鹰版《简爱》便令人遗憾，除了精美宏大的旋转舞台以外，我并没有看到这个曾激励一代女性成长的经典焕发出新的生机——时代的表达在哪里？这或许才是真正的困境所在。

李劲松（中央电视台）： 我有一个感受，这种焦虑是一个正常的现象。文学和艺术作品是艺术家对社会的思考和呈现形式，一般是比较直接的、整体性的、个人化的；但是随着技术的发展，很多社会现象变得更加复杂、深刻，甚至逐步超出了个人的认知范围，这对文艺人是一个新挑战，也会产生一个潜在的落差。就像话剧，大家都在探索，有多种模式，不得不这样。焦虑是正常的，原创的焦虑就更加正常。意识到焦虑是一种常态和挑战，焦虑不是艺术的敌人而是艺术的伙伴。

符鹏（首都师范大学文化研究院）： 其实，我对原创的问题没有什么高明的见解，因为原创概念本身是一个很表面的问题。如果我们把它放在中国语境来看，这是一个典型的后发现代性国家才会面临的焦虑，西方不会有原创的焦虑。如果从原创本身讨论原创的焦虑，其实没办法往下讨论。对于一个创作者来说，焦虑是普遍存在的，但是如果焦虑没有创造性，我们焦虑30年、60年、100年，也不会从中生出一种新的可能性。在什么情况下焦虑本身才有创造性，才能转化成一种新的可能性？这是我们讨论原创问题时必须面对的。在我看来，至关重要的是，如何面对中国的现实。

我们讨论中国现实面临许多挑战，毫无疑问，中国的现实特别复杂，放眼世界，没有哪个国家的历史像中国这样重叠、交杂、断裂。如果说近代以来中国革命的所有尝试在现实层面都遇到挫折的话，那么，今天面临的问题是我们如何面对过去所有的一切。对于创作者，历史和现实的沉重没有得到足够的重视；对于研究者，往往在经验层面缺乏面对这些问题的方向意识。今天的学术研究和文艺创作真正面临的问题是，怎么在研究和创作中，感知和把握历史和现实的连带感。

我们今天对于中国现实的批评意见，特别依赖于批评对象的状况，但过分的依赖使得我们的眼光降低。事实上，我们使用的批评语言是一套经典的现代性批判话语，这套批评话语源自西方的现代社会经验。毫无疑问，这套话语在某种意义上反映了当代中国人的生存境遇，因为我们都是现代人。可是，这种批评话语没有办法从整体上描述中国。事实上，我们用这些概念本身是有很多层面需要分析的，我们批判市场、批判权力、批判资本，但这些概念背后的历史感是空洞的。没有历史感的话，我们就不能将这些概念相对化。直接以个人/国家、市场/政府的结构关系理解中国，根本不可能有实质性的理解。举个例子，当代中国的经验，在很大程度上让人会想起19世纪英国的经验。但在这种表面的相似性背后，我们看到英国当时特别有创造性的思想家，他们怎么理解和回应他们的历史问题，又是如何提出有创造性的批判学说。今天中国流行的批判模式，是不可能开拓出这样的思想空间的。

另一方面，今天所有的在座诸位，都可以说是"文革"的孩子，这不是说年龄上，而是在经验上。"文革"结束以后，中国人对于前三十年的历史和政治经验的理解，表现出一种特别简化的倾向。这种简化的方式，导致我们的基本历史感相当匮乏。1980年代文学的转折点在1985年，1985年之前从"文革"过来的作家身上有一种特别的品质，那些最有能力的作者特别能够把握到人心在历史政治变化当中最微妙的层面，这个品质是怎么来的？事实上是和过去的社会教育密切相关的。今天我们对于社会主义教育进行反省，必须正视这种历史经验的连带感。而在1985年以后，以先锋派为转折点，经过新启蒙的洗礼，这种特别的品质基本消失了，我们对于创作的理解变成，只要外在的束缚被解除，或者只要一个人被启蒙了，那就自然可以写出更好的东西来。但实际状况是，这些作品的质量一步步下滑，完全丧失回应历史和现实的能力。

其实，前30年的社会主义实践，特别强调一个作家在创作中理解现实，进入现实的努力，尤其是与现实搏斗的勇气。由于不考虑这些方面，我们80年代以来对中国经验的理解事实上被均质化、简单化了。所以，我觉得，研究者和创作者必须首先处理这个历史和现实的连带感问题。今天，我们的生活感觉，特别受到技术的、影像的、传媒的经验的形塑，可是这种经验背后连带的人是一个历史的人，而不是一个只有瞬间体验的人。如果对这个层面问题的考量不能进入创作和研究的视野，那我们所讨论的原创就是一个抽象的问题。原创没有办法落实在历史当中的，便无法获得真正具有创造性的能量。其实，流行的原创理解，非常讲个人的创新，而这在我们过去的历史理解中并不是一个突出的问题。但是，过去我们同样有重要的作品、伟大作品出现，在这种意义上，真正优秀的作品，并不来自空泛的原创理念，而是一个人与历史和现实关联的经验感觉。所以，能不能开创出一个比我们流行的理解范式更好的方式？如果没有的话，原创就只能沦为一个空洞的、没有经验实质的问题。

马春靓（南开大学）： 我们发现，现在舞蹈界存在着创作困境：舞蹈脱离了华丽的服装、背景、音乐以后，舞者的身体能不能说话？我们说的这些话观众接受不接受？演员能不能用身体与观众直接对话？我原以为只有舞蹈艺术的创作中才有这样的焦虑：舞蹈家到底该怎么创作？从什么样的视角创作？结果我发现所有的艺术形式都存在这样的焦虑，大家都在为文本怎么制作而焦虑。

有趣的是，艺术家的艺术创作能够既保持非常理智的批判精神，又满足市场需求的艺术创作是非常难的。艺术家的原创精神应该体现在作者将具有标志性的文本，或者能够使人们觉醒的作品呈现在舞台上，能够把人们从一个伪经验或者伪需求的世界或社会当中拉出来，这才是原创作品的真正价值。

陶庆梅： 我简单说一下对今天讨论的感觉。一个突出的感觉是不在一个焦点上。我想这里面至少包含两个内容，首先是一个比较理论层面的，即我们讨论"原创"时有一个"默认"，即如何在创作上回应这30年、60年、100年的中国人的经验与中国人的感情；另一个层面是文化研究学者频繁讨论的，即大众文化生产当中的原创。这是两个问题，不能把两个问题混在一块谈，拿这个标准批那个，拿那个标准批这个，是说不清楚的。在大众文艺生产意义上讨论原创，严格意义上不是一个理论的问题，它关注的更多是周老师讲的环境的问题、作坊的问题、生产方式的问题、市场的问题。不要用一个层面的东西去约束另一个层面的问题，而是要让两个层面的问题都深入下去。

孙佳山： 谢谢大家，我们下半场的讨论非常充分，气氛也特别热烈，最后请陶老师为我们今天的整个论坛做学术总结。

陶东风（首都师范大学文化研究院）： 我不敢做总结，本来也没有想发言，但是祝老师希望我最后讲一讲，我就简单讲几句。

首先代表文化研究院对马文所，对祝老师表示感谢。虽然这是我们的第一次合作，但对青年论坛的活动一直比较关注。你们每一期的论坛都给我寄，我觉得办得很好。这是第一次合作，但希望不是最后一次，相信以后还会有合作的机会。

下面我代表自己说说对今天这个话题的看法。听了大家的发言，听了主讲人的报告，很受启发（虽然我感到更焦虑了），至少有一些问题明白了。首先我想讲的是，我们应该从什么角度谈原创性这个问题。我们没有办法对"原创"设定量化的标准，因为对于"原创"，各式各样不同的文化类型、艺术类型，会从不同的角度、不同的标准进行界定，很难有一个大家都公认的标准。不可能你搞出一个公式来，然后一劳永逸地解决什么是原创的问题。这不可能。精英文化的、大众文化的标准不一样，大家都已经讲了这个问题。这充分说明要用一种本质主义的思维模式，制定出一个何为原创的公认标准，不太可能。

其次，从作家或艺术家的心理角度来研究原创应该具备什么心理能力，比如说想象力等，好像也不是我们今天要讨论的主要问题。这是创作心理学的问题。

今天的讨论中我觉得比较有意思的，还是对原创的社会文化环境的一些观点和讨论。我个人认为，原创（或者你把它叫做创新、创造力等，我个人认为没有太大差别）需要什么样的社会文化环境？这个问题在当下中国比较有现实意义，大家也比较能达成共识。所以我把问题聚焦为：我们需要什么样的社会文化环境、制度环境，才能让人们的创造力得到充分的、自由的发挥？现在中央大力倡导"大众创业，万众创新"，对"创新"这个问题很重视，这是一个大家都很关心的问题，而"创新"和"原创"本质上没有什么差别。这个问题解决了，原创的问题自然就能得到解决。

另外，关于原创和经验的关系。我不太同意给"经验""伪经验""真经验"下一个标准。这恐怕也很难做到。刚才很多人都强调：原创必须扎根于我们的真实经验。这点我同意。但是你说界定一个"什么是伪经验"的标准，同样不太可能。我们曾经有一个关于"真实"的标准，有关于"本质真实"和"表面真实"的划分标准，最后证明所谓"本质真实"不过是符合主流意识形态要求的那种"真实"，而这个"真实"恰恰是最大的虚假。经验的问题也是如此。谁有权力判断什么是真经验、什么是伪经验？也很难有一个统一标准。马尔库塞说美国大众的幸福感是虚假的，我很怀疑这个说法：你怎么知道它是虚假的？这样一种判断实际上把自己放在一个对于别人经验之真假的审判官的地位上，好像你比他本人还有权利、有资格能判断他的经验是不是真的——这不是很荒唐么？

我以为，与其争论经验之真假（这倒是一个真正的伪问题），不如去问这样一个比较真实和重要的问题：每个人是不是都具有讲述自己经验的权利？我们现在是否具有这样的社会文化环境？

联系我们今天的环境，这个问题也没有过时。我们的原创环境仍然是很不理想的。比如，今年的诺贝尔文学奖获奖者的著作，是一本讲述切尔诺贝利核灾难幸存者经验的口述史著作。激发人的创造力其实用不着花太多精力去研究究竟创造力是什么，而应该大家共同努力来表达自己的经验。这是一个更迫切、更根本的问题。

这个问题也能够回答刚才有人说的中国经验和"总体性"的问题。一个真实地生活在中国本土的人，一个直面自己的生存困境的人，只要让他自由表达自己的经验，这个讲出来的经验就不但是真实的，而是一定是中国的。"中国经验"其实是一个比喻的说法：中国是一个民族国家，它没有心理器官和感受器官，因此也不可能有什么严格意义上（字面意义上）的经验（或者情感）。所谓"中国经验"就是每一个中国人的经验（正如中国故事是每一个中国人的故事），"中国经验"的说法必须落实到个体才是有意义的。还是以《切尔诺贝利的回忆》为例，全书没有出现什么"苏联经验"的说法，但是每一个回忆者的经验都是典型的苏联经验。没有必要刻意在与其他国家的区别、对比中把握"中国经验"，只要自由地讲出每一个中国人的经验，这些经验就都是中国经验。

至于总体性问题，道理也是一样的。这里我把"总体性"理解为代表性、集体性或典型性。总体性或代表性存在于具体性和个别性中，离开了活生生的个体，我们到哪里寻找"总体性""代表性""集体性"？难道存在什么离开个体的集体、脱离具体的总体？我以为没有。这就是我的一点临时想到的浅见，谢谢大家。

孙佳山： 本期论坛就此圆满结束，谢谢大家的参与，谢谢。

（根据速记整理，经过本人校订）

青年文艺论坛第五十四期

美剧的跨文化传播与消费

主持人: 王洪喆(北京大学新闻传播学院)

主讲人: 张　成(《中国艺术报》社)

　　　　　郑熙青(华盛顿大学比较文学系)

时　间: 2015年11月26日(周四)14:30—18:00

地　点: 中国艺术研究院334会议室

主　办: 中国艺术研究院马克思主义文艺理论研究所

编者的话

2005年底至2006年,《越狱》在中国大陆炸裂,美剧走进了普罗大众。美剧纷繁复杂的款式、类型在中国大陆逐渐细分,萝卜青菜都有了特定的观众群,其中一部分甚至可以代表当今电视剧的最高制作水准。但是,美剧作为一个整体却没有得到学界的足够重视,而美剧近十年来的佳作迭出似乎是20世纪60年代电影大爆炸在21世纪的回响。因此,如何以一个有效、熨帖的概念,像界定"作者电影"一样去界定这些美剧现象,是一个值得深入探讨的理论话题。

新世纪这十多年来,美剧的制作方式也因追随信息时代的脚步而不断发展、嬗变,HBO、AMC、Netflix等电视台和视频网站在新世纪迅速崛起,它们究竟因何而崛起?背后又存在着怎样的竞争关系?传统的制作方式又对美剧的生产格局和艺术本体产生了怎样的影响?美剧的跨文化传播与消费如何在我国落地生根?美剧的粉丝文化呈现出了怎样的形态?美剧对我国的电视剧生产、传播和消费又产生了哪些影响?本期论坛围绕这些核心症结进行了深入的探讨。

王洪喆： 各位老师、同学大家好，我是北京大学的王洪喆，非常荣幸获得马文所祝老师和佳山的委托主持本期论坛。我本人作为美剧的初级消费者和业余观察者对这个题目非常感兴趣，接到这个题目以后我就在思考一个问题：今天当我们谈论美剧这两个字的时候，指称的到底是什么？当然肯定不仅仅是一个国别意义上的电视剧产品，比如英剧等实际也涵盖在内，所以它其实指称的恰恰是一种特定的文化工业形态下所生产出来的大众文化产品。而这个文化工业形态，通常来说要满足一些标准，它有一些基本的和具体的视听工业指标，使其区别于其他电视剧。我记得《越狱》刚刚流行的2005年、2006年，同学、朋友之间通过口碑传播推荐这部剧时有一个通常的说法：你去看吧，这个电视剧拍得像电影一样。这背后其实说明，它可能有一个和之前我国受众对电视剧的认识不太一样的制作标准。此外我们比较熟悉的还有，从它的发行方式来说，制作精良的美剧大都通过有线电视网和视频网站，付费观看，且采取季播制和项目管理的方式运作，它需要根据收视率测量高度细分的受众市场的反应，进行灵活的调整，其制播处在一种高度不稳定的合同关系当中。这种跟市场之间高度的互动关系，决定了它在一开始从制作到发行都已经处在高度市场化的过程中。比如说我们熟悉的《纸牌屋》，从策划开始就依靠大数据选择演员，所以美剧是一种高度市场化了的视听产品。

与市场相关的事实是，迷群文化在美剧的消费和衍生内容的生产方面，在整个的工业形态里面，扮演重要的角色。另外从叙事类型上，美剧又是多元性和实验性并存的一种形式，几乎囊括我们所熟知的所有通俗文学和电影类型，并且通过对传统类型进行杂糅和混装，持续开拓出回应社会现实的全新叙事，像比较经典的《双锋》和《火线》就是如此。由于季播制度和剧本写作的即时性，在制作过程中，编剧成为比较核心的创意和人力资本，很多畅销的通俗作家直接身兼编剧，所以我们前几年听到，好莱坞编剧罢工很多美剧就要延迟，可见劳工议题依然不能被市场化所完全消解。

美剧同样链接了诸多理论议题，谈到跨文化传播与接受，不禁让人想到文化帝国主义、版权、共享等经典的问题意识，同时也自然会想到以"字幕组"为代表的迷群文化在美剧的跨国传播中所起到的中介作用，以及由字幕组的免费劳动所引发的关于新自由主义时代的自我技术和工作伦理的讨论。当然还有围绕不同剧集所引发的接受热潮和舆论，又不可避免地介入到关于阶层、国族、性别等议题在当代中国社会的多层缠绕，甚至成为折射政党政治和社会治理的话语场，比如《纸牌屋》。

所以美剧作为一种典型的复合型文化工业产品和社会文本形态，它在今天的流行，对于文化研究的理论和方法都提出了很多新的问题。我个人对进入这么复杂的研究领域一直心有余而力不足，所以今天特别有幸请来两位在相关领域有长期观察和研究的学者和大家一起讨论。

首先请《中国艺术报》社的编辑张成发言。

张成：跟大家分享一下新千年以后我对美剧的纵向的个人观察。1982年中国第四代导演丁荫楠执导的片子《逆光》，里面有一个很有意思的场景，选团干部不好选，怎么办呢？就找一个像麦克·哈里斯这样的人，麦克·哈里斯就是美剧《大西洋底来的人》的主人公。

今天研究美剧需要一个这样的前史作为参照，曾经，美剧最重要的功能主要还是体现在它的娱乐性，我们今天再回首这段往事，看《加里森敢死队》《来自大西洋底的人》，其实在整个美剧序列里面的艺术水准并不是特别高。

今天朋友圈在刷感恩节，为什么要说感恩节呢？我个人从2003年初次接触《老友记》，以学美语的心态接触，感恩节是《老友记》里一个重要的"梗"，每一季的感恩节都让大家吃不上火鸡。对我个人而言，看美剧的第二个感受，是从工具的角度进入的。

第三点是今天着重要说的，美剧拓展了影像话语。《越狱》真正作为一个现象级的年度文化事件，首先得益于当时PC的普及，包括字幕组雨后春笋般出现，包括网速的提升，天时地利人和的条件，导致《越狱》在中国的炸裂。中国观众看了这么多美剧后再回头看《越狱》，可能和再看《加里森敢死队》《来自大西洋底的人》的性质是一样的，但确实为国人打开了眼界。

直到今天，大家越来越把美剧，作为一个电影思维的延伸和一个新的影像话语系统来看，包括我和大家分享的剧目。

我当时接触到《越狱》，其实是这样一个心理，是抱着迷影心态进入的。在当时比较活跃的社区百度贴吧和字幕组社区，大家一致推崇同时播出的《24小时》，在风评和口碑上要好于《越狱》。我就以迷影心态追《24小时》，《24小时》才是真正打开我视野的作品，把美剧真正作为电影思维的延伸。"911事件"以后，11月6号在加拿大首播，因为时间很紧凑，两个月以后播出这个剧非常应景。但应景不代表质量不行，《24小时》是很实验的剧，192集播出了八季，一季24集，一集一个小时，基本遵循古典戏剧的传统，它的本文时间和文本时间同构。研究电影史的朋友们会知道，在上个世纪60年代新浪潮时期，阿涅斯·瓦尔达拍过一部《五点至七点的克莱奥》，就是这样一部实验电影。所以当《24小时》出现在我面前的时候，还是挺惊艳的。第一季看到最后，本以为最后一分钟救援能让杰克·包顺利回归家庭，跟女朋友做一个决断，但是女朋友妮娜才是一个真正的恐怖分子，是黑色电影里的蛇蝎美人，她把她的爱人杀了，我们等待的最后一分钟救援，并没有一个皆大欢喜的结局，就像《唐人街》中最后费·唐娜薇死在尼卡尔森面前，这个悲剧契合了"911"后美国人的心理。

这出剧激活了很多电影元素，或者说使黑色电影在电视剧中焕发了新的生机，在2002年《电影手册》评选的十大佳片中被评为第十名。《电影手册》曾经被很多电影导演"封神"，这本杂志能够把《24小时》这样一部美剧放到里面，也传达了某种信号。

刚才谈了一个问题，它本来是一集一个小时，但是很遗憾的是没有做到，大概一集45分钟，这就涉及有线台和公共台的区别。HBO完全走付费订阅，可以不用插播广告，但公共台还需要考虑商业因素，因为插播广告，所以《24小时》没有在严格意义上做到同步。

电影新浪潮以后，在艺术电影范畴，导演的核心地位已经深入人心，但是电视剧因为工业与艺术互长的关系，它的作者应该是创剧人。我认为需要两个轴去界定一个坐标，一个轴是刚才提到的电视台，还有一个轴就是创剧人。

大家去看好莱坞的电影，有一个很重要的问题，即对爆米花电影的依赖和对漫画改编的依赖，越来越需要大制作。所以大卫·芬奇才说这些年最好的剧本在电视剧行业，很多电影导演和明星都转战美剧领域，像斯蒂芬·斯皮尔伯格、马丁·斯科塞斯、海恩斯、科恩兄弟、达赖邦特、大卫·林奇、尼尔·乔丹、迈克尔·曼，都不同程度涉及时下最热、最火爆、受众最广的电视剧的创作，他们大多担任创剧人、导演或者是制片人。

另一个轴就是电视台的定位，我在国内出差，看到一些酒店有HBO，比较有意思，以后大家去外地可以观察一下。HBO是比较特立独行的，它从90年代末推出了一系列剧，从《监狱风云》到《黑道家族》再到《火线》，直到最近的《侦探》等。除了规模比较大的剧以外，还有一些重要的迷你剧，像今年艾美奖得主《奥立弗·基特里奇》，之前海恩斯和温斯莱特合作的《幻世浮生》。还有一些电视电影，像《烛台背后》。总体上看，是这样的梯队：有长篇的剧集、迷你剧和电视电影剧集。《权力的游戏》前一段时间还因为单集播出国家最多，创了吉尼斯纪录。

AMC近几年声名鹊起，凭三部剧打天下：一是《广告狂人》，一是《绝命毒师》，还有一个《行尸走肉》。我个人的视野基本以这两个电视台为主，由此做一些辐射。HBO，它是靠付费订阅作为收入渠道，创作的时候主要考虑付费用户的满足程度，有的剧中可以有比较裸露、暴力、血腥的东西。网上流传的"鄙视链"，看英剧的瞧不起看美剧的，看美剧的瞧不起看日剧的，看日剧的瞧不起看韩剧的，看韩剧的瞧不起看国产剧的，可能就是因为美剧中有这些噱头的东西；但我认为，美剧的水准不在英剧之下，甚至比英剧还要好。如果相信这个"鄙视链"的话，会遮蔽掉HBO近几年比较有代表性的、比较有原创性的电视剧的一些优点。比如《火线》，我个人认为这是近些年美剧的扛鼎之作，它的优点很多，我只说一点：这个剧的第二季浓墨重彩地以13集讲了一个叫巴尔迪摩的港口工会是怎么样走向没落，蓝领是怎样走向失业的。我为什么单挑这点来说？这个问题可以作为参照，来了解当前中国电影和电视剧的一些实际问题。前段时间贾樟柯导演的《山河故人》在国内上映的时候遭受的最大质疑是符号性的东西很多，却没有达到文献那样的温度。之前戴锦华老师反复强调一个问题，即中国电影和中国电视剧该怎么清算"后冷战时代"的历史债务。《火线》就拍了这样一个群体，失落的蓝领。面对这样的失落群体，我们的影像却始终缺位，近年比较好的就属张猛的《钢的琴》和王兵的《铁西区》这样不多的几部。美剧在那样一个严格的工业化逻辑下能做到这一点，让人佩服。

除了刚才说的电视台这样一个东西，近些年来HBO自己在内部也有一些调整。《真探》现在播到第二季，它的第一季由皮佐拉托和凯瑞·福永组成固定班子创作，这比较特殊。因为美剧的创剧人是固定的，但导演和编剧是各有分工的，像这样固定的搭配很少见。顺着电影思维说这个事，《真探》真正渐入佳境，也是从第一季第四集最后6分钟的一镜到底的那场镜头。我为什么要单独把这个镜头拎出来？当年安德烈·巴赞在论述电影时，曾着重突出奥逊·威尔斯和让·雷诺阿，这两位都是长镜头大师，他们对长镜头的应用，和对现实世界的还原，让电影成为"现实的渐近线"。《火线》以电影的拍法呼应了这种说法，而且这个导演就是一个新人，他的志向还是拍电影，所以他在电视剧中试水。最近他的电影新作《无兽之境》也上线了，他最后还是从电视剧回到了电影。

我为什么反复强调电影思维呢？因为今天咱们讲跨文化传播，这是需要澄清的一个事。我的一位朋友是研究美术的，他经常调侃说，电影算是艺术，电视剧不算。在很多人眼里，国内电视剧的状况确实不到艺术的级别和层次；但是美剧的事实告诉我们，电视剧正成为当下最活跃的影像系统。当年《24小时》《老友记》在国内热播的同时，有这样一个段子：某国际巨星当年刚演完了处女作，等了两年，一直没电影拍，这时候有一个重头古装剧要在央视播，导演找到了这位巨星，给她很高的报酬希望她能出演这部电视剧；但她曾经的伯乐、某电影导演却训斥她不能演电视剧，理由是"我培养你是希望你演电影，不是让你演电视剧的"。后来没多久，她被他推荐给另一位导演拍摄了其人生里程碑的作品。这个故事的真伪和一些细节我们可以不作考证，重要的在于它传播的土壤和坊间对这个故事的心态，这个事大家心照不宣，电视剧是被电影圈鄙视的。作为跨文化研究的重点，我认为要把美剧放到全球化的格局中，与国际认知同步。

近两年美剧生产还出现了新现象：《纸牌屋》和《毒枭》是美国流媒体服务商Netflix推出的，跟之前电视台播的美剧略有不同，虽然还是季播，却是一口气全放到网上。《纸牌屋》大家都比较熟悉。《毒枭》是由巴西导演帕德里亚主创的，他曾拍过《精英部队》系列电影，第一部还得了金熊奖，电视剧还是延续了电影中的风格，讲哥伦比亚缉毒的事，包括对马尔克斯魔幻现实主义的致敬。

索德伯格拍过一个电影叫《毒片网络》，70年代还有《法国贩毒网》，但是同题材的电影与同题材的电视剧比较起来，明显相形见绌，电影的影像话语很难达到同题材美剧这样的程度。

我的归纳：美剧是电影在这个时代的新的本体的嬗变，电视剧是这个时代比较有效的，或者最适合当代影像表意系统的载体，美剧则是这个系统中最活跃的部分，而且某些作品已经做到了标杆。

陶庆梅（中国社会科学院文学研究所）："创剧者"跟制片人有什么区别吗？美剧

是怎么组织制作、生产的？

张成：一般咱们的理解制片人就是管人、管钱，创剧人是业务主管；但是美剧打通了他们的身份，往往创剧人都会兼任制片人。

陶庆梅：创剧人和制片人，谁的实权大？

张成：真正最大的还是资本，掌握资本的电视台可以不续订，俗称砍剧。像大卫·林奇90年代如日中天的时候，《双峰镇》当时非常火，但是到了第二季的时候，经受不住电视台的压力，把凶手交代了，直接导致这个电视剧的收视率下滑，然后他的话语权变得越来越少，最后导致剧被砍。

最近有一个消息说Showtime要把这个剧复活，这就是美剧系统特别好的一点，它有一个非常强大的纠错功能。

王洪喆：谢谢张老师，张成老师的分享有一点给我印象很深，他对美剧如数家珍，堪称年鉴式的梳理，说研究者也不为过。我理解你刚才的一条主线是，随着好莱坞电影英雄题材的泛滥，反而想要关照现实的作者必须通过电视剧来释放他们的现实关照和焦虑感，并且通过实践作者电影的美学原则为电视剧注入社会政治视野。

我最近作为普通观众看了一个美剧叫《血族》，由好莱坞导演德尔托罗制作，从类型上本来是一个吸血鬼和僵尸片，但在第二季的时候出现了一个很重要的情节：剧里面一位女配角是纽约地方的行政长官，她试图挽救由吸血鬼占领、人类几乎要灭绝的纽约市。在清理上东区吸血鬼的时候，她毅然宣布需要这个区所有的富人把个人财产的1%拿出来征作安全税，用这些资金组织相应的武装和社会治理力量来驱逐吸血鬼。这个决定受到了上东区富裕白人阶层的极力反对，甚至想要通过一些手段将她弹劾或者杀掉，然而这位行政官非常铁血地推行了这个政策。我们从这个情节里面很清楚地看到了美国近年来所谓"1%对99%"的社会焦虑，这部作品以一种非常激进的解决方案释放出来。

我们接下来请郑博士来做一个有针对性的回应。

郑熙青：听了刚才张成老师的讲话，我感觉我们两个的区别在于，你是一个迷影人士，而我是一个粉丝。所以我的角度跟你可能完全不一样，我们心目中美剧经典的列表应该也是不一样的，比如说美剧粉丝圈里面，哪部现在最出名？《邪恶力量》。在做电影研究出身的人看来，它也许就是烂剧，卖腐片。我们是站在两个完全不一样的立场和角度来看问题的。我的视角是接受者这方，不是生产者，不是文本这一方。我注重的并不是每个电视剧的文本，不是艺术创作本身的意义和价值，而是美剧作为流行文化的一部分，是如何构成当代社会文化图景的，又是如何进入观众的文化生活和消费的，尤其是观众中的特定亚文化样本，粉丝社群。美剧和其他流行文本一样，是建立在大媒体图景中间的一个有机的组成部分。一方面美剧确实佳作频出，但是另一方面我并不认为其繁荣状况需要我们特意改变研究方法，大多数状况下，电视剧和电影研究的模式方式是共通的。

我今天带了一本书，琳达·威廉姆斯，一个很重要的电影研究学者，专门围绕《火线》写了这样一本书。她认为《火线》采用了狄更斯式的社会描写方式，这样就和19世纪的情节剧传统联系上了。其实现在很多的电影研究理论家都开始往电视剧走，某种程度上两者结合很紧密，我们确实需要注意单个文本，但是我自己的角度不在这个方向。

具体到一个问题，从观众的角度来看，尤其海外观众，美国和英国的电视剧，包括好莱坞的电影，包括不那么主流的独立作品，并不存在显著的分隔。我并不是说电影和电视剧是同一种文本形式，而是说它们的区别在实际的观众和粉丝群体中间意义不大。《权利的游戏》这样的作品单独看，它必然是一部优秀作品，但是我们从粉丝的角度看，它的原作者乔治·马丁写过很多科幻和奇幻作品，他本人是《魔戒》的作者J.托尔金的粉丝，所以这部电视剧首先从题材上呼应了上个世纪中叶以来的奇幻风潮，从类型上又可以承接一大批世纪之交以来奇幻类型的电视剧和电影，也同样承接了马丁本人多年来在美国影视圈参与编剧的科幻和奇幻电视剧。比如，有一部80年代末的电视剧，90年代正大剧场播过，叫《侠胆雄狮》，马丁是那部作品最重要的编剧之一。还不止这么多，整个《权利的游戏》就是一个巨大的文本网络。比如说，从粉丝角度，饰演艾德·史塔克的肖恩·宾，给我们提供了许多单从这部电视剧本身不能理解的乐趣。如果大家熟悉他的演艺史你会关注到他不同寻常的名声，因为大家说他是"会走路的剧透"，他参演的大部分电影和电视剧中的最后结局都是被杀了，所以看到他就知道他在这个剧里面会死。我们还可以关注他的成名作《夏普》，是非常著名的英国电视剧。他的另一个著名角色，《魔戒》里的博罗米尔，我们可以通过关注他的古装剧扮相，关注一些高雅文化。他还在1994年和苏菲·玛索一起合演了一部《安娜·卡列尼娜》。所以，作为观众看待作品的角度，就不只是看一部作品，而是从很多方向进入一个巨大的网络。从这种意义来看，从制作者的角度和从消费者的角度观看电视剧，乐趣完全不一样。从消费者的角度，往往会抹消文本自身的独创性的灵光，成为后现代无差别消费的一部分。

我的立场对应着现在娱乐产业中的一种趋势，最早是亨利·詹金斯提出的，在流行文化领域非常出名的概念，跨媒体故事叙述。就是说，体现同一个世界观的故事，不是单一文本能表现清楚的，而是在不同的媒体上，不同文本互相补足、互相呼应，是共同构建的结果。早先的例子，《黑客帝国》可能就是这种趋势的滥觞。先有电影，电影创造了非常大的架空世界，一个宇宙观；然后有动画、漫画、游戏，所有的文本是用平行的角度，讲同一个世界观中的故事，共同构建了一个宇宙观。近期的一些例子，比如漫威，有好多好多"超级英雄"电影，最近还出了《神盾局特工》等美剧，加上它本来的各种版本的漫画，都在讲同一个宇宙观。我们作为粉丝面对各种媒体文化、各种媒体之间的区别，比起之前也会淡化许多。

还有一点非常重要，海外粉丝，中国的欧美媒体作品的粉丝，就接触电影、电视剧、漫画、小说的方式而言，并没有太多差别。大多数情况下，我们都是在网上，通过电脑、平板、手机看作品。在欧美的文化研究或者电影研究里非常出名的一个区别，就是电影观众和电视剧观众不一样的地方，在于电影观众是坐在电影院里面，全黑的环境，跟很多人一起看，是窥私癖的角度。但是，电视不一样，是坐在自己家客厅里面看。开着电视你可以做任何事情，你可以很认真地看，当然也可以做别的事情。曾经一度出现过非常专注的电影观众和三心二意的电视剧观众的区别，但现在已经是很过时的说法了。在美国本土其实很明显，从家庭录影带时代开始，DVD时代继续——当然DVD时代不能说已经结束了，尤其有了蓝光以后，说不定很长时间都不会退出历史舞台，到了现在则是网络视听时代。我在美国教书的时候印象非常深刻，以前是学生全坐在一个教室里放电影，现在是给他们一个链接让他们去找这部电影，在家看好了。其实学生更喜欢这样，网络租赁一部片子，24小时看完4块钱。现在有很多很多的网络服务像Netflix、Hulu、亚马逊在线播放等。这样就把观众从媒体生产者假设的接受环境中剥离开来，所有的影像都在无法预料的场合下和观众相遇，我觉得这最终将电视剧和电影更紧密地推在了一起。

我认为美国的主流电影和电视剧，如果从本土来看，总体趋势在新世纪并没有显著的断裂式的转变。因为好莱坞电影从上世纪中叶电视机占据娱乐主流以后，自70年代就开始转向所谓大片模式，所谓高质量的电视剧也是差不多时间出现的概念。当然我们现在用七八十年代的电影，比如最早的《星球大战》三部曲，或者电视剧，比如《星际迷航：下一代》，与当下的好莱坞电影和美国主流电视台的电视剧相比，能看出两个时代有明显的差别。但这个转变并不是很突兀，在美国电影研究和文化研究界就有"漫长的20世纪"的说法。在文化领域，20世纪的逻辑和发展状态在世纪之交并没有发生显著的改变，新世纪的种种，不过是在风云变幻的20世纪影响下的继续。当然这个说法也是见仁见智，至少互联网改变了流行文化传播和消费的生态。我认为新世纪以来改变最大的不是媒体作品本身，而是媒体作品整体所处的社会文化环境。媒体作品本身也在改变，很多时候反映的是所处环境的变迁，而非相反的过程。

我特别想提到社会环境中的粉丝社群的存在。网络时代之前粉丝社群发声的方式极为单一，进入网络时代以后媒体作品的接受方的发声途径和方式完全解放了。这里要提到粉丝研究先驱之一亨利·詹金斯，他1992年有一本著作叫《文本盗猎者》，将制作人和观众、官方和粉丝的关系视作对立和斗争的关系。这是因为他当时的时代环境的问题，使他故意夸大了粉丝和制作方之间矛盾和对立。但是，当这种对立关系减弱之后，现在就完全不合用了。本质上说，粉丝文化并不是独立存在的个体，必然依附于流行文化，那种纯然的反叛性质，只可能永远处在中间态，不断反映并反思大众文化。

不可否认的是，接受者的定位已经和40年前有了极其显著的变化，从不可见变为不可或缺。粉丝网络社群的形式，最早是网络聊天和电子邮件群，这种通讯方式中国不太了解，但在欧美八九十年代粉丝社群里很重要。那个时代主要以科幻、奇幻电影和电视剧为主要消费对象，比如说《星球大战》《星际迷航》；还有一些警匪剧和侦探片，最近很火的一个电影，刚被翻拍的间谍片《神秘特工》，就是翻拍了60年代的电视剧。之后是博客的私人写作，粉丝写作出版全数上网则是90年代的事情。90年代如今仍有名气的有《吸血鬼猎人巴菲》《X档案》，还有现在一些很多人不太了解的电视剧，比如《哨兵》《Due South》也是当时很重要的作品。进入新世纪，奇幻风《魔戒》和《哈利·波特》兴起，粉丝圈开始以著名博客网站 Live Journal 为集散地。再之后就是现在的社交网络和 Web 2.0 时代，更加繁杂多元。现在已经很难归纳出一个核心，或者最重要的粉丝消费对象类型和形式，所以粉丝文化和官方制作者的商业存在，同时入侵主流社交网站，比如 Facebook、Twitter 和 Tumblr。社交网站几乎已成为粉丝圈的集散地。如今粉丝圈已经成了媒体文化中间不可或缺的共同体。这就导致在流行文化媒体中，一方面自上而下地资本扩张兼并，全球的资源集中在少数企业的手中；另一方面似乎越来越低的参与门槛，不断有草根粉丝文化在参与正式媒体的生产过程，粉丝的能动性体现得越来越明显。这个表面上相反的趋势，不仅和谐共存而且互相促进，体现在当今的媒体文化中间，我们不仅看到在媒体制作人员里面出现越来越多的"自己人"，而且在媒体作品的表现中，粉丝的存在感也越来越强。如今美国制作行业已经出现了大量所谓"粉丝作者导演"：一方面，他们的作品众多，风格明显，是能力出众的导演和制作人；另一方面，他们从不掩饰自己的粉丝身份，比如说《吸血鬼猎人巴菲》《萤火虫》《复仇者联盟》导演和制作人乔斯·韦登就是其中最典型的代表。我们从中也可以看到，制作人也是跨媒体工作的，《巴菲》和《萤火虫》是重要的美剧，《复仇者联盟》是电影。刚才张成讲到的杰尔摩·德·托罗就是一个非常著名的日漫宅，他做的很多东西，一眼就能看出是对日本动漫宅文化的致敬，比如说《环太平洋》。另外，《生活大爆炸》之类的作品展现出，现在主流媒体已经不再从贬义和猎奇的角度专门表现粉丝身份和生活。以前像美国圣迭戈漫展，只服务美式宅文化小圈子，现在也进入大众媒体，《娱乐周刊》这类媒体都曾大篇幅报道。所以，美国本土的流行影视，现在的生存状态就是这样特殊的共生性。

在中国，20世纪末21世纪初，在流行文化领域，存在对外国流行文化的接收模式的变化，主要是从广播电视的集中的从上而下的中心型模式，转化为点对点的分散的网络型模式。我们很多人亲历了这一变化，从90年代的盗版VCD，到世纪之交的盗版DVD市场，再到现在全盘网络文化的流行文化传播，流行文化现在已经不再依赖院线和电视台这种形式了。网络传播也有早期的BT、电驴等P2P下载，现在还加上网盘和网络在线视频播放。网络在线视频播放一开始是视频质量和版权都很有问题的土豆和优酷，到现在遍地开花的高清视频网站，当然也包括土豆、优酷，还有各种花样繁多的浏览器和APP，以及针对中国御宅族观众的视频弹幕网站，都已经大大改变了我们观众对外国流行影视作品的接受环境和接受形式，已经完全不同于过去的观看体验和观众粉丝社群。这种状况下，观众和粉丝的集结方式特别依赖共同兴趣爱好，超越了地理、亲缘、职业的传统社区化的模式，在网络上成为一种全新的趣缘社区。这一方面使得粉丝文化无限制的扩散，另一方面使得粉丝的爱好高度专业化，消费方式也形成了一种惯性。这种时候就可以说，中国的美剧爱好者和美国的美剧爱好者之间存在强烈的情感共鸣，而且由于信息的实时交换，他们确实同处在一个社区之中。

我会简单地说到美国粉丝研究领域中亨利·詹金斯的两个概念：一个是融合文化，一个是流行世界主义。融合文化的概念，现在在大众传播领域用得很多，它主要描述五个方面内容：一是技术融合，新旧媒体技术的融合，传统纸质媒介和网络媒介的融合。比如说我们现在看书，已经不需要真的看纸做的书了，我们可以通过各种电子书来看。二是经济融合，就是在生产方面，文化生产者越来越集中在少数大资本拥有者手中。我们中国本地的例子，现在阿里巴巴把新浪都买了。媒体的扩张现在也是通过资本融合的形式。三是全球范围的文化合流，就是跨国文化的生产和交流。四是社会融合，一般指日常生活中对不同媒体的同时应用。最后是文化融合，我最想强调的概念，从下而上的草根参与式文化，观众和粉丝以积极能动的态度，参与媒体产品制作的过程。最明显的例子就是维基百科这类群体性参与的产品，同时也明显体现在当代流行文化的粉丝文化里面。

第二个概念是"流行世界主义"，其实已经包含在前面的"全球文化合流"概念当中了，但是仍然值得一提，因为它描述的就是我想描述的现象。现在年轻一代接受外国的流行文化，而非通常的所谓高雅文化来显示自己对外来文化和世界的接受和包容。詹金斯是一个美国人，美国的东亚产品爱好者、日漫宅，可以算得上这种流行世界主义者。在中国这个问题则没有那么简单，因为欧美的流行世界主义，是占据主导地位的地区和文化有能力支配在地区之间逆流而动的文化产品；在中国，虽然现在也有喜欢第三世界文化的粉丝——不知道你们有没有注意到，现在有一些喜欢印度、泰国、拉美电视剧的粉丝，但是在中国，最主要的海外流行文化，确实是日本的动画、漫画、游戏，以及海量英语国家作品，依然是从优势支配的制高点顺流而下的过程。所以在中国，对美剧的流行文化的消费，天然带有文化等级的意味。

美剧进入中国最重要的环节，就是网络字幕组，网络字幕组是一种流动性极强的，全靠兴趣和热情支撑起来的业余翻译行当。由于低准入门槛，不能完全保证质量，但是绝对保证对所有翻译内容的热爱。而且官方字幕组往往还没有粉丝字幕组水平高，所以中国字幕组往往带着一种对媒体作品的强烈责任心来翻译，视推广这些媒体作品为己任。很多外语的媒体作品在中国火起来完全靠字幕组，《越狱》就是最好的例子。由于《越狱》，《纽约时报》也第一次报道了中国字幕组的现象。中国对媒体作品的管制，尤其电视台似乎清教徒似的对某些内容的敏感，使几乎所有美国电视剧都不能正常在中国电视台播放。所以，后来我听说央视引进了《权力的游戏》的时候吓坏了，当然肯定是做了一些处理。无论如何，字幕组对美剧的传播功德无量，字幕组异军突起后，英美电视剧的传播，史无前例地进入大规模平台式的传播阶段。

我自己认为媒体作品的跨文化流动，主要有三个障碍：一是政治的国界障碍，第二个是文化障碍，第三个是语言障碍。国界的障碍包含了传统意义的主权概念，也包含了当代媒体的商业力量，国界仍然是坚固的壁垒，尤其是合法媒体的传播。我自己回国看美国电视台的视频，经常跳出来一个提示说，你不在我们的播映范围，你不能看。当然，在美国看中国的视频也一样。有一个比较出名的事，英剧《神探夏洛克》在美国播放比英国延迟了三个月，是PBS引进的。然后，《神探夏洛克》第二季第一集剪掉了一个经典镜头，就是夏洛克从白金汉宫偷出来一个烟灰缸。很多英国同人都提到了烟灰缸，美国观众就说：烟灰缸怎么回事？是美国电视台为了省广告时间把这段情节剪掉了，商业逻辑影响了跨界传播。

文化障碍如今已经没有那么重要了，但还是会出现跨文化的误解，体现在日本以外的很多国家，很多主流人士依旧认为动画和漫画是儿童专属的娱乐产品，导致国际贸易决策和宣传广告决策的失误，这就是一种文化壁垒。

还有语言壁垒，使外语水平不够的观众严重依赖引入方的选择，而网络字幕组的存在微妙地疏导、控制了跨文化渗透。字幕组有无差别什么都翻的，也有只翻特定媒体类型的。字幕组的兴趣、字幕组的质量和影响力，某种程度上也决定特定作品在中文世界的影响力。我自己也做字幕组，是小字幕组，从个人体会中有几个观感。字幕组有几个特点：一是草台班子，技术准入门槛几乎是零，找几个朋友，只要外语好，就可以翻。二是纯靠热情或者说"爱"，绝大部分字幕组一分钱不挣。当然你也可以说，翻译本就不为钱，而是为了追求成就感，但字幕组的运行逻辑和市场经济的确完全不相容。三是流动性极高，人员流动、兴趣流动，甚至字幕组本身的存在往往都很短暂。从这些角度看，字幕组属于文化融合中间自下而上的草根力量，用非市场、非官方的力量促进了跨文化流动。

追踪海外作品的粉丝，一方面可以依靠无孔不入的地下盗版网络，第一时间跟上作品原产国，但另一方面，海外粉丝往往没有本地粉丝的种种参与渠道。即使粉丝文化当今受到了重视，海外粉丝群体还是一个非常尴尬的存在。举一个好莱坞电影的例子，我自己喜欢的作品，《霍比特人》，第一部出来后举办过世界范围的大规模粉丝问题征集的活动，我们中国的粉丝参加的可能性几乎为零。况且，中国粉丝参加以后并没有任何好处，因为那个活动的过程是，导演回答粉丝后马上会有蓝光碟发售，但电影发行方时代华纳并没有在中国进行发售。本来是给粉丝的福利，实际参加了却拿不到。有趣的是，当时一个中国粉丝提出的问题被活动组织方导演选中，问答环节中播放了出来，这就代表了海外粉丝在跨文化传播中的一个困境：我们这些人被他们拿来证明跨文化接受，但我们实际获得了什么？制作方并不一定在乎。我在美国居住时,也感觉到,即使在美国内部,在纽约可以参加很多活动,拿到很多资源;一旦去了其他城市,什么都没有,尤其比较农村的地方,接触媒体的制作方可即度,存在相当大的差别。

这个趋势也是全球性的,网络上的爱好者执行义务的传教式的跨文化传播,绝对不只出现在中国,中国粉丝网络翻译和字幕组这个现象,在全球看来也不是独一无二的,虽然我们的规模、质量和其他国家比都比较强。美国存在大量的对东亚文化的翻译和接收,先是日本动漫,然后是韩国的媒体作品,时间再往前回溯一下的话,还有香港电影,八九十年代香港电影在全球范围内存在类似的接受过程。近十多年来,美剧在中国的流行是借了互联网的东风,成为互联网时代最引人注目的流行文化之一。但我们还是可以看到,海外的粉丝群的参与方式和本土存在非常大的区别,我自己是做粉丝文化研究的,常常觉得,现在粉丝研究领域内,还缺乏将跨文化介入者纳入讨论范围的方式。

我个人的观察,中国观众对欧美流行文化开始以现在的粉丝形式来消费——我主要指有所产出的粉丝圈形式,而不只是热爱某作品并观看的文化行为,应该是从世纪之交的"奇幻风"开始的。至少女性向这方面,最早一拨热爱欧美作品的同人女,是《魔戒》在中国红了之后的事情。最早两拨欧美同人圈,应该就是《魔戒》和《哈利·波特》,然后是《X档案》这种美剧热门才慢慢发展出自己的圈子,比日本媒体作品的粉丝圈晚了不少。原因很多,说到这一点,我必须强调中国粉丝圈,如果从文化上来说,并没有什么本真性。现在中国的粉丝文化、同人文化,最开始都是来自日本的舶来品。由于粉丝社群本身人员的流动性,远远小于粉丝社群兴趣和关注点的流动性,因此粉丝对某个作品或者对某种艺术形式的热爱,并不会固定在这个文本和文类上,而是随之流动。中国粉丝圈对欧美和对本土的媒体作品的接受,都带着日本同人圈的影子。特定类型的作品受到的关注和关注方式,都有各自的特点。以同人写作为重要消费方式的群体,相对关注科幻、奇幻、间谍、推理这一类题材,极少关注肥皂剧这一类。以同人写作为核心的粉丝社群,是爱好美剧的粉丝内部再划分出来的一块,是和美剧粉丝圈相类的亚文化人群。他们爱好相类,消费方式也相类,差不多就是美国文化中间的所谓geek、nerd、宅的人群。《越狱》在中国算现象级的作品,引爆了中国粉丝圈对美剧的热爱;在《越狱》之前是《老友记》,很多人一遍一遍看《老友记》,但没人想过给《老友记》写同人,会觉得"有什么可写的?"《越狱》就有,某种意义上是因为《越狱》有帅哥。比较近的例子是英剧《黑镜》、美剧《纸牌屋》，也引发了非常大的潮流，但并没有粉丝圈。某种意义上也可以说，一部作品是不是有为数众多的追随者和同人圈，和这部作品本身的质量并没有太直接的联系，同人圈的运行有自己的逻辑。所以说现在很多宅向改编和宅向原创，如美漫的超级英雄，和一些跟日本宅文化相关的作品如《环太平洋》，其实也是在顺应这个逻辑。这个片子在美国的影响并没有在中国影响大，因为可能它击中了喜欢日漫，特别是喜欢日本萝卜系人的粉丝的萌点，中国这些人显然比美国多得多。现在好莱坞还要拍《攻壳机动队》，要拍成真人电影了，这也是顺应了同人圈的逻辑。

如果说"男性向"和"女性向"是一个网络时代非常好用的划分方式的话，那么如今对于流行影视剧的消费，这种方式并不十分合用，尤其是海外的影视剧。出过这样一件事：今年年中的上海漫展，就是纽约漫威特地来中国开的那个完全仿照美国漫威形式的漫展，请了漫威的原画家来中国签售。结果那几个见惯了美国漫展阵仗的人，被中国这里漫展参展人数的性别比彻底震惊了：美漫在美国一向被视作男性的流行媒体艺术形式，而在中国，喜欢漫威，来排队签名的人当中，却是女性占了绝大多数。原画师甚至回去后在推特上感慨说：居然有这么多女孩排我的队。这件事很有趣，一方面说明跨文化传播以后很多文化内涵和语境关系发生了改变，另一方面也说明接受人群的性别并不是文本本身的属性，我们也许要另一套标准讨论现在这种现象，包括跨文化传播，包括粉丝趣味。

当今中国电视剧和美剧、英剧成熟的市场有所不同，但在粉丝社群和制作方的互动方面，中国和英美市场已经存在相似之处，其中很重要的一部分就是粉丝社区的存在。中国的粉丝圈一开始是从喜欢日本媒体作品开始的，虽然说大家分成欧美圈、日漫圈，现在国剧圈也开始兴盛起来，但本质是同一拨人。中国本土电视剧，像今年特别热的两部作品，一个是《琅琊榜》，一个是《伪装者》，我微博首页上所有欧美圈的朋友全部在刷《伪装者》。这些活跃参与的粉丝是同一拨人，流行文化接受的过程，本质上也是跨文化的文化杂糅的接受。

王洪喆：感谢郑老师的分享，我做一点小小的阐发，两位的讨论的确多有互动和对应的关系。在刚才的讨论当中，出现了一个很重要的理论问题。

张成老师提到的20世纪我们熟悉的，通过影像来完成的社会关照和社会介入，这样的一种可能性和艺术形式，在今天这个以"趣缘社会"、"迷群文化"为特征的新媒介时代的生态条件下，或者说在一种后现代政治环境下，还有没有可能？如果可能的话，又是以一种什么样的方式存在？

这个所谓的后现代政治在我看来，可能不仅仅像郑老师说的，以同人文化为特征，同人现象在美国比日本晚出现很长时间，而日本已经从同人文化向一个更加后现代的状态转型。我看过一个关于日本御宅族的研究，发现曾经被标识为御宅族的一个群体，他们认为自己的身份其实是一种专家式的粉丝，对自己所热爱的题材或者作品的叙事，有高强度的参与和互动的关系，即叙事是御宅文化的核心。而这种御宅文化已经不是日本粉丝文化的主流了，当下的粉丝文化的主流变成了萌系，比如他们喜爱的可能是由计算机软件直接生成的人物形象。在这种状况下，故事、叙事和文本，这些批判理论曾经最倚重的概念已经开始失效了。"设定"取代了"叙事"，作用于身体直接的情动反应。

在这种趋势下，当然影视作品里面依然还有作者电影的元素，但作者又不得不遵从工业的逻辑，必然只能在文化工业的市场逻辑前提下，才能夹带自己的一些所谓私货。以上这些变化是理论界尚未有效消化的，刚才郑老师描绘的融合文化景象，恰恰是詹金斯从对产业领域的观察里面得出来的趋势性预言。在融合文化理论出现以后，也恰恰是产业领域，对詹金斯这套理论的吸收和接纳反应最快，而批判理论界还经过一段时期的抗拒，后来才发现现实的发展使他们抗拒不下去了，必须做出回应。

（休息）

张成： 我跟佳山兄说，你论坛组织得很好，因为郑老师开讲之前给了我一个定位，她说我是迷影，她是粉丝，这个定位太准确了，我接受这样一个定位，我讲的也是这样的思路。但是作为我个人来说，并不否定粉丝这样的接受方式，以《平凡的世界》为例，《平凡的世界》今年在国内热播，开始是一个自上而下推动去观剧的行为，包括它的播出平台的品牌，包括政策给它的播出力度，最后有了自下而上的回馈，很多青年观众，比我们更年轻的90后甚至00后他们对《平凡的世界》接受方式，就是粉丝这样的角度，把《平凡的世界》的现实主义体系纳入二次元语境下。

还有《琅琊榜》，那更是耽美小说，具有特定粉丝群的读物，但当它落地成为电视剧，就大大超出了粉丝社群的范围。我们从故事形态学分析，能看到《基督山伯爵》《哈姆雷特》的故事内核。《琅琊榜》电视剧制作单位是山东影视集团，导演是孔笙和李雪，孔笙最早是《白眉大侠》的摄影，《白眉大侠》是典型的直男审美。徐良的老婆不太受关注，这和《琅琊榜》被淡化的男女感情是一致的。在这样一个脉络下，我们看孔笙以往的创作，《生死线》《战长沙》，他对男性情感的处理比较传统化，擅长拍男女感情；所以这样《琅琊榜》一部给女性看的小说，让直男创作出来，就不一样了。

郑熙青： 现在日系的同人文化跟欧美同人文化形态已经不太一样了，不是说时间上哪个落后、哪个在前的问题，而是两种不太一样的形态。美剧靠真人扮演，而日本现在基本上二次元化了，所以说日本有所谓非叙事化、碎片化的倾向。有一个理论家东浩纪，提出现在是后现代的数据库时代，消费的不是叙事，是数据库。日本的Vocaloid，最有名的是初音未来，现在的"Love Live!"，还有一些其他例子，粉丝圈都不是从叙事开始，是从人设开始的。他们喜欢人设，作为读者往上添加叙事，但是实际上，比较传统的粉丝文化仍然存在。现在有很多种不同的粉丝文化的维度，我只讲了其中一个方面，但是日本那方面确实比较独特，而且在日本文化环境下，尤其萝莉控的环境，卡哇伊文化，跟很多其他国家的文化状态是不太一样的。

常培杰（中国社会科学院哲学所）： 我们知道，就理论渊源而言，文化研究有三个大的影响源：一是德国的法兰克学派的大众文化批判理论，一个是对大众文化持肯定态度的英国伯明翰学派，再一个就是法国的符号学理论。就法兰克福学派而言，他们对大众文化做的是一种意识形态批判，但是他们大多并未深入到对象或文本内部，对大众文化做内在批判。符号学这一脉，对文化研究的影响更大一些，像罗兰·巴特和霍尔的研究，实际上已经在处理文化的内在运作方式和问题构成，而且没有舍弃意识形态批判。英国伯明翰学派的文化研究尤其是后期的研究，实际上吸纳了法兰克福学派和符号学的理论。我个人认为，比较可取的研究范式，就是将文本分析和意识形态批判结合在一起的"内在批判"。

此外，我还有一个问题，文化传播并非是单向的，而且传播源头也不是单一的，为何美剧、英剧的影响力那么大？内在原因是什么？你们今天的讲述，主要做的是一个事实层面的呈现，而我更关注的是为什么，哪些要素促成了这种传播效应？资本对文本、生产者和接受者都有何影响？文本又是如何构成的可以具有如此大的吸引力？此外，为何《黑镜》和《纸牌屋》这类剧作没有形成同人圈？

陶庆梅： 什么是"同人圈"，有没有特定的所指？

郑熙青： 同人圈是这样的，它是一个比较特定的亚文化群体。如果界定一下，我认为同人圈一般是粉丝看了特定文本以后，有动力、有欲望进行二次创作。所谓二次创作，就是借用它的人物关系和主要的故事情节，来写自己的故事。

孙佳山（中国艺术研究院马克思主义文艺理论研究所）： 比如《三体》，有粉丝看完小说以后拍了一个微电影,也就两三分钟,但很精彩,这就算同人创作。

陶庆梅: 这个是你们基本的共识是吗?

郑熙青: 同人圈不是现在才有的现象,很早很早就有了。

陶庆梅: 和粉丝的区别是什么?

郑熙青: 其实是有一个平滑过渡区间的,普通的看剧和愿意为了这个剧创作同人作品是有一个递进关系的。粉丝们可能在这个极端,可能在那个极端,也可能落在中间。对于同人圈而言,创作或者是看创作,都是介入式的实践。

王洪喆: 对文本进行衍生的消费和生产。

祝东力(中国艺术研究院马克思主义文艺理论研究所): 同人圈一般能达到什么样的量?比如说对《三体》或者某一部美剧进行二度创作的人,是三位数还是四位数?

郑熙青: 在我看来,只要在微博首页上能同时看到有十几个人在刷同一个内容,就基本可以判断这个同人圈其实已经成型了。我个人是喜欢把同人圈往前推的,我认为那个时候给《红楼梦》写续篇就可以被视作同人行为。

张成: 我举一个例子,我小时候看过同人漫画,当时《灌篮高手》很火,后来我买了《灌篮高手》的同人小说,还以为是续集,发现里面却都是人设在谈恋爱,吓了我一跳。同人不是同性恋,是把原著中的人设拿来继续创作,形成新的文本。

孙佳山: 粉丝文化意义上的同人圈,要准确界定的话,它还是后工业社会大众文化的产物,《红楼梦》什么的古代例子都是站在现在的角度往上找出来的,并不是一回事,无论区域、规模、媒介、程度等等,都不是一回事。

祝东力: 还是取决于媒介,过去潜在的同人大量存在,但缺少媒介,所以"续红楼"的人非常少。

常培杰: 现在的同人和以前的不同,可能不仅仅是媒介的问题,还要强调它是集体创作。

郑熙青: 一般是个人创作,但是有集体因素,因为在粉丝同人创作中,同人作者所理解的人物,其实是喜欢这个人物的粉丝脑补出来的。这个人物在原作之中呈现出来的形态并不是最重要的,整个社群承认这个人是什么样的,就认为应该是这个样的。英语里面所谓的 canon,经典文本;还有一个粉丝的经典 fanon,我们想象这个人是什么样的那就是什么样的。

常培杰:《黑镜》《纸牌屋》这样的片子没有形成同人圈是很独特的现象,原因是什么？而且，不同国家的剧作之间存在一个鄙视链，这个鄙视链是怎么形成的？除了制作工艺上的原因，还有什么因素对它的形成起了作用？这是一种被制造出来的现象，还是说不同国家的剧作本身一生产出来，就在品质上有很大差异？

祝东力：从复杂性和节奏的快慢看，区别是明显的。

孙佳山：看美剧的大多受过一定教育，当年就是学英语、练听力那拨人捧起来的，后来也是在高校圈一点点接力式地传播开来的。

盖琪（首都师范大学文化研究院）：我可以说是一个资深的美剧粉丝，我开始看美剧的时间可能要早于2005年，但是我一直也没有把它上升到专业研究的领域。所以我一直带有比较明显的个人趣味倾向，大致喜欢看的有这么几类。第一类是有选择性地看情境喜剧。第二类是女性职场剧，像《实习医生格雷》。第三类是政治剧，像《国土安全》《纸牌屋》。《丑闻》是介于女性职场剧与政治剧之间。最后一类是科幻剧，像《黑镜》《穹顶之下》《黑色孤儿》等。这是我个人的一个倾向，还没有说因为研究的需要达到对各种类型的均衡覆盖。在这样10年的观剧过程中，我对美剧从个人经验出发，形成了两点基本认识。

第一个认识，我觉得美剧对我这样一个带有学术视角的粉丝来说，最大的意义在于它所能提供的生命伴随感。这一点其他国家的电视剧，无论英剧还是中国电视剧是达不到的。以《实习医生格雷》举例，2005年它播出第一季，那时候我25岁，它的主要人物那个时候恰好也是二十五六岁，现在这部电视剧播出到第12季，主要人物是三十五六岁了，而我也到了这个年纪。所以这部剧在时间上一直伴随着我，每年一季，一年一年走过来。它的人物就像我同龄的朋友，生活在地球上的另外一个地方。这种从文化角度提供的伴随感，和英剧一年出个两三集——比如《神探夏洛克》不知道下一部什么时候出，中国电视剧一下子出40集，差不多几天在线上就释放完了，那种心理感受是不一样的。

第二个认识，从叙述学角度来说，美剧一直遵循复杂叙事的原则。它的文本一般是这样叙事的：一季20多集，每一集45到60分钟，但是它能够保证在长线上讲一个完整的故事，然后长线上每一个单独的集又能单独成篇去讲一个小故事。故事线索的交织性，多线性是中国电视剧目前达不到的，更不用说镜头的节奏感和其他的美学处理。这种叙事线索上的多元性，不是我们传统意义上的两条或者三条线平行前进，而是一条大主线穿插着不同的长短线。除了情境喜剧和刑侦剧的故事性每集独立性比较强以外，其他大部分美剧在叙事上都是如此。这点是电影做不到的。

另外，同人文化为什么在《黑镜》《纸牌屋》中没有形成？我觉得有可能是那些适合形成同人文化的美剧有它的特殊性，比如人物特别帅，比较容易吸引相对年轻的、有兴致进行同人文化实践的粉丝。而《黑镜》《纸牌屋》则更多地是一种政治经济学浓度较高的剧，很难把它转化成一种同人实践。

郑熙青： 同人圈确实是一个比较有逻辑的亚文化的圈子，我对比较偏女性的同人圈知道多一些，像女性同人圈比较注重人物关系。其实男性和女性都也是一样的，看到有人物关系发展的可能性，对人物又很好奇，所以才去开掘。

陶庆梅： 我有些问题想请教。我看英剧《唐顿庄园》，第一个镜头让我有点震惊。之前我听人说过英国贵族怎么看报纸：看报纸之前要把报纸烫一下。我知道这么回事，但没有太在意，而《唐顿庄园》第一个镜头一下让我明白了。第一个镜头大概两三分钟，一张报纸，报童送进仆人的门，仆人开始传报纸。然后我就看到随着这张报纸，整个庄园从楼下仆人住的地方开始动了起来，各种铃开始响，报纸在庄园里面转，从低级仆人到高级仆人最后到管家手里，管家打开一个熨衣板，刷，把报纸一烫，不再有墨迹，然后才到主人的早饭桌子上。主人一读这个报纸，泰坦尼克号失事，指定的继承人没有了，然后展开情节。看到这儿我有点呆住了。一个镜头，就把整个贵族的生活方式告诉你了，贵族和仆人的等级告诉你了，贵族怎么生活，仆人怎么生活都告诉你了。当时确实觉得英剧很牛。

美剧真是一个工业，美剧的工业化程度似乎比英剧强。英剧还是有那种从莎士比亚奠基起来的表演性，还比较细致，美剧不太一样。我自己看美剧一般只看一季，因而它往下所有的情节设置、内在节奏与人物关系不断重复。

盖琪： 我昨天从头开始看《丑闻》，第一集的节奏设计就感觉特别能够挠到你的痒处，什么时候需要情绪，它就顺着你的情绪捏出一个高潮，利用语速、语态、关键词、音乐、景别等等。看一遍不过瘾，退回去重新看一遍，还能体会到那个高潮，非常娴熟的技巧。

陶庆梅： 比如看《绝命毒师》我就看不下去，因为编剧的技巧太明显了；《纸牌屋》同样有编剧技巧，但是《纸牌屋》对我这样的知识分子观众来说，它把美国的政治绑在一块，你可以懂技巧，但是你不是不懂美国政治吗？它可以把美国的政治运作与流程告诉你，当然真真假假很难说。

在美剧当中看到工业性的一面，这对中国将来的影视生产来说，它会带来什么样的挑战？我回我们家一个地级市，我同学的孩子在读初中，张嘴一说看的电视剧就是美剧。如果中国地级市的城市青年，都在看美剧，那么对中国影视的未来会产生怎样的影响？

如果观众习惯了美剧的叙述节奏——被美剧改造是有原因的，因为现在的城市生活节奏和原来是不一样的。为什么当时《开心麻花》出来的时候大家都说它差，我就说它好，因为它的节奏是现在生活的节奏，它的内容很幼稚，但它的舞台节奏是对的。我们看知识分子的剧，大众就会看《开心麻花》。

因而，我看美剧，特别在意它对中国将来的影视生产所带来的挑战。比如，这个受众群体到底有多大？如果地级市的小孩，因为网络化普及化以后，都在看美剧的话，那影响面的确很大。再比如字幕组，那么这个群体到底占多大比例？

张成： 陶老师提的问题，我自己一直也在思考，我作为中国人为什么看美剧？今天的选题、今天的讨论，基本把我的思考全部覆盖了。美剧致命的问题在于其商业逻辑。《权力的游戏》一开始就需要重口味，其实，乔治·马丁的原著小说比电视剧精彩很多倍；但改编的时候口味非常重，暴力血腥，的确需要这些东西强化商业逻辑。

看美剧也好，英剧也好，首先要明白一点，作为中国人不是接受老外的教育，而是要与其对话，对话的唯一平台就是一个完成度很高的文本。我自己比较推崇的中国电视剧，像《乡村爱情》也可以当成《权力的游戏》来看，《唐顿庄园》也可以当成《唐家屯爱情》来看，这就需要忽略它的技法问题，而从民族志的角度切入。澎湃网发了一篇文章讲《乡村爱情》中的门阀制度，精彩程度并不亚于《权力的游戏》，其实跳脱艺术、技法、意义的壁垒，可以从多种研究方法切入。

祝东力： 国内有这么大量的美剧粉丝，也就是说，有这么大的市场，为什么我们的电视剧制作就没有相应的产品呢？

张成： 有一个很著名的电影制作人的原话是：我们想去一个地方拍电影不是那的景色好或者怎么样，而是我们想去那个地方旅游。其实很多在常人看来可能是艺术、文化上的问题，在创作者那里，并不被列入考虑的范畴。还有当前电视剧掌握收购剧大权的人的口味才是决定了一部剧的成色的根，跟资本讨论艺术创作，其实大家不在一个频道上，这个时候分析这个意义不是特别大。

祝东力： 实际上大妈大姐不代表资本，代表个人的趣味。但资本就是逐利，这么庞大的群体应该有这样的产品，这才是代表资本的市场。

郑熙青： 我有点补充，首先关于观众这个问题，这件事情可能我们在国内没有太大的感觉，但是我在美国的时候，我教过一节粉丝文化的课。我就发现，美剧在美国的接受度比我们想象中小得多。跟一个中国普通大学生讲美剧，他们会和你说很多，我跟美国学生讲《冰与火之歌》，他们根本不知道。讲美国骨灰级的流行文本，像《星球大战》《星际迷航》，他们也不清楚，我们对美国的流行文化接受程度有时候比他们本国人还要高的，尤其城市大学生受过高等教育的。这多大程度影响我们的视听习惯呢？或者说是不是只能接受美剧了？我在微博的朋友都是看《魔戒》《神探夏洛克》认识的，现在都统一在刷《伪装者》和《琅琊榜》。虽说美剧把大家的趣味变掉了，但没有那么绝对。《伪装者》这片子能火起来连制片方都没料到的，但就是有庞大的粉丝群，到底什么点戳到了观众？很多时候是不能预料的。

祝东力：《琅琊榜》结构很紧凑，漏了一集就容易跟不上节奏。

郑熙青：《琅琊榜》火起来是完全离不开粉丝圈的，因为《琅琊榜》最早就是一部耽美小说，写的是两个男人之间的爱情；修改以后强制加了男人和女人之间的感情戏，男人之间的互动变得比较暧昧，其实是把亚文化的东西变成主流再卖给亚文化的过程。

江棘（中国人民大学文学院）：听到粉丝文化"对大众文化的反映和反思"这样的观点，我自己就有了一个困惑：这个反思是什么？指向哪里？它如何与粉丝"粉"的行为共存于粉丝社群和它的文化圈内部，尤其还是在很多粉丝标榜自己是"脑残粉"的情形下？与此相关，熙青还提到了一个流行世界主义的理论，在我个人感觉，"世界主义"的提法本身，和"反思"一样，是否也暗示这其中还有很多可能性和革命性的力量？或者说是不是预示着粉丝文化虽处于资本运作链条中的一环，但是它同时也带有一种革命性的可能？如果是，这是怎样的可能？你是否也对此寄托了一种希望？这是我个人觉得有些困惑的。

郑熙青：这是个特别大的问题，一讲的话我会马上找我最熟的那一块理论讲。我先说一下自己的观点，因为粉丝文化研究就是建立在粉丝身份具有革命性可能这个假设前提之下的。

江棘：难道这种革命性就等同于边缘性和亚文化性吗？

郑熙青：不光是这样子，但主要是边缘性和亚文化性，魔鬼在细节里面。

常培杰：其实这里面有一个很重要的理论前提，也就是先锋派理论和亚文化理论。亚文化是相对于大众文化才成立的，具有很强的先锋性和颠覆性，它渴望改变世界，但其手段不是直接发动革命。作为一种先锋形式，亚文化有个潜在预设：改变符号世界就可以改变现实世界，而改变符号世界就是改变艺术世界；通过改变艺术世界可以引起受众的世界意识的改变，进而引起现实世界的变化。所以，亚文化群体里面经常出现的文本颠覆、戏仿等手段的潜在意义，就是对现实的颠覆，通过改变文化符号的结构方式来引起现实结构的变更。亚文化在这个意义上是带有革命性的。

陶庆梅： 实际上是自欺欺人。从先锋文化到亚文化再到耽美文化，整个抵抗文化是在不断边缘化的。

孙佳山： 这是今天非常有价值的新问题，作为对主流文化的反叛空间存在的亚文化区间正在迅速缩小。今天的新自由主义的文化逻辑是，你的反叛、反抗都会被迅速收编、转码。例如你不是反抗异性恋霸权么，那么干脆就在影视作品中将同性恋赋予正面价值，并和想象性的反体制压迫结合起来，新自由主义藉此就顺路洗白。这是今天所谓的粉丝文化、同人文化所必须警惕的，不想成为成年人，不想成为主流的青年亚文化，反而更成年、更主流，而且这一切丝毫不妨碍以二次元的形式生动呈现。

李劲松（中央电视台总编室）： 实际上现在很多美剧是用大数据算出来的。

孙佳山： Netflix拿大数据说事，忽悠成份很大。因为既然大数据这么管用，那么到现在，为什么除了《纸牌屋》有大的公共文化效应以外，怎么就没有第二部有《纸牌屋》式效应的作品出现？

陶庆梅： 《琅琊榜》《伪装者》背后都有视频网站的力量，为什么？

孙佳山： 因为随着网络视频观看方式的全面崛起，作为新媒体的互联网正在逐步分流传统的电视受众，到了2013年我国网络视频覆盖人群就已经可以和电视分庭抗礼。与2013年以来电视台连续剧收视率相对萎靡形成对比的是，连续剧在视频网站的点击率表现尤为突出，几乎战胜了传统的收视率。随着互联网企业的大举进入，我国的互联网电视行业的发展也进入快车道，中国电视连续剧，乃至整个中国电视的生态都将发生历史性的变迁。

陶庆梅： 其实跟我们戏剧一样的，同样面临着升级换代的问题。

郑熙青： 关于粉丝文化的问题我补两句，因为刚才这位老师说了关于亚文化和先锋文化的问题。这其实是90年代的论调，现在的粉丝文化已经不再是那种对立的边缘文化把中心文化给颠覆掉，或者是革命性的反叛。詹金斯90年代提"文本盗猎"，但2006年就改成"融合文化"了，更强调一种参与性，而不是一种反叛性。这个时候下层草根的进入，更多是共同合作。

王洪喆： 我想大家最后大概达成了这样一个共识：我们特别想知道在美剧这类文

化产品的生产和制作当中发生了什么。对此我们问了很多问题，最后大家都不是很清楚，只有佳山和业界还有一定联系。文化研究领域现在经常使用权力、资本这样的理论框架对文本进行批判，但是我们在经验和实证的层面上亟需关照产制过程的民族志的和政治经济学的研究，来和我们今天两个主讲人的视角进行呼应和补充。

　　谢谢大家的参与。

（根据速记整理，经过本人校订）

青年文艺论坛第五十五期

盘点新中国文艺

主持人： 鲁太光（中国作协《长篇小说选刊》编辑部）

嘉　宾： 陈福民（中国社科院文学研究所）　　王焕青（北京服装学院）

　　　　　靳大成（中国社科院文学研究所）　　李淑琴（中央音乐学院）

　　　　　李　镇（中国电影资料馆）　　　　　高　音（北京市社科院文学研究所）

　　　　　蒋　晖（北京大学中文系）　　　　　陶庆梅（中国社科院文学研究所）

时　间： 2015年12月17日（周四）14:30—18:00

地　点： 中国艺术研究院334会议室

主　办： 中国艺术研究院马克思主义文艺理论研究所

　　　　　《艺术手册》编辑部

编者的话

新中国文艺是中国文艺史上一个特殊的重要阶段，它挟近代以来大革命的恢宏气势，呈现出质朴、刚劲、高亢的美学风格——质朴是出于底层背景，刚劲是由于长期战争环境，高亢则来自建立在一整套哲学社会科学基础上的理想主义。该时期涌现出一批经典作品，流传至今。同时，在短短二三十年间，新中国文艺也由上升、高涨、鼎盛而渐渐泡沫化，从高峰滑落，越来越陷于公式化、概念化的创作状态。

今天，在经历了又一个历史周期之后，如何分析地评价那个时代的创作、如何辩证地理解那个时代文艺的形成和变迁、如何有机地总结新中国文艺的正反两方面经验，是新世纪中国当代文艺能否继往开来的具有历史节点意义的核心问题。本期论坛邀集了来自文学、戏剧、美术、电影、音乐等不同专业的众多学者，就此展开了深入讨论，对于初步回答历史留给我们的这个时代课题，做出了富有启发性的探索。

鲁太光： 各位老师、各位朋友：下午好！首先，感谢祝东力老师信任，委托我担任此次论坛主持。本次论坛，由中国艺术研究院马克思主义文艺理论研究所与《艺术手册》编辑部联合主办。本期论坛的主题是：盘点新中国文艺。这是一个十分重要的主题。之所以这样说，是因为"新中国文艺"是中国文艺史上一个极其特殊的重要阶段，它历经近代以来大革命的反复锤炼，锻造出感时、忧世、报国的宏大主题，锻造出以现实主义为主线的文学方法和文学精神，锻造出质朴、刚劲、高亢的美学风格，也创造出一套独特的文艺管理、生产、流通体制。这一时期涌现出的一批经典作品，流传至今，仍然散发着独特的艺术光辉。但我们同时也必须要看到，新中国文艺自身也存在着一定的问题，因而，仅仅经历短短的二三十年时间，就由上升、高涨、鼎盛而逐渐公式化、概念化、泡沫化，并伴随着中国社会的大转型而为新时期文艺所替代，成为反思、批判的靶标。这一反思与批判，至今未息。不过，新时期以来对新中国文艺的反思与批判，除了合情合理的一面外，也有其傲慢与偏见的一面，这种反思与批判既是"合理"的，又是"片面"的。

因而，在经历了又一个历史周期，进入新世纪之后，在新时期文艺乃至新世纪文艺也遭遇困境，需要反思的时候，对新中国文艺进行更为深刻的重估，理性地分析、评价那个时代的创作，理性地梳理、理解那个时代文艺的形成与变迁，理性地观察、认识那个时代的文学方法与精神，理性地再现、评价那个时代的文学生产、流通、管理方法与体制，理性地分析、评价那个时代作家的主体精神及艺术选择等问题，就是十分必要的。因为，这既关涉到如何认识新中国文艺的问题，也关涉到如何认识新时期和新世纪文艺的问题。这是一个重要的问题，更是一个复杂的问题，需要多学科、多视野的观照。

为此,本期论坛做了比较充分的准备,邀集了文学、戏剧、美术、电影、音乐等领域的学者参与,希望以多元对话的方式回答历史留下的这个重要课题。

陈福民: 咱们题目叫"盘点新中国文艺",这是很大的题目,我自己没有能力讨论这么大的题目,因为我自己只做文学研究。谈到新中国文艺,它的类型、它的艺术领域、它所取得的成就以及存在的问题,其实非常复杂,我没有能力讨论。我只能从文学史的角度谈一点有关文学问题的看法。

分几个角度来谈,首先新中国文艺的"新"。我觉得"新"和"中国"这两个概念在现代史意义上,其实可以理解为是一个东西,因为清末、民国时期或者军阀时期,其实已经很难谈"中国"了。中国——天朝,曾经一直认为自己是世界中心,然而自近代以后,中国的国家形态和国家观念其实已经濒临崩溃。当我们谈"新中国"的时候,"新"与"中国"在我个人观念里面,其实是一个东西,就是说,近代以来所积蓄的能量,通过各种形式缔造一个现代民族国家的所有冲动与努力,从实践层面看,就是通过现代政治运动、通过全民族动员达成这样一个目标。这个努力与目标在1949年成立了中华人民共和国,我理解的"新中国"是这样的概念。它的"新"完全是国家制度和国家形态意义上的,当然,它天然地还包括现代政党与制度的关系等等,说起来比较复杂。我想,先定义这样一个"新中国"的概念,我们可以看清楚文学史的表现会有很多重要的不同。

笼统地说,新中国文学到现在约有70年的时间,这是一个不太准确的断代,而现在文学史研究并不以政权的建立或者国家创立为标准,一般会上溯到1942年《在延安文艺座谈会上的讲话》。在当代文学史研究的领域内,大家比较认同这个观点,都倾向于认为《讲话》是一个历史节点,它改变了很多东西,开启了中国新文艺的的方向。比如后来像老舍先生、赵树理先生都在这个意义上被认为是"人民艺术家"。《讲话》确立了新中国文艺的方向,在组织架构上对文学具有一种引导和管理的功能,这是新中国文学很重要的特征。

现在有一种观点,对中国文学的组织化提出了很严苛的批评意见,认为这样一种组织化,对艺术活动的自由是一种反动,至少是一种钳制。有的学者也认为,组织化活动对文学的管理和认定是从《讲话》开始的。我觉得,对这一历史事实的认定应该没有太大的问题,关键是如何理解和定义这种组织化的功能、性质以及如何评价它的得失。这个就比较复杂了。

如果参照新中国建立以来各个领域所取得的巨大成就，再去考虑文学的组织化功能和它的成绩得失，我个人觉得它的双重性难于一言以蔽之。我不能说这是一个绝对必须的方式，但是我也确实不能像有些学者那样，认定这就是一个中国当代文学的原罪。我在这方面没有很好的想法，仅就组织化的一些特定层面来谈，首先，中国是世界上很少的由政府滋养文学的一个国家，通过建立制度保障，以及各级作协协会的组织架构扶持文学。除此以外，因为中国泱泱大国的巨大文学传统，太多的作家以及文学爱好者，包括少数文学掮客与文化骗子，都能以各种渠道获得当地政府、企业的资助，搞出一点钱来。结合世界各国的文学状况来看，这不禁让人感叹，在中国搞文艺、做文学太容易了。所以，笼统地给这个"组织化"下一个绝对的结论很容易，但真正考察它给文学带来的利与弊，需要有一个复杂和多层面的视角，来看待这个历史性的框架制度。

通过对组织化原则的粗暴实施，在实践上将政治的需求简单等同于文学自身的社会政治功能，甚至把一个政策文本转写成文学文本……类似这样的弊端，以及它对文学造成的影响，几十年来我们确实看得非常清楚，对它的反思也已经成为基本共识。今天文学其实没有那么愚蠢了，我们曾经付出过很惨痛的代价，这是我们应该看到的。但是对于新中国文学的组织化问题，我总愿意在一个更复杂的层面去考虑它，特别是考虑到新中国成立以来各个领域的巨大成就，离开组织化是很难达至的。邓小平关于这点有一个说法，"集中力量办大事"，对于作为一种精神活动的文学而言，通过政府扶持，通过一个组织架构整合各种资源，对于文学的成长与发展，总有它无法否认的价值和意义。

组织化的对立面是什么？有一种相当理想化的想象——非意识形态化、非国家化以及非经济化，总之是摆脱了所有社会关系束缚的无拘无束的"纯粹"的自由状态。但这种状态存在吗？貌似只在古典时代的文人那里存在过？对这一点我们也并不十分确定。但可以肯定的是，在一个现代社会里，文学其实并不能"自由"。特别是当下的文学，深刻地卷入了资本主义生产关系当中，这也是需要思考的相当重要的内容。

第二点，新中国文学的基本矛盾。我个人认为，这个基本矛盾一直到现在它的能量都没有消散，甚至有愈演愈烈之势，这个基本矛盾就是两种中国现代性之间那种紧张的张力。

从近代以来一直到五四运动的中国知识分子，如鲁迅那样，普遍信任和倡导一种人的文学，他的《摩罗诗力说》也好，《文化偏至论》也罢，都在强调"任个性而张精神"，我们在今天的讨论框架里理解，这可能导向一种自由主义与个人主义的讨论。这样一种力量，可以作为启蒙现代性的基本方式和基本理解，我简单地把它叫做"五四现代性"。当然"五四现代性"也很复杂，包括很多层面，但我认为这一点，是中国知识分子获取立身基点及自己和世界关系的最基本的角度。几乎是必然的，这个角度到了延安时期遭遇了历史的歧义，《讲话》以后，整个关于知识分子的讨论和知识分子的自我理解，开始朝向大众化与社会化的层面转移，开始向服务于这个国家民族历史任务的方向转移。也就是说，《讲话》对于知识分子的规范与引导，既与那个历史时代的紧张有关，也直接导致了组织化的转轨。

从延安文艺座谈会以来，中国知识分子开始逐渐尝试理解、清理、调整——笼统地说——五四现代性所确立的自由主义和个人主义传统以及价值认定，进而建立起一种新型的知识分子表述。我将其称之为"后五四现代性"，或者"延安现代性"。我们可以看到，"五四"时期建立起来的知识分子与启蒙现代性之间的"蜜月关系"，这个时期发生了内部龃龉，进而构成了某种程度的内在紧张关系。我个人以为，这种张力与冲突在内部支配了新中国成立以后新文学的走向，是一种相当内在的矛盾。这种矛盾变幻出很多形式，关于个人与社会、关于现代资本、关于权贵资本、关于后现代条件下文学的消费性，以及网络平面上的大众权利、文学民主等等，会有很多复杂的形式。

我觉得从上述内在性的矛盾来看，70年来当代文学的诸种表现，包括各种批判论争，电影《武训传》与《红楼梦》讨论，批判胡风，反右与"文革"，一直到20世纪80年代关于启蒙、思想解放、异化与人道主义讨论等等，都与我谈的两种现代性的内在冲突相关。

譬如在80年代，李泽厚关于"启蒙与救亡"的结构性讨论被重新提了出来，大意是救亡压倒了启蒙的根本任务，似乎是某种本该完成的思想工作被具体的历史事件的**紧迫**性给延宕了，直到80年代我们才通过人道主义和异化的讨论，使那个被延宕的工作重新接续下来。这个结构性的论点形成了普遍的理解思路，传播得非常广泛。这当然是一个特别严重的问题，因为今天看到的那些造成冲突、矛盾的能量，基本导源于这一点。但是，今天也可以清晰地看到，现代中国的启蒙有自己非常特殊的历史语境与表达形式，比如在我个人的理解当中，救亡其实就是启蒙啊。为什么要把救亡跟启蒙做一个二元论的区分吗？似乎专有一种启蒙在那边等着，跟救亡八竿子打不着,我们只是不得已放下启蒙去救亡。但是应该看到,现代中国的启蒙其实正是通过救亡的方式予以完成的,无论在历史实践上还是在文学表现中,这都是一个无法否认的事实。我觉得,我们应该建立这样一种理解问题的方法论,应该有这样的讨论能力。如果我们有这样的讨论能力的话,或者建立这样的认知框架的话,那么,组织化问题,或者通过国家形式所处理和完成的很多问题,都可以得到解释。前几天我刚好看到戴锦华有关中国女权主义问题的讨论,她有一个说法,导源于欧洲的女性解放,无论是伍尔夫还是波伏娃、埃莱娜·西克苏等人的女性主义,基本都是通过一种自由主义逻辑予以表达的,而戴锦华认为,现代中国的女性解放在世界范围内完成得非常好,而且是以一种国家暴力的方式去完成的。老戴的看法很有启发性。在这个逻辑上,救亡本身就是启蒙的一种特殊形式,是以某种暴力动员的方式加以推进的。这样的问题在20世纪80年代理解不了也属正常,但当今的知识分子,应该有一个起码的历史认知能力。中国文学在这样一个状况下,其实有很多深刻的表现,遗憾的是,一些研究者总是乐于以"历史和审美之间的冲突"来解构文学史的框架,认为审美是一种面向历史的救赎与抵抗的形式等等。如果在整个文学历史的讨论中,只用这样的方法论处理问题,就会一直是二元论的框架来回翻烙饼,那么文学、学术不可能有什么出路。所以我希望有一个更复杂一些的、合乎历史实际的框架。

以上仅仅是我的不成熟的思考,我希望能提供一个哪怕很简陋的讨论框架。从"盘点"的角度说,我略去了具体的文学文本分析,因为不弄清楚两种现代性的紧张关系,一头扎在具体文本中,对于所讨论的问题其实是没有太大帮助的。

我就简单说这些,谢谢大家。

鲁太光: 谢谢陈老师。

王焕青: 和文学相比,我所讲的美术要窄得多,我的看法可能和福民也会有冲突。我是画画的,比较手艺化,理解历史和文化的知识严重缺乏,所以我只能从个人感受方面去聊。说不定会有各种各样的奇谈怪论,我也期待各位老师的批评和指正。

我体会"新中国文艺"这个题目,主要是相对旧中国文艺而言的,然后才是它自身的演化和变数。新中国的建立,不仅表示一个腐朽、可耻、黑暗社会的崩溃,还表示了一种陌生的新的现实和道路。

在美术方面,从国庆十年的十大建筑的象征性意义来看,这些精神场景的基本语言来自前苏联和欧洲,夹杂了一些传统中国的装饰性,这些场所体现了有别于旧北京的精神气象,它在某种意义上是"领导我们事业的核心力量,指导我们思想的理论基础是马克思列宁主义"的潜意识表达。共产党领导的中国革命具有鲜明的原创性，革命的胜利就是因为它十足的创造性，而不是照着洋人的经死念。但是，在造型艺术方面，却严重缺乏必要的经验和能力。因为这种工作必须由艺术家来想象和实践，革命家不可以越俎代庖，两者虽然都强调创造性，但体现方式完全不同。不过，革命家可以影响和改造艺术家，这就是新中国美术或者文艺的前身，《讲话》之后延安文艺的特征。

刚才福民说到鲁迅和"五四"，与文学蓬勃的创造性相比，"新文化运动"时期甚至之后很久，美术都还都躺在古人怀里摇头摆尾地自说自话。传统文化的遗老遗少和留洋学了点儿西方写实或者不写实的皮毛的人，组成了民国美术的名人堂。今天很多人把民国美术捧得很高，照我看那个时期实在是中国文化的末流。

我是这么看的：任何美术都有自己的道统，只要你学习和进入，你就是它的末流，就像我自己目前的处境。东西方美术都有自己的道统，古代中国是写在画论里，体现在那些传世的经典中，西方也是。而某一种艺术比如中国画的统序之所以庞大纷繁，是因为那些处身末流的画家通过努力让自己身上产生了既符合道统、又体现个人才智的东西，成了美术之美的另一个源泉。从末流到源泉，是好画家的道路和标志。艺术史也恰恰由于多种多样的源泉变得源远流长。如果从民国时期找这样的画家，其实是得拿放大镜的，他们基本上是传统和西方的末流。当然，我们从那个时期的确看到了另外一些有趣的东西，那就是下流。虽然当不了美的源泉，可末流当久了总能当出一些门道，可以另辟蹊径，于是那种假名士风度就盛行。末流的东西借着所谓上流社会招摇过市，其实就是下流。今天很多画画的名人都深通个中三昧，为了避免重度得罪人，我在此避一下这些下流的名讳。

借着源泉、末流、下流这个比喻，还是想说新中国美术的前世，也就是延安美术中的木刻。古元那批艺术家就是在民国普遍低迷的美术气氛里，发明了一种革命美术，他们是《新青年》之后中国美术最有创造性的青年群体。延安相对当时中国其他地方是希望之乡，是革命家和革命战士的根据地。所以，延安美术首先是青年战士和共产党员的美术，它有统一的思想纪律、有明确的任务和责任。他们的美术创作事实上是一种战斗，毛泽东的《讲话》其实就是"命令"。也就是说，在1942年，中国美术出现了一种新的道统。它不同于过去的艺术观念，甚至也不同于"五四"时期的艺术主张。这种主张是毛泽东发明的，这个道统是与他翻天覆地的思想和行动密切相关的，而当时年轻的文艺战士跟他志同道合，所以才有重新发源的艺术诞生。

进入新中国，革命文艺的道统与传统美术习俗的兼容性不仅是难题，更是如何创造性地深化和展开的大命题。这个道统并不是简单地导向歌颂和对正确逻辑的宣传，它通向更深刻更有创造性的艺术实践。但是，随后我们看到的是它与"五四"道统的对立以及与一切文艺习俗的冲突。和那些有漫长历史积淀的文艺传统相比，革命文艺的实践还处在萌芽阶段。单从美术来看，只把延安美术的成功经验植入新中国是远远不够的。我们看到的事实是，当新中国文艺需要更大的创造力而不得的时候，就去承接了苏联的"社会主义现实主义"，甘当它的末流。

问题是躲开了发明创造的迫切性，并不等于艺术不需要创造力。新中国以来，与娱乐和消遣相关的部分基本上成了有待审查的政治性内容。当文艺从各个阶层、各色人等的才智表达和胡思乱想，被收束成有目的、有计划的生产之后，自发性的文艺活动，转化为自上而下的规定和安排；文化娱乐被纳入到严肃的思想纪律之下，必定约束了文艺创作那种发自内心的源泉性和深入人心的浸润感。

《开国大典》是个例子，它可以概括新中国美术的主要特征，它之所以为很多人称道，是因为这幅作品体现了一种朝气蓬勃的时代风貌。但董希文的个人才华是可遇不可求的，从今天官方美术依然鼓励对它各式各样的模仿当中，我们就能意识到，即使在当初，人们注重的未必是在革命道统里发挥创造性，而是怎么能摸准路数。所以我们也可以注意这件作品真正的影响力不在于艺术本身，后来，在美术界推行的是它宣传的意义。《开国大典》诠释了新中国的人物关系。台上是一群有思想有宏大抱负的人，他们有能力带领中国人走向光辉而幸福的未来。台下的人欢欣鼓舞兴高采烈，由衷地信任台上的领导者。因为这些领导者有崇高的理想，由于这种理想远远超出了普通老百姓的思维水平，所以，需要通过宣传教育一点儿一点儿地普及。这种思想教育最有力的形式是开大会喊口号，然后是写在墙上的大标语，稍微文艺一点儿的是黑板报和宣传画。再细腻一点儿才轮到传统的文艺形式，虽然它有趣但常常慢得跟不上趟。如果叫我来描述新中国美术，那就是新中国以来在天安门广场的大型庆祝、纪念等活动构成了场所的精神力量与核心内容，随后是把场所精神用各种各样的艺术形式次第传播到每个人的内心。它的基本主题是：蒸蒸日上欣欣向荣的新现实主义以及充满忧患意识的"千万不要忘记阶级斗争"。

在这个总体情境之下，是阶梯式的美术类型。

新中国美术最发达的是宣传画，它是国家政策和时事动向的风向标。其次是政治讽刺漫画。作为普及度极高的群众性美术，它负责摧毁敌对势力和与之相关的种种观念,顺便警示那些对国情、政策心怀不满的人群。然后是和政治美术相对应的,也是老百姓喜闻乐见的年画,主要用来渲染喜庆吉祥和美妙的未来感。年画滋养了新中国的老百姓,同时,它作为通俗美术,也培育了中国人的美术风尚。截至到目前,很多人关于"画"的观念依然存留在年画的风尚里。

这之后是连环画。由于有一大批杰出的画家从事不被看重的"小人书"创作,近现代中国美术才从末流真正变成千源竞流,是新中国美术最高的成就。不管是古法的人物绣像还是西方各种手法的形式,一概在贺友直、赵宏本、戴敦邦、王叔晖等等画家的笔下溶解成生动感人的美。过去人们说现代美术讲"国、油、版、雕",说实在的,延安时期版画中的木刻,远远超出了新中国时期的国画油画的水平,但却被有意无意地忽略。同样,新中国一直到上个世纪80年代末,连环画已经是所有美术类型里最有创造性的艺术,可以比肩世界上任何时期、任何民族的美术。它是革命美术道统里兼容、消化了其他美术教养的奇迹,正所谓无心插柳柳成荫。可惜,今天我们只能在回忆里重温了。

李淑琴: 我主要谈"十七年"的音乐创作。为了要把创作说清楚,我说两个方面的问题,一个是理论层面的,一个是实践层面的。在说实践层面之前,先说一点理论方面的,因为这是谈新中国音乐创作的前提。

对音乐来说,"十七年"基本是以《讲话》为理论基础的,这是一个根本的东西,但是可能又考虑到各方面的问题,因为这时候不仅有解放区的文艺工作者,还有国统区过来的,有从海外回来的,因此提出了"双百"方针,这应该是对《讲话》的一个补充,当然,还有一些苏联日丹诺夫的影响。从创作上来说,大力提倡刚刚王先生说的革命现实主义,对我们音乐来说也是这样,翻翻当时的音协杂志,有很多关于音乐的革命现实主义和浪漫主义结合的文章,这也是当时创作的基本思路和方法,是创作的前提条件。

对新中国的理论和经验,新时期以来在我们音乐界曾有比较尖锐的讨论。从对西方现代音乐、流行音乐的讨论,对年轻作曲家,现在所谓最活跃的一代的崛起的讨论,延伸到对"十七年"的讨论,和对毛泽东《讲话》精神的讨论,甚至追溯到30年代左翼音乐,因为音乐上的现实主义,实际上应该说是从聂耳的创作开始的。80年代末,吕骥先生写了一篇《音乐艺术要坚定走社会主义道路》的文章,把整个讨论进一步引向深入。现在看,当时的讨论是思想解放的表现,是打破大一统的表现,在实践是检验真理标准的前提下,人们敢于思考这个问题,这个是好的。但是当时也有一种叛逆性的思想，因为"文革"给人们带来的伤害太过深重，对文艺的摧残、对文艺家和创作的摧残太过严重，因此，那个时候人们否定的多一点应该也属正常。现在看来除了说新时期讨论有值得肯定的一面之外，确实也有偏颇的一面。那个时候，大家也有点回避"十七年"，不太讲。现在就我本人来说，还是尽量想客观地认识那一段历史，我现在确实觉得那一段时间有非常可取的东西，但是又有过于政治化的东西。陈先生说的组织化，这跟我写音乐史的时候的想法基本是一样的，我也称之为整体化。陈先生说的从上到下，我也有相同的一些想法，就是从中央政府，一级一级下来，一直到基层。这种整体的组织化的东西，有它对创作的束缚，但是有些方面也有它的价值。

我还想说说革命现实主义这个问题。关于音乐创作上的现实主义，实际上在新时期的讨论中是反思得不够的，现在音乐界开始有人讨论这个问题，我自己也有一些思考。说起来，革命现实主义，我理解，源于毛泽东《讲话》里面的"文艺源于生活"、"高于生活"。50年代讨论的时候，音乐界讨论到怎么样才是现实主义的问题，认为现实主义的创作，是要揭示社会的本质力量，那么什么是社会的本质力量呢？认为人民群众是社会的本质力量，而且人民群众是进步的、朝气蓬勃的、对未来充满希望的，这些是社会的本质力量。所以其实对音乐创作来说，现在想想有很不符合音乐艺术规律的一面，但是当时又要求整个音乐按照这样一种原则进行创作。

我现在说一下实践层面，实践层面离不开当时的指导思想，所以，还是离不开理论。毛泽东《讲话》中说为什么人的问题是一个根本问题，提倡文艺为工农兵，为人民大众，这也是一直到现在我们都在提倡的文艺思想。为人民的问题，现在看其实有它很合理的地方，对认识整个中国民间音乐，充分肯定中国民间音乐的价值具有重要意义。我们知道现在在文化艺术领域，非物质文化遗产保护是一个国际性的话题，我们中国政府也把它写入法律来保护，现在我们到地方采风，你会发现，甚至到县一级，都有非物质文化遗产的办公室，一些乡、村镇一级的地方也有了这方面的意识，这一点跟《讲话》提出的为人民服务的思想是有关系的。在我们中国音乐，应该说过去的雅乐不是在新文化运动那个时候才衰败、消亡，而是在清末，文人的古琴、昆曲就已经比较衰落了。真正有活力、具有生命力的，还是民间音乐，为人民这个方向，使得民间音乐在新中国成立的时候受到极大重视，各个边远地区、少数民族，他们的音乐价值被认识、被挖掘，所以在50年代就有比较大型的全国性的文艺会演。民国时期，那些非常底层的，比如我们都熟悉的阿炳，他就是一个流浪的艺人，社会地位非常低，不被重视。在民国时期也有中国国乐家进入专业队伍里面来，虽然人数比较少，但这些人都是有非常强大的经济实力的，可能是大地主。比如当时进入北大的一位先生，他就是山东诸城的大地主，因为他热爱古琴，他可以卖自己家的地来买琴，他出钱赞助北大的《音乐杂志》编辑出版。而刘天华虽然不是大地主家庭，但他是一个知识分子家庭，还有其他的一些例子。所以，国民党时期进入专业音乐之中的国乐家，要么是文化人，要不然就是非常有钱的上层社会成员，底层的人是不可能进入的。而新中国这个时期，大量的民间艺术家被发现，政府让他们进入中央一级的教育机构和演出团体，这些民间艺术家可能就是农民，可能就是卖瓜子、卖花生的，或者是街头民间艺人。我认为，新中国在音乐方面有非常大的成就，这个成就直接影响到中国音乐的发展。这些民间艺术家，没有具体统计过到底有多少人。我看那个时候的报道，专业团体都积极地请民间艺术家加入自己的队伍，像中央音乐学院请来道士任教。这些民间音乐家，丰富了中国专业音乐，也壮大了专业队伍的建设，对我后面要说的创作也有直接的关系。

"十七年"中国的音乐创作，如果从整体的组织化来说，它的院团的建立，剧场化的东西，其实成就还是非常高的。如果仅仅是民间的话，它的速度不会那么快。因为有政府的行为，所以建了民族文化宫、展览馆、剧场、人民大会堂等等，包括中央音乐学院礼堂这样的演出场所，使得专业化的程度和城市的音乐生活有了提高。从创作上讲，现在回顾，成就最高的地方应该说是在民族化方面，比如钢琴、小提琴、管弦乐、歌剧等音乐创作。因为音乐是个非常专的艺术门类，有很多具体的做法，这里就不具体说了。简单讲，像钢琴、小提琴、管弦乐，这些都是西方的乐器或音乐形式，这些音乐怎样才能让我们中国人听起来比较顺？在这个问题上，那时候的创作者们还是想了很多办法，如小提琴模仿二胡、琵琶等演奏手法，我们大家熟悉的《梁山伯和祝英台》小提琴协奏曲，就吸收了我们中国弦乐器和中国戏曲的手法。管弦乐、钢琴音乐的创作，也都有不少新的尝试。新的适合中国人听觉习惯的声音被创造出来，有一些特殊的技法不仅是在民族化方面，而且在被广大听众所接受的方面都是很有成就的。

还有，那个时候大家都比较单纯，对毛泽东、共产党、社会主义，对未来都是充满热情的歌颂，那些音乐是现在人写不出来的，像管弦乐《红旗颂》，极端一点的，大家知道的钢琴协奏曲《黄河》等。协奏曲《黄河》是什么时候产生的？是"文革"中，但创作手法和音乐中的那种情绪，是从"十七年"延续下来的。《黄河》曾经有些年不再演奏，80年代听不到《黄河》协奏曲的演奏，而现在，朗朗到处演奏，听起来也还是让你很激动，被一种情绪感染。所以，我觉得那个时期的音乐，就这一点来说是比较宏大的，是对未来充满希望的，有一种凝聚力，是一种很可贵的精神。这是由"为人民"这样的思想产生的音乐作品，我认为这是它有价值的一方面。

另一方面，在《讲话》里面一再说到的，因为你要为人民，所以有一个普及和提高的问题。为什么要说这个呢？其实在《讲话》里面的为人民，现在看，我觉得也有一个政治目的，就是要团结人民、教育人民，要用老百姓的语言进行创作，这样才能为一个共同的目标去奋斗。其实这里面对艺术创造和艺术的具体技法问题，就会有某种束缚，这一点对"十七年"的创作也有直接的影响。因为要普及，作曲家在技法上的探索就会受很大的限制，有一些很优秀的作曲家写的作品就因为有一点点新的尝试，比如我们中央音乐学院院长马思聪，那是个音乐界很大的人物，他用了一点新技法，就被批判为形式主义。所以说，这个方面我认为现在值得反思。

还有一个问题，关于组织化或者整体化问题，就是刚刚王焕青老师说的从上到下的官方领导，存在着外行领导内行的问题，领导可能规定你一年得创作多少部作品、演多少场、你这个作品得怎么样怎么样之类。对搞创作的人来说真的非常头疼，没法写，这给创作带来非常大的束缚，我真的觉得创作是需要自由的。

我和陈瑜前两天去天津看了一部歌剧，是在加拿大生活的作曲家黄安伦创作的《岳飞》。这部歌剧我认为非常成功的地方是继承了"十七年"民族化的探索，但其中又没有"十七年"过于政治化的东西。从这部歌剧中，你可以看到过了30年以后，新中国初期的那些音乐创作，也许在经过这么多年开放探索后，会出来一些新的东西。最近也听了一些年轻人的音乐会，大家有不同的意见，也有人认为他们雷同。我想，现在的年轻人也应该回头好好学习"十七年"那时候创作的那些作品，从里面获得一些新的东西，这样我想会有一条新的道路出来。

靳大成：前几个发言很有意思，我稍微作一点儿回应。刚才发言的内容涉及到几个核心的词——咱们学院派的坐在这里一张嘴就离不开词儿，没有办法。其实背后隐含了很多特别具体复杂的细节和生动的例子，比如说"组织化"的问题，这涉及前三十年中国大陆文艺界的非常重要的体制问题。对这个问题的认识我自己走了一个"之"字型。可以说我是一个最大公约数的社会主义立场，或者说中间偏左的立场。假如说我们想总结毛泽东时代的文艺，要全面地看问题，既看到这个组织化的正面作用，做了历史上许多时代不可能完成的事情，也要看到它存在的问题，包括必须吸取的教训。仅从理论上宏观地简单概括，恐怕不能历史主义地描述这个过程中的细节。

　　李淑琴老师说了比较有趣的事情，她谈的音乐领域发生的历史我们大家有目共睹。对于这个我们共同亲历的历史，我不想做任何简单化的批评或辩护，因为脱离具体的历史条件的任何批判和争论都没有意义，不如进入那些鲜活的具体的现象、事实当中，并重新思考其意义。她刚才举的例子非常好，技法中国化、民族化的道路和30年代的思想争论其实是一脉相承的，音乐界、美术界有很多争论。就像她提到的比如用小提琴拉出二胡的味道来，对此从美学和艺术的角度，究竟应该怎么分析是蛮有意思的问题。我想特别提一个事，就是在50、60年代之前郑律成创作的两个作品，一个叫做《川江号子》，一个是大型歌剧《望夫云》，虽然强调民族化、中国风，但他后面的作品采取的艺术表现形式可是纯西洋的东西。当年他在延安的时候做《延安颂》《八路军大合唱》，除了民族因素以外，其实还吸取了西方圣母颂音乐的元素在其中。我想说那可是真正在洪荒时代开拓的人，他们一方面在摸索，另一方面他们也不知道中国该往哪走，他们要面临这么一个复杂的社会历史问题。这些问题在新中国成立之后，特别是"文革"时期所遇到的种种问题都不能回避，经过"文革"已经证明这条道路曾经出现过大的问题。王焕青说得特别逗，延安时期艺术家们确实创造了许多新的艺术形式，这些形式切切实实是古往今来没有的东西，非常有意思。包括像韩乐然这样的画家，他在20年代初建党不久就成了东北第一个朝鲜族共产党员，在法国学习过，在西北采风多年，临摹和创作了许多新疆洞窟中的佛教造像，以及大量西北风景画，成就巨大。音乐上也是，我也是很吃惊，我很晚才听到郑律成的那场音乐会，他在《望夫云》中为了表现云南的原生态音乐形式，手法上却采用了大量纯西洋的东西，我大吃一惊。要说他在1958年、1959年、1960年那个如此高调地强调民族化的背景下，最应该作出民族化的东西，但他只保留了一两个纯民族化的音乐形式，而相当部分是意大利歌剧风格。他真的是用意大利歌剧艺术手法，来表现中国云南少数民族的神话题材，弄得特别好。可见，即使我们面对的是50、60年代的作品也并不能简单地一刀切，也有各种不同的表现形式。

　　在面对这样丰富的历史事实时，我们确实应该抛开各自的立场，把立场悬置起来，给我们的思想斗争的严肃性的灰色增加一些历史长河中丰富复杂的色彩，而不是带着有色眼镜过滤事实，别连脏水带孩子全泼了出去，那种片面、简单化的做法给我们带来的损失太大了。

　　因为我们中国的事情，中国革命与中国的社会主义历史实践是在做一个谁都没有做过的事。这件事情假如说仅仅局限于文学上，仅仅局限于艺术上，也是历史上从来没有人做过的事。这就避免不了犯错误、走弯路，包括在如何处理我们民族自己的文化传统问题上，犯了过分激进主义的错误。150年来，没有一个国家民族像我们这样，对自己祖宗的文化如此糟蹋、曲解、批判，造成了如此严重的恶果，就是在社会主义国家范围内，我们也走得最远、做得最极端。现在该怎么做？前面讲要区分精华、糟粕。在这个历史过程中回顾它的时候，发现里面有特别好的芽子生长，也有次生的、变异的，在中国革命的历史坩锅里面融化了各种东西。今天怎么小心翼翼把其中好的、有生长潜力的东西找出来，是最大的问题。因为到今天为止我们也看到了，所谓的文学也好、艺术也好，包括文学理论，我们学过苏联，也学过欧美，三十年河东三十年河西，到现在正在慢慢形成真正属于我们自己的东西。重新审视和翻检这段历史，必须小心谨慎，以同情的理解去认识当时的历史条件、人们的思想认识与动机、他们创作的依据和面对的问题。因为我觉得不管谈哪段历史，思想界理论界的一些争论，往往不是落在这个层面，思想能不能及物，理论接不接着地，这些往往引起舆论和网民们的撕裂性争议的话题，在惹起我们情绪激动的同时，并不能促使我们冷静、理性地思考问题。去年我在中国现代文学馆纪念郭小川九十五周年诞辰的学术研讨会上做了一个诗剧的快闪，在带着90后的学生排练时发现，与他们如何沟通遇到了问题。现在的90后会提问，郭小川的那些流传甚广的政治诗，今天看还能认为那是诗吗？这不就是政治口号吗？对此我得给他们介绍和分析具体的历史背景，包括当时50年代他自己思想极其复杂，在1959年遭遇的打压迫害。而在郭小川日记和通信中能发现，即使"文革"当中他和民间艺术家或文艺青年的通信也很多，思想很复杂，包括在写大量思想检查的同时，并没有停止对不同艺术形式的吸取和探索。类似这种容易引起撕裂性争议的话题，还包括我们对毛泽东的历史评价等等，我们一定要小心，应该避免大而无当地符号化、贴标签，而应该认识到在那个具体的历史洪流当中，它有浊流，也有清澈的源源不断的甘泉。回首那个时代人们的创造力，曾喷涌出来，各种真正富有创造力的作品，活生生的东西都有。对此不能简单一笔勾销。

今天开这个会的主旨是要总结前面和对照今天，这个设想蛮有意思，我也有点担心，它很容易变成口号式的争论，全不看历史事实是什么，变成为某种立场辩护，那是最没有意思的。应该历史主义地进入这段我们亲历的历史，里面既有流血和惨痛，也有极光荣的东西，值得自豪的东西，也有属于未来有成长性的东西，它在今天仍然具有跟现实进行对话性批判的能量。但是我最烦的是，在舆论界、网络上的争论当中，学院派知识左派或者学院派自由派的讨论，往往是最无聊的、最不能切入问题，而只把自己变成什么什么代表。这不但于事无补，对于中国的现实，没有人听见你胡说八道，对真正的创作和批评也没有帮助，不如先把事实是什么提出来，把历史细节呈现出来，至于评价不同，尽可以去争论。

（休息）

靳大成：我本来想要讨论前三十年文艺界翻译的外国文学作品的问题，我再补充一下上半场的讨论。福民讨论到了启蒙和救亡，1980—1990年代是流行过。这个问题稍微细化一些，和启蒙真正对立的不是救亡，新文化运动真正的对象就是章太炎他们倡导的国粹派，这是非常明显的，但在现代文学史中我们不提这一层关系。整理国故、国粹派、宋学派，才跟启蒙之间有对立的关系，它们是依着一个序列式展开的，"五四"之后确实促进和推动了一个更激进的思想路线，包括中国共产党的出现。这个更激进的路线并不能简单地用"救亡"的说法概括，这样做坦率地说，对历史有点简单了。李泽厚先生在80年代初这样说针对性很清楚，他这不纯粹是一个历史或思想史研究，他要解决意识形态的东西，争取意识形态的自由空间，针对"文革"的思想专制。当时就有不同意见，认为这两个东西其实并不构成他所说的对立。我们要细分一下，启蒙思潮，整个五四新文化运动，和复古论、保守派、中体西用派，其实存在着一个现代性的脉络，包括同盟会没有完成的思想启蒙，国民党在这个当中也是革命派，然后是共产党，这是最革命的组织化，存在着这样的递进关系，这样的概括比较简单，我们还可以细化。

在"文革"之前有大量外国文学的翻译。整体上说，没有外国文学，没有西方的或者俄国人的历史实践与马克思主义，就没有我们新文化，这个影响始终是存在的。前三十年的组织化的成果之一，就是以国家之力来整体地组织翻译工作，包括文学翻译工作，这也是中国两三千年来一个特别特殊、值得分析的现象。除了对马列的翻译以外，还有对19世纪俄罗斯文学的翻译、对欧洲文学特别是长篇小说的翻译，下的工夫之大，今天来看翻译质量很棒很棒。这些东西的影响是什么呢？出现了我们宣传部门的领导人找赵树理，说你怎么不多看看欧洲小说啊？意思是希望他能够广泛地借鉴欧美文学传统中好的艺术形式。但是我想说历史不是平面化的铁板一块，历史总是在主流中有分流、有潜流、有回流、有逆流。比如说60年代创作《女皇王冠上的钻石》的作者鄂华，他的作品很多是在1958年、1959年、1960年、1961年完成的，那个小说和我们觉得土掉渣的山药蛋派完全不同，影响很大。我们读了很震惊，一个中国人写得完全像欧洲人写的。风格语言、生活场景、小说叙事的策略都是这样，我们很吃惊。我记得当时赵朴初先生在1959年到1964年，他用散曲和元曲的形式写了很多东西，那是真得了传统的某种韵味的真传，元明以来这种散曲的文学的妙味全在里面，可是他也同时完成了他的政治诉求，他批判和讽刺苏联领导人赫鲁晓夫妙极了，极尽了文学形式之能事，而且读起来极美。那样的作品最不好做，我们没有受过古典文学训练的人对此很难有体会，那种作品，文字的肌体里面都深深浸润着中国传统文学的美的力量。这和当时我们到处能见的标语口号式的"作品"完全不是一回事。

就像诗人郭小川的长篇叙事诗《一个与八个》，因为政治意识形态的原因一直公开发表不出来。但他有非常独特的眼光和内容，包括《一个与第八个》第一次表现了所谓在革命阵营内部的复杂的成分，以及几个反面的身份的角色在遇到日寇时作了英勇的反抗，反而使他们成为了英雄。注意这可是在1959年！作者表现出多么深刻的观察力和思考力。对于那个年代我们千万不要认为大家的思想都是铁板一块，其实这个历史极其复杂。古人说君子观水观其澜也，就是观察历史的皱褶，这是平面化所不能掩盖的东西，有它生命力的地方，要注意这些细节。不能简单地说，你们只有《金光大道》、只有《虹南作战史》，不是的。"文革"前其实有许多有意思的东西，包括刘征的政治讽刺诗《老虎贴告示》，六言体，多么棒啊，但他后来倒霉就倒霉在这些有意思的作品上了。这个六言诗针对国际上的帝国主义、修正主义、霸权主义，但也是批评官僚主义的，会心的人一听，既是针对国际上的美帝，同时对我们党内官僚主义也有打击的力量。这就是一个好的作品所具有的广泛性，包括其模糊性，能够引起联想的功能。前面我提到的郑律成，很多作品都是那时候出来的。确实，一方面是体制化的、组织化的，另一方面，原来实际上参加过革命运动的人，和他们所经受艺术的训练、他们独特的生命感受，能创作出《一个与八个》《望夫云》等这样的作品，实在是太了不起了。曲波除了《林海雪原》外，还写出一部长篇小说《乔龙飚》，表现了一个土匪、马匪如何转变过来成为革命军人的故事，就是这样真正丰富的现实主义。

我想说，今天来看前三十年的文学艺术，不能简单地贴标签，而要历史主义地进入到各种丰富而有变化的细节中，注意各种不同的潮流与倾向，以及各种有生长潜力的萌芽，注意包括外国文学翻译的影响，以及当时艺术家们对历史和生活的深刻复杂的观察与思考，否则无法理解他们创作出的非常斑斓、复杂的作品。

李镇："盘点新中国文艺"这个题目特别有现实意义，因为它的影响力一直波及今天，包括当时电影中的题材意识、经典范式，还有一些批评方法，有些到现在还在沿用。但是，新中国电影作为讨论的题目还是太大了，里面可展开的内容非常多。

首先应该讨论新中国电影从哪儿来？1949年之前中国电影处于什么状态，它是如何过渡到新中国电影形态的？

1949年之前，中国电影已经发展得非常成熟了，尤其在上海这样的电影中心，出现了一大批高质量的电影，比如《一江春水向东流》《八千里路云和月》《乌鸦与麻雀》《三毛流浪记》《万家灯火》《假凤虚凰》《小城之春》等等。一部分作家比如张爱玲、茅盾、曹禺、李健吾等等也进入电影界，对于文学作品的电影改编做了比较成功的实验，主要作品有《太太万岁》《哀乐中年》《不了情》《艳阳天》《腐蚀》等。即使放到现在来看，这些作品也都是非常优秀的，艺术性和商业性结合得非常好，称得上雅俗共赏。

我特别注意了一下1949年10月1号之前电影人都在干什么，我发现多数人的心态是很平静的，没有特别的期待或者是焦虑，他们好像静静等待着这个时刻到来一样。

新中国到来之后，电影界共有两支队伍，除了以上海为代表的国统区"老"电影人——数量非常多，而且其中有不少富有经验的老艺术家；还有一支来自解放区的电影队伍。国统区的老电影人原来都在私营电影公司，到1952年的时候，所有私营公司都经过了社会主义改造，被收归国有，电影人都集中到了国营制片厂内部。原有的公司体制被计划经济体制取代，一切工作由组织分配。当时的文件里，要求国统区和解放区的两批电影人要"取长补短"，共同创造新中国文艺的繁荣局面。但是实际上合作中出现了不少矛盾，工作进展得并不顺利。首先是待遇不同，一直到今天，解放区的老电影人享受离休待遇，国统区的老电影人绝大多数都是退休待遇，1949年之前的工作不算是"革命工作"，两批老人现在的待遇相差好几倍。再有就是受重用的程度，解放区的电影工作多数比较年轻，经验不够丰富，但是得到进入剧组的机会比较多。尤其是新中国最初的六部影片《桥》《中华女儿》《钢铁战士》《白毛女》等，各个岗位上都是新人。很多老电影人长期得不到工作，除了政治学习，每天无所事事，心情非常苦闷。秦怡给我讲过一个特别简单的故事，她的丈夫是金焰，吴永刚经常到他们家串门。吴永刚解放前的成就非常高，解放以后没有什么片子可拍，成了闲人。

吴永刚找到金焰也没有多少话说，有时找不到金焰就坐在他家的沙发上，甚至可以睡着，待一个下午自己走了，就是失语的这种状态。国统区的这些老电影人，在这样的一种状态下，精力和意志被消磨掉。

夏衍、蔡楚生、于伶、阳翰笙等在国统区工作过的老领导，全身心扑在工作上，他们在30年代就在电影界建立了党组织，领导过进步电影运动，很有威信，但是后来发生的一些事情也是他们始料未及的。我们不妨来看看"十七年"当中的几个事件。

第一件事，1950年昆仑电影公司的《武训传》上映，在上海、北京的票房非常高，从地方到中央，一开始对影片都赞赏有加。但是毛主席1951年在《人民日报》发表社论，对《武训传》和相关人员进行了批评，开了政治干预文艺创作的先河，造成了电影界人人自危。第二件事，解放初，夏衍为了缓解剧本荒的局面，他成立了上海电影文学研究所，为当时私营厂提供剧本，其中包括《我们夫妇之间》《关连长》《人民的巨掌》《夫妇进行曲》等，这些剧本都陆续受到了批判。后来文学研究所受到清算，被关闭了。第三件事，1963年，在夏衍、陈荒煤、蔡楚生关怀下编写的《中国电影发展史》出版，这部电影通史的主要内容围绕着30年代的左翼电影运动，"从根本上说，解放区的人民电影，解放后的社会主义电影，都仍然是30年代左翼电影运动的继续"。这本书很快被定为30年代的文艺黑线，被全部销毁，编著者不同程度地受到迫害。这几件事是有联系的，国统区的老电影人在"十七年"中不断受到否定和打压。其重要领导人，比如夏衍、欧阳予倩、蔡楚生、史东山、阳翰笙、张骏祥、柯灵等乐观地认为自己是新中国电影的决策者和重要动力，这种乐观是有依据的，因为他们懂得观众、拥有观众。但是，这群人很快遭遇了"路线斗争"，这是文艺界的夺权斗争。60年代的时候还提出了"大写十三年"，写1949年到1962年伟大的成就，这样的一种口号，都是对于30年代左翼电影人斗争的结果。

这种否定和批判通常要论及文艺方向和美学。国统区的电影工作者认为新中国的文艺方向应该对应毛泽东《在延安文艺座谈会上的讲话》的精神，表现四大阶级"工人、农民、小资产阶级、民族资产阶级"的生活。比如就《林家铺子》《不夜城》《早春二月》《北国江南》描写了小资产阶级或民族资产阶级的中间人物，他们认为在过去进步电影的基础上加上新思想、新人物就可以了；但是他们不知道当时的国家领导人是想另起炉灶，彻底打碎旧世界。新中国建立伊始，老电影人纷纷表示要彻底改造自己，通过参加各种活动、公开发表检讨书等形式表现出和过去决裂，然而他们来自"落后世界"的原罪并没有得到洗清。他们参与的电影中也有表现工农兵生活的，但是后来都被认为是歪曲工农兵生活而遭到批判。石挥的最后一部影片《雾海夜航》中塑造了很多人物，不乏党员干部和工农兵形象，但是这部电影最终成为他落难的罪证。影片没公映，石挥就被打成右派，不久他登上拍摄影片时的"民主三号"客轮蹈海自尽。深夜、大海、迷雾、触礁的轮船，犹如他们生活的那个时代的隐喻。

新中国成立之初，全国人口4亿5千万，文盲占绝大多数。电影成为最为得力的教育民众的工具，不再是商品，各种政策通过电影传播下去特别有效。在新中国建立之初，因为党掌握国家政权之前经过了几次战争，所以将电影作为斗争工具或者武器的意识非常强烈，电影也成为意识形态的一个主战场。国家领导人关注、批评、干预，甚至直接指导艺术创作，可能在其他的艺术门类里面是非常少见的。1949年8月，中宣部在《关于加强电影事业的决定》中谈到："电影艺术具有广大的群众性与普遍的宣传效果，必须加强这一事业，以利于在全国范围内及在国际上更有力地进行我党及新民主主义革命和建设事业的宣传工作。"

老上海电影因为借鉴了好莱坞电影的经验而被批为资产阶级文艺的代表，为了拔除毒源，新中国成立没多久就进行了全国范围的"消灭好莱坞"运动，所有美国电影都不得在影院放映，美国八大公司的代办机构全部撤销。与之相对，中国大量地引入社会主义国家前苏联的电影，虽然前苏联电影早在30年代就进入中国，但是1949年之后，前苏联影片占据了进口影片的主要份额。由于新中国成立之初国产片的产量较低，电影院里放映的前苏联电影常常多于国产片。中国也大量引入前苏联电影理论，相关的译著出版了百余种。列宁说过："在所有的艺术中，电影对我们是最重要的。"这句话时常出现在当时中国的电影文件中。1954年6月到9月，电影局长王阑西带领代表团考察前苏联电影，回国后对考察结果进行了总结、学习和传播，在电影创作、放映和工业上模仿前苏联模式；同一年，前苏联电影专家也到中国来，实地考察中国的电影发展，提出的很多意见，绝大多数都被电影局采纳了。在电影创作上，前苏联电影的一些经典作品也给予中国电影工作者很多启示，比如中国影片《董存瑞》对于英模人物的塑造，很大程度上借鉴了备受推崇的前苏联电影《夏伯阳》；还有中国的很多战争片都受到前苏联影片的影响。前苏联作家协会章程中提出的"社会主义现实主义"被介绍到中国，1953年3月，电影局召开了第一届电影艺术工作会议，进行了"社会主义现实主义"创作方法的宣传和学习。

然而同时，我们还可以看到，老上海电影的美学特点仍然顽强地呈现于银幕，这类影片氤氲着细腻温婉的气息，长于表现市民生活细节和人物关系，尤其擅长表现人物的感情。在1959年新中国成立十周年的献礼片中，大部分受观众推崇的优秀影片都是这类电影，而且是工农兵之外的题材。

1956到1957年间，社会主义现实主义是唯一正确的创作手法受到质疑，于是出现了"革命的现实主义和革命的浪漫注意相结合"的创作方法，但是界定模糊，革命的浪漫主义助长了1958年的浮夸风，银幕上出现了大批浪漫过度的低质量影片。

王焕青： 解放区有哪些电影人？

李镇： 解放区的电影人当中，骨干力量有袁牧之、陈波儿、钱筱璋、吴印咸、吴立本、程默、薛伯青、钟敬之、汪洋、白大方、凌子风、王滨、田方、于蓝、高维进、成荫、孙谦等。其中有不少人也在上海电影界工作过。抗战胜利后，延安电影人接收长影，张瑞芳就是1946年到了东北电影制片厂。

王焕青： 延安派的基本诉求是什么？

李镇： 简单说就是"文艺为工农兵服务"。工农兵美学成为新中国新的美学范式，强调力量感、集体感和阶级性、斗争性。强调集体的力量、人民的力量，歌颂人民创造的历史，批判个人英雄主义，《武训传》就违反了这一要求，被批判为"污蔑农民革命战争、污蔑中国历史、污蔑中国民族"。"感情"这种东西是个人化的，所以不被推崇，甚至但凡出现了感情的渲染，就被扣上资产阶级思想的大帽子。性感的形象也是个人化的、资产阶级的，一概要加以改造。我们对比上官云珠在《一江春水向东流》里姨太太的形象和新中国成立后《南岛风云》里的女战士符若华的形象，就可以明显感觉到显著的变化，前者小家碧玉，后者粗壮有力：工农兵美学中的女性，多少都被中性化了。"为工农兵服务"这个话题在实践中很矛盾，因为事实证明，广大工农兵群众并不喜欢所谓的工农兵电影，他们就是喜欢感情色彩浓烈的故事，喜欢市民文化，喜欢帝王将相和才子佳人，到今天还是如此。周扬在50年代表示过对"工农兵文艺"的质疑，认为作为文艺服务对象的工农兵是个很抽象的概念。为工农兵服务本质上就是为政治服务。

吴印咸、钱筱璋、徐肖冰在延安就拍摄过一部分纪录片，有一种具有造型美感而不失真实力量的朴素之美，此后成为新中国纪录美学的源头。

关于谁是创作中心的问题，也有过非常激烈的讨论。中国在"十七年"的时候，电影政策也是经过几翻波折。1956年的时候，空气稍微缓和了一些，电影界提出了"导演中心论"，但很快就被"支部书记中心论"取代了，很多电影支部书记开始决定很多创作上的细节问题，造成了很多质量低劣的作品。

为了和老上海的市民电影彻底划清界限，工农兵电影后来越来越形式化、概念化，发展到"文革"的"三突出"：在所有人物中突出正面人物；在正面人物中突出英雄人物；在英雄人物中突出主要英雄人物。"三突出"打着典型化的幌子，自诩为了表现"本质的真实"。其实，大家不用讨论就可以看到"三突出"失真严重，比如表现合作化运动和人民公社，故事里的农民绝大多数都是自觉行动，这非但不是本质真实，反而是扭曲和虚构真实。现在来看，这段时间真正反映现实或者生活本质的作品还是那些经过历史打磨的精品，比如《祝福》《林家铺子》《早春二月》等。

王焕青： 还是解放前的那种题材。

李镇： 是的。即使是新社会的题材，富有经验的老电影人也会在人物的个性、人物的情感上下功夫，比如《女篮五号》《枯木逢春》等。但是新社会要求文艺作品要以进步的世界观，千百万群众的观点来观察事物，也就是抹去艺术家个人化的视角。工农兵电影常常突出"集体创作"，这又要涉及到"组织化"这个话题。

"组织化"也有它的优势，拿中国动画电影来说，这个领域幸运地被我们的有关部门忽略掉了——因为被看做是小孩子的玩意儿，所以就在组织化这样一个环境下得到了特别好的发展，艺术创作非常蓬勃。中国是世界上唯一称动画片为"美术片"的国家，中国动画人把动画片当美术、当艺术品来做，什么都来尝试。他们借鉴了大量传统美术的元素。为了做出精品，可以长时间地采风，几个月扎下去，描敦煌壁画，或者搞各种石窟、造像的研究；或者研究用动画实现水墨画效果。中国动画的艺术气质特别浓厚，在"十七年"创造出了一大批超越时代的杰作，到今天仍然令西方惊叹。

高音： 我自己进入中央戏剧学院读本科、读研究生，一直学的是戏剧文学。在当时的情形下，不管是老师还是学生，普遍认为中国话剧史特别没有意思，话剧史的课我们不喜欢上，书不愿意读。我们爱学西方戏剧，觉得洋气。而中国话剧史，新中国这一段，我们是不讲的，我们的老师擅长讲《雷雨》。所以在我们印象中，中国话剧史是可以不学的，这门课认真听的人非常少，这是我们上学所经历的对话剧史的认识和记忆。在进入研究领域后，在我不得不面对这段历史的时候，也就是我做这样的研究以后，我必须认认真真回头看，看这段我们曾经忽视过的戏剧发展的历程。记得在 2003 年 8 月，我曾经跟沈林老师有过一次通信，背景是当时为完成所里的课题写"十七年戏剧史"。初看田汉 1958 年创作的《十三陵水库畅想曲》，我一方面产生了无比奇妙的复杂感受，一方面人云亦云地沿袭着当时流行的对此剧全盘否定的看法，当我向他请教为什么会出现这样一部被后来的研究者诟病的才华肆意的戏剧怪物？

沈林老师回复，他对于我的问题由于缺少研究说不出什么。但是，有两句题外话："一个民族靠自己的力量改造自己的生存，一个民族拼着自己的血肉捍卫自己的生存。前一个是《十三陵水库畅想曲》的背景，后一个是《德安大捷》的背景。从此可以看出田汉是一个有自己的信仰、操守的艺术家。今天的小资产阶级识字人不但不具备这种情怀，而且不能理解这种情怀。他们忘记了他们能够享受揶揄嘲讽这份情怀的奢侈，恰恰是有其他的人流血流汗，捍卫和改造了他们今天立足的土地。"

当我真切地进入到田汉创作《十三陵水库畅想曲》的历史当中去以后，我发现我以前的问题提得是相当草率的。因为田汉的《十三陵水库畅想曲》，我们是不会被教授，不推荐观看的，大家都会认为这是老作家在新中国的一个非常荒唐的写作经历，所以我们从主观上很排斥，觉得这个东西肯定不是艺术，是政治宣传。在我逐渐熟悉了这段历史和体会了这种活报剧的话剧创作的利弊得失后，我发现，对这个事情下结论不是这么简单的，我从一个学戏剧的学生到研究者之间有一个过程，这是一个批判自己的过程。

前面大家的发言理论性充足，逻辑性很强。可能是因为戏剧讲究形象和具体，我的发言在进入和切入中得找一个角度，希望能够形象一些，有助大家交流起来，让这个讨论平台有一种感染力在里面。我年前开过一次国家话剧院的《死无葬生之地》的研讨会，这个戏已经反反复复地演了很多年了，大家还是不断地觉得这个戏是我们国家话剧院的经典作品，不断研讨。在这个会上可能我是最年轻的，其他的全是我们的先生辈，他们都在畅谈萨特的这个著名的情境剧，是一个无比高尚的艺术形式，对我们剧场建设有多么重要，对人性的揭示有多么深刻；有老师感慨，你看国外的戏就是好，我们没法儿比啊，新中国以来实在没有好戏可谈，都是这样说的。我一直在旁边听着，开始因为辈分不够心想就不要说话了，但是当他越发激越地慷慨陈词的时候，我忍不住了，我说："老师，我不同意你的观点。不能这样说吧，不能忘了老舍先生吧？难道新中国舞台上的《茶馆》不好吗？"他当时愕然了，哪里来的敢跟我叫板？我真的觉得如果要谈新中国戏剧的话，有两个人绕不开的，而且这两个人的贡献是极大的，一个是焦菊隐、一个是老舍。这两个人如果在民国时期他们不会有这样的贡献，不会有这样创造，他们是在一个新的时代来临了以后，是他们的整个创作的心志，他们的激情勃发到一定程度，厚积薄发出来。《茶馆》就是新中国戏剧的代表作。80年代《茶馆》访问欧洲，大受赞誉，法国《费加罗报》曾把老舍的戏剧和契诃夫放在一起做比较，大意是：和契诃夫一样，老舍描写的是过渡、是变化、是决裂。和契诃夫一样，老舍叫我们了解有朝一日，可能就在这片废墟上，会诞生一个新的世界，一个公正而美好的世界。

前段时间人艺纪念焦菊隐先生，菊隐剧场落成。我们想到焦菊隐先生，如果说中国话剧有群英会的话，实际上是可以列出来的，不像某些老先生说的那种，好像我们新中国话剧一无是处，没有任何作品立在舞台上，其实很多很多。焦菊隐和老舍先生第一次合作诞生了《龙须沟》，说到《龙须沟》，你现在去看仍然很感动。在新中国的舞台上，第一次为穷人的孩子鸣了冤。这个戏延续着焦菊隐对底层人的关切热情。焦菊隐是有左翼思想的，当然和共产党的组织没有太多关系，他受高尔基戏剧传统的影响，解放前排了高尔基的《底层》，解放以后由衷地和老舍先生合作，排出了《龙须沟》，其实是一个里程碑，无论你喜欢不喜欢他，都是一个非常值得记录的舞台上的崭新的一页。

我们再来说说《虎符》。1957年演出的《虎符》是话剧民族化的代表作品，《虎符》是郭沫若40年代创作的历史剧，很多人导演过，很多剧团演出过，都没有十分成功，只有在焦菊隐、在人艺国家体制的舞台上，它无可辩驳地成功了。为什么成功了呢？因为在学习苏联经验的过程中，话剧工作者认识到斯坦尼体系。苏联的表演机制对于我们中国的叙事、中国的演员来说，可能有它偏颇的地方，或者有一些我们不能领受的，有一些排斥性，可能我们有一些自己的表演方法或者表演手段，中国戏曲对动作的那种控制力和表现力，或者它的那种构成，可能有助于中国舞台剧推陈出新。《虎符》的演出为话剧如何接受民族传统和历史剧如何演提供了一次有意义的开场。为什么说《虎符》呢？因为《虎符》在焦菊隐整个的舞台意图当中，换句话说，就是导演阐述中，首先它要给历史一个新的概念，郭沫若当时写战国时期，焦菊隐要赋予《虎符》创作的第三个时代——新中国的历史背景，就是人民中国的时代。焦菊隐说了，在今天，《虎符》的演出的最高任务，是要强调个人的利益服从国家的利益，所以他讲的是个人奉献精神和英雄气概，讲的是一个集体，讲的是一个国家的概念。《虎符》代表着新中国的立场，这是我的一种看法。

我从小是在剧院里面长大的，我的那些叔叔阿姨们在国家体制里面，剧团里面，他们的一生都用在这些剧目的排练过程当中。当进入90年代的时候，他们面对的是他们自己过去排演的那段历史，被外面的专家或学者、被一些话剧史学者否定了，认为不是艺术了，特别茫然。我所做的工作，因此就不止于作为一个从事戏剧研究的学者，作为他们的子女、后代、下一辈，我想通过我的工作去寻找一些东西，看看他们做过的这些事情,他们的付出和经验,到底值得不值得?到底有多少艺术的成分在里面?通过我的写作过程,越来越清晰地认识到,其实中国话剧就是中国的社会主义道路、中国的社会主义生活的一个艺术现场,这点是我特别深切的感受。布莱希特说了,戏剧首先是社会实践,而不是什么经院研究的对象。我们很多演出,包括我们新中国的演出,实际是在一段又一段实践当中进行的,演出发生在表演者和观众们之间,演出为他们所共同完成。因为当时没有录像条件,其实有很多观演互动,非常壮丽的那些诗篇式的演出,是没有被记录下来的。我想通过我的研究,尽可能还原那段历史,让更多的人了解,我们的戏剧是从那一段历史走过来的。

在新中国的戏剧史上,还有一块被大家诟病的戏剧形态,这就是社会主义教育剧,在60年代的时候,这是社会主义阵营中存在的一种戏剧常态,是社会主义社会的重要现象、重大现实,是"社会主题对戏剧形式的判决"。60年代出现的教育剧《霓虹灯下的哨兵》《年青的一代》《李双双》还是有口皆碑的。当下戏剧研究中有一些文章提出"60年代的社会主义教育剧"是非人性的,是反现代性的,严重非人化的,扣了很多帽子。实际上做新中国话剧研究,社会主义教育剧是个特别重要的领域,在这个方面我做了跟西方的、东欧的同时期的戏剧比较,有不小的启发。我们看戏剧史,从古至今都不会忘记强调教育是戏剧的社会功能,进入20世纪,教育更是20世纪社会主义戏剧的重要命题,对待社会主义教育剧的认识不能简单粗暴。试问,难道维护个人利益、自私自利就是人性?而维护国家利益、公而忘私就是非人性吗?我们做戏剧研究的过程是要真的走进去,把话剧史上出现的基本观念和重要事件的来龙去脉搞清楚,不能不细读文本,不了解、不分析产生社会主义教育剧的前提或者历史背景,就做一些想当然的判断。

陶庆梅: 有几个特别核心的理论和组织问题是需要被特别讨论的。

今天看新中国,取得了巨大的成功,同时也是巨大的失败,很多失败在今天都还遗留下深刻的问题。

比如说组织问题。没有新中国的文艺组织,《茶馆》这样的作品是不可能出现的。戏剧和电影还不一样,戏剧本身在1949年前商业化程度没有那么高,只有在大城市里面有少数的商业团体,演出水平特别有限。我去年在这里讲过一次戏剧的结构,我也特别想研究中国的院团体制,碰到一个最直接的问题:基本的体制学的是苏联,而苏联整个系统是从欧洲大陆系统的基础上,结合社会主义计划经济的特点发展而来的。

中国的院团建设，全国性的这么大规模的院团体系，从组织方式上来说确实是学苏联。但是，它又碰到一个中国革命的独特问题：院团建设也牵扯到国统区和解放区两股力量同时在里面起作用。

严格说来，没有剧团的建设，焦菊隐他们思考的问题就不可能得到一个实际的体现，没有组织化的生产很难达到那么高的水平。从这个角度看，这是它特别成功的一面。戏剧和电影，某种工业化生产的艺术形式，组织的作用特别至关重要。"文革"前夕，院团差不多都解散了，文艺队伍下乡，我想就如同毛泽东不喜欢官僚化的组织一样，肯定也是不喜欢这样成建制的院团。有组织必然有官僚主义，"文革"时期就把它拆掉，大家上山下乡。"文革"以后整个院团开始恢复，恢复完了以后院团怎么重新起作用？这是一个巨大的难题，全国规模来看，80年代经过了一段黄金期以后，很快就被市场冲毁了。各种文化体制改革，都在调院团的体制。现在的院团，基本上除去少数保留了事业单位编制，大部分都变成了国有企业。这些以国有企业形态出现的院团，未来的道路怎么走？怎样在一个市场化的环境中起到引领作用？

另外还有两个特别相关的理论问题，一个是社会主义现实主义，一个是民族化。某种程度上《茶馆》是社会主义现实主义与民族化结合最好的样板。社会主义现实主义在理论上到底该怎么解释？一方面它指明了一个创作方向，另一方面也约束了创作。后来又从社会主义现实主义到革命现实主义与革命浪漫主义相结合，一定是在实践中感觉到社会主义现实主义的描述，与自己的美学观念有不太相容的地方。今天，这样的理论仍然带来特别深刻的影响。我们看国家院团的戏剧创作，基本上给自己贴的标签还是社会主义现实主义。这个时候，对经验的总结就变成了一个模式，是一个特别固化的模式。有两个戏，一个叫《代理村官》、一个叫《鲁甸24个小时》。《代理村官》讲的是东北农村的事，《鲁甸24个小时》是地震的事情，但情节模式结构都是一样的，都有一个村官，碰到保守势力、激进势力的冲突，摆平各种势力给大家找到一条道路。所有的创作模式已经形成特别固化的创作模式，这是社会主义现实主义么？它们给自己的标签是社会主义现实主义，以此获得体制内的合法性。所以，我觉得这是一个从1949年到今天都没有被很好理清过的一个问题，直到今天还在影响我们的艺术生产。

民族化的问题更难。我相信社会主义现实主义在从前苏联引进来的时候，真的会发现其跟我们的艺术发展的状况、跟我们文化心理是不一样的，所以我们的文艺会走一条民族化的道路。但我们迄今为止在这个民族化道路上，都没有找到合适的语言。我们今天重新讨论民族化的道路的时候，我发现不知道用什么语言来表述舞台上的实践。光有民族化是不能解释任何问题的，太粗糙了，因为几乎所有的东西都可以说是民族化，林兆华的戏他也说走的是民族化道路，可在我看来他是在以中国戏剧元素来实现现代主义戏剧观。民族化这个词本身是空的，只有在民族化找到丰富的内容以后，民族化才成立。这条道路我觉得在焦菊隐那个时期的实践上做到了，而理论上则其实没有很好的对等地对这一时期的戏剧经验进行有效总结。

高音： 还是有总结的，比如张庚、阿甲。

陶庆梅： 还不太够。阿甲也好、焦菊隐也好，他们自己都有经验的描述，理论的道路还很漫长。从新中国开始一直到今天，其留下的问题还没有被很好回答。社会主义现实主义、民族化，到今天也还是我们理解中国文艺的关键词，在文艺生产当中依然特别重要。

靳大成： 很好，因为这个过程没有完，像中国革命、中国特色、中国道路我们还在过程里面。今天我们说这个词的时候，好像罗素所说的，实际在谈论什么呢？就是一个墙上的钉子，什么观点都可以挂在钉子上面，这就是实在论。而中国现在这个事没有完，包括文艺理论怎么总结新诗？所谓中国化，其呈现的东西五花八门，各种不确定，有着各种可能性，非常的丰富。

蒋晖： 大家似乎都在围绕几个新中国文艺的核心问题，第一个是组织化，新中国文艺离开组织化恐怕谈不清楚。同时，组织化是一个双刃剑，它可以激发艺术家的创作力，如果做的不好，也可以扼杀创造力，造成千篇一律。另一个新中国文艺的主要贡献是民族化。还有一点，大家话里话外都指出了新中国文艺受前苏联的许多影响，但今天大家主要谈了前苏联文艺组织和意识形态对中国文艺造成的负面影响，那么是不是有正面的东西？怎么正确评价前苏联文艺对中国文艺的影响，大概也是新中国文艺绕不开的话题吧。

我其实从2010年回国以后就不太做中国文学了，主要研究西方文论，所以在中国文学的体系里面，说不出太多自己的看法。最近有一个有趣的感性经验和大家分享一下。最近，我的孩子们从南非回来了，我给他们看两部电影，《地道战》和《地雷战》。我没有想到，3个孩子这么兴奋，他们一个11岁，一个8岁，一个5岁，完全被这两部电影迷住了，尤其是看完《地雷战》，模仿电影埋地雷，把家里的各种东西找来，用线连好，埋地雷炸我，把我炸得前仰后合。我是和孩子们一起看的，当时觉得这两部电影拍得真好，风格很像孩子们日常看的各种超级英雄的大片，好坏黑白分明，要炸就把敌人炸得一塌糊涂，痛快淋漓。《地道战》画面构图成就非常高，虽然是黑白的，但是主要背景是辽阔的北方平原上矗立的一排高大的古树，气势威严，正气凛然，构成了英雄人物活动的象征背景。猫腰低头蹲在土里挖地道该多难看，可拍得也很写意。另一个印象深刻的事是，两个片子分别拍摄于1962和1965年，故事却发生了许多变化。1962年《地雷战》里面有暧昧的情感戏，里面的爆破能手为了发明一种地雷，想到了用头发丝做引爆装置，他就去向一个女孩要头发，引起了女孩的误解，并拒绝了他。随后，当女孩知道了他的真实意图时，就主动剪下一头青丝，不好意思地交给他。这种暧昧的情感戏在1965年的《地道战》就完全不存在了。这部接近"文革"时期的戏，意识形态明显更加定型，留下的灵活的空间也就不多了。电影一开始就是一个老村长，他是一个集男性、干部和父亲形象于一体的人物，并以他的壮烈牺牲唤醒大家抗日的决心。而《地雷战》则没有这样突出主人公，因此我们可以看出短短几年间左翼文艺政策的变化。回到具体历史，是很有意思的。

回到今天会议的题目"新中国文艺"的发生、繁荣和衰败，这是一个大家公认的历史的描述，既然有过繁荣，也就是新中国文艺是有特色的，那么这个特色是什么？同样，如果最终衰败了，那么这衰败的原因又是什么？因此，我特别想搞清楚的就是新中国文艺到底是什么？跟别的文艺不一样的，它的最大的特点是什么？为什么失败了？就这两个问题我稍微谈一下自己的想法。如果把这两个问题放到非洲和第三世界文学的大背景下谈，或许有一些不同的的思路。

非洲其实没有那么多的马克思主义文艺，因为它是被西方控制的，随着前苏联和中国的影响，从70年代起，也出现过一阵马克思主义文艺运动，毛泽东的思想和讲话也在那个时候传到非洲，尼日利亚伊巴登大学里面专门有马克思主义美学的兴起，他们发现毛泽东的文艺思想对非洲比较有针对性。他们接受毛两个核心的观点，一个是文学的阶级性论述，另一个是文学为了谁是文学的核心问题的观点。

但如果你仔细看非洲的马克思主义文艺的发展，你会发现其实上毛泽东的影响是有限的，他们不可能按照毛泽东文艺走，因为毛泽东的文艺观念的执行必须依靠一党的管理，依靠社会主义文艺体制，即高度组织化的中国文艺体制的确立。没有体制化，没有组织化，就不可能有中国文艺的民间化、集体创作和整齐划一的想象力。这就是非洲左翼运动天然的缺陷：非洲的民族独立运动在大多数地方是不彻底的，是精英和西方妥协的产物，没有完成彻底的革命新中国成立的历史进程。在这种情况下，政党和群众是脱节的，文艺大众化、民族化和为谁写这些问题都不能依托强大的组织而实现。通过和非洲作家对比，我们可以看到，中国作家某种程度是非常非常幸运的，因为革命的道路是无比清晰的：阶级的划分、敌我的对立、社会的矛盾、历史的道路，尤其是农村的变革的可能性，都是通过共产革命以清晰的观念和原则呈现出来的。所以，中国作家可以描写一套完整的被充分实践了的革命经验。而非洲知识分子，无论怎样革命，还都摆脱不开纯粹的观念和乌托邦想象，因为现实的变革的彻底性，一直不足以让作家对自己的道路有着直观的和清晰的理解。他们大多数都从马克思主义教条出发，指出革命的可能性，而非现实运动。这就是非洲革命文学的弱点：在观念上，他们的作家也许是个马克思主义者；但在实践层面，没有现实可以聚焦。

当我们看到非洲马克思主义文艺思想的发展的特定历史条件后，就知道毛泽东文艺恰恰不能完全解释非洲马克思主义文艺的发展。相反，我觉得胡风的文艺主张对非洲左翼文学的阐释性反而更强。大多数非洲马克思主义作家关心这种创伤，因为非洲被奴役了几百年，而心灵的创伤是非洲作家普遍要处理的问题。非洲作家很少能完全失去主体性，而成为进步历史的代言人，他们像胡风理论所设想的，是以主体的形式突入现实，突入民间形式，突入民众心理，这些方面构成了非洲文学创造的特点。

跟非洲裔作家相比的话，我们会发现中国作家特有的创造力来自革命实践的彻底性、高度组织化的管理，这是新中国文艺得以繁荣的根本原因，也是根本特点，是世界其他各国都不具备的，这是中国一个很成功的地方。

李淑琴： 蒋老师去非洲传播马克思主义？

蒋晖： 我是去做非洲文学的研究，想把非洲知识界和中国知识界建立起关系。非洲白人知识圈子是非常难打交道的，和非洲的黑人圈子则很容易，最主要的障碍是价值观。

王东声（北京理工大学设计与艺术学院）： 我与焕青老师对民国的那个观点有些不同。站在今天这个角度看，民国还是一个很有高峰感的时代。因为那个阶段的艺术家即使出去的时候还仅仅是个小青年，可能他们的知识结构还没有那么系统，但是他们至少还延续了相对纯正的中国传统文化的余续，他们从很小的年龄读"四书""五经"，练毛笔字，但对于今日国人来说，对于非常传统的、国学化的记忆都荡然无存了，只有进入相对职业的人才去练习，才去修养这些东西。但在那个时代，像徐悲鸿、林风眠、吴大羽那拨人二十左右岁出去的时候，已经奠定了一些底子，但今天那些东西都没有了，搞绘画的人的国学修养几乎没有什么积累，这是个很严重的问题。

在各个时代,中国画都有一些杰出人物作出了有创建性的工作。宋代的苏东坡,元代的赵孟頫,明代董其昌,清代石涛、八大山人,近代的黄宾虹等等,他们不仅在创作上,在理论上也卓有建树,他们是理论与实践合二为一的典范。但是新中国以后,确实因为政治因素影响了艺术作品的正常"生产"。对于水墨画来说,这应该说是一种损伤。王老师说的版画方面,因为其实用性与功能性的原因确实突出一些,这一点毋庸置疑,但在那个时代,对于水墨画还是损伤不小。

事物的发展,总会受到非此即彼的一些外因的影响。比如说,近现代以来的中国艺术一直在受到西方文艺思潮的影响。新中国成立以后,水墨画的发展又开始受到相对政治化或者意识形态的影响。如徐悲鸿的审美理念,在那个时代里面,之所以能够和前苏派的绘画体系一拍即合,形成了那个阶段的中国画特色——"徐蒋体系",就是这样的原因。美术领域的歌功颂德,红光亮的"伟人"崇拜,就像《沙家浜》《红灯记》等样板戏一样,有着那一个特殊历史阶段的特殊意义,也有特色,但今天看来,总觉得是一种猎奇的心态。

另外,蒋老师刚才说到"本体"的概念,我特别同意。艺术必须回归本体的思考与探寻。另外,画家的主体性也很重要,不管音乐、电影、戏剧、书法、绘画,实际上需要有它内在的个人化,或者自主化的一些因素。只有杰出人物塑造的东西,具有一定的审美体系化的塑造,在时代里面才会真正凸显出价值。我很关注当代的绘画,对于今天这个时代,是不是文学,或者话剧,或者电影等其他领域的状态,也和美术一样,乱作一团?对于水墨画来说,从新中国成立以后,至1978年以前,更多受到政治的影响,但现在又受到市场的影响,似乎艺术作品都淹没在铜臭气味里面——这不能不让人疑惑,我们到底应该怎样做?应该能够作出点什么?我自己也一直在思考。

这个时代,是一个完全"打开"了的时代,有点像民国的那个阶段,大家可以分头去吸收,尝试以各种面目、各种方式去塑造画面,但放眼望去,更多的是一些相对肤浅的借鉴,相对深入的、有价值感的作品相当稀少。这一点,是不是文学、话剧、音乐等领域也是这种情况?

祝东力(中国艺术研究院马克思主义文艺理论研究所):谈新中国文艺,其实潜在的参照对象一定是我们当下,是80年代,特别是90年代以来的文艺。90年代以来文艺的一个特点,我概括为情感的枯竭,文学领域,小说也好,诗歌也好,例如小说有一个说法叫"零度写作",就是没有任何情感参与到创作中,其实诗歌也是一样。一般来讲,文艺创作的前提就是要有一个比较丰沛的情感土壤,没有情感文艺一定是干瘪的，只能靠一些技术的方式推进。而这种文艺特有的情感，一种高尚的、能够和广大人群分享的情感，不是没来由的，它本身也是需要前提的，要有一定的历史条件才能产生。新中国文艺这几十年，我们今天看的确是一个"奇葩"，简直空前绝后，在我看来真是一个千年不遇的文艺史阶段，而新中国文艺的情感含量的确极其充沛，这是它的一个特点。

这个情感是从什么地方来的？还是要追溯到近代以来，从整个中国的历史发展来看这个问题。"近代"这个词特别有意思，我注意到西文只有一个现代 modern，而我们这儿既有现代，还有近代，我们为什么多出了一个近代？欧洲的历史很清楚，就是从古代到中世纪，或者叫中古，再到现代，从文艺复兴或者从地理大发现开始进入了现代。中国多出了一个近代，是怎么多出来的？为什么会多出来一个近代？中国1840年以后被西方打进了现代世界，它不是自然顺畅地从古代社会进入现代，它离开了古代，却进不了现代，经历了一个曲折的"半殖民地半封建"阶段，这一百来年的近代对中国来说特别复杂、特别曲折、特别屈辱。这个阶段的一个转机，是甲午战争失败以后。之前经历两次鸦片战争、经历中法战争，中国人的精神仍然是萎靡不振的，只是到了中国败于日本，被这个天朝上国眼中的蛮夷，所谓蕞尔小国打败以后，朝野上下才被特别深地触动了。中国近代，从1840到1895年，中国人的精神这才开始触底反弹，从公车上书、从百日维新开始，整个中国社会，特别是中国民间的精神开始上升。这个中国精神经过萌芽、成长、高涨，到大革命时期进入鼎盛期，再到抗战、新中国成立、大跃进、"文革"，都是一个特别激进、亢奋的趋势，再到"文革"后期出现泡沫化和泡沫破碎，到1990年代陷入低谷。一百年中国人的精神史，经历了这样一个曲线，只有从曲线上升阶段或者鼎盛阶段的角度，才能理解新中国文艺，那样丰沛的情感支撑推动了各个艺术门类大发展、大繁荣。而这个情感，的确是特别真挚的。我有一个分析，1949年中国是从一个复杂社会到简单社会，之前中国是遍布着兵匪盗、黄赌毒的一个社会。而经历了1949年以前，在那个社会环境里成长经历过的人，可以说都是复杂人，让这样的人受骗上当不太容易。他们是见到了共产党的军队、共产党的干部以后，在新中国成立初期确实有一种河清海晏的感觉，只有这样，大多数人才会发自内心地认同国家，情感的温度才能到那样一个状态。所以，我觉得，新中国文艺这个特殊的文艺史阶段，不是没来由的，它是整个近代以来积蓄的情感，在甲午战败之后到戊戌变法那段时期陡然上扬，到新中国形成一个鼎盛期，表现为新中国文艺各个门类的成就。而我们今天，之所以文艺很不景气，一个特别重要的原因，是整个精神曲线的回落还没有触底反弹，整个文艺创作界显得有点垂头丧气。

这是我对新中国文艺的情感前提的一个理解。

陶庆梅：祝老师说反弹曲线还没有开始，你有一个感觉会反弹是吗？这个反弹会跟着什么样的政治进程出现？

祝东力：这不太好说，总之是跟政治、经济、社会的进程相绑定的，只不过拐点在什么地方还不好说，还没有看到。

黄纪苏（中国社会科学院文学研究所）：想到这么一个话题是因为一个偶然的由头。前不久看见贺敬之老先生，已经九十老翁了。我想起少年时代，当时的文艺青年都写新诗，而且都是充满激情和豪情的贺敬之体。当然，经过近四十年改革开放的曲曲折折之后，我也一直希望有人从文艺角度对新中国再做一番梳理。刚才福民兄谈文学、李镇老师谈电影、李淑琴老师谈音乐、高音谈戏剧，都非常好。新中国的文艺，到"文革"中后期就眼见着不行了。毛主席当年感叹没小说、没诗歌、没电影、没文艺，是大而化之的说法。文艺的颓势，并不始于"文革"。新中国时期包括"文革"，各个艺术门有一致的地方，但也有不一样的地方。就拿"文革"时期来说，小说、电影的确没什么看头，但现代京剧、芭蕾舞成就还真不低。我们应该寻找这些差异背后的原因。

刚才中央音乐学院的李老师谈到组织化程度高有好的一面也有坏的一面，我们就是需要有一种辩证的眼光去看复杂的事物。刚才我请教李老师谈西洋音乐民族化的具体体现，她举小提琴模仿二胡的例子特别有意思。

陶庆梅：样板戏《打虎上山》那一段，用一个圆号插在戏剧里面特别对，用传统戏曲乐器的话，做不出来那种效果，往交响乐一块揉，那个东西是最困难的。

黄纪苏：大家今天实际上都已点到了，特别是陈福民说到的民族化和组织化。

陈福民：我最关切的还是两种启蒙形式内在的冲突。

黄纪苏："五四"的传统的主流，的确是自由主义、个人主义，这点李泽厚没说错，如果没有这个主流，现代文艺等于塌了大半边天，鲁迅、郭沫若、巴金这些地标性人物就无从谈起。还有另一个传统，始于中国革命尤其是延安时期，也因根植于社会和时代而有蓬勃的生命力，《黄河大合唱》《白毛女》《王贵与李香香》，都是一流的作品。但到了1950年代，随着"胡风事件"的扩展，第一种传统从台面上消失了，躲到一些细节里苟延残喘。到了1960年代，已是第二种传统的一统天下。文艺偏于一端,当然还有好作品,如贺敬之的《雷锋之歌》,仍不减中国革命的激情,但有些作品由于完全回避了新中国政治、经济生活的阴影,豪迈里已经开始渗出些空洞了。等后来再到样板戏,可以说是三鼓而竭。

国统区左翼和延安这两个传统,电影和别的艺术门类有点不一样。国统区夏衍他们有相当多的积累,拍了很多电影;而延安那边恐怕摄影机都不一定有,有也只能拍点"七大"记录什么的。虽然抗战后接管了东北的电影厂,但接收人员如金山什么的,好像也是国统区过去的。那我想请教李老师,这两个群体之间的冲突,多大程度上是艺术圈里的人事之争,多少是文艺主张之争?

李镇: 确实是这样的,延安当时胶片都没有的,拍纪录片都是拿照相的胶卷连在一起来拍电影短片,当时是没有故事片的。解放区这块的电影人才,最开始是非常缺失的。但是1948年、1949年,东北组织了一批从地方文工团、部队文艺积极分子当中选出来的年轻人,办了三期电影训练班,这些人后来大都分到全国各个电影机构或者电影厂里面做领导工作,也有一些搞创作的,像张瑞芳、王兵等等,给他们机会让他们拍电影。

黄纪苏: "写十七年"是个挺值得玩味的事情。对于解放前就从事写作并有了一定成就的艺术家,进入新中国后,他们中不少人已经四十开外,甚至年过半百。艺术是才情加生活积累,他们的生活积累因1949年的改天换地而成了另一个世界的事情。这生活积累就像"旧币"一样,在继续控诉旧社会的时候还能花出去,如《茶馆》《抓壮丁》等等。随着时间的推移,新社会越来越有模有样,这笔资产的贬值会是一个自然过程。在这种情况下,再主动提倡"大写十七年",这实际上是不让中老年艺术家发挥余热了。民国范儿艺术家进入新中国后的"失势",除去政治的原因、文艺界权力再分配的原因,生命周期加上社会断裂导致的生活经验过时,恐怕也是一个不太为人注意的原因吧。

李镇: 它很复杂,解放区的这些电影人,他们得到的机会特别多,待遇也不一样,同样拍一部电影奖金都是不一样的。

黄纪苏: 周扬他是站在哪边的? 夏衍我估计是站在国统区那边的。

李镇: 周扬也是国统区的,周扬对为工农兵服务非常有意见,他不知道什么样的电影是为工农兵服务的,所谓为工农兵服务的,工农兵不爱看,他写过一些东西。

李淑琴: 我们音乐和电影很像,在电影界延安的这股力量到了东北,音乐也是,电影方面那边成立了一个长春电影制片厂,音乐上则在东北成立了鲁迅艺术学院分院。不同的是音乐有比较多的学院和团体，所以东北的那股力量后来有人到了上海，也有人到了北京，或其他的地方。这个时期国统区来的和解放区来的，一方面有宗派性的东西，另外，在艺术上也有不同的看法。30年代时，"左翼"音乐家这边把原来专业音乐教育这边叫"学院派"，"学院派"就等于是资产阶级。50年代的音乐队伍中，有一些是属于"学院派"，比如贺绿汀，所以在胡风运动的时候就被作为音乐界的"胡风"来批判。延安这边以吕骥为代表。总之，那时候音乐界非常乱，后来不得不陈毅、周恩来出面，把这些人叫到中南海去进行调解。

黄纪苏： 于会咏您看应该是哪个传统的？

于会咏属于新中国成立以后培养的年轻一代。如同现在，老一代之间的矛盾，我们不是特别地介入，于会咏应该也不介入这些问题。于会咏他有很好的西方音乐的功底，他研究中国传统音乐的成就非常高，很有才能，如果没有西方的，只学中国传统这方面，他搞不出"样板戏"来。关于"样板戏"，今天时间太短了，没有办法说，和传统京剧做比较，为什么样板戏那么受欢迎？其实它有很多新的东西吸收进来，西方一些戏剧结构的东西，具体来说，歌剧里面主导主题的东西使它整体结构更严谨。

李淑琴： 刚才有一个问题我想回答靳老师一下。刚刚靳老师发言的时候，提到我发言中所讲的音乐民族化的问题，我的意思是，音乐的民族化具体体现在音乐创作的技术方面，这是新中国音乐创作的一大成果。关于对西方音乐，您举郑律成音乐中的西方元素例子的意思是说，不要把那个时期新中国文艺理解为平面化，意思是那个时候我们也是在学习西方的。那个时候确实有"二为"方针，没有完全拒绝西方，但是对我们来说我们叫"红烧中段"，意思是只学习的是西方资本主义上升阶段，如同您举的那些例子，特别是贝多芬那个时期，我们还是学的；19世纪末以后，也就是浪漫派晚期以后，被认为是没落的、腐朽的，那是坚决不能学的。我想回答您的就是说，还是有一种政治的东西在那，不是说完全不能学西方，但是它限制你只能学什么，只能学上升时期具有革命性的东西。

靳大成： 就你提到的音乐作品来说，包括前苏联的影响实际上也非常大，前苏联的文学和我们也有点关系。我们的歌剧、我们的编剧很多东西很受它们的影响，包括资产阶级的这套东西，包括无标题音乐争论都很大。我不懂音乐，但是我想，郑律成他在这几个作品的探索中，虽然他当时政治上已经不被信任受到打击了，可是他还挺自由地把这些西方的、民族的、民间的不同元素按照他的想法来做，特别是在采风中完成了这些作品。如果不是集体组织采风，想把《川江号子》——在民间流行千百年的东西搬上艺术的舞台,是没有可能的。正是在"组织化"的采风中,才把这样的东西挖掘出来。

陈福民: 当时东北大区搞得比较稳定,先进的、优秀的干部都在东北大区,只有那个大区在当时有那个条件。

李镇: 他们奠定了中国电影的领导团队,分配到全国去。国统区的这些老电影人在1949年到1950年的时候,开始大量写文章检讨自己,认为自己有资产阶级的根子要彻底改造,但这些终究还是徒劳,他们怎么批判自己都没用。

夏衍他是三四十年代的左翼电影艺术领导人的NO.1,也是地下党,但是在对地下党的路线斗争中,斗的就是他们。

黄纪苏: 我有一个同学他父亲是《诗刊》副主编,他说有位著名革命诗人有回跟他说,叔叔和你爸爸跟老舍不是一类人,老舍是资产阶级的。而我们去他家,院子里都是花,几乎没地方下脚。老舍不算左翼作家,但是写平民生活。你刚才说的电影界这一块,夏衍本身就是地下党,地下党跟解放区的地上党又成了嫡、庶两个类别。意识形态上按说不至于,但各自的人生资本到了新中国不是一个汇率,这也是事实。"文革"后国统区地下党作家的反弹,要远远大于解放区的作家。

李镇: 在国统区跟时辉比起来,夏衍觉得我们多革命啊,我们是领导人,特别理所应当的,没有想到最后被列入到"黑线"了。

黄纪苏: 有些东西,比如新体诗,新中国和旧中国积累都不多,解放区这边很容易取得主导地位。电影这块儿,解放区文艺战士就不如国统区左翼。

鲁太光: 咱们"收队"吧。我刚开始时就说过,"盘点新中国文艺"是一个特别大的问题,也是一个特别难的问题,需要多次盘点。在各位老师的参与下,今天下午的讨论取得了初步成效。以后有机会,咱们论坛可以继续讨论。谢谢!

(根据速记整理,经过本人校订)

附 录

"青年文艺论坛"各期主题

第 一 期　当代文艺批评的现状与前沿问题（2011年6月28日）
第 二 期　"底层叙事"与新型批评的可能性（2011年7月20日）
第 三 期　新世纪中国电影的"繁荣"与忧思（2011年8月18日）
第 四 期　流行音乐：我们的体验与反思（2011年9月22日）
第 五 期　日常生活美学：理论、经验与反思（2011年10月27日）
第 六 期　我们的时代及其文学表现——与著名作家座谈（2011年11月24日）
第 七 期　艺术史：观念与方法（2011年12月28日）
第 八 期　《金陵十三钗》：从小说到电影（2012年1月12日）
第 九 期　"春晚"30年：我们的记忆与反思（2012年2月16日）
第 十 期　消费文化时代的四大古典名著（2012年3月15日）
第十一期　武侠：小说与电影中的传奇世界（2012年4月25日）
第十二期　多重视野下的《甄嬛传》（2012年5月24日）
第十三期　中国"新诗"的现状与前景（2012年6月21日）
第十四期　当代文学的代际更迭与当下学术格局的反思（2012年7月12日）
第十五期　红色题材影视剧的传承与新变（2012年8月30日）
第十六期　《白鹿原》：如何讲述中国故事（2012年9月20日）
第十七期　诺贝尔文学奖与当代中国文学（2012年10月18日）
第十八期　"中国风"向哪里吹：当代艺术文化中的中国元素
　　　　　（2012年11月21日）

第 十 九 期　《一九四二》：历史及其叙述方式（2012年12月13日）

第 二 十 期　当前文化语境中的文风问题（2013年1月24日）

第二十一期　现代主义思潮再反思（2013年2月28日）

第二十二期　《归来》：美学批评与历史批评（2013年3月21日）

第二十三期　新工人艺术团：创作与实践（2013年4月25日）

第二十四期　青年亚文化与当代社会思潮（2013年5月16日）

第二十五期　当代大众文化中的美国想象（2013年6月20日）

第二十六期　新视野中的世界与文学——青年作家座谈会（2013年7月4日）

第二十七期　"窃听故事"与意识形态的表述——以影视作品为中心
　　　　　　（2013年8月22日）

第二十八期　娱乐文化的形式变迁与时代内涵（2013年9月26日）

第二十九期　当前文艺作品的价值观和评价标准问题（2013年10月17日）

第一届全国青年文艺论坛　转型年代、青年与中国故事
　　　　　　（2013年11月16、17日）

第三十一期　左翼文艺研究：热点与前沿（2013年12月26日）

第三十二期　"中国梦"与当代文艺前沿问题（2014年1月23日）

第三十三期　春晚：新民俗与文化共同体（2014年2月27日）

第三十四期　文艺与政治：意识形态去哪儿了？（2014年3月27日）

第三十五期　移动互联网时代的文化形态（2014年4月17日）

第三十六期　20世纪历史与我们时代的文化——从李零《鸟儿歌唱》出发
　　　　　　（2014年5月21日）

第二届全国青年文艺论坛　文艺评论：新的方向与可能性
　　　　　　（2014年6月26、27日）

第三十八期　主旋律文艺生产的变迁（2014年7月17日）

第三十九期　跨文化传播中的"韩流"现象（2014年8月29日）

第 四 十 期　文化新格局中的舞台艺术（2014年9月25日）

第四十一期　新世纪的群众文艺与公共空间（2014年10月16日）

第三届全国青年文艺论坛　全球文化视野中的电视剧（2014年11月27、28日）

第四十三期　互联网时代的文化权利与数码乌托邦（2014年12月4日）

第四十四期　《智取威虎山》：文本与历史的变迁（2015年1月8日）

第四十五期　当代中国文学的前沿问题（2015年2月12日）

第四十六期　《平凡的世界》：历史与现实（2015年3月26日）

第四十七期　民族风格的实践及其困境 —— 以中国动画为例（2015年4月23日）

第四十八期　七十年后再回首 —— 重读《白毛女》（2015年5月28日）

第四十九期　消费主义时代的劳动美学 —— 新时期以来关于劳动的想象与书写
　　　　　　（2015年6月29日）

第 五 十 期　综艺节目"爆发"背后的逻辑和困局（2015年7月16日）

第五十一期　反法西斯文化再反思（2015年8月27日）

第五十二期　中国科幻文艺的现状和前景（2015年9月24日）

第五十三期　"原创"的焦虑 —— 当前文艺的困局（2015年10月22日）

第五十四期　美剧的跨文化传播与消费（2015年11月26日）

第五十五期　盘点新中国文艺（2015年12月17日）